孟繁华　主编

中篇小说 卷一

新中国文学经典丛书 精选本

作家出版社

出版说明

　　中国当代文学经过70多年的探索、创作，逐渐形成了具有中国特色和经验的文学世界。这个世界丰富、绚丽、迷人，不仅从一些方面表达了当代中国的思想、情感和精神面貌，而且已经成为世界文学重要的组成部分。为了展示中国文学的巨大成就，进一步树立文化自信和文学自信，我们特别策划了这套具有一定规模的"新中国文学经典丛书·精选本"。

　　丛书共计十二卷，包含小说（中短篇）、诗歌、散文、报告文学、戏剧五个文学门类，其中短篇小说两卷、中篇小说六卷、诗歌一卷、散文一卷、报告文学一卷、戏剧一卷。在时间上，所选均是1949年新中国成立之后所发表或出版的优秀文学作品。在版式编排上，统一按照当前规范要求，采用简体字横排方式，字词用法也遵照当前最新标准规范。

　　丛书邀请著名评论家孟繁华担任主编。入选丛书的作品经过了专家论证委员会的认真评审，专家评审从文学性、思想性、时代性等多方面进行综合考察，选取了各个时期、各个体裁最具代表性的作家作品。正是这些作家作品，构筑了中国当代文学最为坚实和亮丽的文学大厦，在一定意义上，它们就是一部特殊形态的中国当代文学史，代表了新中国文学70多年所取得的不凡成就。

　　文学是时代的一面镜子，通过这套大型丛书，读者一方面可以了解和领略中国当代文学的发展历程和高端成就，满足精神文化发展的需求；也可以更好地了解新中国成立70多年来我们党和人民所走过的光辉道路，了解我们的祖国所发生的翻天覆地的变化。鉴古知今，面向未来，更好地投身于实现中华民族伟大复兴中国梦的新征程中去。

　　需要特别说明的是，尽管在篇目的遴选上，我们经过了认真的论证和反复的研究，但关于作品优劣的认定和选择的标准见仁见智，正所谓一千个读者眼中有一千个哈姆雷特，每个人心中都有自己认为优秀的作品。因此，这套书仅仅代表的是面对新中国70多年文学成就的一种眼光、一个角度。同时，由于丛书体量有限，遗珠之憾在所难免，恳请读者朋友理解并谅解，同时更盼批评指正。

作家出版社

2023年1月

目录

柳堡的故事

石 言

一

四班长向我汇报他班里的工作。汇报完了，他面色忧愁，望着我慢吞吞地说："指导员，我们那个副班长思想有点不大正确哩！……可能性，他企图腐化，跟我们班驻地的那个姑娘。"我不由得小吃一惊说："喔？这小鬼！"

我一向把四班副当小鬼看待的。我看着他长大起来。"成分统计表"上有一种出身叫"革命士兵"：十六岁以前参军，没有在社会上干过任何职业的。四班副就是这么一个人。一九四一年，他从晚娘的拳头底下偷跑来参军的时候，才十五岁，同志们瞧见了都笑："哈！一个大兵！好大个子！"我当时在这个连里当文化教员，他的名字叫李进，便是我替他改的，那时他总是满身灰尘，滚圆红脸，背着根小马拐子。人小心不小，他逞强好胜，越说他小他越装大，他的小马枪照样能叫二黄下跪交枪，他的手榴弹也能扔三十多米远，把鬼子打翻到河里。……现在，尽管他已经长得跟我差不多高，尽管他唱起歌来喉咙已经有点沙，我总认定他是小鬼。所以四班长这么一说，真出乎我意外。但再一想：今年……一九四四！他十八岁了哩！也难怪。

我这些想头，只不过喊一个"向右看齐，向前看！"的时间，便闪过了。四班长又说："我们部队刚一到，那姑娘便不住在家里了。过了几天又回来了。估计情况是她家爹爹叫她'打埋伏'到亲戚家去，避避我们的，后来看我们不错又拉回来啦！……年纪很轻，看样子跟副班长差不多!"他轻悠悠地笑了笑。

我想起来了!四班长住的那家只有前后两个草屋子,前屋门向北,后屋门向南,两个屋子门对门,只隔几步天井,是户穷苦人家。宿营房子就是我分配的。那天我是看见有个小姑娘,是相当漂亮。我虽然是指导员,看到好看的女人也会注意一下的。而且我当时还想过:四班住在里头不要出纰漏,但也没有牵连到李进头上去。后来想想腐化的事情在我们部队里毕竟太少,何必多疑,也就忘记了,我好糊涂!

这就是我指导员的麻烦事情来了。我问:"有没有真腐化呢?"四班长说:"看样子还不会,发展下去就难说。……本来我也没有注意,只不过看到李进这两天的装扮,就像要出去表演秧歌舞似的……"

喔!我又想到了。前天,李进和一些人挨在我身边读报,我闻到有一股香气,正想查问,营部又派通信员来催我开总结会去了,这几天真忙。不过爱漂亮也不一定就企图腐化啥!我问:"就这样吗?"四班长很犯愁地说:"哪里?给马小宝撞破了!星期一上午,我们不都出去打野外吗?副班长说肚子痛,我叫他在家里睡睡吧。后来不是练习攻碉堡叫回去拿木头手榴弹吗?我们班是马小宝回去的,他莽莽撞撞一家伙奔进南屋里,却看见:我们副班长还躺在铺上,那个姑娘坐在他旁边,一看到马小宝冲进去,那姑娘唰地站起来,两个人面孔都涨得像红柿子。马小宝跟李进一贯顶要好,站在那里倒呆了。那姑娘一低头溜出去,李进看样子心定了些,对马小宝连连摇手说:'不要讲,不要讲。'马小宝开他玩笑问:'你吃到了吗?'李进说:'瞎讲!没有这个道理,你不要广播!'马小宝答应不广播,不过他汇报给了我。"

我问:"那姑娘家里发觉没有呢?"我很担心影响问题,这里是新区,游击区,群众对我们新四军不算了解的。四班长倒放心地说:"不会发觉,那天她家那个老爹爹一早出外给粮户家浇场去了,不在家。她妈妈是个半聋子,又有点什么鬼病,一天到晚躺在房里哼哼唧唧的,剩下个十一二岁的小弟弟,正跟我们一块儿打野外呢!"

我又问:"那么班里其他同志也都不知道喽?"四班长说:"才怪,不知怎么搞的,到昨天全都知道了,昨天晚上便扯起这个乱淡来。""他们反映怎样呢?"四班长想了想说:"反映?反映倒没有什么,大家多半是说着有趣的，也知道他不曾腐化。总是说人长得漂亮到底好，像我们副班长多得力。不过这么一来，副班长今后讲话的威信方面是有点成问题。平时顶抬杠的何金标，这会儿二话不说，光是笑笑。"我问："那么李进他怎么样？"四班长说："他还蒙在鼓里呢！大家知道他顶爱面子，没有当面揭穿。不过从星期一到现在，唉！五天啦，我有心注意着，李进他们两个，姿势的确有点两样。"我问怎么个两样法。四班长笑起来说："就是跟平常不同罢喽，我也装不来这眉眼。"我知道，四班长是个"老好人"，讲话怪有趣，人却顶忠实。我说："那么你这个班长的意见怎样处理好呢？"他说："我想，最好你找他谈一谈，还有……"他忽然犹豫起来，试探着说："我们四班跟连部调一调房好不好？"

我完全体会他的意思，李进是他班里的战士提升当班副的，四班长疼爱他的副班长，就像父亲疼儿子一样。他内心一定在同情这个十八岁的青年。他舍不得熊他，而且李进个性强，不容易转弯，他没有办法了。我便说："我先找他谈吧！调房子的问题要跟连长商讨。"

四班长临走，微微地叹口气，自言自语地说："要都是老百姓，倒是很好的一对呢！"

我就去找李进。

李进确实有些花花绿绿。这几天我忙着开会总结五个月的政治工作，跟战士个别谈得很少，上课、点名，副班长总是在并列纵队的后面，我没有专心去看他。哎！他确实是变得格外漂亮了！

我一眼从他头上看到脚上：他戴着顶士林布天蓝色的军帽，不消说是自己找洋机"踏"的，新发的铜青色军装又挺又干净；皮子弹带的纽子底下衬着红绸子，还束上条黄铜头闪亮的鬼子皮带挂着刺刀；腿上是他在夏家渡战斗缴到的鬼子黄呢绑腿，用什么蓝色染过了，成了墨绿色，打得滚圆挺直；脚上穿着自己做的两截头鞋子，白色的，用天蓝布镶着皮鞋式的边……我走近时，闻到一些香气，据说营部有一个通信员打仗捡来一瓶什么"滴滴娇"，保存着，李进必然也是这样走这条路线搞来的。我顿时火冒心头，我最见不得"屁精"！

李进发觉我在研究他，不免心虚，笑眯眯地叫了声指导员。我说："来！我跟你谈谈！"我们沿着小河边的柳树行便步走起来。

走进一棵大柳树的荫下，我转身停步，一手撑住树干，劈面问："李进！你近来在动什么脑筋？"我知道，这小鬼非常机灵，明人不必细说，果然，他连头颈都通红了，低下头一阵子，可又忽地抬起头来，黑眼珠射出顽皮的光，照旧活泼胆壮，他旁若无人地说："我晓得秘密暴露了，排副上午看到我，点点头说：'你要犯错误了，你要！'指导员，我并没有犯错误！"

我两眼盯着他，说："那么你为什么打扮成这副屁精架子，花花绿绿不害羞？"

他好像浑身钻进了大麦芒，低下头说："我承认，思想不正确。""你有没有跟那姑娘腐化呢？""没有！"我虽然已有九分相信，还得追问一句："坦白一点讲，有没有？"他摊开手说："真的没有！指导员，我对你还会说假话吗？没有就是没有！"

我索性在树根旁坐下来，拍拍青草叫他也坐下。我说："那天你假装肚子痛的事情，你一五一十地告诉我。"

他闭起眼睛咬咬嘴唇，看来在组织他的发言。这小家伙向来伶牙俐齿，喜欢把话说得很周到的。一会儿，他开始了："我倒真是有点肚子痛，没有什么大不了，就是赖在屋里，我自然是想找她讲几句话。我躺在那里，想空头心思，想怎样同她攀谈呢？我还在订计划，她倒先来了，端了碗开水，放在我旁边小桌上，叫我喝。""她就坐在你旁边？""不！她起先还站着的，她问我我们部队里有没有医官，生病为啥不叫医官看看。我本想说我肚子痛是假的，是想你。我倒偏偏说不出口，也不懂我为什么反倒假正经起来，客气得很，我说一点点肚子痛不要紧，歇一歇会好的。她说怕受凉了，喝点开水吧，拿起碗要来喂我，我一慌一抢，把开水泼了一桌子……"

我忽然闪起个念头，是女特务吗？

"她还要去打开水，我就拉住她，我说肚子痛好了，我们谈谈心吧。她才抹干桌子坐下来，我们一下子心慌得要命，不晓得说啥好。后来我问她年纪、家里情形。她也问问我家里的事情，她说她不高兴待在家里，随便到什么地方去都可以。她又问部队的事情，问跑路多不多？打仗怕不怕人？是不是一不好就要杀头？问我们有女兵吗？那批女兵怎么过日子?"我问:"她有没有问我们番号,问我们人数、武器、弹药这些话?""没有。""后来呢?""后来马小宝这狗操的就来了!"我想了想,考虑他话的真实性。他倒问:"马小宝汇报了班长吧?"我唔了一下。李进说:"我晓得他总要汇报的,他是党员!"口声里并没埋怨的意思,却有一种"无所谓"的调子。我不满意了,我说:"你难道不是党员吗?同志!"

我就把腐化是破坏群众纪律最严重的道理说给他听,这是很大的错误,军纪党纪都不容许。他却说:"我不是想腐化,随便腐化当然犯错误。谈恋爱不作兴?'小兵癞子'就不作兴谈恋爱?"

"谈恋爱"这三个字他说得有些生硬,我知道他是学来的。

我觉得有点好笑,我说:"你这是算在谈恋爱,不算腐化喽!"他说:"当然!我是真的要她,正式的,我不会三心二意!"

呵!"小兵癞子",他真的要她!他在转什么念头呢?他倒长期打算了?是的,每一个人都有他自己的梦想,特别是"和平以后怎样怎样"的梦想,有的想回家种田抱儿子,有的想回去找伪乡长报仇。那么他在打什么如意算盘呢?我说:"你是新四军,她是老百姓,你怎么要她呢?休想!"他脸一红说:"你们上级不是说'今年打垮希特勒,明年打垮日本'吗?"我明白了,我说:"你倒想先搞好关系,等抗战胜利了跟她结婚吗?"他闷住头说:"你猜到就算了!"但接着又天真地说:"上级要我仍旧在军队里,我就请假一趟,把她接回去。上级分配我到家里地方上去工作,我可以一面种田一面工作。她说她什么都会做:车水、薅草、做衣服……就是耕田不会。"这个孩子气的"胜利梦"倒真美满,我说:"你已经跟她讲定当了吗?"他说:"没有,讲了也作不来数的,保不定哪一仗我吃颗花生米'报销'了呢?害她?"

我想,他的"部署"是确有根据的。去年春天,我们住在通东(即南通东边),离他家乡不远,他父亲来了两三次,说他晚娘已经死掉了,叫他回去吧!他是大儿子,他家乡已经减了租,生活好多了,回家是吃得开的。但是不行,军队的纪律不容许!

不能批准这个恋爱的"计划"。我向他说明:老百姓还有封建头脑,特别是新区,要反对我们的,曹老头第一个会跳起来。同时,一个人这样，部队里个个人都可以这样，那还成什么军队？

他内心斗争了，啪嗒啪嗒地把子弹带子的撳钮又开又关。我又告诉他，他这种行为首先就损害了自己的威信，班里全知道他的事了！

他震了一震，抬起头来说："噢！这么说他们是看到了！"我问看到什么，他说："前天晚上，我带哨回来，我们班里三个人也下哨了。我在前面走，走到家门口，看见二妹子在外面等着。"

"噢！她叫二妹子，她等在屋子后面呢！拦上来要同我讲话，我拼命摇手，何金标他们就在后面跟着哩！我回头张望，没有看见他们，我想还好，推她进了屋子，天晓得怎么搞的被他们找到目标。"我问："她没有跟你说话？"他说："没有，没有来得及。"

我说："你知道她要说什么呢？"他说："我怎么晓得？"停了一下，他对自己说："哼！何金标一定要说我鬼话了……好！由他说去！"我说："怎么能由他说去呢？你'横竖横'了？决心违反纪律了？"他想了想说："我坦白讲，指导员，你的话我哪有不相信。在你面前我也想：丢开算账，拖泥带水什么？不过我一回去，一看见她，思想就霍落地变了，自己也做不来主。你不晓得，她这两天老是望着我，眼睛水光滟滟的，像要哭，我住在她家里，真是不安心！"

这小伙子的心是被人家占领去了，这样搞下去，要他不犯错误真不保险，我于是决心调房子，虽然这是下策。我说："给你们四班调一个家里住住吧？"他很爽快地回答："好！"唉！他是会下决心的，这大孩子！

二

我和连长、副连长讨论了一番，决定住到四班家里去。

这时是一九四四年五月，部队打了车桥战役，淮宝地区的局面打开了，便深入这新区来整训新兵。刚开辟的地方，政府人员还没有来到，群运"双减"当然谈不到。我们住的庄子离伪军据点蒋桥只十五里，特务活动是准定有的。我找马小宝谈过，他说："本来我真想不汇报，后来看他们两个还是继续在'通无线电'，我想小团体观念到底要不得，万一那女的是特工呢！"

不过我们连住的小柳堡，是个穷庄，大都是佃户，不少帮工的，特工的可能性不大。

星期日上午我们忙了半天，跟四班调房，那家的老头子听说连长要来住，慌了手脚。我看了房子：北屋是他家正屋，虽有锅灶，却没烟囱，一烧饭就不能办公，南屋虽然破些，收拾一下还行，老头子和小男孩本是睡在南屋房里的。我同他商议，要他们一家住北屋，南屋腾给我们住，老头子连连点头，小男孩非常起劲地把破被、破衣服搬到北屋去。连长、副连长住房里，我和通信员们住外间。一直到摊开铺，挂好皮包，也没看见二妹子。司号员在外面吹开饭号了，大家都去集合场吃饭了，我还在找皮带，结果是通信员搬错了放在连长床上了。我走进内房里找了出来，却看到二妹子站在北屋门口，正向我们南屋望着发呆，她看到我，一转身进房去了。

我看清楚了，她有一对水汪汪的大眼睛，长得很俊俏，身体也健康，不过脸色阴凄凄的，像死了什么人。她穿一件灰色短衫，好像是柳条花的，但旧了，补得不少，而且太小了一点。她转身的时候，她那乌黑的辫子甩了个小半圈。我想：她哪里会是特务？我放心吃饭去了。

后来我找老头子扯扯乱淡，我了解他姓曹，今年四十五，看来却像五十挂零了，满面风霜皱纹，身上补补挂挂的。他大女儿嫁了，小男孩叫小猪，十一岁。他种了大柳堡汪老掌柜家三亩多田，还给老掌柜帮帮零工。他对我又恭敬又害怕，好似很不愿意我问他的家底，更不愿意我问他田地的问题，只是唉声叹气，我知道这是他怕事，减租减息的风声早从东南天吹过来了！

那么拉倒！我们部队几年来难得大练兵，这次任务很重要，发动群众这下子不是我们的事，不像特工就算。李进也在小组会上检讨过了。我想这件拖拖拉拉的事，总算告一段落。

我跟小猪却渐渐混熟了。这小孩活像他姐姐。到底是新区儿童，开始还畏畏缩缩的。有天我独自在家整理材料，发现他在门口侦察我，我对他咧咧嘴，他笑了说："你是指导员吧？""是啊！""你最好！"我凭空受了表扬，倒奇怪了，我问："我怎么算最好？"他头一歪说："李班副告诉我的。"

又一天，我胃痛老毛病发了，正躺在连长床上休息，后来好些。小猪来了，站在我身边好一会儿没动静，我正想问，他开口了："指导员，你们住在这里还走不走呢？"

我感到侮辱。一定是这个老头子在嫌我们了，望我们走。我大声地说："不走！不走了！老住你这块儿！"小猪脸上没有表示什么，他想走了，准是有人叫他来问的吧！我慌忙叫："喂喂喂！我们要走的！哪一天走我也知道，就是不给你讲！""给我讲，给我讲！"他着急，我欢喜，我说："你先告诉我谁叫你来问的，我再告诉你哪一天走。"他说："不，你先讲哪天走，我再告诉你谁问的。"这小鬼的头好滑！不过到底是孩子，至少已经暴露了他是奉命而来的。我决定改变部署打迂回："哼！你不讲我也能猜到是谁问的！"

"你猜不到！""我猜得到！""你非猜不到！""我非猜得到！我猜到了怎么办呢？""你猜不到怎么办呢？"我拿起桌上的米突尺，对我左手心扇扇，说："我给你打十下手板子。我要猜到了呢？你给我打十下吧？"他望望我的尺又望望他的小手心，他动摇了，我连忙挽回危局说："不打你，就刮你十个小鼻子吧，轻轻地。"他笑了，说："你要猜不到，你就给我刮十个大鼻子吧。"我说："好！我猜啦！""你猜！""是你爹爹叫你来问……"

我话音未落，小猪哈哈大笑起来，跳着叫："十个鼻子，刮！十个鼻子！"我假装狼狈不堪，说："那是谁叫你来问的？"

"我二姐！她还叫我问你……"他突然缩住舌头咽口唾沫。我马上追击："还问什么呢？"他恢复了活泼，伸手过来说："不问不问！十个鼻子！"我把脸伸过去，但用手掌护住，我说："讲！你讲了我就给你刮。"他宣布了："她要我问，你们新四军娶亲不娶亲？……她想想又叫不要问了。"包围战胜利结束，我赔了十个鼻子，便一本正经地向他解释："我们要走的，哪天走不知道，上头一有命令就得走。讨老婆这会儿是不行的，要打走鬼子以后再说。"小猪忽然问："你们打鬼子二黄吗？"我说："打！怎么能不打？车家桥就是我们打的！……你说鬼子二黄好不好？"

小猪突地皱起鼻子，摇摇头，反身就跑出去。我听见他咬牙切齿的声音："我恨呢！"我一阵激动，急忙起来工作了。

当天晚上出了一件事情：我身体不好，睡觉像猫一样容易惊醒。仿佛近半夜，我给一阵吵声搅醒了，那是从北屋房里透出来的。我听：曹老头咕噜咕噜地骂，又大声喝起来，而且还像在打什么。忽地又听见女孩子的哭声，不敢哭响，声音可非常凄惨。我周身火烧起来，正翻起半个身子，恰巧看见老头子从北屋扑奔出来，跑到屋外场上。接着，我竟听见一阵呜呜的号哭，像狗哭一般，这是老头子！

父女俩的哭声，老太婆的哼哼，忽高忽低的好长时间，我脑海里浪头起落：什么鬼事情呀！这样惊天动地的？难道李进已经闯下祸发觉了吗？……不可能的！李进小鬼在我面前从来不说谎，什么内心话都肯翻出来！……那么又是什么呢？……我的结论是空想无用，以后再调查吧，我睡着了。

第二天老头子出门了，据小猪说是掌柜家叫去到远处收麦子了。是的，麦子熟了，团部已来了指示，叫帮助群众割麦子。吃过中饭，全连都在野外帮穷户割麦子。连部帮的就是曹家，二妹子和小猪领着我们，我们才仔仔细细地看见了她。她今天换了件天蓝色的短衫，还相当新。头发乌亮亮的，前刘海在风里飘飘，太阳光下，金黄的麦田，衬着她绯红的脸，的确很招惹人。不过眼睛有点红肿，那是昨晚哭多了的缘故。

四班割麦的田地恰巧在我们旁边，我注意着李进，李进却远远避开我们，头也不抬地闷割。二妹子倒似乎常在偷偷地向李进望，不过也许是我错了。

晚饭后照例做游戏，我加入战士一起做"捉汉奸"，也怪，今天李进特别来劲，一连抢做了几次民兵，挤着眼睛巧笑着，在我们身上摸来摸去。我看到他的呢子绑腿已经打在里面了，香气也没有。不过，他今天和往常恰好相反，仿佛耳朵和手脚都不灵活了，老是捉不到"汉奸"，老是罚唱歌。

哪知道就在这天的夜里问题明朗了。一点钟光景，我到各班去查铺，防止他们露天睡觉受寒。到四班，好几个铺空着，他们放哨去了。我走了一遍回来，脱衣睡下。过一会儿听见两个人噼里啪啦走来，那一定是五班副老郑和四班副李进来交哨了。我在这连里工作挺长时间了，晚上走营部开会回来，我们连的哨兵老远叫"哪一个？口令？"我总能听得出是谁的声音。几个班排干部，哪个脚步声都辨得清的。我从眼缝里瞧，果然是他们，在看香交哨。那时我们都用香盘来记放哨钟点。两支香一班哨。五班副很快走了。李进却轻轻地向我走来，他那两截头鞋子是新的，底硬，虽然他蹑手蹑脚，还免不了有些声响。我便装睡觉，还微微打呼。一会儿，又听他走到门口，我一眯眼，见他站在门槛上，靠着门框，外面月光明亮，他托着头，咬着指甲，像在想什么严重事情。后来，他走出门，咳嗽了几声，走了。我闭起了眼睛正式睡觉。

好一会儿我睡不着，燥热得很，我想：起来到外面凉爽一下吧，便披衣出门，走到屋角上……我急忙缩回身，我看见李进、二妹子面对面站在场心里呢！

我本想大声责问。但是看他们的神态显然很规矩，我想：还是看明了究竟再说吧。这时皓月当空，如同银片，我分明看见李进简直是虎起了面孔的，他们是在谈话，但是距离二十多米远，我听不清，正好一阵风吹来了，我听到二妹子在哭，她的肩头也动个不住。李进伸出手来，想扶住她，但好像又不敢。忽然二妹子一把抓住李进，拉住了枪皮带，把头也枕在臂弯里哭了。李进却像不知道怎样才好，呆在那里。我想：该我出去给他们当面解决问题了，便急忙套上衣服。正待出去，只见二妹子已面向屋子走来了，我避进南屋，由她回到了北屋，我便赶出去找李进。

三

我的群众观念多么薄弱！我竟这样不关心基本群众的苦痛，如此惨痛的现象摆在我眼前，我还如此麻木！当李进把二妹子的事情说给我听了之后，我真是惭愧。我深深地悔恨自己，我那小资产阶级知识分子的成分呀！

李进也非常冲动，他说话时胸口一阵阵发抖，像痛哭过一场似的。故事是这样的：

二妹子的姐姐，六七年前嫁给大柳堡一个姓刘的，外号叫刘胡子。刘胡子不大种田，收鸭子、鸭蛋，腌了跑南京、上海做生意，当然比曹家有钱些，他原是贪图大妹子长得好。这个人跑码头越跑越下流，吃喝嫖赌，债背大了，溜到韩德勤的"遭殃军"去当兵，一当就当了个排长，从此无恶不作，人都说他是茅屎坑里捞起来的砖头，踢到它又痛又臭。三年前，大妹子不明不白地死了。鬼子一扫荡，韩军都变成了二黄，刘胡子一升又升了个中队长，那真是火上加油。今年开春偏偏又驻防到蒋桥来了，这大河的南北，就算是他的天下。可是他从来不曾照顾过他的穷丈人。不知怎的，给他听到风声，说是二妹子长得比大妹子还好看。一天，他自己来了，带着枪、带着狗，他这几年又抽大烟又害疮，面孔一半青一半黄，三分像人七分像鬼。他对曹老头子说，打大妹子死后，他就不曾娶过太太，他要二妹子。老头子推三推四，好丑不肯。刘胡子脸一黑说，他是要二妹子做正房，明媒正娶不动硬的，他要去请个大媒来说亲，看你肯不肯。就在我们部队来到的前两天，曹老头子的东家郝老掌柜来了。姓郝的原来是北方人，到这会儿可算当地一霸。曹老头子正是他脚底下的蚂蚁，郝老掌柜抢着棍子说："刘中队长的话你敢不依，你寻死找不到鬼，碰阎王啦？我们这一方勤皇保驾全靠他！"说好阴历四月十八要过门呢，刚好我们来了，郝老掌柜连夜逃进淮城，二妹子怕我们一走刘胡子就来，想参加我们部队，跟她爹爹说，她爹爹倒打了她。她便约李进晚上下哨后讲个明白，一定要参加部队。

我一时不知说什么好。李进说："指导员，让她参加吧！"我才清醒地看了看，李进脸色非常严肃。我正坐在河边，月光底下，河面一圈圈的波浪像河蚌壳儿一样白亮。李进又说："我们要一走，她就要寻死投河的！"

问题真是尖锐！我心乱如麻，只找到一个头：要救她，一定要救！

再一想，问题便复杂起来了。让她参加，不要说营连，团部也带不走，编制表上没有的，就不是我能解决的。上级也许会不同意呢？道理很明显：曹老头子既然反对，那么新区老百姓会不会说我们拐带闺女呢？同时，二妹子跟李进的事情，部队里很多人知道，她参加了，这就打开了一个缺口，以后什么人都可以扩大"女兵"了，中国农村里被压迫的妇女多得很……当然，我个人，老是觉得这些理由都比不上二妹子的命要紧。但是上级会不会同意呢？

我有一个习惯：凡是不一定有把握的任务，我总得先把这事情的困难之处说给下级听，免得到头来完成不了，他们讲怪话。

这时，我便把以上的理由给李进说明。

不料李进不大服气，我第一次碰到他公开反对我，他站起来理直气壮地跟我辩论："老百姓不会有意见的，这个庄上的老百姓，谁不恨透刘胡子？谁不恨透郝老掌柜？大家都在替二妹子着急！只要我们肯带二妹子走，老百姓哪个不拍手叫好！"

啊！我错了！我又暴露了我的弱点！我所说的老百姓，是模模糊糊的，不分阶级的。李进说的老百姓，是雇工、是农民、是我们的基本群众！……造我们谣言的，不正是郝老掌柜那一票家伙吗？

李进又说像我们旅部那个什么干事，她不是人家的童养媳妇逃出来参军的吗！那时候听说一字不识，现在不也能工作了吗？

他索性挺起胸膛，舞着拳头，像做报告样说："我不想要她！我可以在全连全营面前去坦白，承认错误……把她放到后方去！只要她不做二黄的老婆！……我一定要救她！同志们都会拥护我的！"

我被他感动了。他站在我面前，月光把他雄伟的军人姿势照耀得更见沉着刚强，恰像一尊青铜像。

我今天受到了教育，我更学会替群众着想，替二妹子忧愁，替曹老头子思量……我便想到曹老头子昨夜的痛哭。他难道不疼他的亲女儿吗？我不懂了！我站起来，抚着李进的肩头，我说："李进同志！我也要救她的！救人民就是我们的责任。不过你要仔细考虑：我们能救出二妹子，我们还能救出姓曹的一家吗？老的老、小的小、病的病……二妹子自由了，是的，但是刘胡子是什么人？郝老掌柜是什么人？你想他们会甘休吗？他们会把曹家的地抽了，他们会带了伪军来，把房子烧掉，把小猪挑在刺刀上……"

李进咬着他的拳头，我们紧靠在一起。我们仿佛觉得自己也变成受苦的老百姓了，天罗地网死黑沉沉地罩在我们身上，封建老怪树的根千盘万曲，扭死了一切！

李进却两腿一弹，说："哼！我们总有办法的！"

什么办法呢？打倒郝家的威势吗？组织民兵自卫吗？那都得发动

"双减"才行，那时我们恐怕先走了。办法？只有打蒋桥！

李进也说了："指导员，请求上级下命令去打……"

但是蒋桥是个相当大的据点，在主要公路线上，有伪军一个多大队。如果没有打增援的部队，淮城日本鬼子乘汽车一个早上就可以赶到。我们部队靠他这么近，他胆敢不跑，也可见他的猖狂了。不是我们一个营一个连能打的！李进好像也懂得，他说着便住嘴了，狠劲踢踢地上的泥巴，又说："跟上级商量商量去，指导员！……有任务下来，我第一个完成！"

公鸡已经在啼了，一声，两声……

上午我就到营部去找"顶头上司"教导员，我把前因后果详详细细汇报了，教导员皱着眉心埋头苦听，营长踱来踱去，边听边骂。我说完，营长便道："我家里有个堂房姊姊也就是这样给军阀土匪掳去了的！……非揪他龟孙不可！"教导员说："你说那个刘胡子是不是一定会杀人呢？如果还不至于杀，那么我们就说服那个老头子，把姑娘交给我们保护吧。抽地什么那是不用怕，政府干部已经来了，再迟吧，几个月后也想必能开展减租斗争。你最好还是在空的时间找几个老乡调查研究一下……"

我回到小柳堡去调查，但是结果很不妙。穷爷们儿众口一词都说刘胡子是满天飞，他在蒋桥用马刀往人头上砍，还一面笑着唱小曲儿呢！

我垂头丧气回连部，正好曹老头从外面回来，背着个破包袱，神情比我还苦恼得多。他瞧见我，一把揪住我，拉到草堆背后。他眼睛像赶急了的兔子一样，嘴唇皮抖抖地说："指导员，求求你，千千万万不要让我家二妹子上名字，你们不能带她走，她要一走，我，我全家都没命啦！……我上蒋桥去过啦！……你不看我的面，看小猪的面上吧！"

我逼紧他说："那你真要把二妹子送给刘胡子吗？"

他忽地蹬了一脚，抖抖地回身就走，我看见他肩背都在抽搐。我咬着牙，记起小猪那天的话："我恨呢！"

我便把这事情告诉连长和副连长，我们大家一起来恨吧，可是我们恨不了多久，教导员来了。我报告了调查的结果，教导员却笑笑说："刚才我上团部开完了会，谈起这事情，政委倒说没有问题。我说你准备把他们一家都搬走吗？政委说搬有什么不可以，现在局面安定得多，派几个侦察员，弄一条船，把他们一家都搬到中心区去请政府安置。不过这样做，官司要打到分区政治部，圈子太大，又麻烦地方上，不必要。我问那你用什么办法呢？政委说自有办法，你放心，我总保险。我再问他，他不肯说，倒是说，叫你们多搜集一些这种材料，教育部队，要你把这个事情详细汇报政治处，还说叫你们年纪轻轻的不要急。"

这天晚上，我参加四班班务会，李进检讨思想。

开始，战士们都满心好笑，只当他副班长坦白腐化思想了，有的在开会前还干咳两声。李进过去有个"绰号"叫"班指导员"，开会讲话第一名。今天可讲得很轻，豆油灯的光也很暗。

可是越讲呀，大家越严肃了，一个个的脸都沉下了。

李进说完这故事，重重地叹一口气，说："想想，我啊，多不要脸！我想，抗战快胜利了，准备着这样个老婆多好……昨天割麦子回来，她叫我晚上下了哨等她，我真是转到了坏心思……想想：老百姓还这样苦，我倒专门替自己打算了，装扮得红红绿绿像个鬼，革命还有得革呢！……人家在河里喊救命，我倒在船上唱山歌……昨天晚上，我存着坏心思去的，听见她这么一讲，啊呀我难过！我真像当头吃了几十个巴掌一样，我不是人，是狗！……填表的时候我怎么写的？为劳苦大众奋斗到底！……我现在也讲不出什么漂亮话，同志们以后看我的好了！我只要求上级，总要想办法救她！就要我去死我也心甘情愿！"

一屋子静默了一阵，便争着说起话来，一条心地要我想办法。何金标忽然拍着胸膛说："办法？办法就在我们自己身上！打他娘的蒋桥！"大家一致表示同意。何金标又说："副班长，我对不起你，也对不起二妹子！我老何好抬杠，打那天看见你们那腔调，我就到处破坏你的威信，我对不起你！"

最后我发言，向他们保证上级一定有办法，要他们不能瞎估计，我说了很多道理，末了我说："好好练兵！全中国还有千千万万个二妹子要我们去救呢！"

下一天，燃烧弹落在草堆上似的，这故事传遍全连，同志们传来谈去，很多人说起他眼见耳闻的同类惨事。到连部来走动的人突然多起来。各班，战士们和穷爷们儿交换着苦经。等到那个负责在本乡搞群运的陆同志来找我的时候，我觉得，我们连掌握的关于郝老掌柜的材料，怕比他还多了呢！

我和他交换了材料，他气愤地做结论："两淮地区三十六种超额剥削，姓郝的倒用过三十五种。说得好，小熟不缴租，高利贷一滚剥，还不是两手空空！"

他说，发动群众不难，可就是怕变天。他一板三眼地把蒋桥伪军的情况讲给我们听，蒋桥的二黄大都是本地人，几个头子跟地主恶霸都是亲上加亲。郝老掌柜逃进淮城的那天还说："变天没有好天长，新四军是伏天的阵雨，来得凶，去得快，哪个臂膀向外拐，刘胡子来叫他脑袋向后长……恶龙难斗地头蛇！"我不免替二妹子担心。

二妹子这两天来却变得安逸了，接连一个星期，她天天高高兴兴地笑着，到田边去车水、割草。

一天下午，营部叫我和连长去，原来部队明天一早就要向东靠靠。营长把拳头在地图上量一量，告诉我们连住西马庄——小柳堡向东十二里。我们连是整个部队的前哨，西到蒋桥二十七里，一条大河直通。所以盘查行人要特别注意。

教导员说："群众纪律好好检查。告诉老百姓不要怕，我们是靠拢些好训练，不会走的。"连长倒抢我的先，他说："那我们连部那家的事情怎么搅？"营长对教导员笑笑说："怎样？讲了吧！"教导员点点头，营长就放低声音说："你们要保证绝对不能再跟任何人说，你们负责！……上级原来就决定了要打蒋桥的。我们在蒋桥外面水陆要口上已有侦察班，团部侦察参谋、敌工干事亲自带了人在那里活动好久了，他们班部设在这里，七里河离蒋桥七里，人可一直伸到蒋桥街口上。蒋桥街只有一条出路，街上跑出一条狗来，我们都能知道。据点里还有我们的内线……蒋桥就是我们团将来的任务呀！我们向东靠靠，也就是为了麻痹敌人！……你们对别的连干部也不能说！"

回到小柳堡，我们部署了移动。我等曹家父女都在家时，便进去道别，我把教导员的话宣传一遍，还外加一句："我们在西边还有部队呢！"虽然这话似乎不应该说，但是我怕二妹子真的跳河。

第二天，我们天不亮就吃完早饭，送还东西。天色微明，吹号集合，全连站队在场上，老百姓拥挤在场边，我向老百姓讲话告别。东方微红了，人面孔渐渐清楚了，我没有看见二妹子。开始走了，战士们向小孩子招着手，老百姓亲热地叫下次再来住。

我没有找到二妹子。

部队像一条龙出了庄子向东而去。东方一片桃红，霞光万丈，映着水田稻秧，翠绿鲜红，河边柳丝迎风招展。一个战士在前面唱起来了："青天呀蓝天这样蓝蓝的天！这是什么人的队伍上了前线？……"

我走在行列最后，几十把刺刀在我前面闪光。我只注意二排那一段，我想李进该回头望望吧，然而他不。我却禁不住回头张望：我们离庄不远的时候，老乡们还挤在庄边留恋我们，慢慢地都散尽了……过一会儿，我们已走下来快一里路了呀！我最后回顾一下，却看见庄头绿树丛里，一个人穿着蓝色的短衫！远远的只很小的一点，我却认得出她，她额前刘海在风里飘着……

四

到西马庄半个月，练兵忙极了，起早摸黑，再没有余空时间想旁的。一天，陆同志忽然托人带来个条子，说郝老掌柜已经偷偷地从淮城回来了，陆同志自己这几天要到七里河去工作，怕姓郝的会到小柳堡捣鬼，他布置了两三个积极青年，万一有什么三长两短，一定快马报告，请我们帮忙。我回说："再好没有！"可也不曾放在心上，我想他有天大的胆，敢到老虎头上搔痒？

几天以后，传来了好消息！团部召开连以上干部会，正式布置攻击蒋桥了，团替我们打增援，攻坚的部队本只要一个营，但为了防敌人脱逃，各处的河汉港湾，都得派部队拦阻。

还有两天的准备时间，明天上午应该是全连的军事学习总结，作为攻坚技术的准备。以下便是动员、讨论、定计划、挑应战……

第二天早饭后，吹过上课号，庄西头的课堂内外正乱哄哄的，却看见小猪忽地撞了进来，嚷道："二姐！二姐！……"他喘不过气来，跳着脚，满头汗水直流。大家围住他，他咻咻地叫："二姐给人逮走了！快去啊！快去啊！"这时一个战士拖着上刺刀的枪挤过来说："这小鬼怎么了？我在外面放哨，我问他，他死也不理！"我慌忙摇手推他："你快回去站哨去！"我问小猪："给什么人逮走了？二黄？"他蹦蹦跳跳地说："不是，不是，是掌柜的！"连长拉住他说："你说清楚，怎么搞的？"小猪这才分清地说："郝老掌柜带了三个人，把我爹爹推在地上，把二姐绑走了！""绑到哪里去了？""我不知道，我不知道，我要跑慢了也给逮去了！"小猪忽然脸色一白，眼向上一翻，要倒下来。一个战士忙扶住他，我叫卫生员给他治，忽听得有人大叫道："指导员！我们快去呀！"我这才想起李进来，眼睛一扫，没见他，我顾不得多想，说："四班长，派一个组。"何金标叫："班长，我去！"四班长说："马小宝，你们俩跟我去！"我对连长说："我得自己跑一趟，这里头有政策问题。四班长，我们走！"

四班长却站在门口开水缸边喝水，并且叫我们也喝些。我忽然想到四班长比我沉着仔细，同时就想起……我看小猪已经恢复了，我问他："郝老掌柜有没有带枪？"小猪说："有，只一支，他自己拿着的，一支盒子。"我吞了口开水就跑，连长在后面追出来喊："注意点！小心打冷枪！"

我们跑得很快，可还嫌慢。汗流到眼睛里，拿下军帽擦擦狠命地跑，待跑到小柳堡，我觉得人要炸了！

老百姓乱糟糟地叫："同志！快去吧！装到船里去了！""同志！喝碗茶吧！""两条大船，向西上蒋桥的！""赶得上，他们向西是逆水，走不了几里路！"

糟糕，早知道上了船，不该到小柳堡来弯二里冤枉路了，沿河一直跑多好，顾不得喝茶，我们拔腿就跑！

出庄子沿河奔了两三里，听见前面"八公"一枪，四班长说："三八式向西打的。"接着"八公"又是一枪，何金标说："是侦察员打的吧？"马小宝说："侦察员哪来步枪？"可是不管什么枪，枪声就在前边三四里路了，快马加鞭！

七里河的庄子远远的在前面了，老远便看到，河岸上站着一簇人，跑近些，我看见两个侦察员，两三个老百姓，陆同志也在那里，还有团部的敌工干事。敌工干事也望到我了，他哇哇叫："你也来啦！好家伙！

他妈的真狠!"

这时我望见河里有两条船,船上,唉!我看到了李进!

李进蹲在船头板上,二妹子坐在他身边,李进在替她解着绑在脚上的绳子,二妹子伏在李进肩上呜呜地哭。撑船的人都待在那里。一个长袍大褂的老长马脸,站在另外一条船上,大概便是郝老掌柜吧。他背后站着个侦察员,正一把揪住姓郝的后领子,一支三号驳壳枪瞄准姓郝的后脑瓢儿。

李进把捆二妹子的绳子解开了,他看看一舱板的绳子、棉花、布条,他轻轻地推开二妹子,拿起身边的步枪,站起来。我从来没有看见过李进的脸色会这样可怕。他不看旁人,只瞪住姓郝的马脸。他正想跳过船去,我把他叫住了:"李进,不能乱来,要打要杀由政府去办!"他才停下来,气冲冲地站着。

我对敌工干事说:"他还有支驳壳枪呢?你们缴到没有?"敌工干事说没有。我对姓郝的说:"交出来!"姓郝的像恶狗一样龇了龇牙,说:"麦子袋里,你们要,去掏吧!"还没等我们动手,撑船的狗腿早在船舱的麦子袋里拿出来双手奉上了。

我便问陆同志如何处理,陆同志说他正要回区里开会,可以把人和船都交给他,不过要我们派人押送一下。区署就在我们团部庄子。我指定四班长带两个人押送。我们和陆同志都上了船,有向东顺路经过小柳堡和西黄庄的,一个侦察员要到团部报告情况,也上了船。有两个青年农民是小柳堡的,他们都在岸上飞奔了。"头报三十两",他们回去报告好消息啦!

顺水而下。我、李进和二妹子坐在一起谈着,这回是一点也不"封建"了。我这才了解事情的经过:原来李进一看到小猪慌慌张张地奔来叫二姐二姐,他就拼命向小柳堡跑去了。奔了二三里路,碰到两个青年农民,也是飞跑来送信的,而且已经看到二妹子上了船。李进和他们便沿河直赶,追到离七里河一二里路,看到了,李进打了两枪叫停船。侦察员们听到枪声也出来了,前后夹击,船靠了岸。李进下去搜索,二妹子被关在舱底下,嘴也塞住了!

我批评李进:"你怎么可以不通过组织一个人来追呢?如果他们是伪

军一个排怎么打?"李进只轻轻地笑笑。二妹子却一把抓住了李进的手臂，但很快地又缩回了手，脸立刻涨红了。

顷刻间便到了小柳堡的外面，河滩上挤满了人，笑的哭的，叫的骂的，闹成一片。只听得小猪的声音："二姐，二姐!"他跑下河埠来了。我把二妹子扶上去。我问小猪："你爹爹好吗?"小猪说："不碍事，在家里坐着哩!"我说："小猪! 告诉你爹爹，叫他不要怕，万事有我们呢!"我想起郝老掌柜的话，我又说："我们新四军给你们勤皇保驾!"

船又开了，老百姓挥着手，二妹子和小猪站在河埠上痴痴地望着我们，我看看李进，他也正痴痴地望着岸上，我再回头看二妹子，我看见眼泪在她脸上流。她转过头……我想，这条根是愈扎愈深了!

回到西马庄，已经过了中午，我听见树荫底下一个战士在唱那老歌："……听说到打据点心中喜洋洋，磨亮刺刀呀擦好枪，巴不得一口气飞上那战场! 巴不得一口气飞上那战场!"

第三天下午五点半我们出发了。走过每个庄子，老百姓都涌出来笑着叫："狠狠地打! 不要让那些狗日的跑了!""你们打下来我们来扒圩子平炮楼!"走过小柳堡时，曹老头子和他的女儿都在人堆里。曹老头子第一次尽心地笑着，二妹子的脸红得像太阳。我走在二排后面，看见李进走过二妹子身边时，回过头来笑一笑，向二妹子正大光明地看了一眼……

晚上十点钟打响枪，两个钟头，大部分碉堡里的敌人都交了枪。只剩下几个大碉堡了，可都是死顽固，大队长、中队长亲自压着的。火力很猛，机枪声不断。

我们连负责打的一个大碉堡有三层楼，第三层没顶，我们手榴弹打得他们受不住。底下一层二黄也不能登，怕塞手榴弹。这些家伙都缩在二层楼上，我们的机枪吃住它的枪眼打，封得它哑了。可是我们向他们喊话，叫他们交枪，倒还有个人在里边唱京戏。

一个战士就冲上去，打碉堡的门，但门很厚实，还包着铁皮，洋锹砸不开。二层楼枪眼里却接连撩下几个手榴弹来，那战士带花了，爬下来。第二个上去了，又带了花下来。绕到后面去砸墙，也不行。连长说："去几个人，把围子外面沟里的竹梯翻进来!"同时重新布置火力。战斗中的时间过得最快，天快亮了，敌人在里面喊："天亮了！回去吧！我们要下来打牌了！"正好二排解决了一个小碉堡回来，小李进一听，火冒头顶，立刻要冲。连长说："等梯子来了就叫你第一个上去！"李进便候在巷子里，看见竹梯子扛来了，他抢了就跑，那战士拖住不放，李进叫道："什么你的我的，连长命令我的！"挣脱了便往外冲。连长大叫开火，碉堡上顿时洒上一阵阵弹雨，李进一跳出去，像头小豹子，几个箭步就到了碉堡根。一个手榴弹落在他身边爆炸。他缩一缩身子，把梯子一架便往上爬，爬到梯顶，刚够到二层楼的枪眼，那里头还扔出一个手榴弹，可炸不到鬼。这时我们的火力早已停止，李进拔出手榴弹，一拉弦往枪眼里一灌，接着，又是一个，又是一个……碉堡里翻了天。我们一拥而上，三架竹梯架起来了……

不熟悉李进的人，会说他今天是为了二妹子才这样的，其实冤枉。李进每一次战斗都争先恐后的。不过以往打再大的仗，他总是嬉皮笑脸的："三天不刷牙，换根新三八。"不当一回事。今天却很认真，俘虏一下来，他便拉住问："你们中队长姓什么？"

"姓张。""是不是刘胡子？""不是，我们中队长是个太监脸……"我也上去问："有个叫刘胡子的中队长在哪里？"俘虏好像很熟悉，指着东边说："刘胡子那个大碉堡！那那那……"天已拂晓，看来全部碉堡都解决了。北边一个大碉堡还冒着烟，火光熊熊，子弹在里边噼啪地炸响。我带李进向东去，那边是七连攻的，俘虏都集合在场上了。我问他们："你们中队长是不是姓刘的胡子？"一个俘虏阴阳怪气地说："问他什么呢？阎王老子招他做女婿去了！"另一个俘虏站起来立正说："报告官长，是我把刘胡子打死的，他不让缴枪……我可以带你们去看！"我说："好！你出来！"七连连长对我笑着说："老兄，你今天怎么这样来劲？"但他一眼看到李进，他明白了，拍拍李进的肩膀说："原来是你的鬼名堂！小赤佬，当心不要……"

我们顾不得说笑，赶上碉堡，好多老百姓已经来扒碉堡了。

到楼上，那俘虏指着死尸中的一个，我看，果然是个官，黄卡其军服铜扣子，死尸面孔上满是剃得发青的须根，龇着牙……一个老百姓正在剥他的皮鞋。

李进忽然觉得腿上痛起来，看看绑腿，好几块地方烧焦了。

走下碉堡把满是泥巴的绑腿解下来一看，幸亏打了两三副衬绑，布上很多手榴弹铁屑子，腿上也嵌进了两颗铁黄豆，李进把它扒了出来，往碉堡上一扔，说："还你！"自己用急救包扎上了。

我们回去一讲，全连欢呼鼓掌。

上午十时，部队转移了，移动到七十里外的地方去继续练兵，从此远离了柳堡。

一个月以后，在《苏中报》上看到柳堡那地区减租斗争胜利的通信。姓郝的被判了徒刑。我把这消息读给全连听，大家好不欢喜！我同时留心着李进，他也同样地高兴，并没有害相思病的样子。我想他大概决心丢开了。

五

转眼到了十一月，有一天团部开连干部会，宣布了一个惊人的好消息：我们就要下江南了，打到苏南、浙江……准备反攻，协同盟军作战。国民党"孬种养"退上峨眉山了，我们要去收复沿海失地。

这两天，我忽然注意到李进，他好像心事很重，表面上却装着若无其事。有一次二排长叫他把单杠架子捣捣结实，他竟听了三遍才听懂。晚上已经睡下，四班长来了，他说："副班长怕要出事情！这两天时常叹长气，拿钢笔在纸上画啊画的，写写又撕了，不叫我看。刚才，大家摊铺睡觉了，我看他不在，我出去看看，他在看月亮，我问看月亮干什么？他说看会不会刮风，声音有点两样，我扳着他的头看，他在淌眼泪呢……"

我叫四班长注意一点就是，打发他走了。我不能对四班长说明下江南的消息，对排长以下还保守着秘密呢！可是李进显然是知道了，他过去在团部当过通信员，熟人很多，他听到小广播了。那么，我本来当他忘掉了柳堡，他原来还记着。他还是坚持着他的计划。这些日子虽然离开几十里，总还像鸟儿在树头上打着圈子。如今可要飞远了，千重水万重山。以后的几年里有没有飞回来的一天，谁也不敢做结论。那么，打蒋桥那天傍晚他们在大圩的相逢，也可能就是他们最后的一面了！

下一天我跟李进谈话，我和他并肩坐在草堆边，我奇怪他竟然瘦了。我问他，他闷了好久，忽然笑笑说："指导员，你今天用不着给我做政治工作了，我想定了。你说一个人要光荣快活呢？还是享乐主义快活？"我说："依你说呢？"他说："我们家里有句老话：'做狗吃肉不如做人吃粥。'"我问他："你这几天内心斗争很厉害吧？"他不答，倒问我："指导员，我们哪天走？"我说："走？到哪里？"他苦笑一下说："你不要瞒我了吧！我的通信参谋多得很。我们这次是远走高飞了！不过你放心好了，我不会开小差的！"这就是说他曾经想过开小差的。我说："你想过吗？"他笑着自言自语："岂止想过……"

我有点气，我说："那么你对我下的决心，在班务会上下的决心，都是瞎火子弹喽？"他急得跳起来说："不不，不是！那时候我是真心诚意的，我想想我这人自私自利，没有脸要她！不过后来我在船上救了她，又打下了蒋桥，我的心思活了，我想随我哪一天去，她都不会不要我……哎！不讲了，讲讲又要难过。"

他用手在额头上乱擦，又说："我真想见她一面……"他忽然把头昂得高高的，努力装出发笑的样子自我批评说："他妈的，怎么搞的？……好，以后再不谈了！"停了一会儿，他又说："指导员，你不说过，全中国还有成千成万的人像她一样吗？"

我想：这些年，刮风下雨冰天雪地，我们在外头行军打仗，在和着自己鲜血的烂泥里爬过，在烧着的房子里滚过，疲劳到在跑路的时候睡觉摔倒……我们都熬过来了，这些都没有叫李进流过眼泪。可是今天这一道关他能过得了吗？

李进紧挨着我，他说："指导员，你还不相信我吗？……我斗争了两天两夜了，翻来覆去想，走吧，走吧！……我想到你，想到班长，想到小马、老何他们很多同志，我到底舍不得走！"

他顾不得眼泪在流，又说下去："我想想二妹子心里难过，总还受得了。我一想到从此要脱离部队，党从此就不要我……我要变成一个孬种……给同志们骂了，我实在受不了……指导员，你相信我的话吗？"

我怎么不相信呢？这些年来，我们在一起生活一起战斗，这样相亲相爱。他去年害痢疾的时候，是我们日夜轮流守在他身边，他在戴窑遭遇战负伤，我们撤退的时候，是我去背他下来，我也就带了花。我们一起睡在担架上，抬过小海，老百姓拿鸡蛋塞在我们被子底下，把麦管放在我们嘴里喂茶……李进那时还说："我要不一条心革命，对不起老百姓，也对不起你指导员。"我说了："我相信！"

李进好像振作了些，他说："我好几次想写个路条，先拟个稿子，我一拿起笔，心里就痛得受不住。这两天，我就像生了场病，我晓得了，我是在光明大道上走惯的，革命部队里长大的，部队就是我的家，我的亲人。缩到暗角落里去，我活不下去的，哪怕你把金镶玉嵌的房子让我住起来。用不着人家骂我，我自己心里的病，也叫我一生一世没脸见人了！"

我批评了他，他霍地站起来，背起枪，说："指导员，你放心！共产党要我到哪里，我就到哪里！我还是那句老话：'为劳苦大众奋斗到底！'"

几天以后，我们出发了。深更半夜，我们在运河堤下无声地走着。寒风刺面，远处是庄户人家，狗在惊慌地叫。我们悄悄地通过敌人的封锁线，下江南……那是一九四四年的冬天。

六

四年以后，一九四九年的早春，我们部队从山东南下，又一次准备渡江了。千军万马，几百个箭头，走津浦路东西，运河的两岸，浩浩荡荡地前进。我们师的行军路线，有一天刚巧要经过柳堡附近的大堤。

这天中午，有人告诉我："六连连长在你'家'里找你。"六连连长就是李进，他到团部来找我干什么？……李进一见到我，便说："老首长，请示你一个事情，思想问题。"我请他坐下了，他说："讲起来，有一点好像不大应该。你知道我又到老地方了！"

我说："是啊，真不知道几年来他们怎么样了，你是想去看看吗？"李进说："差不多，不过要复杂一些。"他又高兴又不好意思地说："我坦白一件事情：去年大练兵的时候，我接到过二妹子的一封信。她说她已经参加了工作，新近参加了党，还有……总而言之，这种事情喽。我那时候回信去的，后来没有再收到她的信，也不知是牺牲了，还是嫁人了。所以今天，我想先出发去看看。不过她如果好好地还在那里，那就……不知道你们上级对这样子的事情怎么个看法。当然，不是要你们批准什么，就是……是不是算不良倾向呢？"他向我笑笑，又补充说，"还有，假如说可以去，我想请你陪我一起去，你高兴的话。"

我正在考虑，政委进来了，我就把这事情请教他，政委便是当年的教导员，不必细说。他背着手踱来踱去，听完了，他郑重其事地说："我们应该充分相信同志们的自觉。战场上，愿意抱了炸药炸地堡，有这样高的阶级觉悟，还怕没有力量处理自己的问题？当然，道理要说明白的：我们解放军，广大指战员，为什么不能谈恋爱，不能回家抱老婆？难道我们就不是人？我们是为了革命战争！也可以说：为了我们的妇女不再给蒋匪、美军蹂躏，为了工农大众，连同自己，将来都能得到真正的婚姻自由。

"我们这是一种牺牲，长年累月很重大的牺牲。当然这是光荣的。

"今后的相当长的时期革命还需要我们部队人坚持下去，相信我们的同志做得到。"政委和缓了一些说，"但是，如果并不会妨碍革命利益，譬如说见见面，那有什么不可以呢？"他面向李进说，"像你这样的事情，拿得出去的，部队里不会有谁起反感的，问题是，今后你要继续很好地来掌握自己。"

一个钟头以后，我和李进，并肩迈步，在大堤上南进了。我们走在整个南征部队的前头，路上遇见的每一个老百姓，都向我们亲热地笑，向我们说心底里发出来的好话。路虽然很宽，他们都特意让到两旁，让我们快向南走。老年人把手掌遮着阳光看我们，眼泪在笑脸上流。小孩子跟在我们后面喊口号，偷偷地上来碰一碰我们的枪，胜利地笑着逃开去。每一个村庄，都有红旗在飘，有锣鼓在响；每一个村庄，都有小车担架在集中。

经过比较大的村庄集镇，松柏牌坊凯旋门似的横跨在大路上，地方干部迎上来问我们部队还有多少时候能到，群众敲着锣鼓，点着爆竹，摇着旗子，像欢迎大部队似的向我们两个人喊口号，送茶送烟……我们走得很快，却一点也不疲劳。

李进指着左前方说："你看，到了！"我看时，东南天，淡淡的烟雾里，大小柳堡像水岛一样浮在碧绿的麦田上，郝家的大瓦房旁边红旗在招展。柳堡西边一二里路的大堤上，一个彩花朵朵的松柏门衬着白云青天。堤上堤下，人头济济，老乡亲们在等我们了。

李进忽然停住了，拉住我，他手微微发抖，他说："慢慢，让我再想一想。"停了一下，他说，"好！走吧！不过见了面，你不能逃开，丢我一个人在那里不行的。"他又说，"她，假使说，不在那边松门底下，请你代我问一下子，好不好？她叫曹学英。"

我们又被群众包围了，我看二妹子不在，正想问，一个三十多岁的妇女细细地端详了我们，说："嗨！同志，你们不是早年在小柳堡住过的吗？"我点点头，她说："是啊，对，对！你是那个指导员，你是……啊！你们是来找曹学英的啦！对了，对了！望到头啦！秀金妹子，你们快去叫学英去，她的对象来了！"

最后几句话她是用足了力气叫的，因为周围已经笑闹成一团了。几个年轻妇女推推挤挤地要去，李进涨红了脸说："我们自己去好了！在哪里？我们去找一样的。"那中年妇女懂事地笑着说："对啊！人多嘴多，不好说话啰，去吧，她在大柳堡庄上，不在区所，就在合作社，看到吧，那红旗下面。"

李进拉着我，急急地逃开这许多笑脸。我们向大柳堡走去，他把军帽推向脑后，头发上冒着白气。

走过小木桥，转过杨树园，李进全身震了一震，在前面不太远，一个妇女正向我们迎面走来，那是二妹子，辫子剪了，头发在耳边飘着，她穿着深紫色的衣服，低头走着。我们并不停步，二妹子抬头向我们望望，很客气地笑着想招呼，忽然她停住了，倒退一步，两手捏紧拳头，满脸放出又惊又喜的红光。

嘴是奇怪的东西，最需要它说话的时候，它会怠工，要眼睛来代替它的工作。我看见，那双水亮的大眼睛，虽还含羞，却已经不再是胆怯躲闪的了，勇敢地、有信心地望着我们。

还是我先开了口："想不到吧？"二妹子才轻轻地吐了口气，慢悠悠地，像对自己在说："到底，又回来了！"她望望堤上的松门，说："我们庄上，大家多高兴！……啊呀！你们走累了，还叫你们站着，我们到大柳堡去坐坐吧！"李进说："最好不要到庄上去了，我们马上要走的，今天部队经过这里。"二妹子说："我知道。……我们到哪里去坐坐呢？噢，到那船上去吧，好吧？那是我们区所的船……"

那河湾里，结着条小船，我们走了上去，我拿起篙子，但是几年来生疏了。二妹子笑笑解了缆，抢过我的篙子。我们坐下来，她把竹篙轻轻一点，船便荡到河心去，她指着说："到那边去好不好？"一段高岸底下，柳树斜斜地交叉在河面上，枝条上已经吐出点点的绿芽。篙子在水面上划了个半圈，船头滴溜溜靠向岸下去了。从这里，我们可以远望大堤上的松门牌坊，人家却找不到我们。

二妹子插住了船，坐下来。一群鸭子在河那边游过。李进说："曹学英同志，你有没有收到我的回信？"二妹子说："没有呀！寄丢了吧，我，还当你……你们都比以前瘦了。"李进说："四五年了，这一个圈子兜得好远，你记得那年我们从七里河回来那天吗？我们也是这么坐在船上的。"二妹子说："你知道我这几年怎么过的？"她并不要人家回答，拍拍船舷说："船，船，两三年我们全靠撑船过日子。"我和李进都有些诧异，我说："你讲，你讲得越多越好，我们今天专程来听你的。"

二妹子两臂撑着背后的船板，微微抬起头，说："讲起来，话就长了。你们主力部队一走，这里就变天了，郝老掌柜爷两个，带着还乡团、遭殃军，倒算、抓丁、抢粮食、烧房子，来一趟，光一趟。我早就在妇女会里工作啰，区里知道我和姓郝的结下了仇，庄上不能待，就介绍我跟县里来的妇女干部住在一起，跟她们一块儿打游击。那时候啊，遭殃军汽划子上架了机关枪，噔噔噔的在河里穿东穿西的，夜里庄子上就是满天红火。我们撑个小船，草荡子里，小河汊里，躲来躲去，我方才知道你们部队，刮风下雨，在外面的苦处。我们妇女，也什么都做，撑了船送信、拆桥、破路、找姊妹们开会，我也拿红缨枪，挂了手榴弹，在早年你们放过哨的那树底下站哨。

"郝老掌柜对我爹爹说，只要我回去，就能保住我一家。我爹爹把弟弟送到舅舅家去，带个信给我，叫我死也不要回家去。

"后来，我家里房子也被烧了，两个老人，也逃到东边马庄去了，这会儿我家算是住在马庄了，政府给我们分了田地、房子，安了家啦！那时候我们庄上可真是活受罪呢！反倒是我不很苦，他们有枪，我们也有枪，用不着怕被他们逮了去。妇女会的张主任空下来还教我认字，读报纸给我们听。有天，她读了一篇什么通讯，说的是你们，在山东，敌人重点进攻的时候，下大雨山上发大水，你们饿了肚子，光脚板跑路，脚在水里头泡烂了，爬上山，石子路上都是血滴滴的脚印子。我把这报纸要了下来，一直放在身上。最苦最苦的是去年，喔，前年冬天，庄上都住满了遭殃军，我们船躲在水荡里，起了北风，下了雪，船冻住了，冰上又不能走，就靠些干馒头活命。睡在船板底下，稻草是半干半潮的，半夜里冷醒来，有时候头发也冻住了。我就想到你把我从船板底下扶起来的那一天。我想你们在山东受着这样大的苦，打了这么多的胜仗，你们总有一天会回来的。我拿着那张报纸看了又看，夜里望不见报纸上的字，可是我看得见你们。我总要对得起你们……"

二妹子向李进笑着，她眼睛里含着泪水，她愉快地说："后来好了，熬到头了，部队打开了清江、淮城，郝老掌柜都被我们逮住啦！你们打了淮海战役，高邮也解放了，我们这里便安顿了。真不容易啊，今天我们能在公路上欢迎你们!"她的眼泪珠串似的滚下来。她擦去眼泪，畅快地笑了，说："你们呢？你们说吧!"

堤上传来锣鼓口号的声音，太阳落到松门的角上，一朵红云遮住半边金光。前卫部队就要到了，北边堤上，无穷无尽的行列滚滚而来。

李进说："我说什么好呢？你比我进步得快。我们这几年还不是打仗，跑路……"李进望着我笑笑。我懂得，我便说："让我来介绍吧，这一位李进同志，是我们六连的连长，二级人民英雄。淮海战役他们一个连俘房了敌人一个多团。这同志现在反而比过去怕羞了，得了个人民英雄奖章也不好意思挂出来。"李进忙说："哪里，怕丢掉。"二妹子天真地说："给我看看好不好？"

李进便从皮包里拿了出来。

二妹子把奖章托在掌心，奖章辉煌地射出彩光。太阳从云里直透下来，把堤上行进着的部队，镶了一道金边。二妹子抬起头来望李进，她眼睛里满是欢乐、骄傲和敬爱……

　　我站起来，不甘心自己已经不会弄船，拔起竹篙，撑到河中央去，我袖子里湿漉漉地流进了水，动作一定是很呆笨的，但并没有人笑我。背后，他们俩继续谈着，我听见李进轻而有力的声音："……你放心，我有哪一点对不起革命，就没有脸回来见你。"

　　我的动作熟练了，大篙大步地朝堤埂方向撑去。堤上部队正唱着歌："……要做新中国的主人，前进！要做新中国的主人，前进！"堤背后一片红光，映着那一个个迈进的人影，正像无尽长的齿轮在转动。这好似巨大无比的重坦克的纯钢履带，在人民的欢呼声中，轰隆隆地向南。

　　　　　　　　　　　　　　　　　　　　《文艺》1950年3期

洼地上的"战役"

路 翎

　　在春季的紧张的备战工作里，侦察排的人们除了到前沿、敌后去从事各种危险而艰苦的工作以外，还要做一件很特别的事情，这就是深夜里去侦察侦察二线上的自己人，试一试他们的警惕性，看一看那些新老岗哨是否能够尽职，摸一摸我们的二线阵地到底是不是结构得很坚强。因为，这个时期敌人的特务很活跃。这个任务是团政治委员给他们的，政治委员嘱咐他们，一般地看一看阵地是否警戒得很严密，岗哨们是否麻痹大意就可以了；当然也可以施展一点侦察员的本领，给那些麻痹大意的同志们一点警惕，但一定要防止不必要的误会和危险；如果发生了危险，就得由侦察员们负责。团政治委员说这个的时候口气很严肃，但似乎也含着微笑，因为他深深地懂得这些侦察员的性格；在他说着话的时候，他们一个个的眼睛全闪亮闪亮。于是这天晚上，侦察员们就"突破"了自己人的好几块阵地。在他们看来，这里也"麻痹"，那里也"大意"，他们确实忘了这一切仅仅因为他们是一个久经锻炼的侦察员，有些岗哨实在是只有他们才能钻得进去；他们熟悉一切，不是像真正的敌人那样怀着恐惧，而是怀着喜悦，相信着他们和岗哨之间的友谊。确实麻痹大意的也有——二班长王顺，这个老伙计，就从二连的一个打瞌睡的岗哨那里缴来了一支步枪。但侦察员们并不是总能"战胜"自己人的，有一些老战士的岗哨，他们就无论用什么办法也钻不到空子，甚至有的在潜伏了一两个钟点以后，在老战士的严厉的喊叫下，只好走了出来，交代了口令，说明是自己人；他们和这些老战士大半都认识，于是就互相笑骂起来。……

二班长王顺，这个出色的侦察员，朝鲜战场上的一等功臣，在缴回了那倒霉的岗哨的一支步枪之后，下半夜又摸到九连的阵地上来了。九连的新战士多，他想着要好好教训他们一顿。九连有一个岗哨在麦田边的土坎上。那里和八连的阵地相连，离前沿比较远，又没有道路，平常最安静，因而他觉得也是最容易麻痹的，于是就摸过去，观察着地形和情况，在麦田边上的土坎后面潜伏下来了。这时候那个个子不怎么高，但是身体看来非常结实的岗哨正在土坡上来回走动，似乎很不平静。从这岗哨端着冲锋枪的紧张而又不正确的姿态，王顺看出来他是一个新战士，并且判断他最多不过站过两次哨。

　　这判断果然是正确的。新战士王应洪，这个十九岁的青年，从祖国参军来，分配到九连才一个星期。这是他第二次执行战士的职务，第一次是在连部的下面。王顺不久就发现这年轻人非常警惕，但这警惕并非由于战场上的沉着老练，而是由于激动，他在土坡上走来走去。

　　敌人向前沿的我军阵地打了一排多管火箭炮，那年轻的岗哨站下了，看着那一下子被几十个红火球包围着的十几里外的小山头。

　　"吓，你这穷玩意儿才吓不了谁！"他自言自语地说，接着他又疑问地对自己说，"这他妈到底是什么炮呀？"

　　他走动了一阵，又站下了，长久地看着前面的田地。

　　"这麦子都长得这么高啦，……朝鲜老百姓真是艰苦哪！"他大声说。

　　显然他有许多激动的思想，而这也是只有一个新战士才会有的；老战士们是不大容易激动的。他一定是非常景仰而又有些不安地看着前沿的山头，他还没有到那里去过；并且他因为眼前的麦田而想到了他的才离开不久的家乡。而在老战士、侦察员们看来，麦田，这常常不过是阵地上的一种地形。可是，听到这年轻人的喃喃自语，王顺虽然一方面在批评着他的幼稚，一方面却不禁心里很温暖，觉得这年轻人在将来的战斗中一定会很勇敢。他开始带着深切的关心在注意着他了。他看到这年轻人那么紧张地在捧着冲锋枪，并且显然地因这可爱的武器而激动，不时看看它，然后挺起胸膛。但随即王顺就注意到了，这冲锋枪的枪口布却是没有摘下的。"真胡来呀，这怎么能行？"他想，决定警惕他一下，于是轻轻地咳嗽了一声。

那年轻人凝神地听着了，显然他的耳朵是极敏锐的，有一双侦察员的耳朵。但是他却是这么没经验，并不出声，只是疑惑地对这边看着，然后小心翼翼地走下坡来了，丝毫也没有地形观念，不知道要隐蔽自己，并且尽往附近的开阔地里看。他正好经过王顺的身边，几乎要踩到了王顺的脚。王顺一动也不动，心里好笑。"这么没经验怎么行呀！"他想。当这年轻的哨兵满腹猜疑地又走回来，从他身边走过去的时候，心里就腾起了一阵热情——他没有意识到这是对这个年轻人的抑制不住的友爱——一下子跳起来把这年轻人从后面抱住了。

　　那年轻人在这突然袭击下最初是惊慌的，叫了一声，但随即就满怀着仇恨和决心和王顺进行格斗了——沉着起来了。王顺没有能夺下他的枪。他像一头牛一样结实，一下子就翻转身来把王顺也抱住了，显然地，他已经好久地在准备着和敌人进行面对面的搏斗了。……他的这炽热而无畏的仇恨的力量很使王顺感动。王顺就赶紧说："自己人。"并且说出了口令。

　　但那年轻人才不相信他是自己人，用着可怕的力量把他压在泥坡上，在他的肩上狠狠地打了一拳；这年轻人并不喊叫来寻求帮助，看来他是沉浸在仇恨中，非常相信自己的力量。王顺放弃了抵抗，甚至挨了这一拳还觉得愉快；虽然对于老侦察员，这种情形是不很漂亮的。

　　"自己人！侦察排的！"他说。

　　"管你什么人，我抓住你了！"那年轻人咬着牙叫，"不跟我走，我就枪毙你！"

　　"睁开眼睛吧！"王顺说，"你不看我连枪都没有拿出来？……"

　　可是他这句话只是提醒了那个新战士，他一只手按着王顺，动手来缴王顺腰上的手枪了。这就伤害了老侦察员的自尊。

　　"你没看见我是让你的吗？"王顺按着枪，激动地喊着，"不许动我的枪，我发脾气啦！"

　　他像是在对小孩说话似的，可是那年轻人喊着："就是要缴你的枪！"

　　他是这样地坚决——看来是无法可想的。钦佩和友爱的感情到底战胜了侦察员的自尊，他就自动地去拿枪。可是那年轻人打开了他的手，敏捷地一下子把枪夺过去了。

"不错，他还能懂得这个，"王顺想，于是笑着说，"好吧，我跟你走吧。"

这时，听见这里的这些声响和谈话，九连的两个游动哨已经做着战斗的姿态跑过来了，他们也都不认得王顺，拥上来帮着王应洪抓住了他。于是，留下了一个担任警戒，其他的一个就和王应洪一道，动手把王顺押到连部去。王顺不再辩解，但在走进交通沟的时候，他却回过头来笑着对王应洪说：

"你警惕性不够高，我在你跟前蹲了半个多钟点了；我咳嗽的时候，你直着身子光往开阔地里看——要是我是敌人早把你干掉了。打仗要利用地形啊。"

王应洪很是疑惑了，生气地问："你到底是干什么的？"

"我吗？干我的老本行。你看，"他又转过脸来说，"要是现在我要逃还是逃得掉的，你把你那枪口布摘下来吧。要不一打枪管就会炸，你们连长就没告诉过你？"

王应洪羞得脸上一下子发烫了。等到老侦察班长又往前走去的时候，他悄悄地摘下了枪口布。

"你到底是干啥的？"

"你参军来几天啦？"

"你不用管！"他愤怒地说。

到了连部的洞子里，大声地喊了报告，他就对连长说："抓住了一个……"抓住了一个什么呢，他就说不上来了。连长认得这老侦察班长，一看情形，马上了解了。

"好哇，有意思，"连长笑着说，"你们这些侦察排的就是有本事，怎么你的枪倒叫我们新战士缴来了呀？"

"别得意啦，我是让他的！"王顺自嘲地笑着说，"他蛮不讲理，那有啥办法呢？你问他我是不是让他的？"

"我蛮不讲理？你别诬赖人啦，……我把你一枪打掉我也没错！"

"那可使不得。打掉了我就吃不成饺子啦。"王顺说，心里特别喜爱这年轻人了。灯光下看出来，他是长得很英俊的。

"你说说看我是不是让你的？"

"我要不揍你你就让我啦!"

这激昂的、元气充沛的大声回答使得连部里的人们全体都大笑了。老侦察班长自己也笑了。那挨揍的地方,确实还有点痛。

对九连的警戒情况做了一点建议,王顺就回来了。自这以后,他的心里就对这个新战士留下了很深的印象,甚至高兴人们说起这件事,就是,他被新战士王应洪所"俘虏",还缴了枪。这件事情不久也就在全团流传起来,以至于团的首长们也都对新战士王应洪怀着特别的兴趣了。过了不久,从阵地下来休整,预备向各连调人来增强侦察排的时候,团参谋长就一下子想起了这个小伙子,建议说:"这个王应洪跟咱们那个王顺,他们是有点老交情呢,调他来吧;侦察排总是调的班级、副班级的老兵,我看调几个年轻的去也有好处。"

这样,王应洪就到了侦察排,而且连里也把他分配到了二班。不用说,王顺对这件事是很高兴的,当那个年轻人背着结实的背包,精神抖擞地来到班上,对着他极其郑重也极其高兴地敬了一个礼的时候,他就笑着跑过去把他的手拉住了,接下他的背包,拍拍他的肩膀,说:"咱们是老交情啦,你说得对,你要不揍我我就不会让你!"

这年轻人马上就明朗地说:"班长,分配我任务吧。"

他是羡慕着侦察员,非常乐意到侦察排来的。他在这些时间里已经习惯于军事生活了,并且也晒黑了,长得更结实了。他把侦察员的工作看得很神秘,但也想得很简单,因此一来就要求任务。班长王顺告诉他,现在他们在练兵,要学会各种各样的本领才能执行侦察员的任务,并不是任何人都能干侦察员的。第二天一早,班长把全班带上了山头,要求每一个人都找寻一块自己以为合适的地形,在半分钟内隐蔽起来,然后他来检查。侦察员们迅速地在山坡上散开去了,马上就一个一个地消失了,唯有这新来的战士仍然暴露在山头上,他很激动,急于要找寻一个合适的、让班长赞美的地方,可是愈是这样,愈是觉着哪里也不合适;乱草中间不合适,石头背后也不合适,跑到这里又跑到那里。这时班长已经上来了,他就焦急地一下子伏在旁边的一棵小树下面。班长王顺显然是装作没看见他,先去搜索和检查别的人,批评或表扬他们在紧急情况中所利用的地形,并且提出一些问题:如果敌人的火力从这个角度打来，你这条腿还要不要呢？他高声说着话，显然是要让全体都听见。听见这些，检查一下自己的情况，王应洪明白自己要算是最糟糕的了，而这时他恰好看见了附近的一条土坎，于是跳起来往土坎跑去。但是班长说话了："谁在那里跑呀？咱们侦察员的纪律：伏下来，没有命令，不准动！你不怕把全班都暴露吗？"班长的声音是很温和的，有点嘲笑的味道，王应洪的脸一下子红到了耳根，痴痴地站在那里就不再动弹了。可是班长好像只是随便地说了这话，马上又不再注意他，又去继续检查别人了。他于是就又回到了原来的小树后面，照原来的姿势卧好，这时候他想：他一定要保持原来的样子，一动也不动，让班长来批评。班长最后才走近了他，简单地说："你这里不好，除了这棵三个指头粗的小树干子，你是躺在土包上，没有一点隐蔽。你为什么会选择这里呢，因为你不沉着，人一不沉着，头脑就不灵活。"然后就集合了全班，开始了一天的练兵工作，没有再批评他了。……这样，这个青年就一点一滴地学习了起来，对班长充满了崇敬，爱上了这严格的军事生活。他想，他要发奋努力才能赶得上别人，才有资格在将来的战斗中要求任务。

练兵工作甚至有时候在深夜里也进行。因为排长调去学习去了，班长王顺还代理着全排的职务，他的工作非常忙。但即使这样，这个在侦察员中间威信极高的班长还能不时地抽出时间来和王应洪谈一些话，告诉他战场上的事情，勇敢的侦察员，他的那些牺牲了或调走了的战友们，在这样或那样的情况下怎么做；但关于在部队里流传着他自己的许多故事，他却避免提到。有一天王应洪忍不住地问了：是不是有一次，在五次战役的时候，他一个人深入敌后三十里，缴获了文件还炸掉了敌人的一个营指挥所？他笑笑说：那不过是敌人太熊了。过去那些没啥，看将来的任务吧。

总之，这两个人感情很好，练兵工作紧张而平静地进行，王应洪在任何工作上都非常积极，他拿班长做他的榜样。在那天晚上"俘虏"了班长的时候，班长给他的印象使他觉得这些侦察员们虽然大胆勇敢，却是有些调皮捣蛋的，但现在他觉得完全不是这样。他渴望执行任务的日子早一天到来，他渴望跟着班长去建立功绩……可是，这时候在他们的生活里却发生了一件意外的事情。

侦察排在练兵的这个时候是住在阵地后面的山沟里的一个村子里，这是这一带剩下来的唯一的一个小村子，因为地形的关系，敌人的炮火射击不到的。王顺的这个班，住在一个姓金的老大娘家里。这老大娘六十二岁了，儿子是人民军战士，媳妇在敌机轰炸下牺牲，家里只有一个十九岁的、叫作金圣姬的姑娘；这一老一少在从事着田地里的艰苦的劳动。侦察员们住到她们家来以后，这母女两个总是抢他们的衣服来洗，他们也就抽空帮她们做一点事情。金圣姬这姑娘是农村剧团的一分子，曾经参加过慰问战士们的晚会。唱歌跳舞都很好，侦察员们来了以后，她是这山沟里最活跃的一个姑娘。这大方而活泼的姑娘不久就和侦察员们非常熟识了，叫得出每一个人的姓名。星期天，侦察员们休息的时候，她就和他们学着打扑克，教他们朝鲜话，又向他们学中国话。而在侦察员们爬到屋顶上去替她家收拾房子的时候，她就攀在梯子上递东西，不停地快乐地大笑着。她的中国话不久就学得很不错了，而且会唱侦察员们的所有的歌子。于是侦察员们，住在这两母女这里，就像是住在自己的家里一样。但是忽然地，这姑娘的神气里有了一点特别的东西，变得少说话了，沉思起来了。

　　班长王顺是很敏感的，他不久便觉察出来，她的这种变化是因为王应洪。侦察员们初来的时候，她最爱和王应洪说笑，嘲笑这年轻人的愣头愣脑的劲儿；带着天真的神气逗弄他，掰着手指教王应洪学习朝鲜话的一二三四，在王应洪发音错误的时候就大笑起来，每一次都要笑得流出眼泪。……在战线附近，在敌人的炮击声中——她们的麦田附近经常落弹——这样天真快乐的姑娘是特别叫人高兴的。但后来她忽然地就不再和王应洪这样大笑了，见到王应洪的时候就显得激动，在他走过的时候总是痴痴地看着他。有时候，显出特别兴奋的样子，和王应洪说上几句话，就要脸红起来。可是王应洪却完全没有注意到这个，这个年轻人的全部心思都集中在练兵的工作和未来的战斗任务中。使得这姑娘对王应洪发生感情的重要的原因，正是王应洪的这种热诚。他帮她家做的事最多，他一早一晚都要帮她家挑水，午饭后有一点时间还要去抢着帮老大娘劈柴。他做这些是很自然的，他觉得这家人家很艰苦，而他们住在这里，总是会有些打扰别人的：老大娘那么大年纪还抢着替他们洗衣裳。

参与着这日常的家庭劳动，老大娘有时就递口水，递块毛巾给他，对待他像对儿子一样，而金圣姬那个姑娘，在这些接触中心里满是感激，从这感激就产生了一种抑制不住的感情和想象了。在院子里只有他单独一个人在干活的时候，她就和他说许多话，替他递这拿那。有一次，天刚亮他担水回来，那姑娘像每天一样赶快拿东西来接，热烈地瞅着他，希望他和她说话，可是他低着头倒了水，担着水桶又出去了。第二挑水担回来的时候，金圣姬蹲在地上拿盆接水，忽然抬起头来看着他，用生硬的中国话问："你的家里几个人？"他爽快地回答说："四口，父亲、母亲、哥哥、嫂嫂。"金圣姬紧张地、吃力地听着，红了脸，后来又想问什么，可是他已经唱起歌来，跑出去了。他什么也没有觉察出来。

　　第二天午后，别人都午睡了，他一个人在院子里挖着他的鞋子上的泥，老大娘忽然走过来，在他旁边蹲下了，拿一只手抚摩着他的肩膀，悄悄地用中国话问："你的十九岁？"他说："十九。"又问："你结婚过吗？"他说："没有。"老大娘于是对着他笑着，抚摩着他的头，说了很多他听不懂的朝鲜话。显然地那个女儿已经和母亲谈过她的心思了。可是这年轻的侦察员仍然什么也没有想到。老大娘的慈爱的抚摩，使他非常感动，他告诉她说，他的母亲也是快六十岁了，身体很好，和她一样还能下地劳动；又告诉她，他的母亲是很爱他的，他小的时候，看见他生病咽不下和着糠和榆树叶子的窝窝头，母亲就偷偷地哭，卖了自己的唯一的一件破棉衣，替他买来了两斤白面。他说着的时候看着老大娘，发觉老大娘脸上也有和母亲一样的皱纹，于是就想到，在他参军的时候母亲怎样地流了眼泪又微笑，说是："我这儿子没有叫国民党土匪打死，今天怎能不乐意他去哇……"他于是激动起来，想要和老大娘谈这些。可是他不久就发现他的夹着几个朝鲜字的中国话老大娘一点也没有听懂，正像刚才她的话他没有听懂一样。他激动得很厉害，想着现在他是一个志愿军的侦察员，是在为他的受苦的、慈爱的母亲和这个受苦的、慈爱的老大娘而战斗了，于是站了起来，找出了斧头就去替老大娘劈柴。

　　老大娘含着泪看着这年轻人——他仿佛觉得他已经是她的家庭里的人了，并且她甚至想到了，当她的当人民军的儿子从前线回来时，将要怎样高兴地和他们家里的这个新人见面。而这个时候，金圣姬姑娘也正在厨房的门口对着这年轻人瞧着。她听见了她母亲对王应洪所说的一切话，但是王应洪后来所说的那些话她同样地没有能听懂。但是从这年轻人的激动的神情，她相信他已经能够懂得她的心了。

这种情况，这母女两个的动人的、热切的感情，渐渐地使得班长王顺很担忧。他相信王应洪不可能出什么岔子，但因为他特别喜爱王应洪，并且似乎和他还有着一种特别深刻的关系，因此就时刻害怕他会出岔子。而且，对于这一类的事情，老侦察员一向是很冷淡的，他还有一种简单的成见，就是，如果这一方面没有什么，那一方面也一定不会有什么的。因此他渐渐地有点疑惑了。他觉得，年轻人总难免的，他刚离开温暖的家不久——他听说过王应洪是怎样被母亲爱着——还不曾懂得、习惯战争生活，可能他被这个家庭的日常的劳动所吸引，可能他不知不觉地对金圣姬流露了什么。在军队的严格纪律和严酷的战争任务面前，这是断然不能被容许的。

但在这种考虑里，班长王顺的心里还有一种模模糊糊的他也说不上来的感情。当他的班里的一个战士对他反映了金圣姬和王应洪之间的状况，并且认为王应洪可能已经有了超越了军队纪律所容许的行为的时候，他才意识到自己的这种感情。他回想起了金圣姬的纯洁、赤诚的眼光，这眼光使他困惑。他想：她的心地是这样地简单，她怎能知道摆在一个战士面前的那严重的一切呢？可是，又何必要责难她不知道这一切，又为什么要使她知道这一切呢？

他是结过婚的人，并且有一个女孩。他一向很少写家信，总是以为他没有什么可写的，他觉得他对她们也一点都不思念。但金圣姬的神态和眼光，她在门前的田地里劳动的姿态，她在侦察员们走过的时候忽然直起腰来在他们里面找寻着什么的那种渴望的样子，就使得他隐隐约约地想起了那显得很遥远的和平生活。金圣姬从一个小女孩长成大人了，她简直就是在炮火下成熟起来了，她特别宝贵她的青春，她爱上了纯洁的中国青年，她的一举一动都流露着，自自然然地，她渴望建立她的生活，和平的、劳动的生活。……正是这个，使他感到了模模糊糊的苦恼。

但军队的纪律和他心里的紧张的警惕却又使他不好去批评他班里那个战士的汇报。而且这个汇报使他对这件事情觉得更加疑惑起来，就是，王应洪可不可能在不知不觉之间对金圣姬流露了什么呢？经过一番考虑，他就把他所注意到的这一切汇报给连指导员了。连指导员也很喜爱王应洪，但也对这件事做不出判断，于是指示他说：好好注意，必要时找王应洪谈一次话。

指导员的意思是，如果现在真的还一点什么也没有，谈了话反而要影响王应洪的情绪。王顺也觉得这个谈话很困难。但因为对这年轻人的特别地关切，因为对他的班的重大的责任感，王顺仍然当天晚上就找了王应洪到门前的土坡上去谈话了。

这谈话确实困难。王顺先是表扬了王应洪，表扬他在练兵中的进步，干工作的带头、勤劳和活跃，然后就说到了将来的战斗任务，说到一个革命军人的职责，说到纪律的重要。可是，说着这些，王应洪仍然一点也不明白。他从来都不怀疑这些真理。他以为班长是一般地在关心他，于是表示说，他是坚决要为革命奋斗到底的，他是青年团员，他希望能在将来的战斗里考验他！他热情而激动，就是不明白班长所暗示的那件事情。班长于是只好点破了。他说："你觉得咱们房东那姑娘怎样？"

对这个问题，王应洪愣了一下。

"她挺好呀……"说到这里，他才一下子明白过来了。一定是班长不信任他，一定是别人说了他什么。这倔强的青年是不能忍受这种怀疑的，他痛心而愤慨了，叫着："班长，你就这样看我吗？"

班长王顺也是直性子，既然把问题点破了，他就决心搞到底，一定要弄出结果来，看这年轻人到底有没有什么。他于是不理会他的激动，冷淡地问："你真的是没有什么？"

"你不相信你调查去好啦，这么不相信同志呀。"

这种说话的腔调，叫班长王顺愤怒了。这是孩子气的、老百姓的腔调。这在老军人看来是断然不能许可的，于是他冷冰冰地说：

"有纪律没有？你这口气是跟谁谈话啦？"

那年轻人一下子沉默了。过了一下，他以含着泪的、发抖的声音说："班长，刚才我是不对……我汇报给你啦，我真是对她一点心思也没有。"

班长沉默着。他很难过——他是这样地喜爱这个青年，刚才似乎也不必那么严厉的。这年轻人说的话也是真理：为什么要不相信自己的同志呢？

"好啦，就这样吧。"他想安慰他几句，可是什么话也说不出来。他又想起了金圣姬姑娘的那一双热诚的眼睛。

回到班上去，熄灯号以后，王应洪好久睡不着。他这时才回想起这些时来金圣姬姑娘的神态，觉得果然是有些什么的，心里很不安了。眼前就有一个难题：明天一早起来替不替老大娘挑水呢？他想，不挑算了，为什么要叫人误会呢？但这时候，透过门缝，他看见了灯光下的老大娘的疲劳的脸和花白的头发，她正在推着磨子，艰难地耸动着她的瘦削的肩膀；而从屋子里面，则传来了噼啪噼啪的单调的声音——金圣姬姑娘在打草袋。这噼啪噼啪的声音混合着磨子的沉闷的轰轰声，震动着他。这两母女每天都要劳碌到什么时候才睡啊！那么，为什么他不该替她们挑水呢？如果明天一早起来，发觉坛子里空着，她们要怎样想呢？当然啦，她们是决不会责怪他的，可是他自己怎么能过得去呢？……想着这个，他心里觉得沉痛起来。"我是清清白白的，我哪一点也没有错，为什么要这么不相信我呀！"他想。于是他含着眼泪激动地对自己说："不挑对不起人！坚决要挑！"

但是他仍然问了班长。看见班长在翻身的时候醒来了，他问："班长，早上我替不替她家挑水呢？"班长用很柔和的声音回答说："那当然可以。"然后又睡了。这回答使他很安慰。

他是全班每天起得最早的，趁这个时间去替那两母女挑点水，这已经成了习惯了。但是第二天一早他刚一起来，悄悄地去拿水桶的时候，打草袋打到深夜才睡的金圣姬忽然迅速地推开门出来了，两只手编着辫子，赤着脚走到踏板边上，注视着他。他不和她招呼——下决心一句话也不说，拿了水桶就走。金圣姬活泼地跳下踏板穿上鞋子就来和他抢水桶。侦察员们住到这里来的最初几天，她也曾和他抢过水桶，那是因为她觉得，她不好要这些劳苦的战士们帮助她；而且，在朝鲜，背水和顶水，是妇女们的事情。但后来的这些天，她就不再来抢水桶。今天不知为什么她忽然地又这么干了，也许是因为，她已经把他看作自己家里的人，她又想起来了男子的尊严，而担水是妇女的工作。但王应洪却不曾想到这些，似乎是有些赌气，用力地夺了水桶就走。他挑了水回来，那姑娘已经在灶前生着了火，听见了脚步声就回过头来了，望着他笑，跑过来找盆子盛水，可是他为了免得和她接近，赶紧地把水倒在一个坛子里了，慌慌忙忙地以致把衣服泼湿了一大片。金圣姬啊哟地叫了一声，马上找东西来替他揩，找不着干净的东西，慌忙中就撩起裙子来预备拿裙子给他揩，可是他红着脸一转身就出去了，金圣姬蹲在地上还来不及起来。

这对于金圣姬是一个不小的打击。为什么这样呢？她有什么不对的吗？难道她对战士们照顾得不好，不曾把他们的衣服洗得很清洁吗？她站了起来，悄悄地流下了一点眼泪。这个年轻的朝鲜姑娘，好些天来，听见王应洪的声音就要幸福得脸红；一早上在灶前烧火，听着他的挑水的脚步声的时候，她就要不由得想起了，一个男子不应该挑水的。将来，她烧着火，担着水，他在院子里这里那里收拾一下，然后他们一块儿到田地里去劳动——这就是家庭了。她觉得这好像没有什么不可能的。战争总归要过去的。而且，在她的心上，他一点也不是生疏的外国人了。

她真是很委屈。可是她也是倔强的。第二天天刚亮，王应洪起了床预备来挑水的时候，小水缸里和坛子里却已经满了，她在灶前烧火，不曾看他一眼。

他于是觉得苦恼。她一点过错也没有，为什么昨天要那样对待她呢？……可是这种情况是不能这么继续下去的，晚上他就向班长王顺把昨天和今天挑水的情况汇报了，他觉得他很对不起人，他不知道要怎么办；他建议他们班搬一个家，可是他又觉得，无缘无故地搬了家，就更对不起这两母女了。他于是希望快点上阵地去。班长嘱咐他仍然照常挑水，并且态度不要那么生硬。

以后几天，他起得更早，抢着挑了水。金圣姬姑娘不再走近来，也不再和他说话，只是默默地看着他。他总是很快地办完事情就出去了。这种情形弄得他很慌乱，他心里开始出现了以前不曾有过的甜蜜的惊慌的感情。对这种感情他有很高的警惕，于是在金圣姬姑娘面前他的态度变得更生硬了。这天晚上回来，预备抽点时间洗一洗衣服，他发现他的一套脏了的军服已经被她洗得很干净，而且熨得整整齐齐的。他一瞬间害怕别人看见，红着脸像是做错什么事情似的，赶快把这套军服塞到背包下面去了。但第二天早晨，穿上了这衣服——他决心一早就穿它，好使金圣姬心里高兴一点，来补救他的那些生硬的态度——往衣袋里一摸，却多了一件东西。拿出来一看，原来是一双用蓝布做面子，白布做底的，缝得非常细致的袜套。他没有什么犹豫就向班长汇报了，把这袜套交给了班长。班长拿着这袜套看了一阵，心里赞美着这年轻的战士的忠诚的纪律性，但又有点不安：过过穷苦的生活的人，是知道庄稼人家的艰难的；在这战争的山沟里，谁知道金圣姬姑娘费了多大的心思，才弄来了这一块簇新的蓝布？这两母女终年吃着酸菜和杂粮，而且那姑娘的裙子都打了补丁，她只有一条跳舞的时候才肯穿的比较新的红纱裙……这么考虑了一阵，黄昏的时候，他就嘱咐王应洪把这袜套还给金圣姬，虽然他知道这一定会使那姑娘委屈，但这没有办法，纪律比一切都重要。

这时金圣姬姑娘和她的母亲正在门前的踏板上吃饭，王应洪鼓起勇气来走过去了，不知为什么还敬了一个礼，把那袜套硬邦邦地往前一递，说："还你！"就没有别的话了。

那姑娘一瞬间瞪着他，她母亲也瞪着他。

站在附近的班长王顺觉得这简直太糟糕了，这年轻人简直太生硬了，连一句客气话也不会说，更不用说要他交代几句军队的纪律了。于是赶忙走过去笑着用朝鲜话解释说，志愿军不好随便接受老百姓的东西。……他没说完，老大娘兴奋地站起来了，大声地辩解着说：她才不信这个！这并不是随便接受老百姓的东西呀。她并且指指响着炮声的前沿的方向说：这还能分家吗？金圣姬姑娘为什么不该感谢这年轻人呢？可是那姑娘望望她的母亲又望望王顺，一句话也不说，红着脸把那袜套接了过去，又低着头继续吃饭了。

以后一切就显得很平静，没有什么事情了；只不过王应洪变得更慎重，换下来衣服马上就洗；金圣姬去抢别人的衣服洗，却不再来抢他的了。对于王应洪来说，这件事情虽然多少也扰动了他，但却并不曾在他的心里占多大的位置；实际上，班长王顺对这件事注意得比他还多些。将近两个月的练兵期间，他已经学会了侦察员的各种本领，还学会了敌人的好几种火器——侦察员们有时候是要夺取敌人的武器来使用的。他学习得这样热衷，以至于他没有时间来考虑金圣姬姑娘对他的感情。练兵任务快要结束的时候，一次打靶练习和演习动作中，他受到了团参谋处的表扬。这天黄昏，连指导员到他们班里来参加了他们的班务会，在做总结的时候也表扬了他。班务会以后指导员还不走，他是很活泼的人，看见金圣姬姑娘在那里推着小磨子磨麦子，便跳过去了，两腿在炕上一盘，夺过磨把来，非常熟练地磨了起来，一面就用非常好的朝鲜话讲着笑话，使得金圣姬不得不笑了起来——但这姑娘这时已是这么成熟了，不再像先前那么哈哈大笑了，而是侧着头，带着一种讥讽的神气微笑着。但指导员看见笑容就高兴，继续愉快地说笑着，因为他已经好些天不见到这姑娘的笑容了，他密切地注意着这件事情，赞美着他的年轻的战士，但也因了这姑娘的忧愁而有些不安。他帮她碾完了半斗多麦子才走。在他谈笑着的时候，王应洪赶着替她家的所有缸子坛子里挑满了水，因为他们明天一早还要有一次演习动作，怕来不及挑水；而且他们不久就要上阵地了，他觉得他不会有很多时间来帮助她们了——没有这些帮助，她们是会要困难一点的。金圣姬姑娘听着指导员的话在发笑，好像完全没有注意到他在干活，这使得他也很高兴，对这两母女，对这一段生活，充满了感激的心情。

第二天上午，在山坡上的松树林子里，农村剧团的姑娘们给战士们做了一次演出。战士们围成一个圈子坐着，对这些熟识的姑娘们的表演觉得非常高兴。金圣姬有三个节目：唱了一首歌，跳了一个《春之舞》和一个《人民军战士之舞》。在《春之舞》里面，她穿上了她的唯一的一件粉红的纱裙；在《人民军战士之舞》里面，她演战士之妻。这时候人们才注意到她原来是这村子里的最美丽的姑娘，并且她表演得非常好。"人民军战士之妻"的好几个动作，使得有些战士的眼睛都潮湿了，甚至连老侦察员王顺都感动得说不出话来了。这表演的第一节的内容是：人民军之妻背着孩子，在敌机的轰炸下，送丈夫重返前方。王顺心里的感情很复杂，他就悄悄地注意着坐在他旁边的王应洪，可是这年轻人却好像没有什么感触，沉思地看着"人民军之妻"的飘动着的长裙——这个新战士，这时候是在想着虽然今天晚上他们就要上阵地，可是他却还没有战斗过，比起舞蹈里的那个挂着国旗勋章的人民军战士来，他真是差得太远了。他就是这样想的。后来发生了一点意外的情况，就是，班长王顺发觉出来，当金圣姬舞蹈着的时候，坐在圈子里面的村子里的姑娘们都在陆陆续续地朝这边看，而且悄悄耳语。……舞蹈一结束，姑娘们就用中国话叫起来了：欢迎王应洪唱一个！——她们甚至知道了他的姓名！战士们，包括连长和指导员在内，都轰的一下鼓掌了，而王顺就注意到，这时那个"人民军之妻"的脸上是闪耀着多么辉煌的幸福表情！王应洪很惊慌，哀求班长替他抵挡。王顺站起来了，自告奋勇地说："我来唱！"可是姑娘们说，你也要唱，先让他来！这时连指导员跑过来了，像哄小孩一样对王应洪耳语着，把面孔通红的王应洪拉了出来。王应洪敬了一个礼，终于低声地唱了一首歌。大家沉静地听着，他唱得实在不好，战士们都替他捏着一把汗，可是姑娘们却听得出神——唯有那个"人民军之妻"带着一种担忧的、惊讶的神色。歌声一停，从姑娘们里面爆发了狂烈的鼓掌，于是王顺又看到了，那个也在轻轻鼓着掌的"人民军之妻"的脸上，闪耀着多么辉煌的幸福表情！

黄昏的时候，天气很晴朗，侦察排上阵地了。他们离开村子的时候，村里的妇女儿童们都送到了村口，望着他们走下山坡。金圣姬母女也送出来了，可是金圣姬现在却显得冷淡而严肃。她跟在母亲后面，看也不看王应洪；她母亲摸摸这个战士又摸摸那个战士，最后就拉住王应洪的手，说着说着落下了眼泪，她却是一声也不响。她慢慢走着——在她自己的独特的思想中。

战士们走下了山坡，一边走一边回头招手，喊叫，大家都舍不得这些已经变得如此亲爱的人们，可是王应洪，既不回头也不说话，跑得很快，几步就奔下了山坡。

战士们走得很远了，在昏暗中看不见了，其他的一些送行的人们也陆续回去了，金圣姬才突然哭起来，拿手巾掩着脸急忙地朝家里跑去。因为到连部去谈话落在后面，最后才赶出村子的班长王顺，看见了这个。这姑娘哭着擦过他身边。

他站下来回头望着她，叹了一口气。

"这姑娘呀，我也不是没有妻子儿女的人，这叫我怎么才能跟你解释呢？"

他心里同时就更疼惜那个年轻的侦察员，这年轻人被这样的爱情包围着，可是自己不觉得，似乎还不懂得这个，一心只想着在战场上去建立功绩。于是王顺的眼前又一次地浮起了那遥远的和平生活，并且清清楚楚地意识到，这和平生活已经把那纯洁、心地正直、勇敢的年轻人交托给了他，在他的带领下，这年轻人正在大步走向战争，这个他还没有经历过的，他还不懂得的战争。

上阵地的第三天，听说战斗任务已经交给他们班，晚上就要出发，王应洪非常兴奋，就换上了那一套留了好些天的干净衣服。于是换衣服的时候他又发现了那双袜套，并且还增加了一条绣花的手帕，用中国字在两朵红花的上面绣了他的名字——很可能这姑娘是从他的背包或笔记本上模仿去的——又在花朵的下面绣了几个朝鲜字，他想那一定是她的名字。这两个名字都是用紫色的线绣的。他顿时心里起了惊慌的甜蜜的感情。第一个念头是想汇报给班长，但在从坑道里往外去的时候，他犹豫起来了。他想，现在班长这么忙，马上要出动了，……等完成任务回来再说吧。

当然这时候他是想留下那条手帕。于是他把它仔细地折起来，放在胸前的口袋里。

黄昏的时候，王顺就带着他的班出发到敌后去了。任务是捉俘虏。

用侦察员们自己的话来说吧，任务是艰巨的。一个多星期以来，从敌人的炮火和敌人纵深里的活动情况上判断，前沿青石洞南山的敌人似乎变更了部署，而且似乎有发动进攻的模样；而我们又正在计划着一次规模较大的反击战，夺下敌人这条战线的咽喉青石洞南山。按照原定计划，这个战斗早些天就要发起了，一切准备工作都做好了，但是因为没有能最后弄清敌人的变化而暂时搁置了下来。上级指挥机关迫切地需要一个俘虏，但师的侦察队出动了两次都没有结果；战争两年多，敌人变得胆小而狡猾，俘虏不是那么容易捉到的。因此，这次就把团的侦察排的最好的一个班拿出去，把本来预备作为重要的下级干部而提升起来的侦察功臣王顺拿出去。这样，就在全班唤起一种极其严肃的感情，大家都明白这是关系全局的重要任务，这次出去，无论如何也要捉到一个俘房。由于这种自觉的光荣意识，这个班里就升起了一股对敌人的傲气，在出动之前的紧张的准备工作里，他们沉默的、严肃的、敏锐的神情和动作表示出来，无论是什么样的敌人，他们都要把他捏在手心里，只有他们先把敌人捏在手心里，全军才可以捏住前沿的山头，粉碎青石洞南山。在班长王顺的身上，这种对敌人的傲气是表现在冷静的眼光、变得很慢的严肃的动作和沉默的严厉的神情里面的；这负着重大责任的老侦察员是深知战前准备工作的重要的，他默默地、严厉地打量他班里的每一个人、每一支枪和每一双鞋带，不时地沉思起来，不耐烦和不相干的人说话，把那个跑来和他开了一句玩笑的连部通信员一句话就熊走了。但在年轻的王应洪，这一股对敌人的傲气就表现在抑制不住的扬眉吐气的兴奋神色里，他无论如何也学不到班长的那股冷静。因而，当连长陪同着团参谋长来看一看他们的时候，班长王顺严厉地、惊心动魄地喊了立正的口令，他就扬着头、挺着胸，冲锋枪斜挂在胸前，显出了那种特别吸引人的天真而高贵的神情。

认真说来，班长的这个和平常完全不同的立正的口令，才是他的军事生活里的第一课。特别因为他怀里揣着那一条绣花手帕，这也才是他的明朗的人生道路上的第一课。他的慈爱的母亲在贫苦的生活中给了他的童年许多温暖，这绣花手帕又给他带来了他所不熟悉的模糊而强大的感情，他现在要代表母亲，也代表那个姑娘——不论他对她如何冷淡，这一点是毫无疑问的——为祖国，为世界和平而战。这一切感触、思想、感情，都出现在班长的那个立正的口令中，或者说，因那个立正的口令而出现了；这立正的口令使他全心全意地觉得满足和幸福。

团参谋长是笑着走进坑道的，在王顺的立正的口令声中变得严肃了，一下子感觉到了这个班的这一股必胜的傲气，于是心里突然疼痛起这些青年来。他走到王应洪的面前就不觉地站了下来，对着这年轻的侦察员看了好一阵，严肃的脸上又露出了微笑。

"这就是他吗?"他问连长。

连长没有弄清楚参谋长指的是什么，因为关于这个年轻人的所有的事情团里都知道，但他看出来参谋长是喜欢这年轻人的，于是高兴地回答说：

"就是他。"

"王应洪!"参谋长喊着,显出了幽默的神气,眼睛里闪出了友爱的讥讽的光芒,看着这年轻人。

"有!"王应洪大声回答,下巴更抬高了一点。

"听说是——你曾经把你们班长俘虏过,俘虏他是很不容易的啊,有这事吗?"

"那是……"王应洪说,他想说:"那是班长让我的。"但马上觉得这样讲述不合乎一个军人的性格,于是大声回答:

"报告,有这事!"

"唔,好!"参谋长显然很满意,虽然他早就知道这一切,"二班长,有这事吗?"

"报告,有这事!"王顺骄傲地回答。全班的战士们的脸上都出现了微笑。

从这两句回答,参谋长就看出了这个班是团结、很坚强的。他检查了他们的行装和伪装圈:一切都合乎要求。他简单地又讲了讲这次任务的性质,并且抽出一个战士来问了一下他们准备的有哪几个战斗方案,指示了两点,于是这个班就出发了。

他们悄悄地、疾速地通过了敌人炮火封锁区,过了一条很浅的小河,顺着交通沟绕过一个山坡,潜伏着观察了一阵,就开始在黑暗中越过战线。

有一段路他们是在一片长满野花杂草的开阔地中间一点一点地前进的。左后面是我军的小山头,右边是敌人的山头,正往我军的阵地上打着机枪。这一阵机枪似乎帮助了他们,他们敏捷地跳跃着前进。王顺、副班长朱玉清,和其他的几个老侦察员都很熟悉道路和情况,这开阔地上不至于有敌人的岗哨;敌人不敢下来。他们刚通过不一会儿,就有一排机枪打在他们刚才越过战线的地方,显然敌人是用火力盲目地警戒着那里。现在侦察员们的目标是一百米外开阔地中央的一丛槐树,槐树丛里面有土坎,可能敌人在那里安置了哨兵,如果是这样,而且不超出三个人,那就一下子干掉敌人,任务就基本完成了;如果没有,那就先占据这槐树丛再来计议。他们用战斗的队形分三面迫近这槐树丛了。天气阴沉而且吹着小风，很利于侦察员们的活动。班长王顺在前面发出了信号，大家卧倒，听着动静。除了微风吹动树叶，和附近的什么地方有溪水的流响声以外，没有别的声音。开阔地上长着一些春天的金达莱花，王应洪轻轻地拨开他面前的花枝，希望能更清楚地看见班长。但在这个不知不觉的动作里，他却摘下了一个花枝，把它衔在嘴里。这是因为他毕竟是初上战场，而这附近的这一片寂静特别使他激动，于是，面前的清楚可见的一切，杂乱的小草和小花，就叫他觉得安全和亲切：这些随处可见的小草和小花，仿佛是熟识的友人一般，忽然间就替他破除了战场上、敌人后方的那种神秘可怕的感觉——虽然他不曾意识到自己的这种状况。他在激动中比老战士们想得多。他甚至于忽然想，现在他可以写信告诉妈妈，他到敌人后方来战斗了。把那花枝在嘴里咬了一阵，班长又做了记号，他们又前进的时候，他就把花枝不知不觉地拿下来塞在衣袋里。他没有意识到这个，也不知道这是为什么。也许他的头脑是曾经闪过什么念头，他做这点多余的动作是为了对自己表示沉着。也许他会写信告诉母亲的——他老人家把朝鲜战场想得才简单哩。现在他们到了槐树丛边上了——里面没有敌人。

他们决定再深入。他们有好几个战斗方案，现在时间还多，看起来他们还不必考虑到最后一个战斗方案，就是用火力向少数的敌人强攻。因此他们就放过了山坡上的几处地方，那里有敌人的帐篷，传来说话的声音。他们紧挨着山边的一条小路前进，这小路是敌人前后交通的一条次要的通路，一定会遇到什么的。他们前进得很慢，贴着山坡和路坎，走几步听一下。他们不断地听见附近的山头上、帐篷里敌人的哇哇的声音，有一次还听见了醉醺醺的歌声。枪声和炮声都落在他们远远的后面了。紧张的感觉加强着。快要走到小路转弯的地方，班长停下来了，向王应洪走来，对着他的耳朵说："往后传，在这里等，沿着路边拉开距离二十米一个，副班长带第二组到下边洼地里掩护，……"这微小而又清楚的声音，好像不是班长的，好像是从很深的地底下传出来的一样。他往后传了。于是人们拉开了距离隐蔽了，现在，这个满怀激情的新兵，看不见他前面的班长，也看不见他后面的同伴了。

一点声音，一点动静也没有，王应洪贴在路边上杂草中间趴着，紧握着他的枪，并且摸了一下他腰上的手雷和加重手榴弹，以及那一把叫他觉得很威武的侦察员的匕首。虽然他的理智告诉他，班长和同志们就在几十米的前后或周围，在各个地方隐蔽，但是他仍然禁不住觉得可怕的孤独。他好不容易才抑制住他的冲动，就是，想往前爬一点，靠近班长，或者轻轻地喊一声试试——他多么渴望听见班长的声音啊。他的思想纷乱了起来。这样的寂静，这样绝对的静止——这是和练兵的时候完全不同的，那时候在寂静中甚至还觉得有趣——他从来也不曾经历过，他甚至觉得自己已经被这深深的寂静所笼罩，所麻痹，不可能再从地上起来了。他用各种方法鼓舞自己，可是他的思想活动好像也是很困难的。最初，他无论想什么，都不能摆脱这孤单和寂静的意识。他努力去想到连队、团参谋长、亲人们……后来他又想着母亲，想着他满十岁时候，母亲才替他做了一件新棉袄，替他试这新棉袄的时候，母亲不住地把他转过来又转过去，拍着他的胸又拍着他的背，非常幸福地对父亲说："看，正合身！正合身！"忽然地他想到，母亲到了北京，在天安门见着了毛主席。母亲拍着手跑到毛主席面前，鞠了一个躬。毛主席说："老太太，你好啊！"母亲说："多亏你老人家教育我的儿子，他现在到敌后去捉俘虏去啦。"于是他又想起了金圣姬，她在舞蹈。看见了她的坚决的、勇敢的表情，他心里有了一点那种甜蜜的惊慌的感觉。他说："你别怪我呀，你不看见我把你的手帕收下了吗？"可是金圣姬仍然在舞蹈，好像没有听见他似的；敌机投下炸弹来了，那个"人民军之妻"紧抱着孩子扬起头来，她的嘴唇上边和眼睛里都有着悲愤的、坚毅的表情；于是那个英勇的人民军战士一下子出现了，他的胸前闪耀着国旗勋章。……但忽然地这一切都消逝了，仍然是面前的草叶、灰白色的寂静的道路。想象着这亲爱的一切，一瞬间就排除了对周围的寂静的苦痛的感觉，一瞬间他觉得，这并不是在敌人的旁边，而是在亲人们的中间。但这些闪电一样的想象马上就被他从心底里冲出来的对于目前的处境的警惕打断了，于是他重新又感觉到那孤单、寂静。……

多么漫长的时间呀。但这时更紧张的情况到来了——传来了一大群皮靴踏在沙土路上、踩过草叶的声音，这声音立刻更响，更清楚了，而且连说话的声音也听得见了。敌人，美国兵正在这条路上往这边走来。

他抓紧了枪。在阴沉的天空的背景下，看得见那在草丛上面露出半截身子来的高大的敌人了，一个一个地从小路转弯的地方陆续显露出来，走得很密，总有一个排，有的还在吸烟，看得见那闪耀着的红火头。现在那走在前面的几个美国人照距离看起来是已经走过班长的身边了，可是班长那里没有枪响。如果有枪响，那他就会不顾一切地端起枪来冲上去，那样要好得多，可是现在不是这样。没有班长的口令，谁也不能动的。那么现在这些美国兵正朝自己走来。……他忽然想：班长是不是还在那里呢？如果班长不在怎么办呀？这想法好像很真实，于是他差不多想要开枪了，或者想要怎么样地动作一下，反正是要动作一下，因为他正躺在路边上。但正在这个控制不住自己的时候，侦察员的铁的纪律使他的头脑一下子清醒了过来。

大皮靴杂乱地踏了过来。……这年轻的侦察员一动也不动，他的眼睛和枪口对准了他们。这纪律的意识战胜了一切，完全改变了他的状况。这就是，他意识到：他完全不属于自己，甚至也不属于自己的热情和勇敢，他的热情和勇敢必须绝对地属于伏在小路周围的黑暗中的他的班，而他的班属于他的连，他的团……绝对的寂静正好对他证明了他的班的威严的存在，他现在能够清楚地意识到他的班长和同志们的眼光和动作。于是他觉得他是十倍、百倍地强大，寂静和孤单的感觉完全没有了，他有手榴弹和冲锋枪，在等待命令。这样，他的头脑就变得冷静而清楚，浑身都是无畏的力量——由于纪律的意识，他就从那个幻想着的热烈的青年，变成了真正的战士。

一个又一个的敌人踏过他的身边，有一只皮靴离得这么近，几乎踏着了他的肩膀。……他一动也不动，仇恨而冷静，像一个侦察员在这时候所应做的，数着敌人的数目，判断着他们的意图。敌人前后招呼着通过去了。

班长那里仍然没有动静。

班长王顺决定放过这大约一个排的敌人，克服了战斗的诱惑——他的班是有可能歼灭这一个排的——那理由是不用说明的。但即使对于老侦察班长说来，克服这战斗热情的诱惑，也不是容易的，他有很多次这样的经验了。占着有利的地形，枪一响，盲目的敌人就成群地倒下，这是再好不过的事了，可是现在情形并不这么简单，他们是在敌人的纵深里，他不仅对他的班，而且对全军都负有重大的责任。而他的班，他从那绝对的沉寂里感觉到，现在是像他的身体的一部分一样，完全属于他的意志的。可是，不仅他们属于他，他也属于他们，在这种情况里要决断，是很沉重的。

是不是也有可能一下子歼灭敌人的大半，抓住了一个俘虏就立即撤退呢？当这个排的最后几个人通过他的身边，就是说，当这个排全部都落在他的班的范围里的时候，他这么问着自己。但他本能地觉得事情不会这么简单。他伏在路边上的草丛里，看着那最后的一双大皮靴从他的面前两步远的地方踏过了，紧紧地咬着牙才克制住了他心里的复杂的激动。他判断后面可能会有零散的敌人，于是决定继续等待。而这个时候他就更迫切地渴望着他的班继续保持着绝对的寂静，他心里不禁担心在他后面离他二十米远的那个年轻人——在这种时候，连老战士也有可能一下子弄出什么声音来的。初上战场时的那些感觉，他是记得很清楚。当敌人经过他身边而向王应洪的位置走过去的时候，他替他感到苦痛的紧张。于是，当他的班保持着绝对的肃静和隐蔽放过了这一个排敌人之后，从这深沉的肃静中听出来这个班的威严的呼吸和坚强的纪律，他就觉得喜悦，并且从心底里赞美起那个初上战场的年轻人来了。

果然后面有零散的敌人。皮靴踏在沙土路上的声音又传来了，一个影子在天幕下出现了。这个敌人走得有些蹒跚，一面走一面自言自语，好像是喝醉了。这正是机会。这个敌人到了他的附近，他正准备着一下子跃出去的时候，前面的路上却传来了急促的脚步声，另一个敌人凶恶地喊叫着追上来了。他以为他的班的行动被发觉了，但这时在他的眼前却出现了他所没有料到的事情：那追上来的敌人扑了上来就给了那第一个敌人一拳，那第一个敌人呜呜哇哇地叫着，在挨了第二拳之后就回击了。两个人打起架来。侦察员的眼光看出来，这两个人都是军官。于是他下决心趁这机会动手。而这时，好几个侦察员都从他们的位置上出来了：听着打架的声音，又被土坡遮拦着看不清楚，他们就以为是他们的班长在和敌人格斗。班长王顺拔出锋利的匕首，跳上去捅倒了一个敌人，第二个敌人狂叫起来向前逃跑，却被王应洪一下子奔出来抱住了。那敌人继续狂叫，王应洪恨透了这狂叫，用可怕的力量抱住他，几乎要一下子扭断他的筋骨。但这敌人却是意外地胆怯，在他的肩膀里好像是棉花团一样，顺着他的两臂的压力就抖索着对着他跪下来了。班长奔上来用一块布塞住了这敌人的嘴，这样他们就得到了一个俘虏。

但这时远远地传来了枪声。因为这个俘虏刚才的这一阵狂叫，刚刚过去的那一个排的敌人回转来了。狂叫着，奔跑着，离这里还有五六十米远就胡乱地放着枪。王顺命令侦察员们把俘虏拖到洼地里去，大家都向洼地里撤退，没有他的命令不准射击。他们刚离开小路，敌人的那个排已经迫近到四十米，已经在路边上散开，开起火来。并且右边山头上敌人的一挺机关枪也开起火来。

他们迅速地在洼地里退走，但到了洼地的中央，就叫敌人机枪的火力拦住了去路。而敌人的那个排已经向他们采取了包围的形势。于是王顺命令他的班散开来停止不动。他仍然不还击。

这老侦察员并不是第一次遇到这种危急的处境。他轻视这些敌人，他冷静地观察着情况，决心要把他的班，连同那个重要的俘虏，都带出去。洼地草丛里的这种寂静使敌人不安了——到底这些人是怎么回事呢？敌人不敢近来，只是架起了机枪朝这里那里地射击着，而右边山头上的那挺敌人的机枪，原来是胡打着的，这时反而向这挺机枪开火了。敌人里面发出了几声号叫，显然是被自己的火力打倒了几个。但后来就升起了一颗绿色的信号弹，山头上的火力停止了。

这时候王顺已经把他的班撤到一条干涸的沟里，占据了比较有利的地形。情况很危急，山头上的敌人可能就要下来，这里再不能停留，于是他下定决心了。他命令王应洪跟着他留下来掩护全班；命令副班长朱玉清率领其他所有的人带着那个俘虏利用这条沟的地形向左后面撤退。当他和王应洪打响，把敌人的火力全吸引过来之后，朱玉清就应该带着侦察员们往左边的山坡后面冲去，进入一片树丛。除非敌人发觉了，进行追击，就不许回头。天亮以前必须把俘虏带到家。

副班长朱玉清想要自己留下来，其他几个侦察员也这样想，但他们听完王顺的清楚、简单、小声的命令以后，就不再作声了。班里的侦察员们大半都是王顺带领、培养出来的，连副班长朱玉清也是王顺带领出来的，大家都熟悉他的性格：对于这样的一个威望极高的班长和代理排长的命令，大家是无法说什么的。

于是人们开始撤退，抬着那个俘虏迅速地沿着小沟向左后面走去。估计他们已经快要爬上开阔地，而敌人的机枪正封锁着那里，王顺就命令王应洪留在沟里，听他的动静，他自己就爬上了沟沿，像箭一般地一下子跃到十米外的洼地中央的一个小土包后面去了。他一跃到那里就向三四十米外的敌人开火了，他打了一梭子就向右滚去，又打了一梭子，然后投出了手榴弹，并且喊着："同志们，三班的跟我来，四班的向右！"王应洪也开火了，他学习着他的班长，打了几枪马上又跑到另一个地点投出手榴弹，同样地喊着："五班的，在这里，同志们冲啊！！"他真的觉得他和无数的人在一起战斗。敌人的火力被吸引过来了。这时候，苦痛地听着这两个战友的惊心动魄的喊声，副班长朱玉清和侦察员们带着俘虏安全地潜入了左山坡后的树丛。

班长不让别人，却让他留下来和他一同担当这个严重的战斗，王应洪觉得意外地幸福。并且班长是这么干脆，没有说明为什么单单留下他，也没有对他特别嘱咐什么，这种绝对的信任就使得他处在他从来不曾知道过的光明和欢乐里。他简直忘了他还是第一次处在敌人的火力下面；在他的一生里面，这还是第一次战斗。他觉得他仿佛已经是身经百战了——事实也确乎可以是这样的，当他屏息着趴在路边上，看着敌人的大皮靴踏过去而意识到战斗的纪律，并且随后他又活捉了那个敌人，使敌人在自己面前跪下，他的战士的心就迅速地成长了。

至于班长呢，他也说不明白为什么单单命令王应洪留下来。他也许是赞美了这新战士刚才在潜伏中的沉着，在活捉敌人时的勇敢，想要锻炼一下这心爱的战士；也许是出于高贵的荣誉心，想要叫这年轻人看一看，学一学他这个老侦察员是怎样战斗的；但也许是想到了那件使他不安的爱情，金圣姬那个姑娘的眼泪。谁知道呢，也许他觉得，叫王应洪留下来从事这个绝妙的，但也是殊死的战斗，就会给那个姑娘，那个不可能实现的爱情带来一点抚慰，并且加上一种光荣。他是看见过那个姑娘的那么辉煌的幸福表情的，这一点是确实的；因为那个姑娘的那种不可能实现的爱情，以及王应洪对这爱情的极为单纯的态度，他就更爱这年轻人了。他的决定总归是和这有点关系的，在战场上，人们总是把最艰巨的任务交给最心爱的人的，虽然这时候他似乎并没有想到这一切。

总之，英雄的老侦察员和他的助手打得非常漂亮，掩护着全班撤退了。

敌人在打了一阵机枪之后，忽然地停了火，而且还后退了几米。这奇妙的情况马上就揭晓了，原来敌人是非常隆重地在对待着这场战斗：空中出现了四五颗照明弹，随即就是一阵迫击炮弹短促地呼啸着落了下来，在这块洼地上爆炸了。显然敌人已经用无线电报话机联系了他们的炮阵地。这个班最初的那一阵绝对的沉寂骇住了他们，他们总以为这里有很多的志愿军，随后王顺和王应洪的突然的开火和喊叫更使他们觉得是证实了这一点，于是他们就来正规化地作战了。如果听一听敌人在无线电报话机里说些什么，以及敌人的指挥机关在怎样吼叫，确实会很有趣的——看到落在周围的炮弹，王顺不禁笑了。威风极啦，怎么不连榴弹炮也拿出来呀。

王顺滚回到沟里，命令王应洪停止射击，准备夺路撤退。这时，按照美国的步兵操典，在一顿炮击之后，以机枪掩护，那一个排的敌人就从两翼包抄过来了，发出了呐喊的声音，卡宾枪打得像放鞭炮一样。而且，右边山头上的那挺机枪也向洼地中央射击起来。

因为这洼地上的"战役"的巨大规模而快活，王顺就着手来还击。这种快活的心情是战争里最可贵的，从这种快活的心情，他就做出了一个聪明而大胆的决定：从敌人阵线的正当中，就是从敌人的那挺机枪那里突破过去。左翼的十几个敌人已经顺着土坡向他们这边扑来了，王应洪打了一串子弹，他却甩出了一个手雷。这一声轰然的巨响使得敌人倒下了一大半，就在这当中，王顺招呼王应洪跟着他，跳出了这条干涸的沟，又往右边的敌人群里打了一个手雷。然后，完全出乎敌人的意料，这两个侦察员沿着一条土坎向着正当中的那挺机枪奔去了，而那挺机枪这时正向洼地中央的那个小土包周围热情地射击着，以为那里隐藏着志愿军的主力；而右边山头上的那个火力点，则是正在忙着射击洼地的后半部，确信这是封锁住了志愿军的退路。并且，没有被打死的敌人，这时正向洼地的中央，连同着那条干涸的水沟，发起了勇壮的冲锋。

洼地上的"战役"，它的规模就是如此。这时那两个侦察员却突然出现在敌人的"纵深"里，用几发子弹结果了那两个机枪手；灵机一动，王顺一下子扑倒在机枪的跟前，对准那些敌人射击起来了。事情于是非常简单，他射击了半分钟不到，就结束了这个洼地上的"战役"，当剩余的、滚在沟里的敌人刚刚明白过来，又打出了信号弹的时候，他已经带着他的助手投入了黑暗的荒地，越过了一条小溪，跑进了大片的洋槐树丛了。

王顺在前面奔跑着，他的左胳膊负了一点伤，这时才觉得有些疼痛。他听着跟在他后面的王应洪的脚步声，他忽然听出来这脚步声有些沉重，正在这个时候，右腿负伤的王应洪栽倒了。

他们两个都弄不清楚这是在什么时候负的伤。王应洪身上的伤还不止一处。在当时，他一点也不曾感觉到自己是负伤了，充满了胜利的快乐，无论手和脚都是灵活的。但现在这些伤被意识到了，一经被意识到，它们就发作了，于是王应洪支持不住了。

王顺一声不响地背起他就走。他们是一刻也不能在这附近停留的。敌人的整个阵地这时一定是在骚动着，加强了警戒，要搜捕他们的。

意识到这紧张的情况，王应洪就要求班长不要管他，但是班长理都不理他。在年轻的新战士的心里，燃烧着壮烈的感情，他觉得他已获得足够的代价，他从来不曾想到他第一次参加的战斗有这么辉煌，他觉得现在是到了牺牲自己，而让班长脱险的时候了。于是，当他们出了树丛，迫近了敌人的警戒线，班长把他放在一条土坎后面，爬上去侦察情况的时候，他就下了这个决心；一有情况，他就留下来——像班长刚才带着他对全班所做的那样，用自己的火力和身体掩护班长脱险。

现在他们正在敌人阵地的旁边，这已经不是他们来的时候那一片开阔地，而是一条狭窄的山沟。这是最危险的地带，一有动静，敌人两边山头上的火力网就会把这一条不到四十米宽的山沟完全盖住；而且，两边山坡上都有敌人的警戒。他只是在沙盘作业上学习过这一带的地形，班长却是知道一切的。但现在他们显然无从等待或另外选择道路。班长看了一看情况回来，就决定拖着他沿着土坎往山沟中间的几棵大树里面爬去。年轻的侦察员既已做了决定，看看没法开口向班长说什么，就把自己的冲锋枪扣在手中。他也用他的负伤的肢体帮着爬，咬紧牙关来忍受可怕的疼痛。这是非常艰难的道路，每一分钟只能爬行四五米。班长侧着身子，用右胳膊抱着他的胸部，用自己负了伤的左胳膊撑着地面，一步一步地拖着他。

"班长……"他说。

"不许说话！"班长对着他的耳朵严厉地说。

"我牺牲了不要紧。"

"别说话，纪律！"

听到了这个，年轻的侦察员就不再作声了。

他们毕竟到了那几棵枝叶长得很稠密的栗子树里面了。他们在一个小土包后面的草丛里潜伏了下来。现在又得再看动静。这时左右两边的小山头上，敌人互相地喊着他们听不懂的话，然后，就有三个巡逻兵从左边山坡出来，踏着草地慢慢地走着，端着枪，编成警戒的队形，向着这个栗树林走来。

"班长，"年轻的侦察员含着眼泪在恳求了，"我打响的时候，你从右边撤出去……"

班长掩住了他的嘴巴。这个动作是为了警惕，但也是因为难过；说这种话叫老侦察员太伤心了。为了防止这年轻人的意外的行动——他感觉得出来这年轻人身上有着怎么样的一种激动，他也知道，在负了重伤的时候，人们会想些什么——他就拿负伤的左胳膊用力地压住了这年轻人的握着枪的手。

三个敌人的巡逻兵沿着土坎和草丛搜索，慢慢地迫近了这小小的栗树林中，其中的一个突然大吼了一声，于是王应洪震动了一下，但班长更用力地压住了他。老侦察员非常镇静，现在还不能判断他们是否已被发觉，因为敌人是常常拿这一套来给自己壮胆的。三个敌人紧挨着走到这小栗树林来了，在离侦察员们潜伏着的土包三四米的地方站下了，望这边瞧着。

连老练的侦察员这时也有些迷惑了。但侦察工作中的铁则支持着他，这就是，绝对不暴露自己。小风把粗硬的栗树叶吹得发响。这三个敌人互相说了什么，忽然地其中一个又向着右边吼叫了起来。于是他们走过去了。

大约二十分钟之后，侦察员们出了栗树林，沿着右边的山根一寸一寸地爬行，这一个拖着那一个。没爬行几十米，又出现了敌人的巡逻兵，于是紧紧地贴着地面伏着；愈来愈明显地感觉到年轻人身上的激动，王顺沉着地压着他的手腕，并且用力地捏了一下他的手。这个动作的意思是，他们是这样地相爱而血肉相连，他决不能丢下他，而且，他还很有力量。……负了伤的特别艰难的行动，以及敌人的加强警戒使得他们一直到天亮还没有爬出这条山沟。

眼看着快要天亮，王应洪就又要求班长不要管他；他甚至于哄骗班长说，只要班长先走，他就能慢慢爬回自己阵地的。班长不理他，这沉默是含怒的。班长拖着他爬到一条长满杂草野花的小沟里，使他躺在一块比较干的地方，又爬过去慢慢地弄来一些草把沟边上细心地伪装起来——这两个侦察员就躺下了，在这条狭窄的沟里，着手来度过这个白天。他们离山头上的敌人地堡仅仅三十米。但白天的情况也有有利的地方，因为我们阵地上的火力已经能封锁到这个山坡，敌人是不大敢下阵地来的。

班长替王应洪包扎了伤口，也把自己的伤收拾了一下。这年轻人的伤势使他痛心。他竭力显得安静，拿出一块手帕来，在水里弄湿，轻轻地替他擦着脸。然后就拿出了一个馒头——这老侦察员，是有着这种周密的计算的——分了一半给他。

可是王应洪一口也不肯吃。他难过极了；意识到自己拖累了班长，这种心情比身上的伤还使他痛苦。他透过面前的杂草，定定地瞧着辉耀着阳光的五月的天空，一动也不动。

"纪律，"班长对着他的耳朵说，"你是祖国的好青年，你是人民的好战士，吃这半个馒头，这是纪律。"

于是王应洪开始吞吃馒头了。

黑夜过去了，现在是要再等到晚上。离自己的阵地还有两百米。但班长的脸上却出现了愉快的神情。他想要使这个年轻人改变心情，而且，胜利地完成了的捉俘虏的任务，洼地上的那个杰出的战斗，对这年轻人所尽到的责任，这个狭窄的小沟里的神秘的隐蔽，这一切都使他变得像早晨的阳光一样愉快。于是他躺在王应洪身边，几乎是全身都躺在湿泥里，对着王应洪的耳朵小声地、活泼地说起话来了。

"你猜我头一回当侦察员的时候是怎么的？一听见敌人的声音我就发蒙了，没有你这么沉着勇敢。那时候我的政治觉悟也不怎么高，还想家哩。我也是老战士一点一点带出来的；咱们部队就是这样，一代传一代，一代比一代强——咱们的这个英勇顽强的老传统。我带着你这也不是为了你，这是为了咱们全军，也是为了人民和党的事业，你为啥要难过呢？"

王应洪不作声。他在想："难道就不许我为了人民和党的事业掩护你撤退吗？"

"今夜晚咱们肯定能回到家里，咱们要去见连长，见团首长，俘虏是你抓的，你这次的功劳我一定要给你报上去。连首长团首长都在盼着你呢。"

"我没啥功劳。真的。我就是觉着我够本了，天黑了你先把我留在这里吧。"王应洪冷淡地说。

"不哇，同志。"老侦察员热烈地对着他耳朵说，"够本，这思想要不得，错误的。咱们革命的战士，共产党员青年团员，不是这么容易就够本的哪。一代又一代的，战场上多少同志流血牺牲才培养出咱们来的呀，你算算这个账吧，歼灭了一个排的烂狗屎敌人就能够本？"沉默了一下，看见这年轻人仍然不作声，他忽然微笑着非常柔和地说："你还想着金圣姬那姑娘不？"

"没有。从来我就……"

"不是说的这。咱们也是为她，为老大娘战斗的，朝鲜人民血海深仇还没报，就够本？"这样他就把金圣姬姑娘也巧妙地拖到他的论据里面来了，他迫切地希望打动这青年战士的心，使他放弃那些苦痛的思想，"你说，咱们回到家，过些天再到村子看看，金圣姬跟她妈见到咱们可要多高兴啊，我要好好地跟她谈一谈咱们的这场战斗……"

他的眼前就出现了那姑娘的闪耀着灿烂的幸福的面貌。他并且又想到了舞蹈里的那个"人民军之妻"。在他命令王应洪和他一同留下的那个严重的瞬间，以及在他拖着这青年爬进栗子树林的时候，这个灿烂的幸福面貌都似乎曾经在他的心里闪了一下。现在回想起来，好像确实是这样的。他替这个不论从军队的纪律，或是从王应洪本人说来都没有可能实现的爱情觉得光荣，于是他觉得，他拖着王应洪在山沟里一寸一寸地前进，除了是为了别的重大的一切以外，也是为着这姑娘。她曾经在那黄昏的山坡上掩面哭着从他的身边跑过，于是他觉得他是对她负着一种他也说不明白的、道义上的责任。他怜惜她不懂得战争，怜惜她的那个和平劳动的热望；他觉得他真是甘愿承担战争里的一切残酷的痛苦来使她获得幸福。于是，爬进栗子树林进入这条小沟，替王应洪裹着伤，要他吃馒头，拿纪律来强迫他，哄他，又对他小声地柔和地说着话，这一切动作都好像在对他心里的金圣姬姑娘说：你看，我是要把他带回来再让你看看的，你要知道我爱他并不比你差，我更爱他，而且，你看，我绝不是你所想象的那种不通情理的冷冰冰的人！

　　说来奇怪，他所担心，所反对的那个姑娘的天真的爱情，此刻竟照亮了他的心，甚至比那年轻人自己都更深切地感觉到这个。那年轻人沉默着，透过面前的草叶和几枝紫红色的金达莱花望着明朗的天空，他此刻没有想到这个。从敌人在他的眼前出现以来，他一直忘了这个，但在刚才班长说到纪律的时候，他忽然意识到他有件什么事情做得不顶好，接着，班长说起了金圣姬，他才想起来这件办得不怎么好的事情就是他口袋里的那一张绣花的手帕。他现在觉得这件事情没有什么道理。他的那种年轻人的惊慌而甜蜜的幼稚心情，已经被激烈的战斗和对任务、对班长的严重的意识所抹去，似乎是在他的心里一丝一毫也不存留了。他所不满足的仅仅是他没有能及时地掩护班长脱险，此外他在生活中就不再需要别的什么东西了，何况那个他从来也没想到过的爱情。他也不理解那个姑娘的要建立一个和平生活的热望，她离他似乎很遥远、很遥远了。……他觉得，他没有及时地把手帕的事汇报给班长，是一个错误。这样，他就摸索着把那张折得很整齐的手帕从胸前的口袋里拿出来了。

　　"班长，我还没跟你汇报，"他平静地说，"这是她又塞在我的军服口袋里的，昨天换衣服才发现……还有那双袜套。"

　　班长接过去，展开那手帕来看了一看，想了一想，就又替他塞回口袋里来了。

　　"你留起来吧。"

　　"不，这违反纪律。"

"我相信你，同志，留着吧。"班长温和地说。这手帕此刻竟这么有力地触动了他，使他又想起了金圣姬的所有的美好的希望——而这美好的希望竟是不能实现的。在将来，他们终归会给这姑娘奋斗出一个和平的生活来，她将要结婚并生育儿女，那时她会怎样来回忆现在的这一切呢？"回去我汇报给连部，"他又说，"我想连部会同意你收下的……在这件事情上，没有哪个同志会批评你不对的。"

"我要这个没有道理呀。"年轻的侦察员坚持地说。

"你留着吧。"班长同样坚持地说。

他们沉默了下来。远远的战线上有炮声，可是周围很沉寂。王顺继续想着这件事，这条手帕，女孩子家的希望，并且拿它来和他们眼前的处境对比，——眼前是毫不容情的战争，他们躺在敌人阵地上的这个泥沟里。他想，女人们是不了解这些的，当然，这也不必要她们了解。比方他那个老婆吧，离别六年了，来信总是以为他还是六年前的那个爱嬉闹的青年，总是嘱咐他进饮食要当心，早晚不要受凉——也不知她是托村里的哪位老先生写的。在和平的日子里，真是连伤风咳嗽也要担心，可是现在他是一个身经百战的老侦察员，不仅不再是爱嬉闹的青年，而且还规规矩矩地在无论什么泥沟里一潜伏就是几个钟点；早晚不要受凉！这真是从哪里说起呀。……可是这种思想却也牵动了他的一点回忆。老婆的信里说：女儿已经上小学，认得一百二十一个字了。他好一阵子想着这一百二十一个字，并且搬弄着手指，想要弄清楚这一百二十一到底是多大的一个数目。一下子他惊讶了："我在这么大的时候，一个字也还不认得呀！这数目不小呀！"透过草叶，有一线阳光落在他的脸上，他闭了一下眼睛，忽然比任何时候都更深、更鲜明地感觉到他所从事的战斗的伟大意义。在敌人阵地上的这个小沟里，他清楚地看见，那扎着两条小辫子的、认得一百二十一个字的小姑娘在他所耕种过的田地边上跑过，还背了一个书包！——这个他在中间度过了将近二十年的受苦的日子的家乡，这个生了他、养育了他，用地主的皮鞭迎面地抽击过他的家乡，从来不曾这么亲爱过！

"我忘了告诉你啦，"他对着王应洪的耳朵小声说，"我的八岁的女儿秀真，她认得一百二十一个字啦。"

王应洪转过脸来，微微笑了一笑。他当然高兴听到这个，可是他实在不很了解，班长此刻为什么会这么愉快。他觉得这一切只是为了安慰他，可是他是怎么也不能忘记目前的处境的。他摆脱不开这个思想：要不是他，班长早就脱险了。而且他身上的伤口痛得像火烧一般，浑身都没有力气，这就使他对今天晚上的路程更为担心。总之，他的思想是纷乱而苦痛的。渐渐地他抵抗不住身体的疲劳，迷迷糊糊地睡去了。那些苦痛的思想在睡梦中还继续了一会儿，他梦见敌人包围了他们，他想要冲上前去掩护班长，可是他的四肢无论如何也不能动弹。接着，他的梦境变得柔和起来了，年轻的、孩子似的心灵活跃起来了，他梦见了纺车在他的眼前打转——母亲在摇着纺车；仿佛是病了，母亲在守护着他，对他说："好好睡吧，一觉睡到大天光就好啦。"他说："不用，上级给了我重要任务！"于是他向敌后出发。忽然地金圣姬跑了出来，问他："我的手帕你留着啦？"他说："留着啦。"这时朝鲜姑娘们一起围上来了，赞美地看着他胸前的国旗勋章，欢迎他唱歌，他很慌张，想要躲藏。金圣姬说：我代表他吧！于是舞蹈起来。她不是在别的地方舞蹈，而是在北京，天安门前舞蹈，跳给毛主席看。母亲和毛主席站在一起。舞蹈完了，金圣姬扑到母亲跟前，贴着母亲的脸，说："妈妈，我是你的女儿呀！"毛主席看着微笑了；毛主席并且也看了看他，对他点点头，他也没有忘记敬了一个礼。于是他坚强而快乐，继续向敌后出发，走进了一条狭长的山沟……他心里一惊，苦痛的感觉又恢复过来，他醒来了。那在旁边睁着眼睛守护着他的，不是母亲，而是班长。看见他醒来，班长碰碰他，兴奋地小声说：

"你听！"

他疑惑地听了一下，没有听见什么。

"这还听不出吗？我们的榴弹炮——打青石洞南山。"

果然是的：我们的榴弹炮在向右边的小山头后面的敌人的青石洞南山射击。这不是平常的单发的冷炮，这是急促射，是排炮，每一次总有二三十发炮弹呼啸着穿过他们右前方的天空，然后就传来巨大的隆隆爆炸，连这小山沟里也充满回响。王顺听着这个已经好一阵了。"再来三排，再干！"于是，好像是受着他的指挥似的，一排、两排、三排炮弹过来了。于是他判断着，这一定是副班长他们已经把俘虏弄了回去，情况已经判明，说不定今天晚上就要发起那个准备已久的对青石洞南山的反击战。他把这个判断告诉了王应洪，于是他们兴奋地听着射击声。

不久，在他们后面的一些山头上，传出了敌人的重炮出口的声音，炮弹尖厉地划过空气从他们的顶空飞过去了；在重炮的射击声中，离得很近，还有一个化学迫击炮群的动作。老侦察员的耳朵清楚地判断着这些。有一个重炮群似乎是新出现的，而附近的这个迫击炮群，在这以前更是不曾射击过的，它的位置很利于控制我军向青石洞南山右侧运动的道路。显然地敌人最近布置了许多诡计，我军必须争取时间。他兴奋得甚至有些焦躁了，很懊悔自己不曾携带一个无线电报话机。我们的人有没有弄清楚敌人的炮阵地的这些变化呢？

就像是回答着他的焦心的疑问似的，我军的重炮向着敌人纵深里的重炮阵地，以及附近的这个迫击炮群还击了——也是排炮。落在附近的山头上的巨大的爆炸使得躺在狭窄的小沟里的这两个侦察员就受到了激烈的震动。显然是我军一下子就对准了敌人的新出现的炮阵地。

"肯定了！肯定！"王顺说。俘虏已经捉回，今天晚上就会发起战斗，这个他现在完全肯定了。

他是多么兴奋啊！我军的猛烈的炮击，山沟里的巨大回响，狭窄的小沟里的激烈震动，这一切，使他觉得这是他的部队、首长、同志、亲人们在呼唤他，因那个"洼地上的战役"而欢笑，因他的苦痛而激怒，是在支援他。

可是，对于侦察员们最爱听的我军的炮兵的这个合奏，王应洪却没有他的班长这样兴奋，虽然听着这些声音他的睁大着的眼睛也在发亮，并且嘴边上不时地闪过一点严肃的微笑。初上战场时的那些幼稚的激动已经在他的身上消失了，他忍受着他的伤口的痛楚，变得这样地沉着安静，虽然他刚才还以他的全部的年轻的热情梦见过金圣姬，但在清醒的时候他却对这个很冷淡；他觉得他心里很坚强。于是，看起来他的年龄仿佛一下子大了许多，仿佛他已经是身经百战的老兵，而那个热情的班长倒反而更像个青年了。

炮战沉寂下来不久，天就黄昏了。黄昏好像很长，很难耐，但天色毕竟黑了下来。这一天毕竟安静无事地过去了，王顺兴奋地准备出发。他甚至于有兴趣注意到了沟边上的那几棵紫红色的金达莱花，折下了一枝带着两朵花的很小的花枝，插在王应洪胸前的衣袋里，并且开玩笑地说："替咱们那姑娘带朵花去，气死敌人吧。"

天黑定了下来，他们爬出了这隐蔽了一整天的小沟，王顺拖着王应洪，向前爬行。

可是王应洪仍然怀着昨天夜里以来的那个决心。这决心愈来愈坚强。因而，当两个敌人搜索着巡逻过来，他们又隐蔽在土坎边上的时候，他就悄悄地向前爬行——王顺一下子拉住了他。但今天晚上星光明朗，他们的特别艰难的行动终于叫敌人发觉了。在草丛里又爬行了一阵之后，山边上传来了吼叫，立刻，两个敌人向着这边开着枪扑过来了。王应洪喊着："班长，你快走！"投出了手榴弹而且向前滚去。王顺冲上去打了一梭子子弹，打倒了这两个敌人，背起王应洪就跑，敌人从山边上陆续出现，卡宾枪打了过来——现在用不着再爬行了，没有办法再隐蔽了，于是王顺背着王应洪用所有的力气奔跑起来，在黑暗中高一步低一步地奔跑着，周围飞舞着敌人的盲目的枪弹。

还有五十米不到，就是敌我之间的开阔地了，冲过去！还有三十米……还有十米了！但敌人追上来了。

"班长，班长！"王应洪喊着。

又跑了两步，王顺一下子卧倒，把王应洪放在一块石头后边，说了一句："你别动，放心吧！"就滚向旁边的一个土包，着手来和敌人做最后的决斗。约有一个班的敌人投掷着手榴弹卷过来了，突然地王应洪跪了起来——他居然还能跪起来——投出了手榴弹，而且越过那块石头一直迎着敌人滚去。王顺心里像刀割一般，像冲锋枪掩护着他，打完了剩下来的半梭子子弹。凶恶的敌人卧倒了一下又站起，继续冲来。王应洪就整个地出现在敌人面前，拦住了敌人，进行决战了。

敌人蜂拥上来，想要活捉他。他打完了冲锋枪里面的子弹，一下子站了起来，用他的负伤的腿向前奔去，奔到敌人的中间，火光一闪——一个手雷爆炸了。

剩下来的几个敌人竟不敢再前进，而这时我军阵地上的火力支援过来了，我军的前沿部队出动了。……

苦痛的班长王顺，抱回了这个崇高的青年。敌人向王应洪拥来的时候他就向前奔去，投出了他那么宝贵地存留着的两颗手榴弹，……然后，他就扑倒在王应洪的身边了，喊着他，抚摩他，推着他，可是他不再动弹了。但他仍然似乎听见了王应洪的柔和的、恳求的声音："班长，我打响的时候……"他哭了，可是他自己不觉得。他以愤怒的大力抱起他来，在呼啸的子弹下，背着他跑过了最后的那几十米的开阔地，跳进了交通沟；对于就在他的头顶和身边呼啸着的子弹，他抱着绝对冷淡的、无动于衷的心情，好像它们是绝对不能碰伤他似的。跳进了自己阵地的交通沟，听见了自己人的声音，他就在一阵软弱里倒下了，但头脑仍然很清醒，紧紧地抱着王应洪，喃喃地说："王应洪，我们回来啦!"……

夜里十点钟，根据从那个俘虏那里得来的情报——他居然是个上尉，从他的身上搜出了一份文件——我军发动了对青石洞南山的攻击，一个钟点以后就全部地歼灭了山头上的两个加强连的敌人。

班长王顺苦痛了很多天，他的身上揣着那一条染满了血的手帕。他先是把这手帕交给了连里，可是后来，团政委找他去谈话，又把这手帕还给他了。团政委详细地问着他们在敌后的一切，那年轻人曾经说过些什么话，以及洼地上的那一场战斗是怎么进行的。后来，沉默了一阵，就嘱咐他去看一看那个姑娘，把这件纪念品给她；政委说，依他看来，去看一看那两母女，告诉她们这件事，是比较合适的。王顺也这样想，可是好久都很难有这个勇气。这天早晨，上级给王应洪追记一等功的通报发下来了，他心里稍稍安慰了一点，就请示了连部，走下阵地来了。

金圣姬母女不知道这件事情。她们怎么能够知道那敌后的潜伏、洼地上的"战役"、栗树林中的爬行，她们怎么能知道这些呢？她们日日夜夜地望着闪着炮火的前沿，那里有她们的战士们，她们为他们洗过衣服，那里有那个心爱的青年，虽然他好像一直不懂得她们的心愿，但她们觉得，他终归是会要回来的。为什么不呢？人们说到中国军队的纪律，可是在她们看来，这与纪律有什么关系呢？

听说班长来了，金圣姬兴奋得像一阵风一样地从屋子里跑出来了，老大娘也笑着迎出来了。好几个妇女跟着进来了，因为她们好久没见到这些熟识的战士们了。不一会儿，小院子里已经围满了人。

班长王顺看了一看周围：自从他们上阵地以后，这院子里看来是没有什么变化。水缸也还在那里，装酸菜的坛子也还在那里，墙上的牵牛花开得很好。他甚至还注意到了支在水缸后面的那个打老鼠的小机器，那是王应洪帮老大娘做的。他坐了下来，对大家问了好以后，就不知道要怎样开口。母女两个，以及院子里的妇女们，都看着他。终于他简单地说起了他们的胜利，王应洪的牺牲，同时取出了那条绣着两个名字的、染满了鲜血的手帕。

在他一开口说话的时候，金圣姬的眼睛马上睁大了，嘴唇有点发抖，脸色苍白起来，这敏锐的姑娘已经猜到了。老大娘在看见了这条手帕的时候就哭起来，院子里的妇女们都哭了，可是金圣姬却不哭，只是脸色非常苍白，眼睛发亮，一动也不动地看着王顺和他手里的手帕。王顺在妇女们的哭声中继续慢慢地、困难地说下去，把手帕交给了金圣姬，随后又取出了一个纸包，从纸包里拿出了一张王应洪的照片。

老大娘哭得很厉害，可是金圣姬不哭。王顺注意到，这姑娘竟有这样的毅力，她一件一件地接过了东西，甚至还没有忘记把它们好好地折起来，包起来。只是她的眼睛更亮，睁得更大，脸色更苍白。

后来，王顺坐在踏板上，低着头，好久说不出话来。妇女们忍着泪肃静地看着他。他想要说一些话，政委也曾经嘱咐他说一点话，他想说："为了人类的美好的生活，王应洪同志英勇牺牲了，请你们不要难过，我们志愿军全体战士，要为这美好的生活战斗到底——请你们，请你，金圣姬同志，永远地记着他吧。"这庄严的言语来到他的心里了，可是这时候金圣姬一下子站了起来，对着他伸出手来，握着他的手并且对直地看着他的眼睛；忽然地她的手松了，她转过脸去用另一只手蒙住眼睛，她的身体在微微颤抖着，但马上她又转过脸来对直地看着他，紧握着他的手。这姑娘的手在一阵颤抖之后变得冰冷而有力，于是王顺觉得不再需要说什么了。

《人民文学》1954年3期

组织部新来的青年人

王　蒙

一

三月，天空中纷洒着的似雨似雪。三轮车在区委会门口停住，一个年轻人跳下来。车夫看了看门口挂着的大牌子，客气地对乘客说："您到这儿来，我不收钱。"

传达室的工人、复员荣军老吕微跛着脚走出，问明了那年轻人的来历后，连忙帮他搬下微湿的行李，又去把组织部的秘书赵慧文叫出来。赵慧文紧握着年轻人的两只手说："我们等你好久了。"这个叫林震的年轻人，在小学教师支部的时候就与赵慧文认识。她的苍白而美丽的脸上，两只大眼睛闪着友善亲切的光亮，只是下眼皮上有着因疲倦而现出来的青色。她带林震到男宿舍，把行李放好、解开，把湿了的毡子晾上，再铺被褥。在她料理这些事情的时候，常常撩一撩自己的头发，正像那些能干而漂亮的女同志们一样。

她说："我们等了你好久！半年前就要调你来，区人民委员会文教科死也不同意，后来区委书记直接找区长要人，又和教育局人事室吵了一回，这才把你调了来。"

"可我前天才知道，"林震说，"听说调我到区委会，真不知怎么好。咱们区委会尽干什么呀？"

"什么都干。"

"组织部呢？"

"组织部就做组织工作。"

"工作忙不忙?"

"有时候忙，有时候不忙。"

赵慧文端详着林震的床铺，摇摇头，大姐姐似的不以为然地说:"小伙子，真不讲卫生;瞧那枕头布，已经由白变黑;被头呢，吸饱了你脖子上的油;还有床单，那么多折子，简直成了泡泡纱……"

林震觉得，他一走进区委会的门，他的新的生活刚一开始，就碰到了一个很亲切的人。

他带着一种节日的兴奋心情跑着到组织部第一副部长的办公室去报到。副部长有一个古怪的名字:刘世吾。在林震心跳着敲门的时候，他正仰着脸衔着烟考虑组织部的工作规划。他热情而得体地接待林震，让林震坐在沙发上，自己坐在办公桌边，推一推玻璃板上叠得高高的文件，从容地问:

"怎么样?"他的左眼微皱，右手弹着烟灰。

"支部书记通知我后天搬来，我在学校已经没事，今天就来了，叫我到组织部工作，我怕干不了，我是个新党员，过去做小学教师，小学教师的工作与党的组织工作有些不同……"

林震说着他早已准备好的话，说得很不自然，正像小学生第一次见老师一样。于是他感到这间屋子很热。三月中旬，冬天就要过去，屋里还生着火，玻璃上的霜花融解成一条条的污道子。他的额头沁出了汗珠，他想掏出手绢擦擦，在衣袋里摸索了半天没有找到。

刘世吾机械地点着头，看也不看地从那一大沓文件中抽出一个牛皮纸袋，打开纸袋，拿出林震的党员登记表，锐利的眼光迅速掠过，宽阔的前额下出现了密密的皱纹，闭了一下眼，手扶着椅子背站起来，披着的棉袄从肩头滑落了，然后用熟练的毫不费力的声调说:

"好，好，好极了，组织部正缺干部，你来得好。不，我们的工作并不难做，学习学习就会做的，就那么回事。而且你原来在下边工作的……相当不错嘛，是不是不错?"

林震觉得这种称赞似乎有某种嘲笑意味，他惶恐地摇头:

"我工作做得并不好……"

刘世吾的不太整洁的脸上现出隐约的笑容，他的眼光聪敏地闪动着，继续说："当然也可能有困难，可能。这是个了不起的工作。中央的一位同志说过，组织工作是给党管家的，如果家管不好，党就没有力量。"然后他不等问就加以解释，"管什么家呢？发展党和巩固党，壮大党的组织和增强党组织的战斗力，把党的生活建立在集体领导、批评和自我批评与密切联系群众的基础上。这样做好了，党组织就是坚强的、活泼的、有战斗力的，就足以团结和指引群众，完成和更好地完成社会主义建设与社会主义改造的各项任务……"

他每说一句话，都干咳一下，但说到那些惯用语的时候，快得像说一个字。譬如他说"把党的生活建立在……上，"听起来就像"把生活建在登登登上"，他纯熟地驾驭那些林震觉得是相当深奥的概念，像拨弄算盘子一样地灵活。林震集中最大的注意力，仍然不能把他讲的话全部把握住。

接着，刘世吾给他分配了工作。

当林震推门要走的时候。刘世吾又叫住他，用另一种全然不同的随意神情问：

"怎么样，小林，有对象了没有？"

"没……"林震的脸唰地红了。

"大小伙子还红脸？"刘世吾大笑了，"才22岁，不忙。"

他又问："口袋里装着什么书？"

林震拿出书，说出书名："《拖拉机站站长与总农艺师》。"

刘世吾拿过书去，从中间打开看了几行，问："这是他们团中央推荐给你们青年看的吧？"

林震点头。

"借我看看。"

"您有时间看小说吗？"林震看着副部长桌上的大叠材料，惊异了。

刘世吾用手托了托书，试了试分量，微皱着左眼说："怎么样？这么一薄本有半个夜车就开完啦。四本《静静的顿河》我只看了一个星期，就那么回事。"

当林震走向组织部大办公室的时候，天已经放晴，残留的几片云现出了亮晶晶的边缘。太阳照亮了区委会的大院子。人们都在忙碌：一个穿军服的同志夹着皮包匆匆走过，传达室的老吕提着两个大铁壶给会议室送茶水，可以听见一个女同志顽强地对着电话机子说："不行，最迟明天早上！不行……"还可以听见忽快忽慢的喔哧喔哧声——是一只生疏的手使用着打字机，"她也和我一样，是新调来的吧？"林震不知凭什么理由，猜打字员一定是个女的。他在走廊上站了一站，望着耀眼的区委会的院子，高兴自己新生活的开始。

二

组织部的干部算上林震一共24个人，其中3个人临时调到肃反办公室去了，1个人做半日工作准备考大学，1个人请产假。能按时工作的只剩下19个人。4个人做干部工作，15个人按工厂、机关、学校分工管理建党工作，林震被分配与工厂支部联系组织发展工作。

组织部部长由区委副书记李宗秦兼任，他并不常过问组织部的事，实际工作是由第一副部长刘世吾掌握。另一个副部长负责干部工作。具体指导林震工作的是工厂建党组的组长韩常新。

韩常新的风度与刘世吾迥然不同。他27岁，穿蓝色海军呢制服，干净得抖都抖不下土。他有高大的身材，配着英武的只因为粉刺太多而略有瑕疵的脸。他拍着林震的肩膀，用嘹亮的嗓音讲解工作，不时发出豪放的笑声，使林震想："他比领导干部还像领导干部。"特别是第二天韩常新与一个支部的组织委员的谈话，加强了他给林震的这种印象。

"为什么你们只谈了半小时？我在电话里告诉你，至少要用两小时讨论发展计划！"

那个组织委员说："这个月生产任务太忙……"

韩常新打断了他的话，富有教训意味地说："生产任务忙就不认真研究发展工作了？这是把中心工作与经常工作对立起来，也是党不管党的一种表现……"

林震弄不明白什么叫"中心工作与经常工作对立起来"和"党不管党"，他熟悉的是另外一类名词："课堂五环节"与"直观教具"。他很钦佩韩常新的这种气魄与能力——迅速地提高到原则上分析问题和指示别人。

他转过头，看见正伏在桌上复写材料的赵慧文，她皱着眉怀疑地看一看韩常新，然后扶正头上的假琥珀发卡，用微带忧郁的目光看向窗外。

晚上，有的干部去参加基层支部的组织生活，有的休息了，赵慧文仍然赶着复写"税务分局培养、提拔干部的经验"，累了一天，手腕酸痛，不时在写的中间撂下笔，摇摇手，往手上吹口气。林震自告奋勇来帮忙，她拒绝了，说："你抄，我不放心。"于是林震帮她把抄过的美浓纸叠整齐，站在她身旁，起一点精神支援作用。她一边抄，一边时时抬头看林震，林震问："干吗老看我?"赵慧文咬了一下复写笔，笑了笑。

三

林震是1953年秋天由师范学校毕业的，当时是候补党员，被分配到这个区的中心小学当教员。做了教师的他，仍然保持中学生的生活习惯：清晨练哑铃，夜晚记日记，每个大节日——五一、七一……以前到处征求人们对他的意见。曾经有人预言，过不了三个月他就会被那些生活不规律的成年人"同化"。但，不久以后，许多教师夸奖他也羡慕他了，说："这孩子无忧无虑，无牵无挂，除了工作，就是工作……"他也没有辜负这种羡慕，1954年寒假，由于教学上的成绩，他受到了教育局的奖励。

人们也许以为，这位年轻的教师就会这样平稳地、满足而快乐地度过自己的青年时代。但是不，孩子般单纯的林震，也有自己的心事。

一年以后，他经常焦灼地鞭策自己。是因为社会主义高潮的推动，全国青年社会主义积极分子会议的召开，还是因为年龄的增长?

他已经22岁了，记得在初中一年级时作过一篇文，题目是"当我××岁的时候"，他写成"当我22岁的时候，我要……"现在22岁，他的生命史上好像还是白纸，没有功勋，没有创造，没有冒险，也没有爱情——连给某个姑娘写一封信的事都没做过。他努力工作，但是他做得少、慢、差。和青年积极分子们比较，和飞奔的生活比较，难道能安慰自己吗？他定规划，学这学那，做这做那，他要一日千里！

这时，接到调动工作的通知，"当我22岁的时候，我成了党工作者……"也许真正的生活在这里开始了？他抑制住对小学教育工作和孩子们的依恋，燃烧起对新的工作的渴望。

支部书记和他谈话的那个晚上，他想了一夜。

就这样，林震口袋里装着《拖拉机站站长与总农艺师》，兴高采烈地登上区委会的石阶，对于党工作者（他是根据电影里全能的党委书记的形象来猜测他们的）的生活，充满了神圣的憧憬。但是，等他接触到那些忙碌而自信的领导同志，看到来往的文件和同时举行的会议，听到那些尖锐争吵与高深的分析，他眨眨那有些特别的淡褐色眼珠的眼睛，心里有点怯……

到区委会的第四天，林震去通华麻袋厂了解第一季度发展党员工作的情况，去以前，他看了有关的文件和名叫《怎样进行调查研究》的小册子，再三地请教了韩常新，他密密麻麻地写了一篇提纲，然后飞快地骑着新领到的自行车，向麻袋厂驶去。

工厂门口的警卫同志听说他是区委会的干部，没要他签名，信任地请他进去了。穿过一个大空场，走过一片放麻的露天货场与机器隆隆响的厂房，他心神不安地去敲厂长兼支部书记王清泉办公室的门。得到了里面"进来"的回答后，他慢慢地走进去，怕走快了显得没有经验。他看见一个阔脸、粗脖子、身材矮小的男人正与一个头发上抹了许多油的驼背的男人下棋。小个子的同志抬起头，右手玩着棋子，问清了林震找谁以后，不耐烦地挥一挥手："你去西跨院党支部办公室找魏鹤鸣，他是组织委员。"然后低下头继续下棋。林震找着了红脸的魏鹤鸣，开始按提纲发问了："1956年第一季度，你们发展了几个人？"

"一个半。"魏鹤鸣粗声粗气地说。

"什么叫'半'？"

"有一个通过了，区委拖了两个多月还没有批下来。"

林震掏出笔记本记了下来。又问：

"发展工作是怎么样进行的，有什么经验？"

"进行过程和向来一样——和党章的规定一样。"

林震看了看对方，为什么他说出的话像搁了一个星期的窝窝头一样干巴？魏鹤鸣托着腮，眼睛看着别处，心里也像在想别的事。

林震又问："发展工作的成绩怎么样？"

魏鹤鸣答："刚才说过了，就是那些。"他好像应付似的希望快点谈完。

林震不知道应该再问什么了，预备了一下午的提纲，和人家只谈上五分钟就用完了。他很窘。

这时门被一只有力的手推开了。那个小个子的同志进来，匆匆忙忙地问魏鹤鸣："来信的事你知道吗？"

魏鹤鸣无精打采地点了点头。

小个子的同志来回踱着步子，然后撇开腿站在房中央："你们要想办法！质量问题去年就提出来了，为什么还等着合同单位给纺织工业部写信？在社会主义高潮当中我们的生产迟迟不能提高，这是耻辱！"

魏鹤鸣冷冷地看着小个子的脸，用颤抖的声音问："您说谁？"

"我说你们大家！"小个子手一挥，把林震也包括在里面了。

魏鹤鸣因为抑制着的愤怒的爆发而显得可怕，他的红脸更红了，他站起来问："那么您呢？您不负责任？""我当然负责。"小个子的同志却平静了，"对于上级，我负责，他们怎么处分我！我也接受。对于我，你得负责，谁让你做生产科长呢？你得小心……"说完，他威胁地看了魏鹤鸣一眼，走了。魏鹤鸣坐下，把棉袄的扣子全解开了，喘着气。林震问："他是谁？"魏鹤鸣讽刺地说："你不认识？他就是厂长王清泉。"

于是魏鹤鸣向林震详细地谈起了王清泉的情况。王清泉原来在中央某部工作，因为在男女关系上犯错误受了处分，1951年调到这个厂子做副厂长，1953年厂长他调，他就被提拔做厂长。他一向是吃饱了转一转，躲在办公室批批文件下下棋，然后每月在工会大会、党支部大会、团总支大会上讲话，批评工人群众竞赛没搞好，对质量不关心，有经济主义思想……魏鹤鸣没说完，王清泉就推门进来了。他看着左腕上的表，下令说："今天中午12点10分，你通知党、团、工会和行政各科室的负责人到厂长室开会。"然后把门砰地一带，走了。

魏鹤鸣嘟哝着："你看他怎么样？"

林震说:"你别光发牢骚,你批评他,也可以向上级反映,上级绝不允许有这样的厂长。"

魏鹤鸣笑了,问林震:"老林同志,你是新来的吧?"

"老林"同志脸红了。

魏鹤鸣说:"批评不动!他根本不参加党的会议,你上哪儿批评去?偶尔参加一次,你提意见,他说:'提意见是好的,不过应该掌握分寸,也应该看时间、场合。现在,我们不应该因为个人意见侵占党支部讨论国家任务的宝贵时间。'好,不占用宝贵时间,我找他个别提,于是我们俩吵成了现在这个样子。"

"向上级反映呢?"

"1954年我给纺织工业部和区委写了信,部里一位张同志与你们那儿的老韩同志下来检查了一回。检查结果是:'官僚主义较严重,但主要是作风问题,任务基本上完成了,只是完成任务的方法有缺点。'然后找王清泉'批评'了一下,又找我鼓励了一下开展自下而上的批评的精神,就完事了。此后,王厂长有一个来月对工作比较认真,不久他得了肾病,病好以后他说自己是'因劳致疾',就又成了这个样子。"

"你再反映呀!"

"哼,后来与韩常新也不知说过多少次,老韩也不搭理,反倒向我进行教育说,应该尊重领导,加强团结。也许我不该这样想,但我觉得也许要等到王厂长贪污了人民币或者强奸了妇女,上级才会重视起来!"

林震出了厂子再骑上自行车的时候,车轮旋转的速度就慢多了。他深深地把眉头皱了起来。他发现他的工作的第一步就有重重的困难,但他也受到一种刺激,甚至是激励——这正是发挥战斗精神的时候啊!他想着想着,直到因为车子溜进了急行线而受到交通民警的申斥。

四

吃完午饭,林震迫不及待地找韩常新汇报情况。韩常新有些疲倦地靠着沙发背,高大的身体显得笨重,从身上掏出火柴盒,拿起一根火柴剔牙。

林震杂乱地叙述他去麻袋厂的见闻，韩常新脚尖打着地不住地说："是的，我知道。"然后他拍一拍林震的肩膀，愉快地说，"情况没了解上来不要紧，第一次下去嘛，下次就好了。"

林震说："可是我了解了关于王清泉的情况。"他把笔记本打开。

韩常新把他的笔记本合上，告诉他："对，这个情况我早知道。前年区委让我处理过这个事情，我严厉地批评过他，指出他的缺点和危险性，我们谈了至少有三四个钟头……"

"可是并没有效果呀，魏鹤鸣说他只好了一个月……"林震插嘴说。

"一个月也是效果，而且绝不止一个月。魏鹤鸣那个人思想上有问题，见人就告厂长的状……"

"他告的状是不是真的?"

"很难说不真，也很难说全真。当然这个问题是应该解决的，我和区委副书记李宗秦同志谈过。"

"副书记的意见是什么?"

"副书记同意我的意见，王清泉的问题是应该解决也是可能解决的……不过，你不要一下子就陷到这里边去。"

"我?"

"是的。你第一次去一个工厂，全面情况也不了解，你的任务又不是去解决王清泉的问题，而且，直爽地说，解决他的问题也需要更有经验的干部；何况我们并不是没有管过这件事……你要是一下子陷到这个里头，三个月也出不来，第一季度的建党总结还了解不了解? 上级正催我们交汇报呢!"

林震说不出话。

韩常新又拍拍林震的肩膀："不要急躁嘛。咱们区三千个党员，百十几个支部，你一来就什么问题都摸还行?"他打了个哈欠，有倦意的脸上的粉刺涨红了，"啊——哈，该睡午觉了。"

"那，发展工作怎么再去了解?"林震没有办法地问。

韩常新又去拍林震的肩膀，林震不由得躲开了。韩常新有把握地说："明天咱们俩一起去，我帮你去了解，好不?"然后他拉着林震一同到宿舍去。

第二天，林震很有兴趣地观察韩常新如何了解情况。三年前，林震在北京师范上学的时候，出去做过见习教师，老教师在前面讲，林震和学生一起听，学了不少东西。这次，他也抱着见习的态度，打开笔记本，准备把韩常新的工作过程详细记录下来。

第三天，韩常新问魏鹤鸣："发展了几个党员？"

"一个半。"

"不是一个半，是两个，我是检查你们的发展情况，不是检查区委批没批。"韩常新纠正他，又问，"这两个人本季度生产计划完成得怎么样？"

"很好，他们一个超额7%，一个超额4%，厂里黑板报还表扬……"

谈起生产情况，魏鹤鸣似乎起劲了些，但是韩常新打断了他的话："他们有些什么缺点？"

魏鹤鸣想了半天，空空洞洞地说了些缺点。

韩常新叫他给所举的缺点提一些例子。

提完例子，韩常新再问他党的积极分子完成本季度生产任务的情况，他特别感兴趣的是一些数字和具体事例，至于这些先进的工人克服困难、钻研创造的过程，他听都不要听。

回来以后，韩常新用流利的行书示范地写了一个"麻袋厂发展工作简况"，内容是这样的：

> ……本季度（1956年1月至3月）麻袋厂支部基本上贯彻了积极慎重发展新党员的方针，在建党工作上取得了一定的成绩，新通过的党员朱××与范××受到了共产党员的光荣称号的鼓舞，增强了主人翁的观念，在第一季度繁重的生产任务中各超额7%、4%。广大积极分子围绕在支部周围，受到了朱××与范××模范事例的教育，并为争取入党的决心所推动，发挥了劳动的积极性与创造性，良好地完成或者超额完成了第一季度的生产任务……（下面是一系列数字与具体事例）

这说明：

一、建党工作不仅与生产工作不会发生矛盾，而且大大推动了生产，任何借口生产忙而忽视建党工作的做法是错误的。

二、……但同时必须指出，麻袋厂支部的建党工作，也仍然存在着一定的缺点……例如……

林震把写着"简况"的纸片捧在手里看了又看，他有一刹那，甚至于怀疑自己去没去过麻袋厂。还是上次与韩常新同去时自己睡着了，为什么许多情况他根本不记得呢？他迷惑地问韩常新：

"这，这是根据什么写的？"

"根据那天魏鹤鸣的汇报呀。"

"他们在生产上取得的成绩是因为建党工作吗？"林震口吃起来。

韩常新抖一抖裤脚，说："当然。"

"不是吧？上次魏鹤鸣并没有这样讲。他们的生产提高了，也可能是由于开展竞赛，也许由于青年团建立了监督岗，未必是建党工作的成绩……"

"当然，我不否认。各种因素是统一起来的，不能形而上学地割裂地分析这是甲项工作的成绩，那是乙项工作的成绩。"

"那，譬如我们写第一季度的捕鼠工作总结，是不是也可以用这些数字和事例呢？"

韩常新沉着地笑了，他笑林震不懂"行"，他说："那可以灵活掌握……"

林震又抓住几个小问题问：

"你怎么知道他们的生产任务是繁重的呢？"

"难道现在会有一个工厂任务很轻闲吗？"

林震目瞪口呆了。

五

初到区委会十天的生活，在林震头脑中积累起的印象与产生的问题，比他在小学待了两年的还多。区委会的工作是紧张而严肃的，在区委书记办公室，连日开会到深夜。从汉语拼音到预防大脑炎，从劳动保护到政治经济学讲座，无一不经过区委会的忠实的手。林震有一次去收发室取报纸，看见一份厚厚的材料，第一页上写着"区人民委员会党组关于调整公私合营工商业的分布、管理、经营方法及贯彻市委关于公私合营工商业工人工资问题的报告的请示"。他怀着敬畏的心情看着这份厚得像一本书的材料和它的长题目。有时，一眼望去，却又觉得区委干部们是随意而松懈的，他们在办公时间聊天，看报纸，大胆地拿林震认为最严肃的题目开玩笑，例如，青年监督岗开展工作，韩常新半嘲笑地说："吓，小青年们脑门子热起来啦……"林震参加的组织部一次部务会议也很有意思，讨论市委布置的一个临时任务，大家抽着烟，说着笑话，打着岔，开了两个钟头，拖拖沓沓，没有什么结果。这时，皱着眉思索了好久的刘世吾提出了一个方案，马上热烈地展开了讨论，很多人发表了使林震敬佩的精彩意见。林震觉得，这最后的30多分钟的讨论要比以前的两个钟头有效十倍。某些时候，譬如说夜里，各屋亮着灯：第一会议室，出席座谈会的胖胖的工商业者愉快地与统战部部长交换意见；第二会议室，各单位的学习辅导员们为"价值"与"价格"的关系争得面红耳赤；组织部坐着等待入党谈话的激动的年轻人，而市委的某个严厉的书记出现在书记办公室，找区委正副书记听取贯彻工资改革的情况……这时，人声嘈杂，人影交错，电话铃声断断续续，林震仿佛从中听到了本区生活的脉搏的跳动，而区委会这座不新的、平凡的院落，也变得辉煌壮观起来。

在一切印象中，最突出和新鲜的印象是关于刘世吾的：刘世吾工作极多，常常同一个时间好几个电话催他去开会，但他还是一会儿就看完了《拖拉机站站长与总农艺师》，把书转借给了韩常新；而且，他已经把前一个月公布的拼音文字草案学会了，开始在开会时用拼音文字做记录了。某些传阅文件刘世吾拿过来看看题目和结尾就签上名送走，也有的不到三千字的指示他看上一下午，密密麻麻地画上各种符号。刘世吾有时一面听韩常新汇报情况，一面漫不经心地查阅其他的材料，听着听着却突然指出："上次你汇报的情况不是这样！"韩常新不自然地笑着，刘世吾的眼睛捉摸不定地闪着光；但刘世吾并不深入追究，仍然查他的材料，于是韩常新恢复了常态，有声有色地汇报下去。

赵慧文与韩常新的关系也被林震看出了一些疑窦：韩常新对一切人都是拍着肩膀，称呼着"老王""小李"，亲热而随便。独独对赵慧文，却是一种礼貌的"公事公办"的态度。这样说话："赵慧文同志，党刊第104期放在哪里？"而赵慧文也用顺从包含警戒的神情对待他。

　　……四月，东风悄悄地刮起，不再被人喜爱的火炉蜷缩在阴暗的贮藏室，只有各房间熏黑了的屋顶还存留着严冬的痕迹。往年，这个时候，林震就会带着活泼的孩子们去卧佛寺或者西山八大处踏青，在早开的桃李与混浊的溪水中寻找春天的消息……区委会的生活却不怎么受季节的影响，继续以那种紧张的节奏和复杂的色彩流转着。当林震从院里的垂柳上摘下一棵多汁的嫩芽时，他稍微有点怅惘，因为春天来得那么快，而他，却没做出什么有意义的事情来迎接这个美妙的季节……

　　晚上九点钟，林震走进了刘世吾办公室的门。赵慧文正在这里，她穿着紫黑色的毛衣。脸儿在灯光下显得越发苍白。听到有人进来，她迅速地转过头来，林震仍然看见了她略略突出的颧骨上的泪迹。他回身要走，低着头吸烟的刘世吾做手势止住他："坐在这儿吧，我们就谈完了。"

　　林震坐在一角，远远地隔着灯光看报，刘世吾用烟卷在空中画着圆圈，诚恳地说：

　　"相信我的话吧，没错。年轻人都这样，最初互相美化，慢慢发现了缺点，就觉得都很平凡。不要做不切实际的要求，没有遗弃，没有虐待，没有发现他政治上、品质上的问题，怎么能说生活不下去呢？才四年嘛。你的许多想法是从苏联电影里学来的，实际上，就那么回事……"

　　赵慧文没说话，她撩一撩头发，临走的时候，对林震惨然地一笑。

　　刘世吾走到林震旁边，问："怎么样？"他丢下烟蒂，又掏出一支来点上火，紧接着贪婪地吸了几口，缓缓地吐着白烟，告诉林震："赵慧文跟她爱人又闹翻了……"接着，他开开窗户，一阵风吹掉了办公桌上的几张纸，传来了前院里散会以后人们的笑声、招呼声和自行车铃响。

　　刘世吾把只抽了几口的烟扔出去，伸了个懒腰，扶着窗户，低声说："真的是春天了呢！"

　　"我想谈谈来区委工作的情况，我有一些问题不知道怎么解决。"林震用一种坚决的神气说，同时把落在地上的纸页拾起来。

"对，很好。"刘世吾仍然靠着窗户框子。

林震从去麻袋厂说起："……我走到厂长室，正看见王清泉同志在……"

"下棋呢还是打扑克？"刘世吾微笑着问。

"您怎么知道？"林震惊骇了。

"他老兄什么时候干什么我都算得出来，"刘世吾慢慢地说，"这个老兄棋瘾很大，有一次在咱这儿开了半截会，他出去上厕所，半天不回来，我出去一找，原来他看见老吕和区委书记的儿子下棋，他在旁边'支'上'着儿'了。"

林震把魏鹤鸣对他的控告讲了一遍。

刘世吾关上窗户，拉一把椅子坐下，用两个手扶着膝头支持着身体，轻轻地摆动着头：

"魏鹤鸣是个直性子，他一来就和王清泉吵得面红耳赤……你知道，王清泉也是个特殊人物，不太简单。抗日胜利以后，王清泉被派到国民党军队里工作，他做过国民党军的副团长，是个呱呱叫的情报人员。一九四七年以后他与我们的联系中断，直到解放以后才接上线。他是去瓦解敌人的，但是他自己也染上国民党军官的一些习气，改不过来，其实是个英勇的老同志。"

"这样……"

"是啊。"刘世吾严肃地点点头，接着说，"当然，这不能为他辩护，党是派他去战胜敌人而不是与敌人同流合污，所以他的错误是应该纠正的。"

"怎么去解决呢？魏鹤鸣说，这个问题已经拖了好久。他到处写过信……""是啊。"刘世吾又干咳了一会儿，做着手势说，"现在下边支部里各类问题很多，你如果一一地用手工业的方法去解决，那是事倍功半的。而且，上级布置的任务追着屁股，完成这些任务已经感到很吃力。作为领导，必须掌握一种把个别问题与一般问题结合起来，把上级分配的任务与基层存在的问题结合起来的艺术。再者，王清泉工作不努力是事实，但还没有发展到消极怠工的地步；作风有些生硬，也不是什么违法乱纪；显然，这不是组织处理问题而是经常教育的问题。从各方面看，解决这个问题的时机目前还不成熟。"

林震沉默着，他判断不清究竟哪样对：是娜斯嘉的"对坏事绝不容忍"对呢，还是刘世吾的"条件成熟论"对。他一想起王清泉那样的厂长就觉得难受，但是，他驳不倒刘世吾的"领导艺术"。刘世吾又告诉他："其实，有类似毛病的干部也不止一个……"这更加使得林震睁大了眼睛，觉得这跟他在小学时所听的党课的内容不是一个味儿。

后来，林震又把看到的韩常新如何了解情况与写简报的事说了说，他说，他觉得这样整理简报不太真实。

刘世吾大笑起来，说："老韩……这家伙……真高明……"笑完了，又长出一口气，告诉林震："对，我把你的意见告诉他。"

林震犹豫着，刘世吾问："还有别的意见吗？"

于是林震勇敢地提出："我不知道为什么，来了区委会以后发现了许多许多缺点，过去我想象的党的领导机关不是这样……"

刘世吾把茶杯一放："当然，想象总是好的，实际呢，就那么回事。问题不在于有没有缺点，而在于什么是主导的。我们区委的工作，包括组织部的工作，成绩是基本的呢，还是缺点是基本的？显然成绩是基本的，缺点是前进中的缺点。我们伟大的事业，正是由这些有缺点的组织和党员完成着的。"

走出办公室以后，林震有一种奇怪的感觉：和刘世吾谈话似乎可以消食化气，而他自己的那些肯定的判断，明确的意见，却变得模糊不清了。他更加惶惑了。

六

不久，在党小组会上，林震受到了一次严厉的批评。

事情是这样：有一次，林震去麻袋厂，魏鹤鸣说，由于季度生产质量指标没有达到，王厂长狠狠地训了一回工人，工人意见很大，魏鹤鸣打算找些人开个座谈会，搜集意见，准备向上反映。林震很同意这种做法，以为这样也许能促进"条件的成熟"。过了三天，王清泉气急败坏地到区委会找副书记李宗秦，说魏鹤鸣在林震支持下搞小集团进行反领导的活动，还说参加魏鹤鸣主持的座谈会的工人都有历史问题……最后说自己请求辞职。李宗秦批评了他的一些缺点，同意制止魏鹤鸣再开座谈会，"至于林震，"他对王清泉说，"我们会给予应有的教育的。"

批评会上，韩常新分析道："林震同志没有和领导上商量，擅自同意魏鹤鸣召集座谈会，这首先是一种无组织无纪律的行为……"

林震不服气，他说："没有请示领导，是我的错。但是我不明白为什么我们不但不去主动了解群众的意见，反而制止基层这样做！"

"谁说我们不了解？"韩常新跷起一只腿，"我们对麻袋厂的情况统统掌握……"

"掌握了而不去解决，这正是最痛心的！党章上规定着，我们党员应该向一切违反党的利益的现象做斗争……"林震的脸变青了。

富有经验的刘世吾开始发言了，他向来就专门能在一定的关头起扭转局面的作用。

"林震同志的工作热情不错，但是他刚来一个月就给组织部的干部讲党章，未免仓促了些。林震以为自己是支持自下而上的批评，是做一件漂亮事，他的动机当然是好的；不过，自下而上的批评必须有领导地去开展，譬如这回事，请林震同志想一想：第一，魏鹤鸣是不是对王清泉有个人成见呢？很难说没有。那么魏鹤鸣那样积极地去召集座谈会，可不可能有什么个人目的呢？我看不一定完全不可能。第二，参加会的人是不是有一些历史复杂别有用心的分子呢？这也应该考虑到。第三，开这样一个会，会不会在群众里造成一种王清泉快要挨整了的印象因而天下大乱了呢？等等。至于林震同志的思想情况，我愿意直爽地提出一个推测：年轻人容易把生活理想化，他以为生活应该怎样，便要求生活怎样，做一个党的工作者，要多考虑的却是客观现实，是生活可能怎样。年轻人也容易过高估计自己，抱负甚多，一到新的工作岗位就想对缺点斗争一番，充当个娜斯嘉式的英雄。这是一种可贵的、可爱的想法，也是一种虚妄……"

林震像被打中了似的颤了一下，他紧咬住了下嘴唇。

他鼓起勇气再问："那么王清泉……"刘世吾把头一仰：

"我明天找他谈话，有原则性的并不仅是你一个人。"

七

星期六晚上，韩常新举行婚礼。林震走进礼堂，他不喜欢那弥漫的呛人的烟气，还有地上杂乱的糖果皮与空中杂乱的哄笑；没等婚礼开始他就退了出来。

组织部的办公室黑着，他拉开灯，看见自己桌上的信，是小学的同事们写来，其中还夹着孩子们用小手签了名的信：

> 林老师：您身体好吗？我们特别特别想您，女同学都哭了，后来就不哭了，后来我们作算术，题目特别特别难，我们费了半天劲，中于算出来了……

看着信，林震不禁独自笑起来了，他拿起笔把"中于"改成"终于"，准备在回信时告诉他们下次要避免别字。他仿佛看见了系蝴蝶结的李琳琳、爱画水彩画的刘小毛和常常把铅笔头含在嘴里的孟飞……他猛把头从信纸上抬起来，所看见的却是电话、吸墨纸和玻璃板。他所熟悉的孩子的世界和他的单纯的工作已经离他而去了，新的工作要复杂得多……他想起前天党小组会上人们对他的批评。难道自己真的错了？真的是莽撞和幼稚，再加几分年轻人的廉价的勇气？也许真的应该切实估量一下自己，把分内的事做好，过两年，等到自己"成熟"了以后再干预一切吧？

礼堂里传来爆发的掌声和笑声。

一只手落在肩上，他吃惊地回过头来，灯光显得刺眼，赵慧文没有声响地站在他的身边，女同志走路都有这种不声不响的本事。

赵慧文问："怎么不去玩？"

"我懒得去。你呢？"

"我该回家了，"赵慧文说，"到我家坐坐好吗？省得一个人在这儿想心事。"

"我没有心事。"林震分辩着，但他接受了赵慧文的好意。

赵慧文住在离区委会不远的一个小院落里。

孩子睡在浅蓝色的小床里，幸福地含着指头，赵慧文吻了儿子，拉林震到自己房间里来。

"他父亲不回来吗？"林震问。

赵慧文摇摇头。

这间卧室好像是布置得很仓促，墙壁因为空无一物而显得过分洁白，盆架孤单地缩在一角，窗台上的花瓶傻气地张着口；只有床头桌上的收音机，好像还能扰乱这卧室的安静。

林震坐在藤椅上，赵慧文靠墙站着。林震指着花瓶说："应该插枝花，"又指着墙壁说，"为什么不买几张画挂上？"

赵慧文说："经常也不在，就没有管它。"然后她指着收音机问，"听不听？星期六晚上，总有好的音乐。"

收音机响了，一种梦幻的柔美的旋律从远处飘来，慢慢变得热情激荡。提琴奏出的诗一样的主题，立即揪住了林震的心。他托着腮，屏住了气。他的青春，他的追求，他的碰壁，似乎都能与这乐曲相通。

赵慧文背着手靠在墙上，不顾衣服蹭上了石灰粉，等这段乐曲过去，她用和音乐一样的声音说："这是柴可夫斯基的《意大利随想曲》，让人想到南国，想到海……我在文工团的时候常听它，慢慢觉得，这调子不是别人演奏出的，而是从我心里钻出来的……"

"在文工团？"

"参加军事干部学校以后被分配去的，在朝鲜，我用我的蹩脚的嗓子给战士唱过歌，我是个哑嗓子的歌手。"

林震像第一次见面似的又重新打量赵慧文。

"怎么？不像了吧？"这时电台改放"剧场实况"了，赵慧文把收音机关了。

"你是文工团的，为什么很少唱歌？"林震问。她不回答，走到床边，坐下。她说："我们谈谈吧，小林，告诉我，你对咱们区委的印象怎么样？"

"不知道，我是说，还不明确。"

"你对韩常新和刘世吾有点意见吧，是不？"

"也许。"

"当初我也这样，从部队转业到这里，和部队的严格准确比较，许多东西我看不惯。我给他们提了好多意见，和韩常新激动地吵过一回，但是他们笑我幼稚，笑我工作没做好意见倒一大堆，慢慢地我发现，和区委的这些缺点做斗争是我力不胜任的……"

"为什么力不胜任？"林震像刺痛了似的跳起来，他的眉毛拧在一起了。

"这是我的错，"赵慧文抓起一个枕头，放在腿上，"那时我觉得自己水平太低，自己也很不完美，却想纠正那些水平比自己高得多的同志，实在不量力。而且，刘世吾、韩常新还有别人，他们确实把有些工作做得很好。他们的缺点散布在咱们工作的成绩里边，就像灰尘散布在美好的空气中，你嗅得出来，但抓不住，这正是难办的地方。"

"对！"林震把右拳头打在左手掌上。赵慧文也有些激动了，她把枕头抛开，话说得更慢，她说："我做的是事务工作，领导同志也不大过问，加上个人生活上的许多牵扯，我沉默了，于是，上班抄抄写写，下班给孩子洗尿布、买奶粉。我觉得我老得很快，参加军干校时候那种热情和幻想，不知道哪里去了。"她沉默着，一个一个地捏着自己的手指，接着说，"两个月以前，北京市进入社会主义高潮，工人、店员还有资本家，放着鞭炮，打着锣鼓到区委会报喜，工人、店员把入党申请书直接送到组织部，大街上一天一变，整个区委会彻夜通明，吃饭的时候，宣传部、财经部的同志滔滔不绝地讲着社会主义高潮中的各种气象；可我们组织部呢？工作改进很少！打电话催催发展数字，按前年的格式添几条新例子写写总结……最近，大家检查保守思想，组织部也检查，拖拖沓沓开了三次会，然后写个材料完事。……哎，我说乱了，社会主义高潮中，每一声鞭炮都刺激着我，当我复写批准新党员通知的时候，我的手激动得发抖，可是我们的工作就这样依然故我地下去吗？"她喘了一口气，来回踱着，然后接着说，"我在党小组会上谈自己的想法，韩常新满足地问：'难道我们发展数字的完成比例不是各区最高的？难道市委组织部没要我们写过经验？'然后他进行分析，说我情绪不够乐观，是因为不安心事务工作……"

"开始的时候，韩常新给人一个了不起的印象，但是实际一接触……"林震又说起那次写汇报的事。

赵慧文同意地点头："这一两年，虽然我没提什么意见，但我无时无刻不在观察。生活里的一切，有表面也有内容，做到金玉其外，并不是难事。譬如韩常新，充领导他会拉长了声音训人，写汇报他会强拉硬扯生动的例子，分析问题，他会用几个无所不包的概念；于是，俨然成了个少壮有为的干部，他飘浮在生活上边，悠然得意。"

"那么刘世吾呢？"林震问，"他绝不像韩常新那样浅薄，但是他的那些独到的见解，精辟的分析，好像包含着一种可怕的冷漠。看到他容忍王清泉这样的厂长，我无法理解，而当我想向他表示什么意见的时候，他的议论却使人越绕越糊涂，除了跟着他走，似乎没别的路……"

"刘世吾有一句口头语：就那么回事，他看透了一切，以为一切就那么回事。按他自己的说法，他知道什么是'是'，什么是'非'，还知道'是'一定战胜'非'，又知道'是'不是一下子战胜'非'，他什么都知道，什么都见过——党的工作给人的经验本来很多。于是他不再操心，不再爱也不再恨。他取笑缺陷，仅仅是取笑；欣赏成绩，仅仅是欣赏。他蛮有把握地应付一切，再也不需要虔诚地学习什么，除了拼音文字之类的具体知识。一旦他认为条件成熟需要干一气，他一把把事情抓在手里，教育这个，处理那个，俨然是一切人的上司。凭他的经验和智慧，他当然可以做好一些事，于是他更加自信。"赵慧文毫不容情地说道。这些话曾经在多少个不眠的夜晚萦绕在她的心头……

"我们的区委副书记兼部长呢？他不管吗？"

赵慧文更加兴奋了，她说："李宗秦身体不好，他想去做理论研究工作，嫌区的工作过于具体。他做组织部部长只是挂名，把一切事情推给刘世吾。这也是一种相当普遍的不正常的现象，有一批老党员，因为病，因为文化水平低，或者因为是首长爱人，他们挂着厂长、校长和书记的名，却由副厂长、教导主任、秘书或者某个干事做实际工作。"

"我们的正书记——周润祥同志呢？"

"周润祥是一个非常令人尊敬的领导同志，但是他工作太多，忙着肃反、私营企业的改造……各种带有突击性的任务，我们组织部的工作呢，一般说永远成不了带突击性的中心任务，所以他管得也不多。"

"那……怎么办呢？"林震直到现在，才开始明了了事情的复杂性，一个缺点，仿佛粘在从上到下的一系列的缘故上。

"是啊。"赵慧文沉思地用手指弹着自己的腿，好像在弹一架钢琴，然后她向着远处笑了，她说，"谢谢你……"

"谢我？"林震以为自己听错了。

"是的，见到你，我好像又年轻了。你天不怕地不怕，敢于和一切坏现象做斗争，于是我有一种婆婆妈妈的预感：你……一场风波要起来了。"

林震脸红了。他根本没想到这些，他正为自己的无能而十分羞耻。他嘟哝着说："但愿是真正的风波而不是瞎胡闹。"然后他问，"你想了这么多，分析得这么清楚，为什么只是憋在心里呢？"

"我老觉得没有把握，"赵慧文把手放在自己的胸前，"我看了想，想了又看，我有时候想得一夜都睡不好，我问自己：'你的工作是事务性的，你能理解这些吗？'"

"你怎么会这样想？我觉得你刚才说得对极了！你应该把你刚才说的对区委书记谈，或者写成材料给《人民日报》……"

"瞧，你又来了。"赵慧文露出润湿的牙齿笑了。

"怎么叫又来了？"林震不高兴地站起来，使劲搔着头皮，"我也想过多少次，我觉得，人要在斗争中使自己变正确，而不能等到正确了才去做斗争！"

赵慧文突然推门出去了，把林震一个人留在这空旷的屋子里，他嗅见了肥皂的香气。马上，赵慧文回来了，端着一个长柄的小锅，她跳着进来，像一个梳着三只辫子的小姑娘。她打开锅盖，戏剧性地向林震说：

"来，我们吃荸荠，煮熟了的荸荠！我没有找到别的好吃的。"

"我从小就喜欢吃熟荸荠。"林震愉快地把锅接过来，他挑了一个大的没剥皮就咬了一口，然后他皱着眉吐了出来，"这是个坏的，又酸又臭。"赵慧文大笑了。林震气愤地把捏烂了的酸荸荠扔到地上。

临走的时候，夜已经深了，纯净的天空上布满了畏怯的小星星。有一个老头儿吆喝："炸丸子开锅！"推车走过。林震站在门外，赵慧文站在门里，她的眼睛在黑暗中闪光，她说："下次来的时候，墙上就有画了。"

林震会心地笑着："而且希望你把丢下的歌儿唱起来！"他摇了一下她的手。

林震用力地呼吸着春夜的清香之气，一股温暖的泉水在心头涌了上来。

八

韩常新最近被任命为组织部副部长。新婚和被提拔，使他愈益精神焕发和朝气勃勃。他每天刮一次脸，在参观了服装展览会以后又做了一套凡尔丁料子的衣服。不过，最近他亲自出马下去检查工作少了，主要是在办公室听汇报、改文件和找人谈话。刘世吾仍然那么忙……

一天，晚饭以后，韩常新把《拖拉机站站长与总农艺师》还给林震，他用手弹一弹那本书，点点头说："很有意思，也很荒唐。当个作家倒不坏，编得天花乱坠。赶明儿我得了风湿性关节炎或者犯错误受了处分，就也写小说去。"

林震接过书，赶快拉开抽屉，把它压在最底下。

刘世吾坐在另一边的沙发上正出神地研究一盘象棋残局，听了韩常新的话，刻薄地说："老韩将来得关节炎或者受处分倒不见得不可能，至于小说，我们可以放心，至少在这个行星上不会看到您的大作。"他说的时候一点不像开玩笑，以致韩常新尴尬地转过头，装没听见。

这时刘世吾又把林震叫过去，坐在他旁边，问："最近看什么书了？有没有好的借我看看？"

林震说没有。

刘世吾挪动着身体，斜躺在沙发上，两手托在脑后，半闭着眼，缓慢地说："最近在《译文》上看了《被开垦的处女地》第二部的片段，人家写得真好，活得很……"

"您常看小说？"林震真不大相信。

"我愿意荣幸地表示，我和你一样地爱读书：小说、诗歌，包括童话。解放以前，我最喜欢屠格涅夫，小学五年级，我已经读《贵族之家》，我为伦蒙那个德国老头儿流泪，我也喜欢叶琳娜；英沙罗夫写得却并不好……可他的书有一种清新的、委婉多情的调子。"他忽地站起来，走近林震，扶着沙发背，弯着腰继续说，"现在也爱看，看的时候很入迷，看完了又觉得没什么，你知道，"他紧挨林震坐下，又半闭起眼睛，"当我读一本好小说的时候，我梦想一种单纯的、美妙的、透明的生活。我想去做水手，或者穿上白衣服研究红血球，或者做一个花匠，专门培植十样锦……"他笑了，从来没这样笑过，不是用机智，而是用心，"可还是得做什么组织部部长。"

他摊开了手。

"为什么您把现在的工作看得和小说那么不一样呢？党的工作不单纯，不美妙，也不透明吗？"林震友好而关切地问。

刘世吾接连摇头，咳嗽了一会儿又站起来，靠到远一点的地方，嘲笑地说："党工作者不适合看小说。……譬如，"他用手在空中一画，"拿发展党员来说，小说可以写：'在壮丽的事业里，多少名新战士参加了无产阶级的先锋行列，万岁！'而我们呢，组织部呢，却正在发愁：第一，某支部组织委员工作马大哈，谈不清新党员的历史情况。第二，组织部压了百十几个等着批准的新党员，没时间审查。第三，新党员需经常委会批准，常委委员一听开会批准党员就请假。第四，公安局长参加常委会批准党员的时候老是打瞌睡……"

"您不对！"林震大声说，他像本人受了侮辱一样地难以忍耐，"您看不见壮丽的事业，只看见某某在打瞌睡……难道您也打瞌睡了？"

刘世吾笑了笑，叫韩常新："来，看看报上登的这个象棋残局，该先挪车呢还是先跳马？"

九

魏鹤鸣告诉林震，他要求回到车间做工人，他说："这个支部委员和生产科长我干不了。"林震费尽唇舌，劝他把那次座谈会搜集的意见写给党报，并且质问他："你退缩了，你不信任党和国家了，是吗？"后来魏鹤鸣和几个意见较多的工人写了一封长信，偷偷地寄给报纸，连魏鹤鸣本人都对自己有些怀疑："也许这又是'小集团活动'？那就处罚我吧！"他是带着有罪的心情把大信封扔进邮箱的。

五月中旬，《北京日报》以显明的标题登出揭发王清泉官僚主义作风的群众来信。署名"麻袋厂一群工人"的信，愤怒地要求领导上处理这一问题。《北京日报》编者也在按语中指出："……有关领导部门应迅速做认真的检查……"

赵慧文首先发现了，她叫林震来看。林震兴奋得手发抖，看了半天连不成句子，他想："好！终于揭出来了！还是党报有力量！"

他把报纸拿给刘世吾看，刘世吾仔细地看了几遍，然后抖一抖报纸，客观地说："好，开刀了！"

这时，区委书记周润祥走进来，他问："王清泉的情况你们了解不？"

刘世吾不慌不忙地说："麻袋厂支部的一些不健康的情况那是确实存在的。过去，我们就了解过，最近我亲自找王清泉谈过话，同时小林同志也去了解过。"他转身向林震："小林，你谈谈王清泉的情况吧。"

有人敲门，魏鹤鸣紧张地撞进来，他的脸由红色变成了青色，他说，王厂长在看到《北京日报》以后非常生气，现在正追查写信的人。

……经过党报的揭发与区委书记的过问，刘世吾以出乎林震意料之外的雷厉风行的精神处理了麻袋厂的问题。刘世吾一下决心，就可以把工作做得很出色。他把其他工作交代给别人，连日与林震一起下到麻袋厂去。他深入车间，详细调查了王清泉工作的一切情况，征询工人群众的一切意见。然后，与各有关部门进行了联系，只用了一个多星期的时间，就对王清泉做了处理——党内和行政都予以撤职处分。

处理王清泉的大会一直开到深夜，开完会，外面下起雨，雨忽大忽小，久久地不停息。风吹到人脸上有些凉。刘世吾与林震到附近的一个小铺子去吃馄饨。

这是新近公私合营的小铺子，整理得干净而且舒适。由于下雨，顾客不多。他们避开热气腾腾的馄饨锅，在墙角的小桌旁坐下来。

他们要了馄饨，刘世吾还要了白酒，他呷了一口酒，掐着手指，有些感触地说："我这是第六次参加处理犯错误的负责干部的问题了，头几次，我的心很沉重。"由于在大会上激昂地讲过话，他的嗓音有些嘶哑，"党的工作者是医生，他要给人治病，他自己却是并不轻松的。"他用无名指轻轻敲着桌子。

林震同意地点头。

刘世吾忽问："今天是几号？"

"5月20。"林震告诉他。

"5月20，对了。九年前的今天，'青年军'二〇八师打坏了我的腿。"

"打坏了腿？"林震对刘世吾的过去历史还不了解。

刘世吾不说话，雨一阵大起来，他听着那哗啦哗啦的单调的响声，嗅着潮湿的土气。一个被雨淋透的小孩子跑进来避雨。小孩的头发在往下滴水。

刘世吾招呼店员："切一盘肘子。"然后告诉林震，"1947年，我在北大做自治会主席。参加五二〇游行的时候，二〇八师的流氓打坏了我的腿。"他挽起裤子，可以看到一道弧形的疤痕，然后他站起来，"看，我的左腿是不是比右腿短一点？"

林震第一次以深深的尊敬和爱戴的眼光看着他。

喝了几口酒，刘世吾的脸微微发红，他坐下，把肉片夹给林震，然后斜着头说："那时候……我是多么热情，多么年轻啊！我真恨不得……"

"现在就不年轻，不热情了吗？"林震用期待的眼光看着。"当然不，"刘世吾玩着空酒杯，"可是我真忙啊！忙得什么都习惯了，疲倦了。解放以来从来没睡够过八小时觉。我处理这个人和那个人，却没有时间处理处理自己。"他托起腮，用最质朴的人对人的态度看着林震，"是啊，一个布尔什维克，经验要丰富，但是心要单纯。……再来一两！"刘世吾举起酒杯，向店员招手。

这时林震已经开始被他深刻和真诚的抒发所感动了。刘世吾接着闷闷地说："据说，炊事员的职业病是缺少良好的食欲，饭菜是他们做的，他们整天和饭菜打交道。我们，党工作者，我们创造了新生活，结果，生活反倒不能激动我们……"

刘世吾点点头："小林同志的意见是对的，他的精神也给了我一些启发……"然后他悠闲地溜到桌子边去倒茶水，用手抚摸着茶碗沉思地说，"不过具体到麻袋厂事件，倒难说了。组织部门巩固党的工作抓得不够，是的，我们干部太少，建党还抓不过来。麻袋厂王清泉的处理，应该说还是及时而有效的。在宣布处理的工人大会上，工人的情绪空前高涨，有些落后的工人也表示更认识到了党的大公无私，有一个老工人在台上一边讲话一边落泪，他们口口声声说着感谢党，感谢区委……"

林震小声说："是的，正因为这样，我才觉得我们工作中的麻木、拖延、不负责任，是对群众犯罪。"他提高了声音，"党是人民的、阶级的心脏，我们不能容忍心脏上有灰尘，就像不能容忍党的机关的缺点！"

李宗秦把两手交叉起来放在膝头，他缓缓地说，像是一边说一边思索着如何造句："我认为林震、韩常新、刘世吾同志的主要争论有两个症结，一个是规律性与能动性的问题，……一个是……"

林震以不知从哪儿来的勇气对李宗秦说："我希望不要只做冷静而全面的分析……"他没有说下去，他怕自己掉下眼泪来。

周润祥看一看林震，又看一看李宗秦，皱起了眉头，沉默了一会儿，迅速地写了几个字，然后对大家说："讨论下一项议程吧。"

散会后，林震气恼得没有吃下饭，区委书记的态度他没想到。他不满甚至有点失望。韩常新与刘世吾找他一起出去散步，就像根本没理会他对他们的不满意，这使林震更意识到自己和他们力量的悬殊。他苦笑着想："你还以为常委会上发一席言就可以起好大的作用呢！"他打开抽屉，拿起那本被韩常新嘲笑过的苏联小说，翻开第一篇，上面写着："按娜斯嘉的方式生活！"他自言自语："真难啊！"

他缺少了什么呢？

十一

第二天下班以后，赵慧文告诉林震："到我家吃饭去吧，我自己包饺子。"他想推辞，赵慧文已经走了。

林震犹豫了好久，终于在食堂吃了饭再到赵慧文家去。赵慧文的饺子刚刚煮熟。她穿上暗红色的旗袍，系着围裙，手上沾满面粉，像一个殷勤的主妇似的对林震说："新下来的豆角做的馅子……"

林震嗫嚅地说："我吃过了。"

赵慧文不信，跑出去给他拿来了筷子，林震再三表示确实吃过，赵慧文不满意地一个人吃起来。林震不安地坐在一旁，一会儿看看这，一会儿看看那，一会儿搓搓手，一会儿晃一晃身体。

"小林，有什么事吗?"赵慧文停止了吃饺子。

"没……有。"

"告诉我吧。"赵慧文目不转睛地看着他。

"昨天在常委会上我把意见都提了，区委书记睬都不睬……"

赵慧文咬着筷子端想了想，她坚决地说："不会的，周润祥同志只是不轻易发表意见……"

"也许。"林震半信半疑地说，他低下头，不敢正面接触赵慧文关切的目光。

赵慧文吃了几个饺子，又问："还有呢?"

林震的心跳起来了。他抬起头，看见了赵慧文的好意的眼睛，他轻轻地叫："赵慧文同志……"

赵慧文放下筷子，靠在椅子背子，有些吃惊了。

"我很想知道，你是否幸福。"林震用一种粗重的，完全像大人一样的声音说，"我看见过你的眼泪，在刘世吾的办公室，那时候春天刚来……后来忘记了。我自己马马虎虎地过日子，也不会关心人。你幸福吗?"

赵慧文略略疑惑地看着他，摇头："有时候我也忘记……"然后点头，"会的，会幸福的。你为什么问它呢?"她安详地笑着。

林震把刘世吾对他讲的告诉了她："……请原谅我，把刘世吾同志随便讲的一些话告诉了你，那完全是瞎说……我很愿意和你一起说话或者听交响乐，你好极了，那是自然而然的……也许这里边有什么不好的，不合适的东西，马马虎虎的我忽然多虑了，我恐怕我扰乱谁。"林震抱歉地结束了。

赵慧文安详地笑着，接着皱起了眉尖儿，又抬起了细瘦的胳臂，用力擦了一下前额，然后她甩了一下头，好像甩掉什么不愉快的心事似的

铁木前传

孙　犁

一

在人们的童年里，什么事物，留下的印象最深刻？如果是在农村里长大的，那时候，农村里的物质生活是穷苦的，文化生活是贫乏的，几年的时间，才能看到一次大戏，一年中间，也许听不到一次到村里来卖艺的锣鼓声音。于是，除去村外的田野、坟堆、破窑和柳杆子地，孩子们就没有多少可以留恋的地方了。

在谁家院里，叮叮当当的斧凿声音，吸引了他们。他们成群结队跑了进去，那一家正在请一位木匠打造新车，或是安装门户，在院子里放着一条长长的板凳，板凳的一头，突出一截木楔，木匠把要刨平的木材，放在上面，然后弯着腰，那像绸条一样的木花，就在他那不断推进的刨子上面飞卷出来，落到板凳下面。孩子们跑了过去，刚捡到手，就被监工的主人吆喝跑了："小孩子们，滚出去玩。"

然而那咝咝的声音，多么引诱人！木匠的手艺，多么可爱啊！还有生在墙角的那一堆木柴火，是用来熬鳔胶和烤直木材的，那毕剥毕剥的声音，也实在使人难以割舍。而木匠的工作又多是在冬天开始，这堆好火，就更可爱了。

在这个场合里，是终于不得不难过地走开的。让那可爱的斧凿声音，响到墙外来吧；让那熊熊的火光，永远在眼前闪烁吧。

在童年的时候，常常就有这样一个可笑的想法：我们家什么时候也能叫一个木匠来做活呢？当孩子们回到家里，在吃晚饭的时候，把这个愿望向父亲提出来，父亲生气了："咱们家叫木匠？咱家几辈子叫不起木匠，假如你这小子有福分，就从你这儿开办吧。要不，我把你送到黎老东那里做学徒，你就可以整天和斧子凿子打交道了。"

黎老东是这个村庄里的唯一的木匠，他高个子，黄胡须，脸上有些麻子。看来，很少有给黎老东当徒弟的可能。因为孩子们知道，黎老东并不招收徒弟。他自己就有六个儿子，六个儿子都不是木匠。他们和别的孩子一样，也是整天背着柴筐下地捡豆茬。

但是，希望是永远存在的，欢乐的机会，也总是很多的。如果是在春末和夏初的日子，村里的街上，就又会有叮叮当当的声音和一炉熊熊的火了。这叮叮当当的声音，听来更是雄壮，那一炉火看来更是旺盛，真是多远也听得见，多远也看得见啊！这是傅老刚的铁匠炉，又来到村里了。

他们每年总是要来一次的，像在屋梁上结窝的燕子一样，他们总是在一定的时间来。麦收和秋忙就要开始了，镰刀和锄头要加钢，小镐也要加钢，他们还要给农民们打造一些其他的日用家具。他们一来，人们就把那些要修理的东西和自备的破铁碎钢拿来了。

傅老刚被人们叫作"掌作的"，他有五十岁年纪了。他的瘦干的脸就像他那左手握着的火钳，右手抡着的铁锤，还有那安放在大木墩子上的铁砧的颜色一样。他那短短的连鬓的胡须，就像是铁锈。他上身不穿衣服，腰下系一条油布围裙，这围裙，长年被火星冲击，上面的大大小小的漏洞，就像蜂巢。在他那脚面上，绑着两张破袜片，也是为了防御那在锤打热铁的时候迸射出来的火花。

傅老刚是有徒弟的。他有两个徒弟，大徒弟抡大锤，沾水磨刃，小徒弟拉大风箱和做饭。小徒弟的脸上，左一道右一道都是污黑的汗水，然而他高仰着头，一只脚稳重地向前伸着，一下一下地拉送那呼呼响动的大风箱。孩子们围在旁边，对他这种傲岸的劳动的姿态，由衷地表示了深深的仰慕之情。

"喂！"当师傅从炉灶里撤出烧炼得通红的铁器，他就轻轻地关照孩子们。孩子们一哄就散开了，随着叮当的锤打声，那四溅的铁花，在他们的身后飞舞着。

如果不是父亲母亲来叫，孩子们是会一直在这里观赏的，他们也不知道，到底要看出些什么道理来。是看到把一只门吊儿打好吗？是看到把一个套环儿接上吗？童年啊！在默默的注视里，你们想念的，究竟是一种什么境界？

铁匠们每年要在这个村庄里工作一个多月。他们是早起晚睡的，早晨，人们还躺在被窝里的时候，就听到街上的大小铁锤的声音了；天黑很久，他们炉灶里的火还在燃烧着。夜晚，他们睡在炉灶的边旁，没有席棚，也没有帐幕。只有连绵阴雨的天气，他们才收拾起小车炉灶，到一个人家去。

他们经常的去处，是木匠黎老东家。黎老东家里很穷，老婆死了，留下六个孩子。前些年，他曾经下个狠心，把大孩子送到天津去学生意，把其余的几个，分别托靠给亲朋，自己背上手艺箱子，下了关东。在那遥远的异乡，他只是开了开眼界，受了很多苦楚，结果还是空着手回来了。回来以后，他拉扯着几个孩子住在人家的一个闲院里，日子过得越发艰难了。

黎老东是好交朋友的，又出过外，知道出门的难处。他和傅老刚的交情是深厚的，他不称呼傅老刚"掌作的"，也不像一些老年人直接叫他"老刚"，他总称呼"亲家"。

下雨天，铁匠炉就搬到他的院里来。铁匠们在一大间破碾棚里工作着。为了答谢"亲家"的好意，傅老刚每年总是抽时间给黎老东打整打整他那木作工具。该加钢的加钢，该磨刃的磨刃。

这种帮助也是有酬答的，黎老东闲暇的日子，也就无代价地替铁匠们换换锤把，修修风箱。

"亲家"是叫得很熟了，但是，谁也不知道这"亲家"的准确的含义。究竟是黎老东的哪一个儿子认傅老刚为干爹了呢，还是两个人定成了儿女亲家？

"亲家，亲家，你们到底是干亲家，还是湿亲家？"人们有时候这样探问着。

"干的吧？"黎老东是个好说好笑的人，"我有六个儿子，亲家，你要哪一个叫你干爹都行。"

"湿的也行哩！"轻易不说笑的傅老刚也笑起来，"我家里是有个妞儿的。"

但是，每当他说到妞儿的时候，他那脸色就像刚刚烧红的铁，在冷水桶里猛不丁一沾，立刻就变得阴沉了。他的老婆死了，留下年幼的女儿一人在家。

"明年把孩子带来吧。"晚上，黎老东和傅老刚在碾棚里对坐着抽烟，傅老刚一直不说话，黎老东找了这样一个话题。他知道，在这个时候，只有这样一把钥匙，才能通开老朋友的紧紧封闭着的嘴，使他那深藏在内心的痛苦流泻出来。

"那就又多一个人吃饭，"傅老刚低着头说，"女孩子家，又累手累脚。"

"你看我。"黎老东忍住眼里的泪说，"六个。"

这种谈话很是知心，可是很难继续。因为，虽然谁都有为朋友解决困难的热心，但是谁也知道，实际上真是无能为力。就连互相安慰，都也感到是徒然的了。

这时候，黎老东最小的儿子，名字叫六儿的，来叫父亲睡觉。傅老刚抬起头来，望着他说："我看，你这几个孩子，就算六儿长得最精神，心眼儿也最灵。"

"我希望你将来收他做个徒弟哩。"黎老东把六儿拉到怀里说，"我那小侄女儿，也有他这么大?"

"六儿今年几岁了?"傅老刚问。

"九岁。"六儿自己回答。

"我那女儿也是九岁。"傅老刚说，"她比你要矮一头哩，她要向你叫哥哥哩。"

二

第二年头麦熟，傅老刚真的从老家把女儿带来了。他在小车的一边，给女儿安置了一个座位。这座位当然很小，小孩子用右手紧把住小车的上装，把脚盘起来，侧着身子坐在垫好的一小块破褥上。他们在路上走了五六天，住了几次小店，吃了很多尘土。然而，女孩子是很高兴的，她可以跟父亲，这唯一的亲人，长住在一起，对她说来，是最幸福的了。

到了村里，先投奔了黎老东家。黎老东很是高兴，招呼左邻右舍的女孩子们来和小客人玩。

"你叫什么名儿呀？"那些女孩子们问她。

"我叫九儿。"小客人回答。

"你姐妹九个？"女孩子们问。

"就我一个哩。"小客人说。

"那你为什么叫九儿？"女孩子们奇怪了，"在我们这里，谁是老几就叫几儿，比如六儿，他就是老六。"

"这是我娘活着的时候，给我起的名儿。"小客人难过地说，"我是九月初九的生日哩。"

"啊。"女孩子们明白了，"那么，你们那里还兴留小辫儿吗？"

"唔。"小客人有些害羞了，缠在她那独根大辫子上的绳儿，红得多么耀眼呀！

和女孩子们玩了几天，和六儿也就熟了。九儿看出，六儿和她很亲近，就像两个人的父亲在一起时表现得那样。傅老刚活儿忙，女孩子跟在身边不方便，他打夜作，给六儿和九儿每人打了一把拾柴的小镐儿，黎老东给他们拾掇上镐柄，白天就打发他们到野外去。六儿背着红荆条大筐，提着小镐儿，扬长走在前头，九儿背一个较小的筐子，紧跟在后面，走到很远很远的野地里去。

六儿不喜欢在村边村沿拾柴，他总是愿意到人们不常到、好像是他一个人发现的新地方去。可是，走出这样远，他并不好好地工作，他总是把时间浪费在路上。他忽然轰起一个窠卵儿鸟，那种鸟儿贴着地皮飞，飞不远又落下，好像引逗人似的，六儿赶了一程又一程。有时候，他又追赶一只半大不小的野兔儿，他总以为这是可以追上的，结果每次都失败了。

"我们赶紧拾柴吧。"九儿劝告地说。

"忙什么？"六儿说，"天黑拾满一筐回去就行。"

"我们不许一人拾两筐吗？"九儿说。

"就是一天拾三筐，也过不成财主！"六儿严肃地驳斥着。

他慢慢地走在草地里，注视着脚下。在一处做个记号，又察看着。后来，他把柴筐扔在一旁，招呼着九儿："你守住这个洞口，不要叫它从这里跑了。"

他回到做记号的那里，弯下腰，用小镐儿飞快地掘起来。

这天，他们高兴地捉住了一只短尾巴小田鼠，晚上带回家里来，装在一只小木匣里。木匠家总是有好多木匣子的。

第二天，风很大。他们两个没有到地里去，在六儿家里玩。父亲出去做活了，六儿拿出小田鼠来，对九儿说："它在匣里住了一夜，一定很闷，我们叫它在地上跑跑吧。"

"捉不住了，怎么办？"九儿说。

"不要紧，你把水道守住就行了。"六儿把小田鼠放在地上。

起初小田鼠伏在他的脚下，一动也不动。六儿"嘘"它，跺脚轰它，它跑开了，绕着房根儿转，突然钻进了一个洞。

六儿发急了，他命令九儿："你看瓮里有水没有？"

瓮里干着。六儿抓起瓢来，跑到咸菜缸那里，淘来一瓢盐水，灌进了鼠洞。看看不顶事，又要去淘。

"大叔回来要骂了，"九儿说，"盐是很贵的。"

六儿用力把瓢扔在地上，瓢摔裂了。

这一回，两个人玩得很不好。六儿失去了小田鼠，心里很难过。九儿心疼那一瓢盐水，她也是个穷人家的孩子，她在家里，是一针一线也不敢糟蹋的。

风越刮越大，他俩躲到破碾棚里去。那座不常有人使用的大石碾，停在中间。碾台上蒙着一层尘土，九儿坐在上面。六儿爬到那架大空扇车里面，蜷起身子像只虾米一样，仰天睡下了。他招呼九儿："你也进来吧，盛得下。"

"我不进去。"九儿说。

她在思考，面对着现实。外面的风，刮得天昏地暗，屋顶上的蜘蛛网抖动着，一只庞大的蜘蛛，被风吹得掉下来，又急遽地团回去了。她没有母亲，她的父亲，现时在外面的大风里工作着。她新结交的小伙伴，躺在扇车里睡着了。童年的种种回忆，将长久占据人们的心，就当你一旦居住在摩天大楼里，在这低矮的碾棚里的一个下午的景象，还是会时常涌现在你沉思的眼前吧？

三

就在这一年，开始了抗日战争。这是在平原上急骤兴起的，动摇旧的生活基础的第一次大风暴。从这一年起，人们在战争的考验里，接受了阶级斗争的新道理，广大的劳苦半生的人们，包括他们那从前以为累赘、无法养教的儿女们，开始打破有形无形、传统久远的束缚和枷锁。黎老东在家的两个较大的儿子，都参军去了。

在兵荒马乱里，傅老刚没有能够按时回到老家去，好在女儿也在身边，他不想去冒那长远路途上的危险了。在这些年月里，木匠、铁匠除去为农业生产服务，还都要为战争服务。傅老刚的两个徒弟，不久也参加了八路军附设的兵工厂。在这一年冬天，傅老刚和女儿，给来往不断和越聚越多的骑兵打钉马掌。九儿兴奋地工作着，有一次她只顾观望那过往的部队，被一匹性烈的马踢了一脚，从此在额角上留下一块小小的伤痕。当时，部队上的卫生员替她包扎好，她连一声也没哭。以后，大家公认，这块小伤痕，不但没有损害九儿的颜面，反而给她增加了几分美丽。

孩子们在风雨里、炮火里，饥饿和寒冷的煎熬里，战斗和胜利的兴奋里，完成了他们的童年，可珍贵的童年的历程。傅老刚在村里人缘很好，附近村庄的人们也都认识他。在逃难的时候，那些妇女们看到九儿，都自动地愿意带着她，跑到哪个村庄，人们一听说是铁匠的女孩子，也愿意收留吃饭和安排住宿。在战争的最后两年，因为年岁大些了，游击经验也丰富些了，九儿总是好和六儿一同走。六儿胆子很大，很机警，照顾九儿也很周到。

当他们在一块儿的时候，在九儿那刚刚懂事的心里，除去有人做伴仗胆，感到幸福，还产生了一种相依相靠的感情。当她和六儿在一块儿的时候，也真的没有遇到什么大的危险。因此，她有时也真的相信六儿自我吹嘘的话了。

六儿常常对她说："你谁也不要跟着，就跟着我吧，日本鬼子不敢着我的边。"

"你净瞎说。"九儿跟在他身后边说。

"你跟着我，饥不着也渴不着，"六儿自信地说，"我会像一只大老家（雀），给你打食儿吃。"

在九儿的眼里，六儿的办法就是多一些。下雨的时候，他总是能很好地把九儿安置起来，就是在野地里，也淋不湿。在九儿感觉饿的时候，他能跑出多远，找些吃的东西回来。那时候，在野外躲藏的人很多，人们是愿意帮助孩子们的。而更重要的是，九儿从心里发生的那一种感激和喜欢的心情，也确实能战胜一时的饥饿和寒冷。

日本投降以后，因为多年不回老家，老铁匠急于要带女儿回去看望一下。

临走的那天晚上，黎老东打了一壶酒，给傅老刚送行。平日，傅老刚即使在喝酒的时候，话也是很少的；黎老东酒一沾唇，那话就像黄河开了口子一样，滔滔不绝。可是今天晚上，两个老朋友中间放上一盏菜油灯，一把酒壶，在快要分别的时候，黎老东只是勉强地说了几句普通的话。以后，就也把头低下来，一直沉默着。

这是很稀奇的现象。傅老刚问："亲家，你心里有什么事？"

"有点事儿。"黎老东突然兴奋起来，他是单等着老朋友这句问话的，"亲家，我想向你请求一件事。你看，我有六个儿子，穷得这样，我这一辈子也不打算什么了。不过六儿这孩子，我看还许有些出息。"

"亲家，"傅老刚插断他的话，"你就是娇惯了他一些。孩子们是要管得严紧些的。"

"是这样。"黎老东急于要把话说完，"咱也别绕圈子，据我冷眼观看，九儿和六儿，两个人的感情还合得来。按说，像我这个穷光蛋，还想支使儿媳妇？不过，咳！"

他一口把壶里的酒喝干了，就又低下头去。

"我明白你的意思了。"傅老刚说，"你穷，我就富吗？"

"不过，不过，养女儿总是要攀个高枝儿的。"黎老东低着头说。

"孩子们年纪还小，等我们从老家回来再定规，你说好不好？"傅老刚这样冷漠地结束了这场本来应该激动人心的交谈，使得老朋友的心冷了半截。

这一晚上，九儿在附近的婶子大娘家里辞行。姐妹们留恋她，在这家停一会儿，又一群一伙地到另一家去。六儿也一直跟在后面，就有姐妹们说他："你老是跟着干什么？一个小子家。这又不是打游击的时候了。"

"人家也是来送九儿哩。"有的姑娘说。

"快回家去睡觉吧，六儿。"有的大娘斥责他。

"我就是跟着！"六儿有些气愤地在心里说，"我就是不去睡觉！你们管得着吗？"

九儿一直和别人说笑着。

第二天，打早起，六儿跟着父亲，帮九儿家收拾小车。在黑影儿里，九儿小声对他说："我们还要回来的呀。"

四

傅老刚和九儿走了以后，就一直没有音讯。听说在他们家乡那一带，是蒋匪军盘踞着。这两年，平原上进行着解放战争，人们又经历了许多重大的事件。土地改革以后，黎老东因为是贫农，又是军属，分得了较多较好的地。后来，二儿子在解放战争里牺牲了，领到一笔抚恤粮。天津解放了，在那里做生意的大儿子又捎来一些现款，家里的生活，突然好了很多。黎老东听到二儿子牺牲的消息以后，悲痛了一个时期。他想起这个老二从小没有得过一点儿好，母亲死了以后，还曾带着四兄弟讨要过一个时期的饭。现在，黎老东是将近六十岁的人了，身边只有四儿和六儿。但是，不知道为什么，黎老东不大喜爱四儿，只喜爱六儿。

老人的心里想：自己受了一辈子苦，没有过出头之日，几个大孩子，小的时候也没有赶上好年月，现在既然生活好了，应该叫六儿多享些福。

这样，六儿就越发娇惯起来了。他已经长大成人，他不愿意像四哥一样到地里去做活，起猪圈送粪这些事，他连边也不愿沾。可是，也不好净闲着，他就学做些小买卖。秋后，搓大花生仁儿，炒了到街上卖；冬天煮老豆腐，晚上在大街十字路口敲着梆子。卖不完的，就自己吃。每天夜里，父亲已经钻被窝了，他盛上一大碗老豆腐，多加蒜、姜，送到老人跟前说："爹，吃了吧，热的。"

老人爬起来，喝完老豆腐，心里想，这孩子多懂事儿，多孝顺呀！

有时，六儿也盛上一碗送给在夜里喂着牲口的四哥，老四是从小知道省细的，总是不愿意吃。他对六儿说："多卖一碗，就多赚一碗，我这就要睡觉了，喝一碗这个有什么用？"

这使得六儿有时想：这个人真不知好歹哩。

但是，不管卖花生仁儿，还是卖老豆腐，六儿总是赚不下钱。在街面上，他的朋友多，这个抓一把，那个喝一碗，就是记上账，六儿也拉不下脸皮儿去要，到年底，还是得老四去讨账。

特别是那些姑娘们，看见六儿提着花生仁儿来了，就说："你这花生仁儿脆不脆？香不香？"

"你们尝尝呀！"六儿赶忙张开布袋口笑着说。

"尝"是不要钱的，可是姑娘们很多，又都下得手，一个人一大把不算，六儿还自己抓着送到她们手里，替她们装进那口虽小底儿却深的衣裳口袋里去。

六儿长得个儿适中，脸皮儿很白，脾气又好，他在街上成了姑娘们十分喜欢的对象。六儿已经能够自觉意识到这一点，他就更加注意去巩固和扩大这个良好的影响。战争结束以后，在这个村里，他第一个留起大分头，还不叫担挑的剃头匠理发，总是在集日跑到县城南关的理发店去。夜晚，村里只有他有一个手电筒，在街上一晃一晃的，姑娘们嬉笑着围着他："看你，六儿，照坏了我的眼！"

"来，六儿，给我拿拿！"

在雨天，他有一双双钱牌胶鞋，故意穿上去串门儿，谁家的姑娘好看，谁家庭院里积的雨水深，他就特别爱到谁家去。那家的姑娘在窗户眼儿里看见他进来，就赶紧爬下炕来说："六儿，你来得正好，来脱下给我穿穿，我正要到茅房里去！"

"你穿着正合适。"六儿说，一边脱下胶鞋来递给她，"你也该买一双。"

"我哪里有这些钱呀?"姑娘笑着说,"六儿,你什么时候再进城,给我捎一双袜子来吧!"

"什么色儿的?"六儿问。

"你看着吧,你常买东西,又懂眼。"姑娘信任地说,在腰里掏摸着,"你带着钱吧!"

"不用。"六儿说,"买回来,再说吧。"

等到买回来,姑娘们只称赞他买的货色好,尺寸合适,就再也不提钱的事了。

五

黎老东目前也顾不上管教他,老人正在为新兴的家业操心。

新近他把那匹老灰驴换成了一匹红马。这匹马虽然口齿老一些,但蹄腿毛色都很好,架上那辆分来的破车,实在显得不调和。老人四处去观看,买回几棵榆树槐树,想自己打一辆大车。黎老东打的大车是远近知名的,一辈子给人家打了无数的车,现在年老了,也给孩子们打一辆吧,他的心情是十分愉快的。在转悠着买树的时候,他还得到一棵小檀木树的秧子,做木匠的最喜爱这种树,他把它栽到自己的窗台下,小心养护着,作为自己新的生活开始的标志。院里养了一群鸡,猪圈里新买来两个猪崽儿。

他叫老四和他解树,在院子里,被解的树木斜竖起来,像一架高射炮。老人蹲在上面,俯身向下,老四坐在地下,仰身向上,按着墨线拉那大锯,一推一送。老人总是埋怨老四笨,不是说他走了线,就是说他不会送锯。老四建议叫六儿来拉锯,老人又不肯。老四说他有偏心,父子两个争吵起来,老人甚至举起锛斧,绕院子追赶。

老四最不喜欢人家说他笨。他从抗日战争以来,学习很努力,每天看书看报上夜校,积极参加村里的青年工作,他觉得在家庭里,他比父亲和六儿都进步得多,懂事得多。

吵过架,老人又不甘寂寞,说:"我像你这个年纪,早就出师了。我的手艺，不用说在这一县，就是在关外，在哈尔滨，那里有日本木匠，也有俄国木匠，我也没叫人比下去过。阿拉索，有钱的苏联人总是这样对我说。"

"那时他们不是苏联人，那时他们是白俄。"老四说。

"县城南关福聚东银号的大客厅的隔扇，是我做的。那些年，每逢十月庙会，远从云南广西来的大药商，也特别称赞那花儿刻得好。"老人越说越高兴，"这字号是卜家的买卖，老东家和我很合适。"

"卜家不是叫贫农团打倒了吗?"老四说，"你这话只能在家里说，在外边说，人家会说你和地主有拉拢。"

"南关西后街崔家的轿车，也是我打的。"老人说，"那车只有老太太出门才肯用。"

"那也是大地主。"老四说，"那辆车早分给贫农，装大粪用了。"

老人把锯用力往下一送，差一点没把老四顶个后仰。

大车的木工程序越是接近完成的时候，黎老东越是怀念他那老朋友傅老刚，因为还要有段铁工程序，大车才能制造成功。附近当然也有其他的铁匠，但是这些人的手艺，都不中黎老东的意。过去，他是常常和傅老刚合打一辆大车的。而他们合打的大车，据说一上道，咯噔噔噔一响，人们离很远，就能判断出这是黎老东砍的轴，挑的键，傅老刚挂的车瓦。他很希望老朋友能来帮他把这一辆完成好，成为他们多年合作中的代表作品，象征他们终身不变的深厚友谊。现在家里又有吃有喝，他想给傅老刚捎个信儿，叫他带女儿来。孩子们的年岁也到了，凭眼下这日子光景，再求婚也就理直气壮了。

可是，听说那边还在打仗，信儿也不好捎。

想起儿女的婚姻，黎老东就想起住宅的问题，现在住的这个破院，虽说村里已经固定给他，要是儿子们结婚，还是很不够住的。当父亲的赶上这个年月，还不能替孩子们安排下几间住处，也感觉于心有愧似的。今年一个麦季，一个秋季，收成都很好。

他想把粮食合起来，换处宅院。原先，他是想多买几亩田地的，听人说，这年头田地总不牢靠，宅院到什么社会，终归是自己的，他就下了决心买宅子。

关于买宅子，老四提议要和军队上的哥哥商量一下，黎老东说："不用。他是革命干部，不同意我们置家业过活。"

他托了村里的说合人，替他物色宅院。很快，说合人就来告诉他，后街二寡妇那宅子要卖。这所宅子包括三间土坯抹灰北房，木架门窗都还很坚固，院子很大，以后可以盖三合房，现在就有一个大梢门洞儿。价钱不贵，十石麦子。另外，这所宅院距离黎老东现在住的地方很近，以后来往也方便。

黎老东想了想，很中意这宅子，就要下定钱。但是老寡妇有一个附带条件，要卖"养老腾宅"，就是说要等她死了，新主人才能搬进来。对于这一点，黎老东有些犹豫，谁知道老寡妇哪年死哩，看来她还很健康。不久，说合人又来说，老寡妇有个侄儿要争这宅院，出十二石麦。黎老东一听着急了，下了定钱，还和老寡妇那个侄儿闹了一场纠纷，经过村里调解，黎老东是军烈属，才买到了手。

买了宅子，黎老东操心的事情可就多了。他隔几天就要到那宅子里转转，看见院子里跑着一群别人家的鸡，他就轰出去，看见墙头又叫孩子们蹬倒了，他就垒起来，看见房墙上的泥皮掉了，就和泥抹上。他关心宅院的每一个细小部分，而老寡妇好像什么也不管，在东间屋里炕上咳嗽着。

冬天，黎老东想叫老四到这北屋西间来住，捎带喂牲口，马槽就安在外间。他和老寡妇商量，老寡妇不同意，说马会把粪拉到她做饭的锅里。因为这个争吵起来，老寡妇一生气，收拾东西，到女儿家住去了，声言是黎老东把她逼走，在村里影响很不好。在军队里的儿子，不知怎么也知道了，来信批评了父亲。

黎老东为这件事也懊悔了好几天，觉得是找了麻烦。但是既然买了，就搬来住吧，选择了一个日子，他和六儿、四儿搬进了这一所新居。人们还要他请酒，他也只好应酬了一下。

夜里，六儿很晚才回来，黎老东一直没睡着，在等着他。

"我为什么买这个冤孽？"黎老东说，"不就是为了你？"

"嗯。"六儿把头蒙在被窠里，"新房子怎么这样冷呀？"

"你要学点好。"黎老东又规诫着，"不要整天瞎跑。"

而六儿已经呼呼入睡了，鼾声是那样匀称和舒心，老人是喜爱听这种声音的，年老的人，身边有个小儿子甜蜜地睡着，是会感到幸福的。

六

这一年冬天，六儿和村里的一家懒人，合伙卖牛肉包子。每天晚上，他背着一个小木柜子，在大街上来回游逛。

"牛肉包儿呀！好热的牛肉包儿呀！"

一直到深夜。

包子房设在村西头黎大傻家。黎大傻的老婆，原是县城东关一户娼窝赌不务正业的人家的长女。这女人长得既丑且怪，右脚往里勾着，黑麻脸，左眼从小瞎了，有一大块萝卜花向外冒突着。她的性情很是刁泼，在新社会里，也长期改造不好，又非常好吃，为了满足她那馋嘴，她会想出一些奇奇怪怪别人绝想不到的办法。

黎大傻做什么事，也是要看着女人的眼色，听着女人的鼻息的。抗日战争以后，经过几次社会运动，他们每次都把分得的一些东西泼撒了。过程是：把分得的土地和一些粗粮变卖了，换回麦子卖面条儿，结果，一家人把本儿利全吃进肚里去。

今年和六儿卖包子，就是和面擀皮儿这些极为轻微的工作，黎大傻的老婆也是不愿意担负的。她不久就从娘家接了一个妹妹来，名义上是帮忙做活，她的实际目的在哪里，谁也猜得着。

这位妹妹，外表和姐姐长得非常不同，人们传说，这孩子原是那些年，从别人家领来的，和她的姐姐，并非一母所生。

她今年十九岁了，小名叫满儿。已经结了婚，丈夫长年在外面。小满儿一年比一年出脱得好看，走动起来，真像招展的花枝，满城关没有一个人不认识她，大家公认她是这一带地方的人尖儿。

刚到姐姐家来，小满儿表现得很安静。她不常出门儿，每天，姐姐出去串门儿，她就盘腿卧脚地坐在炕上剁馅儿，包包子，连头也不轻易抬起。黎大傻在地上来往，装着笼屉，兼在灶上烧火。六儿没事做，放一条板凳在炕沿儿下面，呆呆地望着她抽香烟。等到天黑，姐姐回来，小满儿问做什么吃，姐姐照例是说得很干脆的："还做什么吃？熬点米汤儿，就包子吃！"

"六儿不用回家，就在一块儿吃吧？"小满儿问。

"那还用你说吗？"姐姐笑着，"人家是咱们的大东家哩，要好好照应！"

现在，六儿就黑夜白日地在这一家鬼混。

渐渐，小满儿就不能安静地坐在炕上了。她每天要抽空儿到门口站一站。自从她搬到姐姐家，不知道是谁传播的消息，那些卖胭脂粉儿香胰子的小贩，也都跟踪到这村里来了。他们像上市一样，常常把三副几副的担子放在她姐姐家的门口，如果小满儿还没有出来，他们就用力摇动那小货郎鼓，用繁乱的、挑逗的节奏把她招引出来。

以后，小满儿又借口占碾子借磨，到大街上去。

每逢小满儿到街上来推碾，就会在这小小的村庄里引起一场动乱。当她还没有得到推碾的机会，只是放下一把笤帚在碾子旁边占着，自己一径回家去了，就有一些青年人趁到碾子附近来了。青年人越聚越多，常常使得那正在推碾的人家，感到非常地奇怪。

后来，碾子空下了，就有青年自动去给她报信。过了一会儿，小满儿从她姐姐家的胡同里转出来，青年们的眼睛就一齐转向她那里。青年们的眼神是多种多样的，有的勇敢些，有的怯弱些，然而都被内心的热情和狂想激动着，就像接连爆发的一片火焰。

小满儿头上顶着一个大笸箩，一只手伸上去扶住边缘，旁若无人地向这里走来。她的新做的时兴的花袄，被风吹折起前襟，露出鲜红的里儿；她的肥大的像两口大钟似的棉裤脚，有节奏地相互摩擦着。她的绣花鞋，平整地在地上迈动，像留不下脚印似的那样轻松。

她那空着的一只手，扮演舞蹈似的前后摆动着，柔嫩得像粉面儿捏成。她的脸微微红涨，为了不显出气喘，她把两片红润的嘴唇紧闭着，把脖子里的纽扣儿也预先解开了。

她通过这条长长的大街，就像一位凯旋的将军，正在通过需要他检阅的部队。青年们，有的后退了几步，有的上到墙根高坡上，去瞻仰她的丰姿。

小满儿来到石碾旁边，一转身，把大笸箩放在了地上。然后，她掠了掠齐肩的油黑的头发，向青年们扫射了一眼。

她是来碾米。她把谷子铺在碾盘上，等候着她的姐姐。她姐姐叫什么事耽搁住了，一直没有来，她就一个人推动了石碾。

她心里明白，不会没有人来帮她的忙。但是今天，青年们都在观望着，做着各种丑态，甚至互相推挤，却谁也没有勇气上前。

每当小满儿推着碾子转到街道旁边，她就转身向村西头望望，看看六儿来了没有。她很希望六儿在这个时候来，他比这些屄头们懂事，会跑着过来帮她的忙。

可是，六儿也好像忘记了和她约好的这回事儿似的，一直没影儿。她实在推不动了，又不愿意在这些青年人面前示弱，她装作碾得了头合，突地停下来往回折扫着，转身抓起了簸箕。

"怕还不行吧！"这时站在最前边的一个叫大壮的青年，开了口。

这个名叫大壮而实际上非常胆小的青年，是耐不过这种沉寂的场面，又实在心疼对方，才鼓足勇气去抓起了那根闲着的推碾棍。他这种异乎寻常的举动，使得全体青年吃了一惊，连平日向他开玩笑的习惯都忘记了。但是，忽然从街东头传来一声喊叫，这一声喊叫，就像在冬天的夜晚，有黄鼬来拉鸡，孤处的女主人从梦中惊醒，喊叫出来的那种声音一样凌厉吓人。这是大壮的媳妇。大壮早婚，她比丈夫足足大八岁。她熬过很长的一段岁月，自从大壮渐渐懂得事理，她就越发爱他，并且越发管教得严格了。大壮平日很怕她，他怕她就像怕自己的姐姐，甚至像怕自己的母亲一样。因为，在多年的印象里，她不只照顾了他的饮食起居，而且也教导着他的言语行动。但是大壮从来也没想到，在他偶尔同别的女人在一起的时候，会引起自己的女人这样大的愤怒。他扶着碾棍，呆呆地望着自己的女人。

"你这个不要脸的东西！"大壮的女人急急走过来说，"快做晚饭了，你不去担水，跑到这里来干什么？"

"唔？"在众人面前，在女人的盛怒之下，大壮不知道怎样回答才好。

"你是哑巴，是聋子？"大壮女人的声音更严厉了，"我问你跑到这里来干什么？你年下就十八岁了，不学正经！""他还小哩，原谅他这一次吧！"青年们在一边打哈哈。

"他还小？"大壮的女人最不喜欢别人说她的丈夫年纪小，"什么才叫大人？你们小吗？吃屎的孩子，也干不出这样没出息的事儿来！你们是一群狗，有一只小母狗，在街上夹着尾巴一溜达，就把你们都引出来了！就把你们的脖子勾引得硬了，就把你们的眼睛勾引得直了！我在那边瞧了老半天，看看你们那下流样子！你们自己不觉得？快到井台上，弄点儿水来照照吧！"

她这种不分敌友，一律混杂的教训，引起了青年们的极度不满，但是没有人愿意在这个时候和她起冲突。他们用眼睛、用咳嗽鼓励大壮，很希望大壮就手抽出那根大推碾棍来。但是大壮连丝毫反抗的意思也没有，他甚至移动脚步，要想回家去了。

青年们注视着小满儿，小满儿簸着米糠，脸涨得像块红布。

这女孩子，过去在多少男人面前，也是号称难惹的，但是今天遇到这样的场面，她低着头，连一句话也没讲。

斗争总是要展开的，她的姐姐已经在西街口那里出现。她奔赴到这里来，就像抢救水火一样迫切。因为肥胖，因为她的一只脚有点毛病，特别因为她的视力不能集中，她那奔跑的姿势，就像足球场上，带着球奋勇突击的前锋一样：一时佝偻着上身，一时弯架着胳膊，一时左右脚交攀着，一时在地上滚动着。

"你说谁是小母狗？"她离大壮的女人还有十码远，就发出了战斗的檄文。

"谁自认，我就说的是谁！"大壮的女人挺着身子说。

"我的妹妹是黄花少女！"黎大傻的女人说，"她的屁股也比你的脸干净！你管教你的小女婿行，欺侮我的亲戚就办不到！"

她跑到石碾那里抽出一根棍，但是叫小满儿给拦住了。"你怎么变得这样老好子？"她吆喝着妹妹，"叫你把我的人都丢尽了！"

她举着大棍，奔向大壮媳妇，大壮媳妇以逸待劳，接住棍头，往怀里一带，黎大傻的老婆就来了个嘴啃地。

七

就在这个时候，久别的傅老刚父女，回到了这个村庄。

傅老刚还是推着他那铁匠炉，前面拉车的，是九儿。

傅老刚越显得年老和削瘦，小车已经破烂不堪，吱扭的声音，也没有了当年的气派。九儿长高了，但穿的衣服也很破旧。

她的脸蛋儿很是干瘦，头发上挂满尘土，鞋面儿已经开裂，只有那一对大眼睛里射出的纯洁亲热的光芒，使人看出她对于回到这里来，是感到多么迫切和愉快。

把小车推到十字街口，傅老刚放下绊带，和人们问好。九儿拉下脖里围着的旧毛巾，擦着脸上的汗水。

"我们又回来了，"傅老刚说，"可是，你们为什么吵架呀？"

"不为什么，"青年们说，"两位女同志，吃饱了没事儿，在这里练把式。"

"不要这样。"傅老刚郑重地说，"你们一直生活在咱们的根据地，真是生活在天堂里了。你们看我们那里，在国民党占据着的时候，人们的生活困难到了什么地步！我同九儿回去，正好陷在网里。还好，总算是逃了个活命出来。"

"你们那里生产怎么样？"青年们问。

"正在恢复，今年又遇到荒年。"傅老刚说，"你们有好日子，不好生过，就对不起共产党和毛主席。这些年，我一直想念你们，我想这里是老解放区，工作一定进步得多。六儿哩，怎么不见六儿？"

傅老刚在人群里巡视着，转身望了望他的女儿。女儿好像已经寻觅过了，她现在只是站在那里，注视着正在推碾的那个长得极端俊俏，眉眼十分飞动的女孩子，她不认识这个女的，以为是谁家新娶的小媳妇。

"刚才，我看见六儿在村北边赶鸽子，这会儿，也许回家去了。"一个青年说，"你也该去看望看望你的老亲家了，黎老东这两年的生活，可提高大发了！"

傅老刚和人们告别，驾起小车。九儿拉着牵绳，还不断地回头看小满儿。

见到老朋友，黎老东高兴极了。他带着亲家到他那新宅子里去看他打制的大车。

"亲家你看，就等你来了。"黎老东兴奋地说，"明天，咱们就在这院里支起炉灶来。你看，这院子多么豁亮，做起活儿来多醒脾？"

"真是好哩。"傅老刚说，"就是在这里开个木货厂，也蛮宽绰呢。"

"打上这辆车，我也就该休息了。"黎老东十分得意地说，"你知道，现在运销很赚钱，车轱辘儿一动，就是大把的票子。天津解放了，老大挣钱也多了，你看，刚一进冬天，就给我买来了这个。可是穿上这个，我还能做活吗？"

傅老刚打量着亲家高高翻起的新黑细布面的大毛羔皮袍，忽然觉得身上有些寒冷似的。黎老东还没有让远来的客人进屋休息的意思，他详细地说明了建设这所宅院的计划，又带着亲家去看猪圈。最后，推开北房门，叫亲家看马，这才顺便把客人让到里间坐下来。

当两个老人进了屋，九儿刚要跟进去的时候，她抬头看看，六儿站在房顶上向她招手，并且指给她上房的梯子所在。九儿轻轻上到房上，看见六儿躲在一排干树枝后面，引逗着一群鸽子玩儿。鸽子看到生人上来，都拍翅飞向天空，现在太阳西沉，西天的红霞映照到白灰抹平的房顶上。红色的、白色的鸽子在他们头顶上奋飞着，追逐着，翻腾着。

"我早就看见你来了。"六儿说，"有我父亲，我不敢大声叫你。"

"你喂这些鸽子干什么？"九儿问。

"好玩呗。"六儿说，"新近，杨卯儿从北京弄来一对纯白的外国种，实在好，我还想买来哩，人家就是贵贱不卖。"

"青年团不批评你吗？"九儿问。

"我不是青年团。"六儿扬手引逗着天空的鸽子，使它们飞下来又飞上去，"你加入了吗？"

"我也是刚加入。"九儿说着沉默了。

"这东西玩熟了，最有意思。"六儿说着站立起来，向天空呼叫着，"鸽儿，鸽儿。"

鸽子们先后驯顺地落在房檐儿上。

"六儿，那个姑娘是谁？"九儿忽然看见，在西边隔几户人家的一间房上，站着刚才推碾的那个姑娘。那姑娘直直地望着这里，脸上带着那么一种逼人而又难以理解的笑容。

"那是黎大傻的小姨子小满儿。"六儿说，"包子蒸熟了，我该去装柜子了，我们下去吧。"

吃晚饭的时候，六儿也没有回家来。当四儿知道九儿也是个青年团员的时候，非常高兴地说："你的关系带来了吗？今天晚上，你先参加我们的学习会吧。"

"我一路上，把关系转了来。"九儿笑着说，"我很愿意参加你们的学习会，四哥在团支部负责吗？"

"我是宣传委员。"四儿说，"咱这一带地方风沙大，每年春天缺雨，上级号召人们打井栽树，变旱田为水田，这是好事儿。可是村里还有很多人认识不清楚。"

"就是他妈的你认识清楚，"黎老东说，"你少在外头给我挣骂吧。"

"六儿为什么不参加青年团？"九儿问。

"谁知道他为什么？"四儿说，"他说脑筋不好，一开会就头痛。你看他像脑筋不好的人吗？"

"你要帮助他。"九儿说，"我看他把心都用到旁处去了。"

"你劝劝他也许好些。"四儿叹气说，"他一点儿也瞧不起我。我在我们家里，威信太低。"

"胡说八道。"黎老东又斥责他，"你在外边威信高，高了什么来？"

"年轻人进步是好事。"傅老刚劝说着，"亲家，要不是这个世道，你的生活能过得这样好吗？"

"你说的这话对，"黎老东说，"时代是不断前进的，可是，我们过日子，还得按照老理儿才行。"

八

由于九儿表示十分关怀，四儿提议一同找六儿谈一谈。四儿把牲口喂上，叫两个老人在家看门，装好学习文件，又带上一个小油灯，同九儿出来。

"你带个油灯干什么?"九儿问。

"这是我们团里的学习灯。不敢放在讲堂上,怕浪费油。"

黎老东在屋里听到"油"字,就冲着窗台喊:"四儿! 你又添上了咱家的油? 你们青年团真成了穷人团,哪里有赔着灯油做工作的? 他妈的,你的威信高,还不是高在这点灯油上!"

四儿没答言,领着九儿出来,他在街上停了停,说:"六儿晚上卖包子,不知道出来没有。"

今天晚上,六儿没有出来做买卖,代替他那清脆的声音,是黎大傻那大劈拉嗓子:"牛肉包子咧! 好热的牛肉包子咧!"

四儿问他六儿到哪里去了,他有些不屑于搭理地说:"谁知道。我又不是他的掌柜的。"

当四儿和九儿转到西街口上,在村边一处大场院里,传来六儿说话的声音。场院的门虚掩着,隐约地看出:院里栽着很多树木,堆着几个柴垛,靠墙边,有一棵大杨树高高矗立着。在杨树下面,六儿和一个女人贴身站立着。

九儿在门口站住了。四儿性急,一推门进去,并且大声喊叫了一声:"六儿!"

那女的好像从什么东西上撞了回来一样,很快地往旁边一闪。

"你喊叫什么!"六儿压低声音,愤怒地说。

"怎么啦?"四儿并没有调整自己的嗓门儿,"有什么秘密?"

"不许你嚷!"六儿更发急了。

四儿停止了说话。但是,忽然嚓的一声,他划着了一根火柴,把手里的小油灯点了起来,高高举起,向四下里照耀。

"天爷!"六儿跑上去,一口把他的油灯吹灭,说,"到处点你这穷灯干什么!"

"真的有什么见不得光明的勾当,在这里进行着吗?"四儿一边说着,一边大步地绕着杨树行进,冷不防撞在躲在杨树后面的小满儿的身上,两个人吵了起来。

"完了!"六儿一跺脚,大杨树上扑棱棱一响,"鸽子跑了!"

"只是跑了一只。"小满儿停止吵闹，往上观看着，"谁也别说话了！"

飞起的那只鸽子，不知是属于什么性别，它是留恋眷属的，在黑暗的天空里绕了一遭，又落到了杨树上。这时六儿才低声告诉他的四哥，杨卯儿那外国种鸽子跑出来了，他正想法上去抓住它。

在黑夜里看来，这杨树一直高到抚摸着群星，而它那树皮，又像女人的肌肤一样光滑。六儿已经脱下鞋袜，在手里唾着口沫，要攀登上去了。

"这样黑天，你要玩命？"四儿说，"我回家叫父亲去！"

"少在这里拿大哥架子吧！"小满儿说，"抓住一只三十万，抓住两只，你学习好，给算算是多少钱？"

"六儿，"九儿忍不住，说，"你不要冒这样的危险吧！"

"好。"小满儿喷着嘴说，"心疼你的人儿发言了。"

"你是什么人，"九儿说，"我们从来又不认识，和我犯嘴？"

"我是什么人？"小满儿冷笑着说，"我是和你一模一样的那种人。"

"别吵了。"六儿哀告着，"别再吓跑了我的鸽子，鸽儿，鸽儿。"

他很快地就上到了树的老杈那里。

"我们走吧！"四儿对九儿说，"没有办法，摔死了，怨他命里活该。"

九儿的心里非常气愤和极度不安，但她还是同四儿走出来了。

"也好像是一对儿哩！"小满儿放长声音说。

"你说什么？"六儿在树上问。

"我说的是鸽子啊！它们在靠南边的那一枝儿上。"

他们听见小满儿站在树下，不停地说着淡话，并指引着六儿的冒险行动。

九

在土地改革时没收的一家地主的宅子里，九儿和这村的青年团员们会面了。很多人原先是认识的，他们热情地问候九儿。四儿点着油灯，把人们招呼进西屋里，西屋原是三间，现在已经打通，青年团和本村的剧团都利用这个地方进行活动。屋子里十分寒冷，窗子都破碎了，顶棚上的花纸一块块带着灰尘蛛网垂下来，门子也缺了一扇。北墙上挂着一块小黑板，黑板前面放着一张破旧油腻的六人桌，地上用土坯和泥，垒成一堵堵的矮墙，也不知道是要人当作桌案还是当作座位。坐在上面，感到十分冰冷，那些女孩子们，穿的衣服很单薄，但是，她们还是安详地坐在上面了。

四儿和一个叫锅灶的青年是教员，他们守着油灯，给团员们讲解怎样向广大农民进行打井造林的宣传，讲完了一节就进行讨论。

夜深了，这屋子里实在比屋子外面还要冷一些。他们还是认真地讨论着。

"同志们，我们一定要把我们的村庄，建设成一个富裕繁荣的村庄。"四儿说，"到那个时候，我们青年团就不会再在这样冷的屋子里开会，我们要盖起一座很好的礼堂来。"

"离题太远了。"锅灶警告他说，"目前是研究怎样克服宣传上遇到的阻碍。"

"依我看，在我们村里，横在我们前进道路上的，有两大障碍。"四儿转回来说，"一是黎七儿的胶皮大车，运输很发财，助长着人们只看眼前，只顾个人的资本主义思想；一是黎大傻家的包子房，男女混杂，减低着人们的生产热情。如果要想宣传得好，就得限制黎七儿出车和取消黎大傻的包子买卖。不然，我们只是空口宣传，他们那里却有实际利益，我们是白费劲儿。"

"我同意你的看法。"锅灶说，"可是，第一，六儿是你兄弟，你应该首先叫他脱离那个坏环境。第二，你父亲正在打大车，也想要走个人发财的路。这两大障碍，不在别处，就在你们家里，你把克服它们的办法说一说吧。"

"困难就在这里。"四儿真诚地说，"我的父亲根本不听我的话。我问他：你反对党的号召吗？他说：我完全拥护。我说：我们今年冬天打一眼井吧！他说：现在还不忙。这就是我遇到的困难。但是，我绝不在困难面前低头。"

"我可以帮助你。"九儿说，"我的看法和你们不大一样，老人也是可以说服的。在老家，我的父亲就很喜欢我把新道理讲给他听。至于六儿，我们也应该帮助他进步。"

"是啊!"坐在她后面的那些姑娘们,半天没人言语,现在像有人指挥着的合唱队一样,一齐喊叫出来。

"帮助六儿进步,这又是一个难题。"锅灶笑着说,"那个叫小满儿的,对他的吸引力,要比团强烈得多。"

姑娘们反对他这种看法。

"不信,你们就去试试,看能不能把六儿从她那边拉过来。"

锅灶无可奈何地从台上走下来说。

散会以后,他们歌唱着各自回到自己的家里去,九儿被姐妹们拉去一块儿睡觉。锅灶家里人口多,房屋少,每年冬天是和四儿做伴的,这样便于共同学习和互相辩论。他们一同回来,四儿喂好牲口,在灶台上捡了几块早饭剩下的凉山药,和锅灶分吃了,两个人就去钻被窝。

"被窝好凉啊!"锅灶笑着说,"既没有柴烧炕,又没有小媳妇给暖暖,我们太困难了!"

"战胜它吧!"四儿一边吸着冷气,一边说,"要想打光棍儿,就得有这样一种克服困难的精神!"

"你认为我们一定打光棍儿吗?"锅灶说,"据我看,那可不能过早地下结论哩!"

红马在外间屋里吃草,它虽然口齿老了,但那嚼草的声音,还像斩钉截铁一样铿锵。两个青年很快就睡着了,月亮把清水一样的光亮,洒到他们的窗子上来。

十

这时,六儿和小满儿,还没有离开那所空场院。鸽子,六儿早已抓到。他从树上滑下来,小满儿把他拉到一个大麦秸垛后边,两个人埋在绵软温暖的麦秸里。小满儿掏出红绒绳儿,把两只外国种鸽子的翅膀别起来,欢乐地抚弄着它们。一会儿叫它们亲嘴儿,一会儿,又叫它们配对儿。

"卖了它,给你买一件棉袄。"六儿对她说,"见面分一半,何况你帮了我不少的忙。"

"你和我的交情并不在吃穿上面。"小满儿认真地说，"给那位九儿，买一件吧。"

"为什么?"六儿问。

"就为她那脸蛋儿长得很黑呀，"小满儿忍着笑说，"真不枉是铁匠的女儿。"

"人家生产很好哩，"六儿说，"又是青年团员。"

"青年团员又怎样?"小满儿说，"我在娘家，也是青年团员。他们批评我，我就干脆到我姐姐家来住。至于生产好，那是女人的什么法宝?"

"什么才是女人的法宝?"六儿问。

小满儿笑着把头仰起来。六儿望着她那在月光下显得更加明丽媚人的脸，很快就把答案找了出来。当黎明以前，天空弥漫着浓雾，树枝、草尖和柴垛的檐顶上结满霜雪的时候，六儿和小满儿才决定回家。他们站起身来，各自掸扫着头发和衣服上的草末儿，发现那珍贵的外国种鸽子，有一只压死在小满儿的身下了。那是一只大蓬头的雄鸽，六儿把它托在手里，表示了非常的沉痛。在这一时刻，他愿以任何代价挽回这只鸽子的逝去的生命，但是，它的心脏确实停止跳动了，翅膀下面的部分也发了凉。

回到黎大傻的家，大门和房门都是虚掩着。小满儿和六儿在这样晚的时候同时进来，也没有引起她姐姐的任何惊怪，而黎大傻好像根本就没有听见似的，在自己的被窠里呼呼地酣睡着。

小满儿告诉姐姐，今天夜里，她同六儿捉鸽子去了，并且说六儿正为一只鸽子被压死难过哩!

"那有什么难过的?"姐姐在被窠里笑着说，"烫一烫，拔了毛剁剁，又省下四两牛肉! 这样冷的天，我以为你两个抽空儿去干点正经事儿哩，倒去捉鸟儿玩了。唉! 你们快到炕上来，钻进我这被窠里暖和暖和吧。"

她说着，把自己的热被窠让了出来，光着身子爬进黎大傻的被窠里去了。

等到天明，六儿从这一家出来，在门口遇到了鸽子的主人杨卯儿。

杨卯儿个子不高，打扮得很利落，他的脑袋很小很尖，戴一顶毡帽儿，还显得分量过重。他那脑袋不停地上下颤动着，两只又圆又小的眼睛，非常灵活地转动着："六兄弟，起来得早啊！"

"你也早。"六儿垂头丧气地说，"有什么事情吗？"

"来找你。"杨卯儿把两只手插进短袄上的褡包里，"咱弟兄平日交情不错，你把鸽子还给我吧。今年它们下了蛋，孵出第一窠，我就送给你，我这人说话算话。"

六儿没有答言。

"不然，"杨卯儿上前一步，"我近来玩好了一只抓兔子的鹰，现在正是行围射猎的时候，我可以把它送给你。"

六儿还是没有话。

"如果你要钱——其实咱兄弟们不过这个，"杨卯儿的嘴唇抖颤着，脑袋扭向一边，"也可以。你先把鸽子给我，我慢慢去筹划。"

"回头再说吧，"六儿拔腿就要走，"我吃饭去。"

"怎么！"杨卯儿的两眼急得发出蓝光，"你素日好交朋友，对我这样不讲交情？你趁早把鸽子还给我，不然，你就是霸占！"

"什么叫霸占？"六儿站住，回过头来问。

"霸占我的鸽子，还霸占有主儿的青年妇女。"

"你看见了？"六儿问。

"有人亲眼看见，不然，我们就抖搂出来！"杨卯儿喊叫着说。

"你抖搂出来，又怎样？"黎大傻家的门子一响，小满儿站了出来。她显然是刚刚梳妆打扮好，脸上的粉脂还没有搽匀，她倒背着手在门框上一靠，面对着杨卯儿。"我倒要看看你能抖搂出什么来？你有什么证据吗，你抓住了男的，还是抓住了女的？你说呀！别他妈的大清早起在这里满嘴喷粪了，小心我过去拿大耳光子拍你！"

十一

杨卯儿原先也是一个卖针头线脑儿的货郎小贩。过去，每年腊月，他到保定府贩些女人年节用的物品，过铁路到山地里去卖。关于他在西山做买卖，很有一些奇异的传说。这些传说，都带有很大的浪漫性质。

但是，多年来他并没有发了财，现在，在他身边遗留下的，只有那时用过的一把沙胎蓝釉小水壶。

前几天，县里介绍了一位从省里来的干部到村里来。这位干部，从各方面看，都像一个高级干部。在解决住房问题的时候，却使得村干部们觉得他有些古怪和不近人情。按照习惯，像这样的干部，应该住在村干部或是积极分子的家里，那样在相互接近和负责保卫上，都会便利一些。但是，这位干部提出要住在一个普通的人家，并且说除去先进的方面，他还要看看村里落后的部分，这就使得村里的负责同志有些踌躇，以为他负有什么特殊的使命，前来私访。而那位惯出古怪主意的副村长，竟顺水推舟，把他领到杨卯儿的家里来了。

杨卯儿是个光棍儿，最初，对来客表示很欢迎，在炕上腾出一段地方，虽然那一段地方是属于炕的寒带。这位干部身体弱，在屋里又生起了一个小煤火炉。

"杨同志，火闲着也是闲着，能不能借把铁壶来，弄点开水喝呀？"干部说。

"不用去借，咱家里就有。"杨卯儿说着就从桌子底下的横板上，取出他那把水壶，到瓮里注上水，坐在炉口上。

"这是把瓷壶呀，能坐水吗？"干部问。

"这壶好就好在这里。"杨卯儿说，"瓷面沙胎，在火上坐水，就像沙吊儿一样，又快又不漏。"

但是炉口马上被水洇湿，一个劲儿嘶嘶地响。最初干部以为刚从瓮里提出，是带来的水。后来提起一看，壶底裂了好几道缝，这缝被火一烤，裂得更宽了，不但水喝不成，而且有火灭的危险。干部说："不行啊，杨同志，壶实在漏了，不能用。"

"不漏！"杨卯儿睁大一双小圆眼睛说，"我说不漏就不漏。"

"那不是明明在漏吗？"干部说。

"在我这屋里，你住着不合适。你搬到别人家去吧。"杨卯儿二话不说，就宣布了逐客令，这真使得干部大惑不解了。

干部指给杨卯儿看：一大滴一大滴的水，从壶底漏下来，漏到火里，嘶，嘶，嘶嘶！

杨卯儿连头也不转过来。

干部只好卷起铺盖，找了带他来的副村长去，把事情发生经过讲了一遍，副村长笑着说："同志，你要看村里的落后部分，我不知道杨卯儿，能不能算是一个典型？关于他的出身历史，我还可以向你介绍一些比较详细的材料。我年轻的时候，和杨卯儿搭伴儿做小买卖。像你看到的，和这样一个人做伙计，是最困难不过的了。他抬硬杠，一根筋，死赖账，翻脸不认人。但是他对西山的地理很熟，哪一条道儿也摸得清，我就忍着气和他做伴。

"每年，他都是吃净赔光才肯回来的。他赔光，不是好吃懒做，也不是为非作歹，只是为了那么一股感情上的劲儿。他进了山，就像打猎的进了林一样，专门要找好看的女人。至于什么女人叫丑叫俊，那全看对不对他的眼光。这个人，凡是他的东西，都是好的，别人不能批评的。他喜欢的，死小鸡子也是凤凰。每年他总会遇到一个美人儿。一旦发现了这个美人儿，他就哪里也不再去，只到这个庄儿上来。不管刮风下雨，只坐在这家门口儿上去卖货。你想，一个小庄儿上，能销多少货物？坐吃山空，他就这样赔光了老本儿。一年冬天，他又发现了美人儿。这家人住在一个高山坡上，那女人我也见到一次背影儿，倒是长得不错，穿一身干净蓝衣服，头发梳得光光的，在后面盘成一朵圆花。杨卯儿被她迷住了，一直到腊月二十几，我要回家了，他还是每天到那庄儿上去，在人家门口，一坐就是一整天，饿了就吃些干粮，提起他那把小壶，喝些冷水。他一个劲儿地摇动他那小鼓，小鼓两边的皮都打穿了，人家那女的再也不出来。有一天，他实在忍不住，跑到院里去摇，正遇上人家男人从山上回来，扯起扁担把他赶出来，把他的货箱、水壶踢到山坡下面。他是从山上滚下来的，头破血流，摔晕了过去。我赶到那里，把他救活过来，替他拾掇好东西。看了看，别的东西损失不大，就是小水壶裂了缝。

"我说：杨卯儿你的壶破了。他当时就很不高兴地说：没破，顶多是有点裂纹儿。我说，对，是裂纹儿，就像你这脑袋上的裂口一样！同志，杨卯儿的性格就是这样。他直到现在，还在想念那个女人，说那女人对他是有心思的，只是那男的不愿意。你不要见怪，我们另找房子搬家吧！

这村里还有一处落后的地方……"

杨卯儿一生，还从来没有看见过长得这样好看的女人，他立刻被小满儿那红白焕发的容光惊呆了。他的两只脚，像冬天雪地上的麻雀一样向前跃动着，上身不动，小脑袋直伸向前。他现在的形象，和他的名称相反，正像在木匠的斧头锤击下，亢奋地塞进木脐眼儿里去的尖锐的木楔一样。他上下反复地打量着小满儿的全身，他倾听着她的斥责，就像知罪的宗教徒接受天谴一般。

但是，对他说来像乐曲一样的声音，突然停止，小满儿一摔门子进去了。

十二

黎老东的大车的铁匠工序，正式开始了。铁匠炉安设在新买来的宅院里。早晨，天气很好，六儿的鸽群在天空飞翔着。

黎老东最后修整着车的上装，在他心里，只等铁匠完工，就可以开始上油漆了。傅老刚把铁匠炉点着，一股浓烟翻转着升向天空，然后折下来在庭院里散开。九儿拉着风箱，四儿被派去练习抡大锤。

黎老东把几年来积累的烂铁和新买来的铁料，搬到炉下来。九儿今天穿得很单薄，上身只穿了一件蓝色夹袄，她把擦脸的毛巾绾起来，齐着脑门把头发捆住，就像绣像上孙悟空戴的戒箍一样。她的脸色是更显得明朗了，充满了工作的热情和虔诚，轻捷而又稳重地推动着风箱。

傅老刚炼好第一块铁，用大铁钳夹着放在铁砧上，四儿赶过去抡起大锤。傅老刚用小锤敲点着砧子边教导着他，他还是不能用最适当的力量打在最适当的地方，有时把锤空落在砧子上，有时竟打在傅老刚的小锤上。九儿放下风箱把，来打给他看，在她的热心的示范和帮助下，四儿抡锤的技术，开始进步了。

黎老东在一边做着木匠活，注意力主要放在这边来了。他不断地斥责着四儿，说他笨，没有出息，唠叨不休。傅老刚在休息的时候，走到黎老东的身边说："亲家，我看你的脾气变坏了，对孩子们不能这样。这样不能使他工作得好，反会使他工作得更坏。他工作着，你一个劲儿斥责他，他的手脚就不知道往哪里放了。"

"你怎么说这样的话，你不是说管孩子应该严格些吗?"黎老东说，"打制这辆车是我心上的大事，早打成一天，好早一天用它去赚钱。亲家，让我们老兄弟把最好的手艺都施展出来吧!"

建立友情，像培植花树一样艰难。花树可以因为偶然的疏忽而枯萎。在黎老东和傅老刚这一次合作里，两个人心里都渐渐觉得和过去有些不一样。过去，两个人共同给人家做工，那是兄弟般的，手足般的关系。这一次，傅老刚越来越觉得黎老东不是同自己合作，而是在监督着。赶工赶得过紧，简直连抽袋烟，黎老东都在一旁表示着不满意。最使他气闷的是，自己远道赶来，黎老东却再也不说九儿和六儿的事，好像他从前没提过似的。

最后几天，黎老东只是穿着大皮袄，在院里察看着，指点着；六儿也打扮得像个客人似的，有时来在院里转悠一下，就不见了。傅老刚身体有些不舒服，在这样冷的天气里，他穿着一件破旧的小衫，还是辛勤地工作着。天天都有些参观的人，来到院里，这些人都是傅老刚的旧相识、老朋友。过去，他们来是同时观赏黎老东和傅老刚的手艺的；今天，在这些人的眼里，傅老刚的手艺，和黎老东的家业，被分别了出来。人们不再注意黎老东的木匠手艺，在新的形势下面，只在关心他的发家致富的前途。

两个老朋友，显然已经站在不同的地位上。黎老东完全感觉到了这一点，傅老刚很快也完全感觉到了，这就是我们的悲剧产生的根源。傅老刚感到，过去多年来，他和黎老东共同厌恶、共同嘲笑过的那种"主人"态度，现在是由他的老朋友不加掩饰地施展起来了，而对象就是自己。这当然不是新的社会制度的过错，而是传统习惯的过错。

当铁工也接近完成，一次吃饭的时候，黎老东忽然笑着说："亲家，我过日子越来越细了，你不要笑话我，我要积些钱给六儿他们把房子盖好。我想，你是不争这些的。"傅老刚以为他要说九儿和六儿的事了，抬起头来听着，谁知道下文却是这么一句："这些日子，就当你们是在老家度荒年吧!"

最后一句话，完全激怒了傅老刚，他把饭碗一推，立起身来，说：

"亲家，我不是到你这里来逃荒呀！"

他叫出女儿来，提起水桶，泼灭了炉灶。他打整好小车，推到了街上来。很多人来劝说，老头儿说什么也不回去。

两位老朋友的决裂，村里人都说不出那真正的道理。在四儿和九儿那经历较少的身世里，也还没有体验过这样伤心的事情。

傅老刚是感到十分痛苦的，他把四儿叫到一边说："孩子，你看，这到底是怨谁呢？"

"这样正好。"四儿说，"你给我们解决了难题。"

"什么难题？"傅老刚问，"你这小子倒要看我们两个老头子的哈哈笑吗？"

"我们青年要组织一个钻井队。"四儿说，"在今年冬天，把我们村里能利用的水井都钻好下管。我们已经借到一杆锥。很多工具需要修理，我们想请你帮忙，又怕我爹不让。这样一闹，你就可以去帮助我们了。"

"你们有钢有铁？"傅老刚问。

"我们每人捐献一些，就够用了。"四儿说，"我们把小车，拉到青年团办公的大院里去吧。"

到了那里，青年们对老人说："大伯，我们是多么需要你啊！你再不要回山东老家。我们和村干部商量好了，把这院里的东屋给你拾掇出来，把窗子糊好。你就在这里常住吧，晚上我们抱柴来给你烧炕。"

十三

黎老东一个人呆呆地坐在院里一截木头上。当傅老刚决绝地推车出门的时候，他心里也曾经想：这样的交情，断绝了也好。

你晒不了我黎老东的干儿，剩下的活儿，我会找别人来帮助，天下又不是只有一个铁匠。他拿起斧头来，气愤地锤击着车尾板上的大钉。但是，当他渐渐平静下来，听到只有他的斧头声音，在空旷的院落里回响，失去了亲切的钢铁的伴奏的时候，他忽然不能工作了，把斧头放在一边，坐了下来。他想，同傅老刚的交情，不是一年两年建立起来的，而且经过多次患难的考验。他用手抚摸着左边这一只脚。有一年，他同傅老刚给一家做活儿，他心情不好，一时失手，这只脚被锛砍伤了。那时离家在外，举目无亲，手里没有多少钱。在自己养伤的几个月的时间里，是傅老刚请医生，花药钱，背出背进，给水给饭。当然，这也报答过他了。同一年热天，傅老刚被热铁烫伤，自己曾经服待了他。

他难过的是，究竟为了什么，傅老刚这样决绝？是他看我过得好些了，心里嫉恨？但想来想去，傅老刚从来也不是这样的人。是我变得嫌贫爱富，慢待了多年的朋友？他回忆着在这一段日子里，自己的言谈举动，他的痛苦就被惭愧的心情搅扰，变得更加沉重了。

这时六儿走了进来。黎老东抬头望着自己的儿子，在儿子的身上脸上，只能看见一层不成才的灰败的气象。他一时想道：自己这两年，一心要打车，要盖房，得罪亲友，都为的是他！而这个孩子，只知道自己玩乐，从来也没有想想当父亲的心情。

"做熟饭了，爹？"六儿站在窗台下太阳地里，懒洋洋地问。

"做熟了，就等你了！"老头儿跳了起来，抢着斧子赶过去。

六儿眼快，回头就跑。他刚才在街上又和杨卯儿争吵了一次，杨卯儿知道了那只雄鸽的死亡，要找黎老东来说理。六儿在门口碰上他，向他作个揖说："卯儿哥，咱们的事儿别闹了。你快去劝劝我爹，他要打死我哩。"

杨卯儿生来经不住别人半点奉承，一句好话。仓促之间，他把这个委托应承下来，他快步向前，在梢门洞里，举起胳膊拦住了黎老东："看在侄儿面上。"杨卯儿说，"回家去，有话慢慢说。"

他把黎老东推进院里，给他找了一个坐物，又递给他一支香烟，自己蹲在一边，慢慢劝说着："快把车装制起来，别错过这个冬季，正是赚好钱的时候啊！你看见黎七儿了，一趟定州就是几十万，除去人吃马喂，三趟就可以盖座大砖房。老东叔，西村有座砖房要卖，价钱公道，你倒是有意思没有？"

"没有意思。"黎老东说，"我的心凉了。"

"谁家的老人也是这样。"杨卯儿说，"最恨小人儿不争气。我爹活着时，你们交情好，是知道的，管我管得多么紧？在我身上费了多大力？我当然不能说给他老人家争来了多少光荣，平心而论，一辈子也没有给他老人家丢过什么脸面呀！咱是个正直人，从小儿走南闯北，打抱不平，为朋友两肋插刀，花钱从不分你我。到老来没落下什么，不是我不能干，是命里穷苦。六儿兄弟，我看不错，为人聪明懂事，就是荒唐点儿，这也是年轻人必经之路，你快把车打整起来，交给他，一有正经事儿，他也就不胡跑了，你说是不是？"

黎老东的气渐渐消了，杨卯儿又把他引到原来的思路上。这时四儿回来了，他一声不言语，到屋里给牲口筛了些草，手里提着一件什么东西，叫棉袍掩盖着，躲躲闪闪地又要出去。

"你手里提的什么？"黎老东问。

"一把破铁锹。"四儿只好站住，把东西亮出来。

"哪里来的这个，我这些日子到处找烂铁，你怎么不言语？"

黎老东又挂了火。

"这是那年拆日本炮楼，我捡来的，因为没有用，就扔在一边了。"四儿说，"现在上级号召打井，我想去修理修理它。"

"他妈的，整个儿的六国反叛！"黎老东说着站起来，"从哪里拿的，还给我放回哪里去。上级号召打井，我号召打车！人家不给我干了，你快去做饭，吃饱了帮我上钉子！"

杨卯儿又赶过来劝解，四儿只好先去抱柴做饭，再慢慢想法把铁锹运出去。

十四

九儿所想的，吸收六儿参加学习或是参加工作，都是很困难的事。他轻易不接近这些集会和活动。干部去找他，他会说现在是生产第一，装模作样地背上一副柴火筐，溜溜达达到地里去了。干部们也曾讨论先从改造小满儿入手。接近小满儿是容易的，但男青年们不愿意去，有的是胆怯，有的是避嫌疑。当然，女同志们也可以和她去谈。女同志去了，小满儿总是热情地招待着，如果抱着小孩，她总得给孩子弄些好吃的东西来，并且要接到怀里，不停地在孩子的脸上亲亲吻吻。任何认生或是任性的孩子，到了小满儿的怀里，也会高兴起来的，孩子的脸也会叫她的充满青春热情的面孔，陪衬得更为出色。她会说，说笑起来，嘴上像撩上油儿似的。在这种场合，女同志们都是有些喜欢她，在批评上，那口气就自然软和多了。

"小满儿，像你这样聪明伶俐的人儿，好好学习学习吧；晚上，我来叫你，我们一块儿到民校听课去。"女同志热心地说服着。

"那很好，"小满儿笑着说，"我愿意去学习呢。不用大姐来叫，黑灯瞎火，道路又不好走，你抱着个孩子，跌倒怎么办？我自己去吧，这个村子，街道都叫我磨平了，谁家我不认识呀！"

"你可一定去。"女同志又叮咛一句。

"一定。"小满儿把她送到门口，又和孩子招手耍笑着。等到女同志一拐弯儿，她把脸一沉，想了想，到家里换上件衣服，就进城回娘家去了。如果村里有什么运动，连续开会，她会几天几夜不露面儿。有时，她也到民校晃晃。她总是坐在灯光不亮的地方，在讲课刚开始，人们安静不下来的时候，她装作安静地听讲。当人们渐渐入神的时候，她就偷偷溜出来了。

无论在娘家或是在姐姐家，她好一个人绕到村外去。夜晚，对于她，像对于那些喜欢在夜晚出来活动的飞禽走兽一样。炎夏的夜晚，她像萤火虫儿一样四处飘荡着，难以抑止那时时腾起的幻想和冲动。她拖着沉醉的身子在村庄的围墙外面，在离村很远的沙岗上的丛林里徘徊着。在夜里，她的胆子变得很大，常常有到沙岗上来觅食的狐狸，在她身边跑过，常常有小虫子扑到她的脸上，爬到她的身上，她还是很喜欢地坐在那里，叫凉风吹拂着，叫身子下面的热沙熨帖着。在冬天，狂暴的风，鼓舞着她的奔流的感情，雪片飘落在她的脸上，就像是飘落在烧热烧红的铁片上。

每天，她在夜深人静的时候，才回到家里去。她熟练敏捷地绕过围墙，跳过篱笆，使门窗没有一点儿响动，不惊动家里任何人，回到自己炕上。天明了，她很早就起来，精神饱满地去抱柴做饭，不误工作。她的青春是无限的，抛费着这样宝贵的年华，她在危险的崖岸上回荡着。

而且，她的才能是多方面的，谁都相信，如果是种植在适当的土壤里，她可以结下丰盛的果实。不管多么复杂的花布，多么新鲜的鞋样，她从来一看就会，织做起来又快又好。她的聪明，像春天的薄冰，薄薄的窗纸，一指点就透。高兴的时候，她到菜园里生产，浇起园来，可以和最壮实的小伙子竞赛，一个早晨把井水浇干。她可以担八十斤的豆角儿走出十里去上市。在这个时候，连村里一些老年人都称赞她，希望有一种力量，能把她引到人生的正轨上来。今年，村里宣传婚姻法的时候，这女孩子忽然积极起来。她自动地到会，请人读报给她听，正正经经地沉默着，思想着。在那些文件上说明：女人和男人是平等的，她们已经做了很多工作，将来还会对国家有更大更多的贡献。但后来听到有些人，想把问题引到检查村里的男女关系，她就退了出来，恢复了自己的放荡的生活方式。因此，副村长向青年们提议，把那位高级干部带到黎大傻的家里。

这一天，她的母亲来了。这是一位到了五十多岁年纪，还在热心打扮的女人。可以看出在探看女儿的这次行动上，她曾经在头面上做了很细致的准备。她见到小满儿，就说："满儿，你男人快回来了，你婆婆找到咱家去，眼下就过年，你该到人家那里去住些时候了。"

"我不去。"小满说，"婚姻是你和姐姐包办的，你们应该包办到底，男人既然要回来，你们就快拾掇拾掇上车走吧。"

"你他妈的说的这是什么话？"母亲说，"你在这村里疯跑，人家有闲话哩！"

"既是闲话，"小满儿坐在炕沿上低着头整理着鞋袜说，"我管它干什么，叫他们吃了饭没事，瞎嚼去吧！"

"名声不好听哩，"母亲拍着巴掌，"我的小祖宗。"

"名声不好听，"小满儿跳下炕来对着镜子梳理着头发，直眉立眼地说，"也不是从我开始，是你们留给我的好榜样呀！"

她这样和母亲冲突，使得姐姐也不高兴了，姐姐说："小满儿，你不要胡说八道，谁给你留下的榜样？你够得上当我的徒弟吗？看你和小六儿，恋了一冬天，连条新棉裤也穿不上，还有脸犟嘴哩！"

"你先去挣一条来给我穿吧！"小满儿打整好，一摔门帘出去了。

她一个人走到她姐姐家的菜园子里，这个菜园子紧靠村西的大沙岗，因为黎大傻一家人懒惰，年久失修，那沙岗已经侵占了菜园的一半，园子里有一棵小桃树，也叫流沙压得弯弯地倒在地上。小满儿用手刨了刨沙土，叫小桃树直起腰来，然后找了些干草，把树身包裹起来。她在沙岗的避风处坐了下来，有一只大公鸡在沙岗上高声啼叫，干枯的白杨叶子，落到她的怀里。她忽然觉得很难过，一个人掩着脸，啼哭起来。在这一时刻，她了解自己，可怜自己，也痛恨自己。她明白自己的身世：她是没有亲人的，她是要自己走路的。过去的路，是走错了吧？她开始回味着人们对她的批评和劝告。

十五

她看见姐姐送着母亲走出村来，她才绕道儿回到家里去。到家里，看见黎大傻正帮着一个干部收拾屋子，小满儿惊奇了，她知道姐姐家因为落后、肮脏和名声不好，是从来没住过干部的。他们收拾的是东房的里间，这间屋里堆着一些乱七八糟的东西，外间，喂着一匹很小的毛驴。

她看见姐夫在这位干部面前，表现了很大的敬畏和不安，他好像不明白为什么村干部忽然领了这样一位上级来在他的家里下榻。他不断向干部请示，手足不知所措地搬运着东西。

小满儿看来，这位干部的穿着和举止，都和他要住的这间屋子不相称。从他的服装看来，至少是从保定下来的。他对清洁卫生要求很严格，自己弯腰搜索着扫除那万年没人动过的地方。小满儿不知道为什么忽然愿意帮帮他的忙，她用自己的花洗脸盆打来水，用手在那尘土飞扬的地上泼洒。

"你是这家的什么人？"那位干部直起身来问。

"她是我的小姨子。"黎大傻站在一边有些得意又有些害怕地说。

"啊，你就是小满同志。"干部注视着她说，"村干部刚才向我介绍过了。"

"他们怎样介绍我？"小满儿低头扫着地问。

"简单的介绍，还不能全面地说明一个人。"干部说，"我住在这里，我们就成了一家人，慢慢会互相了解的。"

干部在炕上铺好行李，小满儿抱来茅柴，把锅台扫净，把锅刷好，然后添上水，说："这屋里长年不住人，很冷。我给你烧烧炕吧。"

"我来烧。"黎大傻站在她身边说。

小满儿没有理他。她把水烧热了，淘在洗脸盆里，又到北屋里取来自己的胰子，送进里间："洗脸，你自己带着毛巾吧？"

晚上，干部出去开会，回来已经夜深了，进屋看见，小小的擦抹得很干净的炕桌上面，放着灌得满满的一个热水瓶；一盏洋油灯，罩子擦得很亮，捻小了灯头。摸了摸炕，也很暖和。

他听见北屋的房门在响。黎大傻的老婆，掩着怀走进屋来。

她说："同志，以后出去开会，要早些回来才好。我们家的门子向来严紧，给你留着门儿，我不敢放心睡觉。"

说完，就用力带上门子走了。

干部利用小桌和油灯，在本子上记了些什么。他正要安排着睡觉，小满儿没有一点儿响动地来到屋里。她头上箍着一块新花毛巾，一朵大牡丹花正罩在她的前额上。在灯光下，她的脸色有些苍白，她好像很疲乏，靠着隔山墙坐在炕沿上，笑着说："同志，倒给我一碗水。"

"这样晚，你还没有睡？"干部倒了一碗水递过去说。

"没有。"小满儿笑着说，"我想问问你，你是做什么工作的？是领导生产的吗？"

"我是来了解人的。"干部说。

"这很新鲜。"小满儿笑着说，"领导生产的干部，到村里来，整年像走马灯一样。他们只看谷子和麦子的产量，你要看些什么呢？"

干部笑了笑没有讲话。他望着这个青年女人，在这样夜深人静，男女相处，普通人会引为重大嫌疑的时候，她的脸上的表情是纯洁的，眼睛是天真的，在她的身上看不出一点儿邪恶。他想：了解一个人是困难的，至少现在，他就不能完全猜出这个女人的心情。

"喝完水去睡觉吧！"他说，"你姐姐还在等你哩。"

"他们早吹灯睡了。"小满儿说，"我很累，你这炕头儿上暖和，我要多坐一会儿。"

干部拿起一张报纸，在灯下阅读着。他不知道，这个女人是像村里人所说的那样，随随便便，不顾羞耻，用一种手段在他面前讨好，避免批评呢？还是出于幼年好奇和乐于帮助别人的无私的心。

"你来了解人，"小满儿托着水碗说，"怎么不到那些积极分子和模范们的家里，反倒来了这样一个混乱地方？"

"怎样混乱？"干部问。

"你住在这里，就像在粮堆草垛旁边安上了一只夹子，那些鸟儿们都飞开，不敢到这里来吃食儿了。"小满儿说，"平日这里可没有这样安静。平日，每到晚上，我姐姐的屋里，是挤倒屋子压塌炕的。"

"这样说，是我妨碍了你们的生活。"干部说，"明天我搬家吧。"

"随便。"小满儿说，"我不是杨卯儿，并没有撵你的意思。我是说，你了解人不能像看画儿一样，只是坐在这里。短时间也是不行的。有些人，他们可以装扮起来，可以在你的面前说得很好听；有些人，他就什么也可以不讲，听候你主观的判断。"

她先是声音颤抖着，忍着眼泪，终于抽咽着，哭了起来，泪珠接连落在她的袄襟上。

干部惊异地放下报纸。但是小满儿再也没讲什么，扯下毛巾擦干了眼泪，稳重地放下水碗，转身走了。

整个夜里，黎大傻并不来给小毛驴添草，小毛驴饿了，嚎叫着，踢着墙角，啃着槽帮。耗子们不知是因为屋里暖和了还是因为添了新的客人，也活动起来，在箱子上，桌面上，炕头和窗台上吱叫着游行。

干部长久失眠。醒来的时候，天还很早，小满儿跑了进来。

她好像正在洗脸，只穿一件红毛线衣，挽着领子和袖口，脸上脖子上都带着水珠，她俯着身子在干部头顶翻腾着，她的胸部时时摩贴在干部的脸上，一阵阵发散着温暖的香气。然后抓起她那胰子盒儿跑出去了。

十六

铁匠炉在新的场所生起来。

"这回，我要当掌作的。"九儿对青年们说，"我们是青年钻井队么！"

"拥护你。"青年们说，"我们轮流抡大锤、拉风箱，叫大伯站在一边指点着就行。"

青年们捐献来的钢铁是零碎的、破旧的，它们曾经多年埋没在角落里、泥土里，现在要经过锻炼，铸接在一起，形成一杆尖利的，能钻探地下，引出泉水来的铁钻钢锥。在青年们看来，这就像要把他们各人的高涨的热情，铸炼成一股共同建设国家的力量一样。

　　九儿的脸，被炉火烘照着，手里的小锤，叮当地响在铁砧上。这声音，听来是熟悉的。因为，她已经不是初次接触这种沉重的劳动了。在她的幼年，她就曾经帮助父亲，为无数的战士们的马匹，打制过铁掌和嚼环。现在，当这清脆的锤声，又在她的耳边响起的时候，她可以联想：在她的童年，在战争的岁月里，在平原纵横的道路上，响起的大队战马的铿锵的蹄声里，也曾经包含着一个少女最初向国家献出的金石一般的忠贞的心意！

　　当然，她可以想到更早一些的日子，她可以用今天的工作来纪念她那贫苦终身、中年丧命的母亲。当母亲生下她来，把她放在炉边的一条小炕上，她就昼夜听到这种劳动的声响了，母亲站在风箱前面，给她哼着催眠歌曲。或者说，当她还同母亲是一个躯体的时候，母亲就带着她从事这种沉重的工作了。

　　现在，热汗在严寒的早晨，透过了她单薄的衣服。这种同自己的伙伴们在一起，按照集体讨论的计划来工作，对她来说，还是第一次。这些青年伙伴们，在工作面前是争着做，抢着做的，是互相关怀和协同动作的。因此，九儿感到特别振奋和新鲜。据她看来，父亲也是振奋的，在他那漫长的劳苦和跋涉的一生里，现在的工作场景是做梦也不曾梦见过的啊！

　　当青年们在田野里工作的时候，平原上已经降过了初雪。中午，雪在附近的沙岗上闪烁着，慢慢融化着。在普遍秋耕过的土地上，泛起一层潮湿的松土。但是天气已经大冷了，大地在早上和晚上都要封冻。

　　青年钻井队的高大的滑车，在平原上接二连三地竖立起来了。它们给漠漠的平原，添上了一种新的使人向往并能诱发幻想的景色。它们使人想起飘扬的旗帜，使人想起外国故事里的风车，使人想起车站的水塔，矿山的竖井，都市里高大建筑的木架。青年人为开发水源，勤奋地工作着，他们的歌声和空中的滑车一同旋转飞扬着。

四儿、锅灶和九儿是一个小组，他们带来些干粮、小米，中午从坟地里砍些蒿草，捡些树枝，在井边烧起饭来。

　　"你是知道的，"四儿对九儿说，"我们这里是平原，可是村子的三面，都叫沙岗包围起来了。西边这条沙岗，从山地流过来，它的流沙比河水泛滥还厉害。每到春天，整天刮着遮天盖地的黄风，黄沙会滚滚地跳过墙头篱笆，灌到地里来，灌到菜园子里来。黄沙盖住刚出土的蒜苗、韭菜芽，封住麦垄，埋住小树。每年春季，大风过后，我们就不得不到地里去用笤帚扫，甚至伏在地上用口吹，使得那被沙子压得发弯发白的嫩芽儿，重见天日。大风把沙子灌进街里，使人像在河滩走路，一陷多深。沙子灌进房门，打破窗户，妇女们每天要从屋里打扫出几簸箕土来。这就是我们的自然环境。上级号召打井栽树，是最适合我们这一带的情况不过了。"

　　"我们那里是山地，"九儿说，"也是荒旱连年。从我记事起，每年春天，干热的风沙就从西北山谷里吹过来，拼命吹打我们的小屋。我们门前有一条小河，冬天，水还在冰下哗哗地叫，到春天就干得没有了。我们那里，到春天靠糠皮树叶过日子。"

　　他们交谈着，向往着，如果能从他们这一代，改变了自然环境，改变了人们长久走过的苦难的路程，使庄稼丰收，树木成林，泉水涌注，水渠纵横，那对他们可是太幸福了。

　　这时，在南面沙岗上出现了一幅和他们的谈话非常不相称的景象。六儿右胳膊上架着一只秃鹰，第一个走上沙岗来。随后而来的是黎大傻和他的老婆，夫妇两个每人手里提着一只死兔子，像侍卫一样，一左一右，站在了六儿的身旁，向远处张望着、指点着。而在沙岗背后，像隐约的桃枝一样，出现了小满儿的光耀的头面。

　　"老四，你弟弟越发地不简单，玩起鹰来了。"锅灶说。

　　"这些人的事，咱弄不清。"四儿说，"和杨卯儿为鸽子吵了架，仇大得不得了。经黎七儿把三个人拉到城里吃了一顿饭，两个人又成了好朋友，把鹰借给六儿了。"

　　"怎么是三个人呢？"锅灶问。

　　"小满儿也去了。"四儿说，"那是他们的主心骨，组织中心，行动的指南。离了她是不行的。我还听到一个故事，杨卯儿现在成了黎大傻包子房的老主顾，每天晚上都要吃饱的。黎大傻的老婆对他说：卯儿哥，你只吃得好、穿得好，还不能算是完全翻了身，我要给你介绍一个对象，可是你得请请我。这样，杨卯儿就在城里请了她一次。"

"你能把他叫过来帮我们锥井吗？"锅灶撺掇着。

四儿正在犹豫的时候，那一队人马，早已经从沙岗上退回，折向相反方向，望不见了。

人们惯于把偶然的见闻当作笑谈，并不注意，在当事人的心里，却像千斤石一样沉重。九儿坐在那里，望着空漠的沙岗出神。她继续回忆着幼年时的家乡的影子。在母亲去世以后，她常常一个人坐在小窗的前面。窗外有一棵枣树，因为避风向阳，常常有些小鸟儿在枝头来聚会。鸟儿们玩起来，显得非常亲密。那站在一起，叽叽喳喳的也许就是最亲密的吧，不久，有一只跳到了别的枝头。遇到一阵风，它们竟各自飞散了。门前还有一片小小的苇塘，河水小的时候，那些小鱼儿们聚在一起，环绕着一枝水草，到了夏天河水涨满，谁也不知道它们各自的前程如何！

这些回忆是使人难堪的，容易疲倦的。她站立起来说："吃饱喝足了，我们开始工作吧，我来蹬一会儿滑车。"

"小心掉在井里呀！"锅灶笑着说，"你们猜我在想什么？我想六儿的包子不能吃了，净是兔子肉！"

九儿上到滑车上，用力蹬着，像一个勤奋的小昆虫在清晨和黄昏的时候工作。滑车滚动着，四儿从井底望着她，一时感到这是一个奇异的动人的少女图像。

她的工作越来越熟练从容，太阳从她的前方，慢慢向西移动。她可以看得很远，可以看到县城南关药王庙前面的两根高矗的旗杆。可以望见旷野里送粪的，捡柴的，放牧牛羊的和整理园地的人。她看见六儿正和小满儿在田野里追逐，听到黎大傻和他老婆的喊叫声音。

在下面工作的锅灶和四儿，也在谈论这件事。

"老四，你的理论水平高，你给我解释，我们在这里受累受冷地工作，你的老弟在那里带着女人玩耍。在人生这条道路上，是我们走对了哩，还是他们走对了？"锅灶冲着井底喊叫着。

"你提出的这个问题很重要，这是个人生观的问题。"从井里冒出四儿的声音，"你羡慕他们的生活吗？"

"有时候觉得他们讨厌，有时候，也有点儿羡慕。"锅灶说。

"在他们看来，一定是他们走对了。但是，我一点儿也不羡慕他们。"四儿说，"他们这样生活，有时候，自己也会感到羞耻的，不然，为什么望见我们就躲开了呢？"

"可是，还有一个老问题，他为什么一直不能改变过来呢？"锅灶说。

"这两天，我又把这个问题想了一下，"四儿说，"只凭我们几个人的力量去改造人，是不容易收到效果的。人怎样才能觉悟呢，学习是重要的，个人经历也是重要的，但更重要的是社会的影响。我有这样一个比方，六儿的心，就像我们正在改造的旱地。我们工作得好，可以在这块地上开发出水泉，使它有收成，甚至变成丰产地；可是，四外的黄风流沙，也还可以把它封闭，把它埋没，使它永远荒废，寸草不长。我们要在社会上，加强积极的影响。这就是扩大水浇地，缩小旱地；开发水源，一直到消灭风沙。"

"是的，这是可能的。"九儿在滑车上想，她蹬着，一斗子一斗子的淤沙积泥，从井底提上来，她望望井底，新的清澈的水，开始翻冒出来。但是爱情呢？她严肃地思考：它的结合，和童年的伴侣，并不一样。只有在共同的革命目标上，在长期协同的辛勤工作里结合起来的爱情，才能经受得起人生历程的万水千山的考验，才能真正巩固和永久吧。当然，爱情，可以在庄严的工作里形成，也可以在童年式的嬉笑里形成。那分别就像有的花可以开在风平浪静的水面上，有的花却可以开在山顶的岩石上，它深深地坚韧地扎根在土壤里，忍耐得过干旱，并经受得起风雨。

十七

那位干部当然不是专为了解人们的生活，才跑到乡下来的。

他也抱着一种多年工作积累的热情，愿意帮助一个人。他希望小满儿能在他的帮助下，有所改变。他并且想到，只有在学习和工作里，小满儿才能改变。这当然是很困难的，因为他明白，他还没有真正了解她。

这天晚上，就是当小满儿行围射猎胜利归来的时候，干部站在院里。黎大傻家是个破大院，西北角破围墙下面，有一个荒废的白菜窖，旁边有一棵半死的老榆树，这棵树长得十分丑陋，它的头顶干枯，树身破裂歪斜，一枝早可以拉下来做柴烧的大横干，垂到邻舍的院里，成了邻家的鸡窠，有几只鸡已经飞到上面，准备过夜了。

　　小满儿回到家来，一点儿也没有带着在野地里奔跑、狂欢、疲累的痕迹。她是在姐姐和姐夫回家以后才回来的，姐夫和姐姐提回来一只死兔子，两个人浑身是土，疲累不堪，而小满儿好像在进门之前就做了准备，她的身上整齐干净，头发也梳理过了，她用那惯常的轻捷悠闲的步伐，走过干部的面前。

　　"小满同志，"干部叫住她，"你吃过饭有事情吗？"

　　"没事，我是个大贤（闲）人。"小满儿笑着说，"干什么吧？"

　　"今天晚上，青年团员们学习，你也去听听吧。"

　　"人家叫我听吗？"小满儿狡猾地笑着，"我这个落后分子！"

　　"当然可以听，你先做饭，回头我们一块儿去。"干部说。

　　小满儿点点头，没有说什么。但是干部可以从她扭转过去的脸上看出，她是如何地不高兴。她抱柴做饭，坐在灶前烧火，不住地用眼角瞥着，干部一直站在门口。

　　"同志，你不出去吃饭吗？"小满儿说。

　　"你多添点米，"干部笑着，"我在你家吃一顿吧。"

　　"我们家的饭不好。"小满儿说，"你吃不下。"

　　"不好也一样给粮票。"干部说。他在院里一直站到小满儿把饭做熟。

　　小满儿这一顿饭，磨磨蹭蹭，费了有做两顿饭的工夫。她几次想从家里跑出去，但凭她的聪明，她知道干部正是防备她逃跑，才在那里监视她，她并且了解到这是一种好意，她装作十分安静地同干部吃了晚饭。

　　这一顿饭，她的姐夫蹲在外间没进屋，她的姐姐不明白这个干部和小满儿之间，发生了什么问题，也一直在避讳着什么，没有讲话。

　　吃过晚饭，天已经很黑了。小满儿从被动转为主动，首先放下饭碗说："同志，我们走吧。"

　　走出大门来，小满儿跑在前面，手里拿着一个小手电。

"你有这个家当。"干部说,"太好了。"

"我给你带路,"小满儿说,"我们从村外走吧,可以近一些。"

她从小胡同里往北转到村外来,因为她走得太快,那个手电的光亮太小,加上一闪一晃,干部跟在后面,反而什么也看不见了,只感到脚下绊绊磕磕。

小满儿飞快地跳过一个矮沙岗,贴着寨墙里面往东走,这一带都是软沙,有很多刨了树的大坑,干部深一脚,浅一脚,跌跌撞撞,只好慢走,以便脱离她的领导,并避免了她那手电的扰乱。

"走快点儿啊!"小满儿说,"人家一定上课了,我们不要迟到。"

"你带的这是什么路?"干部半开玩笑地说,"这不是正路。"

"什么是正路?"小满儿说,"只要抄近路就好。小心,这里有一眼井,你可千万别掉下去。"

干部小心地扶住辘轳架,从井边沿过去,然后是一陡坡,小满儿跳了下去,干部差不多是滑了下去。

"小心,篱笆。"小满儿侧着身子从荆棘之间闪过去,荆棘挂住了干部的衣服。

"给你吧。"小满儿回头把手电交给干部。她仍然在前面走着,从堆着很多破砖乱瓦的道路上,走进了一座大庙的后门。这座大庙,干部是参观过了的,当他们在大殿中间走过时,干部用手电照了照那站在两旁的,歪歪斜斜,缺胳膊少腿或是失去了眼珠的罗汉们,小满儿毫不在意地走过去,她的脚步放慢了。她说:"同志,你没有赶过四月初八的庙会吧?这个庙会太热闹了。那时候,小麦长得有半人高,各地来的老太太们坐在庙里念佛,她们带来的那些姑娘们,却叫村里的小伙子们勾引到村外边的麦地里去了。半夜的时候,你到地里去走一趟吧,那些小伙子和姑娘们就会像鸟儿一样,一对儿一对儿地从麦垄儿里飞出来,好玩极了。"

"那有什么好玩的?"干部说。

"我也是听人说的,"小满儿说,"那么热闹的时候,我并没有赶上。抗日的时候,这村的游击队很英勇,他们站到第三层大殿上,有的就坐在神像的头顶上,放哨和阻击向这里扫荡的敌人。庙里的尼姑替他们搬运子弹，现在她们都还俗了，有一个最年轻最漂亮的，是副村长的儿媳妇。"

"这些抗日的故事很好。"干部说。

"那么，"小满儿停下来，转回身说，"我们不要去开会了，回到家里去，我给你讲一晚上故事吧！"

干部摇了摇头。

"他们不会斗争我吧？"走出大殿，小满儿小声问。

"绝对不会的。"干部说，"你想到哪里去了？"

"有一个尼姑，曾经吊死在这里。"小满儿指着大殿前面的一棵大树说，"因为恋爱不自由。活着的时候，我见过她，她会吹笙，长得也很好。"

干部没有说话，有一阵风扫过树尖和屋顶。

"我害怕。"小满儿忽然转回身来，几乎扑到干部的怀里，她的声音颤抖着，干部听到她的牙齿发出"嘚嘚"的打击声音，他扶住她，用手电一照，她的脸色苍白，眼睛往上翻着。她说着听不明白的话，眼里流出泪来。

"怎么回事？"干部慌了手脚。

"我看见了她，我看见了她！"小满儿大声喊叫。

"歇斯底里！"干部心里说，"没想到她有这种病症！"

听到喊声，第一个从街上跑到大庙里来的是六儿，他给杨卯儿送了一只兔子去，回来路过这里。直到六儿进来，干部才感觉到，他现在的处境，很容易引起别人的怀疑。在这样黑的夜晚，在这样荒无人烟的地方，在他的身边，一个女人发生了这种情景。他向六儿说明他同小满儿来到这里的经过。

"你救救我！你背我回家去！"小满儿听到六儿说话，发出了这样的呻吟。

"好，"干部说，"你帮忙背背她吧，你知道她的住处吗？"

"知道。"六儿说着蹲下来，拉起小满儿的两只手，放到肩上。小满儿仍然在哭泣，眼泪滴在六儿的脖子里。走到街上，她安静了，她噘起嘴来轻轻地无声地吹着六儿的脖子后面。起初，六儿也有些害怕，但等到她偷偷地把嘴唇伸到他的脸上，热烈地吻着的时候，六儿才知道她并没有发生什么意外。

十八

六儿出车，黎老东看成是一件头等隆重的事件。自从把车打成，他运用毕生的工作经验，使油漆在冬季提前干好。晚上，他特备了酒菜，把黎七儿请来，对他说：

"七兄弟，我把六儿和这辆新车交给你，你要好好带动他，把你半辈子跑车的经验教给他，叫他在正道上走，不要翻车跌跤。"

黎七儿一口答应，并且说："不用大哥挂念，我不能眼看着叫他吃亏。我们这次打算到石门，大叔，你看拉些什么货物回来？"

"自然是拉什么利大，就拉什么。"黎老东说，"你看着吧。可是，因为是新打的车，头一趟可不要拉煤。"

"可是，"黎七儿笑着说，"冬季还就是拉煤利钱大。到那里看吧，要不就装点儿杂货。"

酒喝到半醉的时候，黎老东又向黎七儿说了这些话："七兄弟，我知道，在土改的那段日子里，你和我们有些隔膜。可是，我一直并不认为你是一个富农，我一直评你是个上中农。你爷爷，你父亲那两辈，当然是富农。可是自从你弟兄们分了家，你主要是跑车，雇人不多，要评成富农，我觉得有点够不上，要说是中农，好像又冒点尖儿，当时的争论，就在这上面。"

"过去的事情了，"黎七儿说，"当时，我就是心疼我那匹骡子。后来，我变卖些东西，又把它买回来了。咱成分不好，就不愿在村里见人。现在跑着车，我的生活，你看见了，也还过得去。坦白地说，人只要有能力和办法，不种园子地，也能吃香喝辣！我不省着细着。平日在家，你知道，黎大傻家卖什么我吃什么。出门打尖下店，不是焖饼就是炸酱面；出店上车，整瓶子好酒在怀里一掖，什么时候想喝了，就低头来一口。"

"我就是佩服你。"黎老东说，"那些别的户都倒下了，就是你站起来得快。"

黎七儿走了以后，黎老东几次起来喂牲口。鸡叫头遍，他就叫醒六儿，装好草料。套车时，他帮着摆正辕鞍，结好肚带，抹足车油。天不明吃了早饭，六儿把车赶到街上来。早起站在街上的人，都称赞这辆新车。黎老东在车的前面倒着走，有时用脚填平道辙，不断地指挥着六儿。

出村，黎七儿的双套大车，赶在前面。杨卯儿要到石门去办年货，坐在他的车上。出了寨墙口，黎七儿摇动鞭子，把车轰开，跟着跑了几步，然后一蹿身，坐了上去。他回头望望六儿，六儿也照黎七儿的样子蹿上了车。黎老东在村边望着，望着六儿的车转过大沙岗，才转回身来。

在十字街口，村长拦住了他，和他说了希望他加入合作社的事。为了打破他的顾虑，村长还热心地向他介绍了别的村庄办社，对于牲口车辆的折价办法。这些话，黎老东好像全然没有听进去，他往家里走，从别人看来，他那一直兴奋得意的步伐，忽然变得焦躁和不安了。

车辆转过大沙岗，突然停下来。小满儿怀里抱着一个小包裹，坐在一棵老杨树下面等候着。她站起来，爬到六儿的车上去了。

然后，黎七儿大声说笑着，摇动长鞭。两辆大车的后面，扬起了滚滚的尘土。

十九

每天，九儿回到家里，傅老刚已经做好了饭。知道女儿做的是重活，老人还是按照打铁时的习惯，做小米干饭。每天，父女两个坐在里间炕上，守着一盏小煤油灯吃着晚饭。

这两天，父亲注意到女儿很少说话，他以为她是太疲累了。

他说："今天，有几个互助组，给我们拿来一些工钱，这些日子，我帮他们拾掇了一些零碎活儿。我不要，他们说我们出门在外，又没有园子地里的收成，只凭着手艺生活，一定要我收下。我想眼下就要过年了，你也该添些衣裳。"

"不添也可以。"女儿低着头说，"过年，我把旧衣裳拆洗拆洗就行了。爹的棉袄太破了，应该换一件。"

"我老了，更不要好看。"父亲说，"村长和我说，他们几个互助组，明年就要合并成合作社。村长愿意我们也加入，说是社里短不了铁匠活儿。我说等你回来商量商量，你帮我想想，是加入好，还是不加入好。"

"我愿意加入。"女儿笑着说，"这是最好不过的事。"

"我也是这么想。"父亲兴奋地说，"当然我们可以回老家去参加。可是，这里的工作更靠前一步，我们和这个村子又有感情，就在这里参加也好。村长还说，他们也希望六儿家参加，那样，社里有铁匠也有木匠，工作方便得多。可是黎老东正迷着赶大车，不乐意参加。这些日子，我总见不到六儿，你见到他了吗？"

女儿没有说话。

"你不舒服吗？"父亲注意地问，"怎么看你吃不下？"

"不。"女儿说，"我只是有点儿累。"

她到外间去收拾锅碗。

"我和黎老东吵翻了。"父亲在里间说，"这只是一人一家的问题，只是两个老头子的问题，算不了什么。你不要把这件事情放在心上。"

"我没有放在心上。"九儿说，"今年冬天，我看着爹的身体不大结实，我希望爹多休息休息。"

"你不要惦记我。"老人笑着说，"我这病到春天就会好起来的。今天晚上不开会，收拾好了，你早点睡觉去吧！"

九儿给父亲铺好炕，带上屋门，到女伴们那里去。

今天夜里，天晴得很好，月亮很圆，很明净，九儿在院里停站了一会儿，听了听，父亲在吹灯躺下以后，并没有像往常那样咳嗽。她的心情也明快平静下来，她觉得她现在的心境，无愧于这冬夜的晴空，也无愧于当头的明月。她定睛观望，好像是第一次看清了圆月里那只小兔儿的可爱的活泼的姿态。

二十

童年啊，你的整个经历，毫无疑问，像航行在春水涨满的河流里的一只小船。回忆起来，人们的心情永远是畅快活泼的。然而，在你那鼓胀的白帆上，就没有经过风雨冲击的痕迹？或是你那昂奋前进的船头，就没有遇到过逆流礁石的阻碍吗？有关你的回忆，就像你的负载一样，有时是轻松的，有时也是沉重的啊！

但是，你的青春的火力是无穷无尽的，你的舵手的经验也越来越丰富了，你正在满有信心地，负载着千斤的重量，奔赴万里的途程！你希望的不应该只是一帆风顺，你希望的是要具备了冲破惊涛骇浪、在任何艰难的情况下也不会迷失方向的那一种力量。

《人民文学》1956年12期

乔厂长上任记

蒋子龙

    时间和数字是冷酷无情的，像两条鞭子，悬在我们的背上。

    先讲时间。如果说国家实现现代化的时间是二十三年，那么咱们这个给国家提供机电设备的厂子，自身的现代化必须在八到十年内完成。否则，炊事员和职工一同进食堂，是不能按时开饭的。

    再看数字。日本日立公司电机厂，五千五百人，年产一千二百万千瓦；咱们厂，八千九百人，年产一百二十万千瓦。这说明什么？要求我们干什么？

    前天有个叫高岛的日本人，听我讲咱们厂的年产量，他晃脑袋，说我保密！当时我的脸臊成了猴腚，两只拳头攥出了水。不是要揍人家，而是想揍自己。你们还有脸笑！当时要看见你们笑，我就揍你们。

    其实，时间和数字是有生命、有感情的，只要你掏出心来追求它，它就属于你。

——摘自厂长乔光朴的发言记录

出　山

    党委扩大会一上来就卡了壳，这在机电工业局的会议室里不多见，特别是在局长霍大道主持的会上更不多见。但今天的沉闷似乎不是那种干燥的、令人沮丧的寂静，而是一种大雨前的闷热、雷电前的沉寂。算算吧，"四人帮"倒台两年多了，七八年快过去了，电机厂也已经两年多没完成生产任务了。再一再二不能再三，全局都快要被它拖垮了。必须彻底解决，派硬手去。派谁？机电局闲着的干部不少，但顶饯的不多。愿意上来的人不少，愿意下去，特别是愿意到大难杂乱的大户头厂去的人不多。

会议要讨论的内容两天前已经通知到各委员了，霍大道知道委员们都有准备好的话，只等头一炮打响，后边就会万炮齐鸣。他却丝毫不动声色，他从来不亲自动手去点第一炮，而是让炮手准备好了自己燃响，更不在冷场时赔着笑脸絮絮叨叨地启发诱导。他透彻人肺腑的目光，时而收拢合目沉思，时而又放纵开来，轻轻扫过每一个人的脸。

有一张脸渐渐吸引住霍大道的目光。这是一张有着铁矿石般颜色和猎人般粗犷特征的脸：石岸般突出的眉弓，饿虎般深藏的双睛，颧骨略高的双颊，肌厚肉重的阔脸，这一切简直就是力量的化身。他是机电局电器公司经理乔光朴，正从副局长徐进亭的烟盒里抽出一支香烟在手里摆弄着。自从十多年前在"牛棚"里一咬牙戒了烟，从未开过戒，只是留下一个毛病，每逢开会苦苦思索或心情激动的时候，喜欢找别人要一支烟在手里玩弄，间或放到鼻子上去嗅一嗅。仿佛没有这支烟他的思想就不能集中。他一双火力十足的眼睛不看别人，只盯住手里的香烟，饱满的嘴唇铁闸一般紧闭着，里面坚硬的牙齿却在不断地咬着牙帮骨，左颊上的肌肉鼓起一道道棱子。霍大道极不易觉察地笑了，他不仅估计到第一炮很快就要炸响，而且对今天会议的结果似乎也有了七分把握。

果然，乔光朴手里那支珍贵的"郁金香"牌香烟不知什么时候变成一堆碎烟丝。他伸手又去抓徐进亭的烟盒，徐进亭挡住了他的手："得啦，光朴，你又不吸，这不是白白糟蹋吗？要不一开会抽烟的人都躲你远远的。"

有几个人嘲弄地笑了。

乔光朴没抬眼皮，用平稳的显然是经过深思熟虑的口吻说："别人不说我先说，请局党委考虑，让我到重型电机厂去。"

这低沉的声调在有些委员的心里不啻是爆炸了一颗手榴弹。徐副局长更是惊诧地掏出一支香烟主动地丢给乔光朴："光朴，你是真的，还是开玩笑？"

是啊，他的请求太出人意外了，因为他现在占的位子太好了。"公司经理"——上有局长，下有厂长，能进能退，可攻可守。形势稳定可进到局一级，出了问题可上推下卸，躲在二道门内转发一下原则号令。愿干者可以多劳，不愿干者也可少干，全无凭据；权力不小，责任不大，待遇不低，费心血不多。这是许多老干部梦寐以求而又得不到手的"美缺"。乔光朴放着轻车熟路不走，明知现在基层的经最不好念，为什么偏要下去呢？

乔光朴抬起眼睛，闪电似的扫过全场，最后和霍大道那穿透一切的目光相遇了，倏地这两对目光碰出了心里的火花，一刹那等于交换了千言万语。乔光朴仍是用缓慢平稳的语气说："我愿立军令状。乔光朴，现年五十六岁，身体基本健康，血压有一点高，但无妨大局。我去后如果电机厂仍不能完成国家计划，我请求撤销我党内外一切职务，到干校和石敢去养鸡喂鸭。"

这家伙，话说得太满、太绝。这无疑是一些眼下最忌讳的语言。当语言中充满了虚妄和垃圾，稍负一点责的干部就喜欢说一些漂亮的多义词，让人从哪个方面都可以解释。什么事情还没有干，就先从四面八方留下退却的路。因此，乔光朴的"军令状"比它本身所包含的内容更叫霍大道高兴。他激动地抬起眼睛，心里想，这位大爷就是给他一座山也能背走，正像俗话说的，他像脚后跟一样可靠，你尽管相信他好了。就问："你还有什么要求？"

乔光朴："我要请石敢一块儿去，他当党委书记，我当厂长。"

会议室里又炸了。徐副局长小声地冲他嘟囔："我的老天，你刚才扔了个手榴弹，现在又撂原子弹，后边是不是还有中子弹？你成心想炸毁我们的神经？"

乔光朴不回答，腮帮子上的肌肉又鼓起一道道肉棱子，他又在咬牙帮骨。

有人说："你这是一厢情愿，石敢同意去吗？"

乔光朴："我已经派车到干校去接他，就是拖也要把他拖来。至于他干不干的问题，我的意见他干得干，他不干也得干。而且——"他把目光转向霍大道，"只要党委正式做决议，我想他是会服从的。我对别人的安排也有这个意见，可以听取本人的意见和要求，但也不能完全由个人说了算。党对任何一个党员，不管他是哪一个级别的干部，都有指挥调动权。"

他说完看看手表，像事先约好的一样，石敢就在这时候进来了。猛一看，这简直就是一位老农民。但从他走进机电局大楼、走进肃穆的会议室仍然态度安详，就可知这是一位经过阵势、以前常到这个地方来的人。他身材短小，动作迟钝。仿佛他一切锋芒全被这极平常的外貌给遮掩住了。斗争的风浪明显地在他身上留下了涤荡的痕迹。虽然刚交六十岁，但他的脸已被深深的皱纹切破了，像个桃核。看上去要比实际年龄大得多。他对一切热烈的问候和眼光只用点头回答，他脸上的神色既不热情，也不冷淡，倒有些像路人般的木然无情。他像个哑巴，似乎比哑巴更哑。哑巴见了熟人还要呀呀咿咿地叫喊几声，以示亲热；他的双唇闭得铁紧，好像生怕从里边发出声音来。他没有在霍大道指给他的位子上坐下，好像不明白局党委开会为什么把他找来，随时准备离开这儿。

乔光朴站起来："霍局长，我先和老石谈一谈。"

霍大道点点头。乔光朴抓住石敢的胳膊，半拥半推地向外走。石敢瘦小的身材叫乔光朴魁伟的体架一衬，就像大人拉着一个孩子。他俩来到霍大道的办公室，双双坐在沙发上，乔光朴望着自己的老搭档，心里突然翻起一股难言的痛楚。

一九五八年，乔光朴从苏联学习回国，被派到重型电机厂当厂长，石敢是党委书记。两个人把电机厂搞成了一朵花。石敢是个诙谐多智的鼓动家，他的好多话在"文化大革命"中被人揪住了辫子，在"牛棚"里常对乔光朴说："舌头是惹祸的根苗，是思想无法藏住的一条尾巴，我早晚要把这块多余的肉咬掉。"他站在批判台上对造反派叫他回答问题更是恼火，不回答吧态度不好，回答吧更加倍激起批判者的愤怒，他曾想要是没有舌头就不会有这样的麻烦了。而和他常常一起挨斗的乔光朴，却想出了对付批斗的"精神转移法"。刚一上台挨斗时，乔光朴也和石敢一样，非常注意听批判者的发言，越听越气，常常汗流浃背，毛发倒竖，一场批判会下来筋骨酥软，累得像摊泥。挨斗的次数一多，时间一长就油了。乔光朴酷爱京剧，往台上一站，别人的批判发言一开始，他心里的锣鼓也开场了，默唱自己喜爱的京剧唱段，以转移自己的注意力。此法果然有效，不管是几个小时的批斗会，不管是"冰棍式"还是"喷气式"，他全能应付裕如。甚至有时候还能触景生情，一见批判台搭在露天，就来一段"我正在城楼观山景，耳听得城外乱纷纷"。他得意扬扬地把自己的经验传授给石敢，劝他的伙伴不要老是那么认真，暗憋暗气地老是诅咒本来无罪的舌头。无奈石敢不喜好京剧，乔光朴行之有效的办法对他却无效。六七年秋天一次批判会，台子高高搭在两辆重型翻斗汽车上，散会时石敢一脚踩空，笔直地摔下台，腿脚没伤，舌头果真咬掉了一半。他忍住疼没吭声，血灌满了嘴就咽下去。等到被人发现时已无法再找回那半个舌头。从那天起，两个老伙伴就分开了。石敢成了半哑巴，公共场合从来不说话。治好伤就到机电局干校劳动，局里几次要给他安排工作，他借口是残废人不上来。"四人帮"倒台的消息公布以后，他到市里喝了一通酒，晚上又回干校了，说舍不得那大小"三军"。他在干校管着上百只鸡，几十只鸭，还有一群羊，人称"三军司令"。他表示后半辈子不再离开农村。今天一早，乔光朴派亲近的人借口有重要会议把他叫来了。

乔光朴把自己的打算，立"军令状"的前后过程全部告诉了石敢，充满希望地等着老伙伴给他一个全力支持的回答。

石敢却是长时间的不吭声，探究的、陌生的目光冷冷地盯着乔光朴，使乔光朴很不自在。老朋友对他的疏远和不信任叫他心打寒战。石敢到底说话了，语言低沉而又含混不清。乔光朴费劲地听着：

"你何苦要拉一个垫背的？我不去。"

乔光朴急了："老石，难道你躲在干校不出山，真的是像别人传说的那样，是由于怕了，是'怕死的杨五郎上山当了和尚'？"

石敢脸上的肌肉颤抖了一下，但毫不想辩解地点点头，认账了。这使乔光朴急切地从沙发上跳起来替他的朋友否认："不，不，你不是那种人！你唬别人行，唬不了我。"

"我只有半个舌头，而且剩下的这半个如果牙齿够得着也想把它咬下去。"

"不，你是有两个舌头的人，一个能指挥我，在关键的时候常常能给我别的人所不能给的帮助；另一个舌头又能说服群众服从我。你是我碰到过的最好的党委书记，我要回厂，你不跟我去不行!"

"咳!"石敢眼里闪过一丝痛苦的暗流，"我是个残废人，不会帮你的忙，只会拖你的手脚。"

"石敢，你少来点感伤情调好不好，你对我来说，重要的不是舌头，你有头脑，有经验，有魄力，还有最重要的——你我多年合作的感情。我只要你坐在办公室里动动手指，或到关键时候给我个眼神，提醒我一下，你只管坐镇就行。"

石敢还是摇头："我思想残废了，我已经消耗完了。"

"胡说!"乔光朴见好说不行，真要恼了，"你明明是个大活人，呼出碳气，吸进氧气，还在进行血液循环，怎说是消耗完了? 在活人身上难道能发生精力消耗完的事吗? 掉个舌头尖思想就算残废啦?"

"我指热情的细胞消耗完了。"

"嗯?"乔光朴一把将石敢从沙发上拉起来，枪口似的双睛瞄准石敢的瞳孔，"你敢再重复一遍你的话吗? 当初你咬下舌头吐掉的时候，难道把党性、生命连同对事业的信心和责任感也一块儿吐掉了?"

石敢躲开了乔光朴的目光，他碰上了一面无情的能照见灵魂的镜子，他看见自己的灵魂变得这样卑微，感到吃惊，甚至不愿意承认。

乔光朴用嘲讽的口吻，像是自言自语地说："这真是一种讽刺，'四化'的目标中央已经确立，道路也打开了，现在就需要有人带着队伍冲上去。瞧瞧我们这些区局级、县团级干部都是什么精神状态吧，有的装聋作哑，甚至被点将点到头上，还推三阻四。我真纳闷，在我们这些级别不算小的干部身上，究竟还有没有普通党员的责任感? 我不过像个战士一样，听到首长说有任务就要抢着去完成，这本来是极平常的事，现在却成了出风头的英雄。谁知道呢，也许人家还把我当成了傻瓜哩!"

石敢又一次被刺疼了，他的肩头抖动了一下。乔光朴看见了，诚恳地说："老石，你非跟我去不行，我就是用绳子拖也得把你拖去。"

"咳，大个子……"石敢叹了口气，用了他对乔光朴最亲热的称呼。

这声"大个子"叫得乔光朴发冷的心突地又热起来了。石敢立刻又恢复了那种冷漠的神情:"我可以答应你,只要你以后不后悔。不过丑话说在前边,咱们订个君子协定,什么时候你讨厌我了,就放我回干校。"

当他们两个回到会议室的时候,委员们也就这个问题形成了决议。霍大道对石敢说:"老乔明天到任,你可以晚几天,休息一下,身体哪儿不适到医院检查一下。"

石敢点点头走了。

霍大道对乔光朴说:"刚才议论到干部安排问题,你还没有走,就有人盯上了你的位子。"他把目光又转向委员们,"你们是不是还有别人写的条子,或是受了人家的托付?我看今天彻底公开一下,把别人托你们的事都摆到桌面上来,大家一块儿议一议。"

大家面面相觑,他们都知道霍大道的脾气,他叫你拿到桌面上来,你若不拿,往后在私下是决不能再向他提这些事了。徐进亭先说:"电机厂的冀申提出身体不好,希望能到公司里去。"接着别的委员也都说出了曾托付过自己的人。

霍大道目光像锥子一样,气色森严,语气里带着不想掩饰的愤怒:"什么时候我们党的人事安排改为由个人私下活动了呢?什么时候党员的工作岗位分成了'肥缺''美缺'和'废缺''苦缺'了呢?毛遂自荐自古就有,乔光朴也是毛遂自荐,但和这些人的自荐是完全不同的两种性质。冀申同志在电机厂没搞好,却毫不愧疚地想到公司当经理,我不相信搞不好一个厂的人能搞好一个公司。如果把托你们的人的要求都满足,我们机电局只好安排十五个副局长,下属六个公司,每个公司也只好安排十到十五个正副经理,恐怕还不一定都满意。身体不好在基层干不了到机关就能干好,机关是疗养院?还是说在机关干好干坏没关系?有病不能工作的可以离职养病,名号要挂在组织处,不能占着茅坑不屙屎。宁可虚位待人,不可滥任命误党误国。我欣赏光朴同志立的'军令状',这个办法要推行,往后像我们这样的领导干部也不能干不干一个样。有功的要升、要赏,有过的要罚、要降!有人在一个单位玩不转了就托人找关系,一走了之。这就助长干部身在曹营心在汉,骑着马找马。难怪工人反映,厂长都不想在一个厂里干一辈子,多则订个三年计划,少则是一年规划，打一枪换一个地方，这怎么能把工厂搞好！"

徐进亭问："冀申原是电机厂一把手，老乔和石敢一去，不把他调出来怎么安排？"

霍大道说："当副厂长嘛。干好了可以升，干不好还降，直降到他能够胜任的职位止。当然，这是我个人的意见，大家还可以讨论。"

徐进亭悄悄对乔光朴说："这下你去了以后就更难弄了。"

乔光朴耸耸肩膀没吭声，那眼光分明在说："我根本就没想到电机厂去会有轻松的事。"

上任（一）

机电局党委扩大会散后，乔光朴向电器公司副经理做了交接，回到家已是晚上了。屋里有一股呛鼻的潮味，他把门窗全部打开。想沏杯茶，暖瓶是空的，就吞了几口冷开水。坐在书桌前，从一摞书的最底下拿出一本《金属学》，在书页里抽出一张照片。照片是在莫斯科的红场上照的，背景是列宁墓。前面并肩站着两个人，乔光朴穿浅色西装，伟美潇洒，显得很年轻，脸上的神色却有些不安。他旁边那个妩媚秀丽的姑娘则神情快乐，正侧脸用迷人的目光望着乔光朴，甜甜地笑着。仿佛她胸中的幸福盛不下，从嘴边漫了出来。乔光朴凝视着照片，突然闭住眼，低下头，两手用力掐住太阳穴。照片从他手指间滑落到桌面上——

一九五七年，乔光朴在苏联学习的最后一年，到列宁格勒电力工厂担任助理厂长。女留学生童贞正在这个厂搞毕业设计，她很快被乔光朴吸引住了。乔光朴英目锐气，智深勇沉，精通业务，抓起生产来仿佛每个汗毛孔里都是心眼，浑身是胆。他的性格本身就和恐惧、怀疑、阿谀奉承、互相戒备这些东西时常发生冲突。童贞最讨厌的也正是这些玩意儿，她简直迷上这个比自己大十多岁的男人了。在异国他乡同胞相遇分外亲热，乔光朴像对待小妹妹，甚至是像对待小孩一样关心她，保护她。她需要的却是他的另一种关怀，她嫉妒他渴念妻子时的那种神情。

乔光朴先回国，五八年年底童贞才毕业归来。重型电机厂刚建成正需要工程技术人员，她又来到乔光朴的身边。一直在她家长大的外甥都望北，是电机厂的学徒工，一次很偶然的机会，他发现了小老姨对厂长的特殊感情。这个小伙子性格倔强，有蔫主意，恨上了厂长，认为厂长骗了他老姨。他虽比老姨还小十多岁，却俨然以老姨的保护人的身份处处留心，尽量阻挡童贞和乔光朴单独会面。当时有不少人追求童贞，她一概拒之门外，矢志不嫁。这使郗望北更憎恨乔光朴，他认定乔光朴搞女人也像搞生产一样有办法，害了自己老姨的一生。

七年过去了，"文化大革命"一开始，郗望北成为一派造反组织的头头，专打乔光朴。他只给乔光朴的"走资派"帽子上面又扣上"老流氓""道德败坏分子"的帽子，但不细究，不深批，免得伤害自己的老姨。可是他的队员们对这种花花绿绿的事很感兴趣，捕风捉影，编出很多情节，反倒深深地伤害了童贞。在童贞眼里，乔光朴是搞现代化大生产难得的人才，过去一直威信很高，现在却名誉扫地。犯路线错误的人群众批而不恨，犯品质错误的人群众最厌恶。可在那种时候又怎能把真相向群众说清呢？童贞觉得这都是由于自己的缘故，使乔光朴比别的"走资派"吃了更多的苦头，她给乔光朴写了一封信，想一死了事。细心的郗望北早就留了这个心眼，没让童贞死成。这使乔光朴觉得一下子同时欠下了两个女人的债。

乔光朴的妻子在大学当宣传部长，虽然听到了关于他和童贞的议论，但丝毫也不怀疑自己的丈夫，直到六八年年初不清不白地死在"牛棚"里，她从未怀疑过乔光朴的忠诚。乔光朴为此悔恨不已，曾对着妻子的遗像坦白承认，他在童贞大胆的表白面前确实动摇过，心里有时也很喜欢她。他表示从此不再搭理童贞。当最小的一个孩子考上大学离开他以后，他一个人守着几间空房子，过着苦行僧式的生活，似乎是有意折磨自己，向死去的妻子表明他对她和儿女感情的纯洁无瑕和忠贞不渝。

可是，下午在公司里交接完工作，乔光朴神差鬼使给童贞打了个电话，约她今晚到家里来。过后他很为自己的行动吃惊，责问自己：这是什么意思呢？如果自己不再回厂，事情也许永远就这样过去了。现在叫他俩该怎样相处？十年前厂子里的人给他俩的头上泼了那么多脏水啊！他这才突然发现，他认为早被他从心里挖走的童贞，却原来还在他心里占着一个位置。他没有在痛苦的思索里理出头绪，他不想再触摸这些复杂而又微妙的感情的琴弦了。得振作一下，明天回厂还有许多问题要考虑。忽然，觉得有什么东西落到头上，他抬起头，心里猛地一缩——童贞正倚着他的膀子站着，泪眼模糊地望着那张照片。滴落到他头上的，无疑就是她的眼泪。他站起身，抓住她的手："童贞，童贞？"

童贞身子一颤，从乔光朴发烫的大手里抽出自己的手，转过身去，擦干眼角，极力控制住自己。童贞的变化使乔光朴惊呆了。她才四十多岁，头上已有了白发；过去她的一双亮眼燃烧着大胆而热情的光芒，敢于火辣辣地长久地盯着他，现在她的眼神是温润的、绵软的，里面透出来的愁苦多于快乐。乔光朴的心里隐隐发痛。这个在业务上很有才气的女工程师，她本来可以成为国家很缺少的机电设备专家，现在从她身上再也看不见那个充满理想、朝气蓬勃的小姑娘的影子了。使她衰老这么快的原因，难道只是岁月吗？

两人都有点不大自然，乔光朴很想说一句既得体又亲热的话来打破僵局："童贞，你为什么不结婚？"这根本不是他想要说的意思，连声音也不像他自己的。

童贞不满地反问："你说呢？"

乔光朴懊丧地一挥手，他从来不说这样没味道的话。突然把头一摆，走近童贞："我干吗要装假。童贞，我们结婚吧，明天，或者后天，怎么样？"

童贞等这句话等了快二十年了，可今天听到了这句话，却又感到慌乱和突然。她轻轻地说："你事先一点信也不透，为什么这么急？"

乔光朴一经捅破了这层纸，就又恢复了他那热烈而坚定的性格："我们头发都白了，你还说急？我们又不需要什么准备，请几个朋友一吃一喝一宣布就行了。"

童贞脸上泛起一阵幸福的光亮，显得年轻了，喃喃地说："我的心你是知道的，随你决定吧。"

乔光朴又抓起童贞的手，高兴地说："就这样定，明天我先回厂上任，通知亲友，后天结婚。"

童贞一惊："回厂？"

"对，今天上午局党委会决议，石敢和我一块儿回去，还是老搭档。"

"不，不!"童贞说不清是反对还是害怕。她早盼着乔光朴答应和她结婚，然后调到一个群众不知道他俩情况的新单位去，和所爱的人安度晚年。乔光朴突然提到要回厂，电机厂的人听到他俩结婚的消息会怎样议论？童贞一想到能强奸人的灵魂、把刀尖捅到人心里将人致死的群众舆论，简直浑身打战。况且郗望北现在是电机厂副厂长，他和乔光朴这一对冤家怎么在一块儿共事？她忧心忡忡地问："你在公司不是挺好吗，为什么偏要回厂？"

乔光朴兴致勃勃地说："搞好电器公司我并不要怎么费劲，也许正因为我的劲使不出来我才感到不过瘾。我对在公司里领导大集体、小集体企业，组织中小型厂的生产兴趣不大，我不喜欢搞针头线脑。"

"怎么，你还是带着大干一番的计划，回厂收拾烂摊子吗？"

"不错，我对电机厂是有感情的。像电机厂这样的企业如果老是一副烂摊子，国家的现代化将成为画饼。我们搞的这一行是现代化的发动机，而大型骨干企业又是国家的台柱子。搞好了有功，不比打江山的功小；搞不好有罪，也不比叛党卖国的罪小。过去打仗也好，现在搞工业也好，我都不喜欢站在旁边打边鼓，而喜欢当主角，不管我将演的是喜剧还是悲剧。趁现在精力还达得到，赶紧抓挠几年。我想叫自己的一辈子有始有终，虎头豹尾更好，至少要虎头虎尾。我们这一拨的人虎头蛇尾的太多了。"

是惊？是喜？是不安？童贞感慨万端。以前她爱上乔光朴，正是爱他对事业的热爱，以及在工作上表现出来的才能和男子汉特有的雄伟顽强的性格。现在的乔光朴还是以前她爱的那个人，但她却希望他离开他眷恋的事业。难道她爱不上战场的英雄，离开骏马的骑手？她像是自言自语地说："没见过五十多岁的人还这么雄心勃勃。"

"雄心是不取决于年岁的，正像青春不一定就属于黑发人，也不见得会随着白发而消失。"乔光朴从童贞的眼睛里看出她衰老的不光是外表，还有她那棵正在壮年的心苗，她也害上了正在流行的政治衰老症。看来精神上的胆怯给人造成的不幸，比估计到的还要多。这使他突然意识到自己的责任。他几乎用小伙子般的热情抱住童贞的双肩，热烈地说："喂，工程师同志，你以前在我耳边说个没完的那些计划，什么先搞六十万千瓦的，再搞一百万的、一百五十万的，制造国家第一台百万千瓦原子能发电站的设备，我们一定要揽过来。你都忘了？"

童贞心房里那颗工程师的心热起来。

乔光朴继续说："我们必须摸准世界上最先进国家机电工业发展的脉搏。在五十年代、六十年代，我们是面对世界工业的整个棋盘来走我们电机厂这颗棋子的，那时各种资料全能看得到，心里有底，知道怎样才能挤进世界先进行列。现在我心里没有数，你要帮助我。结婚后每天晚上教我一个小时的英语，怎么样？"

她勇敢地、深情地迎着他的目光点点头。在他身边她觉得可靠，安全，连自己似乎也变得坚强而充满了信心。她笑着说："真奇怪，那么多磨难，还没有把你的锐气磨掉。"

他哈哈一笑："本性难移。对于精神萎缩症或者叫政治衰老症也和生其他的病一个道理，体壮人欺病，体弱病欺人。这几年在公司里我可养胖了，精力贮存得太多了。"他狡黠地望望童贞，正利用自己特殊的地位，不放过能够给这个娇小的女人打气的机会。他说："至于说到磨难，这是我们的福气，我们恰好生活在两个时代交替的时候。历史有它的阶段，人活一辈子也有它的阶段，在人生一些重大关头，要敢于充分大胆地正视自己的心愿。俗话说，石头是刀的朋友，障碍是意志的朋友。"

他要她陪他一块儿到厂里去转转，童贞不大愿意。他用开玩笑的口吻说："你以前骂过我什么话？噢，对，你说我在感情上是粗线条的。现在就让我这个粗线条的人来谈谈爱情。爱情，是一种勇敢而强烈的感情。你以前既是那么大胆地追求过它，当它来了的时候就用不着怕它，更用不着隐瞒它以欺骗自己、苦恼自己。我真怕你像在政治上一样也来个爱情衰老病。趁着我还没有上任，我们还有时间谈谈情说说爱。"

她脸红了："胡说，爱情的绿苗在一个女人的心里是永远不会衰老的。"做姑娘时的勇气又回到她的身上，她热烈地吻了他一下。

在去厂里的路上，她却说服他先不能结婚。她借口说这件事对于她是终生第一次也是最后一次，而且她为这一天比别的女人付出了更多的代价，她要好好准备一下。乔光朴同意了。当然，童贞推延婚期的真正原因根本不是这些。

上任（二）

两个人走进电机厂，先拐进了离厂门口最近的八车间。乔光朴只想在上任前冷眼看看工厂的情况。走进了熟悉的车间，他浑身的每一个筋骨眼仿佛都往外涨劲，甚至有一股想亲手摸摸摇把的冲动。他首先想起了"十二把尖刀"。十年前他当厂长时，每一道工序都培养出一两个尖子，全厂共有十二个人，一开表彰先进的大会，这"十二把尖刀"都坐在头一排的金交椅上。童贞告诉他说："你的尖刀们都离开了生产第一线，什么轻省干什么去了。有的看仓库、守大门，有的当检验员，还有一个当了车间头头。有四把刀在批判大会上不是当面控诉你用物质刺激腐蚀他们，你真的一点不记仇？"

乔光朴一挥手："咳，记仇是弱者的表现。当时批判我的时候，全厂人都举过拳头，呼过口号，要记仇我还回厂干什么？如果那十二个人不行了，我必须另磨尖刀。技术上不出尖子不行，产品不搞出名牌货不行！"

乔光朴一边听童贞介绍情况，一边安然自在地在机床的森林里穿行。他在车间里这样溜达，用行家的眼光打量着这些心爱的机器设备，如果再看到生产状况良好，那对他就是最好的享受了。比任何一对情人在河边公园散步所感到的滋味还要甘美。

外行看热闹，内行看门道。乔光朴在一个青年工人的机床前停住了。那小伙子干活不管不顾，把加工好的叶片随便往地上一丢，嘴里还哼着一支流行的外国歌曲。乔光朴拾起他加工好的零件检查着，大部分都有磕碰。他盯住小伙子，压住火气说："别唱了。"

工人不认识他，流气地朝童贞挤挤眼，声音更大了："哎呀妈妈，请你不要对我生气，年轻人就是这样没出息。"

"别唱了！"乔光朴带命令的口吻，还有那威严的目光使小伙子一惊，猛然停住了歌声。

"你是车工还是捡破烂的？你学过操作规程吗？懂得什么叫磕碰吗？"

小伙子显然也不是省油的灯，可是被乔光朴行家的口吻，凛然的气派给镇住了。乔光朴找童贞要了一条白手绢，在机床上一抹，手绢立刻成黑的了。乔光朴枪口似的目光直瞄着小伙子的脑门子："你就是这样保养设备的？把这个手绢挂在你的床子上，直到下一次我来检查用白毛巾从你床子上擦不下尘土来，再把这条手绢换成白毛巾。"这时已经有一大群车工不知出了什么事围过来看热闹，乔光朴对大伙说："明天我叫设备科给每台机床上挂一条白毛巾，以后检查你们的床子保养情况如何就用白毛巾说话。"

人群里有老工人，认出了乔光朴，悄悄吐吐舌头。那个小伙子脸涨得通红，窘得一句话也没有了，慌乱地把那个黑乎乎的手绢挂在一个不常用的闸把上。这又引起了乔光朴的注意，他看到那个闸把上盖满油灰，似乎从来没有被碰过。他问那个小伙子："这个闸把是干什么用的？"

"不知道。"

"这上边不是有说明？"

"这是外文，看不懂。"

"你在这个床子上干了几年啦？"

"六年。"

"这么说，六年你没动过这个闸把？"

小伙子点点头。乔光朴左颊上的肌肉又鼓起一道道棱子，他问别的车工："你们谁能把这个闸把的用处告诉他？"

车工们不知是真的不知道，还是怕说出来使自己的同伴更难堪，因此都没吱声。

乔光朴对童贞说："工程师，请你告诉他吧。"

童贞也想缓和一下气氛，走过来给那个小伙子讲解英文说明，告诉他那个闸把是给机床打油的，每天操作前都要捺几下。

乔光朴又问："你叫什么名字？"

"杜兵。"

"杜兵，干活哼小调，六年不给机床膏油，还是鬼怪式操作法的发明者。嗯，我不会忘记你的大名的。"乔光朴的口气由挖苦突然改为严厉的命令，"告诉你们车间主任，这台床子停止使用，立即进行检修保养。我是新来的厂长。"

他俩一转身，听到背后有人小声议论："小杜，你今个算碰上辣的了，他就是咱厂过去的老厂长。"

"真是行家一伸手便知有没有！"

乔光朴直到走出八车间，还愤愤地对童贞说："有这些大爷，就是把世界上最尖端的设备买进来也不行！"

童贞说："你以为杜兵是厂里最坏的工人吗？"

"嗯？"乔光朴看看她，"可气的是他这样干了六年竟没有人发现。可见咱们的管理到了什么水平，一粗二松三马虎。你这位主任工程师也算脸上有光啦。"

"什么？"童贞不满地说，"你们当厂长的不抓管理，倒埋怨下边。我是不在其位不谋其政。"

"在其位就谋其政吗？不见得。"

他俩一边说着话，走进七车间，一台从德国进口的二百六镗床正试车，拨挡试车的是个很年轻的德国人。外国人到中国来还加夜班，这引起了乔光朴的注意。童贞告诉他，镗床的电器部分在安装中出了问题，西德的西门子电子公司派他来解决。这个小伙子叫台尔，只有二十三岁，第一次到东方来，就先飞到日本玩了几天。结果来到我们厂时晚了七天，怕我们向公司里告发他，就特别卖劲。他临来时向公司讲七到十天解决我们的问题，现在还不到三天就处理完了，只等试车了。他的特点就是专、精。下班会玩，玩起来胆子大得很；上班会干，真能干；工作态度也很好。

"二十三岁就派到国外独当一面。"乔光朴看了一会儿台尔工作，叫童贞把七车间值班主任找了来，不容对方寒暄，就直截了当布置任务："把你们车间三十岁以下的青年工人都招呼到这儿来，看看这个台尔是怎么工作的。也叫台尔讲讲他的身世，听听他二十三岁怎么就把技术学得这么精。在他临走之前，我还准备让他给全厂青年工人讲一次。"

值班主任笑笑，没有询问乔光朴以什么身份下这样的指示，就转身去执行。

乔光朴觉得身后有人窃窃私语，他转过身去，原来是八车间的工人听说刚才批评杜兵的就是老厂长，都追出来想瞧瞧他。乔光朴走过去对他们说："我有什么好值得看的，你们去看看那个二十三岁的西德电子专家，看看他是怎么干活的。"他叫一个面孔比较熟的人回八车间把青年都叫来，特别不要忘了那个鬼怪式——杜兵。

乔光朴布置完，见一个老工人拉他的衣袖，把他拉到一个清静的地方，呜噜呜噜地对他说："你想拿外国人做你的尖刀？"

天哪，这是石敢。他不知从哪儿搞来一身工作服，还戴顶旧蓝布工作帽，简直就是个极普通的老工人。乔光朴又惊又喜，石敢还是过去的石敢，别看他一开始不答应，一旦答应下来就会全力以赴。这不也是不等上任就憋不住先跑到厂里来了。

石敢的脸色是阴沉的，他心里正后悔。他的确是在厂子里转了一圈，而且凭他的半条舌头，用最节省的语言，和几个不认识他的人谈了话。人家还以为他正害着严重的牙疼病，他却摸到了乔光朴所不能摸到的情况。电机厂工人思想混乱，很大一部分人失去了过去崇拜的偶像，一下子连信仰也失去了，连民族自尊心、社会主义的自豪感都没有了，还有什么比群众在思想上一片散沙更可怕的呢？这些年，工人受了欺骗、愚弄和呵斥，从肉体到灵魂都退化了。而且电机厂的干部几乎是三套班子，十年前的一批，"文化大革命"起来的一批，冀申到厂后又搞了一套自己的班子。老人心里有气，新人肚里也不平静，石敢担心这种冲突会成为党内新的斗争的震心。等着他和乔光朴的岂止是个烂摊子，还是一个政治斗争的旋涡。往后又得在一夕数惊的局面中过日子了。

石敢对自己很恼火，眼花缭乱的政治战教会了他许多东西，他很少在人前显得激动和失去控制。他对哗众取宠和慷慨激昂之类甚为反感。他曾给自己的感情涂上了一层油漆，自信能抗住一切刺激。为什么上午乔光朴一番真挚的表白就打动了自己的感情呢？岂不知陪他回厂既害自己又害他，乔光朴永远不是个政治家。这不，还没上任就先干上了！他本不想和乔光朴再说什么话，可是看见童贞站在乔光朴身边，心里一震，禁不住想提醒他的朋友。他小声说："你们两个至少半年内不许结婚。"

"为什么？"乔光朴不明白石敢为什么先提出这个问题。

石敢简单地告诉他，关于他们回厂的消息已经在电机厂传遍了，而且有人说乔光朴回厂的目的就是为了和童贞结婚。乔光朴暴躁地说："那好，他们越这样说，我越这样干。明天晚上在大礼堂举行婚礼，你当我们的证婚人。"

石敢扭头就走，乔光朴拉住他。他说："你叫我提醒你，我提醒你又不听。"

乔光朴咬着牙帮骨半天才说："好吧，这毕竟是私事，我可以让步。你说，上午局党委刚开完会，为什么下午厂里就知道了？"

"这有什么奇怪，小道快于大道，文件证实谣传。现在厂里正开着紧急党委会，我的这根可恶的政治神经提醒我，这个会和我们回厂无关。"石敢说完又有点后悔，他不该把猜测告诉乔光朴。感情真是坑害人的东西，石敢发觉他跟着乔大个子越陷越深了。

乔光朴心里一激灵，拉着石敢，又招呼了一声童贞，三个人走出七车间，来到办公楼前。一楼的会议室里灯光通明，门窗大开，一团团烟雾从窗口飘出来。有人大声发言，好像是在讨论明天电机厂就要开展一场大会战。这可叫乔光朴着急了，他叫石敢和童贞等一会儿，自己跑到门口传达室给霍大道打了个电话。回来后拉着石敢和童贞走进了会议室。

上任（三）

电机厂的头头们很感意外，冀申尖锐的目光盯住童贞，童贞赶紧扭开头，真想退出去。冀申佯装什么也不知道似的说："什么风把你们二位吹来了？"

乔光朴大声说："到厂子来看看，听说你们正开会研究生产，就进来想听听。"

"好，太好了。"冀申瘦骨嶙峋的面孔富于感情，却又像一张复杂的地形图那样变化万端，令人很难琢磨透。他向两个不速之客解释："今天的党委会讨论两项内容，一项是根据群众一再要求，副厂长都望北同志从明天起停职清理。第二项是研究明天的大会战。这一段时间我抓运动多了点，生产有点顾不过来，但是我们党委的同志有信心，会战一打响被动局面就会扭转。大家还可以再谈具体一点。老乔、老石是电机厂的老领导，一定会帮着我们出些好主意。"

冀申风度老练，从容不迫，他就是要叫乔光朴、石敢看看他主持党委会的水平。下午，当他在电话里听到局党委会决议的时候，猛然醒悟当初他主动要到机电局来是失算了。

这个人确实像他常跟群众表白的那样，受"四人帮"迫害十年之久，但十年间他并没有在市委干校劳动，而是当副校长。早在干校作为新生事物刚筹建的时候，冀申作为市文革接待站的联络员就看出了台风的中心是平静的。别看干校里集中了各种不吃香的老干部，反而是最安全的，也是最有发展的，在干校是可以卧薪尝胆的。他利用自己副校长的地位，和许多身份重要的人拉上了关系。这些市委的重要干部以前也许是很难接近的，现在却变成了他的学员，他只要在吃住上、劳动上、请销假上稍微多给点方便，老头子们就很感激他了。加上他很善于处理人事关系，博得了很多人的好感。现在这些人大都已官复原职，因而他也就四面八方都有关系，在全市是个有特殊神通的人了。

两年前，冀中又看准了机电局在国家现代化中所占的重要地位。他一直是搞组织的，缺乏搞工业的经验，就要求先到电机厂干两年。一方面摸点经验，另外"大厂厂长"这块牌子在国家工作重点转移到经济建设上来以后一定是非常用得着的。而后再到公司、到局，到局里就有出国的机会，一出国那天地就宽了。这两年在电机厂，他也不是不卖力气。但他在政治上太精通、太敏感了，反而妨害了行动。他每天翻着报刊、文件提口号，搞中心，开展运动，领导生产。并且有一种特殊的猜谜的酷好，能从报刊文件的字里行间念出另外的意思。他对中央文件又信又不全信，再根据谣言、猜测、小道消息和自己的丰富想象，审时度势，决定自己的工作态度。这必然在行动上迟缓，遇到棘手的问题就采取虚伪的态度。诡谲多诈，处理一切事情都把个人的安全、自己的利益放在第一位。工厂是很实际的，矛盾都很具体，他怎么能抓出成效？在别的单位也许还能对付一气，在机电局，在霍大道眼皮底下却混不过去了。

但是，他相信生活不是凭命运，也不是赶机会，而是需要智慧和斗争的无情逻辑！因此他要采取大会战孤注一掷。大会战一搞起来热热闹闹，总会见点效果，生产一回升，他借台阶就可以离开电机厂。同时在他交印之前把郗望北拿下去，在郗望北和乔光朴这一对老冤家、新仇人之间埋下一根引信，将来他不愁没有戏看。如果乔光朴也没有把电机厂搞好，就证明冀申并不是没有本事。然而，他摆的阵势，石敢从政治上嗅出来了，乔光朴用企业家的眼光从管理的角度也看出了问题。

电机厂的头头们心里都在猜测乔光朴和石敢深夜进厂的来意，没有人再关心本来就不太感兴趣的大会战了。冀申见势不妙，想赶紧结束会议，造成既定事实。他清清嗓子，想拍板定案。局长霍大道又一步走了进来。会场上又是一阵惊奇的唏嘘声。

霍大道没有客套话，简单地问了几句党委会所讨论的内容，就单刀直入地宣布了局党委的决议。最后还补充了一项任命："鉴于你们厂林总工程师长期病休不能上班，任命童贞同志为电机厂副总工程师。同时提请局党委批准，童贞同志为电机厂党委常委。"

童贞完全没有想到对她的这项任命，心里很不安。她不明白乔光朴为什么一点信也没透。

冀申不管多么善于应付，这个打击也来得太快了。霍大道简直是霹雳闪电，连对手考虑退却的时间都不给。他极力克制着，并且在脸上堆着笑说："服从局党委的决定，乔、石二位同志是工业战线上的大将，这回真是百闻不如一见。好了，明天我向二位交接工作，对今天大家讨论的两项决定，你二位有什么意见？"

石敢不仅不说话，连眼也眯了起来，因为眼睛也是泄露思想上机密的窗口。

乔光朴却不客气地说："关于郗望北同志停职清理，我不了解情况。"他不禁扫了一眼坐在屋角上的郗望北，意外地碰上了对方挑战的目光。他不容自己分心，赶紧说完他认为必须表态的问题："至于要搞大会战，老冀，听说你有冠心病，你能不能用短跑的速度从办公大楼的一楼跑到七楼，上下跑五个来回？"

冀申不知他是什么意思，漠然一笑没有作答。

乔光朴接着说："我们厂就像一个患高血压冠心病的病人，搞那种跳楼梯式的大会战是会送命的。我不是反对真正必要的大会战。而我们厂现在根本不具备搞大会战的条件，在技术上、管理上、物质上、思想上都没有做好准备，盲目搞会战，只好拼设备，拼材料，拼人力，最后拼出一堆不合格的产品。完不成任务，靠月月搞会战突击，从来就不是搞工业的办法。"

他的话引起了委员们的共鸣，他们也正在猜谜，不明白冀申明知要来新厂长，为什么反而突然热心地要搞大会战。可是冀申嘴边挂着冷笑，正冲着他点火抽烟，似乎有话要说。

本来只想表个态就算的乔光朴，见冀申的神色，把话锋一转，尖锐地说："这几年，我没有看过真正的好戏，不知道我们国家在文艺界是不是出了伟大的导演；但在工业界，我知道是出现了一批政治导演。哪一个单位都有这样的导演，一有运动，工作一碰到难题，就召集群众大会，做报告，来一阵动员，然后游行，呼口号，搞声讨，搞突击，一会儿这，一会儿那，把工厂当舞台，把工人当演员，任意调度。这些同志充其量不过是个吃党饭的平庸的政工干部，而不是真正热心搞社会主义现代化的企业家。用这种导演的办法抓生产最容易，最省力，但贻害无穷。这样的导演，我们一个星期，甚至一个早上就可以培养出几十个，要培养一个真正的厂长、车间主任、工段长却要好几年时间。靠大轰大嗡搞一通政治动员，靠热热闹闹搞几场大会战，是搞不好现代化的。我们搞政治运动有很多专家，口号具体，计划详尽，措施有力。但搞经济建设、管理工厂却只会笼统布置，拿不出具体有效的办法……"

乔光朴正说在兴头上，突然感到旁边似有一道弧光在他脸上一烁一闪，他稍一偏头，猛然醒悟了，这是石敢提醒他住嘴的目光。他赶紧止住话头，改口说："话扯远了，就此打住。最后顺便告诉大伙一声，我和童贞已经结婚了，两个多小时以前刚举行完婚礼，老石是我们的证婚人。因为都是老头子、老婆子了，也没有惊动大伙，喜酒后补。"

今天电机厂这个党委会可真是又"惊"又"喜"，惊和喜又全在意料之外，还没宣布散会，委员们就不住地向乔光朴和童贞开玩笑。

童贞、石敢和郗望北这三个不同身份的人，却都被乔光朴这最后几句话气炸了。童贞气呼呼第一个走出会议室，对乔光朴连看都不看一眼，照直奔厂大门口。

唯有霍大道，似乎早料到了乔光朴会有这一手，并且看出了童贞脸色的变化，趁着刚散会的乱劲，捅捅乔光朴，示意他去追童贞。乔光朴一出门，霍大道笑着向大家摆摆手，拦住了要出门去逗新娘的人，大声说："老乔耍滑头，喜酒没有后补的道理，我们今天晚上就去喝两杯怎么样？"

乔光朴追上来拉住童贞。童贞气得浑身打战，声音都变了："你都胡说些什么？你知道明天厂里的人会说我们什么闲话？"

乔光朴说："我要的正是这个效果。就是要造成既定事实，一下子把脸皮撕破，你可以免除后顾之忧，泼下身子抓工作。不然，你老是嘀嘀咕咕，怕人说这，怕人说那。跟我在一块儿走，人家看你一眼，你也会多心，你越疑神疑鬼，鬼越缠你，闲话就永远没个完，我们俩老是谣言家们的新闻人物。一个是厂长，一个是总工程师，弄成这种关系还怎么相互合作？现在光明正大地告诉大伙，我们就是夫妻。如果有谁愿意说闲话，叫他们说上三个月，往后连他们自己也觉得没味了。这是我在会上临时决定的，没法跟你商量。"

灯光映照着童贞晶亮的眼睛，在她眼睛的深处似乎正有一道火光在缓缓燃烧。她已经没有多大气了。不管是作为副总工程师的童贞，还是作为女人的童贞，今天都是她生命沸腾的时刻，是她产生力量的时刻。

刚才还是怒气冲冲的石敢也跟着霍大道追上来了，他抢先一步握住童贞的手，冲着她点点头。似乎是以证婚人的身份祝愿她幸福。

童贞被感动了。

霍大道身后跟着两个电机厂党委的女委员。他对她们说："你们二位陪新娘到她娘家，收拾一下东西，换换衣服，然后送她到自己的新家。我们在新郎家里等你们，一起送他们去登记。"

女委员问："你们还要闹洞房？"

霍大道说："也可能要闹一闹，反正喜糖少不了要吃几块的。"

大家笑了。

乔光朴和童贞感激地望着霍局长，也情不自禁地笑了。

主角（一）

你设想吧，当舞台的大幕拉开，紧锣密鼓，音乐骤起，主角威风凛凛地走出台来，却一声不吭，既不说，也不唱，剧场里会是一种什么局面呢？

现在重型电机厂就是这种状况。乔光朴上任半个月了，什么令也没下，什么事也没干，既没召开各种应该召开的会议，也没有认真在办公室坐一坐。这是怎么回事？他以前当厂长可不是这种作风，乔光朴也不是这种脾气。

他整天在下边转，你要找他找不到；你不找他，他也许突然在你眼前冒了出来。按照生产流程一道工序一道工序地摸，正着摸完，倒着摸。谁也猜不透他的心气。更奇怪的是他对厂长的领导权完全放弃了，几十个职能科室完全放任自流，对各车间的领导也不管不问。谁爱怎么干就怎么干，电机厂简直成了没头的苍蝇，生产直线跌下来。

机电局调度处的人饿不住劲了，几次三番催促霍大道赶紧到电机厂去坐镇。谁知霍大道无动于衷，催急了，他反而批评说："你们咋呼什么，老虎往后坐屁股，是为了向前猛扑。连这个道理都不懂？"

本来被乔光朴留在上边坐镇的石敢，终于也坐不住了。他把乔光朴找来，问："怎么样？有眉目没有？"

"有了！"乔光朴胸有成竹地说，"咱们厂像个得了多种疾病的病人，你下这味药，对这一种病有利，对那一种病就有害。不抓准了病情，真不敢动大手术。"

石敢警惕地看看乔光朴，从他的神色上看出来这家伙的确是下了决心啦。石敢对电机厂的现状很担心，可是对乔光朴下狠心给电机厂做大手术，也不放心。

乔光朴却颇有点得意地说："我这半个月撂挑子下去，还有一个很重要的收获：咱们厂的干部队伍和工人队伍并不像你估计的那样。忧国忧民之士不少，有人找到我提建议，有人还跟我吵架，说我辜负了他们的希望。乱世出英雄，不这么乱一下，真摸不出头绪，也分不出好坏人。我已经选好了几个人。"说着，眯起了双眼，他仿佛已经看见电机厂明天就要大翻个儿。

石敢突然问起了一个和工厂完全不相干的问题："今天是你的生日？"

"生日？什么生日？"乔光朴脑子一时没转过来，他翻翻办公桌上的台历，忽然记起来了，"对，今天是我的生日。你怎么记得？"

"有人向我打听。你是不是要请客收礼。"

"扯淡。你要去当然会管你酒喝。"

石敢摇摇头。

乔光朴回到家，童贞已经把饭做好，酒瓶、酒杯也在桌子上都摆好了。女人毕竟是女人，虽然刚结婚不久，童贞却记住了乔光朴的生日。乔光朴很高兴，坐下就要吃，童贞笑着拦住了他的筷子："我通知了望北，等他来了咱们就吃。"

"你没通知别人吧？"

"没有。"童贞是想借这个机会使乔光朴和郗望北坐在一块儿，和缓两人之间的关系。

乔光朴理解童贞的苦心，但对这做法大不以为然，他认为在酒席筵上建立不了真正的信任和友谊。他心里也根本没有把对方整过自己的事看得太重，倒是觉得，郗望北对过去那些事的记忆比他反倒更深刻。

郗望北还没有来，却来了几个厂里的老中层干部。乔光朴和童贞一面往屋里让客，一面感到很意外。这几个人都是十几年前在科室、车间当头头的，现在有的还是，有的已经不是了。

他们一进门就嬉笑着说："老厂长，给你拜寿来了。"

乔光朴说："别搞这一套，你们想喝酒我有，什么拜寿不拜寿。这是谁告诉你们的？"

其中一个秃头顶的人，过去是行政科长，弦外有音地说："老厂长，别看你把我们忘了，我们可没忘了你。"

"谁说我把你们忘了？"

"还说没忘，从你回厂那一天起我们就盼着，盼了半个月啦，什么也没盼到。你看锅炉厂的刘厂长，回厂的当天晚上，就把老中层干部们全请到楼上，又吃又喝，不在喝多少酒、吃多少饭，而是出出心里的这口闷气。第二天全部恢复原职。这厂长才叫真够意思，也算对得起老部下。"

乔光朴心里烦了，但这是在自己家里，他尽力克制着，反问："'四人帮'打倒都两年多了，你们的气还没出来？"

他们说："'四人帮'倒了，还有帮四人呢。说停职，还没停一个月又要复职……"

不早不晚就在这时候郗望北进来了，那几个人的话头立刻打住了。郗望北听到了他们说的话，但满不在乎地和乔光朴点点头，就在那帮人的对面坐下了。这哪是来拜寿，一场辩论的架势算拉开了。童贞急忙找了一个话题，把郗望北拉到另一间屋里去。

那几个人互相使使眼色也站了起来，还是那个秃顶行政科长说："看来这满桌酒菜并不是为我们预备的，要不'火箭干部'解脱那么快，原来已经和老厂长和解了。还是多少沾点亲戚好啊！"

他们说完就要告辞。童贞怕把关系搞僵，一定留他们吃饭。乔光朴一肚子火气，并不挽留，反而冷冷地说："你们跑这一趟的目的还没有达到，就这么两手空空地回去了？"

"表示了我们的心意，目的已经达到了。"那几个人心里感到不安，秃顶人好像是他们的打头人，赶紧替那几个人解释。

"老王，你们不是想官复原职，或者最好再升一两级吗？"乔光朴盯着秃顶人，尖锐地说，"别着急，咱们厂干部不是太多，而是太少，我是指真正精明能干的干部，真正能把一个工段、一个车间搞好，能把咱们厂搞好的干部。从明天起全厂开始考核，你们既然来了，我就把一些题目向你们透一透。你们都是老同志了，也应该懂得这些，比如：什么是均衡生产？什么是有节奏的生产？为什么要搞标准化、系列化、通用化？现代化的工厂应该怎么布置？你那个车间应该怎么布置？有什么新工艺、新技术……"

那几个人真有点蒙了，有些东西他们甚至连听都没有听见过。更叫他们惊奇的是乔光朴不仅要考核工人，对干部还要进行考核。有人小声嘟囔说："这办法可够新鲜的。"

"这有什么新鲜的，不管工人还是干部，往后光靠混饭吃不行！"乔光朴说，"告诉你们，我也一肚子气，甚至比你们的气还大，厂子弄成这副样子能不气！但气要用在这上面。"

他说完摆摆手，送走那几个人，回到桌前坐下来，陪郗望北喝酒。喝的是闷酒，吃的是哑菜，谁的心里都不痛快。童贞干着急，也只能说几句不咸不淡的家常话。一直到酒喝完，童贞给他们盛饭的时候，乔光朴才问郗望北："让你停职并不是现在这一届党委决定的，为什么老石找你谈，宣布解脱，赶快工作，你还不干？"

郗望北说："我要求党委向全厂职工说清楚，根据什么让我停职清理？现在不是都调查完了吗，我一没搞过打砸抢，二和'四人帮'没有任何个人联系，凭什么整我？就根据我曾经当过造反派的头头？就根据我曾批判过'走资派'？就因为我是个所谓的新干部？就凭一些人编笆造模的议论？"

乔光朴看到郗望北挥动着筷子如此激动，嘴角闪过一丝冷笑。心想："你现在也知道这种滋味了，当初你不也是根据编笆造模的议论来整别人。"

郗望北看出了乔光朴的心思，转口说："乔厂长，我要求下车间劳动。"

"嗯？"乔光朴感到意外，他认为新干部这时候都不愿意下去，怕被别人说成是由于和"四人帮"有牵连而倒台了。郗望北倒有勇气自己要求下去，不管是真是假，先试试他。就说："你有这种气魄就好，我同意。本来，作为领导和这领导的名义、权力，都不是一张任命通知书所能给予的，而是要靠自己的智慧、经验、才能和胆识到工作中去赢得。世界上有许多飞得高的东西，有的是凭自己的翅膀飞上去的，有的是被一阵风带上去的。你往后不要再指望这种风了。"

郗望北冷冷一笑："我不知道带我上来的是什么风，我只知道我若会投机的话，就不会有今天的被停职。我参加工作二十年，从学徒工到当生产组长，管过一个车间的生产，三十几岁当副厂长，一下子就成了'火箭干部'。其实火箭这个东西并不坏，要把卫星和飞船送上宇宙空间就得靠火箭一截顶替一截地燃烧。搞现代化也似乎是少不了火箭的。岂不知连外国的总统有不少也是一步登天的'火箭干部'。我现在宁愿坐火箭再下去，我不像有些人，占了个位子就想一直占到死，别人一旦顶替了他就认为别人爬得太快了，大逆不道了。官瘾大小不取决于年龄。事实是当过官的比没当过官的权力欲和官瘾也许更大些。"

这样谈话太尖锐了，简直就是吃饭前那场谈话的继续。老的埋怨乔光朴袒护新的，新的又把乔光朴当老的来攻。童贞生怕乔光朴的脾气炸了，一个劲地劝菜，想冲淡他们间的紧张气氛。但是乔光朴只是仔细玩味郗望北的话，并没有发火。

郗望北言犹未尽。他知道乔光朴的脾气是吃软不吃硬，但你要真是个松软货，永远也不会得到他的尊敬，他顶多是可怜你。只有硬汉子才能赢得乔光朴的信任，他想以硬碰硬碰到底，接着说："中国到什么时候才不搞形而上学？'文化大革命'把老干部一律打倒，现在一边大谈这种怀疑一切的教训，一边又想把新干部全部一勺烩了。当然，新干部中有'四人帮'分子，那能占多大比例？大多数还不是紧跟党的中心工作，这个运动跟得紧，下个运动就成了牺牲品。照这样看来还是滑头好，什么事不干最安全。运动一来，班组长以上干部都受审批，工厂、车间、班组都搞一朝天子一朝臣，把精力都用在整人上，搞起工作来相互掣肘。长此以往，现代化的口号喊得再响，中央再着急，也是白搭。"

"得了，理论家，我们国家倒霉就倒在批判家多、空谈家多，而实干家和无名英雄又太少。随便什么场合也少不了夸夸其谈的评论家。"乔光朴嘴上这么说，但郗望北表现出来的这股情绪却引起了他的注意。他原以为老干部心里有些气是理所当然的，原来新干部肚里也有气。这两股气要是对干起来那就了不得。这引起了乔光朴的警惕。

主角（二）

第二天，乔光朴开始动手了。

他首先把九千多名职工一下子推上了大考核、大评议的比赛场。通过考核评议，不管是干部还是工人，在业务上稀松二五眼的，出工不出力、出力不出汗的，占着茅坑不屙屎的，溜奸蹭滑的，全成了编余人员。留下的都一个萝卜顶一个坑，兵是精兵，将是强将。这样，整顿一个车间就上来一个车间，电机厂劳动生产率立刻提高了一大截。群众中那种懒洋洋、好坏不分的松松垮垮劲儿，一下子变成了有对比、有竞争的热烈紧张气氛。

工人们觉得乔光朴那双很有神采的眼睛里装满了经验，现在已经习惯于服从他，甚至他一开口就服从。因为大伙相信他，他的确一次也没有辜负大伙的信任。他说一不二，敢拍板也敢负责，许了愿必还。他说扩建幼儿园，一座别致的幼儿园小楼已经竣工。他说全面完成任务就实行物质奖励，八月份电机厂工人第一次接到了奖金。黄玉辉小组提前十天完成任务，他写去一封表扬信，里面附了一百五十元钱。凡是那些技术上有一套，生产上肯卖劲，总之是正儿八经的工人，都说乔光朴是再好没有的厂长了。可是被编余的人呢，却恨死了他。因为谁也没想到，乔光朴竟想起了那么一个"绝主意"——把编余的组成了一个服务大队。

谁找道路，谁就会发现道路。乔光朴泼辣大胆，勇于实验和另辟蹊径。他把厂里从农村召用来搞基建和运输的一千多长期"临时工"全部辞掉，代之以服务大队。他派得力的财务科长李干去当大队长，从辞掉临时工省下的钱里拿出一部分作为给服务大队的奖励。编余的人在经济收入上并没有减少，可是有一些小青年却认为栽了跟头，没脸见人。特别是八车间的鬼怪式车工杜兵，被编余后女朋友跟他散了伙，他对乔光朴真有动刀子的心了。

在这条道路上乔光朴为自己树立的"仇敌"何止几个"杜兵"。一批被群众评下来成了"编余"的中层干部恼了。他们找到厂部，要求对厂长也进行考核。由于考核评判小组组长是童贞，怕他们两口子通气，还提出立刻就考。谁知乔光朴高兴得很，当即带着几个副厂长来到了大礼堂。一听说考厂长，下班的工人都来看新鲜，把大礼堂挤满了。任何人都可以提问题，从厂长的职责到现代化工厂的管理，乔光朴滔滔不绝，始终没有被问住。倒是冀申完全被考垮了，甚至对工厂的一些基本常识都搞不清，当场就被工人们称为"编余厂长"。这下可把冀申气炸了，他虽然控制着在考场上没有发作出来，可是心里认为这一切全是乔光朴安排好了来捉弄他的。

当生产副厂长，冀申本来就不胜任，而他对这种助手的地位却又很不习惯，简直不能忍受乔光朴对他的发号施令，尤其是在车间里当着工人的面。现在，经过考核，嫉妒和怨恨使他真的站到了反对乔光朴的那些被编余的人一边，由助手变为敌手了。他那青筋暴露的前额，阴气扑人的眼睛，仿佛是厂里一切祸水的根源。生产上一出事准和他有关，但又抓不住他大的把柄。乔光朴得从四面八方防备他，还得在四面八方给他堵漏洞。这怎么受得了？

乔光朴决定不叫冀申负责生产了，调他去搞基建。搞基建的服务大队像个火药桶，冀申一去非爆炸不可。乔光朴没有从政治角度考虑，石敢替他想到了。可是，乔光朴不仅没有听从石敢的劝告，反而又出人意料地调郗望北上来顶替冀申。郗望北是憋着一股劲下到二车间的，正是这股劲头赢得了乔光朴的好感。谁干得好让谁干，乔光朴毫无犹疑地跨过个人恩怨的障碍，使自己过去的冤家成了今天的助手。但是，正像石敢所预料的，冀申抓基建没有几天，服务大队里对乔光朴不满的那些人，开始活跃起来，甚至放出风，要把乔光朴再次打倒。

千奇百怪的矛盾，五花八门的问题，把乔光朴团团困在中间。他处理问题时拳打脚踢，这些矛盾回敬他时，也免不了会拳打脚踢。但眼下使他最焦心的并不是服务大队要把他打倒，而是明年的生产准备。明年他想把电机厂的产量数字搞到二百万千瓦，而电力部门并不欢迎他这个计划，倒满心希望能从国外多进口一些。还有燃料、材料、锻件的协作等等都不落实，因此乔光朴决定亲自出马去打一场外交战。

如果说乔光朴在自己的厂内还从来没有打过大败仗，这回出去搞外交，却是大败而归。他没有料到他的新里程上还有这么多的"雪山草地"，他不知道他的宏伟计划和现实之间还隔着一条组织混乱和作风腐败的鸿沟。厂内的"仇敌"他不在乎，可是厂外的"战友"不跟他合作却使他束手无策。他要求协作厂及早提供大的转子锻件，而且越多越好，但人家不受他指挥，不买他的账。要燃料也好，要材料也好，他不懂得这都是求人的事，协作的背后必须有心照不宣的互通有无，在计划的后面还得有暗地的交易。他这次出去总算长了一条见识：现在当一个厂长重要的不是懂不懂金属学、材料力学，而是看他是不是精通"关系学"。乔光朴恰恰这门学问成绩最差。他一向认为会处关系的人，大都成就不大。他这次出差的成果，恰好为自己的理论得了反证。

而他还不知道，当他十天后扫兴回来的时候，在他的工厂里，又有什么窝火的事在等着他呢！

主角（三）

乔光朴回厂先去找石敢。石敢一见是他进了门，慌忙把桌上的一堆材料塞到抽屉里。乔光朴心思全挂在厂里的生产上，没有在意。但和石敢还没有说上几句话，服务大队队长李干急匆匆推门进来，一见乔光朴，又惊又喜："哎呀，厂长，你可回来了！"

"出了什么事？"乔光朴急问。

"咱们不是要增建宿舍大楼吗，生产队不让动工。郗望北被社员围住了，很可能还要挨两下打。"

"市规划局已经批准，我们已经交完钱啦。"

"生产队提出额外再要五台拖拉机。"

"又是这一套！"乔光朴恼怒地喊起来，"我们是搞电机的，往哪儿去弄拖拉机！"

"冀副厂长以前答应的。"

"扯淡！老冀呢，找他去。"

"他调走了。把服务大队搅了个乱七八糟，拔脚就走了。"李干不满地说。

"嗯？"乔光朴看看石敢。

石敢点点头："三天前，上午和我打了个招呼，下午就到外贸局上任去了，走的上层路线，并没有征求我们党委的意见。他的人事关系、工资关系还留在我们厂里。"

"叫他把关系转走，我们厂不能白养这种不干活的人。"乔光朴朝李干一挥手，"走，咱俩去看看。"

乔光朴和李干坐车去生产队，在半路就碰上了郗望北骑着自行车正往厂里赶。李干喊住了他："望北，怎么样？"

"解决完了。"郗望北答了一声，骑上车又跑，好像有什么急事在等着他。

李干冲郗望北赞赏地点点头："真行，有一套办法。"他叫司机开车追上郗望北，脑袋探出车外喊："你跑这么急，有什么事？乔厂长回来了。"

郤望北停下自行车，向坐在吉普车里的乔光扑打了招呼，说："一车间下线出了问题。"

郤望北把自行车交给李干，跳上吉普车奔一车间。李干在后边大声喊："乔厂长，我找你还有事没说完哩。"

是啊，事儿总是不断的，快到年底了，最紧张也最容易出事。可这会儿乔光朴最担心是一车间出问题影响全厂的任务。

他和郤望北走进一车间下线工段，只见车间主任正跟副总工程师童贞一个劲讲好话。童贞以她特有的镇静和执拗摇着头。车间主任渐渐耐不住性子了。这种女人，真是从来没见过。她不喊不叫，脸上甚至还挂着甜蜜蜜的笑容，说话温柔好听，可就是在技术问题上一点也不让步。不管你跟她发多大火，她总是那副温柔可亲的样子，但最后你还得按她的意见办。

车间主任正在气头上，一眼看见乔光朴，以为能治住这个女人的人来了，忙迎上去，抢了个原告："乔厂长，我们计划提前八天完成全年任务，明年一开始就来个开门红。可是这个十万千瓦发电机的下部线圈击穿率只超过百分之一，童贞就非叫我们返工不可。您当然知道，百分之一根本不算什么，上半年我们的线圈超过百分之二十、三十，也都走了。"

乔光朴问："击穿率超过的原因找到了吗？"

车间主任："还没有。"

童贞接过来说："不，找到了，我已经向你说过两次了，是下线时掉进灰尘，再加鞋子踩脏。叫你们搭个塑料棚，把发电机罩起来。工人下线时要换上干净衣服，在线圈上铺橡皮，脚不直接踩线圈。可你们嫌麻烦！"

"噢。嫌麻烦。搞废品省事，可是国家就麻烦了。"乔光朴看看车间主任，嘲讽地说，"为什么要文明生产，什么是质量管理制度，你在考试的时候答得不错呀。原来说是说，做是做呀！好吧，彻底返工。扣除你和给这个电机下线的工人的奖金。"

车间主任愣了。

童贞赶紧求情："老乔，他们就是返工也能完成任务，不应该扣他们的奖金。"

"这不是你的职责！"乔光朴看也不看童贞，冷冷地说，"因返工而造成的时间和材料的损失呢？"说完他头也不回地拉着郗望北走出了车间。

车间主任苦笑着对童贞说："服务大队的人反他，我们拼命保他，你看他对我们也是这么狠。"

童贞一句话没说。对技术问题，她一丝不苟，对这种事情，她插不上手。她所能做的，只是设法宽慰车间主任的心。

主角（四）

童贞知道乔光朴心情不好，就买了四张《秦香莲》的京剧票，晚上拉着郗望北夫妇一块儿去看戏。郗望北还没有回家，他们只好把票子留下，先拉上外甥媳妇去了戏院。

三个人要进戏院门口的时候，李干不知从什么地方钻出来。乔光朴一见他那样子，知道有事，便叫童贞她们先进场，自己跟着李干来到戏院后面一个清静的地方。站定以后，乔光朴问："什么事？"

他态度沉着，眼睛里似有一种因挫折而激出来的威光。李干见厂长这副样子，像吞了定心丸，紧张的情绪也缓和下来了，说："服务大队有人要闹事。"

"谁？"

"杜兵挑头，行政科刷下来的王秃子在后边使劲，他们叫嚷冀申也支持他们。杜兵三天没上班，和市里那批静坐示威的人可能挂上钩了。今天下午，他回厂和几个人嘀咕了一阵子，写了几张大字报，说是要贴到市委去，还要到市委门口去绝食。"

乔光朴看看精明能干的李干，问："你有点害怕了？"

李干说："我不怕他们。他们的矛头主要是朝你来的。"

乔光朴笑了："那些你别管，你就严格按制度办事。无故不上班的按旷工论处。不愿干的、想退职的悉听尊便。"

一个领导，要比被他领导的人坚强。乔光朴的态度鼓舞了李干，他也笑了："你散戏回家的道上要留神。我走了。"

乔光朴回到剧场刚坐下，催促观众安静的铃声就响了。像踩着铃声一样，又进来几个很有身份的人，坐在他们前一排的正中间座位上，冀申竟也在其中。他那灵活锐利的目光，显然在刚进场的时候就已经看见这几个人了。他回过头来，先冲童贞点点头，然后亲热地向乔光朴伸出手，说："你回来啦？收获怎么样？你这常胜将军亲自出马，必定会马到成功。"

乔光朴讨厌在公共场合故意旁若无人地高声谈笑，只是摇摇头没吭声。

冀申带着一副俯就的样子，望着乔光朴，说："以后有事到外贸局，一定去找我，千万不要客气。"

乔光朴觉得嗓子眼里像吞了只苍蝇。在人类感情方面，最叫人受不了的就是得意之色。而乔光朴现在从冀申脸上看到的正是这种神色。他怎么也想不通冀申这种得意之情是从哪儿来的。是无缘无故的高升？还是讥笑他乔光朴的吃力不讨好？

冀申的确感到了自己现在比乔光朴地位优越，正像几个月前他感到乔光朴比自己地位优越一样。他曾对乔光朴是那样地妒忌过，但是如果今天让他和乔光朴调换一下，让他付出乔光朴那样的代价去换取电机厂生产面貌的改观，他是不干的。他认为一个人把身家性命押在一场运动上，在政治上是犯忌的，一旦中央政策有变，自己就会成为牺牲品。搞现代化也是一场运动，乔光朴把命都放在这上面了，等于把自己推到了危险的悬崖上，随时都有再被摔下去的可能。电机厂反他的火药似乎已经点着了。冀申选这个时候离开电机厂，很为自己在政治上的远见卓识得意。今晚在这个场合看见了乔光朴，使他十分得意的心情上又加了十分。他悠然自得地看着戏，间或向身边的人发上几句议论。

可是坐在他后边的乔光朴，却无论怎样强制自己集中精神，也看不明白台上在演什么。他正琢磨找个什么借口离开这儿，又不至于伤那两个女人的心。郗望北在服务员手电光的引导下坐在了乔光朴的身边。童贞小声问他为什么来晚了，他的妻子问他吃晚饭没有，他哼哼唧唧只点点头。他坐了一会儿，斜眼瞄瞄乔光朴，轻声说："厂长，您还坐得下去吗？咱们别在这儿受罪了!"

乔光朴一摆脑袋，两个人离开了座位。他们来到剧场前厅，童贞追了出来。郗望北赶忙解释："我来找乔厂长谈出差的事。乔厂长到机械部获得了我们厂可能得到的最大的支持，又到电力部揽了不少大机组。下面就是材料、燃料和各关系户的协作问题。这些问题光靠写在纸面上的合同、部里的文件和乔厂长的果断都是不能解决的。解决这些是副厂长的本分。"

乔光朴没有料到郗望北会自愿请行，自己出去都没办来，不好叫副手再出去。而且，他能办来吗？郗望北显然是看出了乔光朴的难处和疑虑。这一点使他心里很不舒服。

童贞问："这么仓促？明天就走吗？"

"刚才征得党委书记同意，已经叫人去买车票了，也许连夜出发呢。"郗望北望着童贞，实际是说给乔光朴听。他知道乔光朴对他出去并不抱信心，又说："乔厂长作为领导大型企业的厂长，眼下有一个致命的弱点，不了解人的关系的变化。现在人与人之间的关系不同于战争年代，不同于五八年，也不同于'文化大革命'刚开始的那两年。历史在变，人也在变。连外国资本家都懂得人事关系的复杂难处，工业发展到一定程度，就大量搞自动化，使用机器人。机器人有个最大的优点，就是没有血肉，没有感情，但有铁的纪律，铁的原则。人的优点和缺点全在于有思想感情。有好的思想感情，也有坏的，比如偷懒耍滑、投机取巧、走后门等等。掌握人的思想感情是世界上最复杂的一门科学。"他突然把目光转向乔光朴，"您精通现代化企业的管理，把您的铁腕、精力要用在厂内。有重大问题要到局里、部里去，您可以亲自出马，您的牌子硬，说话比我们顶用。和兄弟厂、区社队、街道这些关系户打交道，应交给副厂长和科长们。这也可以留有余地，即便下边人捅了娄子，您还可以出来收场。什么事都亲自出头，厂长在外边顶了牛叫下边人怎么办？霍局长不是三令五申，提倡重大任务要敢立军令状吗，我这次出去也可以立军令状。但有一条，我反正要达到咱们的目的，不违反国家法律，至于用什么办法，您最好别干涉。"

乔光朴左颊上的肉棱子跳动起来，用讥讽的目光瞧着郗望北，没有说话。

这下把郗望北激恼了："如果有一天社会风气改变了，您可以为我现在办的事狠狠处罚我，我非常乐于接受。但是社会风气一天不改，您就没有权利嘲笑我的理论和实践。因为这一套现在能解决问题。"

"你可以去试一试。"乔光朴说，"但不许你再鼓吹那一套，而且每干一件事总要先发表一通理论。我生平最讨厌编造真理的人。"他要童贞继续陪外甥媳妇看戏，自己去找石敢了。

童贞同情地望着丈夫的背影，乔光朴不失常态，脚步坚定有力。她知道他时常把自己的痛苦和弱点掩藏起来，一个人悄悄地治疗，甚至在她面前也不表示沮丧和无能。有人坚强是因为被自尊心所强制，乔光朴却是被肩上的担子所强制的。电机厂好不容易搞成这个样子，如果他一退坡，立刻就会垮下来，他没有权利在这种时候表示软弱和胆怯。

郗望北却望着乔光朴的背影笑了。

童贞忧虑地说："我一听到你们俩谈话就担心，生怕你们会吵起来。"

"不会的。"郗望北亲热地扶住童贞的胳膊，说，"老姨，我说点使您高兴的话吧，乔厂长是目前咱们国家里不可多得的好厂长。您不见咱们厂好多干部都在学他的样子，学他的铁腕，甚至学他说话的腔调。在这样的厂长手下是会干出成绩来的。我不能说喜欢他，可是他整顿厂子的魄力使我折服。他这套作风，在五八年以前的厂长们身上并不稀少，现在却非常珍贵了。他对我也有一股强大的吸引力，不过我在拼命抵抗，不想完全向他投降。他瞧不起窝囊废。"

他看看手表："哎呀，我得赶紧走了。说实话，给他这样的厂长当副手，也是真辛苦。"说完匆匆走了。

主角（五）

石敢在灯下仔细地研究着一封封控告信，这些信有的是直接写给厂党委的，有的是从市委和中央转来的。他的心情是复杂的，有恼怒，有惊怕，也有愧疚。控告信告的全是乔光朴，不仅没有一句控告他这个党委书记的话，甚至把他当作了乔光朴大搞夫妻店，破坏民主，独断专行的一个牺牲品。说乔光朴把他当成了聋子耳朵——摆设，在政治上把他搞成了活哑巴。这本来是他平时惯于装聋作哑的成绩，他应该庆幸自己在政治上的老谋深算。但现在他却异常憎恨自己，他开脱了自己却加重了老乔的罪过，这是他没有料到的。他算一个什么人呢？况且这几个月他的心叫乔光朴燎得已经活泛了。他的感情和理智一直在进行争斗，而且是感情占上风的时候多，在几个重要问题上他不仅是默许，甚至是暗地支持了乔光朴。他想如果干部都像老乔，而不像他石敢，如果工厂都像现在电机厂这么搞，国家也许能很快搞成个样子；党也许能返老还童，机体很快康复起来。可是这些控告信又像一顿冰雹似的劈头盖脸砸下来，可能将要被砸死的是乔光朴，但是却首先狠狠地砸伤了石敢那颗已经创伤累累的心。他真不知道怎样对付这些控告信，他生怕杜兵这些人和社会上那些正在闹事的人串联起来，酿成乱子。

石敢注意力全集中在控告信上，听见外面有人喊他，开开门见是霍大道，赶紧让进屋。

霍大道看看屋子："老乔没在你这儿？"

"他没来。"

"嗯？"霍大道端起石敢给他沏的茶喝了一口，"我听说他回来了，吃过饭就去看他，碰了锁，我估计他会到你这儿来。"

"他们两口子看戏去了。"石敢说。

"噢，那我就在这儿等吧，今天晚上不管有多好的戏，他也不会看下去。可惜童贞的一片苦心。"霍大道轻轻笑了。

石敢表示怀疑地说："他可是戏迷。"

"你要不信，咱俩打赌。"霍大道今晚上的情绪非常好，好像根本没注意石敢那愁眉苦脸的样子。又自言自语地说："他真正迷的是他的专业、他的工厂。"

霍大道扫了一眼石敢桌上的那一堆控告信，好像不经意似的随便问道："他都知道了吗？"

石敢摇摇头。

"出差的收获怎么样，心情还可以吗？"

石敢又摇摇头。刚想说什么，门忽然开了，乔光朴走进来。

霍大道突然哈哈大笑，使劲拍了一下石敢的肩膀。

这下把乔光朴笑傻了。石敢赶紧收藏控告信。这一回他的神情引起了乔光朴的注意。乔光朴走过去抓起一张纸看起来。

霍大道向石敢示意："都给他看看吧。"

心里并不畅快的乔光朴，看完一封封控告信，暴怒地把桌子一拍："浑蛋，流氓！"

他急促地在屋里来回走着，左颊上的肌肉不住地颤抖。他没有吱声，嘴里的牙咬得咯嘣咯嘣响。他走到霍大道跟前，霍大道悠闲而专心地看报，没有看他。他问石敢："你打算怎么办？"

石敢扫一眼乔光朴，说："现在你可以离开这个厂了，今年的任务肯定能完成，你完全可以回局交令。我一个人留下来，风波不平我不走。"

乔光朴吼起来："你说什么？叫我溜？电机厂还要不要？"

"你这个人还要不要？你要再完蛋了，要伤一大批人的心，往后谁还干！"石敢实际也是说给霍大道听。

霍大道静静看着他们俩，就是不吭声。

乔光朴怒不可遏，在屋里来回溜达，嘴里嚷着："我不怕这一套，我当一天厂长，就得这么干！"

石敢终于忍不住走到霍大道跟前，说："霍局长，你说怎么办？"

霍大道淡淡地说："几封控告信就把你吓成这个样子。不过你还够朋友，挺讲义气，让老乔先撤，你为他两肋插刀顶上一阵子，然后两人一块儿上山。嗯，真不错。石敢同志大有进步了。"

石敢的脸腾一下红了。

霍大道含笑对乔光朴说："老乔，你回电机厂这半年，有一条很大的功绩，就是把一个哑巴饲养员培养成了国家的十二级干部。石敢现在变化很大了，说话多了，以前需要别人绑上拖着去上任，现在自己又想当书记又想兼厂长。老石同志，你别脸红，我说的是实话。你现在开始有点像个党委书记了。不过有件事我还得批评你，冀申调动，不符合组织手续，没有通过局党委，你为什么放他走？"

石敢脸一红一白，这么大老头子了，他还没吃过这样的批评。

霍大道站起来，走到乔光朴身边，透彻肺腑的目光，久久地盯住对方："咬什么牙，不值得。在我们民族的老俗话中，我喜爱这一句：宁叫人打死，不叫人吓死！请问：你的精力怎么分配？"

"百分之四十用在厂内正事上，百分之五十用去应付扯皮，百分之十应付挨骂、挨批。"乔光朴不假思索地说。

"太浪费了。百分之八十要用在厂里的正事上，百分之二十用来研究世界机电工业发展状态。"霍大道突然态度异常严肃起来，"老乔，搞现代化并不单纯是个技术问题，还要得罪人。不干事才最保险，但那是真正的犯罪。什么误解呀，委屈呀，诬告呀，咒骂呀，讥笑呀，悉听尊便。我在台上，就当主角，都得听我这么干。我们要的是实现现代化的'时间和数字'，这才是人民根本的和长远的利益所在。眼下不过是开场，好戏还在后头呢！"

霍大道见两个人的脸色越来越开朗，继续说："昨天我接到部长的电话，他对你在电机厂的搞法很感兴趣，还叫我告诉你，不妨把手脚再放开一点，各种办法都可以试一试，积累点经验，存点问题，明年春天我们到国外去转一圈。中国现代化这个题目还得我们中国人自己做，但考察一下先进国家的做法还是有好处的……"

三个人坐下，一边喝着茶，一边谈起来，越谈兴致越高。霍大道突然对乔光朴说："听说你学黑头学得不错，来两口叫咱们听听。"

"行。"乔光朴毫不客气，喝了一口水，把脸稍微一侧，用很有点裘派的味道唱起来：包龙图，打坐在开封府！

《人民文学》1979年7期

西线轶事

徐怀中

一

　　有线电连由于多了六名女电话兵，显得格外有生气，无形中强化了连队生活的基调。

　　一讲要缩减部队编制，往往首先想到的就是女同志们。如果人们到九四一部队去，了解一下有线通信连女子总机班的情况，就会感觉到，把穿裙服的看作是天然的"缩减"对象，这种看法至少是过于狭隘了。

　　九四一部队女子总机班一共是六名战士，人们称为六姐妹。作为连队里一个正正规规的建制班，她们完全适应了从早到晚整齐划一的紧张生活，适应了随时随地面对各种严格的要求，适应了多少条成文不成文的纪律规定。当然，要把从家庭带来的各种各样的习惯统一到领章帽徽下面来，要把平均年龄二十岁的一群女孩子的心收拢来，是要有一个过程的。女兵班刚刚编起来那段时间，没少让连里干部伤脑筋。比如说，其中有几个总是嘴不闲着，坐在床上吃葵花子，从窗户里吐皮儿出去。男兵送了她们一个外号，叫"五香嘴儿"。给人起外号是一种不良倾向，连里批评了他们。不过，自从叫出了这个外号，女兵班窗户里再没有葵花子皮儿飞出来了。又比如另一位女战士，在幼儿园就是个爱哭出了名的。老师说她眼窝太浅，存不住泪水。现在穿上了正二号女军服，还是照常爱哭。芝麻大的一点事儿，绝对用不着哭的，她可以大哭一场。一次，正要出发去野外训练，她忽然抹起眼泪来了。为了什么事情？天晓得。连长见她没完没了地哭，在她面前放了一个小板凳说："你坐下慢慢哭，哭够了我们再去训练。"她倒不哭了，仰起头，站到队列里去了。可见泪水要是存是存得住的，不在乎眼窝是深是浅。

照部队规定，当战士的是不准谈"个人问题"的。这一条历来很明确，没有任何含糊的余地。干部常在队前讲话说："有空余时间，你宁肯去看看蚂蚁搬家，也别往那一方面去动心思。动也白动。"

令行禁止，应该说是没有问题的。不过，服兵役的年龄，正是怀着大胆的幻想，而又战战兢兢开始去探索"个人问题"的年龄。如同鸡雏儿要冲破蛋壳，天数足了，怎么能阻止得了呢？总机班就曾经有人想要试试，能不能在严守秘密的前提下，比别人先走一步。指导员在全连同志面前严厉批评了这件事。他只讲是"个别同志"，没有点出名字来。这位"个别同志"在知青点的时候，和一位男同学一起承担看守甘蔗田的任务。他们搭了一个很高很高的草棚，坐在上边向四处瞭望。甘蔗林仿佛是一片波涛汹涌的湖水，那草棚正如一只随波逐流的小船。那些日子里，给她留下了多少值得回味的记忆呵！片片断断的，正像是一节节熟透的甘蔗。她应征入伍了，约定了要常写信。谁知对方来信太勤，她觉得不大好，让他不要总用一种信封。落款地址也要变换着，让人看着不是一个人写来的。这一下弄巧成拙，信封和寄信地址虽然变换不定，可是信上的邮戳始终没有变。指导员找她谈话了，说个人之间通信是宪法保护的，别人无权过问。问题是信件的内容超没超出一般范围，这就全靠自觉了。组织上没有把有关规定讲清楚，那是组织的责任。三令五申讲了，偏偏还要违反，这是什么性质的问题？此后，那种神秘的书信就完全断绝了。这件事情，给了女兵班全体战士一个明确的警告，她们私下里议论说："算了，趁早别去找那个麻烦。要么等脱了军装再讲，要么穿上了皮鞋再考虑。"

脱了军装再讲，显然是说等到复员以后。穿上了皮鞋再考虑，这个话恐怕外界的人就不明白了。部队规定，战士只准穿胶鞋、布鞋、塑料凉鞋，提升了干部才准穿皮鞋。这就是说，在没有取得穿皮鞋的自由之前，"个人问题"只能是明智地放到一边去。

九四一部队医院和业余文艺宣传队，也都有一部分女兵。因为工作上无法分开，男女同志之间接触很平常。连队里就不是这样了。工作、训练、学习、课外活动，女兵班总是自成格局，几乎和其他班排没有什么联系。尽管如此，男兵们随时都意识到了六名女电话兵的存在。明显的是他们很注重服装整洁，再热的天，不打赤膊。还有些细微的情形，表面上不大容易察觉。编到这个连里来的兵，活泼的更见活泼，庄重的越发要显示自己的庄重。有线电连和无线电连赛篮球，本来实力差着一大截，可是运动员们一个比一个要强，总是全场人盯人，一拼到底。拼下来看，输也输不了几分。他们倒不是一定要和无线电连争个高低，明知是拼不赢人家的，主要是谁也不甘心在本连留下一种过于窝囊的印象。总之可以这样说，有线电连由于多了六名女电话兵，显得格外有生气，无形中强化了连队生活的基调。像是电话线路上加了"增音"，音量扩大了好多倍。

　　无论从哪一方面看，女兵班在全连都算是靠前的。理论考核不用讲，电工学、电话学，难不住这六名高中生。内务卫生是女同志的擅长，队列也蛮像一回事的。劳动种菜又不比男兵差劲，在知青点打下了底子，两大桶粪，挑起来颤颤悠悠地在田埂上走。就说训练吧，五百公尺的放收线，不敢说速度上能和男兵打平手，可是论起收线的均匀、紧密、垂直和平整，女兵班要更符合教范的要求。军区召开的有线电全程协作经验交流大会，邀请女子总机班参加过表演的。不过，假如你和有线连的男同志谈论起女兵班来，他们往往是笑一笑，颇有点不便评论的样子。说自己心服口服，他们不乐意，说不服气吧，多不合适，只好笑笑。还是有个别嘴快的，忍不住说："女同志嘛！电话上声音绵绵的，口齿又清楚，谁不欢迎。等打起仗来再看吧！"

二

　　我们为什么要送孩子到部队上，就是为的让他们穿起军服，神气活现地去照相，四寸六寸去放大吗？

一九七九年二月十七日凌晨，对越南的自卫还击作战打响了。九四一部队也奉命完成了一级战备，随时可以开赴前线。

中国政府公开向世界宣布，这次还击从时间到作战地域都是有限的，中国无意占领越南一寸土地。一次惩罚性的有限战争，不过是在古往今来战争史的长河中，归入一支小小的细流。但这是一次震动了世界的、具有一定程度的现代化的战争。在中越人民友好往来的历史乐谱上，这只是一个小小的插曲。不过，两国军队在面对面的严重时刻，只能是借用对方的语言，大吼："缴枪不杀！"

女子总机班听到了"透露社"的消息，说上级已经决定不让她们上前线去。大家急了，吵吵嚷嚷要去问连长，凭什么不让去。班长严莉不主张去问。她说，到目前为止，并没有谁正式宣布，说不让去，是小道透露出来的。连里要问，怎么会知道不让你们去的呢？倒还不好回答。不管他的，反正女兵班向党支部送了决心书，先抓紧轻装准备。万一真是那么决定的，到时候再去闹也不迟。这个意见得到了一致的赞同，都说，还是班长有主意。

其他班排都去理发，一律推了光头，为的是头部受伤便于救治。女兵班有的人主张照男兵办理，也推光头。有人觉得那样未免太出洋相。原来她们多数留的是两个小鬏鬏，用猴皮筋扎着，一晃脑袋，像两把刷子在肩膀上摩挲着。她们上街，每人花了两角钱，变了一个样子回来，都剪成了"运动头"。以后早上起来，又开五指梳拢几下就完事，连猴皮筋也用不着了。

连排长们到各班检查轻装情况。女兵班轻装很彻底，干部都表示满意。连长是结了婚的人，知道的多些。他清了清嗓子，郑重其事地向女兵班指出："该轻的轻，该带的还是要带。像纸呀什么的，可以多带一点，要用的时候没有，到哪儿找去！小镜子那些，能不带就不带了。"

干部们一走，六姐妹高兴得一个个拍着手跳。既然这么认真地检查了她们的轻装情况，说明不让女兵班上前方的话，纯粹是谣言。

很快就要上火线了，总机班的女战士在想些什么呢？她们先是在自己心里搁着，交谈起来才知道，原来大家想的全都一样。用一个字说，死！至于各人将会在什么样的情况下完成一死，谁都没有过具体的设想。

只有一点是十分明确的，谁都不想还可以活着回来。人们也许觉得这是不是太丧气了。在部队里，谁也不会笑话谁的。大家都没有打过仗，没有打过仗的人，往往首先肯定的就是自己要牺牲。虽然如此，她们在谈论这个问题的时候，神情都是那么自然，语调是那么平静，随随便便，连说带笑的。

班里有几个人，家在本省，她们要求挂个电话，对妈妈讲一声。虽说已经是一名军人了，有话还是找妈妈，而不是找爸爸讲。她们很自觉，电话不长，大致是这样的：

"喂！妈！我们要外出执行任务了。"

"噢！我已经想到了，看报上的动向，知道部队可能要出去。你们哪天出发呢？"

"不知道，在等命令。"

"好！到前边要服从命令听指挥，一定要保证电话通畅，不要像在家里，胆小害怕可要不得，那么多首长和同志，又不是你一个人。你能立功更好，怕不是每个人都有那种机会的。至少你可不能让我和你爸爸脸上挂不住。你记住了没有？"

"记住了。"

"到时候你得机灵点，听着炮弹的响声。人家说，从头上飞过去的炮弹，和冲着你落下来的，响声不一样……"

"妈！你别啰唆，不能老占着线。"

"你等等，还有……"

妈妈的声音开始发颤，耳机里传来极力克制着的抽泣声。随后，一点声音也听不到了，显然是妈妈把送话器捂起来了。

"喂，喂！妈妈！你看你，你还有什么话说没有，没有就挂了吧！"

"好吧！我和你爸不能去送你了。等完成任务回来，赶忙先来个信。"

和妈妈通过了话，几个人一交换情况，禁不住笑了。这几位妈妈岗位不同，互不相识，却像是用了一份统一的电话稿，她们的话几乎一句也不差。几位妈妈无一例外，都在电话上哭出了声。要不怎么是妈妈呢？

只有陶坷没有给妈妈挂"长途"。小陶的妈妈劳动改造八年，把身体彻底改造垮了，放出来直接就进了医院。最近刚刚出院，还在全休，说定了这一两天到部队来看望女儿。所以小陶用不着打电话了。

第二天，小陶的母亲果然来了，她带来一大包麻辣胡豆，这是女儿最喜欢吃的。来队亲属带的吃食，向来都是当众公开的，谁赶上有谁的份儿。总机班的姑娘们一起围上去，抓一把麻辣胡豆吃着，和母亲说呀笑的。小陶不作声，在一边待着。指导员对母亲说："你看，好像这一大群都是你的亲生女儿，只有小陶是一个外人。"

小陶就是这样，喜爱沉默。她高兴起来，什么都忘了。一张粉团团的脸儿，稚气地笑着，并不言语。她常常一个人静静地待在一边，细长的眼睛稍稍眯缝着，久久地遥望天边。她在追寻着什么？她在探求着什么？她在迎接着什么？这时候那张粉团团的脸就变得十分严正，十分深沉，似乎还流露出几分怒气。开始，同班战友们不了解她的习性，嘀嘀咕咕议论她说："就像是谁借了她米还了糠。"

谈起"九四一"的行动，小陶妈妈问连长："现在领导上怎么说，是不是已经定了总机班全体到前边去？"

连长说："问题不大。"

女电话兵一起嚷叫起来："什么叫问题不大，定就是定了，没定就是没定。"

"反正我们心里有数，让去也要去，不让去也要去。"

"要上就是全班上去，少了一个也不干。"

母亲笑了，说："你们先别吹，要不是我这个军属大妈替你们说话，准不准许你们上去还真是难说哩。"

前天，九四一部队的几位领导同志到省城去参加作战会议，抽空去看望了陶坷的妈妈曾方同志。谈到对女子总机班、通信部门有几种方案。第一种是让她们全体上去锻炼锻炼。第二种是全不上去。第三种是挑选几个身体好的去，其余几个干部子女，体质较差，就留守了。

曾方问："照第三种方案，留守的人里是不是包括陶坷在内？"

回答说小陶是其中之一。又向她解释说，这并不是专门照顾干部子女。反正后方需要留人守总机的，连里的猪也得有人看，谁体力差就留下谁。

曾方说："现在的事情就是这样，不准请客，照样请，说不是请客，是加菜。不准走后门，照样走，说不是后门，是前门儿。该有什么手续办下来了，该有什么图章盖上去了。不让陶坷她们到前边去，还怕找不出几条现成的理由？"

这么一说，大家都笑起来。

曾方又说："我看第一种考虑是正确的，后两种方案恐怕欠妥当。当然，部队的事用不着征求我的意见。不过我也有一点发言权的，至少我那一个不能留下来。我们为什么要送孩子到部队上，就是为的让他们穿起军服，神气活现地去照相，四寸六寸去放大吗？现在要打仗了，把这一个战士拉下来，让另一个战士顶上去，想都不应该这样想的。哪一个战士不是人生父母养的！真的这样，等欢迎部队凯旋的时候，我心里会是什么滋味？你们得站在我的地位，替我想一想哟！"

这位老同志态度是那么诚恳，她的意见无疑是对的。"九四一"的几个干部都说，有必要确定一条原则，干部子女原来在什么位置上，作战期间还应当在什么位置上，不得以任何理由向后方调动。

三

等过了若干年，向后辈儿孙们讲起这些事情来，你会感到很难使他们完全理解。

小陶妈妈不愿意住招待所，在连里住下了。严莉告诉小陶，晚班不用上机，陪妈妈睡，和妈妈说说话。等屋里只剩了母女二人，曾方才有时间上下打量着小陶，拉住了女儿的手，问长问短。小陶一边搭话，一边不好意思地抽回了手，女儿大了。

妈妈说："我原讲是来看看你，现在是送你上前方了。"

"我本来想打个电话，让你别来了。还是想见见妈，就没有打。"

"要是姥姥能和我一起来送你，你就该高兴了。她上了年纪，怕路上不方便，我没有让她来。"妈妈似乎是带了一些妒意说，"陶坷！你承认不承认，你喜欢我，不及喜欢姥姥的三分之一。"

"妈！瞧你，又来这一套了。"

在妈妈和妈妈的妈妈之间，很难说小陶跟谁更亲近。她在外祖母身边比在母亲身边的时间还要长些，无形中对外祖母更熟些，这是事实。

我们现在讲，对某些事情不必说长道短，留给后代去作出评价好了。这是可以的。不过，等过了若干年，向后辈儿孙们讲起这些事情来，你会感到很难使他们完全理解。不知要以几位数字计算的那么多干部，阴阳头一剃，成了"牛鬼蛇神"。有的人还可以说是让抓住了几条什么。曾方是毕业于太行山抗日中学的一个农家女，历史清白无瑕。她既没有在高呼口号的时候精神不集中，喊错了什么话，又没有在旧报纸上随意写画，不提防墨水渗过去，弄脏了背面的照片。可是，查出了她丈夫一九五九年在病故前不久曾经攻击过"小土群"，和彭德怀的言论很相似。丈夫死了，便宜了他，妻子不能再白白放过去。于是曾方进了"牛棚"。随后被转送监狱进行劳改，一改就是八年——整整是抗日战争所耗用的时间。以后放出来又挂了三年——够进行一次解放战争的。曾方有思想准备，进"牛棚"前写了信给母亲，请老人来把七岁的外孙女儿接到农村去了。

小陶初次见到姥姥有些害怕。城里的孩子，没有接触过农村装束的老年妇女，她看着姥姥很像小人书上的"狼婆婆"。现在妈妈顾不得她了，不跟"狼婆婆"走，到哪里去呢！

公社起先不知道情况，以后外调回来，立即宣布撤销了这位老人贫协委员的资格，让她交代和女儿女婿的关系。外孙女儿原来是有临时口粮的，也宣布取消。

取消口粮，姥姥倒也没有当一回事。就是不取消，反正也别想能拿回一粒粮食来。公社通知说，因为两年大旱，田里无收，返销粮也早完了，今冬的问题由社员自行解决。外出找生活，可以给出证明。连年旱灾害苦了群众，同时也搭救了另外一些人。这样，可以顺手把造成大面积饥荒的罪过完全推给老天爷，他们则仍然可以心安理得，也仍然悟不出一个极为简单的道理——革命高调不能当饭吃。

一天，姥姥用白布口袋装了一个饭盒，一双筷子，拿给陶坷，打发她和队里一些半大孩子一同出门。小外孙女儿愣住了，迷惑不解地望着老人，她问："姥姥！我们现在不是在新社会吗？"

一个似懂事不懂事的孩子，她还没有学会掩饰自己的内心活动，她天真地向外祖母提出了一个相当尖锐的问题。换了别人，也许根本不回答孩子这样的问题，只是喝叫她不要胡说。姥姥觉得应该对外孙女儿把话讲清楚，尽管这话是很难讲清楚的。老人顺理着外孙女儿的头发说：

"孩子！姥姥怎么跟你讲呢？要说我们不是新社会，不对！要说新社会就是如今这样子的，也不对。新也罢旧也罢，肚子饿得咕噜咕噜那种滋味是一样的。这就得要你挺着些了，姥姥就是这么挺过来的。这也有好处，让你知道知道什么叫作没饭吃。那年你烧破了衣服，你妈骂你说：'再这么胡闹，没有你的饭吃。'你说：'没饭吃我吃包子。'孩子！不过你也不用总那么愁眉苦脸的，该高兴还是高兴。眼面前的事情，你全当是闹着玩的，不是当真的。不怕的，这阵子风就要刮过去了。你去吧，姥姥等着你回来。你们沿着铁路走，听见火车响，早点靠边等等。"

陶坷和一群小伙伴上路了，结成了一支长长的队伍。树枝上的小鸟叽叽啾啾欢乐地叫着。它们看见，和它们很熟识的这群孩子，沿着铁路只管往前去，越走越远了……

孩子们来到一个疗养地，看见一所庭院的铁栏杆里边，有一位白头发的解放军坐在躺椅上晒太阳。这是一位将军，不过当地人只知道他是一个养病的老头儿。其实，将军本来没有多大的病，林彪把持军委期间，不明不白地叫他靠边疗养。林彪完了，他可以出去工作了。不想，住疗养院几年，真的住出了几样要紧的病来，只好仍然留在这里。将军无可抱怨，在他这一茬穿军装的"老家伙"里，他算是够幸运的了。

陶坷隔着栏杆，远远向将军伸出一只干瘦的小手。这样的事将军经过得多了，他知道这小姑娘要什么。他一面在衣袋里翻找零钱和粮票，一面问小姑娘叫什么，哪里人。小姑娘低着头，始终不说话。将军又问她："你怎么不在家好好上学搞生产，自己跑出来？"

"我有证明。"小姑娘终于开口了。

小姑娘掏出皱皱巴巴的一张纸，将军接过来看，上面写着：

兹有我队社员陶坷（女）因事外出，望沿途有关单位放行为荷。此致文化大革命战斗敬礼……

一两行字，将军反复在读。从二万五千里长征到抗美援朝，几次战争都在这位老战士身上留下了纪念。他抖抖索索看着那封证明信，心里在说：我这是为的什么？就为的是在新中国成立二十多年以后，还照样让我们的孩子"因事外出"吗？两行热泪扑扑答答掉在信纸上。

　　陶坷忙收回了信，她像在哄小孩似的对军人说："解放军爷爷！您别这样，您别这样。我姥姥说了，全当这是在闹着玩的，不是当真的。"

　　小姑娘安慰白发将军的话，实在让他受不了。已经有些人开始围过来，想知道这里发生了什么热闹的事。将军觉得他就要痛哭失声，双手掩面，连忙离开了。他忘记了把零钱和粮票拿给小姑娘。

　　说到陶坷在姥姥家度过的几年艰难生活，妈妈又心酸起来。她原以为把小女儿送到乡下去会好一些，却不想让孩子吃了更大的苦头。用一句严谨的话说，是让孩子受到了更大的锻炼。曾方为了排遣自己的伤感，她洗了脸，随后以愉快的语调对女儿说："算你们运气，人家也当兵，一茬一茬地复员了，都没有赶上打仗，偏偏让你们这一茬赶上了。"

　　"我们班已经向上送了三次决心书，政治部还把我们的决心书摘了一段登在简报上了。"小陶自豪地说。

　　母亲笑笑说："决心书有写得好的，有写得一般的。不过，上简报是一回事，上了战场又是一回事。"

　　"那倒是。"小陶同意地说。

　　"陶坷，你们弄没弄懂，为什么一定要打这一仗？你在姥姥家经历过几年那样的生活，你更应当懂得，我们不能再丧失时间，不能再没有一个平静的建设环境了，只讲这一点，这一仗就非打好不可。"

　　陶坷庄严地向母亲点点头。

　　曾方从旅行袋里取出一个纸包，对女儿说："现在报上讨论干部子女应不应该继承父母的遗产。你爸爸给你的遗产全在这儿，我给你带来了。"

　　小陶打开纸包，是一副草绿色粗布绑腿。

　　这副绑腿是爸爸在八路军一二九师时发的，妈妈一直保存着。造反派抄家，抄出了爸爸和妈妈许多来往书信，用绑腿捆着拿走了。那些书信要归档，剩回了这副绑腿。

"这是爸爸留给我们的纪念，我怕弄坏了，还是妈妈保存着吧。"女儿说。

"你到前方去，打在腿上，这才是实际的纪念哩。"母亲又说，"你怕还没有学过怎么打法吧，来！你看着。"

曾方踩着床边，把裤脚裹紧，开始熟练地打起绑带。每绕一圈，或正或反打一个褶儿，小腿外侧打出一排"人"字儿。妈妈讲解说："我打的这是单'人'字，还有打双'人'字的。有人喜欢打花，有人不加花儿，各有所爱。要领是脚脖上可以紧些，到了腿肚松紧要适当。松了往下秃噜，太紧走起来腿疼。"

曾方兴致勃勃地讲解着，已经打好了绑腿。顺手扎上了小陶的皮带，在屋里来回走了几转给女儿看。小陶惊奇地发现，妈妈一下变了一个人。一对细长细长的眼睛，那么明亮，脸上焕发出青春的光彩。胸脯挺起来，腰身自然地扭动着，那步伐姿态是别人学不来的。曾经在哪里看见过妈妈这样子的？是在照相册上。那是一个漂亮的女八路，短短的头发在军帽下边蓬松着。皮带一扎，鲜明地勾勒出了苗条的身材，绑腿打得那样规整自然。看上去既有着严正的军人风度，又充分保留了女性的魅力。

陶坷欣赏着妈妈，上前抱住妈妈说："妈！你怎么还是像照片上那样好看。"

母亲推开小陶说："滚一边去，没有见过你这样的，拿自己亲娘老子开心。"

曾方侧过身，在窗户玻璃上看到了一张忧伤苍老的面容，看到了那染霜的鬓发。如果来谈论一场迫害夺去了我们许多女同志的美丽俊俏，未免不够严肃。多少人都被夺去了生命啊，还说谁的容颜外貌。不过，有多少人在骤然之间变得那么苍老不堪了，一头青丝在短短几天之内，甚至是在一夜之间化为霜雪。这也是对"十年动乱"所作的忠实的记录之一。可以平反昭雪，可以恢复名誉，但是人们外形上留下的这种明显的印记是无法改变的了，正如内心受到的创伤很难平复一样。

晚上，小陶和妈妈挤在一张小床上睡，床边帮了一条长板凳。吹熄灯号很久了，母亲还在讲话，小陶熬不住了，迷迷糊糊地搭着腔，翻个身睡着了。曾方在昏暗中望着女儿侧身睡卧的姿态：圆圆的肩头从绿棉被下露出来，臀部高高隆起，小时候瘦得两条腿像麻秆儿，正长个儿的那些年一直缺营养，不想几年来发育得这么好。母亲疼爱地望着女儿，她将怎样去迎接战火纷飞的考验呢？

"红河！红河！过红河了！"小陶在睡梦中欢乐地呼喊起来。

母亲笑了，这孩子够性急的，刚合上眼，已经跨过了红河天险。

四

　　在战场上，一切都是用最严格的尺度来衡量的，不讲任何宽容，不作降格以求。

红河发源于云南省崇山峻岭间，在中国境内叫作元江。红河从老街地方进入越南，流经越南北方腹地，向东南入海。

九四一部队在老街附近渡舟桥，跨过了红河。几天以前，兄弟部队过河开辟了战场，现在他们可以驱车向前开进了。

越南北部边境，和我们的滇南河口一线，都属于亚热带山岳丛林地带，自然环境本来是没有多大差别的。河口地区是我国橡胶产地之一，三叶树环绕山丘，一行行，一层层，郁郁葱葱。胶林深处，可以望见国营农场的楼房，红瓦白墙，烟囱耸立。米轨小火车沿着溪流隆隆驰过，留下一缕烟云。这遥远的边疆，向战士们展示了它的富饶美丽。一过红河，就是另一番风光了。六姐妹挤在电话车窗口留意观察着，她们明显地感到，已经置身于异国的土地。

虽是旧历正月，到中午却颇有点盛夏的味道。电话车闷热得要命，几个人吐了，愉快的笑声停止了。不一会儿，浓雾漫卷过来，热风里带着雨丝，灰蒙蒙的。十多公尺以外，听见汽车响，却看不见。班长严莉查了地图，说此地是黄连山山脉。山脊又高又陡，有的地方突然形成断裂，下边是乱石嶙峋的深渊。公路两旁覆盖了灌木竹林，茅草刺藤相互盘绕，密不透风。女电话兵们不免有些犯愁了，要在这样的地形条件下执行架线任务，从哪里下手呢？

傍晚，部队接到命令，原地宿营待命。一路上没有下车的机会，现在停下来了，战士们都就地解手，并不避讳。弄得总机班的女兵一直不敢抬起头来，她们小声地骂道："这些家伙，没脸没皮的！"

她们很快就知道了，男同志们挨骂实在是冤枉。这里公路的内侧是悬崖，外侧是深谷，要上上不去，要下下不得，窄窄的一条路，到处是人，谁也躲不开谁。女电话兵们团团打转，只好去问连长，要上厕所怎么办。连长笑一下，就把脸背转过去，不再看她们，这就是给她们的一种切实的答复了。严莉叫两三个人在电话车旁遮挡着，大家轮流上了厕所。谁也没有意料到，到前线来遇上的第一个困难竟是这样一个问题。

有线电通信连保持着行军序列，原地宿营了。女兵班夹在男同志当中，在公路上占据了几公尺地段。雨淅淅沥沥下着，她们盖着防雨布，鞋也不脱，枕着背囊和衣睡下。谁能睡得着呢？不知哪个部队还在往前去。她们感觉到，那急促的脚步，总像是踩着了自己的头发。

通信科一位参谋来传达首长命令，要求迅速架设下属各部队线路。连里决定开用电话车总机，指挥机关内部线路由总机班负责架通。

总机班的女战士们，忘记了震耳欲聋的炮声，在听候班长严莉下达任务："陶坷、吴小涓、杨艳，跟我去架线。肖群秀、路曼守机，注意机线装设，搞好固定。今晚的口令是'山茶'，回令是'海棠'，执行吧！"

严莉、陶坷各负责架一条线，五分钟以内都架通了。杨艳和吴小涓两人负责首长的一条线，遇到了麻烦。她们正往前走，闻到一股臭味，是从来没有闻到过的一种特别的气味。天快亮了，可以模模糊糊看见，小路上横的竖的倒着三具越军的尸体。肚子膨胀起老大，周围是一摊黑血。不要说见到死人，平时看见一只死老鼠她们也怕，肉唧唧的，让人头发根儿发炸。她们向旁边试探，想找地方绕过去。在刺藤草棵里钻进钻出，帽子刮掉了，脸也划破了，无论如何也钻不过去。想到自己架的是首长专用线，登时觉得全身都在冒汗，再耽搁不得了，只好横了心，还是由原路过去。吴小涓望着几具尸体问杨艳："你怕不怕？"

杨艳说："要是三个活的，我倒不怕。"

吴小涓说："要真是死的，总还好办。我怕他们是装死，等我们到了跟前，一下坐起来了。"

"那倒没有什么，他们流了那么多血，就是活着也剩不下多少力气了。不等他坐起来，拿手榴弹在脑袋上敲他几下。"

"好！我们分个工。看着不对，我上去按住他们，你用手榴弹猛砸，不要让他们抱住了我们的腿。"

她们相互为对方壮了胆，从三具尸体上跨步过去了。至于三个越军是不是有过要坐起来的意思，她们不清楚。她们沉着地迈过了最后一具尸体，撒腿就跑，没有再回头去看。

突然是哪里一声喝："口令！"

两个女电话兵冷不防的，一紧张，早把口令忘得一干二净。对方不见回答，哗的一下冲锋枪子弹上了膛。

吴小涓连忙说："别打，别打，是我们。"

"什么你们我们，口令！"

"干吗那么凶，你听不出我们是总机班的！"杨艳厉害起来了。

隐蔽在树丛里的哨兵压低声音笑了。哨兵一指，原来已经来到了首长的掩蔽部门口。

她们撩开门上的雨布钻进去。掩蔽部里点了几支蜡烛，还是昏昏暗暗的。几位首长正跪在地铺上，查看拼起来的作战地图。小涓和杨艳把单机摆在一个压缩饼干箱子上，手脚麻利地接好了线，一摇，通了。

一号首长见两个女电话兵淋得全身透湿，缩着身子，他取过一个军用水壶说："冻惨了吧？来，一人喝一口，这是'气死茅台'——习水大曲。"

"不！不！我们不冷。"杨艳和吴小涓往后退缩着。

"叫喝就喝，服从命令听指挥。"

她们两个推托不过，对着壶嘴呷了一小口。她们品味不出，习水大曲何以能"气死茅台"，只辣得打哆嗦。

这是吴小涓和杨艳到前方来第一次完成架线任务，而且是为"九四一"最高指挥员架的线，她们对自己感到相当满意。两个人已经说定，将来参加文科高考，就把这次出境作战第一次执行任务作为自选的写作题目。这个题目算是选对了，很有可写的哩。

吴小涓虚岁十九，是从学校应征入伍的。有些同学劝她说，"当兵热"过去了，现在正是"大学热"，何必再到部队上去绕一个大弯子呢！

吴小涓终于没有能克制住想穿穿国防绿女裙服的那股"狂"劲儿。她中学功课很好，爸爸妈妈都是师范学院的教师，有得天独厚的补习条件，所以她有把握在复员后的当年考入大学。杨艳的情况不同，她在学校是全班最能死用功的一个，考试名次却往往成反比。爸爸对她的学业抓得很紧，他唯一的办法就是打，没头没脑地打。隔壁邻居都看不下去，批评他身为公安干部，抓住小偷流氓尚且讲教育，这么大的女孩子了，动不动就打，未免太不像话。他争辩说，是个小子倒可以随他去，女娃儿不严一点不行，等她耍上了男朋友，打也来不及了。杨艳没少挨揍，功课还是老样子。不过她并不悲观，和吴小涓一起补习，她相信准能上去。她们抓紧了一切属于个人可以支配的时间，还买了麦乳精，补充营养。她们希望到时候能够一举攻克复旦新闻系。

两个女电话兵军帽在树丛里刮丢了，还是向首长行了举手礼，欢欢喜喜退出了掩蔽部。出门不远，听见一号首长在电话上说："喂！你是有线连连长吗？怎么搞的，指挥所离你们没有几步路，整整二十六分钟才把线架起来。以后这样不行，要你们这些电话兵干什么吃的！"

小涓和杨艳失神地往回走去。她们心里又是委屈，又是丧气，感到负疚难过，悄悄流泪了。她们开始体会到，在战场上，一切都是用最严格的尺度来衡量的，不讲任何宽容，不作降格以求。对于女战士们也如此，并无不同。

五

尘土飞扬中，一张白净的面孔现出了坦然愉快的笑容，那笑容是让人永远也不会忘记的。

拂晓时分，九四一部队继续开进。这条路上还有几个部队同时往前去，步兵、坦克兵、自行火炮、辎重车队、民工担架队，交错在一起。发生了堵塞，互不相让，彼此威胁说，要把对方的车子顶下山沟去。交通哨戴着红袖箍，前后奔走，哪里有问题急忙去解决。新战士们以为，打仗本来就应当是这样红火热闹的，不知道是地理条件所限，没有第二条路，只好都挤着一条公路用。离前沿越来越近了，可以清楚地听得见枪声。道路堵塞的情况也越来越严重，九四一部队干脆提前下了车，急行军赶上去。

行军速度很猛，总机班六姐妹一个个走得歪歪斜斜的。虽然经过严格轻装，除了穿在身上的，吃进肚里的，个人的东西几乎全都"轻"下去了，平均负荷还在三十斤以上，压得够呛。加之发的防刺鞋又是男式的，太大，像是穿了一对箩筐，脚都打泡了。六姐妹没有一个掉队，也没有一个愿意接受男同志的"互助"。

走得最狼狈的要算路曼了，主要是遇上她来例假。她每次来，肚子疼几天，像大病一场。昨天夜里，她想到只有身上的一条军裤，怕睡着以后弄脏了穿不出去，就脱下长裤，裹着雨衣睡下。想是受了风寒，一下子发起烧来。肖群秀摸她脸，滚烫滚烫，本来要报告班长的，路曼不让她讲。

"你讲了，以后不和你好啦！"路曼威胁说。

"可你这么硬撑怎么行哪。"小肖着急地说。

"你和班长讲了，还不是她悄悄替我值机。你看不出，班长也来了。"

小肖只好替路曼打着掩护。

路曼家乡在山区，能用上这种软绵绵的经过了消毒的卫生纸，觉得够好的了。可是连续几小时急行军，腿磨得受不了，迈出一步，都得拿出点决心来。

部队到达了位置，谢天谢地！女电话兵们全副武装就地一歪，觉得再也爬不起来了。连长却不得不以毫无同情心的语气命令她们起来，立即开设电话站。

总机刚开不久，一号首长从前沿部队要回电话来："喂！总机班，找你们连长讲话。怎么搞的，我和指挥部刚通两句话，线就没有了。要你们这些电话兵干什么吃的！"

一查，原来通往指挥部的线，有一段是明放在公路上的，被坦克轧得一截一截的。有的地方被民工队的骡马和着青草嚼烂了，粘在一起，成了饼饼。连里决定这条线改为高架。是路曼、肖群秀架的这条线，还是由她们来完成这项任务。

她们两个一路把线改架在竹子上，或是挂在岩石上，让骡马够不着。来到公路边，敌人正从对面山上向公路射击。来势很凶，又是轻重机枪，又是八二迫击炮、四〇火箭筒、反坦克榴弹，又是高射机枪打平射。抗美战争期间中国援助的武器全都用上了。武器弹药充足，构成了越军作战的一个显著特点。他们把武器弹药分散藏在各处，这里打一阵，顶不住了，空着手就跑，枪啊炮的全不要了。换一个地方，就地又有现成的，抄起来就打。早上我们部队搜索过去，这股敌人化军为民，隐藏到丛林里去了。现在又冒出来，居高临下封锁了公路。我们的后续部队和担架民工，被压制在公路排水沟里不能动。路曼和小肖焦急万分，想尽快改架好这条线，保障指挥，狠狠教训一下敌人，不能由着他们狂。不凑巧的是近处没有高大的树木，无法把电话线高架跨过公路。好不容易发现一棵木棉树可以利用，正要过去，隐蔽在茅草中的部队喊她们趴下，说木棉树那里太暴露，去不得。她们俩只管猫着腰跑过去了。

　　如果有悬线杆，事情很简单，把线挑到树杈上就行了。如果带了脚扣和护腰带，要上树也好办。她们两手空空，什么也没有，这就难了。女兵班没有学过四肢攀登，连里把这个项目给取消了。她们试了几次，怎么也爬不上去，又搭人梯，路曼蹲下，让小肖踩着她的肩膀上去。一个人站在肩上，本来不算什么，谁知路曼身子软得像面条，忽忽悠悠刚要起来，又缩下去了。只见她脸上直冒虚汗。肖群秀这才想起来，路曼有特殊情况。

　　换了小肖蹲下，让路曼上去。按规定要求，高架线路必须在四米以上。她们搭的两节人梯，高度达不到。小肖拼命向上踮脚尖，差着老高的一截，踮脚尖顶什么用呢。

　　隐蔽在路边草棵里的一个战士，跳起来扑向木棉树。他很不礼貌地拍拍小肖的腿，叫她分开腿站好。战士弯下腰，让小肖骑在他脖子上，他猛地挺身站立起来。现在变成了三节人梯，高度足够了。

　　敌人发现了他们，机枪拼命向这边扫射，殷红殷红的木棉花纷纷扬扬落下来。小肖觉得下边战士身子忽然一抖，差点倒下去，随后又稳住了。路曼忙把电话线在树枝上绕了两圈，打了一个双环结，欢快地叫道：

　　"好啦！"

两个女电话兵下了地才看到，这个战士高高大大的，身材很匀称，像个跳高运动员。皮肤那样白净，两道浓密的眉毛黑黢黢的。

"同志！你太好了，帮了我们大忙。"电话兵表示感激。

"用不着你们表扬，表扬不过是两句空话。"战士大胆地望着两个姑娘说。

"那，我们应当怎么感谢你呢？"

"也不需要感谢，我只要求赔偿损失。"

战士扯起他的军服给她们看。军服下摆穿了几个洞，军用水壶的背带也被子弹打断了，断头处燎得黑黑的。路曼和小肖明白了，刚才她们觉得他一哆嗦，要倒下去，原来是这位战士险些被打中。他没有作声，也没有躲闪，一直等她们把线架好了。

"怎么样？伤着没有？"路曼、小肖顿时紧张起来。

"我觉得腰上烫了一下，一摸，没事儿，是吓唬我的。"

肖群秀拿过军用水壶，放出了富余的一节背带，把两个断头一并，打了一个丁字结，交还给了战士。那结儿打得又牢靠又好看，电话兵受过这种专门训练的。彼此问起来才晓得，原来这个战士也是"九四一"的，在营里当步话机员。路曼亲热地说：

"弄了半天，还是同行。只不过我们是有线儿的，你是无线儿的。"

步话机员说："怎么敢和你们相提并论呢，你们是'九四一'的中枢神经，我是神经末梢。好了，回去请代问总机班各位同志好。"

"你认识我们班谁吗？"

步话机员支吾了一下，随后说："认识不认识，问候一下总得罪不了人吧。"

"怎么替你问好呢？我们不知道你叫什么名字。"

"就说一名'无线'战士，向'有线的'战友们致以亲切的问候。"

"还是告诉我们你的名字吧！"

"告诉你们有什么意思，反正你们也不会给我写信的。"

两个女电话兵没想到对方会这样说话，不由得脸红了。接着咯咯咯地笑起来，没有回答是不是会给他写信。

指挥部调上来一个坦克中队，打掉了半山腰敌人的火力点。公路恢复通行了，长长的车队不停地向前流动起来。路曼、小肖站在路边，看见那个没有留下姓名的步话机员，高高地坐在一辆弹药车上。弹药车是严禁抽烟的，他抽着烟。她们高声地向步话机员打招呼："喂！再见，再见！"

"得啦！再见面怕你们就认不出我是哪一个了。"

两个女电话兵一时没有反应过来，不懂这话是什么意思。随后明白过来，这是他在说笑之间为自己作出的一个不祥的预言。汽车开出好远了，步话机员还扭回头来望着她们。尘土飞扬中，一张白净的面孔现出坦然愉快的笑容，那笑容是让人永远也不会忘记的。

六

不能因为第一次飞翔遇到了乌云风暴，从此就怀疑有蓝天彩霞。

请正视现实，不必以海市蜃楼里的绿洲，覆盖地上的沙漠。

几天以后，这位步话机员为自己所作的预言竟成了事实。

九四一部队基地指挥所，设了伤员和烈士遗体转送处。烈士遗体要在这里进行登记，清洗过了，换过新军服，然后上汽车送回国。转送处人员不多，主要是九四一部队文艺宣传队的女同志担任这项工作。总机班距离这儿不远，女电话兵们下了机也常来帮助照料伤员，清洗烈士遗体。

这天，陶坷、路曼、小肖几个人又到转送处来了。见刚抬下来一位烈士，他的担架上放着一个军用水壶。水壶背带是断过的，打了一个电话兵们所熟悉的丁字结。路曼和小肖一惊，烈士的脸几乎整个缠着绷带，无法辨认。跟担架的一个小战士，失神地蹲在旁边。路曼问小战士："这个水壶，是他的吗？"小战士点点头。路曼又问："他是不是当步话机员的？"

"怎么，你认识我们步话机员？"小战士反问说。

路曼和小肖抚弄着水壶背带，好久不言语。随后她们向小战士问起这位烈士姓名。

"他叫刘毛妹！"小战士回答说。

听到这个名字，站在后面的陶坷禁不住倒吸一口气，几乎叫出声来。大家连忙让开，陶坷扑上去，凑近脸去看，极力要在这张缠满了绷带的面孔上，辨认出她所熟悉的某些特征来。

陶坷和刘毛妹从小住一个院，相互看着长大的。在户口本上，刘毛妹登记的并不是这样一个十足女性的名字。因为生得白净，头发鬈鬈的，又是那么文静，活活像个小姑娘，院里的人都喜欢喊他"毛妹"，喊来喊去成了正式的名字了。同院还住了几个干部，几家的孩子都很要好，连小人书都是一起商定了买的，交换来看，绝不会买了重样的。粉碎"四人帮"以后，小陶和妈妈到原先住过的院子里去看，住户们全都不认识。一群孩子用惊疑的目光瞪着她们，问她们找谁，母女俩没说话，回身走了。

以后打听到，毛妹的爸爸刘伯伯死得很惨。让他烧锅炉，他从几十米高的烟囱上跳下来，五脏俱裂。刘伯伯搞过白区工作，在国民党监狱里表现很英勇，是党组织想办法营救出来的，如今他们硬要打他是叛徒。其实，刘伯伯的问题，只要他自己能撑下来，也就没事了。问题出在毛妹的妈妈苏阿姨身上，苏阿姨不但不安慰刘伯伯，鼓励他坚持斗争，她还以毛妹两兄弟的名义写标语贴出来，表示坚决和"大叛徒"划清界限。严刑拷打可以忍受，骨肉亲人加给的打击和侮辱，却是难以忍受的。不是这样，或许刘伯伯还不至于走上绝路。陶坷小时候觉得苏阿姨一向待人和气可亲，早晚见面总是笑着，不想她是这么一个人……

陶坷同幼年的朋友一直没有联系，入伍到了新兵团，意外地遇到了刘毛妹。第一次见面，部队在集合，只匆匆握了个手。小时候他们多少次脊背贴着脊背比过个儿，始终不相上下。现在毛妹一下蹿到了一米八二。小陶觉得，刘毛妹除变得人高马大以外，其余什么也没有变。和她握手，涨红了脸，还像个怯生生的女孩子。随后又有几次见面，小陶才感觉到，同她一起长大的这个年轻人变得完全陌生了。那一对眼睛，蒙蒙眬眬的，失去了原有的明澈光亮。当孩子的时候，衣服总是整整齐齐的，现在倒很不讲军风纪，常常是解开两个纽扣，用军帽扇着风。抽的是五角以上一包的烟，一连串地吐着烟圈儿。无论说起什么事情，他都是那样冷漠，言语间带出一种半真半假的讥讽嘲弄的味道。不像小时候，对任何事情都有着强烈的兴趣，有着十足的热情。

谈起小学的同学，某人某人现在搞什么工作，刘毛妹说："无所谓，我的看法是干什么都行。因为什么都不干好像是不行。"

小陶问他："既然这样，你何必一定要到部队上来呢？"

"既然你可以来，为什么我不能来呢？"

他们谈起了争取入团、入党的事情，刘毛妹感叹地说："'一年团，二年党，三年复员进工厂。'在知青点上的人和那些没有着落的社会青年看来，这当然是很够羡慕的了。其实又有多大的意思，没劲！"

小陶有几次试着给她幼年的朋友一些劝告，她说："我看见一篇文章上讲，'不能因为第一次飞翔遇到了乌云风暴，从此就怀疑有蓝天彩霞'。你就是这样，因为不相信有蓝天彩霞，干脆剪掉了自己的翅膀。毛妹！别太悲观，我们需要振作起精神来。"

"我也在报上看过一篇文章，上面说：'请正视现实，不必以海市蜃楼里的绿洲，覆盖地上的沙漠。'"刘毛妹逼视着小陶。

"毛妹！瞧你的眼睛，别那么盯着我好不好。我不是样板戏里穿一身大红的女主角，'站在高坡上，伸手指方向'，教导你'向前看，再向前看！'我并不是让你缩成一团，胳膊肘拐一下，生怕碰着了谁。你心里有岩浆，喷出来好了……"

刘毛妹打断了小陶的话："恐怕现在需要的不是岩浆，是温吞水，六十来度，还赶不上二锅头的度数。看来，我们这些小字辈的还是尽可能'正统'一些好。"

"经常听人讲到'正统'这个话，究竟你是指的什么呢？"陶坷问。

刘毛妹想了想说："确切的意思是什么，没考证过。所谓'正统'思想，别人一定可以作出种种美好的解释。不过照我看，这似乎是意味着服服帖帖，得意于迷信愚昧的一副精神枷锁，意味着一本正经，拿腔作调，俨然是一位不食人间烟火的超人。岂不知这种人多么可怜，等于一个有血有肉有毛孔的机器人就是了。"

他们谈到小时候一起读过的那些小人书，陶坷愉快地回忆说："小人书上画的那些英雄人物，有些连胳膊腿都安得不是地方，我们总一篇一篇仔细地看，翻完了又从头看。有几本现在拿来看，我还是很喜欢。"

刘毛妹嘲弄地笑笑说："你还是依赖于幻想生活，需要从童话里吸取营养。我不再需要依赖于什么。如果一定要说有什么需要，我希望能得到一点人间的温暖。"

陶坷越来越感到很难和他谈得拢。可是，每次见面以后，她总是怀着急切的心情，在等待着下一次见面的机会。

一天晚上，部队在广场看电影。放映中间等跑片，解散休息。刘毛妹悄悄约陶坷去走走，小陶觉得不大好，还是跟他去了。转悠到营房背后，他们避开路灯，走在浓密的树荫下。刘毛妹一下抓住了小陶的手。他一双大手热乎乎的，那么有力，像两把铁钳。小陶心慌意乱之中，已经感觉到抽烟人口里的那种气息。她极力向后仰着脸，躲避不开，双手被紧紧抓住，就用头在刘毛妹宽大的胸脯上嘭嘭地撞击着。刘毛妹只好放开了她。陶坷跳到灯光下面去，整了整衣服，沉静地说："我可知道你希望的是什么温暖了。毛妹！难道我们相互温暖一下，或者说是让我来温暖温暖你，一切就会好起来了吗？"

陶坷扭头走了。从此他们没有机会再见面，也没有通过信……

陶坷竟能忍住了眼泪，默默地听那个跟担架的小战士讲述刘毛妹牺牲的经过。

"昨天攻打三号高地，我们二连是主攻，营里要配一个步话机员给我们连。别的几个步话机员都争着报名，刘毛妹不作声，在一边卷着烟抽。他心里有数，配属给主攻连，肯定是要过硬的，报名不报名也是他的事儿。可不是吗，最后营里派了他，跟我们突击排上去了。

"本来决定偷袭，到了高地下面，踩响了地雷，副连长只好命令我们强攻。这个垭口高地，是316A师的重点设防阵地，修了三道环形堑壕，两侧十多个山包的火力都可以支援这里。冲过第一道堑壕的时候，副连长牺牲了，一句话都没有来得及说。出发前副连长指定了一排长做他的代理人。刘毛妹找到一排长，跟上他继续往上冲。不一会儿，一排长又受伤，流血过多，不行了。他指定的代理人是副排长，刘毛妹又跟上副排长继续战斗。副排长拿着话筒，正和指挥所通话，重机枪一阵风地扫过来，他当下牺牲。步话机也被打坏，不能再用了。由于指挥中断，部队开始有些稳不住了。三班有几个战士，把钢盔压得低低的，遮住了自己的脸，要往下撤。步话机员虎势地上去，一脚把走在前头的一个踹倒了。他直直地瞪着他们，火光下看见，那两只眼睛好瘆人哪！三班的几个人不敢再动了。步话机员跳到堑壕上面，大吼一声说：'大家不要慌，现在听我指挥！'

"当时我们嘴上不说，心里嘀咕着。你能行吗？不是干部，又不是党员。

"看样子硬冲是不行。刘毛妹分派了两个战斗组，从两侧佯攻，故意弄得竹子哗哗啦啦响，吸引敌人火力。他带着部队，顺环形壕绕到高地背面，突然发起攻击，冲过了最后一道堑壕。

"不想刘毛妹胸部和腹部受伤，右腿膝盖骨也打断了，小腿活活甩甩的。用了七个救急包，才包住了他那些伤口。同志们要背他下去，他说什么也不干。我强把他背起来，他老实不客气，在我肩膀上狠咬了几口，我只好把他放下来。讲好了让他在原地休息，等我们一离开，他就拖着一条断腿向山顶上爬。后来我去看，他爬过的地方茅草伏倒了，草叶上挂着一珠珠鲜红的血。

"连长和指导员带着二、三排支援上来，占领了三号高地。这时候听见，什么地方有人用越南话在连声地呼叫。翻译说，他呼叫的是'向我开炮！向我开炮！'原来这是越军的一个报话兵，他看高地已经完全失守，隐藏在一蓬竹子里，呼唤他们的炮群，想把我们主攻连全部盖在高地上。正赶上刘毛妹爬到这里，他悄悄过去，冷不防一下卡住了那个报话兵的脖子。那家伙抡起手榴弹，砸在刘毛妹下巴骨上。可他硬是不松手，等我们赶上去，敌人报话兵已经完了。越军装备的报话机也是中国给的，和我们部队用的是一个型号的。刘毛妹把敌人的机子调了一下，拿起话筒想要呼叫。下巴骨和牙床被砸得稀碎，哪里还能叫出声来。他发出唔唔呵呵的声音，可以猜得出，他在向指挥所报告：

"'二连占领三号高地！二连占领三号高地！二连……'

"他丢下话筒，正了正军帽，把长头发掖进帽子里，又扣好了风纪扣。认真地整过了自己的军容以后，他闭上了眼睛，像是过于疲劳，一下睡着了。"

七

《义勇军进行曲》不是我们的国歌了。是不是说，我们再不能从这首歌曲里汲取一点有意义的东西了？

沉默了好大一阵，小战士又接上说：

"我们步话机员这个兵，不是这次到前方来，恐怕人们是不容易真正了解他。只在平时看，你可能觉得他有些特别。怎么个特别法呢？说不出，你只能说，他就是他那么一个人。要讲聪明，人可真是够聪明的。在报话机训练班，别人都发愁密语背不会，白天黑夜地背。他呢，从来不怎么用心去背，到了密语考核，一、二名里总少不了他。

"出发之前，别人都忙着订杀敌立功计划，写决心书，他不写，说没时间。可是他花了那么多时间，在写一封长信，不许人看。牺牲以后，在他身上找出来了，是写给他妈妈的。"

"信呢？给我看看好吗？"陶坷伸出手要。

小战士从衣袋里取出信来，说连里特别交代他要保存好，一定要交给烈士的母亲。信是步话机员原来包好的，怕湿了雨水，包了两层塑料纸。

陶坷捧着字迹潦草的信，急切地读下去。

亲爱的妈妈：

我以前很少写信，现在想好好写封信给妈妈，可是时间紧张，我只能抓空子陆陆续续写一点。一过红河，恐怕就一个字也不能写了。

前年入伍，我是有过犹豫的。听人说，批准我入伍有照顾的因素在内。我一想到自己享受照顾，心里很不舒服，这是爸爸用他的惨死替我换来的呀！不过我还是到部队来了。我当时也没想到在我服役期间可以捞到打仗，只是觉得在知青户太闷人了，想换个环境，新鲜新鲜。现在马上要开赴前线，我才清楚意识到我是一个革命军人了。这次出去，比起您和爸爸经历过的几次战争，算不了什么，但是我总算参加了战争。

在吹哨子，要讨论动员报告，暂时止笔。

我接着昨天写。营长一再讲，要保证睡眠，准备参加战斗。可是这几天我一直睡不好。不知怎么，好像总有人翻来覆去在我耳朵边唱着《义勇军进行曲》里的一句词——"中华民族到了最危险的时候"。这支歌曲写在中华民族几乎被日本人蛇吞的历史危亡关头。现在越南人在边境地区整我们，情况不像那时候严重。不过，越南当局为什么竟敢于如此，竟觉得欺侮一下十亿人口的中国也并没有什么不可以呢？这实在是值得想一想的。同志们谈起来，都说内心隐隐有一种危亡之忧。这种感觉并不完全出于神经过敏。"四人帮"粉碎了，工作重点转到实现四个现代化上来了，说中华民族还处在"最危险的时候"，似乎是说不通的。其实，力争四化，这本身不正是回答中华民族生死存亡问题的吗？这个世界，你站在落后地位上，也就是站在危险的地位上。同时别忘了，有人曾经对周总理和一些老同志说过，"十年以后见"，这才过去了几年？我很担心，不要在"高举"的名义下，又来个几月风暴，把人们一切美好的希望给吹个无影无踪。谁知道呢！我怕了。古老的中华民族，经不起再一次被推到这种危险的边缘了。不能让我们的人民再一次"被迫着发出最后的吼声"了。现在已经有了新的国歌，为了填写新国歌的歌词，成千上万的文艺工作者贡献了自己的艺术才能。《义勇军进行曲》不是我们的国歌了。是不是说，我们再不能从这首歌曲里汲取一点有意义的东西了？

前些年，"四人帮"任意歪曲宣传党史和军史，已经出了不少文章批驳他们。我想，无论从正确的或是错误的观点去看，有一个事实总没有疑问，那就是除去自然死亡之外，先烈们是在两种情况下牺牲了自己生命的。一种是倒在同敌人厮杀的战场上，一种是倒在内部阴谋的残害中。看来这是一条规律，古今中外都是如此。爸爸在第二种情况下离开了我们，我这次则有条件占据第一种情况。我的好妈妈！如果这样，您一定不要难过，不必像哭爸爸那样为我流泪。您的泪水早流尽了，再为我哭，眼睛里流出来的一定是血。妈妈！您可能觉得我写这些，口气不小，似乎一定可以做出什么引人注目的事情。不是这样，在火线上这很难讲，也许我的心脏正巧碰上一颗流弹，一秒钟之内一切都结束了，随便一个小小的任务也来不及去完成。这就是战争，在意想不到的任何情况下，都可能有人付出他最大的代价。即使这样，我也觉得心安了。

妈妈这次来信，又一次说爸爸等于是您害死的。为什么您总是把我们家的不幸归罪于自己呢？可能是因为我从来不愿和妈妈谈及这些，使您误解了，以为做儿子的直到现在还不愿意谅解母亲。

营长要求再检查一下机器，我晚饭后再来写。

好妈妈！您不必这样。别人议论，讲些难听话，那是自然的，莫非我也不了解爸爸的"案"情吗？您对爸爸的那些做法，无非是表示划清了界限，为了我和弟弟的前途不至于受到无可挽回的影响。爸爸心里也不会不明白。

当然，最好是妈妈不那样做，不给爸爸那样的刺激。您来信中引用了鲁迅的几句话谴责自己："死于敌手的锋刃，不足悲苦，死于不知何来的暗箭，却是悲苦。但最悲苦的是死于慈母或爱人误进的毒药。"如果可以这样比喻，我认为那是您自己服下了一种可以使人全身麻痹的慢性毒药，同时也误给了爸爸。这种慢性毒药，就是我们中国人逆来顺受的封建传统的旧意识。中华民族是一个有着优秀历史遗产的民族，培育了我们人民许多美好的品德，善良温顺，忠实敦厚，谦恭忍耐。到了共产党人身上，这些品德发出了新的光辉。这就是坚强的党性，严格的组织观念，维护领导，信任同志，讲团结，讲让步，讲顾全大局。这如同古老的中国宫灯，将蜡烛改换了明亮的碘钨灯泡。这些美德既带着古老历史的光照雨露，它和两千年封建主义传统思想的影响也就不会绝缘。在我看来，两者不过是相隔着一道细细的田埂，这边是温顺，迈一步过去，就是屈辱。妈妈！在对待爸爸的问题上，您迈过了田埂。我并不特别责怪自己的母亲。你们这一辈人里，固然有敢于拍案而起的，但有很多比妈妈革命历史更长、职务更高的人，包括我们一向尊敬的某些老同志，由于那种慢性毒药在他们身上起着作用，在封建专制的高压下，也不免是那样软弱顺从。他们仿佛是在雪线以上的稀薄空气中生活久了，已经适应了不民主的缺氧状况。妈妈可以说是彻底划清了界限，在您的"结论"里仍然写的是"叛徒、走资派、现行反革命分子的臭老婆"。一些人说到这个结论，觉得拗口，往往简单地说成"现行的老婆"。我因为受不了人们这样侮辱母亲，和别人家孩子打过多少架，鬓角落下了一道道伤疤。假如这次我在前方被炮弹地雷炸着，那不算是受伤，那叫作挂花，只有我鬓角的疤痕，才真正是受伤留下的。

亲爱的妈妈！我一个晚生后辈，也许不合适给您写这些的。我是想让您相信，您不见得比别人应当受到更多的内心谴责，没有什么理由说明，唯独您不能得到谅解。

就写这些了，我并不打算寄出，如果您收到了这封信，那一定是战友们替我收拾遗物找出来的。

代问弟弟好，已经没有时间，不另外写信给他了。

祝妈妈愉快，再见了！我希望能像外国电影里那样，跪下来吻别您，生我养我的母亲。

您的儿子毛妹

于登车出发前

刘毛妹留给母亲的信，陶坷看了两遍。信的内容对她不成为主要的了，主要的一点是信中竟没有一句话提到她。这对她是一个难以接受的沉重的打击。小陶终于忍不住伤心落泪了。不过她很快就镇定下来了。

本来宣传队的两个女同志为步话机员刘毛妹清洗遗体，她们默默地退后，让小陶上前去。小陶用纱布蘸着清水，先擦洗刘毛妹的脸。她时不时停下来，注视着死者的眼睛。她觉得刘毛妹是怨恨她，闭着眼睛，不愿意看她。在擦洗手的时候，陶珂几次痴痴呆呆地停下来，别人催她，她才又开始擦洗。她想起小时候他们手拉着手过马路。赶上看什么热闹，人挤得凶，刘毛妹始终紧紧拉着她的手。他是男孩子，自然地担负起了保护女伴的责任。陶珂又想起在新兵团看电影那天晚上，刘毛妹大胆地抓住了她的手。在刘毛妹的一生中，这是他第一次，也是最后一次企图亲吻一个异性。他一双手是那样有力，完全可以满足这个欲望的，他还是失败了……

步话机员的军服、绑带、鞋袜，没有一处是洁净的。泥水和着血，凝结在肉体上，没法子脱下来。小陶用剪刀完全剪碎了，花了很长时间，轻轻地一块块把衣服鞋袜撕下来。她不让别人动手，似乎是怕别人手脚毛躁，触痛了步话机员。清洗过遗体之后，数过了伤口，大大小小挂花四十四处，这个数字，正好是烈士的年龄乘以二。

八

电话站四周一片寂静，似乎没有任何声息。哪里知道，在两层军毯覆盖下，九四一部队的"中枢神经"在高度活动中。

送走烈士遗体，陶珂她们回到电话站，才知道敌情有些紧张。侦察连抓到了一个越南人，他自称是附近班通林场的工人。在他身上搜出了一个铅笔头，一张草草画出的地图，图上标明了九四一部队指挥所的位置。审讯结果，他承认自己是青年冲锋队员，供出敌人准备当天夜里来偷袭指挥所。司令部通知说，机关留的警卫部队很少，不能分散使用，要求各小单位加强警戒。还特别通知了总机班，电话站一定要严格控制声音灯光，避免暴露。

连里干部都下去了，总机班一切只能靠自己应付。不过女电话兵们并不显得那么着慌。不怕，没什么大不了的，有班长在哪！

在人们印象中，严莉似乎是经过专门培训，预先为女兵班准备好的这样一个各方面都很成熟的班长。严莉今年二十二岁，是总机班的大姐。她脸微微有点黑，黑翠黑翠的。她在班里的地位，多少像是她在家庭里所处地位的延续。严莉弟妹多，快够一个班了，爸爸妈妈管不过来，干脆撒手交给老大来管着。爸爸是一个团职干部，照规定应该吃中灶的，他除了偶尔陪陪客人，总也不到中灶食堂去。从将近二十年前第二个儿子出世，爸爸的薪金再没有涨了，生活上不能不精打细算。在大女儿的统筹安排下，他们家竟然并不比谁家显得紧张到哪儿去。弟妹们都很懂事，从不和别人家孩子比吃比穿，不过该有什么也还是少不了他们的。人家的孩子穿衣服，老二接老大的，老三接老二的。严莉的衣服谁也接不上，她脱下身的，就实在不能再补再改了。每次分到各人名下的糖块冻柿子什么的，大姐总是留着自己的一份，过后不定会便宜了哪一个小的。严莉在家庭中的作用，形成了她实际上的一家之长的权威。弟妹们不怕爸爸妈妈，全都怕着大姐几分。严莉把管理弟妹们的艺术运用到总机班班长的职务上来了。别人遇事可以耍点小脾气，她不行，她必须把自己的气性掩盖起来，从不发火。班里大大小小的事务，安排得有条不紊，分派公差勤务公平合理。赶上谁当班的时候有点私人的事，悄悄向她请个假，她就悄悄顶上去，多值一班。发生了什么纠纷摩擦，她拿出当大姐的权威，先把事态平息下来。然后召开班务会，民主一番，谁对谁不对当面"吵"清，绝不马虎了事。说严莉显得特别成熟，完全是由于职务上的需要。人们知道，当得下女兵班班长可不那么简单。在连队里，这算得上是一个特种兵团了。

越南人可能来偷袭，电话站当然是一个突出的目标，情况不能说不严重。总机原是设在一个用茅草竹子搭起的棚子里，人来人往都看得见的。同志们建议，要赶快转移到隐蔽的地方去。

"不用动，照常工作！"严莉沉着地说。

等到天完全黑下来了，严莉才悄悄地布置，人员全部撤出草棚子，把总机转移到一个防炮洞里。洞是就着土坎挖的，挖进两三尺，向左右发展，对称构成了像猫耳朵一样的两个藏身的窝窝，战士们习惯叫作猫耳洞。这个猫耳洞有茂密的树丛遮掩着，严莉又叫把电话线从老远就开始埋设下去。所以，就是走到了跟前，指给你看，你也看不出这里是一个电话站。

总机班派出了自己的巡逻哨。有人主张，除了值机的人，其余人全部去站哨。严莉说："用不着，该睡的还是睡，换着班来。仗不是打一天两天，日子长了。"

她只派了陶坪和杨艳两个人担任警戒。班里唯一的一支冲锋枪交小陶使用，杨艳拿着两颗手榴弹。班长交代两名哨兵说："你们就绕着总机附近游动，不要乱走，以免和其他单位的巡逻哨发生误会。要找暗处站着，不要总在月光下面。有什么动静先问口令，可别慌慌张张地就开枪。问口令嗓门尽量粗一点，别让人听出来是女的。"

严莉确定由她自己担任守机。完成今晚的守机任务不比平常，要准备在最危急的情况下，一面战斗，一面坚持通话。猫耳洞里直不起腰来，只能把二十门交换机摆在地下，窝憋着工作。机子上不能开灯，号牌掉了看不见，全靠用手指不住地去触摸，接转通话。为了完全控制声音，严莉用两层军毯，连人带机子一起蒙了个严严实实。电话站四周一片寂静，似乎没有任何声息。哪里知道，在两层军毯覆盖下，九四一部队的"中枢神经"在高度活动中。严莉不停地在高声呼喊着，呼喊着。部队向敌人侧背穿插过去，发展很快，电话线路一再延伸，已经远远超出了有效通话距离，虽然加了"增音"，通话质量还是很差。往往下达的命令指示，向上报告的重要战况，要由严莉从中传送。她讲了一遍，怕有什么不准确，又复述一遍。严莉忽然觉得喉咙里咸咸的，有股腥味，知道嗓子出血了。这几天，几个女电话兵嗓子全都喊坏了，带来的清音丸已经吃完，没有什么防治的办法。多喝水会好一些，偏偏附近山地没有活水，找到一片积水，尽是小虫子在翻上翻下的，放几片净水剂澄清一下，那种怪味让人打哆嗦，喝不进去。部队里有一种奇妙的发现，凡是折断了青竹子，靠根部的几节里准定会聚存了水分。在竹节的地方穿通一个洞洞，就可以接到几口又纯净又清凉的水。这是很珍贵的，不容易弄到。严莉晃了晃她的水壶，还存有一点青竹的水。拧开壶塞儿，想喝几口润润喉咙。但她只是漱了漱口，吐出带血的水，又拧紧了壶塞儿。女兵班班长想到，水得留着，说不清班里谁又发高烧，或是受伤，一点水没有哪儿能行呢。

　　这天特别闷热。严莉一整夜钻在猫耳洞里，又蒙在两层毯子里，她热得什么样子，可以想象。摘下耳机，简直可以倒出水来了。第二天别人来换严莉的班，吃惊地看见，她像是刚刚参加了泅渡训练上来，人已经瘦了一圈儿。是谁发现严莉额头上爬着一条旱蚂蟥。经人这么一说，严莉尖叫起来，她跺着脚，紧张得不知怎么是好。同志们叫她别乱动，帮她脱下衣服来找，找到十多条。手指头缝里还隐藏了一条，她居然一点也没有感觉。吸饱了血的蚂蟥，圆咕隆咚的，拍打几下就掉了。还没有吃饱的，怎么也弄不掉，又不敢硬扯硬拽，怕扯断了，留下一半更难办。忽然想起来，出发前连里介绍过对付蚂蟥的办法。跑去找人要了一支纸烟来，点着了对着蚂蟥熏，不一会儿，它们就曲卷着掉下去了。蚂蟥叮过的地方，渗出血来，这也有一种妙法对付，捏一点树干上的青苔丝丝按上去，很快就不再出血了。几个女电话兵只顾帮着严莉止血，往地下一看，太可怕了，一条条大蚂蟥身子一曲一伸，正从四面八方向她们进军。她们赶忙用树枝扫荡了一番。旱蚂蟥天生有这种本能，大老远就能够感受到人的气息，找着你来。它们还有空降的本领，可以从树叶上滚落下来，正好掉在人身上。

　　因为人太少，巡逻哨也是一整夜没有替换。拂晓，陶坷模模糊糊看见几个人，弯着腰向这边摸过来。她忘记了应该装成男人的声音，尖着嗓子喊了几声口令。对方不应口令，还在往前来，小陶开了枪。她没有打过冲锋枪，不知道控制快慢，手指头一动，一梭子子弹出去了一大半。警卫部队的一位排长，听到枪声，带着几个战士赶来了。在树棵里搜索了好久，什么也没有发现。他们埋怨陶坷说："怎么搞的，乱打枪！"

　　"我看得清清楚楚，像是有几个人……"陶坷为自己辩解。

　　"算了，肯定是你自己紧张过度。"

　　"既然看得清清楚楚，嘟嘟了大半梭子，怎么连一个也没有撂倒?"

　　杨艳护着自己的人，说真是听到了有响动。打着没打着敌人，那是另外一个问题，开枪还是对的，不能说是乱打枪。等别人走了，班里悄悄议论，杨艳也倾向于小陶是看晃了眼。

　　第二天早上，把总机从猫耳洞搬回棚子里去。忽然，是谁"啊"地惊叫了一声，原来总机棚背后有一具越南人的尸体。这是一张孩子脸，最多十六七岁。他胸部完全浸在血泊中，两手紧攥着四枚揭掉了盖子的手榴弹。很明白，他是中弹以后坚持冲过来的，已经到了离总机棚只有两三步远的地方。如果他还有剩余的一点点气力，一定会把四枚手榴弹扔进棚子里去的。陶坷没有看错，和这个年轻的越南人一起来的还有几个，他们撤出战斗很及时，丢下一名英勇的同伴不管了。

九

女电话兵端着自动步枪紧逼上去，向对方现出了胜利者的微笑。

班通林场青年冲锋队的任务，是袭扰中国边防部队指挥机关和后勤，其中一项，就是窃听电话，破坏电话线。这给九四一部队有线通信造成了很大麻烦。

总机上又传来了一号首长焦急的声音："喂！总机班吗？要你们这些电话兵干什么吃的，不是这里不通就是那里断线。命令你们连长、指导员，亲自给我查线去。"

不用首长讲，连长、指导员已经带着查线组出去了。总机站也派出了三名女电话兵，和男兵打乱编组，去协同维护哨巡查线路，尽快恢复畅通。

陶坷和架设排的两个新战士编成了一组，她是老兵，技术又强，自然担任了组长。为了不让人看出三个查线兵当中有一个是女的，小陶特意要了一个钢盔戴着。他们手捋着电话线往前跑，手心摩擦得火辣辣的，出了血泡，生疼生疼。跑出一段路，搭上单机一试，开端终端都不通。有鬼了，这一段线路是刚刚手捋着过来的，明明好好的，怎么开端也不通呢？陶坷想了想，她把通过水田里的一节线提起来，离开了水面，一试，通了。放下去，又不通了。这节线有好几处绝缘皮裂开，和大地接触，短路了。这是暗断，不容易察觉。小陶仔细查看，胶皮是新割开的。破坏电线的人巧妙地使用了自己的知识。

把水里的一节线换过了，又往前去，发现明断，线被剪得一截一截的。他们一面骂着越南人，一面迅速接线。小陶十个手指那样灵活，像在水里翻腾的小鱼儿，看不清是怎么两绕三绕，一个蛇口结打好了。她顾不得用钳子剥掉线头的绝缘皮，就用牙咬。平时总机班的姑娘们是极力避免这样做的，牙用多了，会向外突出，难看死了。小陶哪里还管得了那么多，嘴被电话线钢丝扎烂了，牙根在出血。她忽然发现，旁边有敌人的一条电话线，和我们线路平行拉过去，看来是撤退得慌张，没有来得及收。这是一条中型线，三钢四铜，通话质量很好，肯定是过去中国支援他们的。她不再费力去接碎线，把敌人的电话线用上了两公里。

再往前去，接上了其他小组负责的地段。开端终端都摇出来了，任务完成得还算顺利。谁知正试着线，开端又不通了。返回复查，刚刚利用的敌人的中型线又被剪断了。显然是有人在和他们玩"躲猫猫"，见他们巡查过来，躲避一下，等他们过去又出来破坏。重新接好了线，陶坷忽然有了一个主意，她悄悄对两个同伴说："你们俩继续往前去，装着什么也没发现。我留在这儿，看看是怎么回事。"

"分散行动怕不大好吧，我们每人只有两颗手榴弹。"两个新战士有些担心。

"没关系，周围都是我们大部队，敌人是小偷小摸，他们才心虚哩。"

"要留，我们两个谁留下好了。"一个战士提议说。

"你们只管走，不怕。如果他们人多，我先不动。如果是一两个人，我一喊，你们马上返回来，收拾了他。"这是小陶的战斗部署。

两名新战士执行了陶坷的命令。他们脚步很重，故意弄出声响，让人知道查线兵已经继续前进了。

小陶隐蔽在一蓬竹子后面静候着，忽然发现右边不远的灌木里有什么东西微微在动，越来越近。先是一只手分拨开叶子，随后一个人探出头来，左右观察。小陶把手榴弹弦套在指头上，随时准备投出去。那人已经从灌木丛里走出来，是一个身材小巧的越南姑娘。长长的头发披在腰间，在后脖颈用手绢束着。披了一块美国军队的伪装尼龙布，穿的是没有领子的紧身月白色上衣，宽大的黑绸裤，光着脚丫子，自动步枪挂在左肩上。不用说，这是一个青年冲锋队员。陶坷注意看看后面，再没有别的人跟上来。照说，她应当按事先约定的，喊叫几声，通知两个战士包抄敌人。小陶完全忘记了自己的战斗部署。她想，既然对方也是一个女的，在身个上又占着绝对的劣势，我为什么不能捉一个活的？

那个女冲锋队员取出一把钳子，就要动手去剪电话线，同时侧目向竹丛里看去，忽然看见在绿色的钢盔下面，一对明亮的眼睛正注视着她。越南姑娘脑子里闪过的第一个念头就是她走进了伏击圈，周围不知有多少双眼睛注视着她。她转身要逃，不想枪皮带挂在树上，树枝弹性很大，自动步枪被弹出老远。待她要去捡，发现枪已经端在竹丛里那个中国人手上。在她的眼中，这位中国军人长得是那样高大，加上一顶闪耀着红五星军徽的钢盔，越发显得威武雄壮。黑洞洞的枪口对准了她，她木木地站在那里，知道不能再动。又转念一想，开枪就开好了，我还等什么，她撒腿就跑。

小陶并没有开枪，她们一前一后，像两只蝴蝶在追逐着，一时在林中空地上出现，一时又飞进密林中。青年冲锋队员回头看看，她十分惊异，为什么在她背后紧追不舍的竟是一个女孩子呢？她即刻明白过来，刚才看见的那位威武的中国军人，主要就威武在那顶大钢盔上。钢盔跑掉了，露出短短的头发，原来是个女的。这当然就完全是另一回事了。她机灵地闪在一棵树后，屏住气等候着。只待追赶的人错过身去，就可以突然从背后抱住她。等了一会儿，还不见动静，只觉得冰凉的枪管已经触到脊背上来了。她一回手抓住枪，拼命抢夺。越南姑娘双臂向上，高高的胸脯完全暴露给了对手。陶坷闪念想到，她可以腾出一只拳头，猛击对方的胸部。她在什么书上读到过，说女人的乳房是一个致命处，经不起打的。小陶没有这样做，她竭尽全力扭动几下，拖带着越南姑娘旋转了几圈。横过枪，当胸一推，对方连连倒退十多步，仰面摔倒在地上。

女电话兵端着自动步枪紧逼上去，向对方现出了胜利者的微笑。她随后从衣袋里取出几张代言片扔过去。上面用中越两种文字印着："告诉你的同伴，不要做无谓的牺牲，赶快出来投降，保证你们生命安全。"女冲锋队员捡起一张，装作在看，心里暗暗打定了主意，抓起一把土，冷不防向陶坷脸上撒过去。趁着陶坷抬起胳膊肘去遮挡，她转身钻进了丛林。陶坷揉搓几下眼睛，又去追赶。

逃命的只想逃命，追赶的只想着捕获自己的猎物，都不知道自己的衣服全被扯烂了。她们的头发散乱不堪，沾满了草叶，脸上和肩头尽是一道道的血痕。

眼前出现一条清澈的河水，河面不宽，夹在两山之间，水相当深。上游一带，正是九四一部队穿插分割越军316A师的战场，不时有越军的尸体漂流下来。女冲锋队员看见水流得那么急，又看见一个个泡得发胀的越军尸体，本来不敢下水的。可是背后人追得紧，不容她犹豫，她擎着野藤从岩石上滑下去，横了心，扑通一声跳下河去。她水性不强，一进入激流，几个浪头盖下来，就有些发晕了。自己感觉还在奋臂游向对岸，其实只是随着波浪一高一低漂流下去了。

陶坷把自动步枪背起来，紧跟着跳下了水。经过两年泅渡训练，她全副武装，加上一拐子线，可以横渡几公里宽的江河。陶坷注意到，顺着弯弯的河道，再往下游去，便是一道巨大的瀑布，河水陡然折断，整个儿跌落下去，在深谷里激起一片白茫茫的水雾。她很快游到前面去，拦截住女冲锋队员。对方还是极力挣扎，不让陶坷靠近。陶坷猛扑过去，把她按在水里，趁她被呛得不由自主，扯住她的长发，向岸边划去。陶坷一只胳膊拦腰抱住越南姑娘，一只胳膊紧紧勾住了从岸边弯到水面上来的粗大的树枝。回头一看，好险哪！她们已经到了瀑布将要向下跌落的地方。

越南姑娘精疲力竭，完全瘫软了，任凭陶坷拖带着游过去。她们刚爬上河岸，浑身的水还在往下流，只听有人用越南话喝令道："不许动！举起手来。"

陶坷忙要取枪，一看，围上来用枪逼住她们的，是连里派出来查线的几个电话兵。

战士们先都没有认出从水里上岸来的是总机班小陶。两个姑娘的衣服一片片一条条留在树枝刺藤上了，剩下的不足遮体。几个战士不免目瞪口呆，不知如何是好。

小陶气愤地说："这些死人！只管看着干什么，还不把你们的雨衣扔过来。"

大太阳当顶照着，陶坷和她的俘虏严严实实地穿着雨衣，回到了指挥所。

<h1 style="text-align:center">十</h1>

她希望自己能成为一滴洁净的水。

三月五日，我国政府宣布，边防部队达到了惩罚越南侵略者的目的，决定撤回边界线我方一侧。西线的九四一部队和兄弟部队一起，在重创越军"王牌"316A师、圆满完成任务以后，采取倒卷帘的办法，梯次撤回国内了。

从红河浮桥一上岸，总机班的同志就把军用水壶里剩下的水倒掉，在"迎亲茶水站"灌满了凉茶，仰起脖子咕咚咕咚喝了个够。她们说："半个多月没有喝到我们自己的水了，好甜呐！"

在外面大家都说，一回国先倒头睡它三天三夜再讲。不想，现在谁也没有一点倦意。她们踏上了自己的国土，心里充满了对于祖国的亲切感，充满了一种往常不大容易体验得到的新鲜感，早把劳累困倦忘到一边去了。电线上落了一排麻雀，叽叽喳喳地在叫，是谁说："我们这边的小雀子叫的，比那一边的要好听多了。"

九四一部队在边境一线停留了一段时间，进行作战总结和评功庆功。陶坷因要转送女俘虏，提前回到祖国，在战俘管理所帮助了一段工作，也从俘管所回来了，总机班六姐妹会合在一处了。

一号首长是随后卫部队撤下来的，一回来，先跑到电话站来看望总机班的同志。连长、指导员陪着，大家都坐在线拐子上。一号笑呵呵地逐个儿望着六个女电话兵，使她们在那样亲切爱抚的目光下有些不好意思了，他才开口说："你们这些冒领男式大号鞋的，这半个多月怎么样？够受了吧？"

女战士们低下头，只是轻声地笑着。她们一向是用无缘无故的笑声来回答首长问话的。

一号兴奋地说："别的不敢吹，我可以这么说，'九四一'没有一匹不能上阵的马。行！真行！算我错看了你们。不知道通信科为什么到现在还不给你们请功。没关系，他们忘了，我和二号为你们请功，提到党委讨论。"

大家简直不敢相信一号的话。她们觉得，出国作战以来，一号对总机班不可能有什么好印象的。他几次在电话上大发脾气："要你们这些电话兵干什么吃的！"可是，看样子首长是从心里在夸赞她们，不是随便说一说的。

杨艳嘴快，她故意说："我们班任务完成得不好，一号别讽刺人。"

一号说："谁想找我这么讽刺他一下，我得考虑考虑咧，我这人可不是那么好说话的。"

"要是说我们任务完成得还可以，那也多亏了一号，是一号刮鼻子刮出来的。"

杨艳这话引得大家一起笑起来。

"我是不是骂了你们什么难听话？我可不记得了。"一号连忙表示了抱歉。

班长严莉说："不！线路出了问题，首长在电话上讲几句气话，我们心里倒还好受一点。如果首长一句话不讲，扔下'有线'，全用'无线'去了，那我们才受不了哪。"

一号嘿嘿地笑着说："你们听听，到底是当班长的，同样几句话，说出来就不一样。"

总机箱子上，放了路曼和肖群秀刚刚填写好的两张入党志愿书。一号拿起来看看，祝贺了她们。一号说："听！红河沿岸炮还在响。你们能在炮声里来填写入党志愿书，这是难得的。不比平时，谁在班里多扫了几次地，就算是过硬的条件，可以优先吸收入团入党。我晓得的，一个班就那么一两把笤帚，你早一点拿到了手，我就拿不到，不见得我的劳动观念就比你差。当然，抢着搞卫生总是个优点，我并不反对。"

一号问严莉："你们班就是她们两个填了表吗？"

严莉说："在国外，支部就发给了小陶入党志愿书，她一直拖着，没有填。"

"为什么？"一号问小陶。

陶坷笑笑，总不作声。

"小陶以前写过申请的。现在总说自己条件不够，愿意过一段时间再讲。"严莉替小陶回答。

指导员说："这次到前方来小陶是比较突出的，可是小陶总拿自己和刘毛妹烈士比。说既然刘毛妹都还没有能入党，那她就更……"

提起步话机员刘毛妹，一号首长立时现出了沉重的神色。他带着对这位烈士深深的敬意说："大家都向党委提意见，说应该追认刘毛妹同志为正式党员。我们当然希望能这样，可是，他生前没有向党组织表示过这种要求。无论他是出于什么考虑，我们总是应当尊重他个人的意愿。"

陶坷解释说："这个情况我知道。我是想着，既然自己各方面差得太远，就是勉强入了党，一想起他，心里会觉得过不去的。我们党内缺少的是他这样的人。"

一个战士，出于对自己更严格的要求，主动向党组织提出，宁肯先留在外面，这样的事情，在过去战争年代里倒是常见的。当初一号本人就曾经采取了这样的行动。本来满十八岁的时候就可以填表的，他主动推后了一年。那时候在部队里，大家都以刚够年龄就加入了组织为骄傲。一号虽然失去了这种骄傲，却从不感到遗憾。今天又看到有人这样，这位有将近四十年党龄的老党员内心十分激动，感慨万端，觉得这是很不容易的事情。我们已经有了三千多万在各种情况下吸收进来的党员，再吸收一个党员，正如在激荡的湖水里又注入一滴水。这一滴水，即或是很不洁净的，也不至于给湖水里增添更多的沉淀物了。可是，女电话兵陶坷并不因此宽容自己，她希望自己能成为一滴洁净的水。

一号告诉连长，放总机班半天假，让她们下河去洗个澡。司令部在河里为女同志们划分出了一个地段。女电话兵们是迫切地需要洗涮洗涮了。出境作战以来，白天黑夜就是那么一身儿，又是雨又是汗，湿了干，干了湿。坐在一起，彼此闻得见的，除了和男同志们身上一样的酸臭，还多了一种男同志所没有的气味。

六姐妹在河湾里找了一个僻静的地方，派人站上哨，轮流下河去洗。她们轻装很彻底，现在却可怜了，没有替换的衣服。只好先把衣服和小东西全部洗出来，晒在草地上，然后洗头洗澡。完了，扯几片芭蕉叶铺着，坐下来梳拢着水淋淋的头发，等着衣服干。

太阳就要落山了，六姐妹一字儿排开走回驻地。她们洗了个痛快，一个个头发蓬蓬松松，夕阳照耀下，那红润的脸皮像是透亮似的。驻地生产队的妇女们抱着孩子站在路边上看，她们议论说："九四一部队招女兵，怕尽是要挑长得好看的，不好看的不要。"

《人民文学》1980年1期

人到中年

谌　容

一

仿佛是星儿在太空中闪烁，仿佛是船儿在水面上摇荡。眼科大夫陆文婷仰卧在病床上，不知自己是在什么地方。她想喊，喊不出声来。她想看，什么也看不见。只觉得眼前有无数的光环，忽暗忽明，变幻无常。只觉得身子被一片浮云托起，时沉时浮，飘游不定。

这是在迷惘的梦中？还是在死亡的门前？

她记得，好像她刚来上班，刚进手术室，刚换上手术衣，刚走到洗手池边。对，她的好友姜亚芬是主动要求给她当助手的。姜亚芬的出国申请被批准了，他们一家就要去加拿大，这是姜亚芬跟自己一起做的最后一次手术了。

她们并肩站在一起洗手。这两个五十年代在医学院一起读书，六十年代初一起分配到这所大医院，同窗共事二十余载的好友即将天各一方，两人心情都很沉重。这种情绪在手术之前是不适宜的。她记得，自己曾想说些什么，调节一下这种离别前的惨淡的气氛。她说了些什么呢？对，她扭头问过："亚芬，飞机票订好了吗？"

姜亚芬说什么了？她好像什么也没有说，只是眼圈儿红了。

停了好久，姜亚芬才问了一句："文婷，你一上午做三个手术，行吗？"

她回答了吗？不记得了，好像是没有回答，只是一遍一遍地用刷子刷手。那小刷子好像是新换上的，一根根鬃毛尖尖的，刺得手指尖好疼啊！她只看见手上白白的肥皂泡，只注视着墙上的挂钟，严格地按照规定，刷手、刷腕、刷臂，一次三分钟。她刷完三次，十分钟过去，她把双臂浸泡在消毒酒精水桶里。那酒精含量百分之七十五的消毒水好像是白色的，又好像是黄色的，直到现在，她的手和臂都发麻，火辣辣的。这是酒精的刺激吗？好像不是的。从二十年前实习时第一次上手术台到如今，她的手和臂几乎已经被酒精泡得发白，并没有感到什么刺痛呀？为什么现在这手好像抬也抬不起来了？

她记得，已经上了手术台，已经给病人的眼球后注射了奴佛卡因，手术就要开始了。这时，姜亚芬却悄悄问了一句话："文婷，你小孩的肺炎好了吗？"

啊！亚芬今天是怎么啦？难道她不知道一个眼科大夫上了手术台，就应该摒弃一切杂念，全神贯注于病人的眼睛，忘掉一切，包括自己，也包括自己的爱人、孩子和家庭？怎么能在这时候探问小佳佳的病呢？或许，亚芬正为她将去到异国而不安，竟至忘掉了她正在协助手术？

陆文婷几乎有些生气了，只答了一句："现在我除了这只眼睛，什么也不想。"

于是，她低下头去，用弯剪刀剪开了病眼的球结膜，手术就进行下去了。

啊！手术，手术，一个接着一个，这天上午怎么安排了三个手术呢？焦副部长的白内障摘除，王小嫚的斜视矫正，张老汉的角膜移植。从八点到十二点半，整整四个半小时，她坐在高高的手术凳上，俯身在明亮的灯下，聚精会神地操作。剪开，缝合；再剪开，再缝合。当她缝完最后一针，给病人眼睛上盖上纱布时，她站起身来，腿僵了，腰硬了，迈不开步了。

姜亚芬换好了衣服，站在门边叫她："文婷，走啊！"

"你先走吧！"陆文婷站住不动说。

"我等你。今天是我最后一次到医院来了。"

说着，姜亚芬的眼圈儿又红了。她那对漂亮的大眼睛水汪汪的，她是在哭吗？她为什么难过？

"你快回家收拾东西吧，刘大夫一定等你呢！"

"他都弄好了。"姜亚芬抬起头来，忽然叫道，"你，你的腿怎么啦？"

"坐久了，有点麻，一会儿就好了。晚上我去看你。"

"那，我先走了。"

姜亚芬走了，陆文婷退身到墙边，用手扶着白色瓷砖镶嵌的冰冷的墙壁，站了好一阵，才一步一步走到更衣室。

她记得，她是换了衣服的，是那件灰色的布上衣。她记得她走出医院的大门，几乎已经走进了那条小胡同，已经望见了家门口。可是忽然，她觉得疲劳，一种从来没有感到过的极度的疲劳。这疲劳从头到脚震动着她，眼前的路变得模糊了，小胡同忽然变长了，家门口忽然变远了，她觉得永远也走不到了。

手软了，腿软了，整个身子好像都不是自己的了。眼睛累了，睁不开了。嘴唇干了，动不了了。渴啊，渴啊，到哪里去找一点水喝？

她那干枯的嘴唇颤动了一下。

二

"孙主任，你看，陆大夫说话了！"一直守在病床边的姜亚芬轻声叫了起来。

眼科主任孙逸民正在翻阅陆文婷的病历，"心肌梗死"四个字把他吓住了。他显得心事重重，摇了摇苍白的头，推了推架在高鼻梁上的黑边眼镜，不由联想到在他这个科里，四十岁左右的大夫患冠心病的已经不是一个了。陆文婷大夫才四十二岁，自称没病没灾，从来没有听说过她心脏不好，怎么突然心肌梗死？这多么出人意料，又是多么可怕啊！

听到姜亚芬的喊声，孙主任转过高大的、有些驼背的身躯，俯视着面色苍白的陆文婷大夫，只见她双目紧闭，鼻息微弱，干裂的嘴唇动了一下，闭上了，又翕动了一下。

"陆大夫！"孙逸民轻轻地喊了一声。

陆文婷又一动不动了。她那瘦削的浮肿的脸上没有一点反应。

"陆大夫！文婷！"姜亚芬低声唤着。

陆文婷依旧没有反应。

孙逸民抬头望着阴森森竖在墙角的氧气筒，又盯着床头的心电监视仪。当他看到示波器的荧光屏上心动电描图闪现着有规律的QRS波时，才稍许放心。他又扭过头看了看病人，挥了挥手说："快去叫她爱人来！"

一个中等身材，面目英俊，有些秃顶的四十多岁的男同志跑了进来。他是陆文婷的爱人傅家杰。从昨天晚上开始他就守在床边，没有合过眼，刚才孙主任来，劝他到病房外边的长椅上去歇一会儿，他才勉强离开。

这时，孙逸民忙闪开床头的位置，傅家杰过来，俯身在陆文婷的枕边，紧张地盯着这张曾经那么熟悉，现在又变得那么陌生的白纸一样的脸。

陆文婷的嘴唇又微微动了一下。这无声的语言，没有任何人能听懂，只有她的爱人明白了："快拿水来！她说她渴！"

姜亚芬赶忙递过床头柜上的小瓷壶。傅家杰接过来，小心地绕过输氧的橡皮管，把壶嘴挨在那像两片枯叶似的唇边，一滴一滴的清水流进了这垂危病人的口中。

"文婷，文婷！"

傅家杰喊着，他的手抖着，瓷壶里的水珠滴到了那雪一般惨白的脸上，她似乎又微微动了一下。

三

眼睛，眼睛，眼睛……

一双双眼睛纷至沓来，在陆文婷紧闭的双眸前飞掠而过。男的，女的；老的，少的；大的，小的；明亮的，混浊的，千差万别，各不相同，在她四周闪着，闪着……

这是一双眼底出血的病眼，

这是一双患白内障的浊眼，

这是一双眼球脱落的伤眼。

这，这……啊！这是家杰的眼睛！喜悦和忧虑，烦恼和欢欣，痛苦和希望，全在这双眼睛中闪现。不用眼底灯，不用裂隙镜，就可以看到他的眼底，看到他的心底。

家杰的眼底清澈明亮，就像天上金色的太阳。家杰的心底是火热的，他曾给过她多少温暖啊！

是他的声音，家杰的声音！那么亲切，那么温柔，却又那么遥远，好似从九天之外的另一个世界飘来：

> 我愿意是激流，
> ……
> 只要我的爱人，
> 是一条小鱼，
> 在我的浪花中，
> 快乐地游来游去。

这是在什么地方？啊，是在一片银白色的天地中。冰冻的湖面，水晶一般透明。红的、蓝的、紫的、白的身影在冰面上飞翔。那欢乐的笑声啊，好似要把这透明的宫殿震穿！她和他也手拉着手，穿梭在人流里。笑脸，一张张的笑脸，她都看不见，她只看见他。他们并肩滑翔着，旋转着，嬉笑着，那是多么快乐的日子啊！

银装素裹的五龙亭，庄严古老，清幽旷寂，她和他倚身在汉白玉的亭台栏杆旁。片片雪花打在他们脸上，戏弄着他们的头发。他们不觉得冷，四只手紧紧地握在一起，傲视着这冷峻无情的严寒。

那时她是多么年轻！

她没有幻想过飞来的爱情，也没有幻想过超出常人的幸福。从小，她就是个孤苦伶仃的女孩子。幼年父亲出走，母亲在困苦中把她抚养成人。她不记得曾有过欢乐的童年，只记得一盏孤灯伴着早衰的母亲，夜夜剪裁缝补，度过了一个个冬春。

进了医学院，她住女生宿舍，在食堂吃大锅饭。天不亮，她就起床背外语单词。铃声响，她夹着书本去听课，大课小课，密密麻麻的笔记。接着是晚自习，然后在解剖室待到深夜。她把青春慷慨地奉献给一堂接着一堂的课程，一次接着一次的考试。

爱情似乎与她无缘。姜亚芬是她同班同学，两人同住一间宿舍。姜亚芬有一双会说话的眼睛，有一张迷人的小嘴，有修长的身材，有活泼的性格。每个星期，她都会收到不能公开的来信；每个周末，她都有神秘的约会。而陆文婷却是茕茕子立，形影相吊，没有来信，也没有约会。她似乎是一个被人遗忘的少女。

当她和姜亚芬一起被分配到这所具有一百多年历史的著名的大医院时，医院向她们宣布了一条规定：医学院的毕业生分配到本院先当四年住院医。在任住院医期间，必须二十四小时待在医院，并且不能结婚。

姜亚芬背后咒骂"这简直是修道院"，陆文婷却心甘情愿地接受了这种苛求。二十四小时待在医院，这算什么？她恨不得一天有四十八小时献给医院！四年之内不能结婚，这又算得了什么？医学上有成就的人，不是晚婚就是独身，这样的范例还少吗？小陆大夫把自己全身的精力投入了工作，兢兢业业地在医学的大山上登攀。

然而，生活总是出人意料的。傅家杰忽然闯进了她那宁静的，甚至是刻板的生活中来。

这是怎么回事？这事是怎么发生的？她一直闹不明白，她也没有去闹明白。他因为突然的眼病来住院了，恰巧是她负责的病人。她为他治好了眼睛。也许，就在她认真细巧的治疗中，唤起了他的另一种感情。这种感情蔓延着，燃烧着，使得他们两人的生活都改变了。

北国的冬天多么冷啊！那年的冬天对她又是多么温暖！她从来不曾想到，爱情竟是这样迷人，这样令人心醉！她简直有些后悔，为什么不早去寻求？那一年，她已在人世间经历了二十八个春天，算不得年轻，然而，她的心却是年轻的。她用整个纯洁的身心来迎接这迟到的爱情。

> 我愿意是荒林，
> ……
> 只要我的爱人，
> 是一只小鸟，
> 在我的稠密的
> 树林间做窝、鸣叫……

这简直不可思议。傅家杰是学冶金的。他在冶金研究所里专攻金属力学，据说是为"上天"研制新型材料的。他有点傻气，有点呆气，姜亚芬就说他是"书呆子"。可是，这个书呆子会念诗，而且念得那么好！

"这是谁的诗？"她问他。

"裴多菲，匈牙利的诗人。"

"真怪，你是搞科学的，还有时间读诗？"

"科学需要幻想，从这一点说，它同诗是相通的。"

谁说傅家杰傻？他回答得很聪明。

"你呢？你喜欢诗吗？"他问她。

"我？我不懂诗，也很少念诗。"她微笑着略带嘲讽地说，"我们眼科是手术科，一针一剪都严格得很，不能有半点儿幻想的……"

"不，你的工作就是一首最美的诗。"傅家杰打断她的话，热切地说，"你使千千万万人重见光明……"

他微笑着挨近她，脸对着脸，靠得那么近。她从未感到过的男人的热气，猛然地飘洒在她脸上，使她迷惑，使她慌乱。她觉得好像要发生什么事情，果然，他伸开双臂，那么有力地把她拥进自己的怀里。

这一切，来得那么突然。她惶恐地望着这双贴近的含笑的眼睛，张开的双唇。她心跳神驰，微仰起头，下意识地躲闪着，慌乱地紧闭了眼睛，承受着这不可抗拒的爱情的袭击。

雪中的北海，好像是专为她而安排。浓浓的雪花，纷纷扬扬，遮盖着高高的白塔、葱葱的琼岛、长长的游廊和静静的湖面，也遮盖着恋人们甜蜜的羞涩。

于是，出乎所有人的意料，在四年住院医的独身生活结束之后，陆文婷最先举行了婚礼。这只能说是命运的安排，谁能想到在她生活的路上会跳出一个傅家杰来？他要结婚，她怎么能拒绝呢？你看他多么固执地追求着，渴望着，愿意为她牺牲一切——

> 我愿意是废墟，
>
> ……
>
> 只要我的爱人，

是青春的常春藤，

沿着我荒凉的额，

亲密地攀缘上升。

多好啊，生活！多美啊，爱情！这久远的往事重现在脑际，使得垂危中的她似乎有了生的活力，她的眼睛微微启开了一下。

四

在服用了大量镇静和镇痛的药物之后，陆文婷大夫仍在昏睡。内科主任亲自来为她做了检查。他仔细听了她心脏和肺部的情况，看了心动电描图和病房记录，嘱咐值班大夫继续为病人静脉滴注极化液，注射罂粟碱和吗啡，密切监视心电变化，以防止梗死面扩大和发生严重的合并症。

走出病房，内科主任对孙逸民说道："她的体质太弱了。我记得，陆大夫刚到我们医院的时候，身体很好嘛！"

"是啊！"孙逸民摇摇头，叹息着说，"她到我们医院，算来有十八年了。来的时候还是个小姑娘啊！"

十八年前，孙逸民已经是一位享有盛名的眼科专家了。他高超的医术和对工作一丝不苟的态度，赢得了眼科全体大夫的敬畏。这位年富力强、精力旺盛的教授，把培养年轻医生当作自己不容推卸的责任。每当医学院分来一批学生，他都要逐个考察，亲自挑选。他认为，要把这所医院的眼科办成全国最好的眼科，必须从挑选最有前途的住院医开始。

陆文婷是怎么被他挑上的呢？他记得很清楚。最初，这个二十四岁的医学院毕业生并没有给他留下很深的印象。

那天一上午，孙主任已经同五个新分配来的大学生谈了话，心里感到非常失望。这五个大学生，有的很适宜搞眼科，可是看不起眼科，表示不愿意在眼科工作；有的倒是愿意在眼科，可又把眼科看得很简单，以为这是很清闲的一科。当他拿起第六份档案，看到陆文婷这个名字时，他感到有点累，也并不期待还能出现奇迹。他心里想的是应该改进医学院的教学工作，使学生从一开始对眼科就有一个正确的看法。

这时，门悄悄地推开，一个苗条的女生轻步走了进来。孙逸民抬起头来，只见进来的这个女学生穿一身布衣布裤。袖口补着一圈新布边，长裤的膝盖处已经发白。她是朴素的，甚至显得有些寒碜。孙逸民望着档案袋上陆文婷三个字，又抬头漫不经心地打量了她一眼。这个女大学生看起来真像一个小姑娘。她小巧的身子，瓜子形的脸儿，一头乌黑透亮的好头发，短短地剪齐在耳垂下。她坐在对面的椅子上，安静得像一滴水。

孙主任照例问了一般学业上的问题。陆文婷一一回答了，但只限于回答，没有更多的话。

"你愿意在眼科吗？"孙逸民几乎决定草草结束这谈话了。他手臂撑在桌沿上，用手指揉着太阳穴，疲倦地问道。

"愿意。我在学校的时候就对眼科有兴趣。"她说话略带南方口音。

这个回答，使孙逸民那么高兴。他松开了按在太阳穴上的手指，好像额头不那么涨痛了。他立刻改变了主意，要把谈话认真地进行下去。他审视着这女学生，问道："为什么有兴趣呢？"

话一出口，他自己感到这个问题提得不好，叫人家太难回答了。不想，那女学生却不慌不忙地回答了："我们国家的眼科太落后了……"

"好，你讲讲看，怎么落后？"孙逸民简直是急急地在问了。

"我也讲不好，反正我觉得，有些手术，外国已经搞开了，我们还是空白。比如，用激光封闭视网膜破口。我觉得，我们也应该尝试的。"

"是啊！"孙逸民在心里已经给这个学生打了"五"分。他又问道："还有呢？还有什么想法？"

"还有……嗯……用冷冻摘除白内障，也应该普遍推广。反正我觉得，有很多新的课题，值得研究。"

"好啊，你讲得很好。你能看外文资料吗？"

"查词典看，很吃力。我喜欢外语。"

"这太好了。"

孙逸民主任在一个新来的大学生面前连连赞好，这是绝无仅有的。过了几天，陆文婷和姜亚芬首先被眼科要了来。如果说姜亚芬是以她的聪慧、热情、精干被孙逸民挑上，那么，陆文婷就是以她的朴实、深沉、敏锐而被选中。

第一年,她们做外眼手术,熟读眼科学。第二年,她们做内眼手术,读屈光学和眼肌学。第三年,她们能做比较精细的白内障之类的手术了。这一年,有一件事更使孙主任对陆文婷大夫另眼相看。

那是一个春天的早晨。星期一,孙主任查病房来了。穿白大褂的各级大夫跟了一群。病人怀着急切的心情,都早已坐好在床上,翘首盼望这位有名的教授给自己看上一眼。好像他的手一按到自己的眼睛上,那病就会好似的。

每到一个床位,孙主任总是接过从背后递上来的病历,一边翻阅着,一边听主治大夫或高年大夫汇报诊断与治疗的情况。有时他扒开病人的眼皮瞧上一眼,有时他拍拍病人的肩膀,嘱咐病人手术时不要紧张,然后转到下一个床位。

查完病房之后,照例有一个短会,交换意见,安排工作。在这样的会上,通常都是孙主任和主治大夫们发言,住院医只用心地在一边听着,谁也不敢说什么,怕说错了在这些眼科权威面前出乖露丑,日后成为全科的笑料。这一次也是如此,该说的说完了,该布置的布置了。孙逸民准备走了,他站起来问:"大家还有什么意见吗?"

这时,在屋子角落里,响起了一个很低的女同志的声音:"四室三床的病人,请孙主任再看看片子。"

满屋的人都朝说话的方向转过头去。孙逸民也看清了,说话的是陆文婷大夫。她确实长得个子不高,而且很不显眼。刚才查房时,孙逸民就没有注意到尾随在自己身后的还有这个住院医。后来进了办公室,谈了这么长时间,他也没有注意到参加会的还有这个陆文婷大夫。

"三床?"孙逸民侧过脸望着总住院医生。

"三床是工伤。"总住院医答道。

"门诊收住院时,给他照过片子。"陆文婷说,"放射科的报告是未见金属异物。住院后,伤口缝合了,病人还是嚷痛。我又给他做了无骨照相,我认为确实有异物。请孙主任再看看。"

片子被取来了。孙主任看了,在场的总住院医和主治大夫们都轮流看着。

姜亚芬直拿大眼瞪自己的同学，心说：你不会等会后再给孙主任看？万一你判断错了，就在全科落下话柄；就算你诊断对了，那也等于说人家门诊的大夫不够仔细，人家可是主治大夫呀！

"你的看法对，是有异物。"孙逸民又接过片子来，点着头。然后，他环视着在场的大夫说道："陆大夫到眼科不久，肯钻研业务，对工作认真细致，这是很可贵的。"

听到这话，陆文婷反低下了头。她没有想到孙主任会当众表扬自己，一时脸红了。孙主任看着她那神情却微微笑了。他也很明白，这个住院医敢于对主治医的诊断怀疑，不仅要有对病人的高度责任心，还需要极大的勇气。

医院与别的单位不同，一级一级，等级森严。这倒也没有什么明文规定，然而，低年大夫要服从高年大夫，住院医要听主治医的，教授、副教授的意见则是不容辩驳的，如此等等。这个还算不上高年大夫的陆文婷竟然能对主治医的诊断提出不同看法，不能不引起孙逸民格外的重视。

"她是一个很有希望的眼科大夫。"从那时起，孙主任就对陆文婷下了这样的断语。

如今，转瞬之间十八年过去了。陆文婷、姜亚芬这批大夫，已经成为这所医院眼科的骨干。按规定，如果凭考试晋升，她们早就应该是主任级大夫了。可是，实际上她们不仅不是主任级大夫，连主治大夫都不是。她们是十八年一贯的住院大夫。"文革"砍断了她们晋级的阶梯，粉碎"四人帮"后的春雨还没有来得及洒到这些多年住院医的身上。

"一茎瘦草！"望着奄奄一息的陆文婷，一种怜悯之情，从他心中油然而生。孙逸民拉住内科主任问道："你看她，还不至于……"

内科主任回头朝病房望了望，叹了口气，又摇着头低声说："孙老，只希望她很快脱离危险吧！"

孙逸民忧心忡忡地又回身往病房走来。他的步履变得沉重，看上去真是老态龙钟了。到门边，他一眼看见姜亚芬还偎在陆文婷枕边，就站住了，没有前去惊动这两个挚友。

深秋天气，昼短夜长。五点多钟，天已经暗了下来。秋风吹动着窗外的梧桐树叶，沙沙地响。一片、两片、三片……枯黄的叶儿在秋风中飘落了。

孙主任眼望窗外飘落下的黄叶，耳听那如泣如诉的沙沙沙的声响，感到一阵从来未曾有过的怅惘。他面前的这两位骨干，两名有造就的眼科医生，一个已经倒下去了，能不能再站起来，尚不可知；一个即将离去，能不能再回来，亦不可料。她们是支撑着这著名医院眼科的两根柱子。撤掉了这两根柱子，他感到整个眼科就如同那秋风中的梧桐，正在一天天地衰落下去。

五

蒙眬之中，陆文婷大夫觉得自己走在一条漫长的路上，没有边际，没有尽头。

这不是崎岖的山路。山路尽管险峻难攀，却是千回百折，令人意气风发。这也不是田间的小道。小道尽管狭窄难行，却有稻花飘香，令人心旷神怡。这是一步一坑的沙滩，这是举步难行的泥潭，这是无边无沿的荒原。极目远眺，人迹渺无，只有死一般的沉寂。啊！多么难走的路，多么累人的路！

歇下来吧，躺下来吧！沙滩是和暖的，泥潭是柔软的。让大地温暖你冰冷的身躯，让春光抚摸你劳累的筋骨。她好像听见死神在冥冥之中低声轻唤着她的名字："安歇吧，陆大夫！"

啊！这么歇下来多么好，永远歇下来。什么也不想，什么也不知道。没有烦恼，没有悲伤，没有劳累。

可是，不行啊！在那漫长道路的尽头，病人在等着她。她好像看见了，那病人正因双目刺痛辗转不安。她好像看见了，那病人在面临失明的威胁而暗自饮泣。她看见了，看见了一双双望穿秋水的焦急的眼睛，在等着她，等着她的来临。她耳边只听见病人在绝望中的呼喊："陆大夫！陆大夫！"

这是神圣的召唤，这是不可抗拒的命令。她抬起麻木的双腿，继续在长长的路上艰难地行走。从家门到医院，从门诊到病房，从这个医疗点到那个巡回的地方，每天，每月，每年，走啊走啊……

"陆大夫！"

这又是谁在喊呢？好像是赵院长的声音。对了，是他来的电话。她记得，她在门诊护士长的台前放下了电话，把没有看完的病人交代给同诊室的姜亚芬，就向院长办公室走去了。

从眼科门诊到院长办公室，要经过一个小花园。她快步踏着园中小石子儿铺成的甬道，简直没有留心到那满园的菊花娇娜万朵，黄白争艳，也没有感到那从桂花树上飘来的阵阵清香，更没有看到那双双的蝴蝶在花丛中戏舞翩翩。她只想赶快走到院长办公室，赶快办完事，赶快回诊室。一上午要看完十七个病人，今天她才叫了七个号。明天就该轮到她去病房，门诊还有些病人需要交代安排。

她很快就到了院长办公室的门前，她记得自己好像没有敲门，就推开门径直往里走。立刻，她看见了迎面沙发上坐着的一男一女两位客人。她不由在门边站住了，以为自己来得不是时候，转眼才看见赵院长斜身坐在皮转椅上。

"陆大夫，请进来呀！"赵院长回身笑着招呼她。

她走了进去，在靠窗的一把皮靠背椅上坐下了。

那间屋子好亮啊！又清洁又宽敞。那间屋子好静啊！没有门诊部那种杂乱的脚步声、乱哄哄的说话声和小病人的哭叫声。坐在那窗明几净的房间里，她感到一种异样的、很不习惯的恬静。

坐在那里的人们，也是那么温文尔雅，安安静静。赵院长总保持着学者的风度，挺直的脊背，和蔼的面容，金丝眼镜后面一双含笑的眼睛，头发梳理得很整齐。雪白的衬衣，乌黑的皮鞋，一身笔挺的浅灰色中山服。

那坐在沙发上的男客身材颀长，两鬓斑白，戴一副茶色眼镜，使人看不见他的目光。但是陆文婷一望而知，这是一位眼科的病人。只见他斜倚在沙发靠背上，无意地摆弄着身边的手杖，心平气和，举止安详。

坐在他身旁的女客五十多岁的样子。尽管上了年纪，仍是眉清目秀。染过的黑发经理发师稍稍冷烫过，既蓬松又不显轻浮时髦，十分得体。身上穿的是普通式样的干部服，但质地考究，剪裁合身，显得很有精神。

她记得，从自己一站在门口，这位女客的目光就跟踪着自己，从上到下地打量。而反映在那女客脸上的则是一种明显的疑虑、不安和失望。

"陆大夫，我来给你介绍一下。这位是焦副部长焦成思同志。这位是成思同志的爱人秦波同志。"

焦副部长？部长？是啊，在她十几年的医生生涯中，她曾为多少部长、书记、主任治过眼睛。她没有注意到这职称，只是习惯性地想：他的眼睛怎么了？好像是失明？

"陆大夫，你现在是在门诊还是在病房？"赵院长问。

"今天还在门诊，明天就该上病房了。"

"正好。"赵院长笑道，"陆大夫，焦副部长想在我们这儿做白内障手术。"

病情就是敌情。这一句话就等于把任务交给她了。她开始问诊了："是一只眼睛吗？"

"一只。"

"哪只眼睛？"

"左眼。"

"完全看不见了吗？"

那病人点了点头。

"以前在医院检查过吗？"

她记得，病人说了一个什么医院的名字。她就站了起来，准备走过去看那只眼睛。可是，好像出了什么事，没有看成。为什么没有看成呢？记起来了，是坐在一旁的秦波同志客客气气地把她拦住了。

"陆大夫，你先坐，坐嘛，不要急。要检查，恐怕还要到你们的暗室里去吧！"秦波笑了笑，又扭头说，"赵院长，老焦的眼睛一有病，我也成半个眼科大夫了。"

就这样，当时没有给焦副部长诊断。可是，在那间办公室坐了那么久，谈了些什么呢？对，秦波同志问了好些问题，问得真仔细啊！

"陆大夫，你在医院工作几年了？"

几年？她一时算不清了，她只记得自己是哪年毕业的，就那么回答了："我是六一年来的。"

"啊，六一年，那也有十八年了。"

秦波屈指算着，十分认真的样子。

她问这些干什么？只听赵院长从旁说道："陆大夫临床经验很丰富，手术做得很漂亮。"

赵院长为什么要当着病人这么夸赞自己？这有什么必要呢？

秦波同志又问道："你身体好像不大好，陆大夫？"

这又是什么意思？她整天给别人治病，很少研究自己的健康。本院的保健科甚至没有她的病历档案，也从未有上一级的领导问过她的身体状况。怎么面前坐的这位初次见面的客人忽然关心起自己的身体来了？她迟疑了一下，记得是回答说："我身体很好。"

赵院长在一旁又说话了："她在我们这儿，就算身强力壮的了。陆大夫，我记得，你这几年一直是全勤。"

她没有回答。她闹不明白，全勤不全勤，身体好不好，和面前的这位夫人有什么关系呢？她记得，当时只是很着急，担心姜亚芬一个人看不完那些病人。

那夫人盯着她，笑了笑，又问道："陆大夫，对于白内障手术，你有把握吗？"

把握？又是一个叫人难以回答的问题。的确，在她做过的多少次白内障摘除手术中，还从来没有发生过意外的事故。可是，不怕一万，只怕万一，任何意外的情况都是可能发生的。如果病人配合得不好，或者麻醉的大意，都可能使眼内容物脱出。

她不记得自己回答没有了，只记得秦波那一双包在皱褶里的眼睛，那双眼睛很大，闪着两道不信任的亮光，盯着自己一眨也不眨。这使她感到难以忍受。她接触过各式各样的病人，感到最难缠的就是一些高干夫人。不过，她接触得多了，也就习以为常。当她正考虑怎么委婉答复时，她记得，就在这时，焦副部长不耐烦地把身子在沙发上挪动了一下，朝秦波那边扭过头去。这一来，那夫人不说话了，眼睛也从自己身上移开了。

这场很难进行下去的谈话是怎么结束的呢？不记得了。对了，是姜亚芬跑来了，她探进半个身子，叫道："陆大夫，你约的那个张大爷又来了，他非等你不可。"

记得秦波立即客气地说："陆大夫有事，那就先忙去吧！"

她赶忙起身离开了这间明亮宽大的办公室，只感到这里的空气令人窒息，叫人透不过气来。

啊！多么憋闷！

六

赵天辉院长赶在下班前，匆匆忙忙来到内科病房。

"孙老，陆大夫身体一向不错，怎么突然就病倒了？"赵天辉两手插在白大褂的衣兜里，一边同孙逸民谈着，一边向病房走去。他比孙逸民小八岁，看上去却年轻得多，声音也洪亮得多。

"这是一个信号啊！"赵天辉摇摇头又说，"中年大夫，是我们医院的骨干力量，工作上担子重，生活负担也最重，身体素质一年不如一年，长此以往，一个个病倒了，你这位主任、我这个院长就没法办了。陆大夫家里几口人？住几间房？"

他侧身看了看心情沉重、面带愁容的孙逸民，又说："什么？四口人一间房？是啊，是啊，是这个情况。工资呢？工资多少？五十六块半？你看，你看，难怪人家说拿手术刀的不如拿剃头刀的，真是一点不假。嗯？去年调工资，怎么没给她调？"

"僧多粥少，调不过来。"孙逸民冷冷地说。

"唉！真是个问题啊！孙老，我看就请你和支部的同志商量一下，在眼科搞个中年大夫的调查，他们的工作情况、收入情况、生活情况，还有住房情况，搞个材料给我！"

"这有用吗？我记得这种材料，开科学大会的时候就让写过，交上去不也就完了。"孙逸民客气地反驳着，眼睛看着地面，不看身边的人。

"孙老，你就不要带头发牢骚了嘛！有个材料总比没有材料好。我拿了它去找市委，找卫生部去，见庙就烧香，见神就磕头。求爷爷，告奶奶，也要把这张状子递上去。中央三令五申，要珍惜人才，落实知识分子政策，改善科技人员待遇，总不能到了下边就变成一句空话吧！前天还传达市委开会的精神，要重视中年干部。我还是相信，有办法的，会解决的。"

赵天辉挽着孙逸民的手臂，跨进陆文婷的病房，才停了话头。

傅家杰早已站了起来，赵天辉冲他挥了挥手，就径直走近床边，弯下腰去，端详着病人的脸色，又从值班大夫手上接过病历。这时，他已经丢掉院长的身份，进入大夫的角色。

赵天辉是国内著名的胸科专家。全国解放时，他从国外学成归来，以自己精湛的医术服务于新生的人民共和国。他的政治热情很高，五十年代中期就被视为又红又专的典范，入了党，后来又被任命为院长。自从担任了这个行政职务，一大堆行政管理事务和会议压下来，使他除了参加重要的会诊，就很少有机会接触病人了。那十年，住"牛棚"、扫院子，自然谈不上发挥他的专长。这三年又处在拨乱反正的特殊历史时期，身为一院之长，每天处理成堆的问题，根本没有时间和精力上手术台了。

现在，赵院长亲自来到病房，显然是为陆大夫看病来了。内科病房的大夫都被吸引了出来，在他身后围了一圈，悄悄地观摩他的临床诊断。

然而，他似乎有些令人失望。他看完病房记录和心电图记录，又看了看心电监视仪的荧光屏，只嘱咐要继续密切监视心电变化，防止出现合并症，就回头问孙逸民："他爱人来了吗？"

孙逸民把傅家杰拉到前边来做了介绍，赵天辉才知道他原来就是陆大夫的爱人。他打量着傅家杰，一眼就看到他的秃顶和额前的皱纹，心里有点奇怪，这个面目清秀的中年人怎么已经开始秃顶？看来，他不大会保养身体，当然也就不会知道怎样爱护自己的妻子。

"你要多辛苦了。"赵天辉握了握他的手说，"陆大夫需要绝对静卧，不能让她动，大小便，翻身，都要人，应该二十四小时都有专人护理。你在哪儿工作？需要跟你们单位领导讲一讲，这几天你不能上班了。当然，你一个人也不行，还得有人替你。你们家还有什么人没有？"

傅家杰摇摇头说："有两个孩子，都还小。"

赵天辉回头问孙逸民：

"眼科能不能抽人值班啊！"

"一天两天，当然是可以的。"孙逸民说，"长期值下去，人力就安排不过来了。"

"先顾眼前吧!"

赵天辉又回头凝望着陆文婷苍白的瘦脸,心里简直不能明白,这个以精力旺盛著名的小陆大夫,怎么突然间就病成这样?

他脑子里闪过一个念头:会不会是给焦副部长做手术,心里过于紧张了?不可能呀!陆大夫不是一个新手,即便是个新手,也很少发生手术时精神负担过重而导致心肌梗死。更何况,心肌梗死的发病常常来得很突然,不一定有什么诱发因素。

他想排除这种念头,但是,不行。不知为什么,焦副部长的手术和陆大夫的病总是绞在一起,好像有什么必然的联系。他甚至有些后悔,当初不该竭力推荐她。而且事实上,那位副部长夫人从一开始就不愿意让她做手术。

"赵院长,我想问一下,陆大夫是副主任吗?"那天,陆文婷走后,秦波就是这样提出问题的。

"不是。"

"那么,她是主治大夫吗?"

"不是。"

"是党员吧?"

"也不是。"

"我的同志哟!"秦波不大客气地说,"我们都是共产党员,恕我直言,让一个普普通通的大夫来给焦副部长动手术,这,是不是有些考虑不周……"

她的话被焦成思手杖笃笃戳地的声音打断了。焦副部长把头扭向他夫人这边,生气地说:"秦波,你说些什么?听医院安排嘛!谁做不都一样。"

秦波并不屈服,她向焦成思开起连珠炮来:"老焦,我就不赞成你这种无所谓的态度。这是对自己的眼睛不负责嘛!身体是革命的本钱。我们要对革命负责,对党负责!"

眼看老首长两口子要开战,赵天辉不得不过来劝解。他笑道:"秦波同志,请你相信我们。陆大夫虽然只是一个普通的大夫,却是我们眼科的一把好刀。她做白内障手术是很有把握的，请放心吧！"

"不是我不放心。赵院长，也不是我替老焦考虑过多。"秦波叹口气说，"我在干校的时候，有个老同志，也是白内障。当时，不准他回北京，就在当地一个小医院开刀。结果，手术没做完，眼珠掉出来了。赵院长，老焦被'四人帮'关了七年，刚出来工作不久，他可不能没有眼睛啊！"

"不会的，秦波同志，我们医院很少有这样的事故。"

秦波考虑了一下，还是力争着："赵院长，能不能请眼科孙主任亲自替老焦动这个手术？"

赵天辉摇摇头，笑了笑说："孙主任已经快七十了。他自己的眼睛也不行了。再说，他已经好几年没上手术台。他现在的任务是搞点学术研究，带好这一批中青年大夫，还有教学的任务。让他做手术，老实说，还不如让陆大夫做更有把握。"

"要不，请郭大夫做，行不行？"

"郭大夫？"赵天辉一愣。

看来，这位副部长夫人对这里的眼科很做了一番调查。她提示说："郭汝清。"

赵天辉两手一摊说："郭大夫出国了。"

秦波仍不罢休，她急切地问："他什么时候回国？"

"不回国了。"

"为什么？"秦波瞪大眼问道。

赵天辉把头摇了摇，叹道："郭大夫的爱人是个归国华侨。她父亲在东南亚开一间杂货铺，不久前病故了。两个月以前，他们申请出国继承遗产，被批准走了。"

"放着大夫不当，去当杂货铺老板，简直不可理解。"焦成思感慨地说。

"在卫生界，这已经不是个别的了。拿我们医院来说，已经批准出国和正在申请要走的，就有好几个了。而且，还都是我们医院的骨干，业务上拿得起来的呀！"

"这些人，真不知是什么想法？"秦波颇有些愤愤然了。

焦成思把手中的拐杖扬了扬，脸向着赵天辉，说道："五十年代初，你们这批知识分子，冲破重重阻力，回来为建设新中国服务。想不到七十年代末，我们自己培养的知识分子又往外跑，这个教训太深刻了。"

"这么下去怎么得了？"秦波说，"我看还是应该加强思想政治工作。我的同志哟，粉碎'四人帮'以后，知识分子的地位大大提高了，随着四化的实现，生活条件、学习条件都会改善的嘛。"

"是啊。我们党委讨论的时候，也是这个看法。"赵天辉说，"郭大夫走之前，我代表党委找他谈过两次，再三表示挽留，可是没有用啊！"

秦波还想发点议论，焦成思晃了晃自己的手杖拦住她说："赵院长，我来找你们，倒不是非想找个什么专家教授。我对你们医院信得过，或者说有一种特殊的感情。前几年，我右边这只眼睛白内障，就是在你们医院做的，手术很不错。"

"哦！那是谁做的？"赵天辉忙问。

焦成思深为遗憾地说："可惜啊，我到现在还不知道她姓什么。"

"那好办，查一查病历就知道了。"

赵天辉拿起电话，他想，只要把那位大夫找来，焦副部长的夫人总该放心了吧！

焦成思对赵院长连连摆手说："你不用查了，你也查不到。那时是在你们门诊做的手术，根本没有病历。只记得，是个女同志，说话带南方口音。"

"这就不好找了。"赵天辉放下电话，笑道，"我们这里南方口音的女同志很多，陆大夫就是南方人。就让她做吧！"

当秦波扶着焦副部长站起来时，他们接受了赵院长的意见，让陆文婷大夫来给做这个手术。

也许，就因为这个手术使她心肌梗死？赵天辉自己想着，又摇摇头，觉得不可能。这样的手术她做过上百次了，不会那么紧张。再说，那天手术前自己还亲自去了，他看见这位女大夫走上手术台时从容不迫，很有信心，精神也很好。怎么可能发生这样意外的不测呢？

赵天辉又把关切的目光停留在陆文婷脸上。他感到，即便是在这生死线上，陆文婷大夫的脸色仍是从容的，好像没有什么病痛，只是安安静静地酣睡在温柔的梦乡。

七

她素来是从容的，沉静的。想让陆文婷大夫生气，在眼科工作过的同志都知道，几乎是不可能的。

秦波对她的挑剔和轻侮，换了别人，十有八九会当面顶撞，即使不说出口，也会怒形于色，或者过后愤愤不平，耿耿于怀。陆文婷呢？她从院长办公室出来的时候心平似镜，一如往常。她没有把替焦副部长做手术，看作是不可多得的荣誉；也没有把秦波的刁难，视为难以忍受的凌辱。手术做不做，要看病人自愿，愿意做就做，不愿意做就不做，这有什么呢？

"怎么，又找你做手术，什么大官儿呀？"姜亚芬见她出来，便悄悄问道。

"还没定做不做呢。"

"快走吧！"姜亚芬拉着她说，"你约的那个老大爷，真难办，简直跟他讲不清，他坚决不做手术了。"

"那怎么行？他是外地来的，花了那么多路费，能治不治，我们也没尽到责任。"

"那你去说服吧！"

回到门诊部，穿过坐满了候诊病人的过道时，一些熟悉的病人早已站起来向她们致意。她俩含笑四顾，点头招呼着。陆文婷进到自己的诊室，正低声回答着一个年轻病人的问题，忽然从身后响起了一个洪亮的喊声："陆大夫！"

这一嗓子把病人和大夫的目光都吸引了过去。只见一个高大结实的汉子摸索着朝诊室门口走来。这病人身穿青布裤褂，头缠白色毛巾，肩宽腰圆，五十多岁的样子。他那比人高出一头的个子本来就引人注目，加上这一声喊，两边的人都给他让开了路。但他双目几近失明，不知这么多人在看自己，只伸出两只大手，迎着陆文婷说话的声音摸去。

陆文婷忙转身迎出去，双手扶住这盲人，说："张大爷，快坐下吧！"

"您坐，陆大夫！俺找您，说个情况。"

"说吧，坐下说。"陆文婷搀扶着老汉在长椅上坐下。

"陆大夫，是这么回事儿。我在这儿也住了不少日子了。我寻思，还是先回去吧，赶明儿再来……"

"那怎么行？张大爷，您这么远跑到北京，花了这么多路费……"

"谁说不是呢！"不等陆文婷说完，张老汉拍着自己的膝盖抢过话说，"我是想着，回去再干一秋活儿，挣点分儿。您别瞧我眼神不济，摸摸索索也能干，队上派活挺照顾我。陆大夫，我拿定主意先回去，可一想，怎么也得来跟您说一声儿。为俺这双眼睛，真没少叫您操心。"

张老汉患角膜溃疡多年，瘢痕很厚，久治不愈。陆文婷在那里巡回医疗时，曾建议他移植角膜。老汉就是为做这个手术来的。

"张大爷，您儿子花了这么多钱，让您到这儿治病，没治好就回去了，我们也过意不去啊！"

"嘻，有您这份儿心，啥都有了。"

陆文婷笑笑，拍着老汉的胳膊说："眼睛治好了，您干活就不用人家照顾了。您身体这么好，还能干它二十年呢！"

张老汉呵呵笑了起来，连声答道："那敢情！要不是两眼不争气，啥活儿也难不住我！"

陆文婷笑道："那就还是做吧！"

张老汉放低了声音，说道："陆大夫，我拿您也不当外人，俺就实话实说吧，俺愁的就是钱。俺这趟治病，全靠自个儿掏，老在北京住店，住不起呀！"

陆文婷愣了一下，马上又说："张大爷，您别着急，我已经查过预约本了，这回该轮到您了。这两天，只要有材料，就马上给您做手术，行吧？"

张老汉被说服了，陆文婷把他送到走廊外，转身回来时，被一个十一二岁的漂亮小女孩拦住了。

这孩子长得可真俊。圆鼓鼓红扑扑的脸儿，黑眉毛高鼻梁配上两张红嘴唇儿，一只双眼皮儿大眼睛滴溜溜水汪汪的。可惜，另一只眼却向外斜着。她穿着医院的白裤褂躲躲闪闪地叫："陆大夫！"

"王小嫚，你怎么跑出来了？"陆文婷向她走去。这是她昨天收进来的小病人。

"我害怕，我要回家！"说着，王小嫚抹起眼泪儿来了，"我，不做手术了。"

陆文婷搂住这女孩子的肩膀问："来，告诉阿姨，怎么又不想做手术啦？"

"我怕疼。"

"傻丫头！不疼。到时候我给你打麻药。保证一点儿都不疼！"陆文婷拍拍她的头，又弯腰凝视着这张小脸儿，像在惋惜地欣赏一件不小心弄坏了的艺术品似的，不无遗憾地说，"你看，就是这只眼睛！王小嫚，等阿姨给你矫正过来，跟那边的眼睛一样，你看，多好！快回病房去，听话！医院不准乱跑的。"

王小嫚擦干眼泪走了，陆文婷才回到自己的诊桌，一个一个地叫号。

这两天病人很多。今天也一样。她必须抓紧时间，把刚才去院长办公室耽误了的时间补回来。她忘记了焦副部长，忘记了秦波，也忘记了自己，只一个接一个地看下去。问明情况，带到暗室，开药方，给预约号，一个接一个……

"陆大夫，你的电话！"护士跑来叫她。

"请你稍等一下。"陆文婷向病人打了招呼，跑过去拿起听筒。

"佳佳病了，昨天晚上就发烧。"托儿所的阿姨在电话里说，"我们知道你工作很忙，没敢告诉你，带她去看了急诊，打了针。可是，现在还不退烧，老哼哼，要找妈妈，你能不能来看看。"

"好的，我就来。"她放下了电话。

可是，她并没有去托儿所。这么多病人压着，怎么能丢下走开？她又拿起电话，拨通傅家杰机关的号码，那边告诉她傅家杰外出开会去了。她只好挂上了电话。

"谁来的电话？有事儿吗？"姜亚芬问。

"没什么。"她答道。

她从来不麻烦别人，也从来不麻烦组织。"先把病人看完了，再上托儿所也行。"她想着，又坐回到诊桌旁，继续看病。开始，哼哼的佳佳，哭喊妈妈的佳佳，还在她脑子里转。后来，一双双病人的眼睛取代了佳佳的位置，直到把所有的病人都看完了，陆文婷才急急忙忙赶到托儿所去。

<h1 style="text-align:center">八</h1>

"陆大夫，你怎么才来呀？"托儿所的阿姨抱怨地说。

她冲向隔离室，只见小佳佳一个人冷冷清清地躺在小床上。她的小脸蛋儿烧得通红，小嘴唇儿张着，小鼻子吃力地翕动着，眼睛却闭得紧紧的。

"佳佳，妈妈来了！"陆文婷扑到小床栏杆上。

佳佳的小脑袋在枕头上动了动。她沙哑地喊了一声："妈——妈——回家！"

"回家，回家！"她急忙抱起小佳佳，转回本院儿科看急诊。

"肺炎。"儿科的大夫同情地说，"陆大夫，要好好护理几天啊！"

她点点头，给佳佳打了针，取了药，走出儿科急诊室。

中午时，医院安静下来。门诊的病人走了，住院的病人睡了，医护人员也各自奔回家或者找地方休息去了。偌大的一个院子显得空落落的，只有一些不知疲倦的麻雀在梧桐树上叫着，逍遥自在地飞来飞去。原来，在这大楼林立、空气污染、充满噪音的市区，也还有大自然的造物在与人类争妍。陆文婷心中觉得奇怪，怎么天天在医院走来走去，竟没有发现这里还有鸟儿？

她抱着孩子站在院子当中，不知该往哪儿去。回托儿所吧，想到病成这样的孩子，却独自躺在隔离室，于心不忍；抱回家去吧，下午还要上班，谁来照顾她。

愣了片刻，她狠了狠心，朝托儿所走去。

伏在她肩上、垂着头的佳佳，忽然大哭起来："我不上托儿所，不上……"

"佳佳，乖，听话……"

"不，不，我回家！"佳佳两腿乱踢起来。

"好，回家，回家。"陆文婷只好抱着佳佳朝回家的路上走去。

从医院到家里，要穿过繁华的商业大街。新竖的巨幅时装广告，大街两旁琳琅满目的陈列橱窗，以及人行道上农民自由出售的活鸡活鱼，瓜子、花生等稀缺的农副产品，陆文婷一概视而不见。自从有了两个孩子，月月入不敷出，她就同高档商品无缘了。此刻她怀里抱着佳佳，心里惦着园园，更是目不斜视，行色匆匆。

回到家里，已经快一点了。园园噘着嘴说："妈，你怎么才回来？"

"你没看见小妹病了吗？"陆文婷瞪了园园一眼，忙给佳佳脱了衣服，把她放在床上，替她盖上被子。

园园站在桌边，着急地说："妈，快做饭呀！要迟到了！"

陆文婷心烦意乱，不由得吼了一声："催！你就会催！"

园园又委屈又着急，眼圈儿一红，眼泪儿就在眼眶里打起转来。

陆文婷顾不上去理他，走出房门打开蜂窝煤炉。封闭了一上午的煤块已经奄奄一息，火是一时上不来了。她再掀开锅盖，打开碗橱，全都空空如也，连一点剩菜剩饭都没有了。

她又转身进屋，看见儿子仍站在那里伤心，心里感到内疚。孩子是无辜的，自己为什么拿他出气呢？

近年来，她越来越感到家务劳动的负担沉重。"文革"那些年，傅家杰的实验室被造反的人们封闭了。他研究的专题也被取消了。他变成了"八九二三部队"的成员：每天八点上班，九点下班；二点上班，三点下班。他整天无所事事，把全部精力和聪明才智都用在家务上。一日三餐他包了，还学会了做棉裤、织毛衣。这倒使陆文婷免去了后顾之忧。粉碎"四人帮"以后，科研工作被重视起来，傅家杰被视为骨干，他的科研项目被列为重点，又成了忙人。这样，家务劳动的重担又有很大一部分压到陆文婷肩上。

每天中午，不论酷暑和严寒，陆文婷往返奔波在医院和家庭之间，放下手术刀拿起切菜刀，脱下白大褂系上蓝围裙。可以毫不夸张地说，这是分秒必争的战斗。从捅开炉子，到饭菜上桌，这一切必须在五十分钟内完成。这样，园园才能按时上学，家杰才能蹬车赶回研究所，她也才能准时到医院，穿上白大褂坐在诊室里，迎接第一个病人。

一遇到今天的情况，全家就有面临饥饿的危险。她叹了口气，从抽屉里拿出点零钱说："园园，你自己去买个烧饼吃吧！"

园园接过钱，正往外走，又回过身来问："妈，你吃什么呀？"

"我不饿。"

"也给你买个烧饼吧！"

一会儿，园园给她送回一个烧饼，自己一边吃一边上学去了。

陆文婷啃着干硬的冷烧饼，呆呆地望着这间十二平方米的小屋。

对于生活，她和他都没有非分的企求。他们结婚的时候，就住在这间屋子里。房间没有沙发，没有大立柜，没有新桌椅，甚至没有新铺盖。两个人把自己平日的被褥集中到一起，就开始了新的生活。

他们的被褥是单薄的，他们的书籍是丰厚的。院里的陈大妈说："一对书呆子，怎么过日子哟！"而他们觉得，日子美得很。一间小屋，足以安身；两身布衣，足以御寒；三餐粗饭，足以充饥。这就够了。

他们视为珍宝的，是属于自己支配的时间。每天晚上，这陋室里就铺开了两摊子。陆文婷占据了唯一的一张三屉桌，借助外文词典，阅读国外眼科医学文献，贪婪地在自己的本子上记下有用的资料。傅家杰屈居于床边的一叠箱子上，把一本本参考书摊在床上，研究他的金属断裂专题。院里那些调皮的孩子们，常常来窥探这对新婚夫妇的秘密，他们看到的总是这样一幅夜读图。

对于他们来说，能够有一张平静的书桌读一点书，能够不受干扰地开一个夜车研究一点学问，这一天就过得非常充实。尽管没有地方给他们发夜班津贴，她和他天天工作到深夜，把一天变成两天，从不吝惜自己的健康和精力。夏天的晚上，邻居们在院子里乘凉。香茶、团扇，徐徐的晚风，明亮的星星，有趣的新闻，海阔天空的闲扯，都不能把这对"书呆子"从闷热的小屋里吸引出来。

啊！多么安宁的日子，多么充实的夜晚，多么难得的生活。它刚刚开始，却又匆匆离去。

两个新的生命，相继来到这间小屋。园园和佳佳，多么逗人疼爱的两个小人儿！不能说孩子的降临没有给这个小家庭带来欢乐，但是，他们也带来了混乱和灾难。小屋里挤进一张小孩床，后来又换成了单人床，几乎没有转身之地了。屋内空中挂起了"万国旗"，瓶瓶罐罐堆起来。孩子的哭声、嬉笑声、吵闹声，破坏了这小屋的宁静。

傅家杰是体贴的。他在屋里拉起一块绿色的塑料布，把三屉桌挪到布幔后面，希望能在这瓶瓶罐罐、哭哭啼啼的世界里，为妻子另辟一块安定的绿洲，使她能像以前一样夜夜攻读。这谈何容易！

但是，一个眼科大夫，不掌握各国眼科医学的新成果，怎么能开阔自己的眼界，结合自己的临床经验，做出新的贡献呢？她常常强迫自己躲在布幔后面，把自己隔离起来，直至深夜。

当园园成为一名小学生以后，这张珍贵的三屉桌的优先使用权属于了园园。只有等儿子功课做完了，腾出地方来，陆文婷才能打开自己的笔记本和借来的医学文献书籍。至于傅家杰，只好排在最后了。

啊！生活，你是多么艰难！

陆文婷啃着冷烧饼，望着窗台上的小闹钟：一点五分，一点十分，一点十五分了！怎么办？该上班去了，明天去病房，门诊还有好多事需要交代。可，佳佳交给谁？再给家杰打电话吗？附近没有电话。就算有电话，也不一定能找到他。再说，他已经耽误了十年，现在不该再占他的时间，不能再让他请假！

她双眉紧皱，一筹莫展了。

或许，一生的错误就在于结婚。不是人常说吗，结婚是恋爱的坟墓。那时候，自己是多么天真，总以为对别人说来，也许是如此，对自己来说，那是绝不可能的。如果当时就慎重考虑一下，我们究竟有没有结婚的权利，我们的肩膀能不能承担起组成一个家庭的重担，也许就不会背起这沉重的十字架，在生活的道路上走得这么艰难！

闹钟无情地嘀嗒着，已经一点二十分了！实在没办法，她只好找院里的陈大妈帮忙。陈大妈是街道积极分子，一向热心助人。以前每遇这种情况，也多亏了这位老大妈。可是，陈大妈坚持义务帮忙，从不接受任何形式的报酬，这使陆文婷总觉得于心有愧，也就尽量不去麻烦她。

今天又到了走投无路的时候，她只好去找这位好心肠的大妈。陈大妈满口答应："你尽管放心上班去，陆大夫！"

陆文婷把佳佳喜欢的小人书和积木放在小枕头边，又托付陈大妈按时给她喂药，便匆匆赶回医院。

她坐在诊桌旁时，心里还想着，一会儿跟护士长说一下，少叫几个号，我得早点回去。可是，病人一来，这一切又都忘了。

赵院长亲自打电话告诉她：焦副部长明天入院，请她准备手术。

秦波同志接连来了两次电话，询问手术前要注意什么事项，需要病人和病人家属做哪些配合，在精神上和物质上都需要做些什么准备？

这使她很难回答。她做过上百例这种手术，还很少有人向她提过这样的问题，只好答道："也没有什么要特别注意的。"

"嗯——怎么没有什么要特别注意的呢？我的同志哟，凡事预则立。思想准备充分一些总是好嘛，是不是呀？我看，还是我来一下吧，咱们当面研究一次。"

陆文婷不得不赶忙挡驾，对着话筒说："我这里还有很多病人。"

"那明天我们到医院再谈吧！"

"好。"

放下这叫人头疼的电话，她又回到诊桌旁边，一直看完最后一个病人。这时，天已经擦黑了。

她赶回家去。走到窗户底下就听见陈大妈正唱着自己即兴创作的儿歌：

> 佳佳、佳佳
> 快长大，
> 赶明儿变个
> 科学家！

佳佳咯咯地笑了起来。陆文婷心中感激万分，忙进屋谢了大妈，又摸摸孩子的额头，烧也退了些，她才松了口气。

给孩子打完针，傅家杰回来了。跟着又来了两位客人——姜亚芬和她的爱人刘学尧大夫。

"我是来向你告别的。"姜亚芬说。

"你要上哪儿去呀？"陆文婷问。

"我们申请去加拿大，护照批下来了。"姜亚芬的眼睛垂下来，望着地面说。

刘学尧的父亲在加拿大行医，陆文婷是知道的。他几次来信要刘学尧夫妇去国外，她也听说过。但是，他们真的要走，却是她意想不到的。

"去多久？什么时候回来？"她问。

"可能就一去不回了。"刘学尧做出轻松的样子耸了耸肩膀答道。

陆文婷盯着自己的好朋友问道："亚芬，为什么你早没告诉我？"

"怕你劝阻我，更怕我自己动摇。"姜亚芬仍是躲开陆文婷的目光，眼睛盯着地面，好像要把这地望穿。

刘学尧从提包里拿出一包一包的卤菜，最后拿出一瓶葡萄酒来，兴致勃勃地说："你们还没做饭吧？正好，我借贵方一块宝地，举行告别宴会。"

九

这是一次含泪的晚宴。

与其说他们喝的是酒，不如说他们咽下的是泪。与其说他们吃的是美味的菜肴，不如说他们嚼的是人生的苦果。

佳佳睡着了，园园上邻家看电视去了。刘学尧举起酒杯，望着杯中的酒，感慨万端地说："人生，人生，人生真是难以预料啊！我父亲是个医生，古文底子很厚。我从小喜爱诗词歌赋，一心想当文人，可是命中注定要我继承父业，一晃三十多年。家严一生为人谨慎，他处世的格言是'言多必失'。可惜，这一点，我没有学来！我爱说，爱提意见，结果是祸从口出，每次运动都挨上。五七年毕业时差点成了右派，'文革'更不用说，又脱了一层皮。我是个中国人，不敢说有多么高的政治觉悟，可总还是爱国的，真心希望我的祖国富强起来。连我自己也想不到，在我快五十岁的时候，忽然会远离我的祖国。"

"不能不走吗？"陆文婷轻轻地说。

"是啊，为什么非走不可呢？我自己跟自己辩论过无数次了。"刘学尧晃动着手内半杯殷红的葡萄酒，又说，"我已经过了大半辈子，还能活几年？为什么要把骨灰扔进异国他乡的土壤？"

一桌人都默默不语，听着刘学尧抒发他的离别愁情。可是，他忽然
缄口不言，仰脖把半杯剩酒一干而尽，才吐出一句话来："你们骂我吧！
我是中华民族不肖的子孙！"

"老刘！别这么说，这些年你的遭遇，我们都知道的。"傅家杰给他
斟上酒说，"现在黑暗已经过去，光明已经来到，一切都会好起来的。"

"这我相信。"刘学尧点点头，"可是，光明什么时候才能照到我家门
前？什么时候才能照到我女儿身上？我等不及啊！"

"不谈这些吧！"陆文婷猜想刘学尧非要出国不可的理由，可能是为
了他那唯一的女儿，觉得不便深谈，便岔开话说，"我从来不喝酒，亚芬
和你要走了，今天我要敬你们一杯！"

"不，应该我敬你一杯！"刘学尧按住酒杯说，"你是我们医院的支
柱，是中华医学的新秀！"

"你喝醉了！"陆文婷笑道。

"不，我没有醉。"

半天没有开口的姜亚芬，也举杯说道："我诚心诚意为文婷干一杯！
为了我们二十多年的友谊，也为了未来的眼科专家！"

"哎呀！你们这是干吗？我算什么呀？"陆文婷连连摆着手说。

"算什么？"刘学尧真有点醉似的，愤愤地说，"像你这样身居陋室，
任劳任怨，不计名位，不计报酬，一心苦干的大夫，真可以说是孺子牛，
吃的是草，挤的是奶。这是鲁迅先生的话，对不对？傅家杰！"

傅家杰默默地独自喝着酒，点了点头。

"这样的人太多了，又不是我一个。"陆文婷仍笑着说。

"正因为这样，我们的民族才是伟大的民族！"刘学尧又喝了一杯。

姜亚芬望着熟睡在床上的佳佳，不无伤感地叹道："就是嘛，宁肯耽
误自己孩子的病，也不肯误了给别人治病。"

刘学尧站起来，给所有人斟满酒，说道："这就是宁肯牺牲自己，也
要普救天下。"

"你们今天怎么回事？专门抬我？"陆文婷笑着指指傅家杰说，"你问
他，我最自私了。我把丈夫打入厨房，我把孩子变成了'拉兹'，全家都

跟着我遭殃。说实话，我是个不称职的妻子，也是个不称职的妈妈。"

"你是一个称职的医生！"刘学尧叫道。

傅家杰又喝了一口酒，放下杯子说："这一点，我对你们医院是有意见的。大夫也有家，也有孩子。大夫的孩子也会生病，为什么从来没人关心过？"

"老傅啊！"刘学尧打断他的话，叫了起来，"如果我是赵院长，我首先给你发勋章，还要给园园、佳佳发勋章！是你们作出了牺牲，才使我们医院有了这么好的大夫……"

傅家杰抢过话来说："我不求勋章，也不要表扬。我只希望你们医院了解，做一个大夫的爱人，是多么不容易。且不说巡回医疗、抗灾救灾，一声令下，抬腿就走，家里一摊全撂下不管，就连平常手术台上下来，踏进家门，精疲力尽，做饭连手都抬不起来！试问：这种情况下，我不进厨房谁进厨房？说来真要感谢文化大革命，给了我那么多时间，也把我练出来了。"

"亚芬早就说要给你摘掉'书呆子'的帽子。"刘学尧拍拍他的肩膀，笑道，"现在你是既能研究上天的尖端技术，又能深入厨房拳打脚踢，简直是一代共产主义新人在成长，谁说文化大革命成绩不是主要的？"

傅家杰平日不沾酒，今天喝了一点，脸就红了。他拉着刘学尧的袖口笑道："对嘛，文化大革命就是改造人的大革命。那几年，我不就被改造成家庭妇男了吗？不信，你们问文婷，我什么不干？什么不会？"

陆文婷听着这些含泪的笑谈，心里很苦。她不能制止他们。此时此刻，好像也只有这种过去的笑话才能冲淡离愁。见傅家杰含笑看着自己，只好勉强笑道："什么都会，就是不会纳鞋底，不然园园就不会老嚷买球鞋了。"

"这就是你的苛求了！"刘学尧一本正经地说，"傅家杰改造得再彻底，也不能像农村老太太那样，拿着鞋底到处转啊！"

"要不是粉碎了'四人帮'，说不定我还真拿着鞋底到研究所批判大会上纳去。"傅家杰说，"你们想，那种状况继续下去，科学、技术、知识统统打倒，不就剩下纳鞋底了吗？"

然而，这样伤心的笑谈又能持续多久呢？他们谈到粉碎"四人帮"，谈到科学的春天到来，谈到"臭老九"变成了"穷老三"，谈到中年干部的疾苦，空气又沉闷起来。

"老刘，你认识的人多，可惜你要走了。"傅家杰又打起精神，拍着刘学尧的肩膀说，"我听说当保姆收入颇高。我真想托你打听一下，谁家要雇男保姆……"

"我走了不要紧。"刘学尧也拍着傅家杰的手说，"现在出了一张《市场报》，登待聘广告，你可以试一试。"

"那太好了！"傅家杰推了推宽边眼镜，嘻嘻哈哈地说，"本人大学毕业，精通两门外语，擅长烹调蒸煮，缝纫洗涤，兼做男女粗细各种杂活。体格健壮，性情温和，勤劳勇敢，任劳任怨。最后一条，报酬面议。哈哈！"

姜亚芬默默地坐在一旁，不举杯，不动筷，看他们笑，自己也想笑，可是笑不出来。她碰了碰自己的丈夫说："别说这些了，有什么意思？"

"意思？这是一个普遍的社会现象啊！"刘学尧挥着手说，"中年，中年，现在从上到下，谁不说中年是我们国家的骨干？是各条战线的支柱？医院的手术靠中年大夫，重点科研项目压在中年科技人员身上，工厂的各种难活是中年工人顶着，学校的重点课程也要中年教师担当……"

"你少发点议论吧！一个大夫管那么多干吗？"姜亚芬打断他的话了。

刘学尧眯起眼，似醉非醉地说："陆放翁的名句'位卑未敢忘忧国'呀！我是个无名医生，可我不敢忘却国家大事。我请问：谁都说中年是骨干，可他们的甘苦有谁知道？他们外有业务重担，内有家务重担；上要供养父母，下要抚育儿女。他们所谓发挥骨干作用，不仅在于他们的经验，他们的才干，还在于他们忍受着生活的熬煎，作出了巨大的牺牲，包括他们的爱人和孩子也忍受了痛苦，作出了牺牲。"

陆文婷呆呆地听着，轻轻说了一句："可惜，能看到这一点的人太少了！"

傅家杰愣了一下，给刘学尧酌上酒，笑道："老刘，你不应该当医生，也不应该当文人，你应该去研究社会学。"

刘学尧苦笑道："那我就是大右派了！研究社会学，必然要研究社会的弊病啊!"

"找到了弊病,加以改进,社会才能前进。这是左派,不是右派!"傅家杰说。

"算啦,左派右派我都不想当,不过,我对社会问题的确有兴趣。你比如说中年问题。"刘学尧两个胳膊肘支在桌沿上,玩着空酒杯,又滔滔不绝起来,"旧社会有句话:'人到中年万事休。'这反映了在那个社会里,我们的民族未老先衰。人才活到四十岁,就觉得这辈子完了,不能再有什么作为了。现在呢,可以改一个字,'人到中年万事忙'。对吧?四五十岁的人,知识比较多了,经验比较多了,加上年富力强,正是担当重任的时候。这也反映在新社会里我们的民族年轻了,富有青春的活力了。中年人,正是大显身手的时候。"

"高论!"傅家杰赞道。

"你别忙叫好,我还有谬论。"刘学尧按住傅家杰的胳膊,谈兴更高了,"单从这方面看,我们这一代中年可以说是生逢其时的幸运儿了。其实不然,这一代的中年人又是不幸的。"

"话都叫你说了!"姜亚芬又打断他。

傅家杰拦住姜亚芬说:

"我倒很想听听这个不幸。"

"不幸在于他们最能出成果的黄金岁月,被林彪、'四人帮'的动乱耽误了。"刘学尧长长叹了口气说,"像你吧,几乎成了无业游民。现在,这批中年人要肩负起'四化'的重任,不能不感到力不从心,智力、精力、体力都跟不上,这种超负荷运转,又是这一代中年的悲剧。"

"你们这些人也真难伺候!"姜亚芬笑道,"不用你们吧,你们发牢骚:又是怀才不遇啦,又是生不逢时啦!重用你们吧,反倒又叫苦连天:又是担子太重啦,又是待遇太低啦!"

"你就没有牢骚?"刘学尧反问她。

姜亚芬低头不语了。

从刘学尧的这通议论里,陆文婷又感到,他之所以非出去不可,可能不全是为了他女儿,也为了他自己。

刘学尧又举起杯来,叫道:"来!为中年干一杯!"

十

这天晚上，客人走了，孩子睡了，陆文婷刷了锅，洗了碗，回到屋里，只见傅家杰歪身靠在床头，摸着自己的额头发呆。

"家杰，你在想什么？"陆文婷站在他面前，望着他忧郁的神色，吃惊地问。

傅家杰没有回答她的话，却问道："你还记得裴多菲那首诗吗？"

"记得。"

"我愿意是废墟……"傅家杰把手从额上放下说，"我现在真成废墟了。我已经不像中年人，好像是老年人了。你看，头顶秃了，头发白了，额头的皱纹多深了呀，我自己都能摸出来。真像一片残垣断壁，一片荒废景象。"

啊，真的，他变得多么苍老啊！陆文婷心酸地扑到他身旁，抚着他的前额说："都是我不好，让家务把你拖垮了，都怪我！"

傅家杰取下她的手，温柔地捏在自己手中说："不，这不怪你。"

"我太自私了，只顾自己的业务。"陆文婷的眼睛离不开那印着皱痕的前额，声音颤抖着，"我有家，可是我的心思不在家里。不论我干什么家务事，缠在我脑子里的都是病人的眼睛，走到哪儿，都好像有几百双眼睛跟着我。真的，我只想我的病人，我没有尽到做妻子的责任，也没有尽到做母亲的责任……"

"别说傻话。你作出了多大的牺牲，只有我知道。"他忍住涌上眼眶的泪水，不说了。

陆文婷依偎在傅家杰胸前，伤心地说："你老了，我，我真不愿意你老……"

"不要紧，'只要我的爱人，是青春的常春藤，沿着我荒凉的额，亲密地攀缘上升'。"他轻声地吟着他们喜爱的诗句。

秋夜，静静的。陆文婷倚在爱人的胸前睡着了。泪珠还凝结在她黑黑的睫毛上。傅家杰抬起身子，轻轻地让她在床上睡好。她睁开眼问："我睡着了吗？"

"你疲劳了。"

"不，我一点也不疲劳。"

傅家杰斜躺在床边，一手撑着自己的头，望着她说："金属也会疲劳。先产生疲劳显微裂纹，然后逐步扩展，到一定程度就发生断裂……"

疲劳、断裂，是傅家杰研究的专题，他常常挂在嘴边，从陆文婷耳边飘过。只有这一次，这些专有名词仿佛有着千钧重量，给她留下了深深的印记。

啊，多么可怕的疲劳，多么可怕的断裂。她觉得，在这悄静的夜晚，在这大千世界，几乎每个角落都有断裂的声音。负荷着巍巍大桥的支架在断裂，承受着万里钢轨的枕木在断裂，废墟上的陈砖在断裂，那在荒凉的废墟上攀缘上升的常春藤也在断裂……

十一

夜深了。

病房中的大吊灯熄灭了，只有墙上的壁灯放出蓝幽幽的暗光。

陆文婷躺在病床上，只觉得眼前有两点蓝蓝的光。时而像夏夜的萤火虫在飞跃，时而像荒原的磷火在闪烁，待到定睛看时，又变成了秦波那两道冷冷的目光。

秦波的目光是严厉的。但是，在焦副部长住进医院的那天上午，她把陆文婷叫去的时候，目光却是亲切的、温和的。

"陆大夫，你来了，快，先坐一会儿！老焦做心电图去了，一会儿就回来。"

当陆文婷跨上一幢十分幽静的小楼，穿过铺着暗红色地毯的过道，来到焦副部长住的高干病房门前时，秦波正坐在靠门的沙发上，她立刻起身，堆满笑容地接待了陆文婷。

秦波把陆文婷让到小沙发上坐下，自己也隔着茶几坐下了。可她立刻又站起来，走向床边，从床头柜里拿出一小筐橘子，放到茶几上说："来，吃个橘子！"

陆文婷摆了摆手，连说："不客气！"

"尝一个吧！这是老战友从南方带来的，很不错的。"说着，秦波亲自拣了一个递过来。

陆文婷只好把这黄澄澄的橘子接在手里。尽管今天秦波态度和蔼，陆文婷还是觉得背后冷飕飕的。那天初次见面时秦波的眼光好像两支冷箭一样至今还插在她背上。

"陆大夫，白内障到底是怎么一种病啊？我听一些医生说，怎么有的白内障还不能做手术？"秦波竭力用谦逊的声调问，那声音里甚至还含有讨好的成分。

"白内障就是眼睛里的晶体变得混浊了。"陆文婷看着手上的橘子说，"我们根据混浊程度的不同分为初期、膨胀期、成熟期、过熟期，一般认为在成熟期做手术比较好……"

"哦，哦，"秦波点着头，又问道，"要是成熟期不做手术，再拖一拖又会怎么样呢？"

"那样不好。"陆文婷解释说，"到了过熟期，晶体缩小，晶体内部的皮质溶化，悬韧带松脆，手术就比较困难了，因为这时候晶体很容易脱位。"

"哦，哦！"秦波答应着，又点着头。

陆文婷感到她并没有听懂，也并不想弄懂。她为什么要问这些她并不懂得，也并不打算真正弄懂的问题呢？消磨时间吗？自己还有那么多事情在等着。刚到病房，病人情况需要了解，好多问题堆在脑子里，她真有点坐不住了。可是，她不能走，焦副部长也是病人，他的眼睛术前应该检查。他怎么还不回来呢？

"听说外国有一种人工晶体，"秦波想着，又说，"做完白内障手术，装上人工晶体，就可以不用配凸透镜了，是吧？"

陆文婷点头答道："对，我们也正在试验。"

秦波忙问："能不能给焦副部长装一个人工晶体？"

陆文婷微微一笑，说道："秦波同志，我才说了，这种手术我们正在试验阶段，给焦副部长装，合适吗？"

"那就算了。"秦波马上同意不在焦副部长身上做试验了。可是，她想了想，又问："你看，焦副部长这次手术，要采取一些什么措施？"

"采取什么措施?"陆文婷简直莫名其妙。

"我是说，要不要订一个什么手术方案。万一出现意外的情况，该怎么处理，事先安排好，免得到时候慌了手脚，乱了套。"秦波见陆文婷呆呆地望着自己，还不开窍的样子，就又补充说，"我看报上常登这方面的消息，有的还成立手术小组，先讨论方案嘛!"

陆文婷听到这里，不由笑道："这没有必要，白内障摘除是很一般的手术。"

秦波把头扭向一边，有点不高兴了。但她还是又把头转过来，心平气和地，甚至笑了笑说："我的同志哟! 不要轻敌嘛，啊? 轻敌思想往往造成失败，这在我们党的历史上是有过的……"

秦波耐心地做了一番思想工作，又引导陆文婷大夫去设想在什么情况下白内障手术容易招来失败。

"如果病人有心脏病，或者血压很高，做手术就要考虑。"陆文婷说，"还有，要是病人有气管炎的话，也要治好咳嗽再做手术。要不然，伤口切开了，病人一咳嗽，眼内容物很可能脱落出来。"

"我担心的就是这个啊!"秦波拍着沙发扶手，叫了起来，"焦副部长心脏不大好，血压也高。"

"手术前我们都要检查的。"陆文婷安慰她说。

"他还有气管炎。"

"这几天咳嗽厉害吗?"

"这几天倒没有，可是，万一上了手术台咳嗽呢? 嗯? 怎么办?"

这时，陆文婷真感到这位夫人不好对付了。你不知道她想什么，也不知道她哪来这么多担心。陆文婷看了一下手表，已经快下班了。她望着两扇落地式大玻璃窗旁一动不动的白纱窗帘，心中不免着急。她侧耳留神听着门外，一阵轻轻的脚步走来，又过去了。又过了好久，才看见门被推开，焦副部长披着蓝条子的毛巾睡衣，由保健护士搀着进来。

"怎么去了这么久?"秦波问。

焦成思同陆文婷握了握手，朝沙发上坐下去，有点疲倦地说："到了这里就要听医院的。抽血、透视、做心电图。我不用排队，够照顾的了。"

秦波赶忙递过一杯热茶，焦成思喝了一口，说道："其实，眼睛做个手术，也用不着这么兴师动众。"

陆文婷从护士手中接过病历，一边翻阅，一边说："胸部透视正常，心电图正常，血压稍高一点。"

"高多少？"秦波急忙问道。

"高压150，低压100，不妨碍做手术。"陆文婷又问，"焦副部长，您这几天咳嗽吗？"

"不咳嗽。"焦成思毫不犹豫地答道。

秦波马上盯问道："你能保证上了手术台一声不咳嗽？"

"这……"焦成思困惑了，不知该怎么回答。

"老焦，你可不要掉以轻心。"秦波严肃地说，"刚才陆大夫说了，上了手术台，你要是一咳嗽，眼珠就可能掉出来。"

"这，我怎么能保证呢？"焦成思转向陆文婷问道。

"也没有说得那么严重。"陆文婷说，"焦副部长，您是抽烟的吧？最好手术前不要抽烟。"

"这没有问题，我可以做到。"焦成思说。

秦波又马上盯问道："万一呢？万一你咳嗽起来怎么办？"

陆文婷笑道："秦波同志，这也不要紧。万一发生这种情况，我们可以立即把切口缝上，避免出危险。等咳嗽过后，打开再做。"

"对，对，"焦成思说，"我上次右边这只眼睛做的时候，也是打开，缝上，又打开的。不过，那倒不是因为我要咳嗽。"

"那是为什么？"陆文婷觉得很奇怪。

焦成思把茶杯往桌上一放，掏出烟盒，想起大夫刚才的话，又装了进去，叹了口气说道："那时候，我被打成叛徒。右眼看不见了，跑来做手术。刚开始手术，造反派就闯了进来，硬逼着大夫中断手术，说是决不能让叛徒重见光明。当时，我简直气晕了，浑身的血直往头上冲。多亏了那位大夫沉着冷静。她立刻把切口缝上了，避免了意外。她又把造反派赶了出去，才把手术做完了，唉！"

"啊……"陆文婷听了不由一怔，忙问道，"您右眼是在哪个医院做的？"

"就在你们医院。"

怎么,世界上会有这么雷同的事?她看了看焦成思,竭力想看出这个人是否曾经相识。可是,一点也看不出来了。

十年前,她曾给一个"叛徒"做过白内障摘除,在手术过程中也曾发生过造反派阻拦的事,情节和焦副部长说的一模一样。那个病人姓什么呢?对,也姓焦。是他,就是他!后来造反派串联了医院响当当的人物,给陆文婷刷了大标语:"陆文婷的手术刀为大叛徒焦成思服务,是对无产阶级彻头彻尾的背叛!"

啊,怎么会认不出来了呢?十年前的焦成思身披一件破旧棉袄,脸色憔悴,精神不振,孤身一人来挂普通门诊。陆文婷建议他做手术,开了预约单,病人如期到来。在刚开始手术的一瞬,就听外面护士在嚷:"这是手术室,谁也不准进!"

接着就听一阵乱叫乱吼:"什么手术室?他是大叛徒!给叛徒做手术,我们就是要造反!造定了!"

"臭老九给叛徒大开方便之门,决不允许!"

"冲!往里冲!"

焦成思在手术床上听得清清楚楚。他气急地说:"算了,瞎就瞎吧,不要做了,大夫!"

"你不要动!"陆文婷一边说,一边已经飞快地把切口的预置缝线结扎好了。

三个大汉冲进了手术室,还有几个胆小的在门口站着。陆文婷坐在手术台的床头一动不动。

刚才,焦副部长说是那位大夫"把造反派赶出去"的。这不对。陆文婷从来没有骂过人,也从来没有赶过人。当时,她身穿白色的手术袍,脚穿绿色的泡沫塑料拖鞋,头戴蓝色的布帽,脸上蒙着一个大口罩,只有两个眼睛和一双戴橡皮手套的手露在外面。也许是头一次看到这种陌生的装束,也许是头一次感到手术室异样庄严的气氛,也许是头一次见到手术台上雪白的有孔巾下露出的一只血淋淋的眼球,造反派们给吓住了。陆文婷大夫仍然坐在那只高凳上,只是从口罩底下吐出几个字来:"请你们出去!"

几个造反派面面相觑，好像也感到这里确实不是一个造反的地方，转身走了。

当陆文婷又重新剪开缝线，继续工作时，焦成思说："还是不做了吧！就算你把我的眼睛治好了，他们还会把我整瞎的。而且，可能祸及于你。"

"不要说话！"陆文婷几乎是命令说，同时两手飞快地操作。等到手术完毕，为他缠上纱布时，才说了一句："我是医生。"

就这样，陆文婷为焦成思在不寻常的情况下做了右眼的白内障手术。

当年，焦成思机关里的造反派到医院来给陆文婷刷大字报，也曾经轰动一时。但是，对陆大夫来说，这也算不得什么！无非是在"白专道路""修正主义苗子"等原有的罪名之外，又新加一个"包庇叛徒"的罪名。这个罪名连同这个手术，她都没有往心里去，也都逐渐从她的记忆中隐退了。如果不是焦成思偶然提起，她已经完全忘记了这件事。

"陆大夫，我就佩服这样的医生，真是治病救人哪！"秦波感叹地说，"可惜那时没有病历，不知她姓什么叫什么。昨天我们还跟赵院长谈起，如果请她做手术，就放心了。"

陆文婷听了，脸上露出尴尬的神色，秦波一见，又忙说道："不过，陆大夫，你也不要见怪。赵院长对你是很信任的。我们，当然也是信任你的。希望你不要辜负领导对你的期望，要向上次给焦副部长做手术的那位大夫学习。当然，我们也要向她学习。你说，是不是啊?"

陆文婷只好把低着的头点了点。

"你还很年轻哟！"秦波又鼓励她说，"听说你还没有入党，是不是啊? 要努力争取嘛，我的同志哟！"

"我家庭出身不好。"陆文婷老实地答道。

"哎——这个问题不能这么看嘛！家庭不能选择，道路可以选择。"秦波热情地滔滔不绝地说起来，"我们党的政策历来是有成分论，不唯成分论，重在表现。只要你真正同家庭划清界限，靠拢组织，对人民作出贡献，党的大门是对你开着的。"

陆文婷没有再说什么，走过去拉上窗帘，掏出眼底镜来给焦成思做检查。之后她说："焦副部长，如果你没有什么别的情况，我们后天就把手术做了吧！"

"行，早做完早出院。"焦成思痛痛快快地抢先答应了。

已经过了下班时间了，陆文婷告辞出来。秦波又追出来，喊住她："陆大夫，你是回家吗？"

"是呀！"

"用焦副部长的车送你回去吧！"

"不用，不用。"陆文婷连忙摆着手走了。

十二

临近子夜，病房里没有一点声息，没有一点动静。壁上那盏蓝色的孤灯，依稀地照着吊瓶中的溶液在无声地滴着。一滴，一滴，缓缓地输进病人那青筋隆起的血管里。在这万籁俱寂的黑夜里，似乎只有它是唯一的信息，告诉人们：陆大夫还活着！

傅家杰呆坐在床头，痴痴地望着自己的妻子。在这纷乱的二十多个小时里，他还是第一次独自守护在她身畔。不，在十几年的共同生活中，似乎也是第一次这样地守在她身旁，这样地看着她。

记得有一次，大概还是热恋的时候，他也曾长时间目不转睛地看着她。可是她却歪着头问："你为什么这样看我？"他只好讪讪地把视线移开。现在，她不能歪过头去了，她也不能问话了。她好像被解除了武装，任凭他的目光在她脸上久久地停留，再也不能"抗议"了。

直到此刻，他才心惊地发现，她变得多么衰老了啊！原来漆黑的美发已夹杂着银丝，原来润泽的肌肉已经松弛，原来缎子般光滑的前额已刻上了皱纹。那嘴角，那小巧的嘴角也已经弯落下来。啊！她的生命似乎也已像耗尽了最后一滴油的灯芯，只剩下微弱的光和热了。他简直不愿相信，自己的妻子，一个如此坚强的女性，竟在昼夜之间变得这样虚弱！

他深知她不是一个弱女子。她生来苗条纤细，看上去弱不禁风，然而，她并不是弱不禁风的。她总是用瘦削的双肩，默默地承受着生活中各种突然的袭击和经常的折磨。没有怨言，没有怯懦，也没有气馁。

"你是一个很坚强的女人。"傅家杰常说。

"我？不，我很软弱哩！一点也不坚强。"她总是这样回答。

这一次，就在她病倒的头一天晚上，她又作出了一个被傅家杰称为坚强的决定——让他搬到研究所去住。

那天晚上，佳佳的病基本好了，园园的功课也做完了，兄妹俩相继睡去。小屋里得到片刻的安宁。

已是秋天了，阵阵秋风送来了寒意。托儿所通知家长们给孩子送棉衣了。陆文婷拿出佳佳去年穿的小棉袄，把它拆开，放大，接长袖子。她把棉袄铺在那张三屉桌上，为女儿过冬的棉衣絮上一层新棉花。

傅家杰从书架上取下他的一篇未完成的论文，在桌旁站了站，就歪身在床头坐下。

"等一会儿，我马上就絮完了。"陆文婷说着，没有回头，只加快了速度。

当陆文婷把絮好的棉袄撤走时，傅家杰说："什么时候再有半间房就好了。哪怕六平方米，五平方米也行，只要能搁下一张桌子。"

陆文婷坐在床边低头做活。她听着，没有答话。过一会儿，她匆匆地把没缝完的棉袄折起来，说："我得到医院去一下，桌子你尽管用吧！"

傅家杰回过头来问："这么晚了，还上医院？"

陆文婷一边穿上外衣，一边说："明天早上的两个手术，有些不放心，我得去看看。"

其实，陆文婷晚上跑到医院去是常有的事。为此，傅家杰常常笑她："人在家中，魂在医院。"

"你多穿一件衣服吧，夜里冷。"

"我马上就回来。"陆文婷忙说，又带着歉意地笑道，"你不知道，明天的两个手术挺有意思。一老一小。一位副部长，他夫人老怕手术做不好，总是制造紧张空气，所以我得去看看他。小的是个女孩儿，娇得很，今天还缠着我说，她晚上尽做梦，睡不好……"

"行啊，我的大夫！快去快回吧！"傅家杰也笑道。

她走了。回来时见傅家杰还在灯下用功。她没有惊动他，过去给孩子掖了掖被子，说道："我先睡了。"

傅家杰见她躺下了，又埋头于稿纸和书本。过了一阵，他虽并不曾回身，却感觉到陆文婷还没有入睡。是不是灯光影响了她？傅家杰把台灯弯得更低些，又用一张报纸挡上，才继续工作。

又过了一阵，他听到她发出了轻轻的、均匀的呼吸声。傅家杰心里很清楚，她并没有睡着。多少次，她都是用这种假意的鼾声，企图给他一种错觉和安慰，要他不必顾忌她能不能在灯光下入睡，而专心于自己的著作。其实，这个小小的"诡计"傅家杰早已识破，只是不忍心拆穿它。

再过了一阵，傅家杰站了起来，伸了伸腰说："算啦！我也睡吧！"

"你别管我！"陆文婷忙答道，"我已经进入半睡眠状态了。"

傅家杰双臂撑在桌沿上，望着未完成的论文，犹豫了片刻，还是噼噼啪啪扣上了一本本的书，下决心说："不干了！"

"你的论文怎么办？不抓紧晚上的时间，什么时候能写完？"

"损失了十年的时间，一夜也补不回来啊！"

陆文婷索性坐了起来，随手披上一件毛衣，靠在床头，很认真地对他说："你知道刚才我在想什么？"

"你什么也不该想！你应该快闭上你的眼睛，明天你还要给人家治眼睛……"

"你别打岔。你听我说，我想，你应该搬到研究所去住。这样，你就有时间了。"

傅家杰站在床前，瞪大眼睛望着她，只见她脸上放着光，眼睛是笑的，她显然被自己的想法兴奋着。

"我不是说着玩儿，我真的这么想。你应该是有所作为的，应该是科学家。是我和孩子拖累了你，影响你不能早出成果。"

"唉！不是这个问题……"

"是这个问题！"陆文婷打断他的话说，"当然，我们又不能离婚。孩子们不能没有爸爸，科学家也不能没有家庭。可是，我们可以想点办法，把你的八小时变成十六小时。"

"两个孩子，一大堆家务事，都压在你一个人身上，这怎么行？"傅家杰不同意。

"这怎么不行呢？离了你，我们家也在地球上转呀！"

他提出种种具体困难，她一一讲出解决的方案，最后她说："你不是常说我是一个坚强的女人吗？你就放心吧！我能挑起这副担子，你的儿子不会饿肚子，你的女儿不会受委屈。"

他被说服了。他们决定从明天起就试一试。

"在中国，要干一点事情真不容易啊！"傅家杰脱衣上床时说，"战争年代，老一辈为了革命的胜利作出了很多牺牲。我们这一代人，为了实现'四化'，也在作出很多牺牲。只是这种牺牲，常常不被人看见……"

傅家杰独自说着，当他脱下衣服搭在椅背上，回头看时，陆文婷已经睡着了。这回是真的睡着了。她的脸上还留着笑意，好像在睡梦中还为自己的这个倡议感到欣喜。

唉！谁会料到，这个试验在第一天就失败了。

十三

她的试验是失败的，她的手术是成功的。

那天上午，当她照例提前十分钟来到病房时，孙逸民迎着她说道："陆大夫，我正等你呢！今天有角膜材料，能做移植手术吗？"

"太好了。我正有个病人，急等着要做呢！"陆文婷立刻高兴地答应。

"你上午安排两个手术了。身体能顶下来吗？"

"能。"陆文婷挺直了身子，笑了笑，好像要证明她身上蕴藏着无穷无尽的精力。

"好吧，那就做吧！"孙逸民决定了。

于是，陆文婷挽着姜亚芬的手臂，朝手术室走去。她精神愉快，步履轻捷，好像不是走向一个紧张的战场，而是走向一个可以安憩的地方。

这所医院的手术室占了整整一层楼，气派宏大。"手术室"三个大红字漆在乳白色的玻璃门上。当病人躺在活动床上，被护士推进这两扇玻璃门之后，他们的家属就只能徘徊于这森严的大门之外，提心吊胆地望着那神秘的、似乎是很可怕的地方。好像死神正在那里游荡，随时可以伸出魔爪夺走自己的亲人。

其实，手术室并不是死神的宫殿，它是一个给人以生的希望的地方。进入手术室宽阔的走廊，四周高大的墙壁刷成淡绿色，使屋内的光线变得很柔和。走廊两边分别是外科、妇科、耳鼻喉科、眼科的手术室。这里每个人都穿着白色消毒长袍，眉上都严严地戴着浅蓝色印有"手术室"字样的消毒布帽。人人眼下都是一个大口罩，只露出两只眼睛。这里的人没有美与丑之分，甚至也看不出男和女之别。这里只有医生、助手、麻醉师、器械护士。白色的人群轻轻地走来走去，他们的脚步是迅速的，又是轻盈的。这里没有笑语，没有喧哗，在这座每天拥入上千人的大医院里，手术室是最安静、最有秩序的一角。

焦成思被送进了手术室。他躺在高高的乳白色的铁架手术床上，被蒙在消毒的有孔巾下。他整个的脸都被蒙上了，只从那橄榄形的小孔内露出一只需要动手术的眼睛。

陆文婷早已换好衣服，高举起戴上橡皮手套的双手，在手术床头的圆形铁凳上坐下。这只活动的凳子，像自行车的车座似的，可以自由升降。陆文婷个子矮，每次手术都需要把凳子升高。今天没有调整，高矮却很合适。她扭头朝坐在一旁的姜亚芬看了一眼，心里明白，这是就要和自己分别的老同学放好的。

护士把手术床旁的托盘架推过来。那长方形的盘内有剪子、缝针、有牙镊、无牙镊、固定镊、持针器、蚊式止血钳、球后针头、晶体勺等等小巧玲珑的手术器械。这个可以移动的托盘架，现在正放在焦成思胸前的上方。医生可以抬手取到自己所需的用具。陆文婷大夫坐在床头手术凳上，面对托盘架，正好像一个食客坐在餐桌前，隔在餐桌与食客之间的只是下面的一只眼睛。

"我们开始了。你不要紧张。先给你打麻药，这样，你的眼睛就没什么感觉。一会儿手术就做完了。"陆文婷看着那只眼睛说。

听了这话，焦成思忽然叫道："等一等！"

怎么啦？陆文婷和姜亚芬都吃了一惊。只见焦成思一把扯下那有孔巾，竭力朝后仰起头，又伸出手来，叫道："陆大夫，我上次这只眼睛，就是你做的手术吧？"

陆文婷把双手举得高高的，怕病人的手碰着自己经过消毒的手，还未答话，只听焦成思又那么激动地叫道："是你，是你，一定是你！上次你也是这么说的，声调语气都一样！"

"是我。"陆文婷只好承认。

"你为什么不早告诉我？我应该好好感谢你啊！"

"那没有什么……"陆文婷找不到更多的话说了。她遗憾地望着扯下来的有孔巾，示意站在一旁的护士再换上一条。然后又说："焦副部长，我们开始吧！"

焦成思连声叹息着，似乎一时很难安静下来。陆文婷又用命令的语气说："不要动，不要说话！我们开始了！"

说着，她熟练地在眼睛下方皮下注射了奴佛卡因。然后，把病眼的上下眼皮分别用针穿上，拉开固定在有孔巾上。这样，一只被白色混浊体挡住了视线的眼珠，就完全暴露在灯光下了。陆文婷此时已经完全忘了躺在面前的是什么人，她只看到一只有病的眼珠。

这样的手术，陆文婷大夫不知做过多少次了。可是，每当她一上手术台，面对一只新的眼睛，拿起手术刀时，她都感觉自己好像是初次上阵的士兵。这一次，也是这样。当她小心翼翼地把眼球结膜剪开，再把角巩膜半切开时，在一旁的姜亚芬已把穿好线的针递了过来。陆文婷伸出两个细长的手指，拿起像小剪刀一般的持针器，夹住针头，朝巩膜扎下去。

咦？为什么扎不动？她把浑身的力气都凝聚到了手指上，扎了几下，还是扎不进去。姜亚芬在一旁低声问："怎么回事？"

陆文婷没有答话，只把针拿起来对着灯光照看。把这半圆形像钓鱼钩似的针审视了一会儿，她回头问道："这针是不是新换的？"

姜亚芬也不知道，回头问器械护士："是换了针吗？"

器械护士走过来悄悄地说："是新换的。"

陆文婷又看了看针头，小声说："这种针怎么能用？"

为医疗器械的不合规格，陆文婷和大夫们不知提过多少次意见。然而，这些不合规格的次品仍然经常出现在托盘里。没办法，陆文婷只好挑选使用。碰到好的刀、剪、针，她就请器械护士保存好，一用再用。

不知为什么，今天换了全新的一套手术包，偏偏碰上这么一个次品。

每逢这种情况，一向温和的陆大夫就变了颜色，很严厉地责备器械护士。小护士虽有十分委屈，也不好辩白。是呀，一根针虽小，但在病人的巩膜上一扎再扎，不必要地延长手术时间，将会给病人增加多少不必要的痛苦！

此刻，陆文婷皱起双眉。病人正躺在床上，巩膜扎不动，她又不能让病人知道内情，只低声吩咐了一句："换一根针来！"

她的声音完全是命令式的，护士忙从消毒盒里把旧针拿了来。

手术室的护士们对陆文婷大夫七分佩服，三分畏惧。佩服的是陆大夫手术漂亮，怕的是她要求严格。眼科被称为手术科。眼科大夫的威望全在刀上。一把刀能给人以光明，一把刀也能陷人于黑暗。像陆文婷这样的大夫，虽然无职无权，无名无位，然而，她手中救人的刀就是无声的权威。

针换来了。陆文婷很快在巩膜上把预置线缝上，只等把白内障摘除后，把缝线结扎上，这手术就成功了。谁知，就在她把巩膜全切开时，有孔巾下的焦成思忽然身子一动。

"不要动！"陆文婷严厉地说。

姜亚芬也急忙在一旁说："不要动！你怎么回事？"

可是，一个瓮声瓮气的声音从有孔巾下传了出来："我……要咳，咳……嗽！"

啊！真被秦波说中了！怎么偏偏在这关键时刻要咳嗽？也许只是他的一种心理作用，一种条件反射吧？陆文婷问道："能忍一忍吗？"

"不……不行……"焦成思的胸部已经在不停地起伏了。

任何有经验的眼科大夫，在做这种手术时，当病人的眼珠被打开的一刹那，心情都是非常紧张的。而在这时，最忌讳的是病人咳嗽。

事不宜迟，陆文婷一面采取紧急措施，一面安慰着病人："等一下！你哈气，哈气，先别咳出来！"

她一边说，一边两手不停地忙着，把刚缝上的预置线结扎起来。焦成思在大口大口地哈气，胸口剧烈地起伏着，好像马上就要憋死过去。待最后一个结打完，陆文婷舒了一口气，说："你可以咳嗽了！轻一点！"

然而，焦成思并没有咳出声来。他的呼吸又慢慢恢复了正常。

“你咳吧，不要紧了。”姜亚芬在一旁说。

焦成思很抱歉地说："真对不起，我不想咳嗽了，你们做吧！"

姜亚芬瞪起大眼，几乎想说，这么大年纪了，还这么不能控制自己。陆文婷朝她看了一眼，她才没有说出来。两人却相视一笑。类似这种情况也是经常有的啊！

陆文婷又把结扎好的线剪掉，手术从头来起。这次很顺利地做完了。当陆文婷离开手术凳，坐在小桌前开处方时，焦成思已经被挪到活动床上，护士正准备把他推走，他叫道："陆大夫！"这微微带着颤抖的声音，很像出自一个做错事的男孩子口中。

陆文婷走到两眼缠着纱布的焦成思身旁，弯下腰问道："你怎么啦?"

焦成思伸出两手在空中摸着，抓到陆文婷还未脱去手套的手，他使劲握了握说："两次手术，都给你格外添了麻烦，真过意不去……"

陆文婷愣了一下，盯着这缠着十字形纱布的脸，安慰地说："没什么，你好好休息，过几天给你拆线！"

焦成思被护士推走了。陆文婷看了一下墙上的挂钟，本来四十分钟可以完的手术用了一个钟头。她脱下身上的这一件手术袍，摘下橡皮手套，又伸臂套上另一件刚从包里取出的消毒袍。当她转身等护士给她系上后面的腰带时，姜亚芬问道："接着做吗?"

"做。"

十四

“这个手术我来做，你休息一下，做下一个。”姜亚芬说。

陆文婷摇头笑道："还是我来吧。你不知道这个王小嫚，她害怕得要命。这两天跟我熟了，还好一些了。"

王小嫚不是躺在床上被推进来，而是被护士半拉半拽带进手术室的。她被罩在一套嫌大的白色病服里，扭扭捏捏不肯上手术床。

“陆阿姨，我害怕，我不做了，您出去跟我妈说！”

一见手术室里大夫和护士的打扮，王小嫚更紧张了，心跳得怦怦的，她求救似的朝陆文婷喊着，想挣脱护士的手。

陆文婷走到床头，笑着招呼她说："来呀，小嫚，我们不是讲好了吗？要勇敢呀！我给你打麻药，保证你一点儿都不疼！"

王小嫚从上到下打量着变了样的陆大夫，最后又直盯着她的眼睛。从那双温柔的含着笑意的眼睛里，孩子似乎找到了力量。她身不由己地上了手术台。护士给小病人罩上有孔巾。陆文婷示意护士把孩子的手腕用床两边的带子系上。王小嫚刚要反抗时，陆文婷坐在床头说："王小嫚，听话呀！谁都要捆上手的。你别动，一会儿就完了！"说着，就给注射麻醉剂，一边打一边说，"我在给你打麻药了。打完了，你就一点也不疼了。"

这时，陆文婷不仅是一位手术医生，而且是一个溺爱孩子的妈妈，甚至是一名幼儿园的阿姨。她一边从姜亚芬手中接过适时递过来的剪子、镊子和各种用处特殊的手术针，一边细声细语地同小病人说着话。当她用小剪刀剪去眼里造成斜视的多余的肌肉时，牵动了神经，王小嫚哼哼起来，感到恶心。陆文婷忙说："有点恶心吧？不要紧，坚持一会儿。嗯，真听话！还恶心吗？好一点儿了吧？一会儿就做完了，真是好孩子！"

王小嫚就在这动听的催眠曲中，在一种似睡非睡的状态下，接受了手术。当她被缠上绷带推出手术室时，她清醒地记起了妈妈嘱咐的话，甜甜地说了一句："谢谢阿姨！"

手术室的大夫和护士都笑了。墙上挂钟的长针才走了半圈。

这时，陆文婷已经浑身是汗。额头渗出了汗珠，贴身的背心汗湿了，连手术袍的两腋也汗湿了。她自己也感到奇怪：天气并不热，怎么出这么多汗？她轻轻抡了一下胳膊，那由于长时间悬空操作的双臂，好像已经酸痛得麻木了。

当陆文婷再次脱下身上的长袍，伸出手臂去套另一件新袍的一刹那，她忽然感到眼前冒起一排金星。她把眼闭了一下，把头晃了几晃，然后慢慢地把手伸进袖子里。护士过来给她束好腰带后，忽然端详着她问道："陆大夫！你怎么嘴唇发白？"

正在一边换手术袍的姜亚芬回头一看，不禁也吃惊地问："真的，你怎么脸色这么难看？"

的确，陆文婷的脸色十分难看。青白的脸上两个乌黑的眼圈，好似上妆的演员用炭笔画出来的。上下眼皮都肿了起来，完全是一副病容。

见姜亚芬那么盯着自己，陆文婷笑了笑说："怎么啦？过一阵就好了。"

她不仅嘴上这么说，心里也确信自己是能够坚持下去的。多少年来不就是这样坚持下来的吗？

"手术还接着做吗？"护士站着不动。

"做呀！"

怎么能不做呢？角膜材料不能搁，病人不能久等，当然要做呀！

姜亚芬走上前去说："文婷，休息半个钟头再做吧！"

陆文婷抬头看了看挂钟，已经十点过了。推迟半小时，到食堂吃饭的同志就赶不上开饭时间，要吃凉菜；双职工也赶不上回家给孩子做饭了。

"接着做吗？"护士又问。

"做。"

十五

经特许来观摩移植手术的外院和本院的进修大夫们来了，正站在门外和陆文婷说话。

张老汉已又说又笑地被护士扶上了手术床。手术床对于这身材高大的老汉是太小了。他那一双穿着布袜子的大脚悬空搁在床外，两只胳膊也半悬在床侧，甚至于他浑身的精力也好似悬在四周。他真像一棵坚硬的橡树，那么高大，那么结实。他的嗓门真大，他一刻也憋不住，正和护士说着话儿："姑娘，您别笑话，要不是巡回医疗队去我们村，说死了我也不敢挨这一刀。您想，我的肉，您的刀，这一刀子下去，是好是歹谁知道呀！哈哈哈！"

年轻护士抿嘴儿笑了，又悄悄嘱咐他："老大爷，您小点声儿！"

"这我懂！姑娘，医院嘛，那可是个肃静的地方。"说是说，老汉的嗓门并不见小多少。他又抬起一只胳膊，比画着说："唉，您不知道，一听说我这眼睛瞎了还能治好，我是又想哭又想笑。我多就瞎了半辈子，临了就那么窝窝囊囊地入了土。没想轮到我这儿，瞎了还能见太阳。您说，是两个世道不是？说到哪儿，我也得说，社会主义好！"

小护士一边抿嘴儿笑着，一边给这兴奋得直要坐起来的病人蒙上有孔巾，一边又嘱咐说："老大爷，您可别动了，这是消了毒的，一碰就脏了！"

"那是！"张老汉十分认真地说，"入乡随俗。到哪儿听哪儿的，入了医院，就得守医院的规矩。"说是说，他那粗大的胳膊又想往上抬。

一旁的护士瞧着不放心，拿起拴在手术床旁的带子说道："老大爷，给您手腕系上点儿，这是医院的规矩！"

张老汉一愣，继而又哈哈笑道："您就捆吧，这还用说！说实话，姑娘，要不是这双眼治的我，我可不是那老实待着的主儿。就这，我在家还一天下两遍地。唉！生就的兔子脾气，就爱满世乱蹦跶，待不住呀！"

小护士又被他说得笑了起来，他自己也嘿嘿地笑了。当陆文婷刚一迈进来，他立即止住了笑，侧耳一听，就叫了起来："陆大夫！是您吗？我一听就听出来了。也怪，这眼一瞎，俩耳朵倒那么好使。没法子，耳朵当眼睛使了。"

陆文婷望着这充满活力的病人，听着他的话，也不由笑了。她坐下来，开始了手术前的准备工作。从托盘架上的一个小杯里取出珍贵的角膜材料，先缝在纱布的眼珠模型上。这工夫，张老汉又说话了："这眼珠子还能换，我可一辈子头回听说！"

姜亚芬笑道："不是换眼珠，是换眼珠上边的一层膜。"

"嘻，那都是一码事儿！"张老汉并不深究其详情，只自顾自地感叹着，"您说，这得多高的手艺！等我带俩好眼睛回去，村里人别说我遇了仙呢！哈哈哈！我得告诉他们，我遇见了陆大夫！"

姜亚芬扑哧笑了，冲着陆文婷直眨巴眼儿。陆文婷被他说得不好意思了，一边缝，一边说了一句："别的大夫也一样做的。"

"那是！"张老汉肯定地说，"闹着玩儿的吗？没能耐的大夫他也迈不进这大医院的高门槛儿呀！"

准备工作完毕，陆文婷用开睑器撑开了病人的眼睛，同时说道："我们开始了。你不要紧张。"

张老汉可不像一般病人那么默默地听着，他觉得大夫跟你说话，你不吭气儿是不够礼貌的。于是，他十分通情达理地答道："不紧张，不紧张，没事儿，疼点儿也没啥。您想这个理儿，动刀动剪子的还有个不疼的吗？您尽管放心动刀！我信得过您，再说……"

姜亚芬笑着拦住他说："老大爷，可不准再说话了。"

张老汉这才不言语了。

陆文婷开始操作。她拿起像钢笔帽口那么小的环钻，轻轻地把病人坏死的角膜取下。又拿过那块缝在纱布上的材料，用同一环钻切下同样大小的一块，按在病人的眼珠上。然后拿起持针器，细心地一针一针地缝了。

在一块只有钢笔帽口那么大的角膜周围，需要缝上十二针。这不是在服服帖帖的布面上缝，是在溜滑菲薄的一层膜上缝。每缝一针，她似乎都把自己浑身的力量凝聚在手指尖上，把自己满腔的热血通过那比头发丝儿还细的青线，通过那比绣花针儿还纤小的缝针，一点一滴注射到病人的眼中。此时，她那一双看来十分平常的眼睛放出了异样的智慧的光芒，显得很美。

手术极其顺利。最后一针缝好了，最后的一个结扎上了。那移植上去的圆形材料，严丝合缝地贴在了病人的眼珠上。如果没有四周黑色的线结，你简直认不出那是刚刚才换上去的。

"手术真漂亮！"围观的大夫们悄悄发出由衷的称赞。

陆文婷轻舒了一口气。旁边的姜亚芬抬起眼睛，感动地看了一眼自己的老同学，没有说话，把一叠厚厚的长方形纱布盖在病人的眼上。

张老汉被挪到活动床上往外推时，好像刚从梦中醒来。他顿时活跃起来，人到了门外，还用他那洪亮的声音喊了一声："陆大夫，让您受累了！"

手术结束了，陆文婷想站起来。可是，只觉得双腿发麻，站不起来。她停了停，又试图站起，这样好几次，才站了起来。一阵腰部的酸痛突然向她袭来，她反过一只手按住腰。这在她也是常有的事。每当她聚精会神地在这张圆凳上坐了几个小时，全部智与力都集中在手术中时，她丝毫不觉得身体劳累。可是，当手术一结束，她就觉得浑身像散了架，连迈步都很困难了。

十六

这时，傅家杰正骑着自行车往家跑。

本来，他是不准备回家的。根据昨天晚上陆文婷的建议，傅家杰今天一早就把被褥打成包，捆在车后座上，带到研究所，准备开始新的生活。

到了中午下班时，他的决心动摇了。今天她在病房，手术能按时完吗？一想到她疲乏不堪地走进家门，又要手忙脚乱地做饭，总觉得过意不去。他还是蹬上车回家了。

就在他骑着车刚拐进胡同口时，一眼就看见陆文婷扶着墙站在那儿，好像走不动了。

"文婷！怎么啦？"傅家杰喊了一声，赶紧下车搀住她。

"不要紧，有点累。"陆文婷把胳臂搭在傅家杰肩上，一步一步走回家里。

她只说有点累，可是傅家杰见她脸色苍白，一头冷汗，不放心地问："要不要去医院看看？"

陆文婷闭着眼睛在床边坐下说："不用了。歇一会儿就好了。"

她指指床，好像没有力气再说话，也不愿再动了。傅家杰替她脱了鞋，脱了外衣，说："那你先躺一会儿，休息休息，我一会儿叫你……"

"不用叫，"她躺下时还说，"我反正睡不着，躺一躺就好了。"

傅家杰转身出去，坐上一锅水，又回到屋里来取挂面时，还听见陆文婷说："是该休息休息。这个星期天，我们带孩子到北海玩一趟吧！十多年没有去过北海了！"

"好呀，我赞成！"傅家杰口里答应着，心里却疑惑起来：十多年没去北海了，也没有动过去北海的念头，怎么她今天突然提起要去北海？

傅家杰不安地望了望躺着的妻子，转身出去煮面。他又切了点葱花、几片榨菜分放在碗里。当他端着面进屋时，陆文婷已经睡着了。他见她闭目静睡，没忍心叫醒她。园园回来，他们就一块儿吃起面来。

正在这时，陆文婷在床上呻吟起来。傅家杰忙撂下碗转身到床前，只见陆文婷面如白纸，一头冷汗，微微喘着叫道："不行了！"

傅家杰吓慌了，攥着她的指尖，忙问："你哪儿不舒服？哪儿疼？"

她只痛苦地挣扎着，指了指左胸，答不出话来。

傅家杰在屋里乱转。他一会儿打开抽屉找止疼片，一会儿想想不对，又去找安定片。

在难以忍受的疼痛中，陆文婷似乎还是冷静的。她用手势止住了傅家杰的慌乱，尽力说了三个字："上医院！"

傅家杰这才感到事态严重。他们共同生活十几年来，陆文婷虽然天天去医院上班，可从来没有自己提出来去医院看病。她显然病得不轻。傅家杰顾不得多想，回头就往外走，到门口又扭头说了一声："我去叫出租汽车！"

公用电话在胡同口上。他忙忙地拨了汽车公司的号码，接电话的人冷冷地说："现在没有车。"

"喂，喂，我是送病人呀！"

"那也要等半个钟头！"

傅家杰还想哀求，那边的电话已经挂上了。

他没办法，赶紧给陆文婷所在的医院打电话。眼科办公室没人接，他让总机接到汽车队。汽车队的一个同志回答他："没有领导批的条子，不能派车。"

他上哪儿去找领导批条子呢？

"喂，喂！"他冲话筒嚷着，那边已经没有声音了。

他又给医院政治处打电话。政治处总该过问一下这种事吧？

电话铃声响了半天，才有一个女同志来接。听完他的话，这位女同志很客气地答道："请你和行政处联系一下吧！"

他又请总机把电话转到行政处。总机的电话员都听出了他的声音，不耐烦地问："你到底要哪儿？"到底应该要哪儿呢？傅家杰也搞不清了。他只央求给接行政处。接通了，丁零零、丁零零响了半天，根本没有人接电话。

傅家杰彻底失望了。他放弃了叫汽车的念头，转而去找平板三轮车。胡同里有一家做纸盒的"五七"工厂，常常用三轮车运货。他跑到工厂说明情况，那主事的老太太倒挺同情，可惜帮不上忙，厂里仅有的两辆平板三轮都派出去了。

怎么办？傅家杰站在胡同里，差点要急疯了。用自行车推吧？她看来坐都坐不住，怎么推？

这时，一辆浅灰色的"一三〇"小卡车开了过来。傅家杰来不及多想，就两步站到路中央，向司机举起手来。

车停了下来。从驾驶室探出一张满腮胡子的脸来，大眼珠瞪着拦车的人。可是，当他听说家里有人得了急病，需要立刻送医院时，二话没说，就把手一挥，招呼傅家杰上车。

"一三〇"开到傅家杰家门口停下。等傅家杰搀着陆文婷一步一挨地走到车边时，司机忙伸出大手来把陆文婷扶进驾驶室，一直小心地把车开到医院的急诊室。

十七

从来没有睡得这么久，从来没有睡得这么累。陆文婷觉得好像是从高高的云端摔落下来，跌得浑身疼痛难禁，没有一点儿力气了。这突然的静卧，四肢休息了，心也静了下来，脑海里几乎成了一片空白。

多少年来，她奔波在生活的道路上，没有时间停下来，看一看走过的路上曾有多少坎坷困苦；更没有时间停下来，想一想未来的路上还有多少荆棘艰难。如今，肩上的重担卸下了，种种的操劳免去了，似乎有足够的时间去寻找过去的足迹，去探求未来的路。然而，脑子里空空荡荡，没有回忆，没有希望，什么也没有。

啊！多么可怕的空白！

也许，这只是一个梦，一个寂寞的梦。过去，也曾有过这样的梦，也是这样孤独，这样悲凉……

那一年，她还是一个五岁的小姑娘。一个北风呼啸的夜晚，妈妈出去了，只留下她一个人。天黑了，妈妈还没有回来。她第一次感到孤单、感到恐怖。她哭着，喊着："妈妈……妈妈呀！"后来，这情景，常在她的梦中萦绕。那怒吼的风声，那被吹开了的房门，那昏暗的油灯，是如此逼真，竟使她长久以来分辨不清，是当真入梦，还是把梦当真。

不，这一回不是梦，是真的了！

自己是躺在病床上，家杰还守在自己身旁。看，他累了。他歪倒身子靠在床沿上睡着了。他会着凉的，应该把他叫醒。可是她试了几次，总听不见自己的嗓音。喉咙好像被什么卡住了，叫不出声来。她想伸过手去，拉一件衣服给他披上，可是手动不了，它好像不是属于自己的了。

她朝四周打量了一眼，发现自己是躺在单人病房里。这种"特殊照顾"通常都属于垂危的病人。她忽然感到一阵恐怖：难道我也……

瑟瑟的秋风叩打着门窗，沉沉的夜色吞噬着病房。她出了一身冷汗，神志反而清醒了。她意识到眼前的一切真真实实，这确实不是梦。这是生的尽头，这是死的来临。

死亡原来是这样的，并不可怕，并不痛苦。它不过是生命逐渐地枯萎，意识逐渐地朦胧，它不过是缓缓地沉落，像一片漂在水中的叶儿，正随波逝去，终致淹没在水底。

她觉得一切都无可挽回地结束了。汹涌的波涛漫过了她的胸，她正随水而去……

"妈妈……妈妈……"

她听见佳佳在呼喊，她看见佳佳沿着河岸追来。她忙回过头去，伸开双臂喊道："佳佳……我的女儿……"

流水把她席卷而去。佳佳的面容模糊了，沙哑的呼喊变成了可怜的抽噎："妈妈……我要梳小辫儿……"

为什么不给她扎小辫儿呢？她来到人间才六个年头，她对生活的希望，不过是扎上两个小辫儿。每逢看见那些扎着小辫、系着蝴蝶结的小姑娘，她是多么羡慕！可是，就连这一点小小的要求，她都不能满足她。她没有时间，星期一早上医院的病人也最多，哪怕一分钟的时间，对她来说都是宝贵的。

"妈妈……妈妈……"

她听见园园在呼喊，她看见园园沿着河岸追来。她忙回过头去，伸出双臂喊着："园园……园园……"

一个浪头把她打下去，她挣扎出水面，园园已经看不见了，只有他的声音从远处传来："妈妈……别忘了……白球鞋……"

各式各样的球鞋像装在万花筒里，在她面前转开了：白色的，蓝色的，高筒的，矮帮的，白色带红边的，白色带蓝边的。给园园挑一双吧，他脚上的鞋早已破了。给他买一双白球鞋吧，他会高兴一个月。可是，顷刻间，这样那样的球鞋都消失了。一张张标价牌迎面打来：三元一角，四元五角，六元三角……

家杰追来了。流水倒映出他狂奔的身影。他跑得那么急，他的声音在发抖："文婷，你不能走……"

她多么想停住，等他追来，拉自己一把。然而，流水无情，她身不由己随波逐流！

"陆大夫！陆大夫！"

两岸有多少人在呼喊她啊！穿着白大褂的亚芬、老刘、赵院长、孙主任，穿着病房衣服的焦成思、张老汉、王小嫚，还有许多认识和不认识的病人，都在喊着，喊着。

他们在喊我？我不能走，是不能走啊！在这世界上，我还有很多事情没有了结，还有很多责任没有尽到。我不能让园园和佳佳变成没有妈妈的孤儿。我不能让家杰遭到中年丧妻的打击。我离不开我的医院、我的病人。离不开啊，离不开这折磨人而又叫人难舍的生活！

我不能在这死亡之水中沉没。我要挣扎，我要反抗，我要留在人间。可，我怎么那么累呢？我没有力气反抗，没有力气挣扎，我正在沉下去，沉下去……

啊！永别了，园园！永别了，佳佳！你们还会想起妈妈吗？在这生命的最后一息，妈妈是带着对你们深深的眷恋离去的。我多么想念你们，让我紧紧地搂住你们，听我对你们说：孩子啊！原谅妈妈对你们爱得太少，原谅妈妈不得不一次次缩回向你们伸出的双臂，推开你们扑向我的笑脸，使你们在幼小的年纪就离开了妈妈的怀抱。

永别了，家杰！你为我付出了一切。没有你，我的生活寸步难行。

没有你，我活在这世界上索然无味。啊，你为我作了多么大的牺牲！如果允许我忏悔，我将跪倒在你面前，请你原谅，原谅我没有能报答你对我无微不至的关怀和体贴，原谅我对你照顾得那么少，给你的那么少。多少次我想着，等我稍微空一点，我要多尽一点妻子的责任，我要按时下班回家，让你吃上一顿现成的晚饭。我要把三屉桌让给你，给你创造条件，写完你的论文。遗憾啊，晚了，我再也没有时间了。

永别了，门诊的病人！住院的病人！十八年来，我生活中最重要的部分属于你们。无论我行、走、坐、卧，回旋在我脑际的是你们，是你们的眼睛！你们不知道，每治好一只眼睛，你们给予我——一个医生，多么巨大的慰藉和快乐。可惜，这种快乐再也不会有了！

永别了，我的亲人！永别了，医院！永别了，我的病人！我是舍不得离开你们的啊！

我……

十八

"心动异常！"监视着荧光屏的大夫叫了起来。

"文婷，文婷！"傅家杰望着呼吸困难的妻子，尖声喊叫着。

值班室的大夫和护士们跑来了。

"静脉注射利多卡因！"值班大夫命令说。

护士飞快地把针头挑进病人的静脉。可是，刚注入一半，病人已经两手攥成拳、嘴唇发青、眼睛朝上翻去。可怕的阿斯氏综合征出现了。

陆文婷大夫的心脏停止了跳动。

紧张的抢救开始了。几个大夫轮流为病人进行人工心脏按摩。人工呼吸器也罩在病人脸上，发出咕哒、咕哒的声响。心脏去颤器打开了，当用这特殊的器械向病人胸部一击之后，病人的心脏又开始了跳动。

"准备冰帽！"值班大夫满头大汗地说。

陆文婷的头被套上了橡皮冰帽。

十九

　　窗外的天空泛出青色，天终于亮了。陆文婷大夫的生命挨过了危急的夜晚，也进到了新的一天。

　　接班的护士走来，轻轻拉开紧闭了一夜的百叶窗。一股清新的空气和着鸟儿欢乐的鸣叫一齐扑进病房，顿时冲淡了这里浓烈的药味和沉重的气息。黎明给垂危的生命带来了希望。

　　量体温的护士，送早饭的卫生员，接早班的大夫，川流不息地来了。在床上度过了一夜的病人似乎又重新燃起了生的希望，病房里呈现出新的生机。

　　王小嫚头上斜缠着纱布，包着那只经过手术的眼睛，向内科病房的护士苦苦哀求："让我去看看陆阿姨！就看一眼！"

　　"不行。陆大夫昨晚上刚抢救过来，谁也不能进去！"

　　"阿姨！你不知道！她就是给我做手术，才病的呀！叫我去看看吧！我一句话都不说……"

　　"不行！"护士板起脸来。

　　"看一眼都不行呀？"王小嫚要哭了。这时，她一扭脸，看见张老汉正扶着他的小孙子走过来，忙扑上去叫道："张大爷，您快跟她说说，她不让进……"

　　张老汉头上缠着纱布，被王小嫚拉到护士面前。他站定了说："同志啊！让我们进去瞧一眼吧！"

　　护士一见，又来了个老大爷，生气地嚷了起来："眼科的病人怎么到处乱窜啊！"

　　"嘻！瞧您说的，您咋不懂啊！"张老汉的嗓门可小多了，他低声下气地说，"您不知道这内里详情。陆大夫为啥病倒的？就为给我们开刀呀。唉！说实话，我瞧也是瞧不见。我寻思，在她床边站站，也算尽我这点心意。"

　　这护士心眼儿软，见大爷情真意切，只好耐心劝道："不是我不叫你们进去。陆大夫得的是心脏病，不能激动。你们不是为她好吗？你们去了一惊动，对她反而不好。"

"唉！是这个理儿。"张老汉长叹了一口气，在过道长椅子上歪身坐下，双手拍打着自己的膝盖，后悔不迭地埋怨自己，"都怪我这老头子，催呀催呀，催个没完，硬挤着要早点动手术。唉！真没想到……这，陆大夫要是有个好歹，这可怎么好啊！"

老汉说着，伤心地低下了头。

孙逸民也赶在上班前来看望陆文婷。他匆忙地走着，不经意被王小嫂一把拉住。

"孙主任，您是去看陆大夫的吧？"

孙逸民点点头。

"带我进去看看吧！嗯？"

"过些日子吧，现在不行。"

张老汉也闻声站了起来，摸索着拉住孙逸民的袖口说道："孙主任，听您的，我们就不进去。可，我有句话，今儿不管您多忙，您得听我把话说完。"

孙逸民用另一只手拍着张大爷的胳膊说："好，您说吧！"

"孙主任！陆大夫可是个好大夫。你们当领导的，可得花本钱给她治啊！您把她救好了，她能救好些人哪！不是有那好药吗？给她吃，别舍不得！我跟人打听，吃那贵重的药得自个儿掏钱。陆大夫拉家带口的，这又一病，她能掏得起吗？医院这么大，能给她掏点不？"

张老汉住了嘴，两手拉着孙逸民，脸向着他，侧过耳朵，期待着回答。

孙逸民为人古板，从不喜怒形于色。但这一次，他被老汉的话打动了，激动地握着老汉的手说："我们一定尽一切努力给她治病！"

张老汉似乎才把心放下，又叫过孙子来，摸着他胳膊上的布书包，对孙逸民说："给，几个鸡蛋，您能进去，您给她带进去！"

孙逸民忙说："这个，不用了。"

张老汉顿时生气了，拉着孙逸民大声说："您不拿进去，今儿我就不走！"

孙逸民只好接过一书包鸡蛋，打算等会儿再叫护士给送回去，解释一下。谁知，张老汉却猜到了，又说道："孙主任，您要叫人送回来，我可不依您！"

孙逸民无法，只好拿着鸡蛋，直把这一老一小送下楼去。

这时，赵天辉陪着秦波朝内科病房走来。

"赵院长，我是官僚主义，不了解情况，你怎么也不了解情况哟？"秦波边走边说，神情非常激动，"要不是老焦把她认出来，我们都还蒙在鼓里呢！"

"那一段我也在干校啊！"赵天辉无可奈何地答了一句。

他们进入病房时，孙逸民也走了进来。内科大夫汇报了昨晚的险情和抢救情况。赵天辉又看了看病房记录，点头说："要继续密切监视。"

傅家杰见来了这么多人，忙站了起来。秦波根本没有看见他，抢上去就在那张圆凳上坐下说："陆大夫，你好一点儿吗？"

陆文婷双目微启，没有应声。

"焦副部长都跟我讲了。"秦波叹息道，"他很感谢你。他本来要亲自来看你，我没让他来。我代表他来看你。你想吃什么，缺什么，有什么困难，尽管告诉我，我们帮你解决，不要客气，大家都是革命同志。"

陆文婷闭了闭眼睛。

"你还年轻，要乐观些。对待疾病嘛，既来之，则安之，这……"秦波还想说下去。

一旁的赵天辉拦住她说："秦波同志，让病人休息吧，她刚好一点儿。"

"行，行，你好好休息吧！"秦波一边抬身站起，一边说，"过两天我再来看你。"

走出病房，秦波又皱起双眉对赵天辉说："赵院长，我可要给你们提个意见呀，像陆大夫这样的人才，怎么平时不关心，让她病成这样呢？中年干部，现在是我们的骨干力量，我的同志哟，要珍惜人才呀！"

"对。"赵天辉答道。

望着她远去的身影，傅家杰小声问孙逸民："她是谁？"

孙逸民从镜片上方望着门，皱了皱眉头，答道："一个马列主义老太太！"

二十

这一天，陆文婷大夫的病情略有好转。她能不大费力地睁开眼睛了，她还喝了两匙牛奶和一点橘汁。但，她仰卧着，两个眼睛直视着一个地方，目光是呆滞的，没有任何表情。似乎对四周的一切幸与不幸都很淡漠，对自己的重病以及这给全家带来的厄运也很淡漠。她那无动于衷的可怕的呆滞，简直是对人生的淡漠了。

傅家杰从未看见过她现在的这种样子，他被吓坏了。他连连唤她，她只轻轻晃动了一下手掌，好像不愿让人惊动，好像她在那种令人担心的半麻痹状态中感到舒服，决心把自己永远禁锢在那里面。

时间一点一点地过去，傅家杰紧张地坐在陆文婷床边，已经两夜没有合眼了。他觉得自己也到了疲劳的顶点，也在断裂了。

又不知过了多久，忽然，一阵撕裂人心的哭叫声，震动着每一个病房，也把傅家杰从麻木的疲惫状态中惊醒。

只听见隔壁房间里一个女孩子在厉声哭叫："妈、妈妈呀！"接着是一个男子呜呜的哭声。再接着是一阵混杂的脚步声，好像很多人朝隔壁拥去。

傅家杰也奔到病房门口。他看见，先是一张病床从房里推了出来。床上严严地罩着一条白被单，蒙着一位死者的遗体。接着露出护士白色的身影，她轻轻地推着这活动床。一个十六七岁的姑娘，猛地从房中追了出来。她头发散乱，浑身颤抖，扑过来双手痉挛地抓住床沿，泪流满面地哀哀哭叫："别推她走！我妈妈睡着了！她会醒的，会醒的呀！"

往来探视病人的家属被堵塞在过道里。人们让开一条道，用静默来表示对这位陌生的死者的哀悼。所有的人都屏住呼吸，不敢移动脚步，似乎怕惊扰了被单下安息着的灵魂。

傅家杰也呆立在人群中，双脚像被钉子钉在那里了。他那明显变得消瘦的脸上，两个颧骨凸起。浓眉下布满红丝的眼睛里闪着泪花。他把汗湿的手掌紧紧捏成拳头，仍然克制不住周身簌簌地颤抖。他几乎想用手蒙住耳朵，不愿再听那凄厉的哭声。

"妈，妈妈呀！你醒醒，醒醒呀！他们要把你推走了！"那女孩子疯狂地喊着，扑过去要掀那被单，好不容易才被两旁的人拉住。

那个尾随在床边痛苦的中年男人，一边哭，一边反复喊着一句话："我对不起你呀！……我对不起你呀！"

这绝望的喊声像一把尖刀刺进傅家杰的胸膛。他睁着眼，紧盯着从他面前缓缓推过的这张床，紧盯着那无情的白被单下隆起的遗体。突然，他像触了电似的，猛然朝陆文婷的病房跑去。他一口气跑到她的床前，一头扑在她枕边，闭着眼，喘着气，嘴里只喃喃地重复着三个字："你活着！你活着！你活着！"

他那粗重的喘息声，惊醒了半睡中的陆文婷大夫。她睁开眼来，朝他望了望，又好像并没有看见他。

这呆滞的目光，使傅家杰浑身发抖，他失声喊道："文婷！……"

陆文婷的眼光又停留在傅家杰脸上，仍然是那种冷漠的眼光。这眼光令人胆寒心碎，使人感到她的灵魂已经飞离身躯，正在太空中遨游。

傅家杰不知该说些什么，做些什么，才能唤回她对生的热望。这是他的妻子，是他在世上最亲的亲人。从那年冬天和她漫游北海，给她念诗，到如今，多少个日日夜夜过去了，她一直是他最亲的人。他不能没有她。他要留住她！

诗！念诗吧！还像当年那样念诗吧！十多年前，是动人的诗句打开了她的心房。今天，再用同样的诗句唤起她最美好的回忆，唤起她对生的欲望和勇气吧！

于是，傅家杰半跪在她床前，含泪念道：

> 我愿意是激流，
> ……
> 只要我的爱人，
> 是一条小鱼，
> 在我的浪花中，
> 快乐地游来游去。

这诗句，好似惊动了她，她侧过脸久久地注视着自己的爱人，嘴唇动了动。傅家杰挨近她，听懂了她含混不清的话："我不能……游了……"

傅家杰忍下眼泪，又念道：

> 我愿意是荒林，
> ……
> 只要我的爱人，
> 是一只小鸟，
> 在我的稠密的
> 树林间做窝、鸣叫……

陆文婷又轻轻吐出几个字："我……飞不动了……"
傅家杰心痛难忍，但他仍含泪念下去：

> 我愿意是废墟，
> ……
> 只要我的爱人，
> 是青春的常春藤，
> 沿着我荒凉的额，
> 亲密地攀缘上升。

这时，陆文婷眼里滚出两行晶莹的泪珠，默默地顺着眼角滴到雪白的枕头上。她又吃力地说："我……攀不……上去了！"

傅家杰扑在她身上，像孩子似的哭起来："是我没有把你照顾好……"

他睁开泪眼，呆住了。只见陆文婷的眼光又像先前一样停在一个地方，呆呆地停着，似乎没有听见他的哭声，没有听见他的叫声，对身旁的一切都漠不关心了。

病房大夫闻声赶来，见这情景，对傅家杰说："陆大夫身体很弱，你，不要跟她多说话！"

傅家杰就这样无言地守了一个下午。黄昏时，陆文婷好像又好了一些，她把头转向傅家杰，双唇动了动，努力要说什么的样子。

"文婷，你想说什么呀？你说吧！"傅家杰攥住她的手哀求道。

她终于说了："给园园……买一双白球鞋……"

"我明天就去买。"他答着，泪水不自主地滴了下来，他忙用手背擦去。

她望着他，还想说什么的样子。半天，才又说出几个字来："给佳佳，扎，扎小辫儿……"

"我，给她扎！"傅家杰吞泣着。他透过泪水模糊的眼望着妻子，希望她把想说的话都说出来。可是，她闭上嘴，好像已经用尽了力气，再不开口了。

二十一

两天以后，傅家杰收到一封寄自首都机场的信。他打开看到——

文婷：

我不知道你能不能见到这封信。也许，它将是一封永远无法投递的信。我多么希望不会是这样的，我也相信绝不会是这样的。这次，你病得很重，但我总觉得你会好起来的。你还能干很多事情，你正是出成果的时候，你不应该这么早就离开我们！

昨晚，我和老刘去向你告别时，你还昏昏地睡着。我们本来准备今天上午再去看你，可是临行前的琐事太多了，实在抽不出时间。一想到昨夜一别，也许会成为我们最后的一面，我的心就发抖。同窗共事二十余年，知我者莫如你，知你者也莫如我，想不到我们竟是这样分别了。

现在，我在首都机场候机室里给你写信。你知道我站在什么地方吗？就在二楼出售工艺美术品的柜台边上。这里没有人，只有玻璃柜里陈列的展品对着我。还记得吗？我们俩第一次坐飞机，也曾来过这里，还在这个卖工艺品的柜台前欣赏了半天。有一盆水仙做得那么逼真，那么娇好，细细的绿叶上还滴着露水珠。你说你最喜欢了。弯下腰一看标价，把我们俩都吓跑了。唉！现在我一个人站在这柜台前，又有一盆水仙，只不过花盆是另一种黄色的。那一盆，想必被人买走了。我望着这盆水仙花，不知为什么，只想哭。我忽然想到，一切都过去了。

记得傅家杰刚认识你的时候，有一次他到我们宿舍来，随口念了一句普希金的诗："一切过去了的都会变成亲切的怀念。"当时我直撇嘴，说这话不确切，还质问他："过去的不幸也怀念吗？"傅家杰笑笑，拒绝和我辩论。他心里一定认为我不懂诗。今天我忽然懂了！我觉得这句诗太确切了，简直是我此时此刻心情的写照，简直是为我写的！我真的觉得：一切过去了的都是那么亲切，那么让人怀念啊！

耳边又听得一阵隆隆声，又是一架飞机起飞了，不知要飞到哪里去。再过一个钟头，我也要登上舷梯，离开生我养我的祖国。一想到足踏在故国土地上只有六十分钟了，我忍不住泪水，我哭了，把信纸打湿了。可是，文婷，我没有时间换一张纸了，就这么写下去吧！

我不知道为什么这样伤心，我忽然觉得自己做了一件错事，我不该走的。我舍不得这里的一切，舍不得！舍不得我们的医院，舍不得我们的手术室，舍不得门诊室里我那一张小小的桌子！我常在背后说孙主任凶，不允许人家有一点错。现在，我愿再听一声他的斥责。他是个多么严厉的老师，没有他的苛求，我不会有今天这一手技术！

广播又响了起来，在祝愿旅客一路平安。能平安吗？想到就要上飞机了，我心里有一种空落落的感觉。我觉得自己像一个漂泊在天空的气球，不知将落在一个什么样的地方，在那里等待着我的又将是什么。我心神不定，甚至感到害怕！是的，是害怕！去一个陌生的国度，一个同我们社会完全不同的社会，我们能适应吗？怎么能不害怕呢？

老刘坐在那边的沙发长椅上发呆。他一直忙于收拾东西，来不及思索，好像走的决心从来没有动摇过。但是昨天晚上，他把最后一件衣服塞进箱子里去，忽然说："从此以后，我们就是天涯孤客了！"后来，他就一直沉默不语。直到现在，还是一句话也没有说过。我知道他心里也很矛盾。

亚亚对这次走是最积极的。她甚至还表现出一种迫不及待的兴奋之情，我几次恨不得揍她一顿。但此刻，她站在候机室的大玻璃门前，望着忙忙碌碌的停机坪，也好像不愿离去了。

"不能不走吗？"我记得那天晚上在你家里，你曾这样问过。

我不能用一句话回答你，为什么我们非走不可。这几个月里，我和老刘几乎天天都在为走或不走烦恼着，争论着。促使我们下这决心的原因很多。为了亚亚，为了老刘，也为了我。但是，各式各样的理由，都不曾使我减少内心的痛苦，我们是不该走的。我们的国家正在开始一个新的时代，我们没有理由逃避历史（或许还该加上民族）赋予我们的使命。用造反派的语言来说，则是"工人农民的血汗把你们养大了，你们不应该背叛"！

同你相比，我是软弱的。我在这十年中受到的磨难比你少得多，但是我不能像你那样忍受。对于那些恶意的中伤，无端的诽谤，我常常爆发。这并不是我比你坚强，恰恰是我比你脆弱。我确实曾经想过，那么屈辱地活着不如死了好！只是为了亚亚，我才打消了这种念头。老刘作为"特嫌"被关起来那几年，我能熬过来，能活下来，亲眼见到粉碎"四人帮"的胜利，连我自己都意想不到。

当然，这些都是过去的伤心事了。傅家杰说得对，"黑暗已经过去，光明已经到来"。可惜的是，林贼、"四人帮"造成的一代人的偏见，绝不是短期内就能改变的。中央的政策来到基层，还要经过千山万水。积怨难除，人言可畏。我惧怕过去的噩梦，我缺少像你那样的勇气！

记得有一次批判白专道路，那些占领医疗卫生阵地的"沙子"，点了你的名，也点了我的名。会后，我们一起走出医院的大门。我说："我想不通。为什么刚有一点钻研业务的积极性，就要打下去？以后，再开这种会，我不参加，以示抗议！"而你却说："何必呢！再开一百次我也参加。反正手术还得我们做。我回家照样钻研！"我问你："这么批你，你不觉得冤吗？"你还笑了，你说："我一天忙得晕头转向，没时间去想它！"当时，我真佩服你！只是快分手时，你却嘱咐我："这种事，你别告诉傅家杰，他自己的事就够烦的了。"我们默默地走了一条街。我看到你的脸色是平静的，目光是自信的。你心里的想法是任何人动摇不了的。我也明白，你是用多么坚强的毅力抵抗着那些袭来的石子，走着自己生活的路。如果我能够有你一半的勇气和毅力，我也不会做出今天的抉择。

原谅我吧！我只能对你这样说。我走了，我把心留在你身边，留在我亲爱的祖国。不管我的双足走向何方，我都不会忘记故国的恩情。相信我吧！我只能对你这样说。相信我们会回来的。少则几年，多则十几年，等亚亚学有所长，等我们在医学上稍有成就，我们一定会回来的。

最后，衷心祝愿你早日恢复健康！经过这场大病，你应该接受教训，自己多照顾自己。这不是我劝你自私。你的不自私，是我历来敬佩的。我只希望你有一个健康的身体，我只希望中华医学的新秀能够吐出更多的芬芳！

别了，我的好友！

亚芬

匆匆于机场

二十二

一个半月以后，陆文婷大夫病体初愈，被允许出院了。

这几乎是一个奇迹。以陆文婷平日极为虚弱的身体，突然遭到这样一场大病的袭击，几次濒于死亡的边缘，最后竟能活了过来，内科大夫都感到惊异和庆幸。

这天上午，傅家杰怀着感恩的心情在妻子身边忙着。他替她穿上棉衣毛裤，又穿上一件蓝布棉袄，围上一条驼色大长毛围巾。

"家里怎么样了？"她问。

"挺好。昨天你们支部还派人去帮着收拾了。"

她立即想起那间小屋，那个罩着白布的大书架，那窗台上的小闹钟，那张三屉桌……

从死亡线上回来的她，虽然穿了这么多衣服，仍觉得身上轻飘飘的。当她站起来时，两腿打着哆嗦，很难支持身体的重量。她整个身子几乎全靠在丈夫身上，一手拽住他的衣袖，一手扶着墙，才迈出了步子。接着，一步又一步，她慢慢地走出了病房。

赵天辉院长、孙逸民主任，还有内科和眼科的一些同志，跟在她身后，看着她一步一停地沿着长长的甬道，朝门外走去。

接连下了几天雨，一阵冷风吹得光秃的树枝呼呼地响。雨后的阳光格外明媚，强烈的光束直射进这长长的走廊，冷风也呼啸着迎面吹来。傅家杰倍加小心地搀着妻子，迎着朝阳和寒风朝前走去。

门外石阶下停着一辆黑色的小卧车。那是赵院长亲自打电话给行政处要来的。

陆文婷大夫靠在丈夫臂上，艰难地一步一步朝门外走去……

《收获》1980年1期

晚霞消失的时候

礼 平

　　谁都有自己的经历。这些经历弥漫在生活的岁月中，常常被自己看得杂乱无章而又平淡无奇。但是，岁月流逝，当你在多少年后又回过头来看这些已经淡漠的往事时，你也许会突然发现，你早已在自己的人生中留下了一篇动人心弦的故事。

　　难道不是这样吗？多少人都是这样写出了，或者希望写出关于他们自己的小说。

　　我的经历也是这样的。在我的少年时代，我也和千千万万的普通少年一样，生活中充满了各种各样不值得那样欢乐的欢乐和不值得那样忧虑的忧虑。可是由于我生活在这样一个时代，我就有机会在自己的人生中留下了一段我永远也不能忘怀的往事。虽然我知道，我过去的生活平凡、平庸，而又平淡，但是我的故事中那些不平常的人物，却使我在想起他们的时候心情永远也无法平静。

　　下面，我就要来讲它了。当然，正像一切人的经历在被写成小说时都不可避免的那样，它的某些情节已不再真实。然而这故事的逻辑却是真实的。这样的事情，曾经发生并现在正发生在人间的各个角落，而且只要这个纷纷攘攘的世界还没有毁灭，这部跟跟跄跄的历史还没有了结，这样的事情就永远值得人们记取和回味。

　　记住吧，朋友。假如你能明白这故事的逻辑，并且能善处它，那么当这样的事情终于也来到你生活中的时候，你不知会从中免去多少你能够免去的痛苦，更不知会得到多少你应该得到的幸福！……

第一章　春

在春暖花开的时候，少年的梦，总是非常香甜、深沉。在我的故事开始发生的那天早晨，我也曾经做过这样一个梦。我不能说，那神奇美妙的梦境与我后来的经历有什么联系。然而梦是这样一种东西：它好像没有发生过，又好像确实发生过；它不是你命运中任何事件的原因，却常常导致你的生活中发生些什么。所以我不能忘记那个梦。而且，至今我都常常怀疑：梦，乃至一切虚假空幻的东西，对于人的生活是否真的那样无足轻重？

那天晚上，宁静的月光，从玻璃窗外洒进房间，照得遍地清辉如水。窗外那清新的月色使人神清气爽，睡意全消。于是我从床上坐起来，悠然走出门外，踏进了无边无际的原野。一条洒满月光的小路，正舒展着长长的身躯，指向远方的群山。夜晚的凉风，从原野上轻轻吹来，遍地的鲜花在月色中拂动。天空中，烟波浩渺的银河从天幕的这一端流到另一端。明镜般的月亮高高悬挂在宇宙深处，从那里发出美丽的光辉。

我步履飘然地踏上了那条小路，竟来到了一个神话般美丽的地方。

这是一个月夜的山谷，无数黑色的山峰高高地矗立在星光灿烂的夜空中，从四面八方把夜空围成一个镶有镂空花边的巨大的深蓝色玻璃盘。在山谷深处，一片明净的小湖，静静地躺在群山的怀抱中，像是在微憩，又像是在沉睡。天空浩繁的星河和黑黝黝的峰尖倒映在湖水深处，在微风吹起的阵阵涟漪中抖动。

当我的脚步踏上湖岸的时候，从我身边的花草丛中突然惊起了一大片五色缤纷的蝴蝶。它们忽地惊飞四散，又聚拢起来，随着一阵轻风飘向湖面，在那里闪起一大片光辉！

我被这奇异的景象惊呆了。

那些令人目眩的蝴蝶开始莫名其妙地迎风起舞。忽然，它们成群地飘落湖面，无声无息地沉入水底。一瞬间，它们又飞出清波，直上夜空，在银河与繁星间闪烁。当它们在远处飘舞的时候，纷纷然就像是一片飞舞的火星。而当一阵轻风卷着它们从我身边群飞而过的时候，又像是流过千万朵燃烧着的火焰，同时满空中都是金属碰撞的轻微响声。

这一切简直是一场神秘的魔术表演，把我的整个心灵都迷住了，于是我鼓起勇气，怀着一颗孩子的激动的心，冲着湖面，冲着山谷大声喊了起来："喂！这是什么地方——？"

我的声音震动着那些飞舞的金翅，荡过湖面，消失在对岸的丛林中。

美丽的山峰静静地矗立着。蝴蝶仍在神秘地飞舞。湖水与山林一片寂静。

我开始怀着巨大的好奇心在湖岸上徘徊。就在这个时候，从对岸我声音消失的地方，又开始隐隐响起一阵轻柔缥缈的歌声。这歌声在微风中抖动着，由小而大，渐渐传遍整个湖面和山谷。在这安详的夜色中，那歌声显得十分遥远而清晰，抑扬婉转，然而我却一个字也无法听清，我努力向歌声响起的地方望去，只见在那边山脚的林木中，正泛出一层微明。

我断定，那歌声一定便是这片山林湖谷的主人，并且是这一切奇妙景色的操纵者。于是我拨开遍地的花草，踏着清寒的泥土，毅然决然地沿着湖岸向那歌声响起的地方走去……

然而正当我努力要在那浓密的天涯芳草中寻找一条小道的时候，似乎是从天外传来的一个熟悉而亲切的声音，在我耳边大声响了起来。同时我的身体受到一阵摇撼。

"快起床吧，看都什么时候了？"

梦中的山林、湖水、蝴蝶和歌声顿时飞散得无影无踪。我使劲儿睁开眼睛，醒了。

晨光透过长长的窗帘，在房间里洒满柔和的光线。天已经这样亮了。我一挺身，从床上坐了起来。

"快点起来吧，孩子，你爸爸都起来很久了。"妈妈一边说着，一边走到窗前哗哗地拉开了窗帘。清晨的阳光，顿时在满屋子倾泻开来。

我揉揉惺忪的睡眼，推开窗户，深深吸了一口清凉的空气，顿时睡意全消。

在这个春暖花开的早晨，整个城市已经开始活跃起来。这个世界的又一天生活开始了。对于那时的我来说，这是一种多么美好的生活啊！

我站在窗前用力运动了几下双臂，一边心满意足地回想着那令人愉快的梦境，一边动手穿衣服。但是就在这时，客厅里传来爸爸那浓重的江西口音："看看你桌子上的表！都什么时候了，还在睡觉？简直不像话！"

　　我赶紧穿好衣服，悄悄溜进盥洗室，心情不像刚才那样欢乐了。

　　爸爸似乎仍然在生着气。他很重地放下碗筷离开了桌子，回到自己房间，拿起了皮包准备去上班。但是他走到门口却并未走出去，而是隔着走廊冲我大声问了起来："喂！你今天上课要不要跟我的车一起走？"

　　我却吓坏了。

　　今天是他那个兵种的联合演习，他一早要赶到现场去，正好路过我们中学。本来，坐爸爸的汽车走上一段是件很美的事，这样的事在我考上中学后简直还没有过。可是由于昨天晚上刚刚挨过爸爸的训，所以我今天真怕坐到他的车里去。

　　"不要，我得先上公园……"我连忙回答，但马上就知道这句话又答错了。

　　"又去玩吗？"果然，爸爸生气地把门砰的一声重新关上了。

　　"不，我每天都要去那里温功课的。"我打着满脸的肥皂，伏在洗脸池上怯生生地说。

　　爸爸的脚步向盥洗室走来。我的心跳得厉害起来了。

　　门口出现了爸爸威严的身影。他那身笔挺的军装今天好像有点吓人。我接着哗哗的水龙头，拼命冲着脸上的泡沫，尽量不去看他。

　　"骑车子去吗？"爸爸站在我身旁问，声音温和了一些。

　　"嗯。"

　　"时间够吗？"

　　"嗯。"

　　"光知道嗯！"爸爸没好气地说了一句，便把一件硬东西放在镜台上，"上课不许迟到！"说罢，就转身走了。

　　走廊里传来爸爸下楼梯的声音，随后汽车的门在院子里砰的一声关上，一阵马达声很快远去了。

晚霞消失的时候

我这才放下心，擦干脸上的水珠抬起头来，这时我才发现，爸爸把他的手表给我留在镜台上了。

　　一阵感激和轻松，使欢乐重新回到我的心头。我高高兴兴地抓起爸爸的大手表，松松垮垮地往手腕上一套，然后把毛巾丢在洗脸池里，飞快地跑回自己的房间。我把课本、作业和文具收进书包，抓起来就跑过客厅，只见爸爸没吃完的早点还放在桌上，于是我把它们也统统塞进书包，端起盛粥的小锅就匆忙地喝了起来。

　　这些举动，都被正准备上班去的妈妈看到了。她一边收拾文件，一边冲我喊道："又吃剩饭！你的饭在厨房里，自己去端！"

　　"不用！"我匆匆喝了几口，拉开门就往楼下跑。

　　"你就那么忙吗？"妈妈嗔怪地叫道，"吃饭都顾不得啦？"

　　这时我已经从楼梯底下推出自行车，跨上一条腿，就像出窝的燕子一样，一溜烟飞出了院门。

　　大街上，朝阳明媚，晨风清凉。我骑着车子，卷在上班人流的潮水中，沿着干净整洁的街道一直向公园飞去。

　　在这个公园的山后，有一片浓密的树林，树林中间，有一块绿草如茵的空地，那里有一座不知道是哪个朝代修下的石筑高台。这座高台已经倾颓破败了，四面的砖壁上长着灌木和青松。台顶上，汉白玉石的栏杆已经残缺不全。巨大的铺地青砖也破碎了。碎砖乱石中，长满了青苔绿草和星星点点的黄色或紫色的小花。在石台的东面，有一条台阶直通高高的台顶。

　　当我终于钻进这片空地，大步登上台顶，并坐在石栏杆上以后，快跑后的喘息和心跳很久才平息下来。

　　我环顾了一下四周，除了栏杆外面的青松伸出枝梢，在晨风中轻微地晃动外，一点声响也没有。

　　我打开书包，一边掏出点心啃着，一边拿出我今天早上必须温习的俄文课本。我皱着眉头翻了翻这门我最讨厌的功课，一种无可奈何的心情顿时涌上心头。我不禁深深地叹了一口气，昨天晚上在我房间里发生的情景，又浮现在了眼前……

"你把这一课给我背出来。"

爸爸此刻正和妈妈一起坐在我的桌子前面，手里拿着我的这本俄文书。由于背向台灯，他们的脸都很暗。

我规规矩矩地坐在床沿上，应付着这场不曾防备的考试。说实话，我根本无法把它背下来，因为那根本不是我们的作业。但爸爸向来是严厉的，在这种时候不容我不要强。我只好尽量背得快一些，管它对不对，只要显得熟练就有可能混过去。

这可真糟糕。三十年前，爸爸妈妈都在苏联学习过，这点俄文当然难不住他们。我的脸红了。

"一个学生，不老老实实地掌握功课，投机，取巧，这叫什么态度?"爸爸声色俱厉地说着，好像我是一个只知淘气的糟糕透顶的学生一样。这真使我满肚子都是委屈。

"爸爸! 在学校里我的各门功课都是最好的，就是俄文我实在受不了，它实在太枯燥了。再说，我又不想当翻译，学好了有什么用!"我忍不住为自己争辩起来。

本来嘛，我在学校里所有功课都学得不错。不管是文史地还是数理化，我的成绩都足以叫爸爸自豪。这也没什么奇怪的，因为我从小就喜欢它们。但是俄语，它算什么呢? 在学习的时候，整整一个班的中学生跟着老师喊什么:"妈——妈""爸——爸""桌——子""椅——子"，我一点也不喜欢它，也断定我将来根本用不着。所以，去年考试，这门倒霉的功课使我破天荒闹了个不及格。从那以后，爸爸就不再夸奖我，而是越来越严厉了。

"有什么用?"爸爸奇怪地看了妈妈一眼，"你看这样的问题有多奇怪!"

妈妈笑笑，什么也没说。

"我问你，"爸爸合上书放在膝盖上，"在我们的部队里，战士们天天要出操。可是齐步走和立正在作战中有什么用? 难道有一个士兵提出这样的问题吗?"

我不说话，但我心里认为这完全是另一码事。

"谁也不能提这样愚蠢的问题。"爸爸继续说，"因为每一个军人都晓得，军队必须具备严格的纪律才能作战。而纪律在战争中不是一种手段，而是一种素质，你记住，是素质！一种素质比一百种手段都重要。那么，你们做学生的是否也需要一种什么素质呢？需要的。这种素质就是善于学习，善于记忆，善于思考。要知道学校里开了这样多的课程，并不仅仅是为了教给你们那些专门知识，不，这种全面的学习还在于培养你们一种善于学习的能力。善于学习，你懂吗？如果你能学到这一条，天下的本事都是你的！"

他说着，一根竖起的指头还在空中一挥，好像天下的本事都在这根指头上拴着，他想丢给谁就丢给谁似的。

"不错，你今天学的东西将来并不一定都会用得着。但是，我的孩子，你又怎么能知道你将来用得着什么、用不着什么呢？人是无法事先挑着有用的东西去学的。书到用时方恨少，学任何东西都不会多余！"

"孩子，你爸爸说得对。我们从前也学了很久俄语，到后来几乎一点也没用。但是那种学习却开阔了我们的眼界。它的好处现在我们还能感觉得到。"

爸爸对妈妈的插话很满意，特地向她点了点头。

"妈妈，我根本办不到！"我叫了起来，"没有兴趣的事我得花十倍的力气去做它。您不知道为了这门倒霉的俄语我熬了多少夜了。今年市教育局难得举行的数学竞赛，我没能得奖，就是死抠了俄语的过……"

"糊涂！"爸爸的手啪的一声拍在桌子上，发火了，"我不要你去争什么竞赛，我要你的知识全面发展，我要你完成党交给你的所有学业！什么兴趣？那是你学习的出发点吗？年纪不小啦，孩子，不是你抱着木头枪趴在泥巴里玩打仗的时候了！"

爸爸把手撑在膝盖上，摆着威严的架势。我再也不说话了。

我坐在石栏杆上，轻轻叹了一口气："唉，还得温它呀！"

我拍拍手上的点心渣，收敛起那种无可奈何的心情，没精打采地翻到了昨天的那篇课文。

这是一篇糟糕透顶的课文，全课一句吸引人的话也没有，又那样长，简直没意思透了。我草草看了一遍，就打算把它背下来，但是不行，心里好像总不太踏实，于是我又看了一遍。果然，几个嬉皮笑脸的单词藏在字里行间，正狡猾地看着我。

我使了使劲，努力把它们的面目记住了。

可是当我再一次准备去背它的时候，却被一种什么声音吸引住了。我的心不禁一动。

这声音很轻，但是也很近，好像就在高台的下面。我仔细听了听，似乎是有个人在下面读着什么。

"怎么，这里已经有人了？"对于有人闯进这寂静的小天地，我心中感到几分不快。

我悄悄跳下地，轻手轻脚走到对面，用手指顶着栏杆向下望去，马上就发现了这个"入侵者"。这是一个穿着淡蓝色外衣和浅灰色长裤的女孩子。她正横坐在一尊张牙舞爪的青灰色石兽的背上，聚精会神地读着手中一本厚厚的外文书。因为她低着头，所以我完全看不清她的脸，只能看到她的不算长的双辫搭在肩后，再就是那白色的衬衫领口。这个女孩子悠然自得地读着，一边读一边还不停地来回晃动着两条长长伸出去的腿，根本不会想到附近早已有了人。天晓得她是什么时候跑进来的。

此刻，几束阳光正挤进树叶的缝隙，倾泻在她周围的草地上。这个神态安详的女孩子和那尊昂首怒目的石兽，坐落在一片青翠之中，构成了一幅十分巧妙而醒目的图画。

我退回来，心中茫然了。

该怎么办呢？溜掉？去路已被她挡住了。从后边跳下去？又太危险。悄悄地猫在这里？可躲在一个女孩子附近偷听人家读书算怎么回事呢？要不，读我自己的！唉，那可不行，我这蹩脚的俄语叫她听到会笑掉牙的——我可领教过这些女孩子的厉害。有时你要是什么事没弄好，一个女孩子的嘲笑比一班男生的哄堂大笑还叫人难堪呢！我真有些打不定主意了。

下面的朗读声断断续续地传上来。很快我便听出那不是俄文而是英文。平时接触的读物趣味迥异，我对英文的兴趣反而更浓一些。但我从未发现我竟能从别人的朗读中听出一些单词和短语来。于是我一边在肚子里打着主意，一边怀着几分好奇听了起来。

下面念出了一个长句，我听出一个词是"王冠"。记得在和一个同学谈天中偶然讲到它的时候，我一下子就记住了。但她那句的完整意思我听不懂。

　　她又一口气念了一个整段。由于她读得太快，我只听出最后一个词是"命运"。但是前面那个词我没听清，所以弄不清是个好的命运还是个糟的命运。

　　她念得简直太棒了。又有一个清晰的词是我非常熟悉的，但一时又忘了。我咬着嘴唇想了半天，终于想起了那句欧洲名言："彼以剑锋创其始者，我以笔锋竟其业。"这句话大概与拿破仑有关。她念的那个词就正是这里面的"宝剑"。

　　王冠？……命运？……宝剑？……

　　她念的究竟是什么呢？我不禁被吸引住了。那一连串和谐的元音说明这是一首长诗。随后我又断断续续听出一些关于宫廷谋杀和贵族决斗的只言片语，这又说明那一定是一篇非常精彩的古典故事。这可真使我大大地嫉妒了起来，因为我这个蹩脚的俄文学生要听懂它是无论如何不可能的。

　　"反正我听不懂！"我这样想着，低头看看手中那本露着一副苦相的俄文课本，开始想到我的功课了。是啊，人家倒是念得扬扬得意，可我总不能叫她给困在这里不得脱身啊！

　　真是"急中生智"，我考虑了半天，终于想出了一个办法：将她轰走！我想，只要我突然爆发出一阵大喊大叫，她一定会吓得赶紧离开的。

　　主意一定，心里就踏实多了。我憋足了一口气，冲着天上，冲着半空中那根倒挂的藤萝，突然爆发出一连串的大叫。这叫声是这样响，把我自己都吓了一跳。我从来也没有这样念过外文，而这样的喊叫一经开始就再也无法收住了。那一连串的俄语单词，就像是被轰出笼子的鸡一样，叫着，扑打着，乱七八糟地飞向空中！

　　我紧张得心都不跳了。偏偏这个时候，一个突然忘掉的单词卡住了这场热闹。

　　"该死！"我暗暗骂了一句。但"急中生智"又一次救了我。我把一个现成的短句送了出去，立即把这一串叫破天的外国话结束了。那句和课文毫不相干的短句实际上是："滚开，女学生！"

树林中突然陷入一片寂静。高台下面更是静得出奇。这林子好像突然受到一阵暴雨的洗劫似的，一切都被冲刷得干干净净，什么也没有了。

好久，下面书包中的铅笔盒哗啦响了一下，同时听到那个女孩子轻轻跳下草地的声音。但随后而来的不是匆忙的疾跑，而是一阵稳稳当当的脚步声沿着那台阶传了上来。

脚步越来越近。在台阶口那里开始露出一个女孩子好奇张望的脸庞，随后是双肩、上胸、半腰、全身。当一个女孩子已经完完全全走上台顶，并端端正正地站在台阶上的时候，我才猛地醒悟过来：下面那个女孩子没有逃走，而是找上来了。

我警惕地从栏杆上面滑下来："干什么？"

"不干什么。"对方平静地回答。

"不干什么你为什么上来了？"

"看看不行吗？"

"看看？这儿有什么好看的？"

"想看看。"

"那你看吧。——真讨厌！"我嘟哝着，转过身去。

可是她突然在我背后笑起来，好像挺快活似的向我说："我听出来，刚才你有一句话说错了。"

"什么？"我腾地跳起来，简直不相信自己的耳朵。我长这样大了，从来就不曾有一个女孩子敢在离我这样近的面前向我说："你错了！"

我不禁仔细打量了一下对方。

这是一个挺清秀的女孩子，她的眉毛又细又长，一双眸子简直黑极了。她把头发大大方方地拢在耳后，露着聪颖的前额，显得神清气爽。此刻，她正用几分好奇的眼神看着我，好像我不是一个随时都会向她发火的男孩子，而是一只和和气气的大熊猫一样。这种打量真使我格外恼火。

"错了？哪儿错了！"

"俄文的'离开'，你是怎么说的？"她认认真真地问道，连眼睫毛都不眨一下，"你用的是命令式。那不是叫人家滚开吗？"

"滚开？我没那个意思。"

"那你是什么意思呀？"

"我又没说你！"

"那你是在说谁呀？"

"我，我爱怎么说就怎么说——我温功课哪！"我气得脸上发烧。

"'滚开，女学生！'也是你的功课？"她竟毫不退让。

叫一个女孩子这样追问简直不成体统。我气得叫起来："天哪，哪儿冒出你这么个宝贝来？咱们谁也不要打扰谁好不好？"我知道我已经窘极了。

"哟！我以为这个高高在上的人多凶呢，原来也会叫天哪！"她快活地大笑起来，又尖又脆的笑声震得树叶沙沙响，好像对自己这调皮的玩笑十分得意似的。

"哼！岂有此理！"我瞪了她一眼，对这个又活泼又大胆的女孩子毫无办法。

"岂有此理？你叫人家滚开岂有多少理？"她仍然笑容可掬地看着我，嘴里可是一点台阶也不给我下。

"讨厌，简直是讨厌得要命！"我狠狠地白了她一眼，转身就去拿我的书包。这场亏只能吃到这里为止了，我必须赶快脱身走掉。但就在这时，我大难临头了。由于气急败坏，我跨出去的脚投错了方向，竟对着石栏杆的一处缺口迈了出去！

那个女孩子立即就发现了危险，脸色刹那间大变。她猛地扬起手惊呼了一声"小心！"便不顾一切地冲上来拉我。可是已经完全来不及了。我虽然赶紧收住了脚，身体重心却已经完全移到边缘外面去了。我的手臂徒劳地在空中划了两下，整个身体便迅速向外倒下去。

那个女孩子冲上来，一把抓住了我的后衣襟，而这是一个相当危险的动作：这会使我们叠床架屋似的一起摔下去。

但是正像人在猝然发生的危险中常会有的那样，当时我还来不及惊慌。对这场危险的恐惧差不多是过了好几天以后才笼罩了我的心头的。在那个间不容发的刹那间，我只是飞快地判断了一下眼前的地形和环境，便使劲挣开她的手，对准了台壁上一根粗壮的松枝，同时两脚用力一蹬，就扑了出去。

身后传来一声悲惨的惊呼。但是我成功了。这决定性的一跃，使我准确地抓住了那根松枝，随后便高高地吊在了上面。

我抬起头，看到那个女孩子已经扑到石栏杆上，正惊恐万状地探出身子，向下面的草地上寻找已经摔得半死的我。当她终于在松枝间发现我已平安地吊在这根救命的"单杠"上晃来晃去时，不禁"呀"地长舒了一口气，精疲力尽地一下子靠在了栏杆上。

"真吓死人了！"她万分庆幸地说了一句后，便大着胆子伸下手来，"拉住我！"

"不用，小心你也掉下来！"我咬着牙，双臂一收，一侧身坐上了树杈，然后又攀住砖缝，登上台壁，翻过栏杆重新回到了台顶上。直到这时，我才意识到我是从一种多么危险的灾难中幸存了下来。

这时，那个女孩子正站在我身边，使劲儿地绞着双手，两眼万分抱歉地看着我，似乎这一切过错都是她给我带来的。我则尽量不去看她，努力显得满不在乎地拍去了手上和裤子上的灰尘。我知道，经过了这场不大可也不小的变故，我刚才的窘态早已飞出九霄云外，现在该轮到她为难了。

"我……"她似乎在犹豫该说些什么，但突然想起什么似的把我上下打量了一下，"啊，没有伤着吧？"

"没有。"我的心已经开始后怕得咚咚跳。

"真危险。要不是那根树杈，结果真不堪设想！"

"哼，起码摔个半死！"

"这都是我惹的祸。我，我真不知该怎么向你道歉才好！"她倒并没有犹豫多久，就直截了当地表示了在一个女孩子来说是多么难言的歉意。我不禁看了她一眼，只见她脸上正露着一般女孩子很少有的那么一种坦率而诚恳的神情。我的心一下子被感动了。

"没关系，又不怪你。"这不但是表示宽容，也是表示镇静，其实本来也不能怪她。

"万一你摔下去，那我一个人真是一点办法也没有了！"

"那只好听天由命了！——这个鬼地方，真他妈……"话一出口，我马上意识到又要坏了，脸不禁忽地一下红了起来。不过她似乎并未在意。"反正只要有个什么东西，我总能抓住的。"老实说，这可是有几分吹牛。因为刚才那根树枝再稍微远一点，我就完了。然而她对我的话竟信服得要命："这我看得出来。"她宽慰地笑笑，"你刚才并没有慌，一点儿也没慌。如果你挣扎着不下去，那一定坏了。可你竟一不做二不休地跳了下去。我还以为你成心想寻死呢！"

我开心地大笑起来："是吗？我真像一个跳崖寻死的吗？"

"那倒不像！倒是……"她咬着嘴唇想了一下，便笑着说，"倒像是一头扑出去的豹子。"

豹子！这可真叫我喜出望外，因为这恰恰是我也十分喜爱的一种身手矫捷的猛兽。看来，刚才我就是以这样一个形象从她的视线中消失的。这无疑给她留下了非常深的印象。从她那惊恐犹存的钦羡神情中，我知道我已经在这个陌生的女孩子眼中一下子变成了一位凯旋的英雄。我不禁万分得意地晃了晃脑袋："只要摔不断脊梁，我倒愿意当个豹子。不过那根树杈，我是死活再也不上去了。"

这句话终于逗得她也和我一样地大笑起来。我们那愉快的、毫无顾忌的笑声互相交织在一起，震动了整个树林，直到今天还在我心头回荡。

然而她似乎仍在想着一个我极力想避免的话题：当一切误会和意外都消除了以后，她显然在打算向我告辞了。

"你知道刚才我为什么上来吗？"她问。

"不是因为我叫你滚开吗？"我一边笑着回答，一边重新坐到了栏杆上。

"不，我是想上来道个歉的。因为我一点儿也不知道这里已经有了人，所以打扰了你。"

"哪里，你又不是成心的。再说这地方又不是我的。"

"可是起码我可以不作声。所以我想道个歉就换个地方。想不到刚说了几句话你就摔下去了。"

我们又笑了起来。可是，我能说什么呢？此刻，她正亭亭玉立地站在面前等着我的回答，似乎我只要说一声"算啦，没事"，她马上就会很礼貌地告辞走掉，从此便永远消失在这个世界上。然而这时，她的出现却早已给这片树林带来了一种动人的气息。这是我从来没有感觉过的。这气息从她身上散发出来，如此强烈地影响着我的心，使我无论是在与她谈笑还是对她假装生气的时候，都怀着一种从未有过的隐隐的激动和欢乐。这种复杂的感觉和心情，在我心中张开了一张无形的网，极力想去遮挡她告辞的路，无论如何也不愿意她这样快就悠然离去。可是，我能说什么呢？

我无可奈何地看了她一眼："道歉？不作声？都随便。反正我是看不下去了。"

"怎么啦？"

"热闹了这么半天，你还能看书？"

"真是，我也没心看了。"她想想，笑了。

"你也在温习外语吗？"

"我在看课外书，瞎翻。你呢？"

"我也是。温不温都行。"

"那干脆谁都别温了呗！"

这实际上已经是友好的邀请了。我看看她，她正用征询的眼睛看着我，显然很愿意用聊聊天来消磨这剩下的时间。于是我把课本往书包中一塞，又像赶走什么似的把手一挥："对，谁也不温了！"

至此，我们已经获得了充分的谅解，并从心底深处感到在一起谈一谈是件很愉快的事。最初的对立早已冰消雪释了。就这样，在这片春光明媚的树林中，在这座古老的高台上，我忘掉了手中的功课，忘掉了父亲的责备，忘掉了世界上正在发生的一切事情，平生第一次和一个少女开始了长谈……

"你也在念外文？"现在，她也坐在了石栏杆上，舒适地靠在雕有小狮子的柱子上。她一只脚低垂在地面，另一只脚则勾在它膝盖后面，使我又想起她坐在下面石兽背上的情景。

"对，我在念俄语。"我答道。

"大概你很不喜欢。"

"你怎么知道？"

"因为你念得不太好。"她还是那么直截了当，批评起人来一点弯子也不绕。我不觉有些不自在。

"这我承认。不过我下定了决心不学好它。"

"为什么？"她对这样的决心显然大为惊讶。

"不为什么，就因为它太枯燥！"

"枯燥？我也是学俄文的，可为什么我一点儿也不觉得枯燥呢？"怪不得她刚才一下子就听出了我轰她走的那句话。

"那我就不知道了。"我说，"反正那些干巴巴的单词真要了我的命。发音又那么难听，读得人舌头都转筋了。我们班的同学都说，俄语是猪话，是赶猪的和猪说的话。"我怀着几分恶作剧的心情，快活地报复起俄语来。

"瞎说！"她气愤得叫起来，连身子都跟着一动。我真怕她会掉下去，可她却坐得很稳："你读过普希金的诗吗？没有？那你去读读吧，你去读读那是什么话吧！我想你会入迷的。"

"真可惜，我一篇也没读过。但我绝不会入迷，更不会神魂颠倒。"

"那么，你知道金鱼和渔夫的故事吗？"

"金鱼和渔夫？"我想起来，这童话是我很小就知道的。我得承认，那的确十分迷人。"那是故事，不是俄语。"我争辩道。

"是故事，也是俄语。"她不容争辩地肯定了这个结论。她用这样认真的努力来捍卫这样一个题目，使我觉得她简直有些可笑。但这种感觉马上就被她丰厚的外文知识彻底消除掉了。

她仰起脸略微回忆了一下，开始用流利的俄文为我背诵这首著名的长诗。这个外文造诣相当深的女孩子在念着那些不朽的诗句时，神情非常专注和严肃，仿佛她注视的不是一片空旷的树林，而是那部俄国童话的一幕幕场景。我静静地听着。虽然我不能全部听懂，但那铿锵的节奏和鲜明的韵脚，却在我的听觉上造成了强烈的乐感。我清清楚楚地听出了两个完全不同的主角在对话：一个是那条美丽的金鱼，一个就是那位诚实而懦弱的老渔夫。她胸膛深处那感情的回声，将我的心深深地打动了。

"……于是渔夫走向大海，看见海面滚动着黑色的波涛。激怒的海浪在奔驰着，咆哮着。他开始呼唤。金鱼向他游来，问道：'您还要什么，老爹爹？'‘鱼娘娘，做做好事吧，我怎样才能对付那该死的婆娘？她不愿再做地上的女皇，她要做海上的女霸王，要您亲自在海上将她侍奉……'金鱼什么也不再讲，她转身游进深深的大海，尾巴在水中轻轻一摇……"

她译出了这些诗句。我知道，这一幕已经接近那条金鱼一去不复返的尾声了。

这些诗句，在我面前展开了这部童话的绮丽场面：大海在阳光下闪着金光，海面上翻涌着深蓝色的波涛，海底，是雄伟水宫的尖顶，而在晶莹澄澈的海水中，游动着那条美丽而神奇的小金鱼。……突然，白浪滔天的海面上乌云密布，沙滩上，就孤立着那架先后变成过漂亮的木房、富丽的庄园、雄伟的城堡和金碧辉煌的宫殿的小泥棚……

直到现在，我好像才领悟过来，俄语，它根本就不是中学课本中的那些枯燥乏味的东西。在那广阔的俄罗斯的土地上，它为那个民族哺育了多么富丽堂皇的文学啊！

我望着这个我后来永远也没能完全了解的女孩子，深深地折服了。

现在，我已经清楚地看出来，她完全不是一个泼辣尖刻的女孩子。她大胆，但这大胆是为一种想了解对方的好奇心所驱使；她活跃，这活跃也同样是受到一种想和对方保持融洽关系的愿望的鼓舞。而一旦两厢投契，她就会借更深的了解来发展她和你的关系。这时，她听你讲话时会很认真，思索你的问题也会很深沉，而当她自己说的时候，尽管坦率而轻松，但神态中仍会隐隐保持着所有女孩子都会有的那种拘谨。我头一次在自己的眼睛后面去仔细地观察一个人，而现在，我用我一颗少年的心感觉到：我面前的这个女孩子和我见过的一切女孩子都不同。她的学识、她的性情、她的品格、她的一切内在的气质，都比她表现出来的要丰满、充沛得多！

当我想着这些的时候，她已经离开童话世界，迅速回到了我几乎已经忘掉的话题上："这难道不是一种最美的语言吗？你们却说它是猪话！我真不明白，你们这些男孩子如果对什么东西不满意，为什么马上就会说出一些那样难听的话来呢？"

想起刚才的事，我哈哈大笑起来："那倒是，骂人在我们男孩子简直

晚霞消失的时候

是家常便饭呢!"

她脸上掠过不满:"干吗要这样呢?不是人人都知道这样很不好吗?"

"人人?不,我就认为这很好!"当我明白这个女孩子实际上很老实的时候,天晓得我怎么突然想到和她开开玩笑。

"好?"她果然睁大了眼睛,"骂人还好吗?"

"究竟又坏在哪里呢?"我反问。

"野蛮。"她斩钉截铁地回答。

"野蛮?你可不知道这点儿野蛮对于一个男孩子多么重要。谁的性格中要是没有几分野蛮,他就是一个软蛋,就别想在大家中间立足。"

"我不信。我不信在你们中间没有友谊,只有强权。"

"强权?好大的字眼儿!如果得不到朋友的钦佩还能有什么友谊?不,我说的野蛮是一种强有力的性格,并不见得就是对别人的冒犯。就说骂人吧,它有时连自卫都不是,因为根本没有对象。常常有这种事:左右为难的时候,一声'他妈的'就下了决心;遇到挫折,一声'滚他娘的'就把烦恼忘得一干二净;就是吃了天大的亏,拍案而起的一声'混蛋',也比唉声叹气强得多!"

"哟!"她几乎大笑起来,"骂人还有这么多优越性?可即使在这些事情上,文明点不是更好一些吗?"

"这又怎么分得开呢?文明和野蛮就像人和影子一样分不开。《奥德赛》和《伊里亚特》你看过吧?"我说的是当时绝少见到的书,但她点了点头,"全部荷马史诗,都是关于那场远征特洛伊城的战争的。也就是说,在一场最残酷的古代战争中,产生了一部最美丽的古代神话。它们能分开吗?希腊神话是文明的故事还是野蛮的故事?"

她的眼睛一亮,显然被一种意想不到的思想触动了,不禁直瞪瞪地望着我。

"阿伽门农为了当统帅而将女儿送上了祭坛,希腊人为了夺回一个海伦而将整个特洛伊城夷为平地,连整个奥林匹斯山上的诸神都卷入了人间的这场阴谋与厮杀。可是人们感到了什么?怕不是愤怒和不平吧?你自以为信奉文明,可你自己又怎样呢?奥德赛在地中海里漂泊了十一年才回到故乡,你不是也津津有味地欣赏着他那些数也数不清的苦难吗?

那你的文明又在哪儿呢？"

她被弄迷惑了："……真是。那些故事说起来也够凶残的了，可是却感动了人们三千年。我们到底是喜欢它的一些什么呢？人真奇怪：他们常常反对和谴责战争，诅咒它弄死了那样多无辜的人。却又特别爱去描写和颂扬那些将军惊心动魄的事业……人真是太矛盾了。"

我得意地笑起来："矛盾？矛和盾永远是两件配套的武器，文明和野蛮也永远分不开。什么东西使人类进入了文明？铁。恩格斯说过，冶铁术的发明使人类脱离野蛮状态而进入文明时代。但铁最初却是用来制造武器的。而且直到今天，钢铁也仍然是最重要的战略物资。那么你来说吧，铁究竟是文明的天使呢，还是战争的祸根？"

她咬着嘴唇思索着，不再说话了。

今天我不知道是怎么了，竟突然说出了这样一套好像挺有分量的话，并且还把它们发挥得淋漓尽致。能在这样一个聪明清秀的女孩子面前大出风头，并显然使她大为钦佩，更使我感到一种难以抑制的得意和高兴。

不过她显然并不以这些似是而非的玄谈为满足，她努力想寻找出它们最终的答案来。可是她在思索了很久以后，却终于说道："是啊，这是一个无法解决的矛盾。从前我一直认为，野蛮是人间一切坏事的根源。而今天，你却向我证明了它可能是好的……"

是的，这是一个无法解决的矛盾。后来，一直到十五年以后，当我们最后一次见面的时候，我们也没有能够穷究这个囊括了全部人类历史的大题目。

春天的阳光静静地洒在草地上，树林中只有我们两个人的谈笑声在回荡。时间一点一点地过去了。

我终于注意到了她手上的那本大厚书。

"你刚才在下面念的就是这本书吧？可以看看吗？"

她马上从膝盖上拿起它，隔着栏杆递给了我。

这是一本沉甸甸的，装潢十分精美的书。封皮上方，压印的一圈金色蔷薇花围着一块半躺的方碑。碑上刻有两行烫金的英文大写字母。我拼出有"莎士比亚"几个字。

"莎士比亚的书吗？"

"莎士比亚戏剧集。"

"真好，"我不禁赞美道，"你刚才在读哪一段?"

"《李尔王》。"

"哦!"我想起我看过这个故事的小人书。

"看过吗?"

"看过。"

"你最喜欢哪个人物?"

"肯特伯爵!"我毫不犹豫地选中了这个忠实的廷臣。他在被放逐海外的时候，仍然念念不忘老国王和小公主的命运，一直使我深受感动。

"科德丽霞呢?"她问的正是那个把父王比作盐的最小的公主。

"也喜欢，不过我更可怜她。但是我很不喜欢老国王。这个老糊涂轻信，而且无情，结果自己倒了霉，国家也分裂了。"

"老国王我也喜欢。"

"你喜欢的人太多了!"我笑起来，"这些人物即便可爱，也该受到批判。毕竟，莎士比亚作为资产阶级的作家，他那些情调或多或少总是反映了他那个阶级的没落情绪。所以他的故事尽管动人——确实动人，但我们作为无产阶级的后代却不能过于欣赏他，而应该分析他，认识他，批判他!"

"错了。"她出我意料地挺身而起捍卫她的莎士比亚，"莎士比亚是文艺复兴时期的作家，那时全欧的资本主义都刚刚在萌芽，怎么是没落?而且马克思和列宁都很喜欢他的作品，他们甚至能整段整章地背诵。马克思的手稿中甚至有《哈姆雷特》的专论。"

她说得非常认真，毫不顾及这针锋相对的反驳会给我一个冷不防的难堪。

"专论? 我没听说过。"

"他没能写完。为了《资本论》，他把许多事都耽误了。"

"但无产阶级的情调总和资产阶级的不同。"

她眉毛一扬，充分意识到自己在这个问题上的优势："对莎士比亚不能这样分。恩格斯说过：资产阶级的伟大人物并不仅仅属于他们自己的阶级，他们属于整个人类。"

"在哪儿说的?"这话显然与我以往的理解相矛盾。

"在《自然辩证法》的导言里。"

我什么也不能说了?我并不太熟悉这位四百年前的老作家。她讲的这些我也完全不知道。我重新意识到,这个娴雅的女孩子绝不是一个无知的人,相反,倒是我自己在知识上显得更贫乏。我望着她,心中感到奇怪:她看上去与我年龄相仿,在我面前甚至还带着几分天真的神气。可她竟懂得这样多!我开始产生一种错觉,好像她完全不是一个与我同龄的少女,而是一个天真的小妹妹和一个成熟的大姐姐的复杂的结合。

这本书我已经有些舍不得还给她了。我把它拿在手里:"可以借给我看几天吗?"

她笑了:"你喜欢?"

"已经非常喜欢了。"

"可以,那后面还有英汉对照。"她很大方地答道,"不过你一定要爱护。"

"那你能把这本书多借我一段时间吗?我想好好看看。也许我也会对它们发生兴趣的。"

她又笑起来:"我想你会的。随便你看多久。有了这本书,我看你大概不会再把英语也送给什么动物去讲了……"

我哈地一笑:"当然!"随即万分高兴地打开书包,把它小心地塞了进去。但我听出她的声音好像突然变了。

我抬起头来,发现她正吃惊地看着我的手。她看到什么啦?我赶紧低下头来寻找,眼睛马上在爸爸那块大手表上停住了。

时间,啊,爸爸一再关照过的时间!我心中猛地一惊:我们光顾着聊得高兴,竟把时间完全忘了!

她小心地从栏杆上滑下来:"什么时候了?"

我看看表,扑通一声跳到了地上:"我的天哪,还有七分钟就该上课了!"

顿时,我们一齐慌了起来。

"你怎么走?"她问。

"我要到后门去取车。你呢?"

她已经急得在跺脚了："哎呀，我还得去正门乘电车呢！"

"那你可得快点儿！"我催促她，"再见。"

"再见！"她一边裹紧书包，一边匆匆看了我一眼，便飞快地转身跑下高台。

那一瞥留给我的印象是永远难忘的。那是一闪而过的注视。她的眼睛在一瞬间闪动了一个明亮的火花，这火花从此便埋藏在了我的心底深处，再也没有熄灭掉！

她头也不回地飞下台阶，张开双臂跳过一条长满青草的小沟，一弯身钻进了树林。那淡蓝色的背影和雪白的衬衫领口在浓密的树叶间一闪就不见了。

林外传来一阵急促远去的跑步声。林中又呈现出突然的寂静。

我也飞快地钻出树林，一溜烟跑到后门取出车子，飞一般地向学校骑去。

我十分后悔这次匆忙的分别，既没通姓名，也没留地址，连个约会也没有，我只好在课堂上偷偷翻阅那本英文戏剧集。我什么也没有找到。只是在雪白的扉页上，看到几行秀丽的钢笔字：

送给我最亲爱的南珊

　　愿你

　　知勤知勉，永期上进！

　　　　　　　　　　　　妈妈　一九六四年四月

　　　　　　　　　　　　于法国西部布勒斯特

从此，这本书就永远留在了我的身边。

第二章　夏

炎热的夏天，轰轰烈烈的红卫兵运动开始了。

仅仅几天的时间，学校里突然变得面目全非。一向干干净净的墙壁上贴满了大字报，到处拥挤着观看的人群。教室里再也无法上课了，桌椅被乱七八糟地堆在一起，肮里肮脏的屋子变成了各种集会的场所。学生们三五成群地聚在一起，教室里、走廊中、操场上、柳荫下、校墙边，到处是议论着和争吵着的人们。

这种混乱很快就从学校波及社会。一批又一批穿着军装、戴着袖章的学生几乎同时出现在街头。这些红卫兵以一种不可阻挡的神气和劲头，取消了各种古旧的路标，拆毁了公园里奇形怪状的花卉和栏杆，砸掉了几乎所有商店的霓虹灯……

到处是一种狂热的激情。这种激动不安的情绪裹挟了所有的年轻人，也裹挟了我。我们不顾一切地行动了起来——没有明确的动机，也没有明确的目标，只要是破坏某种陈旧的东西，干什么都行。

这天傍晚，在我们学校的一间教室里，人声嘈杂，六七十个红卫兵乱七八糟地坐在桌子上、椅子上和窗台上，满屋子都是绿军装、绿军帽和红袖章。几乎所有的人都在大声地议论着，同时注意着教室中央两个红卫兵针锋相对的辩论，他们激烈的言辞不时在人堆中激起阵阵叫声。

我坐在讲台桌上，正主持着这个乱糟糟的会议。在我的手里，拿着一份抄家名单：这是今晚争论的焦点。

"喂，你们要吵到什么时候是个完啊！"一个穿军装扎小辫的女孩子冲到争吵的人前尖声喊道。

"我的同志，不能把党的政策踩到脚底下去！"那个戴眼镜的高个子红卫兵正说得十分激动。他猛烈地反对我们今晚的抄家，在大家众口一词的反驳下，他现在正拼命想保护一个政协的旧将领。

他的对面，就站着我最要好的那个朋友。他义正词严地逼视着对方，一手叉腰，一手斩钉截铁地在空中挥舞着："不对。党的政策是为了党的斗争！"

"党对他们的政策已经定了：保护！""眼镜"大叫道。

"文化大革命中不应该有新的政策吗？你为什么造反呢？"

"对！政策是变的，变的！"人堆中马上有不少人响应。

"但是基本的不能变！"

"什么是基本的，什么不是基本的呢？"

"不放过一个坏人，但也不能冤枉一个好人！"

"好人？你能断定他是好人吗？我再说一遍，他是国民党的军长、中将！"

"但是他投降了！"

"那又怎么样呢？"

"眼镜"一下被噎住了。屋子里一阵哄笑。

"别打岔！"这个外校红卫兵头头是专门来表示反对意见的，他一再威胁着要抵制我们这次大规模的抄家行动。他大声向满屋子的红卫兵们嚷道："我再说一遍，我们绝不同意你们这样蛮横地践踏党的政策。我们要求你们爱护红卫兵的荣誉。要从革命的需要出发，不要从革命的激情出发。因此，我代表我们的组织呼吁你们：全市的红卫兵都应从街道转入学校，从破坏转入批判！"

"你混蛋！""软骨头！""呸！败类！……"人群中顿时响起一片怒骂。

这时，早已不耐烦的人群中啪地飞来一只军帽，正好打在我怀里："喂，头头！别光坐在那儿啦，到底干不干哪？"

"是啊，都他妈什么时候啦？"

"不跟他费口舌，干我们的！"

"对！！"人们一致附和。

"眼镜"此刻早已彻底孤立了，在这突然激起的一阵怒骂声中茫然不知所措地站在那里。

我对原定计划受到这样的阻挠早已感到十分讨厌。于是我站起来环视了一下会场，看也不看"眼镜"一眼就打开手中的抄家名单，念出了最有争议的那一家：

"楚轩吾，原为国民党伪国防部高级专员，后任国民党第二十五军代理军长。其父楚元，原系军阀冯玉祥旧部，一九四四年洛阳陷落时阵亡。其子楚定飞，为国民党下级军官，在解放战争中被人民解放军击毙。楚轩吾本人于一九四八年在淮海战役中战败被俘。"

随后，我念出了最后意见，并且有意加重了语气："楚轩吾为国民党高级将领，追随反动军队征战多年，血债累累。但解放后一直受到宽大处理，从未严格审查。我们认为，历史上的重大反革命分子，不应长期逍遥法外。因此，为维护无产阶级铁打江山，应对其彻底改造，予以查抄。"

"对！"

"抄！"

"应该干！"人们拍着桌子，跺着脚，纷纷大叫起来。

"你们胡闹！""眼镜"愤怒地挥着手臂大叫。

"呸！窝囊废！……"他又被一阵笑骂声淹没了。

我看了那位斜睨着眼向满屋子人挑战的书生一眼，斩钉截铁地说道："这次抄家，是我们红卫兵自成立以来一次最大的行动，也是一次最大的考验。它不但将标志出我们的革命热情是否强烈，也将标志出我们的政策水平是否坚定。不错，今晚的行动应该无愧于红卫兵的光荣称号。但在这里，我们要强调一个基本的问题，这就是：我们红卫兵究竟是干什么的？我要说：我们红卫兵是造反的！正因为这样，我们在这场伟大的无产阶级文化大革命中就承担着一种伟大的任务，这就是要以我们的力量，形成一种革命的洪流，冲向四面八方！不如此，就没有革命的下一个高潮！而我们今晚的抄家行动，就正是这洪流的一个巨大洪峰，它对于文化大革命新高潮的形成非常重要！我认为，这才是我们的历史任务，这才是我们政策的基点。刚才有人说：我们蛮横！会伤了好人！请问：革命难道不是暴烈的行动吗？暴烈的行动难道能够是不蛮横的吗？至于什么好人，对不起，在马克思主义的辞典里没有这样的词语。作为一个无产阶级革命者，作为一个红卫兵，说出这样的话来是丧失觉悟的，可耻！如果装在他头脑中的不是阶级和斗争，而是什么好人和坏人，那么，我要向他说：这不是我们红卫兵在这场激烈的阶级大搏斗中所使用的语言，而是无知小孩在看电影时所使用的概念！"

"说得好！！"人们再次叫起来。

我的心也被自己的演说深深地激动了："楚轩吾是个什么人？是个操过屠刀的人。他的手上有人民和我们父兄们的鲜血！当然，在强大的革命暴力面前，他把屠刀放下了。但他是否立地成佛了呢？我们只能说，我们还不知道。那就让我们闯进去看看吧！看看那个楚轩吾是个放下了屠刀的佛，还是个藏起了屠刀的妖！当我们把他的真面目弄清了以后，人民群众会掌握正确的政策的！"

我的演说在他们争吵的时候已经酝酿了很久，现在终于轰动了会场。

红卫兵们的欢呼声差点把屋顶都掀起来!

"我声明,""眼镜"叫道,"你们这样做是要受到惩罚的!……"

他下面的话完全被起哄的欢呼声淹没了。他气得抓起军帽往头上一扣,愤怒得扭歪了脸,用力挥舞了一下拳头就离开了会场。门在他身后被人用脚砰的一声关上了。

"去他的吧! 没有他,我们干得更好!"我的朋友兴奋地大叫道。

于是,这项人人都期待着大干一场的行动计划,就在一片欢呼声中获得了一致的通过。

就这样,在天黑以后,几十个学校的几千名红卫兵一齐行动了起来。大规模的抄家开始了。

卡车驶过灯火辉煌的大街,在一条僻静的胡同口停下了。我一跳下驾驶室,满车的红卫兵也扑通扑通地跳了下来。一个守候在黑暗中的红卫兵从路边走向我。

"灵隐胡同。没错吧?"我问。

"没错!"

"门牌多少号?"

"七十三号。"

我立即把手一挥:"集合!"

二十四个红卫兵马上排成了整齐的一列。

"大家注意,行动要肃静,一致,出其不意!"

"知道了!"大家回答得精神抖擞。

一队人静悄悄地走进黑暗的胡同,很快在七十三号的门前停住了。

这是一座很漂亮的小门,深红色的门脸儿,黑色的门框,在路灯下反射着微弱的光,紧闭的门的两侧,刻着两行对联,陈旧的字迹在黑暗中看不清楚。

我踏上石阶,从门缝向里望去,里面黑洞洞的,什么也看不清。于是我伸手揿了下门旁的电铃。从很深的院子里远远传来一阵铃声。

"谁呀?"一个中年妇女的声音在过道尽头大声问道。

"电报!"我用早编好的话应了一句。

"等一下。"那个声音走过来，哐啷一声拔开了门闩。

"不要动！"门刚打开一条缝，我便一步抢进去，把那个农村打扮的妇女吓得差点叫起来。我定睛看了一下，断定这是个保姆，马上厉声问道："楚轩吾在家不在家？"

保姆已被吓呆了。她惊恐地看看我，又看看外面的一群红卫兵，却不肯说话。

"我们是红卫兵，快说！"我急了，生怕里面有什么变化。

"都……都在正房看……看电视……"她结结巴巴地答道。

"快进去！"我赶紧把手一挥。

大家立即蜂拥而进。一阵纷乱的脚步声踏碎了夜晚的宁静，冲向深处的庭院。

当我们向右一拐，冲进那道月亮门以后，看到的是一个干净整齐的小四合院。这院子宽长各二十来步，地面铺着平整的方砖。院子东南角，立着一架葡萄，院子中央摆着一对盆松和一对夹竹桃。西厢房的灯全黑着，只有东厢的一间房子亮着一盏台灯。北房是正屋，此刻正传出阵阵电视机的音乐声。

我大步踏上台阶，一把将客厅的门拉开了。

在电视机闪烁的微弱亮光中，我一眼就看到了一个老人坐在沙发上的背影。他头发花白，肩膀宽阔，手放在靠手上沉静地坐着，并不回头后看，只是略微把头向右偏了一下。在他旁边，一个弱小的老太太正惊慌地立起身来。

啪嗒一声，电灯开关被拉开了。四支日光灯管在头顶的天花板上一齐闪了几下，顿时把雪亮的灯光射向整个屋子，刺得人睁不开眼。

我迅速环视了一下这间客厅，它布置得雅致而古朴。红漆地板上，铺着一块灰绿色的旧地毯。藏青色的沙发前，摆着一张玻璃茶几，茶几上散放着几本线装古书和一套青瓷烟具。电视机显然是刚刚挪过来的，摆在一张大写字台上，正对着沙发和门口。屏幕上，一群手执红旗的舞蹈者正在蹦来蹦去。四面的墙上挂着几幅山水字画，窗户上拉着青竹窗帘。在屋角的一架简易钢琴下，两尊巨大的青花瓷缸里插着一些卷轴和一柄拂尘。显然这个老人就是楚轩吾了。

一个红卫兵走到电视跟前，一把拉掉了天线。荧光屏闪了一下就灭掉了。我以不可抗拒的威严口气问道："谁是楚轩吾?"

老人慢慢站起来，转过身看看这突然出现的满屋子的红卫兵，冷静地答道："我就是。"

"这是谁?"我用手指着惊呆在一边的老太太。

"我的妻子。"

"家中还有什么人?"

"两个外孙。"

我紧紧盯着这个略微矮胖的老人。他前额宽阔，眉毛很浓，眼睛不大，却炯炯有神。虽然他那身夏布长裤和柞绸短衫完全是一副闲散家居的打扮，但那很自然地挺起的胸脯，却仍旧保持着旧军人那种训练有素的气概。他正很镇静地看着我。

"楚轩吾，我们是红卫兵。你要明白，你在历史上是有罪的，因而我们有权利对你进行审查和改造! 我先告诉你: 今天你要老老实实将你的历史问题交代清楚，同时，对你解放后的问题也要老实交代。否则一切后果由你自己负责。别动!"我喝住老太太，"还有，为了审查你改造自新的情况，我们现在决定对你的老窝进行查抄。你们要老老实实对待——听清了没有?"

老太太这时再也抑制不住了。她叫起来: "你们要干什么呀? 我的天……"

"安静点，不会出什么事……"楚轩吾安慰她。

"少废话!"我厉声喝道，"把她带走，先押起来!"同时把手一挥，"抄!"

一声令下，所有的红卫兵马上散开了。一时所有的房间都大放光明，照得院子一片通亮。各房间里，开始传出乒乒乓乓砸门撬锁和翻箱倒柜的声音。

老太太被连推带搡地赶到了西厢房。我叫人把客厅里的家具全部搬空，只留下写字台和三把椅子。然后叫楚轩吾站在客厅中间，由我当主审，我的朋友和另外一个红卫兵记录，摆出一个法庭的模样对他开始了审讯。

"姓名?"为了有一个庄严的开端,我把这个问题重复了一遍。

"楚轩吾。"

"出身?"

"军人。"

"是军阀!"我厉声纠正,"你老婆呢?"

"官僚。"

"一对老混蛋!"我的朋友在旁边发出了一声厌恶的怒骂。

楚轩吾没有什么表示。

我仍然紧紧地盯着他:"你的年龄!"

"六十二。"

"籍贯?"

"江苏宜兴。"

"职务呢?"

"市政参事室参事。"

"还有!"

"历史学会会员和军事研究院特聘研究员。"

"问你军内职务!"

他想了想:"当过国防委员会的顾问。"

"政治方面呢?"

"市政协委员。"

"哪儿的市政协委员?"我感到越来越不对味儿了。

"北京。"

我听了一愣,突然明白过来,气得一拍桌子骂道:"他妈的!老滑头,我问你国民党职务!"

扑哧一声,两个记录都笑了。我憋了半天,也忍不住好笑。

楚轩吾摇了摇头:"我四六年到四八年是国民党伪国防部高级专员。"

"还有?"

"后来兼任国民党第二十五军代理军长。"

至此,已经无可再问了。

"楚轩吾,你少捣蛋。你老实不老实吧?"

他以肯定的神情看着我："我可以回答任何问题。"

"那好，把你窝藏的反动地契和变天账交出来！"我猛地一拍桌子。

"说！！"两边一齐喝道。

"我从祖父开始，三代都是军人，从未经营过土地。这些东西我确实无所收藏。"

我和记录交换了一下眼色："狡猾！那就把你暗藏的国民党狗牙旗和蒋介石的狗像给我交出来！"

"说！！"

楚轩吾抬起头来，他的神情已经完全变了。这个整整一生的经历都和国民党的军队联系在一起的人，当我强迫他去回忆那些充满痛苦和耻辱的往事时，他的心情再也不能平静了。

"年轻人，你们了解得很清楚。国民党，曾经是我的过去。是的，那使我蹉跎年华，虚掷半生。我应对它痛加悔悟！但是，我投降已经十八年了。十八年来，我目睹了祖国的巨大变化，目睹了共产党的伟大成就。作为一个从旧中国经历过来的人，人类的良知使我能够做出正确的判断，爱国的良心也使我能够做出正确的选择。所以，尽管我的前半生并不光彩，后半生也无所贡献，但我却愿把我这一生的教训留给我的后人，使他们……"

"你是投降的还是被俘的？"我打断了他。

"是投降。"他痛苦地回答。

"谁能为你证明？"

"我的档案中都有记载。"

"我们会查清的，但你要老实！现在，你就把你被俘的全部经过老老实实地交代出来。要有半句不老实，小心你的脑袋！"

楚轩吾痛苦地垂下了双肩，在我无情的追问下，陷入了深深的回忆之中。这个老人就这样站着，站在这洗劫一空的客厅中，站在这惨白雪亮的灯光下，向我们叙述了他的人生中一段惊心动魄的往事……

那是一九四八年的初冬，解放军东北野战军首先在辽沈战役中全歼了国民党四个兵团，解放了东北全境。随后，华东野战军也于济南战役后整补完毕，从济南、泰安一线向郯城前进，显出南下淮海、进逼徐州的动向。而国民党徐州战区的四个兵团则以徐州为中心，沿陇海铁路从商丘到海州一字摆开，做出北进山东，收复济南的态势。到十一月初，华东战场上的对峙局面已经形成，大战在即了。

当时，我们国民党刚刚在东北战场上惨败，已经元气大伤，所以对于华东战场非常忧虑。白崇禧鉴于国民党已经丧失了军事上的优势，力主放弃陇海铁路，而将主力收缩在徐州、蚌埠之间，在津浦铁路两侧与共军寻机决战。但是蒋介石对于国共两党军事力量对比已经发生的深刻变化严重估计不足，所以坚决反对放弃徐州，妄图依仗华东的几个精锐兵团，在陇海铁路上摆开战场，与解放军进行中国历史上最大的一场决战！

十一月二日，我作为国防部的高级专员，飞到徐州向"剿总"司令长官刘峙详细说明蒋介石的战略意图和作战方针。随即又于第二天飞往海州视察东线防务情况。——我的儿子楚定飞和女婿苏子明都在这里。

我下飞机后，立即向第七兵团司令黄伯韬传达了战役部署。黄伯韬听后，大骂参谋总长顾祝同无能。他用长杆敲着军事地图向我说："见他妈的鬼！现在各方面的情报都证明共军华东主力早已在鲁南集结，我们却他妈摆得到处都是。如今我一个兵团孤悬海边，如果陈毅第一口吃向我，我连逃都没地方逃！而且，许多迹象都表明陈毅部队的运动方向正是我这里，上面偏让我们坐以待毙。混蛋！顾祝同是他妈怎么指挥的！"

我是专员，不是司令，只能详细解释总部的意图。不过我也感到这里的情势已经十分不妙了。

可是到了十一月五日，蒋介石突然变更作战部署，越过徐州"剿总"直接电令黄伯韬放弃海连一线，火速向徐州集结。显然解放军的战略动机正如黄伯韬所料，是首先要一口吃掉他的第七兵团。但第七兵团这时要运动已经太迟了。

五日晚上，黄伯韬连夜召开紧急会议，命令第二天凌晨立即动身。深夜一点钟会议刚一结束，整个海州市顿时人声鼎沸，马达轰鸣，陷入一片混乱。

会后，黄伯韬与我一起来到我的住处，大发牢骚。他说："这次作战，共军始终在急速调动，我们已经输了一着棋。现在共军十几个纵队的兵力正向我压迫，老头子不叫刘峙向我增援，反令我孤军西进，是何打算?!"他忧心忡忡地拉住我的手说："轩吾兄，你我多年深交，我的家事就托付给你了。这一仗搞得好，我能带一两个师打到徐州去见刘总。搞不好，也只有与官兵共存亡。你在我军中并无职务，夫人和女儿又都在上海，你就不必随军行动了。至于定飞、子明，也由我做主随你一同去上海吧，何必与我同归于尽!"

黄伯韬和我都是冯玉祥的旧部。被蒋介石收编以后，他一直受到信任和重用，是非黄埔系中唯一做到兵团司令的一个。因此他矢志为蒋介石尽忠效命，反共异常坚决。在皖南事变中设伏茂林、生俘叶挺的就是他。当时我出于世谊，不愿在这个关头将他一人撇下。再说，我这个老直系也已多年不握兵权了，在这危困之中很想勉为其难，重温故业。于是我正色说道："国难当头，军人效命沙场义无反顾，岂有脱身而去的道理!至于定飞、子明，能在黄老伯身边一逞身手，也是他们的造化。你不必说了。士璋不在，我已电呈南京方面委任我为第二十五军代理军长。轩吾此心无他，唯愿与党国同身共济!"同时我安慰他说，"只管放胆西行。如果军情险恶，杜聿明和黄维他们会来救应的。我们也只有果断行动才有生路可寻。"

"晚了!晚了!我们败局已定，第七兵团难免全军覆没!"黄伯韬连声长叹，连我也给弄得心情沉重起来，直到他的作战处长亲自来报告说最后一个师部也即将开拔了，他才匆匆而去。

这时南京国防部拍来了委任我代理第二十五军军长职务的电报，同时给我晋衔中将。

果然，战局的发展比我们预料的要险恶得多。

十一月六日，第七兵团五个军浩浩荡荡地离开新安镇、海州和连云港，分南北两路向徐州急进。当天晚上，南路的第六十三军就在窑湾渡口突然与解放军遭遇，不到六个小时，第六十三军的防线被突破。七日拂晓五点钟，我和黄伯韬在行军途中与第六十三军军长陈章通话，他只报告了全军覆没的消息后便在报话机旁拔枪自杀了。战斗的激烈可想而知。

黄伯韬闻讯，气得在吉普车上顿足长叹。

空前规模的淮海战役就这样开始了。

十一月九日，我们北路的四个军不顾一切地向西突进。但刚刚到达运河便与解放军发生接触，遭到猛烈的阻击。当时运河两岸已经冰冻。黄伯韬立即命令各军同时强渡运河，因为我们无论如何不能被这条大河与增援部队隔开。十几万士兵们拼命用船将辎重渡过河，有不少人冒着严寒从刺骨的河水中泅渡了过去。

十一月十日，我们付出了巨大的代价才勉强渡过了大运河。但是当我们且战且走，离开运河西岸又前进了四十里到达碾庄后，解放军的猛烈阻击已经使我们再也无法前进一步了。于是黄伯韬命令第四十四军、第二十五军、第六十四军和第一百军分守碾庄的四角，兵团司令部就设在镇外的深沟中，开始固守待援。就这样，我们四个军十几万人的兵力在受到重创以后，被压缩在一个十几平方公里的狭长地带内，陷入了重围。

事后我们才知道，包围我们的是华东野战军十二个纵队的兵力，整整是我们的三倍！

战斗的发展在开阔的淮海大平原上是极其猛烈的。我在二次直奉战争中参加过长辛店大战，在抗战中参加过枣庄大会战，可从来没见过像这次这样排山倒海的攻势。解放军的冲锋常常摆开一个极大的扇面，像一阵潮水般地涌上来淹没了我们的层层阵地。这种情况逼得我们的炮兵不得不压平炮口，以密集的注射把成百吨的钢铁倾泻在刚刚失去的阵地上。但是炮火一停，前沿马上又压过一层层人流。在这样的攻势下，我们的四个军相继土崩瓦解了。

整整十天的苦战以后，我们的兵力已伤亡过半。司令部掩蔽所也暴露在解放军的机枪射程之内了。

十一月二十日，第一百军军长周志道阵亡，副军长杨荫只身来到掩蔽所。这个军完全打光了。第六十四军也丢失了全部阵地，军长刘镇湘下落不明。第四十四军在打到只剩下一个半师时，第一五〇师师长赵璧光率部起义了。军长王泽伦同时被俘。现在，我们只剩下第二十五军的两个不满员师和兵团直属的一点残余兵力，而且这一万多人中，连一个整团也没有了。于是我不得不把第二十五军军部撤销，而与兵团司令部合设一处，以与黄伯韬共同维持残局。

黄伯韬在战斗打响以后，一直保持着镇静。这个身经百战的反共宿将，每天用上万人的伤亡做代价，沉着地逼着士兵们死守每一寸阵地，等待着援军。他知道，这块战场上的进退得失，不但关系着他一个人的命运，而且关系着党国的命运。他只要还能保住一个师，一个团，甚至只保住一个兵团司令部，他也在美国顾问团面前为蒋介石保住了面子。因为他并未完全覆灭。否则的话，他最后的败亡对整个华东战场的影响将是无法估量的。但是，当战斗打到最后一天时，连他也坚持不住了。

十一月二十一日，天空飘起大雪。天刚亮，解放军便开始以猛烈的炮火向我们阵地倾泻炮弹。攻击的浪潮开始一遍又一遍地扑上我们最后的几道防线。形势急转直下了。

这不是没有原因的。在我们的西面和西南方向，杜聿明带着李弥、邱清泉和黄维三个兵团拼命赶来。先头部队已经打到离碾庄只有十几公里的地方了。邱清泉的第二兵团和李弥的第十三兵团正与中原野战军的四个阻击纵队进行着激烈的战斗。

这一天飞机也来得特别多，炸弹和凝固汽油弹倾泻在战场上，到处烧成一片片焦土和火海！

也就是在这一天，我和黄伯韬完全绝望了：我们的残余兵力已经只剩下五千多人，指挥体系也破坏殆尽。这样的力量除了勉强招架一下，任何反击的能力也没有了。

直到这时，我们才真正意识到情况的严重性。这次大战从一开始，双方就投入了几十个军的兵力，而我们在这铁锤与铁砧的撞击之中正首当其冲。这种战争的规模是我们从未经历过的。现在，在几千平方米的阵地之内，每一个仓促掘成的战壕和弹坑中都挤满了人和死尸。每一颗炮弹下来，都会飞起一片残肢断臂。在这样的战场上，除了死和降，再也没有其他出路了。

解放军的阵地上开始响起广播。他们点着黄伯韬和我的名字，反复陈说利害，指明出路。他们大声警告说：杜聿明集团和黄维兵团均被中原野战军顽强地阻截在战场以外的地方，任何待援的希望都是没有的，因为解放军彻底结束我们的顽抗只在今天——这是最后的机会了。

黄伯韬这时已经完全失去了最初的镇静。他像一头被囚在笼子里的野兽一样，披着军大衣在深沟中转来转去，不许任何人向他转达解放军的劝告和递送打到阵地上来的传单。

但就在这时，突然从我身后冲出一个军官。他不顾一切地一头撞在黄伯韬脚下，抱住他的腿大叫道："司令！仗打到这种地步，不能再叫弟兄们白白送死了！总统无能，不该叫士兵们丧命！黄司令！黄公！几千条性命在你手里，不要再抵抗了！我们投降吧！投降吧！"

我大吃一惊：这个军官不是别人，正是我的儿子楚定飞！十几天的激战中，他一直在阵前厮杀，想不到却在这个关头闯回到司令部来了。此刻，他满身是泥和血，也不知道是他负了伤，还是从死人身上沾的。

"什么！"黄伯韬瞪着充血的眼睛，暴跳起来，劈胸抓住他的衣领从地上拖起来，狠狠抽了两个耳光，"你大胆！临阵畏缩者杀无赦，不知道吗？你敢抗颜违命！你敢阵前请降！你敢亵渎总统！该死的——来人！"

两个全副武装的宪兵应声而起。我的儿子一言不发地从地上站起来。

我默默地注视着眼前发生的这一切。我知道，在这样的时刻，定飞的行为在黄伯韬面前是难以饶恕的。

黄伯韬已经完全失去了理智。他咆哮着要枪毙我的儿子。但是被副官们拼命劝住了。

这时，一个参谋钻进来递给我一份电报。我看了一下，只见上面潦草地注译着："总统飞临战场上空。"

我无言地将电报递给了黄伯韬。他看罢，两眼直勾勾地望着天空。蒋介石的飞机盘旋了几周，并未与地面通话，便向西远去了。

"是否转达全军？"我问。

"不必了。"黄伯韬咬着牙长叹一声，将电报揉成一团丢在了地上。

这时，又有一个通信参谋把一份电报递给黄伯韬，黄伯韬匆匆看完，竟望空失声痛哭起来。他捂住泪脸将电报递给我："楚兄，你自己看吧。"

我接过电报，只见上面写着："总统手谕：杜部已火速驰援，务必坚守至一兵一卒，……有动摇军心者，就地处决！"

我的头轰的一声炸了！

不知过了多久，黄伯韬的声音才把我从呆滞中惊醒过来："执行吧。"

我唯一的儿子，兵团情报处参谋，这个魁梧健壮的年轻人，正垂手直立在我们面前，身后站着宪兵。他冷静地看着我，说道："爸爸，仗打成这样，是全体军官的耻辱。我劝降不是自己畏死，而是认为叫幸存的士兵徒死无益！无异于屠戮无辜！谁无怜悯之心？但是既然只有我一个人做这样的事，也是早已决心伏法了。"

他走到我女婿面前，紧紧拉住他的手说："我去了。告诉姐姐，来日方长，你们好自为之！"

子明哇的一声大哭起来。他抱住定飞，狠狠地捶着他的胸脯骂道："阿弟，你糊涂！你犯禁逞死，难道叫老夫人泣血终生吗？"他一把扭住定飞，"你给我向黄司令跪下求饶！"

定飞早已异常镇静。他推开子明，冷冷地说道："杀我者，不是司令，而是总统。谁求情也无济于事，又何必为一己屈膝，既然不容于军法，唯求一死而已。爸爸，黄公，孩子去了。望你们以士兵为念！"说完，他转身头也不回地向掩蔽部外面走去。宪兵无可奈何地跟了出去。

坡后传来两声枪响。子明猛地跪倒在我的脚边，掩蔽部中一片叹息之声。

黄伯韬两眼发直，神情呆滞可怕。好久，他才猛地惊醒过来，一屁股坐在箱子上，抱头大哭道："该死啊，该死！……我从小把他看大，掌上膝下，何等疼爱！想不到……"

他的身体在痛哭中痉挛着。突然，他凶猛地扑过来，从我手中夺过电报，几把便撕了个粉碎！

密集的炮火重新铺天盖地打到我们头上，子弹刮风般从头顶上呼啸而过，冲锋的呐喊像海啸一般涌上来。阵地争夺战正在我们几十米以外的地方进行。掩蔽部里的高级军官和副官们已经开始悄悄溜掉了。

黄伯韬叫过我的女婿，咬着牙说："定飞不肖，败坏了忠烈家风。现在我要你为楚门将功补过：我给你最后一个连，你敢不敢冲出重围？"

子明是黄伯韬的机要参谋。这个文弱书生，此刻也像一头困住的狼一样，戴着钢盔，倒提着卡宾枪，卷袖敞怀地立在黄伯韬面前："愿拼死一用！"

黄伯韬紧紧盯着他："如能冲出重围，就告诉杜长官和刘总，说伯韬待援不及，杀身殉国了！"

子明毕恭毕敬地向黄伯韬敬了最后一礼，然后含泪转向我："岳父，您还有什么要嘱咐的吗？"

我料定自己已不能生还，于是说："你自顾去吧，不可鲁莽！如果你有幸突围，就告诉夫人和雨蝉不要以我为念。如果你也……唉，何必多说！……"

子明跪下，只说了句："岳父大人千万珍重……"就再也说不下去了。

我顿足催促他道："现在不是儿女情长的时候，军机要紧，你去吧，快去吧！"

他这才咬咬牙，一转身走出了掩蔽部。

黄伯韬把勉强调集到的六十多个下级军官和宪兵全部交给他，命令他们隐伏在高坡后面。当解放军的冲锋再一次退下去的时候，子明带着人突然跃出深沟，卷在这股潮水中一齐向外冲去。

我和黄伯韬一直紧张地从掩蔽部里盯视着他们。当他们的身影终于消失在阴霾中的时候，我不禁松了一口气。

但就在这时，我身后发出砰的一声枪响！

我一惊，猛地转过身来。只见黄伯韬张开双臂，向后倒下，手里还握着手枪。此刻，所有的高级军官已经一个也不见了。

黄伯韬自杀了。这一枪他是从嘴里打进去的，因而保持了面部的完整。鲜血翻着泡沫从他嘴里流出来，他两眼老泪横流地看着我，已经什么话也说不出来了。

我将他的头紧紧抱在怀中："你不该，伯韬……"

他眼睛中的神色在迅速地消失，猛然头一歪，手枪哗啦一声掉在了冻硬的土地上。黄伯韬就这样死在我的怀中。我将他慢慢放在地上，脱下大衣覆盖在他的脸上。

这时枪声骤起，解放军最后的攻击开始了。

黄伯韬一死，再也无人能镇住军心。一个营长满身泥雪冲到我的面前，抓下军帽和手枪一齐掼到地上，然后双膝跪下，撕开胸膛，发疯一般地大叫道："枪毙我吧，军长！我们不能再拼了！"他用膝盖走到我跟前，死死抱住我的双腿哭叫道："军长！黄司令已死，不能再叫弟兄们送死了！为了楚公子的好意，我冒死再进一言：我们投降吧！投降吧！……"

这个军装破烂，蓬头垢面，神经几乎已经错乱的中年军官匍匐在地上，整个脸都埋在我脚下的泥雪中。从他那抽动着的泥泞的脊梁上，从他浑身上下的血迹弹痕中，我深深感到，国民党彻底完蛋了。

我一句话也没说，将他从身边推开，冒着弹雨走上了高坡。

这时，我才看清了全部战场：冰封雪盖的淮海平原上，炮火在白雪下面翻出了黑色的土地。远远近近到处是尸体，到处冒着硝烟。我们最后的几处残余工事正与解放军疯狂地对射。这是黄伯韬留下的死令：顽抗到最后一兵一卒。

我站在高坡顶端，摘下军帽丢在了地上，然后从身边掏出一条白巾，直立在呼啸的弹雨和凛冽的寒风中高高地举了起来。我希望能在最后一刻被横飞的流弹打死。但是在这最后一刻我却必须向解放军宣布：我们投降……

楚轩吾讲完了他的经历，深深叹了一口气："这样，我率领最后的一千多幸存者投降了。"

我的心被震慑住了。他的故事在我听来是如此惊心动魄。我看着这个经历过残酷厮杀和无情失败的老人，好像看到了他当年是怎样穿着国民党将军的服装，高举白巾，垂首直立在寒风弹雨之中！

"你说的都真实吗？"

"这样的经历是无法伪造的。"

"这么说，你是顽抗到最后一分钟才投降的？"

"是这样。"

"哼，这和被俘有什么区别！"我的朋友冷笑一声，"你知罪吗？"

"那时我有三条道路：或死，或降，或走。但它们都不能洗刷那场战争的罪恶。"

"有这样的认识很好。"我说，"但你仍得证实你履历的性质：你到底是投降还是被俘？"

"我并不关心他人对我的结论。但从主观上讲，我承认我的结局不是被迫的而是主动的。我服从了自己的选择。"

"我们要人证。"

他摇了摇头："完全能见证这一点的倒是有一个。可是十八年了，恐怕很难找到他了。"

"什么人？"

"华东野战军第五纵队的参谋长。在由五纵负责的接待工作中，他与我们战俘相处了整整四天之久。"

"三野五纵?"我几乎惊叫起来，这是我父亲待过的部队啊！

"是三野五纵。"楚轩吾回答。

我急急问道："参谋长，他叫什么名字?"

楚轩吾望着窗外夜空中无比遥远的星辰："他是令人难忘的。我永远都记得这个道德极高而又修养极深的人。他叫李聚兴。"

我顿时心花怒放，差点从座位上跳起来。李聚兴，他就是我父亲呀！我万万没料到，在今晚的抄家中，在这个小小的庭院里，我竟抓到了一位当年败在父辈手下的老将军！

"李聚兴参谋长的事情你都记得吗?"

"我与共产党作战二十余年，他却是我见到的第一个共产党人。我至今认为，他是我对共产主义发生认识的启蒙者，他对我后半生道路的影响是无法估量的。因而尽管我已经十八年没有再见到他了，但他的人格我永远难忘。"

我清清楚楚地看出老人对我父亲怀着深深的钦佩和怀念。这使我深受感动。我迫不及待地想从他的口里更多地了解一下父亲的经历。

"那么好吧，你把当时的情况详详细细地讲出来，我们将找到那个李参谋长进行核实。"同时我示意一个红卫兵搬给他一张凳子。

各处房间的查抄仍在继续着，纷乱的响声不断传来。

楚轩吾坐下来，很快又陷入了沉思……

……枪声平息下来以后，一个解放军的战士很快从他们的阵地跑到高坡下面："你们是怎么回事?"他问。

我回答道："黄伯韬自杀了，我们投降。"

他登上高坡向掩蔽部门口黄伯韬的尸体看了一眼，便转身向阵地发出了信号。

于是我率领全部残余人员放下武器，七零八落地走出战壕，随他走到解放军的阵地上。我们的正面，就是解放军的第五纵队。

很快，从后方开来一辆美制"道吉"吉普，停在我们面前。上面下来一位穿棉大衣的首长，这就是五纵参谋长李聚兴。这位参谋长当时三十岁出头，是一个个子高高的江西人。他面庞清瘦，眼睛很有神。据后来了解，他一九二九年参军时只有十三岁。后来参加长征，在川黔滇作后卫，与薛岳将军打过不少硬仗。在共产党的创业战争中，这位将军几经生死忧患，积功甚伟。

他主动迎上来，和我握过手，第一句话就是："欢迎你们投向人民。请你转告全体官兵，解放军绝不会难为你们的。"

我作为败军之将，只有唯唯诺诺而已。

当时杜聿明集团和黄维兵团在黄伯韬兵团覆灭后立即收缩，企图重整阵容。解放军华东部队则在第二天即撤离战场，以数路纵队直扑徐州外围，寻机再战。但是李参谋长却抓紧时间做了一件事。他由我们被俘的全部高级将领陪同，巡视了整个战场。巡视中，他非常详细地察看了我的第二十五军的阵地，因为这个军是最后崩溃的，防守也最为顽强。他仔细地询问了我们的防御意图和兵力配署，并不时与自己的参谋们交换一下看法，甚至要他们记下一些东西。记得当他看到我们已被完全摧毁的炮兵阵地时，曾经严厉地批评我们说：你们在这样的近距离作战中使用炮兵盲目射击，完全是一种无效的战术动作。我争辩说我们做过平射。他立刻反驳道：你们应该毁弃大炮作为工事，将炮兵编入步兵序列。完全是因为过于珍惜优势兵器的威力而没有这样做，结果你们的炮兵不但没有摧毁我方任何重要的目标，而且成了你们防守的沉重负担。听他的口气，好像摆在他面前的不是顽敌的陈尸狼藉的阵地，而纯粹是一道不太漂亮的军事作业。可是当他看到我们在战斗中仓促构筑的工事系统时却赞不绝口。他向参谋们说，正是这样的工事布局和火力配备，才使得他们的穿插手段在整个攻击中始终未能奏效，而只能一口一口地把我们的阵地硬啃下来。在这些交谈中，我马上就在这个农民出身的将军身上看到了非常出色的军事才能。

我真想不到一向以骚扰和奔袭为主要作战手段的共产党游击战中，竟能造就这样通晓正规教范的人才。共产党军事指挥员给我的这第一个印象，就与国民党那些胜则争功、败则诿过的将领形成了鲜明的对照。

四天的休整结束以后，我们这些战俘经过学习准备被解送后方，陈毅将军指示五纵为我们饯行。而宴会又是由李参谋长主持的。四天中，他亲自为我们上过课，也个别地和我们谈过话。也可能是由于职业上有着共同兴趣吧，这次简朴的宴会几乎成了老相识们的一场军事讨论会。

宴会上，我们一边用搪瓷缸子喝着热腾腾的老窖，一边谈起了这次战役双方的部署情况以及它的过去和未来。

当然，胜利者对于全局看得更清楚一些。因而李参谋长的看法便成了最权威的意见。他首先从分析全国战场形势开始，指出在淮海战局的形成过程中，解放军华东和中原野战军就已经是凝聚了巨大力量的两个拳头，而国民党徐州剿总的四个兵团却撒在华东广大地区的各个重镇上，从而造成了被各个击破的可能。而后，在战役的整个发展过程中，解放军的战略意图始终非常坚定，一直盯在大运河一带寻找战机，而第七兵团在几经徘徊以后，又恰恰在毫无接应的情况下贸然西进，这又顺理成章地给他们提供了在运动中对我们实行毁灭性打击的机会。

"如果黄伯韬不向西运动，而是固守海连地区呢？"一五〇师师长赵璧光忍不住问。

"逼迫你们背海作战，正是我们原来的计划。那样你们与增援兵团之间的距离将被分割得更远。而蒋介石之所以仓促地命令黄伯韬西进徐州，也正是想使你们靠拢。看来，他尝够了被我们各个击破的苦头，但这一次他却又低估了我军在运动中歼灭强敌的作战能力。"

"那么，陇海铁路诸重镇的永固工事不能延长我们固守的时间吗？"

"不能。因为我们将在你们兵力收缩以前发起攻击。十一月六日晚，我们的待机点均在你们各军驻防地五十到二十里的地方，陈章正是在那里陷入了重围。尽管蒋介石一误再误，终于坐失了一切挽救第七兵团的机会，但最荒谬的人，应该说是刘峙。他对于你们的西进竟毫无接应，甚至在第六十三军迅速覆灭以后，他也未向徐州以东迈出一步。"

当时，宴会上的气氛十分激动。四十四军军长王泽伦听了气得大骂刘峙与顾祝同无能。几个师、团级将领竟不顾李将军的在场，"共军""总统"地抱怨起来。

"我们情报模糊，优柔寡断，协同混乱，各行其是，如何不败！"

"乖乖，总统三变计划，还是落在共军妙算中了。"

"唉，黄伯韬至死不悟！"

"是的，黄伯韬的死，不但是做了蒋介石错误战略的牺牲品，而且也是做了蒋介石反动政治的牺牲品。"李将军炯炯地环视着会场，"蒋介石不顾民族大义，不顾国家在抗日战争结束后尚未恢复民族元气，悍然发动反共反人民的内战，这就是横下了一条心要陷手下成千上万的官兵于死地。而黄伯韬不愿向人民屈服，甘心情愿为蒋家王朝殉葬，这就构成了他的悲剧。在座的诸位在最后的时刻能够猛醒，这是令人高兴的。希望你们能在民主阵营中找到真正的出路，并终于跟上历史的潮流。我相信，凡是有爱国心的人都不难做到这一点。来，为国家更始，为诸位新生，干杯！"

我们一齐站起，杯觥交错地碰了一番以后，一齐把酒喝下去了。

随后，他又问了我们每一个人的家庭情况。他安慰我们说，一俟全国解放，便会立即安排我们与家人团聚。他还特别问到我儿子被枪决的情况并对此深表同情。他说："这样一个刚刚开始觉悟的年轻人，应该活到今天而没能活下来，非常令人惋惜。希望你的女婿能够吸取教训，早日脱离反动军队，回到人民一边来。"因为我是全座最年长的人，他又专门为我夫人的安好祝了酒。看到共产党竟是如此通情达理，全体战俘无不为之感动。

这时门开了，一个机要员拿来一封电报和一封信。他迅速看完电报，顿时面露喜色。

看到他神情变化得如此开朗，王泽伦忍不住小心地问了一句："是否贵军又有胜利的消息？"

"是的，"李将军兴奋地站起来，高声宣布道，"昨天，黄维兵团在徐州以南双堆集陷入我军重围。"

宴会的气氛唰的一下沉寂下来。这消息是震动人心的：五天以前，我们在千军重围中曾经绝望地等待过黄维的援救。现在，他们也陷入重围了！

李参谋长马上设法打破这难堪的气氛。他斟满一杯酒说道："当然，我们绝不希望黄维也像黄伯韬一样地死去。我们希望能重新见到他！"

但大部分战俘心情烦乱，竟无人响应。

他平静地笑笑："军情如火，人情如水，不要把它们搅在一起。还是谈家常吧！诸位，如果我个人有什么喜讯，你们是否愿意向我祝贺呢？"

为了不使他独自支撑这尴尬的局面，我首先立起身来响应。我也斟满一杯酒举起来说道："只要李将军不吝相示，老朽当领衔恭维！"

人们重新笑起来。

这时，那个营长已衣着整齐，头发也剪过了。他咔的一声跨出座位，毕恭毕敬地将一杯酒高高举起："我愿为李将军的喜讯一饮而尽！"

人们笑着，纷纷相问。李参谋长笑视着我，估计我已猜出十之八九，却又笑而不答了。倒是营长忠厚，他一把拉住了机要员不叫走，非要他透露不可。机要员便笑着看了李将军一眼，大声向大家说："两天以前，李参谋长的爱人在后方生了一个儿子！"……

我紧紧盯着楚轩吾那闪着隐隐泪花的老眼，心剧烈地跳动了起来。

……我们纷纷起立，为这个儿子向他祝贺！

我端着酒杯，离开座位径直走到他面前，一手拉住他的手，一手将酒高擎在空中说道："中年得子，乃人生一大幸事。李将军，轩吾虽不能造福后人，在这里却愿为我们的子孙永不征战而连尽三杯！"

"不，"李参谋长也异常兴奋地看着我，"使天下赤子永不厮杀，乃民族一大幸事。但假如四海未平，一旦国家有警，我却愿为我们的子孙共同征战而连尽三杯！"

这一席话，使在场的人无不称叹！

我与李参谋长对视了一下，这杯酒竟是含泪而尽。

最后，我问他："你打算给孩子起个什么名字？"

他思索再三，说道："他出生之时，我军已首战告捷。当前我们国共两党大战方酣，两淮人民生命财产损失不小。为了纪念这次我军迅速获胜，为了预祝下一步战局进展顺利，更为了希望战事早日平息，我想给他起个名字，叫：李淮平。"

一种从未体验过的激动冲击得我一阵晕眩。李淮平，这个十八年前出生在战场后方的孩子就是我啊！

直到今天，我才知道我的名字竟浸透着父亲如此器重的深情。自我懂事时起，父亲在我眼中就是一种威风很重的形象，令我生畏。可是今天我才知道，一向不苟言笑的父亲，竟也有过如此动人的情怀！

父亲对国家的感叹，父亲对内战的谴责，父亲对后人的希望，父亲在那个宴会上所说的和所想的一切，都像酒一样地浸醉了我的心。

我仔细地端详着楚轩吾，端详着这个已经苍老，但依然筋骨刚健的老军人，心中突然感到他是这样地慈祥、威武、亲切！

这时，各处房间里翻天覆地的抄查已渐渐停止了，大家聚集在院子里，喧闹地清点着那些堆积如山的东西。夏夜的沉闷空气中，混浊着樟脑气味儿。

我看了看墙上的挂钟，已经是深夜一点钟了。这时一个红卫兵推开门走进客厅，一边掸去满头满脸的灰尘，一边没好气地向我说："他妈的，这个老家伙真是个滑头。到处翻遍了，什么反动的东西也没发现！"

"你们在院子里堆了些什么？"

"全是浮财！老东西简直太阔了。"

我命令道："把生活必需品给他们留下，其他东西统统拉走！"

"好！"那个红卫兵转身出去了。

我看看楚轩吾，他一动不动地坐在凳子上，好像仍然沉浸在对往事的回忆中。

"楚轩吾，你能担保你讲的都是真实的吗？"

"我说过，这样的经历不可能伪造。"

"那好，把你讲的全部写成书面材料。尤其是关于李参谋长，更要详细一些。我们将找到他核实。有一句扯谎，拿你是问！"

"好吧，我可以做到。"

"现在去看看你的妻子吧，安慰安慰她，就说除了抄一些你们不该有的东西，我们不会伤害任何人的。"

他点点头，慢慢站起身往通向西厢房的小门走去。到了门口，他转身望了我们一眼，似语而未语的样子，叹了一口气，转身消失了。

"老东西，来头不小！"我的朋友津津有味地回味着楚轩吾的故事，不禁啧啧称叹。他在桌子底下踢了我一脚，笑道："怎么样，叫你爸爸会会这位老相识吧？"

"慌什么？现在还搞不清他到底是什么人。"

他把全部记录往我面前一推："我看假不了！不过行啦，咱们该收兵了吧？"

我把材料拿起来说："好，收兵！"

这时，又有一个红卫兵推门进来，俯在我身边轻轻问道："这家里还有两个孩子，你是不是做做工作？"

"孩子？多大的孩子？"

"哎哟，挺大了，和咱们差不多。"

"那带来吧。"我翻阅着潦草的记录，心里一点也不想见他们。说实话，对于不得不放下这珍贵的回忆而去开导那些子女，我感到非常讨厌。

在楚轩吾消失的小门中，又出现了两个人。他们穿着夏季的淡色短衫，一大一小默默地站在那里。

"过来。"我掏出钢笔，对一处记错的细节做了补正。

也可能他们没搞清我这心不在焉的招呼是向谁说的，晃了晃没有动。

"过来！"我不耐烦地再次命令。可是他们仍然一动不动地站在那儿。我有些奇怪了，"聋子吗！你们……"我生气地将记录啪地摔在桌子上，抬起头冲他们呵斥起来。可是当我终于看清了那个姐姐时，却瞠目结舌地惊呆了。

一言不发地站在那里的，正是我三个月前在树林中结识的那个女孩子：南珊。

她低着头一动不动地站着，脚上是一双干净的黑布鞋，眼光就停在鞋尖前的那一小块地上。现在，她穿着单薄的夏衫，一个比她小三四岁的弟弟紧偎在她身边，手攥着她的衣襟，正用胆怯的眼睛望着我们。此刻，她已经完全不是树林中的那个女孩子了。这不是由于她的装束变了，而是由于那种天真烂漫的气息已从她身上一扫而光。她那整齐朴素的身影笼罩在这惨白的日光灯下，真是一片茫然和苍白。

我的心突然凝固了，随后便开始猛烈地剧跳起来。一股痛苦的浪潮从我心头涌起，那沉重的压力立即把一切都盖住了。

是的，站在那里的，就是我不久前才刚刚熟悉的那个女孩子。我们曾在一场小小的冲突中获得了友好的谅解，我们曾在一番海阔天空的谈论中交换了各自心中的真理，而她还那样信任地把一本心爱的书借给了我。可是现在，我们却在这样一种场面中重逢了：她将要受到一番无情的盘问和训斥，而我却坐在审问席上。

我两眼直瞪瞪地望着她，好久都说不出一句话来。直到屋中响起窃窃私语声，我才如梦初醒，勉强招呼了一句："过来……"

身边的人立刻用愤怒的眼光瞪了我一眼。我吃惊地听出来，我的声音竟突然变得如此无力和温柔！

那个小男孩听后想向前走，但是被南珊紧紧搂定，一步也无法挪动。我不得不咬咬牙，直视着她，第四次发出了命令："过来！"

这是一个陡然变得强硬起来的命令，因而更加显得不可抗拒。南珊似乎犹豫了一下，终于搂着弟弟弱小的肩膀，慢慢走到客厅中央，在楚轩吾坐过的那把凳子旁边站住了。

　　"坐下。"我说。

　　南珊却坚定地站着。她的手显然抓得很用力，以致那个乖怯的小弟弟一动也不敢动地紧靠在她身边。

　　我明白了：我不可能命令她去做任何事情。她现在已经是一个被不幸和痛苦武装起来的人。任何力量，哪怕再严厉，再无情，也不可能更沉重地打击那颗已经木然的心灵了。

　　周围是一片严肃的沉默。一切都在等着我的命令去开始。环境和气氛都不允许我再有任何的犹豫和徘徊。于是，我不得不开始审问了。

　　"姓名？"

　　没有回答。

　　"我在问你：你叫什么名字？"

　　她慢慢抬起头，无言地看了我一下。她的眼睛中并没有丝毫的恼怒和哀怨，只是充满了失望。在那双空空荡荡的眼睛后面，再也没有那个天真大胆的心灵在望着我了。她嘴唇紧紧地闭着，连回答的表示也没有。但那茫然失望的神情却好像在说："何必还问呢？你早已经知道我叫什么名字了。"

　　面对这令人难以忍受的无言，我毫无办法，只得转向她的弟弟。

　　"你叫什么？"

　　他怯生生地看着我："我叫南琛。"

　　再也没有什么好说的了。我狠狠地咬着牙，心中隐隐感到有些生气。也可能是难言的痛苦吧，但它已经开始把猝然相遇时产生的那种慌乱和难堪压制下去了。这时，我身上的军装、我臂上的袖章、我所处的位置和身份，以及这大举查抄的严厉场面，都使我获得才不久的那种冲天的，然而是虚伪的正义感和使命感迅速地复活起来。我开始猛烈地谴责自己的软弱，这就再也不容我对南珊抱有一丝一毫的同情。于是，我的耳边响起了我自己斩钉截铁的声音："南珊，南琛，我们是红卫兵。对于今晚的抄家，你们作为子女，我必须严肃地向你们说明一下。今天来抄你们的家，对于革命来说是完全必要的，或者说，这是一次必须进行的革命行动。你们应该很好地对待。你们必须懂得，你们这个家庭是罪恶的和可耻的。这是国民党反动派遗留下来的一个角落，它使你们从小就生活在剥削阶级的残渣余孽和污泥浊水中。因此，你们应该仇视它、反抗它、抛弃它！现在，这个行动正在全市进行，所有你们这些做子女的，都必须与家庭划清界限。你们要清醒一些，脱胎换骨的改造虽然痛苦，但革命的潮流是无情的。谁要是甘心情愿做反动军阀的孝子贤孙，谁就难免成为剥削阶级的狗崽子，为旧制度殉葬！——你们听到了没有？"

"嗯！"南琛马上点了点头。这个幼稚的小男孩在这样小的年纪就已经习惯了屈服，但他显然根本就不能理解我的话对他一生的生活究竟意味着什么。

"你！"我盯着南珊狠狠追问了一句。

仍然是令人难以忍耐的，不可侵犯的沉默。她似乎就依靠着这沉默与我对抗着，并且简直是用它筑成了一道坚不可摧的城墙。

我的朋友终于被激怒了。他啪地一拍桌子，猛地站起身来，在近在咫尺的地方用手指直指着南珊那低垂的头，愤怒地咆哮了起来："你是在反抗！在猖狂地反抗！你想用沉默来表示你的抗拒、仇视、诅咒和一切反革命的情绪，是吗？你说出来！你的阶级立场站在哪一边？你的阶级感情倾向谁？你的阶级本能又将使你想什么，说什么，做什么？你说！你不敢说，是吗？你想把你心中的一切恶毒都隐藏起来，然后在适当的时候把刀口——如果可能的话还有枪口和炮口对准人民，对准我们，对准无产阶级专政，是不是这样？告诉你：你想错了！你必须唾弃你的外祖父！你必须鄙弃你亡命国外的父母！你必须抛弃你这个罪孽深重的家庭！否则，你，你弟弟，在这个社会中都永远也不会找到出路！"

对于自己的过去，谁可以没有自尊？对于自己的将来，谁可以没有自信？然而我们这急风暴雨般的呵责和斥骂却把这个女孩子的过去和将来扫荡得干干净净。

南珊仍然无言地站着。但是她抱着弟弟的手臂已经没有了力量，头也垂得更低了。

"你听到没有？"我知道她心中那沉默的城墙已经完全崩溃了。

南珊站着，过了很久，才咬着嘴唇轻轻点了一下头。一颗泪珠顺着她的衣襟滚落下来，沉甸甸地在撤去地毯的地板上跌得粉碎。

直到今天，我都无法理解，我怎么竟能对她说出那么一套冷酷无情的话，更无法理解，为什么在她受到了那样猛烈的打击以后，我还能对她心中那道已经倾圮欲坠的防线做了最后的一击，竟然把那一连串大张挞伐的字眼儿与南珊这样一个女孩子联系在一起。当我的朋友把那些肮脏和丑恶的字眼儿接连向她打去的时候，我清清楚楚地记得，我的心怎样被绞得生疼！

"走吧！"我怀着铁一般冰凉的心向她发出了最后的命令。

南珊慢慢转过身，带着弟弟向那道小门走去。可是当她已经推开门的时候，我突然想到了她的那本《莎士比亚戏剧集》。仓促中，我把她叫住了："你站一下！还有一件东西，一本书……"在众目睽睽之下，我一时竟找不到合适的语言来说起那件事。

南珊站住了，但是并没有回头。她站在门中把头摇了摇，便痛苦地收缩着双肩，搂着弟弟继续走了进去。她走得那样缓慢，当她的身影已经消失在门后的时候，她留在门沿上的手指很久才慢慢地发着抖松开。

大街上，装满了衣服、书籍、器物、皮箱和一套大沙发的卡车，满载着红卫兵，在寂静无人的街道上飞驰。

我的红卫兵战友们靠在车帮上，脚下踩着满车"战利品"，高唱着雄赳赳的红卫兵战歌，全都沉浸在胜利的兴奋和欢乐中。

我一言不发地直立在卡车上，风从我耳边呼呼地吹过。我什么也不说，什么也不想，心中乱糟糟的，又像是空荡荡的。三个月来，我曾经反复去推想那个叫"南珊"的女孩子究竟是个什么样的人。我曾经设想过她的父母是学者、作家、艺术家，或是和我父母一样的党或军队的高级干部。我毫不怀疑她一定是在一个极好的家庭中成长起来的。甚至当红卫兵运动刚刚兴起的时候，我曾希望过能在自己的队伍中看到她……可是，我却没有料到她的家庭原来是这样的。她的父母一直逃亡国外，不，实际上她没有父亲也没有母亲，她只有一个在战争中一败涂地的老将军做外祖父和一个弱小的老太太做外祖母……

我想着，想着那满目疮痍的战场——在那冰天雪地的炮火中诞生了我和她。想着那浓荫密障的树林——在那古老高台上一场天真的高谈阔论中我们建立了友谊。还想着刚才那个宁静的庭院和古朴的客厅，想着猝然相遇时她那低垂的头、苍白的身影和那颗摔碎在地板上的沉重的眼泪……我漫无边际地想着。不，其实我什么也无法想。我的脑海被一幕幕急促闪过的战场、宴会、树林和客厅完全淹没了。

南珊、南珊……我心中反复想着这个名字！

我就这样沉默着，任凭战友们震耳欲聋的歌声在我耳鼓上震响。那时候，在我的感觉中已经什么都没有了。我只感到那无数雪亮的路灯，从我头顶上的夜空中，一盏又一盏飞快地向后划过……

第三章　冬

黑暗中，我手忙脚乱地洗印好最后的几张照片，拉开了厚厚的黑窗帘。顿时，一片白花花的光线刺得我睁不开眼。

我向结满冰花的玻璃上哈了一口热气，透过融迹向外一望，才发现外面已经飘起鹅毛大雪了。

我看看表，离火车出发的时刻还差两个多小时，于是把那一堆未经剪裁的照片往怀里一揣，匆匆穿起大衣，三步并作两步冲下楼梯，取出车子推到大街上，跨上便拼命地蹬动起来。

这场大雪给我骑车增加了不少困难。但是，寒冷却挡不住友谊的召唤。

今天，我的几个好朋友就要到内蒙古大草原上去落户了，而他们走后不久，我也将应征入伍，并且完全不知道会在什么地方，服役多久。所以，我们这些在文化大革命的动荡中结下友情的伙伴，可能会在很长的一段时间中天各一方，几年，十几年，甚至几十年，再要欢聚将很难了。我心中只有一个念头：快点赶到车站，把最后聚会的照片分送给朋友们，然后坐在车厢里热热乎乎地再好好谈一谈。现在送行的人中可能只差我一个人了，朋友们不知正等得多焦急呢。

当我终于赶到车站，跑上站台的时候，这里早已人山人海，要想上车简直不可能了。

车站里的热闹是空前的。在站台中央一条写着"热烈欢送知识青年上山下乡"的大红横幅标语下，一群年轻人正起劲地擂动一面大红鼓，敲着好几对铜钹和铜锣；上百个小学生打着花鼓，跳着舞蹈；在人们的头顶上，高音喇叭正播放着"到农村去、到边疆去、到祖国最需要的地方去"的雄壮歌声。人群中还不时响起阵阵口号声。十几面红旗来回晃动着，更增加了这一片热闹而混乱的气氛。这些声音混合在一起，简直就是一片狂涛巨浪、一场急风暴雨，使人的耳朵除了一片轰鸣之外，什么也听不见。

我踩到花圃的铁栏杆上，越过攒动的人头望过去，只见一层层的人挤满了站台，簇拥着一列列绿色车厢。

我跳下栏杆，开始使劲扭动身子向车厢挤去。我拼命挤到了离车厢三四米远的地方，人就像压缩过的一样，再也挤不动了。我踮起脚尖伸长脖子，向各个车厢窗口张望，车厢中已经坐满了人，每个窗口都露着三四个脑袋在与外面的人讲话。但是我却看不到一张熟悉的面孔。

"李淮平！……"突然从嘈杂的人声中隐隐传来一声呼叫。

我顺着声音寻去，终于在几个脑袋后面发现了朋友的半张脸。他在车厢里着急地叫着，甚至把嘴也伸了出来，我却根本无法听清他说的什么。

"他们都在哪儿？"我大声喊着，声音却被淹没在浪涛中，连我自己都不大听得清。

他咧着嘴，使劲摇摇头。

"他们、他们呢？"我高高举起照片，用更大的声音问。

他伸出大拇指向后翘着。我立即明白，他们都在上面了。可是我怎么上去呀？

我真恨不得从人群头上爬过去。但是我正在用力，前面一个人却用胳膊肘用力顶了我一下，不满地说："穷挤什么？没见人都挤成罐头了！"

"我急着送东西！"我手里把把的照片仍然举在头上。

他看了一眼，不以为然："什么了不得的东西！劳驾，咱们都老实待会儿吧。"他手上，也无可奈何地捧着一个缝紧的布包。

我知道，想到车厢跟前去已经毫无希望了。我满头大汗地挤出人群，不得不想想其他办法。我开始四处打量起来。

突然，我远远发现车尾那边冷冷清清，心中不禁一亮：如果我能从尾车钻上去，不比在车窗前更强吗？我决心试试运气。

这里可真是冷清多了。列车旁到处散乱着一些行李和邮袋，停着一辆电瓶车。几个工人正坐在行李间吸烟，还有两个女乘务员靠在车厢上轻松地聊着天。

我装作上不去车的样子，急急忙忙向车门跑来，说了声"来晚了那边上不去了"，便一步跨进了车厢。

我顺着车厢快步向前插去。这时我才发现，车厢里堆着过多的行李，人们都挤在了窗口，里面其实并不拥挤。我迅速走到第三节车厢，这里可是拥挤多了。过道中堆满了行李，我刚一进来，便不得不抬高了腿，从那些包袱、皮箱中深一脚浅一脚地迈过去。但没走几步，我就必须踏着座位才能越过去了。我从一个座位跨到另一个座位上，一路不断地给人道歉："对不起！……请让一让……谢谢！"

他们有的忙着自己的事情，有的讨厌地看看我，倒并没有作声。可是当我快到最后一个座位时，一个人却猛地叫了起来："哪儿来的混蛋！你他妈乱踩什么？"

我站在座位上向下一看，一个身材粗壮的中学生站了起来，涨得紫红的脸正恼怒地冲着我。原来他的大狗皮帽子被我碰掉在地上，正摆在一大堆瓜子皮和烟头上面。

我赶快向他道歉："对不起，行李把过道都堆满了。"

"少他妈废话，你给我捡起来。"他一手叉腰，一根手指笔直地指着地上，挑衅地瞪着我。

显然，我面前出现了一个蛮横无理的家伙。看他那翻着眼白的眼睛，好像如果我不弯腰给他拾起来，他就要把我揍扁似的。

我心中冲起一股怒火，咚的一声跳到地上牢牢站定："我不捡。"

现在，我已站在宽敞的过道里，而他的两腿却都挤在行李中间，在这个极为有利的位置上，如果我猛击他一拳的话，他肯定会翻倒的。

"你敢!"

"你试试看!"

我威风凛凛地与他对视着,除非他不再挑衅,否则我宁愿不去送朋友而在这里进行一场恶斗!对方显然摸不清我到底有多大力量,突然犹豫了起来。

我抓紧机会马上脱身,冷冷地说了句:"不懂礼貌,就自己去捡你的帽子吧!"转身走掉了。

那人在我背后低声骂了几句。我决心不再做任何纠缠。因为我还得穿过五六节车厢才能找到朋友们呢。

但当我跨进四节车厢夹道时,我的脚却突然之间站住了。只见在最近的一个座位上,背向我坐着一位老人。他穿着獭皮领子的大衣,正在听他身边角落里一个我看不见的人在讲着什么。那花白的头发、宽阔的肩膀和那充满军人气概的笔挺的坐姿,看去多么熟悉!猛然间,我想起了灵隐胡同七十三号客厅里坐在沙发上看电视的那个背影,心中不禁大吃一惊:楚轩吾!

距离那天深夜的抄家,已经过去两年多了。现在他坐在火车上,无论如何也不会想到曾经领着二十四个红卫兵袭击过他家的那个人又走到了他的背后。

"楚轩吾?他怎么会在这里?……"我心中疑惑地想着。突然,我的心咯噔一声:"怎么?难道南珊……她也是这一趟车走吗?"

公园里那个侃侃而谈的女孩子和客厅中那个默默无言的少女一齐在我眼前浮现了出来。两年了!两年来,那一切难忘的情景从未在我心头消失过。而现在,她可能就坐在离我几步远的座位上。生活的洪流和旋涡,又将我和她冲到了这样近的地方,可是这次我却没有任何勇气走上前去了。

我默默地退回来,停在那里,悄悄看清了他们全家的位置:楚轩吾紧挨过道背向门口坐着。他斜对面那个穿着棉猴的中学生正是南琛。这个男孩子比那时已经大了两岁,但那双稚气的眼睛却没有变化。现在,他正出神地望着车窗外面纷纷扬扬的大雪。

就在南琛的身旁,坐着一个人。这个人几乎完全被夹道的拐角挡住了，只露着半个肩膀和那条搭在大衣栽绒领子上的粗粗的辫子。可是，尽管我完全看不到那张端庄秀丽的脸，看不到那双明亮聪慧的眼睛，但那斜峭的肩膀、那熟悉的辫子，以及那安静的坐姿，却使我立刻认出了：这就是南珊。

可能这节车厢都是兄弟姐妹一同下乡的，有些人又下了车，所以不那么拥挤。各家之间被大堆的行李隔成了一个个单元。从那里走过去，不引起他们的注意是不可能的。

我的心收缩了。一种巨大的力量阻挡在我面前，使我不能再前进一步。我好像感觉到只要我的脚重新踏进那个家庭，在那里发生的事情就将是无法想象的。但同时又有一种巨大的力量禁锢住我，使我无法离开。我知道如果我转身走掉，我就会永远失去这个家庭，失去这个家庭中的南珊。不，我不忍失去这一切！这一切当中不仅有南珊和她一家人，而且也有我父亲的经历，有我出生的历史，有那片树林中的巧遇，海阔天空的谈话，以及对我的人生发生了剧烈影响的那次抄家的全部回忆……我被一种矛盾而复杂的心情紧紧地束缚在那里，一动不动。

于是，在这即将远行的列车上，我沉默在一旁，听到了南珊和她的家人在告别时所说的一大段对话……

此刻，从楚轩吾身边我看不见的角落里，正传来老夫人的啜泣声：

"……你们都还是孩子……就要远行。……万一有个什么好歹，叫我怎么向你们的父母交代！……"

"放心吧，珊珊已经很懂事，她会照顾好琛琛的。"楚轩吾用自己也惆怅的声音极力安慰她。

"她又有多大哟！……在家守着我们，怎么都好说，一旦离家在外，千里迢迢……"她说不下去了。

"唉，事已至此，心就是放不下也要宽一宽。"楚轩吾叹了一口气，"当初我弃学投军的时候，我母亲也是难离难舍，那是在那个兵荒马乱的年头。现在国家是太平多了，孩子们何尝不可以出去走一走，为什么一定要坐守门庭呢？让他们自己去闯吧，我们不能照顾他们一辈子的。何况我们还能操几天心！"

"就是我们死，也要等子明他们回来，叫我们……见见，团圆……"老太太已泣不成声。

"唉，怎么就到了那步田地！"楚轩吾摇摇头，嗓子也哽咽了起来。

"爷爷（编者注：本文中即姥爷），姥姥，你们不必太牵挂。到乡下，我会带好弟弟的。"

这是南珊平静的声音。这声音我已经近三年未听到了。现在，这声音在我心中重新唤起了树林中那次巧遇的亲切回忆，也唤起了她突然出现在我面前时那种痛苦而难堪的情景。

"那边的情况你有所了解吗？"楚轩吾问。

"听打前站的同学回来说，公社安排得还是很不错的。房子早已安排好，今冬的取暖煤也调拨得很充足，火炕我们慢慢会习惯的。到那儿以后，我就先把琛琛安顿好，能住在一起就住在一起，不能的话就住得近一些，尽量不叫他离开我就是了。如果缺什么东西，我会随时向家里要。不过这些年我也打算对他严一些。十五岁的孩子，再娇下去也不好。我觉得姥姥在家对琛琛也太宠些了。"南珊的话完全是一个当家的大姐姐的语气。

"困难还是要估计足。北方冷，衣服都带足了吗？"

老太太答道："厚衣服差不多都带上了。两人的大衣都衬了皮里子。珊珊还帮我给琛琛做了件皮背心。"

"爷爷，为了做这件皮背心，姥姥把自己的大衣里子都拆了。"

楚轩吾掀起妻子的大衣角看看，叹了口气："我不是还闲着床被褥吗！"

"我跟姥姥翻遍了箱子，只找到两张皮子。一件是您的旧皮裤，一件就是姥姥的皮大衣。"

"其他那些呢？"

"没有了。"

"抄家时拿走的吗？"

南珊不语。

"这些皮子也不够做两件大衣嘛！"

"他俩也就是胸前背后衬一衬罢了，哪还做得起整件的皮大衣！"

楚轩吾带着一切老人在这种时候都会有的那种认真，又伸手去掀南琛的大衣角，却被南珊拦住了："爷爷！就别看了。我们一起去的同学中能有皮毛的又有几个！放心吧，我们的条件已经够好了，再求全就过分了。"

楚轩吾只好点点头："好吧，那这些事我们就不操心了，你们到了以后，快些来信，别叫家里牵挂。"

"嗯。"

听了这一席对话我不禁大吃一惊，南珊给我的印象太美好了，以致我不知不觉地把她所生活的环境也完全理想化了。其实，在我们的社会中，失去政权的国民党将领们过的是一种政治地位十分卑微但物质待遇却比较优厚的生活。正是因为这样，楚轩吾虽然由于被抄了家而大大降低了生活水准，可是当南珊与南琛姐弟去插队的时候，他的夫人所能做的物质准备与一般市民比起来还是相当充足的，这是一种包含着尖锐矛盾的生活。这样的生活，对于那些国民党将领本人可能还无所谓，可是这种生活却往往使他们那些缺乏阅历的子女在步入复杂的社会环境后，陷入难以摆脱的矛盾中：他们幼时的生活大都是较好，甚至很好的，但将来的前景却无比暗淡；他们在成长中能受到很好的教育尤其是家庭教育，但成年以后却很难有尽情发挥的机会；他们对理想的美好生活充满着热爱和追求，却又缺乏蓬勃的自信。为此，他们常常感到自卑，但绝不认为自己天生低劣，他们大都安分守己与勤奋上进。我的同学中就有一些这样的人，他们的言行举止都带着这种生活的明显痕迹。本来我对他们在同情中夹着轻视和疏远，无形中把他们看成是被时代和社会遗弃的人。然而，南珊的出现，使我不得不承认这样一个生活的真理：得意容易使人腐败，磨难却使人更趋于完善。南珊无疑是他们中的出类拔萃者。

现在，她马上就要离开这个陶冶了她十九年的生活环境，正准备去过一种崭新的、对于任何一个女学生来说都是陌生而困难的农村生活。但是我却相信，这种生活摆在南珊这样一个对生活充满了韧性和进取心的女孩子面前，她一定会勇敢地走进去的。

我没有猜错。她说道："农村生活很艰苦，这我知道。尤其是对于琛琛，这艰苦更要显得重一些。但艰苦并不等于痛苦，因为那里有创造和收获，我相信我们会找到许多我们在北京永远也得不到的欢乐。"两位老人默默听着外孙女这略带哲理气味的话。"琛琛一向害怕动物，在家连小鸡都不敢拿。到农村他会跟动物交上朋友，锻炼出一个男孩子应有的勇气来。他身体也弱，但是没什么疾病，像他这样大的孩子，身体该强壮得多。姥姥，您现在担心的应该是他将来有没有独立生活的能力，而不是他会吃什么苦。到农村后，我准备教他些缝补炊厨，过几年你们如果能去看我们，他也许会给你们烧饭。另外一些必要的功课我也准备再教教他。琛琛现在很喜欢无线电，有关的书籍，我已经给他准备了一些。我相信，在农村我们会很快适应，并找到许多新的乐趣的。"

南琛还在看着外面的雪花。

"好，琛琛就交给你吧。——琛琛，到了草原要听姐姐的话！"

"嗯！"南琛十分听话地点了点头。

南珊细心周到的设想减轻了老人们心头的重重忧虑，一家人的心情缓和多了。

"还有，我房间里放着几只纸箱子，那里面都是我要看的书。如果那边条件允许，我会写信向家里要，你们给我寄去或是捎去。"

"生活上该多用些心计了，别总是忘不了那些书呀书的。"这是姥姥疼爱的责备。

"不嘛！"南珊有点撒娇了，"我可不爱过没书的生活。不爱书和不知书的人，生活不会美好。"

"这是谁说的呀？"

"我呀！"

"哟，小孩子家哪有这样说话的？"

"我为什么不能这样说呢？书上可以说的我都可以说。何况我信呢！"

"学究气！"老太太大概瞪了外孙女一眼。楚轩吾也满心宽慰地扑哧一声笑了。

这充满疼爱的笑声，是对于子女感到自豪的欢笑。它从一片悲伤中泛起来，却把那悲伤深深地埋藏到笑声下面去了。

"嗯，一个年轻人，即便是一个女孩子，也应该有这点志气！"楚轩吾赞许地点点头，"你们从未离开过家，这次也是机会难得，去见见世面是件好事嘛！你记住我的话：经历是一个人理解任何道理都离不开的基础，只有阅历丰富的人，才可能有很强的理解力和洞察力。你读了许多书，但蛰居书室是不行的。珊珊，带着弟弟大胆地去闯生活吧！到世上去走一走，去结识人物，去熟悉人间，有机会还要去游览名山大川，看看祖国的大好山河！你带着书到世上去，会其乐无穷的。去吧，孩子，你想得对：到艰苦的创造中去寻找欢乐。不能靠我们这些不中用的老家伙过一辈子，年轻人的道路从来都是自己走出来的！"

他们说的算不上是什么豪言壮语，鼓动年轻人不顾一切地去奋斗的话我听得已经太多了。可是我了解他们的生活。当他们也用这些话来激励自己那种生活的时候，我却真的感觉到了这些话本应有的那种力量。对于他们来说，这不可能，也不允许是一套充门面的虚饰和一通心血来潮的牛皮，而必须是踏踏实实的勤劳与认认真真的智慧。正是从他们一家人这坚强而质朴的生活态度上，我相信，南珊最终一定会带着她的弟弟从生活的磨炼中勇敢地走出来。

在已经完全平静的气氛中，他们开始谈起一些琐事。

"临走前，学校里的事情太多，没来得及去看郑姨，而且我又怕她难过。我们走后，千万给她带个好。"

老太太这回是真的在抱怨了："你这孩子，自小她带了你十几年，现在都要走了才想起人家。"

"姐姐夏天带我看过她的！"南琛显然想起了一次快活的探望，高兴得两腿一弹，好像要跳起来。南珊急忙按住他，一条手臂在空中一划，亲昵地搂住了弟弟的肩膀。

一家人快乐地笑了，引得其他座位上的人也向他们这里张望，他们放低了笑声。

老太太问南琛："姐姐带你干什么去了？"

"送药嘛！"

"药？"

"夏天她的偏头痛又犯了。我们一个物理老师的父亲给了个偏方，我和琛琛送去了。"

"方子可靠吗？"

"人家是个退休的老中医呢！"

"难能可贵！药效还好吧？"楚轩吾由衷地称赞了外孙女的行为。

"还好。琛琛那套格子衬衫就是她那时做的。"

"钱和布票给人家了吧？"

"给了，原来她死也不要的。"

"真难为她……"

我想起那天晚上我们一群红卫兵破门而入时那个吓呆了的中年妇女，心中感到一种说不出的滋味。这时候，我又害怕又希望听到他们谈起那次抄家。我想知道那痛苦故事的后来发展，却又特别怕听到我们行为的后果。激烈的思想斗争和感情上的悔恨使我真想猝不及防地走到他们面前，庄严地道个歉，然后马上走掉。那样，我相信南珊和她的家人会原谅我，而我自己也会好受一些。然而我没能鼓起勇气那样做。我既没有力量上前，也没有力量走掉，以致尽管这种藏形隐迹的举动已经引起我自己深深的憎恶，可我还是待在那里继续听下去了。

"有一点，我总也放心不下：珊珊，你很自信，你真的认为自己很强吗？"

"不认为，爷爷。"

"从心底深处好好想一想。"

南珊不解地想了想，仍然肯定地说："我真的不这样认为。"

这时楚轩吾作为一个公正的爷爷，开始对南珊做出最严肃的评价："你姥姥总说你温顺、懂事，但我对你的看法却不这样简单。你太爱看书了，爱得有些不正常。你在很小的时候，就常常把自己关在屋子里一看就是一整天，还常常把一个问题思索很久。为什么一般女孩子们都喜欢的活动你不那样喜欢？为什么你怀着那样大的兴趣去看那些连成年人都觉得艰深的书？尤其这两年，你越发这样了。家里被抄掉的那几天，你几乎是用一种疯狂的劲头去看书。为什么？这件事值得那样失魂落魄吗？或是还有其他缘故，使你想那么多、那么深？我的孩子，读书是件好事，但读得过了量却让人担心。我并不无节制地欣赏年轻人的苦读书，这种习惯常常是一种固执、一种自负、一种清高。如果这样，那就很不好。"听到楚轩吾竟把这样的评价给予他这个又聪明又善良的外孙女，我心中有些困惑和不平，虽然我还是想到了抄家时她那种倔强的，不可侵犯的沉默。"不错，你从小就很坚强，甚至受了很大委屈也不掉泪。为了这，爷爷一直喜欢你。可是现在你要去独立生活，我不能不指出这个问题了：你坚强得有些执拗，我真担心你会成为一个恃才傲物的女孩子。你读了那么多，想了那么多，却都埋藏在心里，很少说什么，我知道你的心并不平静。如果你把一个奔放的思想拘禁在一个沉静的性格中，我是很不安的。这常常是一种痛苦的压抑和忍耐。孩子，胸怀要宽阔，为人要通达，不能……"

楚轩吾的话引起了老夫人理所当然的抗议："嘻，你说到哪儿去了，珊珊长这样大，你什么时候见她闹过脾气来？真是，孩子要走了，不说鼓励她，倒挑着毛病数落起她来了！"

"她的倔强，正因为看不到才更严重！"可以听出楚轩吾对南珊确实怀有深深的担忧，"珊珊，一个人在社会上立足，千万不可有骄妄之心。你从小就没有见过母亲，缺少母爱会不会使你对世界失去温柔的感情呢？会不会使你的性格变得冰冷淡漠呢？"

"爷爷，别说了，虽然我从未见过母亲，但我从你们身上得到的怜爱，却不下于一个母亲。……您的话我会注意的。"南珊央告似的说。

楚轩吾固执地摇了摇头："你是个没娘的孩子。我真担心你会因为自己缺少幸福就对他人心地冷漠，你把整个心都埋到书中去了，难道你真的已经将人间看得萧条惨淡了吗？告诉我，孩子，你究竟怎样看待这个世界，如果你对千千万万不同于你的人还怀着眷恋之情，爷爷就放心了。但是如果你由于书看得太深太多而学得只会以理性的眼光来看待人类生活的一切，那你无疑已经成为一个心地冷酷的人。这种人往往会把自己的理念看得高于一切，他把自己的理念看成老百姓的上帝，其他人都不过是他对世界秩序进行逻辑演算的筹码而已。这样的人，爷爷是不赞成的。珊珊，人之所以为人，就在于他不尽失赤子之心，所以我虽愿你心中有理，却不愿你心中无情。无情之心，对己尚可，若对人，就是有罪。"

这出人意料的责备使一家人突然之间陷入沉默，南珊无法再说话了。我看不到此刻她是什么表情，但她肩上那条辫子的慢慢移动，却说明她低下了头。

晚霞消失的时候　　　　　　　　　　　　　　　　　*349*

南琛看看爷爷，又看看姐姐，然后用探询的大眼睛望着角落里的姥姥，不知道自己惹了什么祸。

良久，南珊才用痛苦的声音轻轻说道："爷爷，从内心讲，我是自卑的，虽然我一直不愿向自己承认这一点，但如果要公正地看待自己的话，我却必须说我的的确确是自卑的，而且从小就是这样……我自己知道这种自卑感曾经是多么沉重，也深知我是经过了多么困难的努力才勉强克服了它。然而即便是现在，我要想享受一下那种充足的自信也还是太难了。对于这个世界，我从来也不敢有任何轻取之心……也可能，这一切的原因都像爷爷说的那样。可是您不知道您把那件事说得多么无情：我没有母亲，是的，我从小就想见到她而始终没有能见到。要知道，这是我心中多少年来……一直……讳莫如深的话！……"痛苦的哽咽使她说不下去了。

这是在走向生活的门槛上对外孙女的严肃考查，楚轩吾冷静而深情地要求她："孩子，说下去。"

南珊坚强地抑制住自己的抽泣。然而这问题是如此地难解：它要求一个少女用自己的理智来对自己的性格和品德做出公正的评价。可是，这样的问题即使对于一个饱经沧桑后站在夕阳垂暮的高峰上回顾全部人生道路的年迈的人，也是一道不容易回答得好的难题。但是楚轩吾却要求南珊在即将带着弟弟奔赴边疆的时候把它回答出来。他坚持，他的外孙女应该按照最好的人生信念和道德标准生活在这个世界上。

南珊抵抗着感情上的巨大压力，开始冷静地审查着自己。在沉默了许久以后，她开始向这位好爷爷回忆起自己过去的生活。正是那些童年时代的回忆，使我看到了她心灵世界的一个轮廓。这轮廓后来永远也没有清晰起来，但朦胧中，它却在我眼前闪出一片夺目的光辉！

"……我永远也无法知道，我怎么会带着这样一种自卑到世上来，也可能我的心灵带着天赋的残缺，也可能是由于我从小缺少母爱。但蒙昧中的情感已经无可挽回地忘却了。从我能记事时起，这种感觉自己卑小的心情就总在折磨着我的心灵。尤其是当我受到委屈的时候，这种心情就更显得沉重。"

"唉，你逼着孩子说这些干什么？"老太太的柔肠显然经受不住这严酷的回答。

然而楚轩吾仍然坚定不移、不为所动："叫孩子说下去。"

"您刚才说我从小就是不掉泪的。不，您忘了，我七岁那年，曾有一次哭得好伤心。那时，我刚刚上小学一年级……"

小学一年级，对于我是一个无忧无虑的时代。我想起那时，每天妈妈都在去机关的路上把我送到学校，如果下学时她不能来，爸爸也许会亲自来接我。那时，我受到各种各样的爱护，什么事都是快乐的，连功课也显得好玩。然而也在这同一个时候，南珊却经历着另一种童年。

"……有一天，我放学回家，在胡同口受到一群孩子的攻击，把我吓坏了。我在转眼之间变成了起哄笑骂的对象，他们高叫着难听的话，辱骂着我的每一个长辈，用树枝抽我的背，把脏土抛到我的头发上，闹得满天尘土飞扬，我吓得心都发抖，来不及去想他们为什么这样对待我。那时我对我将要生活的这个世界懂得还太少，但是您却知道这些孩子还在我的背上画了一个什么图案，它是我受到惩罚的原因。这一切，作为一个幼童我什么都不懂，但您却什么都明白。"

楚轩吾点点头，这在他们这样的家庭是不言而喻的。其实，那图案我也明白，这就是国民党从孙中山那里继承下来的那个被歪曲了的政治遗产。

青天白日，曾经是国民革命的光荣象征。但是随着这个革命的推演，它终于以一个丑恶的形象结束了自己的历史。这是国民革命与法西斯主义相结合的可悲结果。这恶果毁灭了国民党，也严重地摧残了曾经为这个理想而战的人及他们的后代。

"……我带着满身的尘土走回了家，当时我并没有想到哭，而且一直到门外的笑骂声散去的时候，我也没有哭。可是当郑姨把我领到你们面前时，我却哭了。您掸去我身上的土，把我抱在膝盖上，一句话也没有说。现在我知道您当时心情的沉重，但当时我不可能知道，我只感到自己是这样弱小、卑微，我觉得是因为我生来不如人家才受到这样的欺侮的。那天晚上，我一个人躺在孤独的床上悄悄哭了很久，一种来自整个世界的沉重压力，将我压缩得蜷曲在一个逼仄的角落里，我流着泪睡去，噙着泪醒来。那种孩子的悲哀心情，直到今天还记忆犹新。"

"孩子，真是孩子们哪，唉……"老太太发出一声轻微的叹息。

"我感到委屈，感到怨恨，感到世界不公正。那是我唯一的一次怀着敌视的心情来看待这个世界。如果我在这种心情下生活到今天，我可能早已被仇恨和嫉妒腐蚀了心灵。但这种心理却不是我们家庭的传统，不是体现在我的长辈们身上的风尚。不，熏陶我的是另外一种东西。今天，我是多么庆幸，庆幸我有一个庄严的外祖父，有一个慈祥的外祖母，还有一个善良的郑姨。爷爷，您身上的沉着、渊博、深思、宽厚和乐观等美德，使我在那样年幼的时候就在努力去寻找那种至善至美的人格。正是这种对于美好人格的倾慕，完全改变了我幼小心灵的发展方向。以后的事情，您就都清楚了。我常常受到您的赞许和夸奖，这些夸赞成了对我的巨大鼓励，它扶植了一个孩子的尊严。这尊严对于我的整个人生都是无比宝贵的。但是对它的获得却使我深深感到，只要自己的行为端正，谁都可以树立起这种尊严，从而免去心灵上由于自责和羞愧而受到的种种折磨。也正是当我终于相信，我自己在人格上丝毫也不低于他人的时候，我才终于从那种根深蒂固的自卑中解脱了出来。"

听到这里，我感到，这样的人，这样的家庭，不是我配去同情与怜悯的。不，这祖孙两代的全部人格不由得令我肃然起敬。

"后来，当我越来越了解自己，也越来越了解世界的时候，我儿时的眼泪就显得太无谓了。那不过是一种孩子的幼稚。我的人格并不因为我无力抗衡屈辱就有了亏欠。不，人的品格不是任何强权所能树立，也不是任何强权所能诋毁的。既然我生活中最宝贵的东西丝毫没有受到损害，我又何必计较呢？乐得宽容所有的人，这种思想对于我这样的人是一种武装，因为类似的事情直到今天也没有中断过。正是这种思想，使我的心平静了。至于书，也并没有成为我躲避生活或对抗他人的堡垒，虽然它为许多人构筑了这样的堡垒。我对书的喜爱在很大程度上只不过是一种习惯，就像您对植物的喜爱一样，用它来消遣时光和排解烦闷，并非桩桩件件都那样认真。爷爷，这就是我的自尊与自信。它并不是建筑在仇视他人或鄙视他人的基础上的。不，我尊重一切心地正直的人，也钦敬一切人所表现出来的才华，我在心底深处非常珍视这些东西。因为只有看到这些，才使人觉得世界可爱，并对自己生活在他们之间感到充满了希望。"

　　显然，楚轩吾已经肯定了外孙女的心是完全正直的。但他的疑虑竟是如此之深："你能这样选择自己的生活道路，这使我很高兴。但是你将怎样选择自己的政治道路呢？你看了许多书，心中自有许多你自己的道理。在国家命运和社会责任面前，你不可能没有自己的政治见解的。现在有许多不知天高地厚的年轻人，动辄以改革社会为己任，自命可以操纵他人。假如你也抱定了某种理想或信念，而这将涉及许许多多人的命运，那么你会不会在一旦掌握了力量的时候，就把它强加到并不信服它的人头上呢？我曾亲眼看到许多青年学生这样懵懵懂懂地卷到邪恶的斗争中去了。珊珊，你要向爷爷保证：读书，是为了深思熟虑，通情达理，绝不能因为自己信奉了什么就投身到将某种意志强加于他人的斗争中去。"

　　南珊的语气是坚定不移的："爷爷，我永远不会。我理解您的心情。在那个时代，您曾经卷入一场严酷的政治冲突。那个铁一般无情的理论和制度，摧毁了您的家庭，夺去了您的亲人，更使国家经受了巨大的创伤。您被裹挟在那个洪流中，身不由己地做了许多违反您投身革命的初衷的事情。在那场民族浩劫中，您看够了各种各样同情心和怜悯心完全丧尽的英雄豪杰。的确，在那残酷无情的命运中，一个人要保持天良是不容易的，尤其是当国民党将法西斯主义散布全中国，使许多人都相信靠少数英豪可以拯救民族，靠铁腕强权可以改造中国的时候，这来自德国民族的理论就彻底摧毁了中国古老的道德风范。这使您在整整二十年的岁月中陷入了痛苦的追悔和思索之中。但我们这一代人的命运不同了，我们的生活中也有冲突，但它更深刻而不是更严酷。我们不必承担你们那个时候的许多艰险，却必须回答你们那个时代所未能回答的许多问题。您已经老了，爷爷，今后的几十年是我们这一代人的事情。但是请您放心，哪怕整个年轻一代都被重新卷入这种事业中去了，我也不会重复您的过去。琛琛也不会。因为这条道路对于我们这个家庭的教训实在太惨重了。爷爷，我不认为我在思想上可以达到一个准确无误的境界，所以我对自己的局限性心中是很清楚的。我完全知道，我看的那些书并不全是济世的良药。这个世界的希望，更多的是在人类自己的心灵中，而不是在那些形形色色的立说者的头脑中。而发现和追求这些希望，也是全人类自己的事情。我读书，是为了使自己的思想和行为更合理，我永远不会因为自己坚信了什么理想就把它强加到别人的意志和心愿上。"

楚轩吾深深感动："孩子，真能这样，那就很好！……"

我陷入了沉思之中。

楚轩吾是一个深刻的矛盾。这矛盾表现为一种淳厚正直的个人品质与他那段罪孽深重的政治历史的尖锐对立。过去，这种矛盾在我心中是根本无法调和的。甚至在抄家的时候，当我听完了他那充满痛悔之情的回忆以后，我仍然认为，不管这些国民党将领后来变得怎样，当初在卷入那场毁灭了数百万人生命财产的罪恶事业的时候，他们只能是一群恶魔。然而现在，这善与恶的一向鲜明的界限，开始变得模糊了。难道一个人犯了可怕的错误，他就必然有一颗邪恶的心吗？不，世界上的事情远不是那么简单。不错，楚轩吾曾经陷入一场丧尽天良的屠戮杀伐，然而这一切并不是他的本意。命运捉弄了他。现在，他面对自己的过去，不正是在自己良心的严厉谴责下陷入了永无穷尽的终生遗恨之中吗？他对南珊的那些教导和告诫，究竟有多少是这个少女身上可能发生的事情呢？那实在不过是他自己内心痛苦的流露和表白。那么，这个人的身世难道不值得人们去抚慰和同情吗？他过去的痛苦经历难道就应该永远成为他洗刷不尽的耻辱，从而可以不时地被人们翻出来，作为对他和他的亲族施加强暴和迫害的理由吗？如果天理果真如此，它将显得多么无情！然而我们还是把他的家抄了。

现在，面对楚轩吾那些痛苦的自白，我感到说不尽的惭愧。我开始意识到，那次抄家，早已使红卫兵丢尽了脸，而我们投身的这场文化大革命，也必将因此而在历史面前无法交代。

我不禁想起了抄家不久后我与父亲的那次谈话……

"爸爸，我们把楚轩吾的家抄了。"有一天他正在看文件，我终于说出了这件事。

"谁?"父亲猛地一问。

"楚轩吾。你们在淮东俘虏的那个国民党军长。"

"胡说。他不是俘虏，他是国民党方面的投诚人员。"他放下文件，断然否定了我们的说法。父亲显然还不了解社会上正在发生的事情，他向我问道："你们为什么要抄他的家？"

"这是首都红卫兵自己决定的。全市都抄了。"

"你们都抄了些什么人？"

"学术权威、民主党派、宗教人士，还有华侨、资本家和小业主，很多。国民党人员是首当其冲的目标。"

"你们哪天去的楚军长家？"

"上星期四。"

于是我开始向他详述那次抄家和审问的始末。他一语不发地听着，神情显得严肃而焦躁。当我把红卫兵的种种行动也都向他介绍了以后，他离开办公桌，开始在屋中不安地来回踱着。我一直讲到家里的电灯全都亮了的时候，并把楚轩吾的审讯记录也拿给他看了。

父亲看完材料，久久地坐在灯前，沉默不语。我完全没有料到楚轩吾的事情竟会引起他如此沉重的感情。我们默默地相对而坐了很久。当我不得不提醒他母亲正在叫我们去吃晚饭的时候，他才将手放在楚轩吾的交代材料上，轻轻摩挲了好几下，然后用极为感慨的语气说了一句："你们的行为，使我没有脸面再去见这个人！……"

晚饭后，父亲又把我叫了去，开始详细地和我谈起了楚轩吾这个人。和楚轩吾讲的完全一样，父亲是在那样紧张的战争间隙中唯一一个可以抽出来接待国民党方面人员的人。当时，华东野战军总部急需从这些战俘和投诚人员身上获取关于敌人兵员、装备、后勤、士气及高级将领与最高统帅部的有价值的情报。但是围绕着这一目的，却必须进行有效的说服工作。短短的四天中，父亲先后数次与楚轩吾谈话，两人之间很快建立起一种老朋友似的关系。父亲是个与国民党厮杀了多年的人。他的许多亲人和战友都在斗争中倒下了。但他从历史中总结出来的，却并不是仇恨。正因为这样，他才能在一场殊死的拼杀刚刚结束以后，那样令人信服地向楚轩吾说明了许多重大的问题，使其很快对共产党的事业产生同情，并在以后争取黄维兵团两个师的起义中发挥了作用。父亲说：楚轩吾是个一生中充满了许多不幸的人。他早年投身于旧民主主义革命，但复兴民族的强烈愿望却一次又一次地破灭了。整整三十五年的戎马生涯中，他辗转歧途，几浮几沉，在北洋政府和国民党军中备受排挤、压抑。碾庄一战，是他一生中最惨痛的时刻。仅仅由于侥幸未死，才得以明白了许多事情，并做出了后半生的重大抉择。父亲感叹道：楚轩吾在军事学术上很有造诣，尤其长于野战。在一系列国内政治问题上也颇有见地。可惜在旧军队中不得其用。父亲说，他当时曾向楚轩吾明确声言：在共产党的领导之下，他造福国民的愿望绝不会再一次落空。然而他万万没有料到，楚轩吾一家人现在又处在这样动荡的命运中，并且恰恰是自己的孩子，在十几年以后把他的家抄了。

"文化革命究竟是怎样一个搞法，你到底弄明白了没有？"父亲满腹疑虑地这样问我，"你们红卫兵是中央支持的，我不好说什么。但你们去抄楚轩吾这样的人的家，怕是彻头彻尾地搞错了。你们这样做，实际上是在硬逼人家走两条路：一条是重新走向反动，一条就只好走向死亡嘛！这怎么行呢？他早就不是我们革命的对象了嘛！——赶快刹车！再搞下去，怕局面就不好收场了！"父亲把手在空中一挥，神色沉重地说出了这句告诫。

我们谈到很晚很晚。临睡前，他又详细问到了楚轩吾家中还有些什么亲属，并记下了他的住址，表示一定要在适当的时候去看看他。——假如他真的去了，许多事情怕绝不是今天这个样子——然而三个月后，连他也因卷入所谓"华野山头集团"而受到长达两年的隔离审查以后，"适当的时候"——这句耽误了许多重要事情的话，终于使这次拜访成了一件再也无法实现的憾事。而我与南珊的一次可能是最宝贵的见面机会，也因此而失去了……

可是正当我再一次为失去南珊而嗟悔不尽的时候，南珊却在突然之间说出了我简直难以相信的话。她把我对她以往留下的印象一下子全都改变了。

本来，她已经完满地回答了楚轩吾提出的问题，并且令这位生活的严师深为满意。然而南珊却像是面对着一个更加尊严的仲裁者。她在沉思了一会儿以后，竟以极平静的声音自言自语似的说出了下面的话："我还应该感谢一个不可知的力量。是他在我完全可以变成另外一种样子的时候，使我变成了今天的样子。这使我非常感激。这力量是伟大而神秘的。有人说，那是一个神圣的意志，有人则说那是一个公正的老人。我更愿意相信后者。我相信他高踞在宇宙之上，知道人间的一切，也知道我的一切。我并不怀疑我的生命和命运都受过他仁慈的扶助。因此，尽管我不可能见到他，但是我依恋他，假如他真的存在，那么当我终于有一天来到他面前的时候，我一定为我自己，也为他恩赐给我的家庭，向他老人家深深鞠躬，表示一个儿女的敬意。"

老夫人几乎要发出一声惊叫："天哪，你看了什么书！……"

楚轩吾也在突然之间疑惑了："孩子，你说的是谁？什么老人？"

我看不到南珊的脸，但是我想象得到她会淡然一笑。

"我的孩子。你是在赞美耶和华吗？"

"是的，耶和华。我深深地爱着他。"

南珊在突然之间向爷爷披露了隐藏在自己心底深处的秘密。这秘密使楚轩吾和他的夫人对外孙女的性情恍然大悟，而我也早已惊呆了。

南珊说的是上帝，上帝啊！基督教，这是些多么复杂的概念。耶和华，这是个多么虚幻的神灵！我怎么能想象，南珊竟会向它去寻找心灵的寄托。这是令我震惊的。一个善良的少女，在她还很年幼的时候，为了给自己的生活树立稳固的信念，为了使自己的心灵获得安宁的气息，她在那古老而荒谬的传说启示下为自己创造了，不，是为自己虚构了这座神圣的殿堂和这位仁慈的永恒主宰。是他创造了她，还是她创造了他，她从此再也不会和任何人去纠辨清楚这混乱的因果。就像人类在上万年的宗教史中从来也没有讲清楚过一样。

但是我不得不承认，尽管在我们的语言中上帝与魔鬼是同义语，尽管我从党那里受到的一切教育都根本否定这个概念的存在，但南珊心中的信仰却不会使我产生一丝一毫的恶感和虚伪感。不，这一切在她心中都完全是真实的。我好像突然发现，她的心灵越往深处就越广大得不可思议。在那冰清玉洁的心中，蕴藏着多少丰富的知识，在这些知识的底层，又贯穿着多么深沉的哲理。而在这一切的中心，还有着这样一座整个人间，乃至整个宇宙都不能容纳的金碧辉煌的世界！

楚轩吾充满疑虑地说道："但是，孩子，这一切并不存在。"

南珊沉默了许久，终于用失望的声音肯定了爷爷的话："是的，这一切并不存在……他也并不存在。"

再没有人说话了，只有老太太在抽泣，良久，楚轩吾才点了点头："这样，也好……"

我的眼前开始浮现出那个客厅中的景象：一个朴素的小女孩，站在高大的玻璃书架前，怀着肃穆的心在翻阅着一本厚厚的书。那书中记载着人类被用六天时间创造出来的历史，然后是乐园、洪水、方舟……那上面说，宇宙间这一切的主宰，就是她心目中的那个伟大长者……

突然，这间古朴的客厅被洗劫一空。在空空荡荡的客厅中间，那个苍白惨淡的少女站在嗡嗡作响的日光灯下，默默地低着头。她的面前，坐着一个严厉的红卫兵，那个叫李淮平的红卫兵头头，紧紧地盯着她，正无情地斥骂道："……你们这个家庭是罪恶的和可耻的！……这里充满了旧社会的残渣余孽和污泥浊水！……你们必须脱胎换骨地改造，……狗崽子……！听到没有？"

她默默地点了点头，同时一颗泪珠，沉重地滚落在撤去地毯的灰尘蒙蒙的地板上。

整整两年过去了，我的话却像是用刀子写的一样刻在了我的心上。

"……尊严对于我的整个人生都是无比宝贵的。但是对它的获得却使我深深感到，只要自己的行为端正，谁都可以树立起这种尊严，从而免去心灵上由于自责和羞愧而受到的种种折磨……"

是的，在那个无情的夜晚，我伤害了她的尊严，那对于她来说是一种无比宝贵的尊严。但后果却是双方的：她的心被刺伤了，我也因此而永远失去了对自己的尊重，一种沉重的压力堵在我胸中，使我痛苦得垂下了头。我的脸上，好像有一团烈火在燃烧！我记不得那时我想过些什么没有，但我记得在那难言的痛苦感觉中，我想到了两个字：惩罚。

终于，他们一家人谈到了在我心中激起狂澜的事情。老太太擦干了眼泪，长舒了一口气："珊珊，你已经十九岁了。我在这个年龄已经嫁给了你爷爷。姥姥的话你可能不愿意听，到了乡下，如果有了中意的人，自己千万留心，了却我和你爷爷一件心事，也好叫你那在国外的父母高兴……"

"不，我还小，想这些事太早。"南珊赶紧打断了她的话。

"孩子，要考虑自己的出身、环境和条件。对于你这样的女孩子，要解决好此事谈何容易！"楚轩吾的口吻是极其严肃的，"昨天我和你姥姥谈了很久，决定还是向你提醒这件事。当然，你的恋爱和婚姻都应自己做主，家中可以一概不问。但我们有一句话还是希望你听：这件大事，务必处处留心，争取早有所定。如果有了中意的人，只要可能，就应该大胆说明，与他共同去创造有益的人生。切不可羞怯徘徊，坐误终身。"

南珊久久不语。

"唉，女孩子也是难。我们不过提醒你一下罢了。"

但南珊并不是一个把羞怯放在理智之上的人。不，在她心中深藏着难言的隐衷。她沉吟再三，终于用缓慢却是坦率的声音说道："姥姥，这样的事情做儿孙的在你们面前本不该难为情。我知道，不但为了我自己，而且也为了父母和弟弟。我必须把它处理得很好才行。但我却无法答应你们，因为我完全不知道将来我会怎样，世事浮沉，许多事都很难预料。即使我现在就已有所定，事情也难免不起变化。尤其是在这个时代，年轻人受的影响实在太大了。更何况……"她似乎考虑了一下应该怎样将心事披露给老人，"更何况这件事也并不是没有给我带来过烦恼。因为两年前，曾经有一个人深深地打动过我的心……"

我的心剧烈地跳动起来。

"……这个人心地正直、行为果断，思想也很宏伟。我们仅仅相处了很短的时间，但我很快就知道自己已经为他倾倒。作为一个十七岁的女孩子，这不能不说是很早了。然而一切终归无益。"

"你们是怎样认识的？"

"是因为外语问题引起的一次谈话。我问过他一些我百思不解的问题，他都令人信服地回答了我。我看出他不是一个夸夸其谈的人，他只说自己深有体会的话。尽管当时我还不可能想得太多，但我心中却多么愿意将他引为知己……"

"他叫什么？"

"不知道。"

"他在什么地方？"

"也不知道。"

"后来呢?"

"后来我们又见了一次面,虽然第一次见面的时候,我们很快就相知如故旧。但时隔仅仅三个月,我们又见面的时候,他却使我完全失望了……也可能,是我使他失望。"

楚轩吾的心受到了打击:"为什么?"

"因为我知道,生活只能使我们越走越远……"

我感到一股巨大的力量突然冲腾起来,使整个车厢升起在空中,旋转起来。我双手死死抓住乘务室的门把,才没有使自己摔倒。但是我已经失去了自持力,身不由己地张开双臂抱住车厢,把火辣辣的脸紧紧地贴在了冰冷的墙壁上!

她说的是谁?是谁那样深地打动过她的心?难道是我吗?……不错,我曾经向她讲过一些大道理,但那不过是一些似是而非的话,而且永远也没有答案……

"后来,当我们再一次见面的时候,他却使我完全失望了……"这第二次见面,难道就是夏夜的那次抄家吗?……

不,不可能是我,那可能是她在另外一个地方碰到的另外一个什么人……

整个世界都变得混乱起来。我什么都不能想,什么也不能再想了……

一阵剧烈的震动,从车首传过来,一直传向车尾。列车挂上车头了。广播器中响起乘务员亲切的声音:"送行的家长和亲友同志们:现在列车马上就要开了,请你们下车吧。你们的子女和亲友,在农村的广阔天地里,一定会在毛泽东思想的灿烂阳光下成长起来的。现在,让我们分手吧。我们会把你们的子女和亲友安全地送到目的地……"

广播员重复的声音,唤起了车厢中所有送行的人。

楚轩吾站起来,开始与南珊和南琛拥抱。一刹那间,南琛的大眼睛向我这边投过惊奇的一瞥。

也就在这时,一个乘务员在我背后打开了车门。顿时,寒风卷着站台上震耳欲聋的喧嚣猛烈地扑进车厢。仅仅是借助这股巨大声浪的冲击,我才猛地惊醒过来,在楚轩吾一家就要跨出座位的时候挣扎着跨到门口,跳到了寒冷的站台上，但是我却站在那里，一步也不能再前进了。

楚轩吾扶着他的夫人跟在我身后走下车厢，乘务员砰地将门关上，锁住了。

我转过身来，看到我正站在这一对老夫妇的身后。楚轩吾戴着皮帽子和黑皮手套，老太太戴着灰毛线手套，围着宽大的围巾，正一齐向列车扬起手来。

南珊在车厢里飞快地升起宽大的车窗，探出身子，高高扬起手大声地喊道："爷爷，姥姥，放心吧！——再见！"

南琛也探出头呼唤着："再见！再见！"

但是南珊的手突然在空中停住了，她在老人们的身后迅速地发现并认出了我。

直到现在，我才看清了南珊的全部外貌：她穿着风雪大衣，没有扣紧的大衣领子中露着一件蓝呢外衣，领口围着白色的纱巾，她没有围头巾，也没有戴手套，脸颊和手掌都由于激动和寒冷而微微泛着红色。她的眼睛是明亮的，嘴唇是刚毅的。这一切难言的变化，都在那两年未见的脸上显现出来：天真烂漫与苍白惨淡的神情都没有了。有的，是成熟的气质和坚定的神色，以及猝然相遇时那种惊愕与震动的神情。

老太太并没有注意到外孙女神情的细微变化。她控制不住自己的感情，拼命捂住嘴，趔趄着扑向车窗下，紧紧拉住孩子们的手，哭泣起来。

楚轩吾从后面扶住她，极力想使她从快要开动的危险的车身旁离开。

南珊低下头，手无力地垂下了。她显然不愿意在外人面前流露这家庭的离愁别绪，紧紧咬住嘴唇，强忍住就要落下的泪水，毅然帮助爷爷将已经失去常态的老太太从车厢旁扶开。

列车吭哧吭哧地发出巨大的声响，开始移动起来。老夫人紧跟不舍地蹒跚着紧随车厢向前走去，但立即被拥挤的人群撞回来了。

"千万把琛琛……带好！……"她呜咽着叫道。

楚轩吾扶住妻子，也大声叮嘱道："珊珊，琛琛，你们自己要保重！"

南珊用泪水迷蒙的眼睛看着老人们，痛苦地点点头，紧紧搂住了弟弟。南琛好像这时才感到了离别的伤心，放声哭起来。

这揪人心肺的场面我再也看不下去了，忍不住猛地转过身子，悄悄地迅速抹去了眼角的一颗泪水。

车身向前滑去。

当我转回身来的时候，列车已经在加快速度。我看到南珊，慢慢把手扬了起来。她就保持着这个姿势，两眼呆呆地望着我们，随着车厢迅速地向前驶去。很快，就在她的身影将要被人山人海淹没的时候，她重新振作了起来，手臂在寒冷的空中用力一挥，用盖住一切喧嚣的声音高喊了一句："再见——!"

她退去了，退去了，迅速地淹没在一片乱纷纷的红旗、彩带、头巾、帽子和纸花中。

我无法断定那最后的告别是向她的爷爷姥姥喊的，还是也包括了我在内。但我却不由自主地举起了手，默默地在寒风中挥动。

列车越来越快，终于疾驰起来，迅速地消失在大雪弥漫之中……

第四章　秋

十二年，漫长的十二年过去了。

这一年的深秋，在千里京沪线上，一列直快客车在华东金色的原野上奔驰。这列客车，沿着蜿蜒的双轨，平稳地带着风的呼啸，从华东驶来，驶过无数的山峦、江河和原野，正风驰电掣般地驶向黄河，驶向华北，驶向我留下了无数难忘往事的历史名城——北京。

就在这列火车的卧铺车厢里，我独自坐在宽大的车窗前，凝视着窗外一幕幕闪过的秋天景色——那丰收的田野、蓝色的远山、浓密的矮树丛和飘浮在天空的大块大块的白云，在沉思，在遐想……

十二年，多么漫长的十二年! 现在，我已经在海军，在导弹驱逐舰和浩瀚的海洋上，度过了我的全部青年时代。

我清清楚楚地记得十二年前那个寒冷的夜晚，我和几千名新兵一起登上了铁皮兵车。我们拥挤在车厢中，经过两天两夜的行驶，在冰天雪地中到达东南沿海一座巨大的军港。就在这座警卫森严的海军基地中，我们参加了舰艇部队。从此，我告别了自己的学生时代，开始了严峻的军队生活。

那时候，文化大革命历经三年已经给全国造成了一种畸形的精神状态。军队也同样深深地卷到其中去了。舰队整天陷于没完没了的政治学习，很少搞什么正规的操课和训练，更谈不上够水平的考核和演习。最叫人忍受不了的是那些花样翻新的敬忠仪式：早请示、晚汇报、忠字舞、语录操、越来越大的像章……奇形怪状的顶礼膜拜，越到后来，就越闹得乌烟瘴气。

我了解这支军队，我自己就是这支军队的儿子。在中国的近代历史中，还很少有几支军队能像它那样清除军队生活中种种传统的恶习，而在人民中树立起一种良好的、有时甚至是极为动人的形象。然而今天，它的光辉却被这些愚昧、粗俗、浅薄的现代迷信和奴性的仪式严重地毁坏了。

那时，我正是一个血气很盛的年轻人。虽然混乱的社会状况和政治现实已经严重地模糊了我心中的许多是非概念，但是对于真善美与假恶丑的根本好恶，在我心中却并未颠倒。所以当我实在按捺不住的时候，便常常会任性地流露厌恶与不满。结果，当我的言论终于越出了部队所允许的范围以后，战友中立即有人告发了我。

审查是严厉的。然而时隔半年，当我触犯的那位副统帅突然也变为人人唾骂的恶棍的时候，我档案中的全部材料，便转而使我成了一条政治上的好汉。这时，我作为一个道地的水兵在军舰上服役还不到三年。许多比我更能干、更可靠、更有资格承担重任的人都被复员了，而我却成了一名业务长。我的资历中有什么呢？没有辽阔海域中的航行，没有恶劣气候中的奔袭，没有实弹演习中的炮火，更没有军校考核的良好成绩……总之，没有一个下级海军军官所应具备的一切……

好在这一切后来终于有了改变。

列车运行得这样平稳，很快进入山区。

我从衣帽钩上的制服口袋中取出一支香烟，点燃它，开始想到了年迈的父亲。由于少年时代留下的痛苦回忆，我把自己生活中那件未了的大事完全淡漠了。但是，每当我想到父亲，我就对自己的生活感到惭愧，也由于自己这种生活使老人寂寞而感到深深的内疚。在心底深处埋藏了多年的情感，在家里发生了一场巨大的变故之后便突然复苏了。

……四个月前的一个夜晚，云黑浪猛。巨大的军舰在海水中晃动着，撞击着码头。

突然，一阵撕裂人心的战斗警报把所有的人都从睡梦中惊醒。我和战友们乱纷纷地跳下吊铺，飞快地冲出舱室，沿着舱道和扶梯奔向自己的战位。

扬声器中响起舰长响亮而沉着的命令：

"各单位注意！各单位注意！军港遭到空袭，全体人员严守战位，加强灯火管制……"

军舰在夜幕中排出巨大的浪花，离开码头驶进了黑沉沉的海洋。演习开始了。

整整六个小时，我抵抗着海浪的晃动，伏在海图上，紧张地标出军舰在每一时刻的准确位置，使这些标记在海图上连成一条红颜色的航线。一直到早晨，当朝霞泛起的时候，我交过班走到甲板上，才发现并不是我们一艘军舰，而是整整一支混合舰队，在辽阔的太平洋上摆开壮丽的阵势，一齐驶向朝阳升起的地方。从那天开始，我们在密克罗尼西亚大群岛进行了为期一百零五天的远航训练。

年老的父亲和母亲事先没有得到我将参加这次演习的消息。四个月以后，当训练结束，军舰返回军港的时候，我竟一下接到了父亲的七封来信。

在第一封来信中，父亲像往常一样写道，他与母亲的身体均好，要我安心服役，不必挂念。但在第二封信中，父亲痛心地告诉我说，在一天凌晨，母亲突然去世了，叫我回去。第三封信是寄给部队领导的，问我为什么在接到这样的凶讯后仍不能给家里回信。在第四封信中，他则请领导在我结束演习后立即把消息通知我。显然领导已经将我们赴外洋演习的事情通知他了。

随后，他又先后寄给我三封信。年近七旬的父亲显然忍受住了巨大的悲痛，用那么冷静的语句，在这三封信中陆续详述了母亲去世和安葬的全部过程。我终于获悉，变故是在我们离开军港的第十九天发生的。那天凌晨一点，当舰队悄悄掠过洋面上一组群岛的时候，母亲在沉睡中死去了。由于来得很突然，她临终时没有感到任何痛苦。她那安详的睡容，成了父亲在悼亡的悲痛中唯一的安慰。

在母亲的追悼会上，父亲宣读了他亲笔写下的悼词，随后便与她的同事和战友们护送她的遗体到革命公墓火化。父亲给我寄来了那份悼词的副本。在那充满暮年深情的悼词中，父亲回述了他们四十余年的共同生活。他在悼词中说：他们是在异国的土地上相逢的。在苏联卫国战争爆发前不久，他们作为即将毕业的军事和工业留学生结合了。返回延安不久，两人即分赴晋绥与鲁南两个根据地，投入抗日战争。新中国成立以后，母亲在繁忙的工作之余仍以主持家务为己任，对父亲的工作给予了极大的支持。但是在文化大革命中由于父亲被审查，母亲亦因留苏的经历而受到牵连。在监狱中，她因受到打击，得了心脏病，终于酿成今天的死因。父亲在信中说："她是一位好同志、好党员、好战士，是与我共同奋斗了四十余年的战友。她的去世，预示着我去和牺牲的战友团聚的时候也快到了。生老病死，人之常情，对此我并不悲观。只是在回首往事，总结一生的时候，我为没有完全尽到一个共产党员的责任而惭愧。解放三十年了，我们的成就是有负先烈厚望的，而且在"十年动乱"中，革命事业遭到了极严重的损害。令人欣慰的是在这场严峻斗争中党和人民再一次显示了不可战胜的力量。我们为之奋斗的事业又胜利前进了。"

父亲得知我参加了远洋演习之后说："在我们这一代人相继去世的时候，你们青年一代就是我们唯一的希望了。得知你随舰队参加了远洋演习，我的心情激动不已，我为你感到高兴和自豪。在历史上，我们中国人从来不是一个海洋民族。仅仅是近百年以来，无情的世界现况才迫使我们发展海上武备。可是一百年来，我们的海军却经历了如此曲折而不幸的道路，以至直到今天，它才真正地走向了海洋……不管怎么说，它总算强大起来了。你参加了这一壮举，我是非常满意的，你的母亲也可以瞑目了。我相信，在祖国需要的时候，你一定会挺身而出，尽职责，全气节。现在，既然军队需要你，你就留下吧，不必以家为念。只是每想到你以前在复杂斗争面前的莽撞行为，我总有些放心不下。你已经不小了，但是阅历很浅，不太了解社会，还要很好地锻炼。如今我已经太老了。你母亲的去世使我常常想到我自己。我们这些年在一起的时间极少，所以我只有一个愿望，就是你能够在今年秋天回来看看我……回来吧，我的淮平，我唯一的儿子。在我的余年中，我们还应该好好谈一谈……"

读着父亲的这一封封书信，我不禁潸然泪下。已经十二年了，他们唯一的孩子不在身边，以致母亲临终竟未能见我一面。现在，年老的父亲孤身一人，他将怎样度过自己的残年呢？更何况这是一个面临自己的归宿，多么需要心灵安慰的老人！我突然强烈地感到自己没有尽到一个儿子的责任。

于是我顾不得安顿，在返回军港的第三天便启程回家了……

"前方到站：泰安。前方到站：泰安……"列车播音员平静地报站声打断了我的回忆，"有转乘长途汽车去莱芜、博山及游览泰山的旅客，请您准备下车！……"

一些旅客已经站起来，开始从行李架上取下行李。

我升起车窗，探出头向前方望去，只见一带层峦叠嶂的群山，烘托着一座巍峨奇拔的高峰。我知道，那就是"一览众山小"的泰山了。在这秋高气爽的日子里，它显现着异常清晰的轮廓。繁茂的树木给它染上了一层又一层碧绿和金黄的颜色。这景色顿时在我心中激起一阵波动。

自古以来，泰山在中国的历史上就享有着无比崇高的赞誉。还是在多少万年以前，当我们华夏民族刚刚开始在黄河流域形成的时候，先民们便发现了这座耸入云霄的高山。在中国史籍所记载下来的五千年岁月中，这里不知有多少朝佛的香客晋谒，不知有多少封禅的帝王临幸。我们的祖先，世世代代、祖祖辈辈在那条盘桓而上、直通极顶的千古小道上，印满了他们一层又一层的脚印。

许多年来，我听到许多人讲起过它，看到许多书提及过它。它以雄浑的气势、壮丽的景色、悠久的历史和动人的传说，强烈地吸引着我的心，使我一直怀着一个美好的愿望：到泰山去，去攀缘古道，去登临绝顶，去到与云天相接的地方看看祖国！

此刻，那百感交集的个人回忆，在祖国的大好河山面前突然化为一股以身许国的强烈愿望。父亲的来信所唤起的军人的爱国激情，剧烈地冲开了我的胸膛。我想："作为一个海军军官，我的生命已经是军舰的一个组成部分。无论如何，我将以自己的生命保卫祖国。假如有一天，我们的军舰在战争中沉没，那么当我也离开这个世界的时候，我的心中应该装着这片古老的土地，装着这片土地所哺育的这个伟大的民族！"

我掐灭了烟头，毅然地站了起来。

列车又继续向北疾驰。当这列客车轰鸣着冲过黄河大铁桥的时候，我已经一个人走进了泰沂山脉的崇山峻岭之中。

山中林木繁茂，草莽葱茏。山林中一声声清脆的鸟叫使人心明耳悦，浸泡在青草绿苔中叮咚作响的溪水和泉潭，更使人神清气爽。就在这绵延起伏的群山中，一条石板铺成的小道在茫茫森林中迂回曲折，蜿蜒而上，一直通向海拔一千多米的泰山极巅：岱顶。

这是一条唯一的道路。它是这样崎岖，但绝没有歧途。所以当任何一个行人在踏上它那古老的路面时，不管他是个识途者还是个陌路人，都永远不会迷失在深山中。

在山道的起点"岱宗坊"下，我向一户社员买了一根青竹手杖。其实我并不需要靠这种东西在山中行走，完全是由于那清新的颜色和轻巧的造型使我格外喜爱，才买了它。于是，这根手杖成了我手中尽情挥舞的玩物。

一路上，三三两两的行人游客不断迎面走过。他们把盈盈笑语零零落落地洒在这十里小道上，使我并不感到寂寞。更何况那些镌刻在雨迹斑驳的山崖峭壁上的一幅幅古老的题词，不断地映入我的眼帘，使我不时停下脚步，凭吊祖先的遗迹。五岳之尊，这秀丽而又神秘的峰峦，它吸引着我的兴趣，振奋着我的精神，驱散了旅途的全部疲劳，使我迈着坚定的脚步，毫不犹豫地沿着这条无可选择的道路向上攀登。

如今，我已经是一个三十出头的壮年人了。生活的磨炼，使我已不再喜欢嬉戏谈笑，而习惯了独自的沉思。我独自一人在这秋高气爽的山林中行走，正可以怀着一颗安静的心，去欣赏那风光的美丽，领略那古迹的深沉，同时寻索踪迹，默默地回顾我那与这山道一样起伏曲折但又是通畅平静的人生。

然而我的青竹杖，却使我无意中在回马岭结识了一位不同寻常的旅伴。

　　回马岭是掩映在浓密树林中的一座很小的城楼。山道从门洞中穿过后向右一折，台阶就变得陡起来。如果骑马进山，在这里是非下马不可的。

　　当我遥遥看到它的时候，我前面不远，一位老人正健步前行。他光着头，穿着宽大的衣服，飘然走着。他走到回马岭下，毫不犹豫地踏上了城楼前的台阶。但那些石级显然是太陡了，使老人略感吃力地放慢了脚步。我快步赶上去，从后面将老人扶住，登上了台阶，我们在门洞中站住了。

　　他转过身来，带着慈祥的笑意看着我。

　　我扶住的，显然是一位久居深山的老人。他红铜般的脸上刻满皱纹，气色非常刚健。那灰杂的浓眉、深邃的目光、安详的神色，以及一缕触胸的银须，都使人不禁喟然生敬。

　　"头回上山吧，年轻人?"一个长者和蔼的声音在我面前浑然响起。

　　"是的。"

　　"海边来的吗?"

　　"对。"

　　"单身进山，可是寂寞哟!"

　　"正想和您结个伴呢，可以吗?"我尊敬地将手中的竹杖递过去，"山路陡，用这个吧!"

　　老人微笑着接过竹杖，用力在地上顿了顿，它显得十分结实。"很好。"他称赞了一句，随即招呼了声，"走吧!"便继续向上走去。

　　这位气度不凡的老人，对于我的帮助和敬意并没有表示丝毫的谢意与谦让，但他却用一种对于晚辈来说是非常亲切的邀请抚慰了我的心。

　　我们就这样结识了。

　　"您多大年岁啦?"我一边跟上，一边与他攀谈了起来。

　　"七十七啦!"老人执杖健步而行。

　　"听您口音不是本地人吧?"

　　"祖籍广东。"

我着实有些吃惊："广东！您怎么定居在山东了？"

他捋着胡须笑笑，并不正面回答："广东是东，山东也是东。总之，还没到西去的时候哪！"

我被老人的开朗逗得大笑起来："老人家，您可真有意思！——您是住在山上的吧？"

"对。"

"全家都在上面吗？"

"不，"老人摇摇头，"我是个孤身。"

"那您靠谁来养活呢？"

"养活？"他爽朗一笑，"我自己有工作。我管理着山上的古迹，有时做做导游，领取我自己的工资。年轻人，与我这个老泰山一起行走，不会寂寞的。"

"如果您肯带我上山，那不是我三生有幸，也算我一时造化呢！"

我们又一齐大笑起来。

的确，认识这样一位引路的老人真是太可庆幸的事了。尤其是对于一个初上泰山的人来说，还可以再希冀什么呢？果然，老人的风土知识很快就使我感到不虚此行。

一路上，他不断地指点出一处处古迹，告诉我关于它们的故事和传说，有时还发一番长者的议论。而在他的谈吐中融会着一种很高的技巧，往往他优哉游哉地走着，趣味横生地讲着那些传说的始末。可是我正听得出神，他便会停住脚步，信手一指，那处古迹已赫然出现在我们面前，就像他变出来的一样。这位常年的职业导游者，以他出神入化的精彩介绍，好几次把我惊奇得差点叫起来。听着他的介绍，泰山在我心中渐渐已不是一座高山，而是一部历史和神话了。

我跟着这位在山道上扶杖而行的老人往上登临，他久居在这名山大川中，深知那些古老传说的来龙去脉，但他绝不以浮光掠影的传说来夸诞称奇。他像一位古朴的乡间学者，在一片令人眼花缭乱的古迹中严肃地分辨历史的真伪，又像是一位深沉的哲学家，用简洁而深刻的语言来解释它们真正的价值和意义。我开始意识到虽然泰山有不少东西实际上很肤浅，但是我在回马岭邂逅的这位老人，却实在是有些深不可测。

中午时分，我们登上了中天门。在这里，我弄明白了老人的真实身份。

　　所谓中天门，是一座字迹斑驳的石牌坊。这座牌坊凌驾在山道上，正好将由岱宗坊到南天门的全程分为两半。由此上行，我们还得走相同的路程才能到达岱顶。

　　就在离中天门不远的地方，坐落着一幢浅绿色的现代式建筑物。在那装饰着白色线条的宽阔墙壁上，镶嵌着一排巨大的玻璃窗。通亮的大厅中，影影绰绰地坐着一些休息的游客。

　　我和老人踏上光滑的水磨石台阶，推开写有"中天门茶厅"的弹簧玻璃门，穿过饮食大厅来到阳台上。在凉风习习的阴棚下，许多游人散坐在大理石面的简易铁桌旁，一边喝茶和谈笑，一边欣赏着广阔的原野景色。

　　我为老人要了壶绿茶和几样点心，自己则要了杯很浓的咖啡，拣了一张空桌一同坐下，一种安稳舒适的感觉，使我顿时感到已经很累了。

　　现在，整个齐鲁大平原就铺展在我们的脚下，从阳台向群山外面望去，黄绿相间的颜色，把大地装饰成一块鲜艳的巨幅地毯，从山脚一直铺到遥远的地平线，我们坐在这和白云一样高的地方向广阔的天空平视，万里云朵就像是停泊在远近海面上的无数巨大的白色军舰。

　　我取出烟，敬给老人一支。

　　"不会，"他笑着摆摆手，"你自己吸吧。"

　　"您的生活真是太简朴了。在您这样的高龄，正该享享晚福，您连烟都不吸。"

　　"身心清净，自然众苦皆消。"老人随口应道。

　　"是啊，生活清苦一些，于身于心都有裨益。"我表示赞同。

　　"不，你听错了，清即不苦，苦即非清；清而不苦，何谓清苦？我是说：身心清净，众苦自消。"

　　我有些疑惑起来："那倒是，苦谁都难免，心清原是紧要的……"

　　"是啊，"老人呷下一口茶，"古人云：'菩提本无树，明镜亦非台，本来无一物，何处惹尘埃。'话虽玄奥，终有透解，无奈世人不肯深思！"

　　我心中吃了一惊，这是四句唐时流传极广的佛偈。我心中疑惑了一下，顿时明白了八九分，不禁目瞪口呆地望着老人。

他深邃的目光正远望着群山，银须在高风中拂动着，颇有几分仙风道骨。

他转过脸来慈祥地看着我："想不到吧，年轻人，我是山上的住持和尚。"

我惊呆了，我从来也没有见过和尚。当我开始懂事的时候，这些在人间传播迷信和膜拜事佛的人就已经销声匿迹了，仅仅是在成年以后，由于阅读了一些哲学和历史，我才了解了一些古奥的佛教理论。因此，那些虔诚的僧侣在我看来就像佛教本身一样古老和神秘。现在，当我突然知道一位真正的和尚竟正坐在我的面前，并且已经和我同行了这样久，那种神异怪诞的感觉马上就这样近地笼罩了我的每一根神经，使我愕然了。

他看出了我的激动："怎么样，可以和我走在一起吧，海军同志?"

"那、那当然太好啦!"我好容易才恢复了常态，早已是又惊又喜，差点把咖啡都打翻。

这可是一次真正的奇遇。刚才，我们是一个海军军官与一个深山老者在林中结伴而行；而现在，是一个共产党员和一个佛教信徒在倾心交谈。这使我感到异常兴奋、新鲜。

也正是从这时开始，我才从长老的言谈举止中，处处都看出他出家人的本色。

"山上供奉的佛祖还在吗?"我关心着泰山的古迹。

"依然如故。"长老回答。

"还举行佛事?"

"云寂香消。"

"大部分僧侣都还俗了吧?"

"落叶归根嘛。"他将手中的茶杯轻轻放在大理石桌面上。

"那您为什么留下了呢?"

"佛不弃我，我不弃佛，"他满意地将了将胡须，"青灯古佛，经幢宝卷，我已经相守多年了。"

老人年事已高，不会再放弃他多年的信仰，他对佛教已经一往情深，肯定会抱守着这些陈旧的信条去颐养天年的。这种固执的迷信与他那明达哲理的风度是多么矛盾啊！

当我们重新上路的时候，我们已经就古代哲学中许多高深莫测的东西谈了许多，老人的知识是相当渊博的。我们从宋明理学谈到魏晋的玄学，从印度的婆罗门谈到日本的禅宗，从欧洲的现代科技谈到清代的考据学术。他的话不少我都难以接受和理解，但那些玄奥精深的思想却发人深省。

"那么，究竟什么是哲学呢？"在推开门步下茶厅台阶的时候，我开始就我曾经百思不解的一些问题向他请教。我已经看出来，这位久居深山的老僧有许多博大精深的学识和思想。

长老在和煦的东南风中踏上了山道："你想要一个准确的定义，是吗？可是这不可能，因为它太广泛了，它囊括了天地今古，神界人间，从宇宙讲到原质，从天下讲到人心，几乎无所不包。然而历来的哲学家，虽然他们的著述浩如烟海，却从来没有一个人能给哲学本身下一个定义。"

我们转过山麓，向更高的深山前进。

"真可惜！这个问题困扰了我许多年，至今也搞不清。虽然哲学书着实看了不少。"

老人不在意地笑笑："其实叫我说，哲学一词实在是定名不确。在古代，哲、知、智为同一词源，所以当初西学输入的时候，何妨叫作知学或智学？何况前辈的哲学家们正是专门以逞智为能事，以致知为鼓吹的。他们想人之不能想，说人之不能说……"

"所以，他们便能知人之不能知。"

"哪里！"长老轻蔑地一挥手，"此辈道地是愚人自欺。其求知也，非即知也。哲学家的求知术，无非思辨而已。然而这并不可靠，可靠的是科学家的观察，所以德谟克里特的原子论要待道尔顿来证实，而托勒密的宇宙体系则为哥白尼所推翻，泰勒斯说万物皆成于水，科学家知他是无稽之谈，柏拉图设计了'理想国'，政治家知他是痴人说梦。然而古代人科技毕竟贫弱，观察无由，也只好靠思辨，所以一部哲学史，不过是古人对世界本质所进行的不断猜测的集大成。自然科学一旦兴起，便是这种古典哲学的衰落。"

"为什么又兴起了现代哲学呢?"

"因为自然科学的领域毕竟有限,它不能回答人们对社会提出的问题。现代哲学的兴趣主要在这里,不过哲学至此早已面目全非了。"

长老投给了我一束思想的火花,它在我的脑海中熊熊燃烧了起来:"您是不是说,哲学仅仅是一种古老的思想方法,它的特点是思辨,是虚致,而科学则是一种现代的思想方法,它的特点是观察、是实求?您是不是认为,用思辨得到的真理并不可靠,只有被观察证实的真理才可靠?您是不是断定,哲学的立足之地仅仅是科学力所未及的地方?一旦科学目的力所能及,哲学便会销声匿迹。因而,哲学终将被日益发展的科学彻底代替?"

"你讲得太混乱了,不必讲什么虚致、实求,如果一定要打譬方,可以说哲学是想,科学是看。所以科学看不到的地方可以用哲学去推测。你说得也不完全对,科学真实,然而有限;哲学朦胧,然而广大。既然科学的力量永远有限,它也就永远不能彻底取代哲学。虽然人类受过它不少愚弄……"

长老的话使我陷入一片沉思。他虽然言辞古奥,讲的却尽是我从未听过的崭新的思想。他似很脱俗,然而思路严谨,条理分明,绝然未脱世间的学者风范。他通哲理,也重科学,然而笃信的却是宗教。我恐怕永远也不会理解,在这样一个人的身上,何以竟能统一起这样多的矛盾?

山道向直插云天的高峰延伸上去,我们在山道紧贴山麓向右强烈曲折的端角处站住了。在我们面前,一块尖利的怪石拔地而起,直挺挺地兀立在山道边缘,俯临着低回的山谷。怪石上,赫然镌刻着三个朱红大字:斩云剑。就在这里,我差点冒犯了长老的尊严。

我站在长老身边,抚摸着那铁锈色的岩石:"形状不错,但它真能斩云吗?"

"那倒是名不虚传。"长老向山谷中略一顾盼,又转身向山外望了望,便将手向南方遥遥一指,"你看!"

我转过身,只见广阔的原野上空,万千朵白云正在缓慢地飘浮着。它们绝大多数向北飘来,又慢慢飘向两边的山后,但是有几朵却径直向山口飘进来。转眼间，一朵白云已飘进山口，从从容容地向深谷飘去。当它飘过这块怪石与对面山峰的对接线时，似乎突然被一种什么力量轻轻托了一下，使它陡然上升，顷刻间便被扯成碎絮，转而如烟消散了。

我惊奇得几乎要叫起来。但长老又指给我看第二朵。同样，它在飘过这块怪石面前时也被一挥而尽。随后飘来的几朵，竟没有一朵能进入山谷。

"奇怪！简直太奇怪了！"我忍不住叫起来。

"安静，注意看！"长老喝住了我。

一个巨大而浓密的云团正向山口涌来，这团白云的体积是这样大，像一座四层楼一样，以致强烈的阳光都不能照透它，使它的背阴部分黑沉沉的，它的来势是如此沉重，我无法想象刚才那个轻飘飘的力量将怎样阻挡它。

我睁大了眼睛，准备看看这巨大的云堆怎样涌进山谷，一头撞在山谷深处的崖壁上。

它被东南风稳稳地推进了山谷，一直通过了斩云剑。然而当它继续涌向山谷深处的时候，那股力量猛地冲腾起来，把它整个翻了个滚。与此同时，满山谷的茂密树木发出了一种奇怪的沙沙声，我定睛望下去，原来那团白云竟化作一阵细雨倾泻而下！

我被这大自然的奇妙表演惊得目瞪口呆。我用力摇撼着那坚硬的岩石，大声问道："斩云剑，斩云剑！难道你真有这样大的神通吗？"

斩云剑沉默着，它的根基牢固地联结在坚硬的地壳上，纹丝不动。

我坚信科学，并不相信自然界中会有任何奇迹。然而现在我却无法想象那个轻而易举地将白云覆手为雨的神秘力量到底是什么。

当我们继续向上走去的时候，长老问道："你知道什么是锋面吗？"

我想了想："知道。"

"你刚才看到的，就是锋面。"

长老说的锋面，是气象学上一种最基本的现象：当一团巨大的暖空气和一团巨大的冷空气相遇时，它们之间会形成一个倾斜的接触面，这个接触面就叫"锋面"，锋面所覆盖的广大区域，就是云区和雨区，自然界的一切云雨现象，都是在锋面的基础上形成的。但是，一个锋面起码也要有几百公里甚至上千公里的范围啊！

"锋面？难道这样一个山谷中也会形成锋面吗？"

"大小不同。其中的道理是一样的。你看——"我顺着长老所指向山外望去，一望无际的云朵仍在半空飘浮着，"东南风带来了这些海洋上的暖空气，而山谷中的空气却是冷的。"

我观察着山谷，只见那里面阳光遮蔽，气象森森。我开始明白了，正是那里面隐藏着的一个看不见的冷气团，用那些暖洋洋的白云玩了一出云消雨落的把戏。

"那山谷中又怎么会产生冷空气呢？"

长老冉冉地向前走着："可能不是产生，而是积留。当大片冷空气从山区退去的时候，在那里留下了一团。"他和蔼地看了我一眼，"不过，你是有福之人哪！我在此地四十余年了，像这样的云雨奇观，也不过是第三次看到。"

我沉吟了起来，他竟有如此丰富而全面的科学知识，那个百思不解的问题在我心中再也憋不住了。我紧走两步，追上了他。

"长老，我想向您请教一个问题。当然，这样问可能很不礼貌。"

"说吧。"长老胸有成竹。

"长老，我并不想奉承您，但我承认，您的哲学思想使我起敬，您的科学知识也让我深为钦佩。正是因为这样，我无论如何也不能理解，您为什么还要相信宗教？请您原谅我的冒昧，我不能理解。要知道，我们的时代是一个科学如此发达的时代，科学不但发现了无数的真理，而且证实了许多古人不能证实的推测，纠正了许多古人无法纠正的谬误，正如您方才所说，现代科学甚至已经取代了整个古代哲学。这就使我想起了您的宗教，要知道，它几乎和古典哲学一样古老，难道它至今还没有和古典哲学一样地显得陈旧了吗？难道人类的科学知识还没有纠正它的种种谬误吗？"

我大胆地跟随着长老那稳健的步履，慨然直陈己见："我不能否认佛教有着光辉灿烂的历史和传统，但是，一个人假如懂得天文学和气象学，他就不能想象怎样在宇宙中构筑天宫神殿；假如懂得力学和物理学，他就不会相信腾云驾雾真能发生。而您恰恰是一个深知科学的人，您的学识使我相信您也必定是一个热爱科学的人。因而我无论如何也无法理解，您为什么仍然要相信宗教？"

"宗教又到底为何而不可信呢？"

"这是不言而喻的：因为它不真实。它对世界的解释和它那些对过去和未来的传说完全是虚幻的。"

长老沉吟不语。

这问题对于任何一个信仰宗教的人来说都带有挑战性质。这样的问题，在提问者可以是一种请教，而在被问者却常常是一种亵渎，因为它公然怀疑那个只能虔诚崇拜的神明。宗教信仰曾经构成人类最基本的尊严。为了捍卫自己的宗教信仰，历史上在异教徒之间和异教派之间发生过多少残酷的冲突啊！我后悔自己提了一个极失礼的问题。然而庆幸的是，长老在这方面涵养极深，并没有表示丝毫的责怪。他只是默默前行，却什么也没有回答。当我看出他并不打算与我议论这个问题时，就赶快知趣地拨转了话头。当时，我并没有奇怪长老为什么这样轻易地就让我的无神论占了上风。

不知什么时候，我们已经走出了森林，正在嶙峋的山石之间攀登。一路上，我们仍然兴致勃勃，几乎每一处古迹都能引起我们的无限谈机。

终于，在下午四点钟的时候，我们到达了登临绝顶的最后一段险路。

我喘着气向头上望去，只见一溜笔直的阶梯直插蓝天。在阶梯尽头，一座红墙金瓦的城楼遥遥高架在天上，透过那细小的门洞，还可以看到一隙玻璃般明净的天空。它看上去是那样小，简直如同盆景上的石雕小城一样。

长老也微微喘着。他抓住栏杆向我说道："这就是天梯了。上去就是岱顶。怎么样，年轻人！上吧？"

我一把扶住长老："好，上！"

长老健步而上。我紧紧跟在后面拼命攀登，却无法超越这个常年在这条山道上行走的老人。很快，我感到气力不接了。

"别忙，小心风呛着！"长老停下脚步，伸下手来将我一把挽住，我突然发现老人的手力很强。

我迈着两条已经和石头般坚硬的腿，终于登上了最后一级。我站住脚，胸腔剧烈地起伏着，一种高空低气压所造成的急促呼吸，使我感到一种从来没有过的痛快！

现在，我们已经置身于蓝天之上。我紧靠在铁栏杆上，回身向下望去。一幅无比广阔的景色展现在我的眼底：

大地已变得烟波浩渺，鲜艳的绿色原野变得弥漫了。那一望无际的云朵正在我们下面很远的地方飘浮着，就像撒下了无数绽开的棉桃。在我们的脚底下，是起伏的群山、浓郁的森林，一只苍鹰正在这崇山峻岭中盘旋。我仔细寻找了一下，四个小时以前我们休息过的"中天门茶厅"就像远远摆在那里的一枚棋子。

阵阵强劲的高风有力地掀动着我的衣襟，吹得长老宽大的衣服膨胀起来，噗噗作响。山谷中，布满山麓的林海发出海啸般的林涛。

"喏，那就是黄河！"长老的手向遥远的地平线指去。

那里，烟波弥漫中，隐隐约约一痕米黄色的细线从平原的尽头划过，在太阳的照射下闪着亮光。

"黄河！"我在心中发出一声欢呼。那就是我们民族发祥的渊源吗？我曾经在火车上注视过它混浊的波涛，我曾经在济南大铁桥下捧起过它浑厚的泥浆。在内河训练时，我也曾在它宽阔的河面上航行过。但是我却从来不曾想象过这条泛滥起来如野兽般凶猛的黄河，在祖国无边无际的原野上竟显示着这样优美的曲线，在灿烂的阳光下竟闪动着这样柔和的金光。

无从喷发的激情冲荡着我的胸腔，我真想伸开双臂，伸向那烟霭磅礴的万里山河，发出倾尽肺腑的呐喊和欢呼！

"黄——河——！"

十几个回声呼应着，将我的呼喊传递出去，消失在回环激荡的山风中。

长老微笑地看着我："你已经在人间的'最高处'了。"

我激动地回过头来，才发现那座红墙金瓦的巨大城楼已经高临在我们的头顶上。这座古老的城楼已经破旧了，墙皮剥落处，裸露着陈旧的泥灰和城砖。黄色的琉璃瓦上，几丛茅草在呼啸的风中抖动。

就在这破败城楼的巨大门洞两旁，一副绿底金字的对联映入我的眼帘。我读道："门辟九霄仰步三天胜迹，阶崇万级俯临千嶂奇观！"

横额上，赫然题着三个大字：南天门！

面对着这镌刻在云天之上的题联，我荡气回胸，发出了由衷的赞叹："写得太好，太美了！"

然而长老却冷冷一笑，说道："空蒙宇宙，岂有三天？一路行来，又何止万级！哼，好什么？美什么？"说罢，他一拂衣襟，径自穿门而过，头也不回地踏上了天街。

这兜头一瓢凉水，浇得我好不扫兴！

我快步追了上去："您说得不对。这是艺术，艺术可以夸张，更可以虚构。就此联而论，非三天不足以尽其高，非万级不足以尽其长，如何不好，如何不美？"

"夸张？虚构？"长老呵呵大笑起来，"要知道：不美即是不真，不真即是不美，言不符实，还有什么艺术可言！"

"不然，"我当即搜索枯肠，据理力争，"真并不是美，美也并不是真。数学枯槁，医学污垢，它们是真的，然而不美。舞蹈可以悦人耳目，音乐可以动人心弦，它们是美的，然而也没什么真可言。可见真与美并不相干。真而不美，方成其严肃；美而不真，方成其浪漫。假如真即是美，那么数学与医学就是最好的艺术。假如美即是真，歌舞便可以代替科学。不，长老，这无论如何是不可能的。要知道在我们的生活中常常是在真中有丑而没有美，在美中有假而没有真。怎么能说真即是美、美即是真呢？所以不真实的东西，不但可以是优美的，而且常常是最优美的。"

长老已经在突然之间变得非常不讲道理。他冷嘲热讽似的争辩道："完全不对。科学性是衡量一切的准绳，凡是不合于科学的说法，自然应一律掀翻……"

"您错了！完完全全地错了！"我紧追不舍地叫道，"对科学真理的探索，并不是人类精神生活的全部内容。在这之外，我们还要求美的享受，要求感情生活的满足。假如我们的生活中只有科学而没有艺术，只有探索而没有欣赏，人类历史就会成为一部枯燥的教科书，人类生活就会失去全部欢乐！"

我简直不明白，这个老和尚怎么突然这样漫无边际地夸大和侈谈起科学来。

长老停住脚步，在天街中间站住了。他用一种异常深刻的目光看了我一眼，淡淡一笑："年轻人，你说得很对：人类要求感情生活的满足，要求美的享受，而科学并不能提供这一切，它只能使我们获得对自然的了解。但是，你说得并不完全。如你所说，在真之外，还有美。但是你却忘了，在美之外，还有善。对真善美的追求，才是人类精神生活的全部内容。而追求真的，是科学；追求美的，是艺术；追求善的，这就是宗教。来路上，你曾向我说宗教不真实；那么现在我可以向你说，艺术既然可以不真实，宗教又为什么一定要真实？艺术的意义不在于真而在于美。同样，宗教的意义也不在于真而在于善。世上的宗教，西方有耶稣、阿拉，东方有佛祖，支派纷繁，何止百种，难道都是真的不成？但那教义尽管纷纭，主旨却终不过是劝导人间，使强者怜悯，富者慈悲，让人生的痛苦得到抚慰，于灵魂的空虚有所寄托。所以，只要善行布于天下，我佛究属有无倒在其次。至于经幢宝刹，无非肃穆其心，而吃斋打坐，则不过养生之道而已。宗教一事，本为人心所设，信之则有，不信则无，完全在于虔诚。古人早就说了：我心即是我佛。可见宗教以道德为本，其实与科学并不相干。只是后人无知，偏要用尘世的经验去证明与推翻天国的存在，才惹出这无数争论，万种是非！……"

长老长叹一声，神情已变得异常严肃，他怀着诚敬的心，沉吟着自己那些释神的话向前走去，不再说什么了。

机关已经点破，我被说得无言可答。我看看默默前行的长老，心知我们已谈到了话尽头，竟也沉吟起来，只有紧随其后，踏进了山顶的连天衰草。

是的，这并不是一种迷信，并不是一种对虚妄传说的膜拜，而是一种充满了理智的信仰。从外表看，那信仰似乎是毫无根据的，似乎完全是受了一系列古老故事的欺骗。但是那些并不真实的说教，却可以在精神上发挥一种奇妙的作用，使这位佛门弟子在他可能经历过的复杂人生中获得一种心灵上的安详与和谐。我再一次感到了这位老人的深不可测。猛地看起来，他是一个昏聩的和尚；但是在他的心灵深处，在那个可能他自己的理智也不常能达到的心灵深处，却是一个清醒的世界。

我们就这样沉默着，一直走上了碧霞祠的山门。

我们面前出现了一座古色古香的宫殿。正中，紧闭着两扇红漆金钉的大门。门前有四根红漆大柱，支撑着一排金黄的琉璃瓦顶。瓦顶上面，矗立着一层华丽的楼阁。两尊彩塑的高大山神分守在宫门左右，一个手握金蛇，一个高擎利剑，正龇牙咧嘴地怒视着我们。

长老在门边按了一下电钮，大门打开后，我们径直穿过这座寺庙，转入一座小门。展现在我们面前的，是一座整洁而宁静的庭院。但院中厅廊古朴，粉漆半旧，与那座瑞气照人的宫门显得大不相同。

我跟着长老来到他的住房，随手将制服和军帽搭在一把交椅上。长老却将它们拿起来，挂在了衣帽架上。

"今晚，你就在这里下榻。"

我赶快推让："这怎么行！一路上已经多承您照顾，怎么好再打扰您！"

他挽住我朗声大笑起来："如果军人住庙不妥，自可请便。但要说怕打扰，那倒大可不必。说实话，这里轻易也是绝不接待游客的。但是既然一同走了上来，我们也不必就这样分手。更何况，有人相伴，在我是求之不得。——你先坐，我去更衣就来。"说罢，他将竹杖靠在书架上，指给我热水，径自出去了。

我一个人留在屋子中洗过脸，便抽着一支烟，打量起这间禅房来。

其实，这只是一间书房。因为这屋子并没有丝毫的宗教气息。雪白的粉墙，光滑的细木地板，天花板上是日光灯管，门边配着很美观的按键开关，这些都和一般的城市住宅没有什么两样。靠窗一张书桌，玻璃台历翻着前天的日期。台历旁有一座闹钟和一架半导体收音机。靠墙是一排镶有玻璃拉板滑门的巨大书柜，而装在书柜上的那盏折臂台灯，竟和我在军舰上用的那盏一模一样。

我走到书柜前，看见与我那根青竹杖并放在一起的，还有一根波斯手杖。这根手杖看去十分贵重。檀红色的杖体，两端都包了金。手柄上用金丝镂成了斜方格的精致图案，柄头上还装饰着一块宝石形状的蓝色钢化玻璃。我忍不住拿起它掂了掂，却并不沉重。

所有这一切，都与我想象中的僧侣生活太不和谐了。

我站在书柜前，开始浏览那无数的藏书。它们种类与内容十分庞杂。除了各式各样的读物、目录和单行本外，有整整三排是全卷集的。我看到史学方面有全套的《资治通鉴》和《清史稿》，哲学方面有《庄子》《淮南子》和《吕氏春秋》，评论著作有《章氏丛书》和《胡适文存》，外国著作有从洛克、卢梭、黑格尔、马克思，一直到罗素、杜威等人的著述，还有一本普鲁塔克的《希腊罗马名人传》。甚至有些书还是外文版的。当然，最多的还是佛著和佛经。我在那整整四排的线装古书中，看到了无数古奥费解的书名：《兜沙经》《金刚经》《华严经义海百门》《大正藏》——这些无疑是佛经了，《唐高僧传》《洛阳伽蓝记》和《景德传灯录》《古尊宿语录》《宗镜录》，等等。这些书密密层层地摆满了书架，书中夹满了无数做记号和摘录的纸条。这些书本身就是一个浩瀚的大海，以至我觉得只要抽出任何一本，我就会被这片大海所淹没。

我回到书桌前，注意到桌上整齐地摆着一大摞手稿。最上面的卷首用粗犷的毛笔题着：大乘宏解。我掀起一部分稿纸，看到上面写满了蝇头小楷以及朱笔做的修改。其中一行标题："卷七十三：涅槃精微"。显然这是长老尚未完成的宗教著述。

门开了，长老提着一只红木大匣走进来，他从岱顶餐厅买来了晚饭。现在他换了一身灰色的短袄和一双底子很厚的布鞋。盥洗后的老人，显得精神焕发。

吃饭的时候，我打定主意：在今夜和明天一定要与他好好谈一谈。在不触犯老人忌讳的前提下，我渴望着对他有更多的了解。

台钟发出一阵轻微的蜂音，时间是六点整。那架半导体收音机啪的一声打开了。现在，山东省台正在转播中央气象台发布的天气预报。女播音员的声音是单调而又平静的，然而她报告的，却是此刻正在亚洲上空一万米雄厚的对流层大气中发生的一种雷霆万钧的变化。

我意识到，泰山马上就要处在一场暴雨之中。

当我们喝完汤放下碗的时候，长老一边递给我一条毛巾，一边在悦耳的音乐声中说道："年轻人，今天我佛对你真是格外慈悲：中午，他让你在中天门看到了斩云奇观；而傍晚，他还要让你在月观峰看到日落和云海。"

一阵感激的热浪从我心头扑过。我这才意识到刚才的预报对我究竟意味着什么：雷霆和暴雨将在我们脚下发生，而我们这些居于云天之上的人将看到的，却完全是另外一番景色。

我们当即收拾好碗筷，一同向寺院外走去。当我们走出门，站在高高的台阶上时，泰山上的景色已为之一变。无边无际的云海，已经淹没了一切。广阔无垠的齐鲁大平原看不到了，绵延起伏的泰沂山脉也看不到了，气势磅礴的云的波涛在我们脚下翻滚着，一直铺展到遥远的天边。攒动的云头在斜阳的照射下映出明暗相间的金色和红色。泰山，就像一座海岛一样孤悬在这一望无际的云的海洋中。

此刻，在南天门那里正发生着极其壮丽的景色。浑厚的云涛，在泰山的北麓翻滚着涌上山顶，几乎淹没了整个南天门，然后又顺着天梯向南麓倾泻下去。巨大的云流在日观峰与月观峰之间的鞍状部位缓慢地滚滚流动着，远远看去，就像一条滔滔大河，它以不可阻挡的气势从山北涌向山南，覆盖了沿途的一切。只有南天门的金顶飘浮在这白色的波涛之上。

我惊叹着这壮丽的景色，与长老顺着台阶步下山门，沿着天街向西走去。我们将从南天门那里登上月观峰，在峰顶的望亭送别落日。

这时，从天街上面一百多米远处的岱顶宾馆走下来一群外国人，他们男男女女大概有二十多个，显然也是要去月观峰看日落。身着笔挺的西服和花花绿绿时装的一群人，在斜射的阳光中谈笑着，指点着，不时传来阵阵愉快的哄笑。当他们沿着小道踏上天街的时候，我和长老也走到那里。于是我们在岔口处交会了。

我和长老停住了脚步，想让他们先过去。但是显然我的海军装束和长老的僧侣风度引起了这些外国人的注意。他们也站住了脚步。这些外国人零零落落地停止了谈笑，开始用好奇的神情打量着我们，人群中的几个外国女子发出了轻轻的笑声，并且互相低语了几句外语。

我看看长老。

"我们还是走在后面吧。"长老笑着告诉我。

于是我伸出一只手臂，表示请他们先走过去。可是他们互相看了一下，仍然没有动，似乎在推举自己的代表。

人群中很快笑着走出一位唯一的军官。当他走到我面前，与我照了面以后，我们以军人的习惯互相敬了礼，然后把对方的手紧紧握住了。

他的礼节是相当潇洒的。手臂几乎是垂直地屈折起来，用并拢的食指和中指啪地在坚硬的帽檐上一碰。我忍不住仔细打量了一下他。这是一个面孔微黑的欧洲人，眼睛很温和，鼻子下面蓄着一绺英俊的小胡子，看上去亲切而幽默。他穿着灰色军服，深红色的领章上一边缀着一只鹰，一边缀着两柄交叉的短剑。由于他的肩章上编织着我不认识的符号和花纹，因而我无法判断他的军阶。此刻，他也正愉快地打量着我。

外国人发出爽朗的笑声，并且有微型镁光灯闪了几下。我用力握着他的手，试图用英语问候了一句："你好。"

他笑着点点头，表示听懂了。但他作为回答而说的一句完整的外国话，却不是我所熟悉的英语，而是一种西班牙的混合语。这就使他的国籍很难弄清了。

我们不约而同地把脸转向一旁。一个衣着朴素的女翻译已经快步来到了我们面前。她和善地看着我，微笑着介绍道："这是波西宁上尉。他说：很高兴与你相识。"

这使我的确感到非常高兴，于是马上答道："我是中条山舰航海长李淮平。我也同样高兴与你相识，上尉。"

我们的手经过友好的自我介绍以后，互相松开了。但是翻译却并没有把我的话译过去。

波西宁上尉转过脸向翻译又问了一句什么。从翻译那里传来的，仍然是沉默。

我感到奇怪了。翻译这莫名其妙的沉默已经开始在影响这愉快而有趣的气氛。于是我转过脸，用询问的眼光去看她。可是当我终于看清了那张熟悉的面孔时，我顿时目瞪口呆地愣住了。

南珊，阔别了十二年的南珊！她在我的生活中销声匿迹了这样久以后，现在重新站在了我的面前，而且这一回竟是这样近！

我呆呆地看着她，很久很久都说不出一句话来。我的心被这突然的相会震慑住了。而一种骤然产生的惊慌、迷惘、震动的神情，现在也正浮在那张曾经是多么清秀的脸上。我紧紧盯着她那扬起的眉毛，睁大的眼睛，疑虑的前额和惊愕的嘴唇，心脏不可遏制地狂跳起来。

是的，站在我面前的这个女翻译，正是我十几年前认识的那个少女。那一切熟悉的特征和这久别重逢的惊愕神情都向我证明，她就是南珊。然而此时的南珊已经是一个成年的女干部打扮了。我呆呆地端详着那刚刚出现浅纹的眼角，那不再圆润的脸庞，那已经有些干燥的头发和我从来没有发现过的鼻子上的几点浅浅的雀斑……我清清楚楚地看到，她眼中开始涌起一层薄薄的泪水。那双湿漉漉的眸子已经不再那样黑，那样亮了。这一切，都正在渐渐地模糊着我心中那个少女的影子。我开始意识到：那个天真大胆的女孩子早已不复存在。如今的南珊，已经不会再把任何欢乐的情绪和调皮的念头汇在坦率的谈吐和响亮的笑声中，清澈见底地透露出来了。不会了，永远不会了。在她胸中的，已经是一个深思熟虑的心灵。这个心灵已经永远改变了她的音容笑貌，同时也给她的脸上换上了一切中年妇女都会有的那种沉着而干练的神色。

周围开始响起了窃窃的低语声。

南珊的表情正在发生着迅速的变化。惊愕、迷惘、难过，随后是内心深处的痛苦。当她的神志终于在剧烈的感情波澜中镇静下来的时候，她勉强控制住了一碰就会掉下来的眼泪，咬着嘴唇，把头痛苦地垂下了。

我万分抱歉地看了被冷落在一旁的上尉一眼。这个感情丰富的外国军官正惊讶地注视着我们。我又用歉意的目光环视了一下那群外国人，他们有的好奇，有的同情，有的善意微笑，也有的冷静观察。最后，我为难地把目光停在了长老的脸上。他正用无比深情的目光注视着我们。

"你们有多少年没见面了？"他问。

外国人的目光全部投向了老人。

"十二年。"我用发哽的嗓子回答。

"你们之间有一段难忘的往事，是吗？"

"是的……"

老人低首合十，向我们微微垂下了和善的眼睛。

我几乎忍不住就要掉下的泪水，却不知用什么方式来表示感激。

"谢谢……"我感到嗓子被什么噎住了。

"谢谢……"南珊也用极轻微的声音说道，同时尊重地向老人微微鞠了一躬。

那群外国人惊奇地注视着一向以稳重著称的中国人之间这感情的流露，显然意识到这样多的人围观在一旁是不合适的，于是有人低语了几句，相互示意离去。首先是两个比较年长的男人向南珊礼貌地微笑了一下，转身去了。然后大家也向南珊说了祝福的话，结伴离去了。他们漫步走到天街尽头，穿过南天门那道云流，又重新出现在对面的山坡上，不时还有人好奇地回身向我们张望。

上尉和长老是最后离去的两个人。满怀友好之情的上尉很清楚自己在这场重逢中充当了重要的媒介，他充满感情地伸开双臂，用力抱了一下我和南珊的肩，说了一句什么。然后，他好像征询似的望了长老一眼。长老深沉地向他点了点头，上尉后退一步，举手向我们敬了一个礼，不等到我还礼，便微笑地转过身，与长老相携而去了。

现在，在天街的岔路口上，只剩下了我和南珊两个人，但我们好久没有说话。直到上尉和长老也双双登上了月观峰的山坡，我才轻轻问道："上尉说什么？"

南珊没有看我，她望着上尉与长老的背影，静静回答说："他祝贺我们旧友重逢……"

我们陷入一阵沉默之中。

现在，我可以仔细地端详她了。她知道我在看她，一言不发地注视着散布在月观峰上的许多游人的身影。此刻，屹立在万里云海中的月观峰已经被斜照的夕阳镀上了一层金红的颜色。金光余晖中，南珊的侧影显得异常安详与柔和。那金色的光线重新勾画出了她长长的眉毛和眼睫，重新映照出她明亮的眸子。她就这样安详地凝视着，使她少女时代的形影又重新在我的脑海中浮现了出来。这使我心中一阵轻微地悸动。我就这样看着她，在沉吟了好久以后终于说道："真想不到，会在这个地方看到你。"

"我也是。"她不自然地笑笑。

"也没想到，是在这么多年以后。"

"对。"她点点头。

此刻，无数往事在我心头翻滚着。但是那样多的话，一时竟无从说起。

"南珊，我最后一次见到你，是在你去边疆的火车上。如果我没有弄错的话，在火车开动的时候你一定也看到我了。"

她看了我一眼："对，我看到了。"

"但是你可能并不知道，在火车开动前，我还在车上听到了你和你家里人讲的许多话。"

她微微一笑："不，那天我弟弟看到了你。所以事后我猜想到可能是那样的。"

"是的，是那样。当时我在夹道中听你们全家交谈了很久，而且那些话留给我的印象至今也不能磨灭。"

"是吗?"她用诚恳的目光直视着我的眼睛，"我愿意是这样。"

我们互相看着，又是一阵短暂的沉默。

"我知道那趟火车是向北去的。这些年你一直在草原上吗?"

"那趟火车一共送走了三批知识青年，一批去内蒙古，一批去吉林，一批去北大荒。我们到内蒙古昭盟去了。不过一年以后又转到了兴安岭。"

"一直当牧民吗?"

"不，在草原上是当牧民——在那里学会了骑马。到了兴安岭后，就在林场当了女工。"

"伐木?"

"不，开拖拉机。"

"后来呢?"

"后来我们全家都回江苏老家务农去了。一九七四年，我在无锡一家医院里翻译了一段时间的外文资料。三年以后，也就是一九七七年，我又先后调到杭州、苏州、上海、南京，最后才在省外事局当了翻译，一直到现在。"

"那是哪一年?"

"一九七八年年底。到现在我已经做这份工作两年多了。"

"你看，刚一见面我就打听这样多。"

"不要紧。久别重逢的人大都是这样。"

我们现在可以坦率地笑了，但是都不看对方。

"我能想象得出来，在这些辗转中你经历了不少波折。"

"嗯……可以这样说吧。不过生活也给了我很大磨炼。你怎么样，这些年在军队中还顺利吧？"

我回想着我所经历的那些失败和挫折，却用肯定的口气回答道："是的，我非常顺利。"

她点点头："我相信。"

她的话是诚恳的。她为我的顺利而感到高兴，也可能，还为我的幸福感到欣慰。但是我却并没有这些东西。我不由得发出一声苦笑。

"你怎么了？"

"噢，没什么。我在想，你曾经想过要问我一件什么事情吗？"

她不解地摇了摇头。

"要知道，你直到今天以前还并不知道我的名字。如果你愿意知道的话，我想，我应该作一个虽然已经为时太晚的自我介绍。"

她迅速地闪动了一下眼睛，但是并没有流露出自己真实的心情："不必了，我早已经知道了。"

我感到万分惊讶："你怎么会知道呢？我从来没有机会告诉你呀！"

"却有别人告诉我了。"

"谁？"

"我不太想让你知道这件事。"

"为什么？"

"可能对你不太好。"

"不会的。"

她望着苍茫的云海沉吟不语，嘴角挂着淡淡的微笑。

"请你相信我。你的任何话都不会对我有什么伤害。"

她望着那遥远的地方，惨然一笑："你叫李淮平……"

我的心跳动了起来："是的。"

她凝视着远方，似乎又不打算说下去了。

"但是请你告诉我，究竟谁会告诉你。"

她微微眯起那凝思远方的眼睛，回忆着那些遥远的往事："我不知道那个小红卫兵叫什么。那天，当你在客厅中盘问我的外祖父时，我就在门玻璃后看到你并认出了你。当时，那个男孩子抽了我一皮带，说：'等会儿李淮平教训完了你爷爷再来教训你。'那时，我就知道了你的名字。不过这个名字我却从来没有向谁说起过。直到今天，我也只是头一次提到它，李淮平。"

我的心像被鞭子抽了一下似的。我想和她一样地微笑，但是我的声音却发抖了："从那天以后，我的心再没有一天平静过，真的，没有一天！……"

"从那天以后，我的心却像燃烧过的灰一样平静。"

南珊在叙述这些往事的时候，她的整个身心都和她那凝视的目光一样投在了遥远的天边。她完全不看我，好像我并不在她身边，她那些话不过是在自言自语而已。

一种痛悔与惭愧交加的心情残酷地折磨着我。但是在这样的岁数，我却必须把少年时代的回忆所唤起的任何一种感情都拼命克制住才行。

"我希望，不，我相信，那天晚上的抄家不会成为你生活中的转折……请你相信我的话，你应该永远是你！……"

"整个国家都发生了那样巨大的变化。我们谁也不可能，也不应该依然故我。"她垂着眼帘，脸上显现着一种异乎寻常的平静和淡漠。

变化了，一切都变化了！曾经是那样的，今天变为这样。而失去的，也就永远不会再循环回来。现在我面前的这位成熟而刚毅的已近中年的妇女，曾经是一个多么天真活泼的女孩子。她曾经在我心中唤起了多少美好的憧憬啊！可是在那个无情的夜晚，我却亲手将它打得粉碎。多少年来，我梦想着重新见到她，梦想着恢复那已经失去的希望。然而直到今天，她才为时已晚地回到我的面前。而命运使她重新回来，似乎也只不过是为了向我证实：十五年前的那个少女已经不复存在，而我那少年之梦的任何一点影子，也永远不会再出现了。变化了，一切都变化了！但是使生活这样逆转的原因和力量究竟何在？而我那毁灭性的无情，又究竟是为了什么？

人间的一切，就是这样难解！

南珊轻轻叹了一口气，慢慢转身看着我。

"你还记得吗？当我们第一次见面的时候，我们曾经讨论过一个题目？"

我茫然地看着她，痛苦地感到自己无法去回想起那个题目。不错，那次林中谈话的愉快情景至今还如此清晰地留在我的脑海里，但那次谈话的内容却几乎一点也记不清了。

"怎么？一点印象也没有了吗？"

我惭愧地摇了摇头："我确实记不清了。"

南珊用责备的眼睛审视着我："这样的题目怎么能轻易就放弃掉？你怎么能随随便便就把你关于文明与野蛮所讲的那些那样出色的话忘记了呢？"

"对的，当时我们是谈到了这样一个题目：关于文明和野蛮。但是，我却得承认，我从来就没有好好想过它。至于当时我讲的那些……不过是些……怎么说呢？我找不到合适的语言来说明我当时怎么会说出那样一些似是而非的话。"

她看着我，摇了摇头："不，你说的并不是一些似是而非的话。十五年前，当我责备人们总是用野蛮去破坏自己创造的文明时，你曾经向我说，文明和野蛮就像人和影子一样分不开。你说，在古希腊，人们正是在野蛮的掠夺战争中创造了美丽的希腊神话。你还说，那些把人类引进了文明的东西，也同样把人类引进战争：最初给人类带来文明的是铁，但正是铁制造了人类历史中几乎全部的武器。你问我：希腊神话是文明的故事呢？还是野蛮的故事？铁是文明的天使呢？还是战争的祸首？这一切都是你说的。假如这些都是你反复思索的结果，你怎么可能把它们忘掉呢？"

我真感到不知该说些什么才好。

南珊的感情已经被少年时代的往事激起了层层波澜。她的声音变得颤抖了："要知道，那都是一些发人深省的话啊。几千年来，人类为了建立起一个理想的文明而艰难奋斗，然而野蛮的事业却与文明齐头并进。人们在各种各样无穷无尽的斗争和冲突中，为了民族，为了国家，为了宗教，为了阶级，为了部族，为了党派，甚至仅仅为了村社和个人的爱欲而互相残杀。他们毫不痛惜地摧毁古老的大厦，似乎只是为了给新建的屋宇开辟一块地基。这一切，是好，还是坏？是是，还是非？这样反反复复的动力究竟是什么？这个过程的意义又究竟何在？"

我默默地注视着她，心中满含了泪水。她那真挚的谈吐又将我带回了那个难忘的林间空地。我多么希望她就这样讲下去，永远不停地讲下去啊！她深深地叹了一口气："你的那些话，就是这样深地启发了我，使我想了整整十五年。十五年来，你在我的记忆中模糊了，遗忘了，但你说的那些话在我心中却始终没有淡漠，没有泯灭，为了找到它的答案，我思索了这样久。可是今天当我再一次见到你，希望你能告诉我的时候，你却说你完全忘了，甚至说你根本就没有很好地想过。难道，它不值得一切人都去好好思索一下吗？"

我的感情受到了巨大的冲击，一滴冰凉的泪水顺着我的脸颊滚了下来。但我丝毫也不想掩饰自己的冲动，我用发哽的嗓子说道："我应该……感谢……你的看重，但是我……不能再为你说任何有价值的话……因为只有认真思索过的人，才有权利回答，而我……"

"是的，既然你从来没有很好地想过，当然什么也不必说。"

我深深地舒了一口气："可是请你告诉我……在思索了十五年以后，你究竟……领悟到了些什么，你可能在什么地方……找到它最后的答案。"

她否定地摇了摇头："远不是一切问题都能最后讲清楚。尤其是当我们试图用好和坏这样的概念去解释历史的时候，我们可能永远也找不到答案。"

在我们之间，从此就永远结束了这个难以穷究的题目。但是我却相信，它再也不会有比南珊说得更好的答案。

此刻，落日正迅速地向天边接近。南珊的全身都和我们脚下的巉石翠顶一样被染上了一层金色。

我开始想起她的外祖父。很久以来，我一直梦想着有一天能使楚轩吾与我父亲重新见面。

"你的爷爷和姥姥都好吧？一九七六年冬天，我曾到灵隐胡同七十三号去找过你们，但那时你们已经不在北京了。十几年来，我一直希望能重新见到楚老，因为我有一些事情想告诉他。这些事肯定是他非常想知道的。"

"已经晚了。"南珊轻轻叹了一口气，"就在你去的那年，一九七六年一月，我的爷爷和姥姥在宜兴老家相继去世了。当时我正在无锡的医院里，突然接到姥姥病逝的消息。可是当我请假赶回宜兴时，又仅仅赶上和爷爷见了一面。那一年的冬天特别冷，两位老人都得了感冒……现在，四年已经过去了。"

"老人临终留下什么话了吗？"

"什么也没有说。只是在弥留的时候，要我将他的骨灰与姥姥合葬。"

我深深叹了一口气，我再也没有希望见到楚轩吾了。

"老人的丧事办得还好吧？"

"还好。当时琛琛也不在家，多亏了乡亲们帮助……"

"真难得……"我不能再说什么。楚轩吾去世的消息，使我陷入了无边无际的沉思。

"对了，忘了告诉你，我的父亲已经回国了。"

"啊，他在国外的三十多年是怎么过来的？"想到在碾庄突围的苏子明还在，我感到一阵由衷的高兴。

"他跟着李弥逃到缅甸不久，就脱离了军队，重新搞他的电讯专业，他的专业是由于抗战爆发而中断的。不久，他便与我母亲一道由香港迁居法国，在布勒斯特一家电讯公司任职。一九五七年，他在日内瓦见到了国内的老同学，才和我爷爷姥姥联系上。后来为了让琛琛能在国内受教育，又在一九五九年通过华沙将他送回了国内。从一九七一年开始，他一直申请回国探亲，由于我们一家缺乏政治影响而始终未能如愿。直至一九七七年，由于侨务政策的变化，才终于在前年回到了祖国的怀抱。"

"你的母亲呢？她没有回国吗？"

"她没有能够回来。我的爷爷姥姥亡故后，她非常痛苦。就在那年春天，她以五十五岁的高龄驾车外出，在巴黎郊区死于车祸。从她生我到她去世，除了一些照片和袖珍电影的片段外，我从来也没有见到过她。"

她在讲这些话的时候，神色是冷静的，语调是平淡的。但是在那平静的话语中，我却清清楚楚地看到了一颗痛楚的心。

"那么南琛呢？他现在很好吧？"

南珊沉思的脸上这时才浮现出一丝亲切的微笑。她迅速地看了我一眼，说："他在北京的电厂里当工人，生活得很美满。去年秋天，中秋月圆的时候，他和一个姑娘在相爱了四年以后结婚了。"

"真好……"

我们一同看着远方苍茫的云海，都不再说什么了。

这时，从月观峰的山坡上远远传来一片欢呼声。我和南珊一同向那边望去，只见火红的夕阳正悬挂在万里云海上，开始向天空投射出无比绚烂的光辉。青色、红色、金色、紫色的万丈光芒，像一面巨大无比的轻纱薄幔，在整个西部天空舒展开来，把半个天穹都铺满了。无边无际的云海，在这美丽天光的辉映下，全部染上了层层深浅不同的玫瑰色，引起了人们的赞叹和惊呼。奇观开始了。

我们一言不发地注视着那火红的光轮在下沉，下沉，沉向波涛汹涌的云海之中。我从来没有见过落日像今天这样巨大、浑圆、清晰。它平稳地，缓慢地，然而却是雷霆万钧地在西方碧青色的天边旋转着，把它伟大的身躯懒洋洋地躺倒下去，沉向宇宙的另一边。这光轮在进入云涛之前，骄傲地放射出它的全部光辉，把整个天空映得光彩夺目，使云海与岱顶全都被镀上了一层金色。

此刻，整个月观峰在这夺目光辉的强烈逆射中已成为一个漆黑的轮廓。峰顶上的望亭和山坡上的游人全部成了镶上金边的剪影。人们就站在那金碧辉煌的天幕上，向着夕阳的光辉做出各种各样的仪态和动作。

他们有的被这壮丽的景色震慑得伫立着，一动也不动；有的向着夕阳高举双手，发出胸襟深处的赞美和欢呼。几个外国人和摄影爱好者，正紧张地用电影摄影机和照相机拍下这绚丽的景色。在人群的最边缘，长老宽大的衣袖在晚风中拂动着，上尉则做着种种手势，他们谈得十分投机。

我和南珊并肩站在天街中央，静静注视着月观峰和夕阳。从那边，各种语言的赞美和感叹不断传来：

"着火了……宇宙在燃烧……"

"阿波罗！伟大的火神……"

"先知普罗米修斯就是从那里面盗取天火的吗？……"

"那不是火，是可怕的核能……"

"……"

到处感叹不已，到处赞不绝口。上尉挽住长老，胳膊在金色的天空中划了一个很大的弧形，说了句什么。长老不以为然地摇了摇头。远远传来上尉咯咯的快活笑声。

这时，凝固的波涛在天边处突然断裂开来，就像一张猛兽的嘴，开始把血红的太阳吞噬下去。那西垂的夕阳似乎知道自己必然还会回来，所以并不流连末路，并不顾盼人间。它毫不理会那些渺小人类对它的赞美和欢呼，懒洋洋地躺在金色的波涛上，从容不迫地沉入那狰狞的吻兽。与此同时，它仰着半张通红的脸，傲慢地向天空投射出最后的光辉。云海开始飞快地变暗下去。

一个穿着紧身皮上衣、扎着宽大腰带的外国女子，在凋残的落日面前好像感到了难以忍受的痛苦。她双手紧紧抱在胸前，紧张地注视着太阳的沉落。当太阳消零残破，已经化为几痕血色的时候，她突然抓住烫卷的长发，紧紧地捂住脸，竟呜呜地痛哭起来。

谁也没有理会她的多愁善感，人们继续向着太阳发出快活的欢叫。

终于，云涛合拢了阴暗的嘴，太阳完全沉没了。

当最后一线晚霞在天际消失的时候，我听到南珊在我身边发出了一声轻轻的叹息！

"它还会重新升起来的。"我说。

"不，它正在升起来。"

"你是说在他们的国度吗？"

她看着散布在月观峰上的那些外国人说："是的。"

"但是在那里它很快也会下沉。"

"那时，它就会在我们这里升起来。"

"我相信。"我肯定地看着她。

"我也相信。"南珊仰起脸。我们对视着，交换着会心的目光。

此刻，我的心情是这样平静，好像我自己已经溶解在这安谧的黄昏中了。

"但是并非一切事情都能这样周而复始。在十五年前的那个清晨，我们谁也想不到会有今天这样的黄昏。而今天的黄昏，又将向我们预示着什么样的清晨呢？"

"这么说，你相信人的生命是不能循环的。"她微笑地看着我。

"我坚信这一点。你呢？"

"我不能肯定，因为我无法知道生命以后的事情。但是有一个人却能给你指点另一个世界。"

"是他吗？"

"对。"

我们一同转过脸，向月观峰那边望去。在渐渐暗淡下去的暮色中，那位仙风缥缈的东岳长老正蔼然直立在山坡上，听着身边的上尉在向他谈着什么。而这时，游人们已经开始零零落落地返回了。

"你相信？"我想起她十二年前在火车上讲的话。

她无言地笑了笑。

"十二年前，我在火车上曾听到你讲起过上帝。也可能，在信仰上你与上尉他们是共同的。"

"不，并不是那样。"她把脸转向我，"在信仰问题上，我们中华民族自己有着更好的传统。十几个世纪以来，西方的各种宗教像浪潮一样冲刷过中国的国土。印度的、希腊的、犹太的、罗马的，还有阿拉伯的和拜占庭的，却始终未能征服我们这个民族的心。中国人那种知天达命的自信和对于生死浮沉的豁达态度，成了中国儒家风范中许多最优秀的传统之一。你可能以为我在外国找到了心灵的寄托，可是我的感情却一直更倾向于自己的祖先。"

"这么说，我们的信仰是共同的了？"

"可能吧。"她看着我，嘴角挂着未置可否的微笑。

天空残留着微薄的光明。茫茫无际的云海一失去阳光的照射，便开始喷涌而起，缓缓漫上山顶。凉飕飕的雾气一阵又一阵向我们身上袭来。

外国人夹在游客中，三三两两地踏着薄雾走过我们面前。他们大多向我们笑笑，便礼貌地走过去。

这时，一位穿着深红色短皮大衣的中年女人陪着那个被日落感动得掉泪的年轻女子走了过来，她们双双在我们面前停下了。

"能告诉我们他是你的什么人吗？"那个深红色的女人问南珊。

"一位分手多年的朋友。"南珊用英语简短地回答了她，同时亲切地示意我。我把那位中年女人伸过来的手握住了。

"您真幸福。要知道南是很动人的。"她说。

"是的，我一直都这样认为，夫人。"我也用英语回答了她。

"祝福您，军官。"

"谢谢！"

那个眼中仍然闪着泪花的年轻女子也走上前来："我也祝福你们。"

"谢谢！"

她们极为亲切地吻别了南珊，也离去了。

当游人几乎全部走尽的时候，东岳长老和波西宁上尉才从南天门慢慢地踱了过来。这位无所不晓的长老显然已经用他那高邈的风度强烈地吸引了这位年轻的外国军官。上尉一边走，一边精力充沛地用各种手势帮助他用并不纯熟的英语向凝神细听的长老讲着什么。我和南珊默默地注视着他们信步前来。

"……在古埃及，它叫阿顿。在古希腊，它叫阿波罗。在古阿拉伯，它叫阿拉。不管在什么地方，它的名字总是以第一字母阿为开头的。那么是不是在古代的时候，人们到处都尊它为万物之首？"

"不，在古中国，就从来没有什么太阳神。"

"据说中国的太阳神叫夸父。"

"他不是太阳神。他只不过是一个追逐太阳的神人。"

"难道中国从来没有关于太阳的传说吗？"

"当然有。中国人传说古时候天上有十个太阳，后来月神的丈夫将它们射下了九个……"

"哦！地面上没有起火吗？就像……"上尉做了一个轰炸的手势，"凝固汽油弹一样？"

长老笑道："不。掉下来的不过是九只死去的乌鸦。"

"乌鸦？"上尉大为惊奇，"那是太阳的化身吗？那是多么难看的鸟啊！……一种……杂食类。"

"然而在古代它却被人们尊为神鸟。就像青蛙……一种很难看的青蛙被尊为月亮的化身一样。"

"为什么?"

"不清楚。大概以其响亮的叫声吧。"

他们大笑着,在我们面前站住了。我和南珊向他们点了点头。

长老用和善的目光看着南珊:"看起来,你们两个都是头一次上泰山吧?"

"不,在我很小的时候曾经和外祖父母一起来过。"

"那是哪一年?"

"一九五四年,我六岁。我记得,那时山上的一切都非常陈旧。"

"现在呢?"

"现在到处焕然一新,却显得浮浅多了。"

"是呵。不过那时又何尝不浮浅!"

南珊敬重地点了点头:"长老,我明白您的意思……"

的确,对于祖国文物的遭遇和民族文化的变迁,南珊与长老是会心的。

"你们刚才在谈什么?"我问上尉。

"太阳神。"

"你们好像有争论?"

他耸耸肩膀:"我无法全部听懂他的话。"

南珊笑了:"在来路上,您就对全世界的太阳都很感兴趣。那还是由我来充当这些太阳的中介吧!"

"是的。我去过爪哇,去过孟买,也去过麦加和耶路撒冷,我到处都看到人们跪在高山和沙滩上向着旭日与夕阳高声祈祷。"

"那是很壮观的。"我说。

"也很神秘。"

"那么你呢?你自己也崇拜太阳吗?"南珊问。

"我在科学观念上崇拜它对地球的贡献,但在宗教上不是这样。"

"你在宗教上崇拜什么呢?"

上尉指指正在变暗下去的天空:"当然是上帝。"

我抬起头看看空空荡荡的天幕。我知道,那里面有无数个由亿万颗日月星球组成的银河系。但是世界上却有许许多多这样的人，他们之中包括了上尉、长老，或许还有南珊——虽然她绝不会承认——以及绝大多数的人类，却相信在那个由幂数无穷大的光年所维系的引力场的中心，还有着一位至高无上者。这位至高无上者就生存于那个绝对没有空气、水、光线和温度的冰冷阴暗的宇宙中，并且主宰着一切。我从来就没有感觉过那个世界的存在，可是对于他们来说，那个世界却是存在着的。

南珊冷静地看了看他，突然说道："您这样的军官大概都是相信上帝的。但是你们却用手枪打碎了多少无价之宝的脑袋。"

我惊奇地看到她的神情是严肃的。

"请您原谅，南，我还年轻，并没有参加战争的机会。"

"你会有这个机会的，并且很容易与你现在的朋友在战场上相逢。"她说的显然是我。

"南珊，我希望那是作为盟军而不是作为敌人。"

"是的，"上尉挽住我的胳膊，"你不能预言我们两国会发生战争。"

南珊直视着我们："这不合逻辑。军人之间是天生的敌人，你们的存在就是为了准备在战场上打死那些和你们一模一样的人。"

上尉无可奈何地翘起了小胡子："那也只好听天由命，我打死他，或者他打死我，因为大家都在尽自己的本分和天职。不过——"他亲热地搂住我的肩膀，"要是李向我开枪，我很高兴。"

"要是由你来开枪呢？"南珊坚持道。

"只要他穿着军装，我也很高兴向他射击。但是对您我却不会。射击平民是可耻的。不可理解吗？南？"

南珊不动声色地摇了摇头："那是可怕的。"

"是的，那是可怕的。"我听出我的声音在发抖。

这不是死亡的恐惧，而是屠杀的恐惧。因为我根本没有去想波西宁上尉用微笑的枪口对准我是什么情景。我想的是我自己，是一幅我在灵隐胡同七十三号的客厅中，用枪口微笑地对准那个默默无言的少女的可怕情景，这情景是突然在我心中浮现出来的，然而却并不是不可能发生的，虽然它荒唐透顶。

长老显然不赞成我们三个年轻人进行这种无知的对话。他向着上尉问道："你的太阳神呢？你坚持太阳的崇高，可是又不崇拜它。你对太阳的传说充满了兴趣，却去大谈战争。"他不满意地摇了摇头，"既然你认为东方文明与西方文明有一个共同的起源，那你就应该证明你是对的。至于战争，等它打过来的时候再说吧。"

上尉抱歉地将右手放在胸前："对不起，我们现在就结束这场战争。"

"怎么，你也是一个文明共源论者吗？"南珊好奇地看着他。

"是的，我好像坚信这一点。我认为人类的一切都起源于太阳。不但整个地球上的生命都不过是转化了的太阳能，而且人类的一切精神文明，也都是以太阳为对象开始的。"

"所以，你认为太阳崇拜是人类原始宗教的共同形式？"

"是的，但是神父却向我断言古代中国绝对没有太阳教。或许，中国的太阳教还没有被发现。"

南珊用肯定的语气说道："上尉先生，我敢说你这种不凭考据而凭坚信的历史观是错了。太阳崇拜在一切民族那里都不是最早的宗教形式，甚至在原始部落的图腾崇拜之中，也很少有以太阳为对象的。你在世界各地看到的，不过是很晚才形成的拜火教。而在几种最古老的宗教中，太阳都并不占有重要的位置。就说阿波罗吧，他并不是一个上帝，他只是众神中的一个。更何况希腊神话还只是一系列神话中之一而已，那还远远不是一个成熟的宗教。"她和善地看着上尉，"看来您完全没有了解神的一元性在宗教史上的地位。这是区别宗教与神话的一个准绳。"

长老满意地看着南珊："而且，真正统治着古代埃及的也不是阿顿，而是另一个神——阿蒙。而阿蒙并不是太阳。阿顿的统治地位，只在阿蒙的历史中维持了不到三十年。"

"那阿蒙是什么呢？"

"最初可能是某一个星辰，但在本质上是一个非常抽象的不变的真理。"

他们的谈话，引起了我莫大的兴趣。然而我却难以加入这玄奥的交谈。当然，我完全可以用自然科学的知识对宗教进行驳难，也可以用唯物主义的理论与它争辩，但是我不能谈论它本身，我不可能怀着和他们一样的心情去谈论它的起源、历史、现状，以及它在整个人类文明史中所发生的异常复杂的作用。因为我的宗教知识太贫乏了。对于这个我永远也难以理解的题目，我只能站在一旁，怀着一种钦羡与自愧的心情保持缄默。

"那么，东方与西方的文明是否可能有一个共同的起源呢？"上尉问。

"这有待于考证原始人类是如何迁徙和联系的。"

"这方面的材料不多吗？"

"不多。四十年前，我注意过这个问题的争论。然而四十年来，这方面的发现却几乎毫无进展。"

南珊显然为长老将自己的学识藏之名山而深感惋惜："这四十年如果您是在讲学，不知会唤起多少学生对这个问题的注意。"

长老捋着胡须笑笑："我与学术已经隔绝多年。如果能讲经那倒很好，至于讲学，不会了。"

"师父在说什么？"上尉问。

南珊告诉了他。

"但是请您告诉我，"上尉问长老，"如果不是太阳，那么究竟又是什么对人类文明的产生起了决定性影响的呢？"

长老笑而未答，却转向南珊："你说呢？"

南珊略微想了一下，答道："河流。"

长老再一次满意地点了点头。而我马上也明白了。

南珊向上尉说道："河流几乎哺育了世界上全部最古老的文明。如果没有恒河，就不会有古印度；如果没有尼罗河，就不会有古埃及；如果没有幼发拉底河和底格里斯河，就不会有古巴比伦；而如果没有黄河，也就不会有古中国。没有河流，就没有农业，也就不会有民族文明的形成。所以，在那样多的考古发掘中，尽管类人猿的踪迹几乎遍布旧大陆，可是当原始人类进入新石器时代以后，人们便在各条最伟大的江河流域定居了下来。上尉，人类文明的起源是一个非常复杂的问题。但是有一点却可以肯定，这就是在人类文明的发生和发展上，河流比太阳起了更直接的作用。"

上尉像任何认真的提问者一样，本能地寻找着这答案可能存在的漏洞："那么古希腊呢？要知道欧洲唯一的一条大河是多瑙河，而它离巴尔干的南端还很远。是哪条河流哺育了古希腊的文明呢?"

南珊毫不犹豫地答道:"是地中海。地中海哺育了克里特岛的米诺斯文化。不过这个晚得多的文明不是一个农业文明而是一个商业文明,它是作为联结几个伟大的最古文明的纽带而存在的。希腊人的成就繁荣而巨大。然而发人文之端的,不是他们,而是早已灭亡的巴比伦人、埃及人、印度人,以及至今犹存的中国人。"

长老异常慈祥地看着他:"你不再坚持东西方文明的共同起源了吧?"

南珊却笑了起来:"正相反,我们自己倒全部成了同源论的信徒了。不过我们坚持的不是天上的火,而是地上的水。"

上尉的神情早已变得非常谦逊而肃穆。他自语般地喃喃而言:"了不起的中国人!自从踏上你们的国土,我就为你们这个民族的优美性格惊叹。而现在,我终于信服了你们的伟大祖先所遗留给你们的天然禀赋!"

"您认为我们这个民族有着什么样的天然禀赋呢?"

"庄重、礼貌、文雅、博学,每个人都像是一个学者。南,我钦佩你的聪慧,更崇敬师父的渊博!"

南珊笑着将上尉的意思转告了长老,老人爽朗地笑了起来。

我默默地注视着他们这水乳交融般的谈话。这是三个多么不同的人啊!他们属于不同的民族,有着不同的语言、不同的传统、不同的年龄、不同的性格、不同的身份和不同的经历。而且他们的信仰也是多么的不同。然而却有一种无形的力量使他们热烈地聚合在一起,彼此坦诚相见,谈得这样投机。这是一种什么力量?我凭我的直觉意识到,那力量是简单而有力的。对于真理的共同追求,对于正义的共同热爱,对于人类文明的共同景慕,以及对于世界未来的共同责任感,使他们在心底深处感到彼此是同样的人。我看着在交谈中侃侃而言的南珊,心中开始产生一种异常深刻的感觉。我好像突然发现我一向以为只是洁身自好的南珊,实际上完全不是一个孤身独处在这个世界上的人。不,她并不孤独。在这个世界上,她除了用自己沉静的善意和诚挚的胸怀与身边的一切人都相处得很好以外,还有一条心灵深处的纽带,使她与这样一种人紧密地联结在一起。这种人广泛而众多。虽然他们分散在这个广大的世界上,但是同样一种风尚,一种人类所固有的正直、理智、善良和刚毅的崇高风尚却在他们的身上形成了一种永远也不可战胜的力量。正是他们的存在，才使得这个世界显得充满了希望。在他们之中，萃集了人类多少最优秀的精华啊！

是的，南珊并不孤独。她是生活在他们之中的。

现在，太阳已经带着它的全部光辉旋转到了世界的另一面。不知不觉中，我们四个人和整个泰山都一起沉浸在了弥漫的夜雾之中。

"李，"上尉亲切地拍拍我的肩，"为什么不参加我们的交谈？"

"我不能。您知道，任何宗教对于我都是陌生的。"

"唔！——你是共产党员吗？"

"在我们的国家中，全部军官都是共产党员。"

他用友好的眼睛看着我："我很高兴。我钦佩共产主义者们，我认为你们是人类中另一部分充满了理想和献身精神的人。当然，你们相信阶级斗争的学说，而我们相信伦理与道德的力量。但不同的意识形态不应妨碍我们互相谅解与合作。那么，让我们在和平的事业中为保卫人类文明而携起手来吧，上帝和马克思大概都会同意我们这一代不发生冲突。"

我诚恳地笑道："恐怕你低估了我们的战斗性。但是尽管阶级斗争的学说在我们的纲领中根深蒂固，今天我仍然要说：但愿如此。"

除了长老对于战争保持绝对的缄默，上尉、我和南珊一起笑了起来。我不知道南珊在笑声中想到了什么没有，但我在自己的笑声中却绝不认为事实还会和这种谈笑一样轻松。

终于，上尉看了看自己的手表，说道："真对不起，我应该向你们告辞了。"

我也看看自己的表，已经是九点整。

上尉和善地看着我："认识你我非常高兴，让我们在这个星球的两端永远做朋友吧。"

"我衷心地赞成。"我们伸出手，紧紧地握住了。

上尉又带着十分敬重的神情转向长老，向他说道："尊敬的师父，我在这神话般的高山上认识了您，使我深感幸运。您将是我终生不能忘怀的一位长者。如果说，南像那黑龙潭的流水一样清澈的话，您就像这座中国的奥林匹斯山一样崇高。将来会有一天，我要拿起笔来写下在中国的印象。那时候，请您允许我在我的著作中向您祝福和致敬。"

长老没有说任何谦逊和致谢的话，他只是深沉地看着上尉，合起双掌，用一句任何一个外国人都难以理解的话回答了上尉那感人的致辞："阿弥陀佛……"

南珊深情地看了看老人，向上尉解释道："这是佛教中的一位福神。祷念他的名字，是中国一句古老的祝福吉祥的话。"

上尉受到了深深的感动。他把一只手放在胸前，虔诚地低下头，也说了一句同样简短而难解的欧洲古老成语。

南珊说："上尉愿神保佑我们大家。"

我们都不再说什么，默默地目送着上尉转身走去。他大步踏上了通向宾馆的小道，在暮色中消失了。

长老转身看着我们，问道："我不知道在你们的生活中发生了什么事情。假如我没有看错的话，你们曾经可以得到一种幸福的生活而没有得到。现在，你们为失去它而感到痛惜。是这样吗？"

我和南珊怅然默视着他，什么话也无法说。

"我看得出来，你们都是很好的人。生活的蹉跎坎坷是任何人都会有的，但是一个人只要正直而坚强，善良而聪慧，这就好。年轻人，一个超凡脱俗，心无牵累的人，他没有痛苦，但也没有幸福。而一个事事满足的人，也会在永恒的幸福中沉寂。只有痛苦与幸福的因果循环，才造成了丰富的人生。李淮平，生活对你是仁慈的。我想，某些无情的事总会给你带来一些收益。愿你在想到这一点的时候，心灵能有所慰藉。"

这些话对我是宝贵的，尤其是当我的感情这样不稳的时候。我感激地点了点头。

长老最后无比深情地转向南珊，颔首注视了她一会儿，然后说道："你是个好孩子，我相信，你的道路会是走得最好的一个。"

南珊用极为感动的眼睛看着长老，但什么也没有回答。

长老不再说什么，他合起双掌表示了祝福和告辞，便踏着夜雾沿天街向碧霞祠走去。他那飘然的身影，也渐渐在苍茫的夜雾中消失了。

岔路口上，重新剩下了我和南珊两个人。

一轮圆月，悄悄地在弥漫的雾气中浮现了出来，向山顶投射出银色的光辉。

我看着静静伫立在那里的南珊，感情的浪潮开始剧烈地冲击着我的胸膛。从她那冷静的神态上，我好像已经感觉到，她正在等待着与我告辞。而辞别以后，她便将永远消失在这个世界上。那时，我将再也看不到这个在我的人生中留下了多少难忘往事的南珊了。然而我却找不到任何合适的话向她说。

南珊慢慢转过脸，眼中闪动着明亮的月光看着我，等待着我说什么。这使我鼓起了勇气。

"南珊。"

"嗯?"

"这次分手以后，我们还能再见面吗?"

她静静地摇摇头，温和而肯定地说:"我想，不会再见面了。"

"为什么?"我的心受到了轻微而有力的一击。

"我们已经有了四次巧遇。这样的巧遇还可能更多吗?"

"如果我们约会呢? 要知道，我们应该有四百次会面的，但我们都失去了。"

"我们都已经不是青年人了。在这样的年纪，你认为约会还是合适的吗?"她的声音中带着几乎觉察不到的微笑。但我知道那微笑是做作的。

"不，你应该再见到我。因为我有许多话要向你说，有许多事情要告诉你。"

"我不认为那很重要。"

"可是你并不知道我想告诉你些什么。关于……"

"但我知道那并不是必须要说的事情。"

"所以，你根本不打算再听我说什么了?"

她看着我说:"是的。"

一种难过的感情袭击了我的心头，我无法再抑制自己的冲动，声音变得急促了:"不，这不可能! 这不是你的心里话，这拒绝对你自己也是一样的无情! 南珊，你从前受过我那样的对待，难道你连一个歉意的表示都不想看到吗? 这不可能。那天，我清清楚楚地看到你哭了。这是什么? 是你感情淡漠的证明吗? 不，正相反。你为什么要这样压抑你自己呢？不要再继续这样做了，解放自己的心吧！楚老也这样为你担过心的。更何况我要告诉你的，是你们家族……"

感情激起的波澜，使她难过得低下了头。她打断了我的话："你不要再说了，我什么也不需要听。"

"恨我们吗？"

"不！"

"轻视我们？"

"也不。"

"那么是厌恶？"

她仍然摇摇头："更不。"

"那到底为什么？"

她重新坚强地抬起头来，勇敢地直视着我的眼睛："三十二年前，也就是一九四八年冬天，在你和我出生的那个时候，我的外祖父曾经在淮海战场上做过你父亲的俘虏。这些话，你原来打算告诉我爷爷的，现在则打算告诉我，是吗？"

我被这出人意料的话问住了。她竟一语道出了我等待了十几年想要告诉她的事情。

"关于我舅舅的处死，关于我父亲的突围，关于我爷爷的投降，所有这一切，都是我爷爷自己告诉你的，你今天又打算告诉我。你难道从来就没有想到过，这些人都是我的亲属，而这些事都是我的家事。这样一些难忘的家族历史，你能知道而我自己竟会不知道。你认为这是合乎情理的吗？"

我无言以对。

"你应该知道，这些历史对于我们这个家庭来说是悲惨的回忆。我们不能忘记它，但也不愿常去提起，尤其是在外人面前。我的外祖父有沉痛的人生经历，他的后半生完全陷在懊悔与沉思之中。那天晚上，当你追问他过去的那些历史时，你可能根本无法体会，那对人的心灵是一种什么样的折磨。对于这些情况，我知道得太多了。你不能体会，我是多么同情这个老人。这并非由于我是他的外孙女。不，我是站在一个晚辈的立场上来看待过去的人们的。我的长辈们曾先后走向革命——排满，讨袁，护法，北伐，一直到内战。他们轻生躁进，至死不渝，却先后自相攻杀，沦落歧路。这段历史太沉痛了。它与你父亲的辉煌历史是根本不同的。当你把这两种历史联系到一起的时候，你是在抚摸未愈的创伤。所以，我请求你，历史过去了，让我们把它记在心里——永远记住。只是最好不要再去提它，免得刺痛一些无辜的心。"

我不能再提此事了。但是我仍然不能不解除自己的疑惑："可你怎么知道接待你外祖父的李参谋长恰恰是我的父亲呢？"

南珊看着我："你也真是。你以为你那天作为李参谋长的儿子表现得还不充分吗？当时，你那么急切地追问战场上的细节，在听到你父亲的种种情况时又流露出那么兴奋的神情。再加上你们父子相貌上的酷似，都使外祖父渐渐醒悟到了这一点。但这件事给他带来的是更深的痛苦，因为他感到共产党人可能永远也不会谅解他了。那一夜你们走后，我们全家人的心情都很乱。但是外祖父仍然向我们追述了他和李参谋长的那一段历史，并说出了你可能是谁的儿子。当时我默默地听着，并把这一切都牢牢地记住了。你知道，这巧合在我又更多一层。不过我却始终没有告诉爷爷我早已认识你。这种巧合，在你的生活中可能是件很有趣的事情，可是对于我们，可远远不是这样。"

我深深叹了一口气："真想不到，我等待了十几年要告诉你的事情，你只比我晚知道了几个小时。关于我，老人有什么表示吗？"

"他倒是很看重你，称赞你胆大敢为、刚直果断，认为你是个值得器重的年轻人。但他说在你身上看不到你父亲当年那种沉稳持重和虚怀若谷的风范。他说你阅历太浅，城府不深，甚至担心你在真的走入生活后会消沉起来，因为你那种锋芒毕露的作风太容易被击中了。你后来果真是那样吗？"

"是那样的。楚老的预言完全对……"

"那可真有意思。"南珊的眼睛在月色下又闪现出她特有的那种微笑。这笑容几乎和她十五年前在树林中的那种天真的得意神情一模一样："不过那时他对你的最大担心是他看出一种迹象，就是你们那样狂热地投身于自己毫不了解的事业，未免太轻率了。他叹息说，辛亥革命以来，有许多热血青年都是这样投身于各种各样的政治潮流中去的，结果却是国家在半个世纪中陷于不断的战乱。他说，我们这个国家走向稳定非常不容易，但愿你们的不慎不至于又给国家铸成大错。现在看起来，他的这个担心倒是多余了，但他的心愿总算没有落空。"

听了这些，我对楚老的胸怀深为感动。

"可是南珊，虽然我要说的事情你都已经知道了，但我的心情你却不能体会。我并不是一个铁石心肠的人。你应该理解，那件事，就是那次抄家，它对于我一直都是一个不小的折磨。你应该给我一个解脱的机会。"

她真诚地看着我，轻轻叹了一口气："真想不到，你把那些微不足道的事情看得这样沉重。其实，如果公正地看待你们的话，我更感激你们。在那个时候，当整个社会都被敌视和警惕武装起来的时候，你们能那样对待我们一家人，应该说是很难得了。真的，你在那件事中给我的印象是相当好的。毕竟，你是抛弃了自己的一切在为理想而战斗，虽然它并不正确。"

"不，这不是真话。我相信你没有怨恨，这你大概还没有学会，但是我却不能相信你没有痛苦。要知道，那是什么样的冲击啊！家庭被侵犯了，生活被破坏了，感情受到了蹂躏，尊严受到了践踏……而且，我看到你落了泪！南珊，我要求你，丢掉你的宽容，拿出你应有的哀怨和愤怒来！无论是在法律上还是在道义上，你都有这样的权利，这样我也会好受一些。"

"破坏的，可以恢复；撕碎的，可以弥合。你以为那样一次冲击，就能使人永远不息地悲伤下去吗？"

"能的！多少人都是这样留下了永远也医治不好的创伤。抄家，那仅仅是抄家吗？那些印满私人情感和家庭往事的财物，一去不返……是我们破坏了你们生活的宁静与和谐……"

她再一次笑起来："别再说傻话了。"

现在，我只有缄口不言了。我已经看出来，虽然我自己的情绪从那次抄家以后就一直陷入痛苦的波澜中，可是南珊却在第一次冲击以后就镇静了下来。不，她并不需要任何抱歉和悔恨的表示，因为她的心从来就不曾在那件事情上徘徊过。

雾气夹杂着冰凉的细小水点一阵又一阵向我们脸上扑来，月亮在弥漫的夜雾中时隐时现。

我们沉默着。从宾馆那边，远远传来一阵笑声。大概是那群外国人在宾馆门外与一群中国游客欢聚了。

南珊向那边看了一眼，轻轻说道："淮平，我们分手吧。"

我心中一阵惘然："现在？"

"对，现在。"她在迷蒙的月色中，温和而亲切地看着我，把手伸了过来。

我茫然地伸出手，十五年中第一次，也是平生第一次，把她的手紧紧地、紧紧地握住了。当我接住并握紧这只温暖的手时，我的心被深深地震动了。这是我未能得到，并且即将永远失去的她——那个少女和成年妇女的南珊所给予我的第一次友情的表示。我的心剧烈地颤抖着，久久也无法把她松开。

她被我的情绪感染着，震动着，顺从地把手留在我的手里，难过地低下了头。

"南珊！"我努力镇静着自己的声音，"十二年来，我在各种各样的情况下想起过你。有时，你使我坚强起来，有时你使我更加软弱……你要知道，我多么想成为你的朋友，然而我却没有能……"

"我已经承认了你是我的朋友，在刚才。"她的眼睛仍然看着附近的地面。

"可是你却拒绝和我再见面。"

"那有什么益处呢？"

"因为我渴望着有一天，"我斩钉截铁地说道，"我能成为你人生道路上的终身旅伴！"

南珊慢慢地抽回了手，抬起头来，用温情而责备的眼睛看着我："你错了，淮平。你应该看到，我们之间的一切都已经过去了。我们少年相识，成年重逢，这中间隔了整整一个青年时代。许多只能在这个时代发生的事情，都已经随着这个时代的过去而永远过去了。因此，你和我都应该面对这个现实。是的，我们之间有过三次难忘的会面，既然那些往事并没有成为我们美好未来的基础，那么我们何必一定要苦苦地纠缠它呢？要知道这笔痛苦的凤债对我们的精神是个多么沉重的负担！淮平，把一切都忘掉吧。要不是突然在这里又遇到你，我本来已经把你忘记了。所以请你接受我的劝告：把我也忘掉。为了忘掉那些往事，真的，我们以后再也不要见面了……"

"不，我不能！南珊，与你的结识对我的影响是不可磨灭的。这使我不可能也不应该把你忘掉。你难道真的意识不到这点吗？你的出现，完全改变了我的生活。我不能！我不能忘掉这样一个人，她的出现和我对她的做法，使我把人生最宝贵的幸福永远地失去了。"

"你指的是什么？"

"爱情。"

爱情！在我们相识了整整十五年以后，一直到现在，我才在我们之间第一次真正想到并说出了它。而当我在突然之间把它说出来的时候，这个甜蜜而无情的字眼把两颗早已不再年轻的心都深深地震动了。

南珊呆呆地看着我，眼睛在月光中闪着隐隐的泪花。

我什么也不能再说，怀着惜悔交加的心情与她那双泪水晶莹的眼睛对视着，等待着她可能说出的任何回答。

那泪水已经永远不会再掉出来，它消失了。

"我在等你的回答。"

"不，不是什么回答。我是要否定你的人生信念。对于你来说，那个信念太庸俗了。"

我从心底里心甘情愿地听到她这样的评语。恐怕再没有任何一句话能比这样的回答更使我的心感到亲切与平静的了。

"南珊，你说吧。"

"看来，你和那些庸夫俗子一样，认为情投意合的恋爱是人生最大的欢乐，而缠绵悱恻的婚姻是人生最大的幸福。不，你们错了。人生，就和整个人类历史的进程一样，是一个各种各样的复杂内容交替出现的漫长过程。在不同的阶段，便有不同的主题。我这样说，你能明白吗？在不同的历史阶段中，人类曾经创造了完全不同的文明：原始的传说、远古的神话、中古的宗教、近古的文学和现代的科技。这些遗产都是同样的灿烂夺目，照耀着人类的幼年、童年、少年、青年和成年。它们装点并充实了各个不同的时代，甚至过去了几千年还令我们倾慕和神往。但是，如果我们颠倒它们，比如在今天还去编造原始时代的神话或中世纪的颂神诗，那就显得荒唐了。人生，也正是这样。人在自己一生的各个阶段中，是有各种各样的内容的。它们能形成完全不同的幸福，价值都是同样的珍贵和巨大。幼年时父母的慈爱、童年时好奇心的满足、少年时荣誉心的树立、青年时爱情的热恋、壮年时奋斗的激情、中年时成功的喜悦、老年时受到晚辈敬重的尊严，以及暮年时回顾全部人生毫无悔恨与羞愧的那种安详而满意的心情：这一切，构成了人生全部可能的幸福。它们都能给我们带来巨大的欢乐，都能在我们的生活中留下珍贵的回忆。怎么能说人生只有爱情才是最宝贵的幸福呢？不错，贞洁的爱情对于年轻人的心是温暖而甜蜜的，甚至是崇高而神圣的，但它毕竟不是人生幸福的全部内容。在很多人那里，勤奋的创造和充满激情的奋斗给他们带来了更巨大而且更持久的幸福。在那浩瀚的书海中，对他们的描写还少吗？任何一个有抱负的人，对你来说，就是任何一个有志气的男子汉，都不应该不注意到这一点。也可能，你由于生活的激流转折得太急促而失去了青年时代的爱情，但是你并没有失去全部的人生幸福，也没有失去最大的。这就要看你是一个什么样的人，把什么事情看得对于人生最重要。长老说的是对的：痛苦与幸福的因果循环，才造成了丰富的人生。谁能得到那全部的幸福呢？不，没有任何一个人。我们在自己曲折的人生中常常由于得到这一个而失去下一个。现在，你把青年时代的幸福失去了——其实，失去这种幸福的人太多了——那么，你们的中年呢？淮平，你必须把那个使你庸弱的信念丢掉才行！青春是最美丽的，但并不是最宝贵的。在一个有所作为的人那里，壮年和中年才是真正的黄金时代，因为你在这时才真正地成熟了。我们的祖先说过：春华而秋实。现在，就正是你人生的秋天，这是一个果实累累的季节。它可能没有了花朵，但它却有着多么丰硕的收获。淮平，鲜花失去了，果实比它更好。爱情凋谢了，怀念却更鼓舞人。你说呢？"

我眼中早已满是泪水。

我不能再用任何缠绵的语言来回答她这样坚强的意志，我不能再用任何无力的举止来面对她这颗火热的心灵！南珊，她在我心中已经不再是一个名字和一个人，而是一种信念，一种对于我的人生正在开始发生无比巨大的影响力的崭新的信念！

我听任一颗泪水冰凉地挂在我的脸颊上，但我的心却是严肃而坚定的。

"南珊，我会把你的话……和你……永远记在我的心中，永远、永远……记在心中！"

她不再说什么，无言地伸出手，再一次和我紧紧地握住了……

雾，更浓了。月亮在大雾弥漫的天空中只映出一块微黄的亮影。

"南珊。"我注视着她。

"嗯？"她抬起头来。

"有一本书，你还记得吗？"

她闪动着眼睛："记得。"

"现在，这本书已经是你母亲的遗赠了。十五年来，我一直珍藏在身边。如果，你希望我还给你，我……"

"不，留给你做个纪念吧。"

我心中又涌过一层热浪："谢谢你，南珊。"

她的手与我紧紧握了一下，终于松开了。我的手心又感觉到了夜雾的凉意。她慢慢地后退了一步。我向她庄重地把手举到了帽檐上。

"再见。"她微微低了一下头。

"再见。"我注视着她。

她没有再看我，慢慢转过身，走下了通向宾馆的小路。她在昏暗中迈着轻盈而端庄的脚步，踏着秋草，很快地消失在苍茫的夜色中。当她在我的目力已经无法达到的地方踏上了宾馆的台阶时，在那远远传来的谈笑声中又开始响起南珊平静的声音。

我独自一人站在天街的岔口上，透过重重夜雾注视着南珊消失的地方，追记着她留给我的并没完全听懂的话语。此刻，我的心是平静、安详，而且充满了力量的。

从此，南珊便一去不返地从我的生活中远去了，而她在十五年中留给我的一切回忆和我那少年之梦的一切憧憬，也都随着她一起远去了。是的，往事已经过去；从今天开始，我们的视野应该转向更加广阔的未来。

《十月》1981年1期

敬告作者

　　为了保护有关作者的合法权益，我社曾多方联系本套书所涉及作者以便洽谈版权事宜。但遗憾的是，由于种种原因，截至本书付梓，仍未能与少数作者取得联系。现谨对尚未取得联系的作者表示歉意，并请有关作者或著作权人见书后，尽快致函作家出版社，以便及时奉寄样书和稿酬。

通信单位：作家出版社有限公司

通信地址：北京市朝阳区农展馆南里10号

邮政编码：100125

联系电话（传真）：010-65925260

图书在版编目（CIP）数据

新中国文学经典丛书·精选本　中篇小说（卷一）/
孟繁华主编 . -- 北京：作家出版社，2023.3
　　ISBN 978-7-5212-2188-6

　　Ⅰ . ①新… Ⅱ . ①孟… Ⅲ . ①中国文学 – 当代文学 –
作品综合集 ②中篇小说 – 小说集 – 中国 – 当代 Ⅳ . ①I217.1
②I247.5

中国国家版本馆CIP数据核字（2023）第020039号

新中国文学经典丛书·精选本　中篇小说（卷一）

总 策 划： 吴义勤　路英勇
主　　编： 孟繁华
出版统筹： 汉　睿
责任编辑： 翟婧婧
装帧设计： 天行云翼·宋晓亮
出版发行： 作家出版社有限公司
社　　址： 北京农展馆南里10号　　**邮　　编：** 100125
电话传真： 86-10-65067186（发行中心及邮购部）
　　　　　　86-10-65004079（总编室）
E-mail:zuojia@zuojia.net.cn
http://www.zuojiachubanshe.com
印　　刷： 唐山嘉德印刷有限公司
成品尺寸： 152×230
字　　数： 391千
印　　张： 26.25
版　　次： 2023年3月第1版
印　　次： 2023年3月第1次印刷
ISBN 978-7-5212-2188-6
定　　价： 60.00元